La Valse de l'adieu

DU MÊME AUTEUR

Aux éditions Albin Michel

Lettre ouverte aux coupeurs de têtes et aux menteurs du Bicentenaire, 1989
La Chienne qui miaule, 1990
Notre Europe sans Maastricht, 1992
Avant qu'il ne soit trop tard, 1993
La Société de connivence, 1994
Dictionnaire du politiquement correct à la française, 1996
L'Aventure du Puy du Fou, 1998
La Machination d'Amsterdam, 1999
Vous avez aimé les farines animales, vous adorerez l'euro, 2001
La 51e étoile du drapeau américain, 2003
Quand les abeilles meurent, les jours des hommes sont comptés, 2004
Les Turqueries du Grand Mamamouchi, 2005
Les Mosquées de Roissy, 2006
Le Puy du Fou, un rêve d'enfant, 2010
Les Secrets du Puy du Fou, 2012
Le Roman de Charrette, 2012
Le Roman de Saint Louis, 2013
Le Roman de Jeanne d'Arc, 2014
Le Moment est venu de dire ce que j'ai vu, 2015
La Saga du Puy du Fou, 2016
Les cloches sonneront-elles encore demain ?, 2016
Le Mystère Clovis, 2018
Le Jour d'après, 2021

Chez d'autres éditeurs

La France qui gagne : la preuve, 2007, Éditions du Rocher
Le Puy du Fou, un rêve d'enfance, 2017, Éditions du Rocher
J'ai tiré sur le fil du mensonge et tout est venu, 2019, Fayard
Les Gaulois réfractaires demandent des comptes au Nouveau Monde, 2020, Fayard

Philippe de Villiers

La Valse de l'adieu

PLON
www.plon.fr

92, avenue de France
75013 Paris
Tél. : 01 44 16 09 00
Fax : 01 44 16 09 01
www.plon.fr
www.lisez.com

Dépôt légal : octobre 2022
ISBN : 978-2-259-31117-5
Mise en pages : Nord Compo

Avant-propos

Cette histoire que j'ai voulu fixer sur le papier, j'ai mis du temps à la mûrir. Je la porte en moi depuis mon enfance. À chaque fois que, roulant vers le mont des Alouettes, je passais, avec mon père ou ma mère, en voiture, aux « Quatre-Chemins de L'Oie », nous avions une pensée pour la Hussarde…

Je la voyais au bord de la route, en face du relais de poste, qui attendait la berline impériale et qui, plus tard, au même carrefour, recevait des mains de la duchesse de Berry son *fusil d'honneur*. Et j'imaginais aussi ce pauvre « jean-foutre » et tous les Vendéens, pourtant inconsolables, qui mettaient chapeau bas devant l'Empereur…

Ce fait historique improbable et composé de figures si attachantes, qui mêle la petite et la grande histoire, me fascinait. Il m'a, depuis, inspiré l'idée d'en faire un livre. Tout m'est venu naturellement, je n'ai eu qu'à reprendre la mémoire vive de témoignages séculaires.

Il m'a suffi de mettre en forme ce que la tradition m'a rapporté. Ce roman n'en est donc pas vraiment un. Il ne l'est que par quelques arrangements de détail. La trame, dans ses grandes lignes, est authentique. Je n'ai rien inventé – ni les faits, ni les personnages, ni même les atmosphères. Je n'ai brodé qu'aux marges.

Je me suis glissé, en lui tenant la plume, dans la peau du frère de la Hussarde – le fameux « jean-foutre ». Entre lui et moi s'est noué, sur le temps long, le dialogue fécond de nos imaginaires enfantins. Chacun a fait vibrer sa corde sensible. Il m'a confié un peu de ses vérités. Je lui ai prêté un peu de mes sincérités. Si j'ai vagabondé parfois, c'est de son fait à lui…

Voilà… je m'efface. Je lui cède la place. Je vous laisse avec ce personnage hors normes. Il va vous entretenir de ses aventures, de ses émois, de son génie de créateur de musique buissonnière et de son incroyable rencontre avec celui dont il sera l'inspirateur involontaire, Frédéric Chopin, tributaire des harmonies inédites d'un instrument nouveau, le *violondaulne*.

Philippe de Villiers
au mont des Alouettes,
le 18 juillet 2022.

Les anciens étaient venus de loin

La nuit n'en finissait pas. Il était six heures du matin. Août se réveillait en novembre. On sentait venir une journée chafouine de ciel brouillé. Ni lueur, ni halo. « Le Soleil d'Austerlitz n'est pas du voyage, il est resté là-bas, avec l'Usurpateur », marounait monsieur Le Séguillon, le régent de l'école de Sainte-Florence.

L'attente pesait déjà sur les échines. Les nuages n'avaient pas bonne mine, le temps était à la malice. Les vents avaient trop d'haleine. Les bêtes, à l'instinct, s'étaient réfugiées sous les chênes.

J'avais attaché ma carriole à l'anneau du relais de la Quat'routes où j'ai mes habitudes. J'auscultais, d'un coup de talon glissé, les dalles de granit de la grand'salle. Leurs éloquences sont familières aux gens du pays : quand elles transpirent, c'est pour nous prévenir des humidités à venir. Gustave, mon voisin de cave, faisait craquer ses genoux. C'était signe d'orage. Les martinets planaient de plus en plus haut, ils avaient senti, dans leurs ailes à faucilles, que le temps était en train de virer.

Depuis plus de trois heures, les paroissiens étaient déjà arrivés par milliers. Ils avaient tout juste éteint leurs falots. L'assistance grossissait. On croisait des guerouaïes de pélerines et de chapeaux raballets sur les buttes à genêts d'or et les banquettes à chardons.

La grand'route ne contenait plus la foule qui se pressait. Les sentes de meunerie qui mènent aux Quatre-Chemins continuaient à dégorger. Tout l'arrondissement était là.

Les piqueurs de la maréchaussée maniaient la crosse pour dégager la route. Ils étaient débordés par les anciens guetteurs de fourrés. C'était la course à la meilleure place. Chacun lorgnait un point haut, une butte, un merlon, un revers de fossé. On y grimpait, les tempes échauffées, pour ne rien perdre de ce qui était à venir. Partout, on se faufilait, on ziguenaillait.

La fatigue et l'empressement entretenaient le désordre. Les jeunes bouviers renversaient les petites chinchouines, venues à pied du bourg de Vendrennes ; elles en avaient perdu leurs bonnettes à brides, arrachées dans la bousculade. Les conscrits de La Barotière, qui ont trop souvent la main leste avec les gueurluches au panier rebondi, donnaient du pointu à caboce *pour passer devant. Les calottes ruchées des drolaïsses s'envolaient.*

Les anciens étaient venus de loin, depuis les bourgs de Montaigu, Les Essarts, Sainte-Hermine. Molletonnés de laine blanche trop chaude et hors de saison, ils suaient à grosses gouttes. Mais ils avaient emporté leurs petites bousines bien remplies – des vessies de sanglier héritées de leurs pères.

Les vieux en avaient leurs pleins bots de cette marche nocturne. À leurs côtés, le regard presque éteint, beaucoup de métayères sans âge, à moitié rendormies, avaient les œils en trous de chauffe-pieds.

Sur la rampe étroite du vieux Pont-Charron, un attroupement encerclait une charrette renversée. Les hussards avaient ordonné de reculer jusque sur les berges pour faire toute la place aux hôtes qui tardaient à venir. La charrette avait déturviré au fond de la venelle. Très vite, les voisins vinrent prêter main forte pour redresser le charaban.

Toutes les autorités attendaient l'éclaircie. Personne n'imaginait de passer entre les gouttes... Même le préfet Merlet qui, à ce qu'on dit, ne se mouillait jamais, prenait des airs jubilatoires sous sa visière à feuilles de chêne dégoulinante ; il se multipliait en sourires d'acajou et offrait ses deux mains à toute la compagnie. C'était un fonctionnaire heureux. Et pour cause : cette nuée au bord des routes, c'était « la réussite du corps ». Du pain béni pour la carrière. Il avait écrit à toutes les communes ainsi qu'au diocèse, trois semaines plus tôt, pour transmettre ses instructions, appelant de ses vœux, un grand concours de peuple, en ce lieu symbolique des Quatre-Chemins de L'Oie pour fêter ce moment d'Unité du 8 août 1808 et saluer la naissance de la Vendée nouvelle.

Ainsi était-il exaucé. Tout le pays s'était mis en chemin. Ce peuple couturé, au cœur rapiécé, à peine remis du frisson d'épouvante, avait laissé au pré, le temps d'une matinée, plaies vives et déplorations. Un peuple de réprouvés qui composait ce matin-là une foule improbable. Cette foule attendait l'événement qui allait changer la face d'une province rebelle.

I

Il arrive

Ainsi aura-t-il fallu une circonstance bien particulière pour que les ennemis de la veille se retrouvent au coude à coude, sur les mêmes accotements, au milieu des taillis de L'Herbergement où pullulent les vestiges des anciennes caches à réfractaires. Aujourd'hui, on se défait des vieilles peaux, c'est la grande mue : les anciens « pataud » de la Cocarde, ainsi désignés par les Blancs, fraient avec les anciens « brigands » du Scapulaire, tout à leurs macérations mais malgré tout présents. La Révolution est finie. Même en Vendée. Le Concordat est passé par là. En permettant, il y a sept ans – le 15 juillet 1801 –, la paix religieuse, il a rétabli la paix civile.

La vallée des larmes est devenue, pour cette journée mémorable, un jardin d'arceaux et de lauriers.

Tout près de moi, les gars de Tiffauges, aux fiertés calleuses, ont mis un point d'honneur à venir jusque-là. Ils ont ressorti pour l'occasion les trophées précieux de leurs anciens bivouacs – leurs cuillères de bois qu'ils portent à la boutonnière ; ils renouent ce matin, sur les mêmes ourlés de terre, avec leurs compagnons de taupinière, les vire-bouses, qui ont agrafé leurs petits sacré-cœurs en flanelle tout défraîchis. Ces anciens guerriers d'embuscade ont descendu du grenier leurs affûtiaux mangés par les rats. Ils ne cèdent pas un pouce sur leurs fidélités intactes mais ils sont là. Le destin les rassemble. Bientôt ils vont même lier conversation, épaule contre épaule, avec leurs voisins de hasard, les sans-culottes honoraires qui exhibent leurs médailles neuves. Ils se connaissent, mais de loin. Ceux-là, que le sort a favorisés et promus, sont devenus huissiers et gens de cadastres au chef-lieu de leur canton ; leurs demeures de roture sont reconnaissables au crépi tout neuf où ont été scellées les enseignes en laiton sculpté des nouvelles écritures notariales.

Rencontre impossible à imaginer de ces harmonies inaugurales où se confondent, au bord de l'ancienne route des tambours de feu, les opulences toutes fraîches et les noblesses déchues. Miracle corse. Cette idée d'effacer l'ardoise est inouïe. Effet de la lassitude, du trop-plein de souffrance…

Le ressentiment s'est dissipé, épuisé… Trop de larmes… Tout le monde aspire à l'accalmie. Par le jeu des intérêts à préserver pour les fortunes neuves et par le souci de l'oubli rédempteur pour les orphelins et rescapés. C'est une scène étonnante que celle de Jarret-de-Fer qui exhibe chacune de ses plaies mal cicatrisées, en ouvrant son gilet au procureur-syndic, celui-là même qui, grâce à une enchère arrangée, l'a délogé de sa ferme en 1791. « Ainsi va la vie », pensent-ils, l'un et l'autre.

Les nobles émigrés, revenus au pays, qui campent dans les communs humides auprès de leurs châteaux démontés pierre à pierre, approchent d'un pas timide les nouveaux acquéreurs de leurs boisselées. Le curé de leur paroisse, lui-même dépouillé de ses calices, les a adjurés de « tourner la page ». Les expropriés de la virée de Galerne, la mémoire hantée par l'odeur tenace du brûlé, et les nouveaux riches des bourgs, gavés de biens curiaux, font monter ensemble les encens du Concordat.

Les insermentés font le baiser de paix aux prêtres assermentés. La paix des autels. Mystère des âmes lasses d'avoir trop crié, d'avoir vu l'enfer de trop près. Le nouveau vicaire général les a enduits de baume sacré : « Au bout du chemin de l'adversité, ce n'est pas la vengeance qui nous appelle, c'est un *requiem.* »

Le carrefour des Quatre-Chemins est devenu un entremêlement d'anciens ennemis gagnés à l'esprit de concorde. Ils sont là, depuis des heures ; il n'y a, au fond des cœurs, que l'élan commun de gratitude qui varie d'intensité, selon qu'on se rallie au « nouveau roi », parce qu'il tient la queue de la poêle ou qu'on affecte de saluer en lui, d'une génuflexion oblique de fils des Lumières, le monarque d'une dynastie refondatrice pour l'humanité entière.

Les bonnets d'oursons de l'Empire, les grognards de la Plaine et du pays des Olonnes, entaillés, cuivrés, qui sont rentrés au pays, il y a peu de temps, plastronnent sur la première ligne. À leurs voisins d'un jour, pour tuer le temps, ils racontent leurs campagnes : l'Égypte, Marengo, Eylau, Wagram. On sent que cette rabinaïe d'apothéose leur flatte les entrailles. Je reconnais le sergent-major Jean-René Gelot, le fils du boulanger de Mortagne ; il salue le sous-lieutenant François Goguet, le fils du charpentier de Charzais. Les officiers nobles de la virée de Galerne tendent l'oreille à leurs récits. Quand on a choisi l'uniforme, on ne dispute guère sur la cause, on est du même champ de bataille et du même bac à sable. On s'incline devant l'art de ciseler les victoires, d'où qu'il vienne.

Les soldats de la Grande Armée, aux grades tout neufs, parlent de tactique et de conquête avec le sous-lieutenant de Lespinay, le capitaine Charles de Monsorbier, officier *de par le Roi*, et aussi avec les propres neveux des grands noms de la rébellion, les Sapinaud ou Cornulier. Soudain un ancien garde suisse des Tuileries sonne la retraite et concède aux tenants et gradés de l'Empire : « Il faut reconnaître qu'on a un stratège à la tête de l'État… » En ce jour particulier, les voies de la Croisade et celles des Lumières mènent toutes ensemble, et dans le même mouvement, au croisement des Quatre-Chemins. Un hommage inédit à toutes les bravoures. Chacun fait effort pour endimancher ses pensées. Les chemins creux de l'insurrection des consciences et des anciens corps à corps entre rebelles et incendiaires ne sont plus que refuges de souvenirs caducs. C'était il y a quinze ans. Ce matin, les Quatre-Chemins sont redessinés en un reposoir triomphal, orné des Aigles de l'Empire. Les tons nouveaux sont au pastel blanc-bleu.

Sur les mêmes buttes, ce sont deux mondes qui se reparlent : l'un est révolu, l'autre parie sur la fortune à venir. Les vicomtes d'anciennes armoiries qui ont perdu leurs titres saluent les barons d'Empire qui étrennent les leurs. Ceux-ci prennent soin d'afficher leurs blasons tout neufs, avec une tempérance calculée, dans l'idée d'être agréés par l'ancienne société et de s'y fondre plus vite par un mariage de conséquence. Ils se sont connus jadis, quand ils couraient, dans les campagnes, après les mêmes chevreuils. Dans l'infini crépuscule, les régisseurs et gens de maison suivaient à pied les chiens de race, goûtant l'odeur des venaisons. Les premiers auront finalement connu l'hallali et les seconds, désormais, chassent à tir avec les fusils à silex que les châtelains dépossédés avaient, en s'enfuyant, négligés derrière eux, sur le manteau de leurs cheminées Henri IV.

Les Quatre-Chemins se découvrent une vocation tardive pour toutes les hiérarchies renversées et les charités rapiécées. C'est un lieu venté où souffle l'esprit de miséricorde, où se raccommodent les humeurs sous l'empire de la même Loi et de la Mémoire abolie.

L'ancien receveur des tailles, devenu le percepteur, l'ancien fiscalin des gabelles devenu le receveur des douanes, le procureur fiscal, devenu le préposé à l'enregistrement, distribuent des regards oblatifs aux pauvres bordiers qui n'ont plus d'autre bien meuble que le timon de leurs charrettes. À la vérité, ces petites gens qui, sous le soc de la charrue, sortent encore des pierres calcinées de leur têt à gorets ou de leurs écuries à ciel ouvert, n'ont guère perçu le poids relatif entre les anciens et nouveaux impôts, proclamés plus doux.

Le père Calcide, menuisier à Vendrennes, revenu de tous les serments, qui a appris à vendre du merisier aux nouveaux riches, ironise, au bord de la route : « On n'est pas tous d'équerre : il y a des passe-droits pour les fréquentations de la préfecture. » Quand on jette un coup d'œil sur la route d'honneur, on voit bien qu'il dit vrai : la roture est aux balcons, le peuple sur les talus. Des emplacements numérotés sur les tréteaux, dressés sur le chemin du cortège, leur ont même été garantis, payés trois livres la chaise. Les fenêtres du relais de poste sont réservées aux prospérités récentes et louées vingt livres aux dignitaires des nouvelles administrations. Chez nous, on dit qu'il y a les gens de la *benaise* et les gens de la *mésaise.*

Pour tous, l'attente est interminable. À huit heures moins dix, enfin, les cloches de l'église de Sainte-Florence-de-L'Oie se mettent à sonner à toute volée. Comme pour la grand'messe.

On entend les chevaux qui se rapprochent. La rumeur enfle. Toute l'assistance regarde vers la route de La Rochelle. Elle guette et tend l'oreille. Il arrive.

On aperçoit bientôt le cortège qui pointe au loin et progresse vers les Quatre-Chemins. Les voitures passent sous un portique chargé de touffes de fragounettes et de roses sauvages cueillies dans les jardins abandonnés. Une couronne de lauriers y est suspendue. De l'intérieur de leur carrosse, nos hôtes peuvent lire en lettres géantes cette légende de bienvenue :

GLOIRE AU GRAND NAPOLÉON,
LE PACIFICATEUR DU CONTINENT

Un peu plus loin, un arc de triomphe, recouvert de toile peinte, porte une gigantesque statuaire allégorique, représentant l'Empereur sur un char antique traîné par huit chevaux et couronné par le Génie de la France.

Deux jeunes déesses, agenouillées, lui offrent des corbeilles remplies de doubles cœurs de lin mité qui ont été récupérés dans les fermes des familles rebelles. À ses pieds, la nymphe de la Vendée, extatique, n'attend qu'une parole du héros.

Le portique s'ouvre sur une inscription qui surplombe les carrosses :

À NAPOLÉON LE GRAND,
LA VENDÉE RECONNAISSANTE

Au milieu de la « Quat'routes », les maires des communes voisines ont dressé un obélisque, haut de vingt mètres au moins, taillé dans un bois d'imitation du granit rose de l'Orient. Sur les côtés, nos artisans municipaux ont accroché une belle copie du médaillon de l'Empereur. En lettres géantes, un quatrain chante sa gloire :

À peine au printemps de sa vie,
Il surpasse César en magnanimité,
Alexandre en grandeur,
Annibal en génie,
Charlemagne en activité.

Les spectateurs, ébahis, applaudissent le cortège impérial qui, lentement, s'étire. Les acclamations montent de partout : « Vive Buonaparte ! Vive la Paix ! Vive le Concordat ! »

Les hussards, venus à la rescousse des gendarmes, tentent de maintenir la foule à distance raisonnable. La Garde nationale forme une double haie de sécurité sur le parcours qui ondule sous la poussée des curieux. Venus de Saint-André-Goule-d'Oie et de Saint-Germain-de-Prinçay, une centaine d'enfants, de quatorze à seize ans, costumés en mameluks, harnachés de cuir rouge et vert, remplissent avec solennité les fonctions de gardes d'honneur.

L'état-major qui conduit le cortège affiche un air soupçonneux. Sans doute craint-il un mot de travers propre à déclencher les ironies de l'assistance, voire quelques outrages ou pire, une lame aiguisée par la haine sous le manteau.

Dans les rangs de devant se glissent des policiers cauteleux, aux visages blêmes, déguisés en métayers, embabouinés de bonnets de laine et de coutil rayé, avec des tabliers en peau de bique ; ils naviguent à vue dans l'assemblée pour contrôler mines et paroles. Ils guettent les gausseries. Ils veulent s'assurer que les tasses d'argent suspendues au gilet des vignerons du Loroux-Bottereau n'ont pas un double fond rempli de mauvaise poudre. C'est la preuve qu'à Paris, on se méfie encore des « natures rogues » des terres vendéennes.

On ne regarde plus que la berline à fond vert, tirée par huit chevaux. Le sous-préfet de Montaigu, d'un geste de la main, fait signe au secrétaire en chef de donner la chiquenaude au protocole. Un mameluk, coiffé d'un turban d'une blancheur étincelante, qui porte sur ses mains plates le tricorne impérial, s'approche de la portière. Il l'ouvre d'une main emphatique ; on aperçoit, à l'intérieur, une double couchette, et même une bibliothèque. Ce carrosse est une sorte de bureau ambulant. Un soufflet en cuir prédispose l'illustre voyageur à allonger les jambes. Les valets sont à l'avant, l'Impératrice à l'arrière. Un rideau léger les sépare, il flotte au vent qui s'engouffre.

Un page tout ébriffé, encombré de sa lourde tenue verte, ornée sur l'épaule droite d'un flot de rubans parsemés d'abeilles, se précipite à son tour pour aider l'Empereur à descendre et poser le pied sur la marche. Le mameluk, qui porte en bandoulière la gourde de rhum de l'Impératrice, adresse un petit salut à la foule qui s'émerveille de l'éclat de son costume. Bientôt, c'est une immense clameur qui s'élève : « Vive l'Empereur ! Vive l'Impératrice ! »

Il avait promis qu'il viendrait. Il a tenu parole. Alors on l'acclame. Il lui reste maintenant à tenir l'équilibre entre ceux qui ont tout perdu et ceux qui ont tout raflé, à rassurer les nantis, à consoler les dépossédés, à satisfaire du même sourire entendu à la fois les spoliés qui aspirent à tout récupérer de leurs biens et les spoliateurs qui veulent tout conserver de leurs enchères. Il va falloir qu'il mette de l'onguent sur les plaies encore béantes.

Le sous-préfet nous a confié que l'Empereur chercherait sans doute à échanger avec nous quelques mots... Chacun prépare son hommage ou son placet. En espérant que notre hôte illustre fera l'effort d'entendre, de son oreille corse, le langage de nos bruyères, la gouaille aux saveurs de salpêtre et qu'il saura ouvrir les cœurs. Tous, nous brûlons de savoir pourquoi il est venu… ce qu'il va dire… ou ne pas dire.

II

C'est à qui saisira la main auguste

D'un revers de main à la dérobée, l'Empereur secoue son pantalon pourpre, froissé par les secousses des nids-de-poule. D'un pied sur l'autre, il défourmille ses jambes. Il a gardé ses pantoufles de marocain vert. Sa capote fourrée n'est pas de la première fraîcheur. Il s'avance vers nous. Je le voyais plus grand. Sa taille est épaisse et ramassée. Il a le teint bilieux, le cheveu rare, la mèche collée, un air négligé, avec des traces de tabac jauni qui lui restent aux lèvres.

Un colonel de la Garde lève une main impérieuse vers la foule ; il commande le silence. L'assistance devine, au sourcil froncé de Napoléon, qu'il n'a pas l'intention de s'attarder à ce carrefour.

L'aide de camp fait signe au carré des magistrats municipaux de hâter les présentations. L'Empereur est pressé, il ne veut ni dons cérémonieux ni exercices d'éloquence, il souhaite d'emblée aller vers le peuple, serrer quelques mains caleuses et reprendre sa route…

Le préfet Merlet monte sur l'estrade. C'est son heure… Selon une indiscrétion de son directeur de cabinet, il a, pendant les huit derniers jours, tourné et retourné dans son encrier la plume de son compliment d'accueil. Il sait qu'il joue son avenir. Il aura pesé chaque mot au trébuchet des disciplines impériales. Il déplie d'une main hésitante un papier aux encres épaisses. Il est tout ému et flageolant, le papier tombe à terre, il le ramasse, s'élance :

— Sire, au nom des populations ici rassemblées et aussi des maires de ce bocage vendéen si longtemps déchiré, il me revient d'adresser ces quelques paroles au Pacificateur des départements de l'Ouest et au Régénérateur de la religion dans ces contrées tout juste sorties de la guerre civile… Toute la Vendée voudrait lui dire…

Il est interrompu d'un geste autoritaire par l'archevêque de Malines, monseigneur de Pradt, portant barrette, tout de rouge vêtu. Le haut prélat, qui fait partie de la suite impériale, s'approche de l'orateur pour lui prodiguer, à l'oreille, une recommandation cordiale mais ferme :

— Abrégez, cher ami…

L'aumônier de l'Empereur s'autorise ainsi de ses liens d'affection anciens avec la famille Merlet qui datent de l'époque où il séjournait à Poitiers, au siège épiscopal, à quelques lieues de Fontenay – feu le chef-lieu de la Vendée –, pour l'exhorter à faire court. Il sait que l'Empereur répugne aux éloges boursouflés, surtout quand ils viennent de la chaîne de subordination.

Au bas du podium, le père Calcide, connu pour son œil à proverbes, a compris ce qui se joue. Il glisse à son voisin : « *Tot fiattur, … tot mentur* ». Napoléon se retourne, il a entendu, il sourit. Le Corse a traduit de lui-même : « Tout flatteur, tout menteur »...

Le préfet, lui, n'a rien voulu entendre. Réputé dans tout le département pour être un javassou impénitent, il n'écoute que son parchemin.

La vapeur d'eau vient goutteler les lentilles épaisses de ses bésigles mal chaussés sur son nez... Sa vue se trouble. L'encre coule. Il mange ses mots, il a du mal à se relire...

Le général Berthier, aux côtés de l'Empereur, se racle le gosier et, à l'intention du grand commis, dessine, en levant ses grands bras au-dessus des rangs, une paire de cisailles comme pour dire : « Halte au feu ! » Le préfet a enfin compris... Il suspend son envolée, saute trois pages et conclut, comme un cheval emballé qui retient le sabot :

— Permettez que nous tournions nos regards vers le monarque bienfaisant et chéri qui a rendu la paix à nos campagnes malheureuses. L'histoire retiendra que c'est de l'époque que vous avez inaugurée, dont le souvenir est gardé dans tous les cœurs jusqu'à devenir un héritage de famille, que nous comptons notre régénération, la fin des guerres civiles qui ont ravagé nos cités, la reconstruction de nos bourgs, le rétablissement des usages de nos pères, celui de nos églises et de nos temples...

L'Empereur n'en peut plus. En lui saisissant le bras, il le prie d'en rester là...

Soudain, la portière de la berline s'ouvre. On nous avait prévenus, Joséphine s'était endormie, elle ne descendrait pas. À ce qu'il semble, elle vient de se réveiller.

Il est vrai que le cortège impérial est parti à trois heures et demie du matin de Fontenay-le-Comte. Ce sont-là des horaires de grognards, peu convenables pour une impératrice qui vient des îles… D'un coup d'œil et d'une voix douce, Joséphine commande le mameluk :

— Roustan ! Roustan ! Venez m'aider à descendre…

Le mameluk se précipite. Au milieu d'une ovation touchante, elle vient rejoindre son époux sur la Quatr'routes. D'un signe de tête gracieux, elle salue l'assemblée. Le page, qui l'accable de ses assiduités, ajuste d'un geste discret le bas de robe de velours lilas.

Par l'effet du mimétisme des manières de cour, les autres portières s'ouvrent à leur tour. Un écuyer et trois sous-officiers s'approchent des dames d'honneur qui ont, elles aussi, résolu de prendre l'air malgré la brouillasse insidieuse. Madame de Montmorency relève de sa main droite la dentelle basse de sa robe de crêpe bleu pour échapper à la bouillasse de la grand'place. Mesdames de La Rochefoucauld et de Gazany portent une main légère à leur tête couronnée de guirlandes discrètes, ornées d'un camée blanc. Les pages accourent pour les abriter sous un dais bienvenu, frappé des aigles dorés.

Un peu plus loin, à l'avant du cortège, c'est toute la domesticité qui s'affaire. Les cuisiniers et marmitons changent les chevaux du premier fourgon, qui contient la précieuse batterie des cuivres et ustensiles de voyage. Ce chargement confirme la rumeur selon laquelle, par une prudence compréhensible en ces temps troublés, l'Empereur ne se sustente qu'avec son garde-manger à lui et ne s'en remet qu'au service de ses propres goûteurs.

Tout à leur charge précautionneuse, les officiers de bouche et le colonel-maréchal des logis de la maison impériale manifestent bientôt, auprès des autorités locales, avec nervosité, leur intention de ne pas rester là à goiser d'un pied sur l'autre, sur ces chaussées raboteuses qui recèlent, sans nul exhaussement, des fondrières profondes, autrement dit des pièges à charrois, remplis de mollasse collante en toutes saisons ; ils n'entendent pas risquer à chaque lieue d'enliser le cortège.

L'ordre discret est donné de simplifier la cérémonie d'accueil : toute une couvée de petites drôlaïsses accourues de l'école de L'Oie, portant dans leur chevelure au vent une rose de Provins, s'avance vers l'Impératrice pour lui offrir un bouquet d'herbes à l'esquinancie et un petit rosier écarlate glissé dans une baillotte en rotin, remplie de terre fraîche vendéenne. Un papillon enfantin, épinglé sur une tige de bambou, porte une mention écrite d'une main délicieusement maladroite et dont l'orthographe fait fondre Joséphine : *À la dame de l'Empereur, pour sa roseraie de la male maison.* Ladite dame de l'Empereur et de la Malmaison embrasse le rosier et les petites filles, touchantes de candeur…

Puis c'est le tour des garçons. Le premier d'entre eux offre à l'Empereur une boîte de boutons d'abeilles de Childéric et à l'Impératrice une enluminure du château des Roches-Baritaud, une propriété voisine où, naguère, la jeune Joséphine de Beauharnais descendait – nous a-t-on assuré – visiter ses cousins. Recevant ce présent inattendu, la Première dame confirme qu'elle y est venue plusieurs fois en séjour, depuis sa Martinique natale ;

puis elle confesse ses regrets sincères de n'avoir plus aujourd'hui le loisir d'y retourner. On remarque qu'elle n'exprime sa gaieté que par un demi-sourire bridé – il se murmure dans l'assistance qu'elle cherche ainsi à cacher ses dents gâtées.

L'Empereur ne goûte guère ce rituel. Il affiche des airs importunés, il n'a même pas attendu la fin de la cérémonie des cadeaux pour rejoindre la foule. Il a enjoint aux autorités de demeurer auprès de la berline. Il veut être seul à serrer les mains.

Monsieur Laval, qui a suivi le cortège, depuis sa ville, affranchit ses collègues maires « dans le plus grand secret » sur les raisons de l'humeur impériale. Il veut ainsi nous signifier que l'étape de L'Oie pourrait être écourtée…

— Quand il est arrivé hier soir chez moi, à Fontenay, il a refusé le grand dîner offert par mon épouse. Il s'est très vite isolé dans ses appartements. Il était à prendre un bain de pied lorsque le général Duroc, que vous apercevez là-bas, lui a apporté une liasse de dépêches. Il ne les a pas plutôt lues qu'il s'est levé furieux. On a entendu un grand bruit. L'émoi était à tous les étages. L'Empereur a brisé rageusement un bassin de faïence, rempli d'eau, qu'il avait ordonné de faire monter, afin de s'y laver les pieds. On a retrouvé ce matin la faïence en mille morceaux. On entendait depuis le rez-de-chaussée ses embraillements… L'Empereur tapait du pied et marchait hors de souffle sur le parquet inondé. La nuit impériale fut courte. À trois heures, il a réveillé l'Impératrice, et à trois heures trente, le cortège mettait le cap sur Sainte-Hermine. On a appris dès l'aube la raison de son ire : les nouvelles d'Espagne ne sont pas bonnes. Un courrier lui aurait annoncé que le prince Joseph a renoncé à la couronne d'Espagne, après la capitulation du général Dupont à Baylen, il y a six jours. C'est sa première grande contrariété…

Le préfet, tout à ses impatiences de sentinelle du régime, a laissé traîner l'oreille et s'est mêlé à la conversation. Pour se mettre en valeur et reprendre la main, il confirme que « notre illustre hôte a de vrais tracas ». Il nous révèle qu'avant-hier, l'Empereur a fait passer un message par la préfecture au ministre de la Guerre : « Je continue ma route vers L'Oie puis le chef-lieu de Vendée ; je ne vais point directement à Paris. J'ai promis de passer par ce département. Je paraîtrais me défier de ces peuples… mais *j'activerai ce voyage* autant que possible. »

Ce message nous prépare à toutes les volte-face régaliennes… Pendant quelques minutes, Napoléon s'en retourne vers l'assistance qui l'appelle. Il touche tous les bras et serre les poignets qui se présentent. C'est à qui peut saisir la main auguste… Le bain de foule semble lui avoir changé les idées. Il vient d'entendre dire que Louis XVI n'eût pas été mieux accueilli en Vendée, cela l'enchante. Il sourit enfin…

Aussitôt, il prend les maires à témoin de ce qu'il a vu, sur la route, depuis la ville de Fontenay ; un spectacle qui l'a désappointé :

— Tout au long de notre voyage, ruines et décombres attestaient des misères de la guerre. Rien ou presque n'a été relevé. On a l'impression que même les plus beaux courages se sont consumés.

Ce qui l'a bouleversé, ce sont les bourgs abandonnés, déshébergés, sans âme qui vive. Rien ne lui a échappé : il interroge le préfet sur l'accident qu'il a aperçu au lieu-dit « du Pont-Charron » où la berline impériale a failli elle-même se renverser. Le maire de Chantonnay, Jean Fleurisson, et le curé Stanislas Arnaud saisissent l'occasion pour faire appel à la cassette impériale.

— Sire, nous implorons votre générosité pour nous aider à restaurer le pont sur le Lay. C'est un lieu célèbre de la Grand'Guerre, où les Blancs ont étalourdi les Bleus pour la première fois… Pour nous, c'est un symbole…

L'Empereur s'enquiert de cette échauffourée sans grande notoriété.

Alors le curé, la lèvre malicieuse, s'élance :

— Votre Altesse, le Pont-Charron est le plus connu des ponts de tout l'Ouest à cause du grand choc qui fut le premier de la Grand'Guerre… C'est notre *pont d'Arcole…*

Napoléon rit de bon cœur. Il apprécie le clin d'œil. Du pont, on passe aux routes. L'Empereur interroge les édiles et fonctionnaires sur leur vétusté.

— Mais pourquoi donc sont-elles à ce point crevassées ?

— Sire, explique le maire des Herbiers, c'est à cause de l'usure des charrois et des convois de bestiaux. La voie que vous avez empruntée est la seule route utilisée pour l'importation des cendres du Marais – un engrais précieux, vital même, pour les terres du Bocage. Le transport des denrées défonce la chaussée.

— Il suffirait sans doute de la recharger en chirons de granit, reprend l'Empereur.

— Oh, Sire, nous craignons que ce ne soit pas suffisant. Cette grand'route est aujourd'hui dans un tel état de ruine que, dès les premières pluies d'automne, les chevaux de taille et de force s'engloutissent vivants dans les bourbiers qu'on risque à chaque pas.

L'empereur a pris note. Il promet un décret pour la fin du voyage. Puis, en plissant les yeux, scrute les paysages autour de lui… À quoi pense-t-il ?

III

« *Resistenza e liberta* »

À le voir tirer sur ses doigts – comme on tire au canon –, on sent qu'est revenu au galop, dans ses imaginations des lieux, le tacticien fébrile :

— Vos routes étaient taillées pour l'embuscade. C'étaient de vrais coupe-gorges. Il est temps de les ouvrir au commerce, faire circuler les idées, faire respirer les patis embocagés en y introduisant les Lumières…

L'Empereur s'intéresse à l'importance historique des Quatre-Chemins de L'Oie. Les maires lui expliquent la convergence des quatre routes : l'une vient de La Rochelle, c'est celle qu'il a prise. L'autre descend de Nantes, c'est celle qu'il prendra pour rejoindre la sous-préfecture de Montaigu. La troisième vient d'Angers et passe par Cholet, c'est celle de la « Vendée militaire ». C'est la route des rebelles de 93, qui s'exerçaient avec les Bleus à la pêche à la bouteille, dans ce goulot étranglé de ronces, depuis les bois adjacents, où il était malaisé de faire demi-tour. La quatrième vient de Napoléon, le nouveau chef-lieu du département où il va se rendre, dans quelques instants, en quittant ce carrefour que les Vendéens réputent « célèbre ».

— Pourquoi est-il donc célèbre ?

— Sire, c'est à cause de la bataille qui porte son nom : la bataille des Quatre-Chemins, le 11 décembre 1793... Regardez, autour de nous... tous les moignons de murailles... c'étaient des maisons... Une grande victoire... nos gars se sont emparés d'un camp fortifié républicain.

L'Empereur a soudain le regard qui pétille. Le stratège se réveille. Peu lui importe finalement le camp et la couleur du vainqueur, il demande qu'on lui raconte l'affaire...

Le père Gustin fait revivre, avec ses mots, la scène de l'assaut qu'il a vécue, il y a quinze ans :

— Monseigneur, agardez mes vieux sabots fendus, y les portions déjà... La veille de la grande bataille, les patauds avaient fait tuer bérède d'monde dans les villages... Le lendemain... le général a enfoncé les lignes du chef républicain... *Venimeux* que le s'appelait...

Le préfet rectifie :

— Non... monsieur... pas *Venimeux... VIMEUX...*

— Nous, on dit *Venimeux*. Le général, l'a pris sa revanche... contre *Venimeux...*

— Sa revanche ?

— Oui, monseigneur. Li a douné ine sacrée rabataïe aux patauds.

— Qui « li » ?

— Le général !

— Quel général ?

— Mon général… Athanase Charette !

— Ah, il était là, celui-là ?

— Beh oui qu'il était là. O lé li qu'a engagé tchette bataille et qu'a enlevé le poste.

— Ah, ce Charette… Quel guerrier ! Il me donne l'impression d'un grand capitaine… *J'aurais voulu l'avoir à mes côtés…*

Silence… stupéfaction… devant cet hommage inattendu. La phrase va courir dans tous les rangs : « J'aurais voulu l'avoir à mes côtés... » Ce n'est pas rien, ce soupir impérial… Pendant quelques instants, l'Empereur tourne sur lui-même. D'un coup d'œil avisé, il observe la topographie et remarque :

— Bonne position pour une guerre de partisans…

Et, à voix basse, il ajoute :

— Des géants… oui… des géants…

L'Empereur désire serrer encore quelques mains. Il s'approche des talus… Martineau, l'huissier de Saint-Fulgent, un notable républicain infatué, vient alors vers lui et, comme s'il s'agissait d'une dépouille de guerre, il ose réclamer la propriété de la forêt du Parc-Soubise dont la République a dépossédé la maison de Chabot, au profit de la commune de Saint-Fulgent. Napoléon ne connaît ni le Parc-Soubise ni le marquis de Chabot. Et il n'a pas une âme de notaire. Alors il lui demande, d'un ton agacé, de décliner son identité :

— Je suis un ex-représentant du peuple, Sire…

L'Empereur le fait taire :

— Un *ex,* dites-vous ? Eh bien, Monsieur… *restez-le…*

Napoléon cherche à fixer nos regards. Lorsqu'il aperçoit dans la foule une figure éclairée d'une flamme plus sombre, il en fait sa proie :

— Tu as fait la Grande Guerre ?

— Oui, Sire…

— Où ?

— Y'étions brigands dans les Mauges.

— Et toi ? demande-t-il au voisin, un peu en retrait, qui est vêtu d'une redingote de bourgadin.

— J'étais le secrétaire du représentant en mission de la Convention.

— C'est à peu près le genre de poste que j'ai refusé… De quel représentant en mission parles-tu ?

— De Merlin de Thionville.

— Ah oui… Une figure… Un personnage… Tu étais sa plume ?

— Oui. C'est à moi qu'il a dicté sa lettre du 19 octobre 1793 à Saint-Florent-le-Viel, quand le chef vendéen Bonchamps a libéré les prisonniers bleus…

— Oui… beau geste… l'élégance… le pardon… J'en ai entendu parler… Merlin a salué la grâce ?

— Ah ben non !

— Et pourquoi donc ?

— Il voulait rassurer les députés qui avaient peur…

— Peur de quoi ?

— Ils avaient peur qu'on dise partout : « Ah… les Blancs… ils pardonnent… *eux* ! »

— Et tu as écrit quoi… et… à qui ?

— J'ai écrit à ces messieurs de la Convention : *Les brigands n'ont pas le temps d'écrire. Donc cela s'oubliera*. Il fallait sauver la République, non ?

Toute l'assistance est suspendue à la réaction de l'Empereur. Il retient un haut-le-cœur. Il se ferme… Il n'esquisse ni reproche ni approbation…

— C'était une autre époque… lance-t-il en repartant vers de nouveaux groupes.

Un pauvre curé guenilloux avance chevrotant d'émotion. Le sacristain qui l'accompagne le présente à l'Empereur.

— Olé l'abbé Boursier, le curé de Mouchamps, un homme de boune entendouère… Le ne s'est jamais remis de sa déportation par les Bleus aux pontons de Rochefort… C'est pour ça que l'avance de travers… que l'est tot à la brandigolette…

L'Empereur se penche avec humanité sur le vieil ecclésiastique, qui tend les mains vers lui :

— Racontez-moi, monsieur le curé…

Le visage du prêtre s'illumine :

— Mon Empereur, quand j'ai su que vous seriez chez nous ce matin, j'ai remercié le Ciel… Je suis comme Siméon, face à face avec le Rédempteur d'Israël, le Messie du Seigneur… Quand il reçut l'enfant dans ses bras, au Temple, le vieil homme a béni le Très-Haut en rendant grâces : « Maintenant, je peux mourir. Car mes yeux ont vu le Salut ! »…

— … Le Salut ? Rien de moins ?

— Oui, le Salut… accordé par le Pacificateur de la Vendée !

Cette vision béatifique touche l'Empereur. Mais il connaît l'âme humaine. Il a appris depuis longtemps à lire l'envers des supplications dans les compliments...

— Il veut quelque chose ? glisse-t-il en aparté à l'archevêque de Malines.

— Tout éloge d'un clerc, répond l'archevêque, quand il fait référence au *Messie*, est un acompte sur bienfaits à venir...

L'Empereur sourit mais, sans être dupe, il revient vers le curé de Mouchamps.

— Une sacristie ?... Une toiture ?... Un clocher ?... Vous voulez quoi ?

— Un retable, réplique le vieux prêtre. L'ancien, du XVe siècle, a brûlé.

Napoléon se retourne vers l'aide de camp :

— Donnez-lui deux mille francs sur ma cassette. Qu'il s'achète un retable neuf pour son église... à Mouchamps, c'est cela ?

Le curé s'effondre en larmes, les mains jointes.

— Ô Seigneur...

Napoléon se dirige vers la sellerie qui fait l'angle de la Grand'Route. Il est attendu par une vieille femme, toute acabassaïe, accompagnée de trois pauvres enfants qui ont les oeils birolloux et regardent de travers comme des cyclopes. Elle se présente : madame de Verteuil. Elle se déhanche, on l'appelle la marquise bouïtouse. Elle confie à l'Empereur son infortune. Elle est seule, son mari a été noyé dans un bateau à soupapes coulé dans la Loire par le sinistre Carrier. L'Empereur donne instruction qu'il lui soit porté secours... Encore et encore la *cassette*...

Soudain, il échappe au protocole et se retourne vers un groupe de Vendéens qui ont un air de fauves indomptés, et portent au cou leur chapelet de buis ! Il comprend, d'un seul regard, à qui il a affaire ; alors il flatte l'encolure :

— C'est donc ici que vous vous êtes battus ? ou plutôt que vous avez battu ceux qui avaient battu tous les autres ?

Silence. La méfiance ne désarme pas. Les gars baissent la tête, ils maussonnent après la République. Pas un seul ne répond… Il faut autre chose que des lauriers qu'on agite pour apprivoiser des sangliers…

L'Empereur entreprend le plus farouche, Pierre Tenailleau, de La Verrie :

— C'est quoi, cette serpe ? Un trophée ?

— Non, une petite *moissonneuse* pour faucher les Bleus… ils ont tué quatorze de mes proches.

— Quatorze ? Dis-moi…

— Eh bien… Ils ont pendu ma femme… embroché mes deux gars… souillé mes cinq filles à La Lombardière… et, pour finir, ils sont allés massacrer les six enfants du voisin, à La Rinaire…

— Et cette ceinture de *cocardes*... républicaines que tu portes autour des reins ?

— C'est ma fierté dans mon malheur… Des cocardes, y'en a *quatorze*. Une par mort. Quatorze cartouches de mon fusil de chasse dans le même taillis, au-dessus de la route… Quatorze balles dans la tête… Quatorze cocardes de Bleus qui passaient sur la route… J'les ai épialés comme des lapins… Jusqu'au *quatorzième*. Juste le compte… On est quitte…

— Et pourquoi es-tu venu ici, ce matin ?

— Parce qu'on est quitte… justement… Et puis notre maire nous a juré que vous, au moins, vous avez toujours refusé de descendre en Vendée pour vous battre contre nous…

— C'est la vérité… je n'aime pas les guerres civiles…

— Oui… mais nous… on n'aime pas trop les *môssieus* de la République qui se pètent la goule à la Quat'routes pour nous caresser la couane et qui veulent passer le rouleau sur le sillon qui pleure encore.

— Je ne suis pas venu pour cela… Je suis justement venu écouter le sillon qui pleure… les brûlures… le ressentiment… L'abîme…

— Oui, les cris, les yeux qu'appellent… dans la nuit…

— Et ça ne s'en va jamais ?

— Si, mais… ça revient… au champ… au lit… Forcément, à chaque buisson, à chaque cri de chouette, on sursaute, on vit dans l'épouvante…

L'Empereur se tait. Il est troublé… On dirait que l'âme corse se réveille. Il regarde au loin, cherchant dans ses enfances un miroir de la souffrance humaine, une parenté intime… Il vibre. En s'éloignant un instant, il murmure par devers lui :

— *Resistenza e liberta*… Ce sont les mêmes… les mêmes que dans mon île de pirates… à têtes de maures tranchées… des géants… oui… des géants…

IV

« Vous n'êtes qu'un jean-foutre ! »

L'alignement est impeccable, disposé depuis plusieurs heures devant le relais de poste. L'Empereur a rejoint, d'un pas pressé, la colonne qui avance vers lui. Il s'attarde devant les plus larges balafres. Il les passe en revue comme au champ d'honneur. Son regard plonge dans leurs entrailles. Le premier ci-devant rebelle est un ancien fabricant de cartouches à poudre de La Merlatière. Il a les mains explosées, le visage tailladé et sa carotide abîmée l'empêche de parler. Napoléon lui sourit. Un brave… Puis c'est le tour d'un compagnon de Cathelineau, du Pin-en-Mauges. Celui-là perd tous ses moyens et ne répond que par des échappées de cacasseries ventreuses aux questions impériales. Inutile d'insister. Le préfet hâte le pas, on passe au suivant.

L'Empereur semble intrigué, captivé même, par l'accoutrement d'un jeune cavalier, aligné avec les Blancs mais qui n'est pas du camp des Blancs. Napoléon l'examine de pied en cap. Il observe le chapeau noir égrofigné – qui a beaucoup voyagé –, le foulard de tête rouge déchiré, la surculotte verte et la schabraque de mouton blanc, à dents de loup rouges. Drôle de mise…

Quand il s'approche de lui, pour attraper son regard, le jeune cavalier lui tend sa sabretache[1] avec un brin d'arrogance :

— Tenez, monsieur l'Empereur. Si vous voulez voir mes états de service de la Grand'Guerre, ils sont là-dedans.

Surpris par une telle assurance, l'Empereur scrute le visage de plus près. Pas vraiment les traits d'un guerrier… Il l'interroge :

— Vous êtes d'ici ?

— Oui… Née native de Sainte-Florence…

— Et vous vous appelez comment ?

— Rogronille.

L'Empereur s'étonne de cette voix fluette :

— Votre prénom ?

— Louise…

— Ah ! Louise ? Vous êtes donc… une fille… qui porte un uniforme… d'homme ?

— Oui… une fille de La Tanchaire… la ferme familiale…

— Et cette tenue ? Pas vraiment un sarrau de fermière, n'est-ce pas ?

— On m'appelle « la Hussarde » !

— Mademoiselle la Hussarde… Ben voyons… une fermière chez les Bleus… ce n'est pas banal… J'imagine que… pendant… la Grand'Guerre…

1. Sacoche qui s'attache au ceinturon des cavaliers et qui pend avec le sabre sur leur côté gauche.

— Ben oui, monsieur l'Empereur… Forcément…

— Vous avez combattu… dans les rangs des compagnies de hussards ?

— Ah non. Pas du tout !

— Vous étiez…

— En face… des hussards… Juste en face… monsieur l'Empereur…

— Vous étiez…

— Blanche ? Oui… J'étais blanche…

— Alors, pourquoi cette toilette ?

— Je l'ai… *empruntée*… à un hussard de passage dans le champ de la Braille… Pour mieux tromper les lignes ennemies…

Elle a dit tout cela avec des tisons dans les yeux. L'Empereur est un instant décontenancé par l'expression altière de ce petit bout de femme qui semble lui tenir tête. Mais son visage à lui redevient impassible. Il prend soin de n'exprimer aucun sentiment. Il est cerné de partout par les milliers de paires d'yeux. Les anciens Bleus, les anciens Blancs le guettent, il le sait ; il lui faut tenir la balance égale.

C'est au tour du voisin de la Hussarde de se présenter. Et ledit voisin, c'est moi. Jean Rogronille, son frère.

L'Empereur a remarqué mon écharpe rouge :

— Vous êtes le maire ?

— Oui, Sire… le maire de Sainte-Florence.

— Et la demoiselle, c'est une de vos administrées ?

— Oui… enfin… C'est ma sœur…

— Une drôle de sœur ! Une sœur qui dépouille les hussards de leurs effets ! Et vous, que faisiez-vous pendant la Grand'Guerre ?

— Sire, j'étais… j'étais…

— De quel côté étiez-vous ?

— J'étais… *neutre*…

— *Neutre* ? Ah, vous étiez *neutre* ? Vraiment ?… Eh bien… vous n'êtes… qu'un… *jean-foutre* !

— Sire… Sire… Je voulais dire par là…

Trop tard… L'Empereur a déjà tourné les talons. Comme le tounère qui, en un éclair, change de colline. Napoléon a embarqué dans sa berline…

Je reste là, les bras ballants. Assommé, écrapouti. J'ai les oreilles qui sifflent. *Jean-foutre !* La balle m'a traversé le cœur. Je n'ose même plus me retourner vers les autres élus. Un châgne décapité, éventré, foudroyé.

Derrière nous, la foule a tout entendu du verdict impérial. Les élus, les yeux révulsés, vezounent dans leur barbe. L'avanie va me rester, je le sens… Comme une flétrissure… Je suis le seul à savoir pourquoi j'ai fait le choix de ce mot malheureux… Je ne peux rien dire à personne…

Mon voisin – le procureur-syndic –, qui s'impatiente depuis si longtemps à l'idée de m'enrosser, reprend, à la régalade et la main sur le jabot :

— *Neutre* ! Il était *neutre* ! Toi, Jean Rogronille, tu as gardé ton prénom mais tu viens de perdre ton nom. Tu es un autre Jean ! Et c'est l'Empereur qui t'a débusqué…

La rumeur s'élance sur les Quatre Routes, de bourg en bourg. Elle monte à tous les clochers, elle vole plus vite que le merle sur l'aubépine des bouquets d'amour et vient terminer sa course à la veillée où les cherche-pain rapportent, dans les vents du soir, l'écho de la médisance qui fait chanter le bois humide au coin du feu. Les uns me soupçonnent de renardise, les autres me traitent de musaraigne... Il y a ceux qui marmottent :

— Il a trompé les Vendéens, ses frères...

Et ceux qui, dans le camp d'en face, me soupçonnent du contraire :

— Un gars qui se dit *neutre*, c'est un faux ami qui veut redonner les terres aux nobles...

Je me tourne vers ma sœur. Elle voit bien que je suis désemparé. Mais son indignation est trop grande et emporte tout. Elle s'épuise en jurons inarticulés. Elle pleure toutes les larmes de l'enfer. Je cherche en vain à lui prendre le bras...

Elle marmouille entre ses dents :

— Si tu savais comme j'ai honte !

— Toi aussi... tu me lâches ?

— Mais c'est toi qui nous as lâchés ! Toutes les paroisses t'ont entendu débadigouler... Quelle humiliation ! J'ai un frère parjure !

— Écoute-moi, Louise... Dans ma bouche, le mot *neutre*, c'était une réponse de circonstance à Buonaparte... pour ne pas lui déplaire... Histoire de me fondre dans le ton des arcs de triomphe... des embrassades du cérémonial... C'était comme un acompte pour toucher la cassette impériale... pour les gouttières de la mairie... C'est vital pour la commune... Et puis, je n'ai pas parlé pour aujourd'hui, j'ai parlé pour hier...

— Non, tu n’as pas compris… Personne ne t’a demandé de te renier… de *nous* renier… D’ailleurs tu t’es pris la réplique en nez de bique ! Les Corses sont comme nous. Ils ont de l’honneur ! Tu nous as salis. Tout ça pour garder ta place de maire et vendre tes violons aux bourgeois nantais, aux négriers du quai de la Fosse, aux neveux de Carrier… Va t’en… Tu me dégoûtes.

Louise fait volte-face… Elle s’éclipse… Elle ne saura jamais…

De dépit, elle a même laissé dans la bouillasse sa sabretache et son baudrier.

Tout autour de moi, à la Quat’routes, on a fait le vide. Chacun s’en est allé, répétant, la bouche en cul de dinde, à la lumière de sa chandelle, le mot *neutre*, bientôt déposé sur chaque table de famille comme une crécelle de lépreux. Les Blancs m’accablent :

— Un neutre, c’est un concordatiste en surplis de Curé défroqué… Alors… méfiance ! Un neutre, c’est un *bleuâtre…*

Ceux d’en face, les burgadins des Herbiers m’accusent de desseins cachés :

— Un neutre, c’est un *blanchâtre* qui cherche daus emmanches pour se faire repeindre la goule aux couleurs du jour. Alors… méfiance !

Comment pourrais-je me défendre ? La vague est trop forte. Je sais par quel chemin de détour m’est venu cet adjectif. Mais je ne peux rien dire…

Bientôt, dans tout l’arrondissement, va courir la sentence de mise en quarantaine : « Le maître sounur de Montaigu, maire de Sainte-Florence, n'est qu'un jean-foutre ! » Une traînée de purin…

Devant l'atelier du bourrelier, j'entends bientôt les jeunes conscrits réfractaires, un godet de Gros Plant à la main :

— Tiens, voilà… le Jean neutre… le Jean pleutre… le jean-foutre !

Il va falloir vivre au milieu des crachats. Je ne suis plus Jean Rogronille. Sauf pour l'état civil. Sur les marchés, dans les caves, au cul des vaches, sous les battoirs des lavoirs où glissent les éreintements des mères de sagesse, mais aussi chez tous les paroissiens de Sainte-Florence, pour mes clients montacutains, pour les feux des villages, depuis L'Oie jusqu'à La Ferrière, mon nouveau nom court la campagne, après avoir été dégobillé par tous les gosiers des gardes champêtres : « Voici donc *Jean Foutre*, ainsi nommé, à trente-et-un ans, par l'Empereur au Journal officiel des Quatre-Chemins, le 8 août 1808. » L'assistance comprend : cet homme n'est plus à fréquenter…

V

L'auberge du Grand Turc

Quand je balaie du regard la grand'place, après l'incident, je me retrouve tout seul. Le cortège impérial s'est ébranlé sous les vivats. Il a quitté les Quatre-Chemins. Les carrioles des édiles sont prêtes. Les maires sont invités à suivre. Impossible pour moi de leur fausser compagnie. Sinon, ils en rajouteraient : « Ce maire-là n'est même pas venu jusqu'au chef-lieu. Il boude. C'est un jean-foutre qui se comporte vraiment en jean-foutre. » Je décide de m'y rendre.

Le temps de préparer mon cheval, je m'arrête quelques instants à L'Oie Grasse, où le Grand Michâo, l'aubergiste, m'attend avec toute la municipalité. La rumeur maligne n'est pas venue jusqu'à lui, il m'accueille avec sa bonhomie habituelle. Il a tenu à payer sa tournée. Je le connais bien : du matin au soir, il est toujours entre deux eaux ; c'est le roi des petites affaires, il a le regard oblique et le rein de travers, un grand flatteur d'encolures qui vous sourit quand il vous fait les poches. Il a acheté sa licence avec l'argent gagné sur la revente des pierres d'angle du château des Essarts et il a même fait commerce, à ce qu'il se dit, des burettes et des calices des églises du Petit-Bourg. C'est un homme de toutes les quêtes, de tous les bords, bleu un jour, blanc le lendemain et arc-en-ciel quand l'humeur tourne à l'orage. Chacun le croit de son côté. Il s'en amuse. « Les verres sont mon métier, ils n'ont pas de couleur ! » Il prend la couleur du temps et de ses clients. Son auberge est toujours pleine. C'est là qu'on discute après chaque conseil. On l'appelle « la mairie annexe ».

Ce matin, il a sorti ses meilleurs cruchons. Les ragoûtants de Mareuil et de Petosse, réputés dans le canton, coulent au tchu de la barrique. Le Grand Michâo saute sur la table de la salle des buveurs et, avec le ton grave d'un serment de cave, il annonce qu'en l'honneur du mameluk Amakuc, « venu ce matin dans son établissement pour apporter un peu d'eau à Joséphine qui se sentait mésaise », il vient de changer l'enseigne de la maison. Elle ne s'appellera plus « l'Auberge de l'Oie Grasse » mais « l'Auberge du Grand Turc ». Clameur de tous les lève-coudes qui lancent leurs tabourets et montent, en glissant d'un pied sur l'autre, sur les napperons. L'affaire est entendue. On boit « au Mameluk ! »

— Les gars ! s'écrie bientôt le Grand Michâo, vous me croirez si vous voulez : ce matin, l'Empereur est passé devant chez moi… Il m'a regardé… Et moi aussi, je l'ai regardé. Je me suis dit : « Tiens, voici l'Empereur ! » Et j'ai compris que lui, il se disait : « Tiens, voilà le Grand Michâo ! » Ça s'arrose ! On va pas se quitter avant d'avoir trinqué à notre nouveau roi !

Le Grand Michâo fait sauter les bouchons de ses vieilles bouteilles de Folle blanche, le fameux « p'tit vin de Sigournais », connu pour ramoner les palais dans les fermes… le « vin des centenaires », qui apaise les rumatchiques bien mieux que les sangsues.

Soudain, c'est la surprise. On aperçoit, derrière la vitre embuée, la tête du curé de Mouchamps qui sourit. Le Grand Michâo lui fait signe : il entre pour « arroser le nouveau retable » et « bouere lui aussi à la santé de l'Empereur ». Ce n'est pas du tout la pente de son caractère d'aller au café. Chaque dimanche, au prêche, il envoie les ivrognes en enfer. Il faut vraiment qu'il soit dans les béatitudes du don reçu sur la route pour monter dans la barque de Noé qui gîte de bâbord à tribord. Couvert de bienfaits par l'Empereur, il est prêt à rendre grâce, quitte à baiser les babouches du « Grand Turc ».

C'est la liesse. On lève les timbales aux « vignes du Seigneur ». On se noue la tête de serviettes en turban. On trinque au blanc, au rouge… « Le curé avec nous ! » Ivresse biblique. L'Arche de miséricorde. Le Grand Michâo, qui n'est pas un enfant de chœur, lève les yeux au ciel. Il triomphe. Ce matin, c'est lui qui officie, qui unit les cœurs. Comme l'Empereur.

Mais l'homme de Dieu, soudain, réclame le silence. Les yeux fermés, il lève la main et, revenu à lui, appelle les convives du Grand Turc à remercier la Providence pour le cadeau impérial d'un nouveau retable. Alors, il entonne le célèbre cantique du vénérable Vendéen Louis-Marie Grignion de Montfort, qu'on reprend en chœur dans toutes les paroisses. Il s'élance avec componction, les mains croisées sur la soutane élimée, le regard au plafond : « Bénissons à jamais le Seigneur / en ses bienfaits… »

Voilà que Racassou, le garde champêtre, se lève à son tour et invite l'assistance à détourner les paroles : « Bénissons à jamais le Seigneur / dans ses bienfaits… Bénissons… Bénissons… Bénissons… / *à jamais… le p'tit vin de Sigournais…* »

On pouffe de rire. Le curé feint de ne pas avoir entendu. Il poursuit, imperturbable : « Bénissez-le, Saints Anges… » Racassou tape sur le tambour, il s'enchante d'avoir au bout de la langue la rime parfaite : « *Bénissez le Saintonge…* »

Éclats de rire avinassés…

Le curé n'a pas le choix, il se grime d'un rire forcé…

Et on retourne à la pinette pour une dernière rasade en l'honneur du curé et de l'aubergiste. Le Grand Michâo s'écrie en embrassant le curé :

« Nous sommes tous des concordataires ! »

— Que voulez-vous ? réplique le curé, le pauvre bounhomme, l'a plus son entendement. L'est saoul comme la bourrique dau diable !

Je quitte l'auberge. Toutes les montures sont parties, sauf Brindigolle, ma jument. Il est grand temps de donner de l'éperon pour rattraper le cortège qui fait route vers le chef-lieu. Tous les maires y sont attendus.

La Folle blanche de Sigournais a mis un peu de ses esprits dans mes humeurs pour le voyage. Je ne suis pas trop frais… Les haies tanguent, les arbres dansent une bourrée au bord de la route. Le ciel est en écailles, on dit, chez nous : « en poil de carpe »... Je galope vers Napoléon, la nouvelle ville chère à l'Empereur et qui porte son nom.

Peut-être pourrai-je là-bas m'expliquer avec le préfet, voire avec l'Empereur en personne, et ainsi me débarrasser du sobriquet avilissant ? Il ne faut surtout pas laisser cailler plus d'une journée, sur mon front, le signe d'infamie.

VI

Chouans d'Empire

Le cortège impérial a déjà quitté la commune de Sainte-Florence-de-L'Oie. Mais nous allons rattraper la berline, c'est l'affaire de quelques lieues ; je dis *nous* parce que nous sommes deux : ma sauteuse de haies et moi. Elle a le flair des migrateurs des îles. Elle sent le terrain aux courants chauds, aux courants froids. Ma Brindigolle est une bonne fille, douée de prescience, c'est une jument qui a le sabot toujours juste et survole à la bonne hauteur les eaux dormantes, les nénuphars et jonquilles. Elle sait couper au court. D'un seul coup d'éperon, elle a déjà deviné qu'il fallait passer à travers champs.

Nous courons à la devalaïe jusqu'à La Ferrière où, déjà, nous recollons au convoi des maires.

C'est là, à l'entrée du bourg, qu'une garde d'honneur qui prend le relais des gendarmes attend la famille impériale. De loin, j'aperçois une flotte de plumets blancs qui ondule sur la route étroite, entre les futaies et les pans de maisons à peine relevées. Ce sont de très jeunes gens. Ils sont splendides, avec leurs vestes et culottes de drap blanc, leurs parements d'habit en velours écarlate. En tête du détachement, l'étendard de la cavalerie de parade étale sur un fond amarante, au-dessous d'une couronne de chêne, cet envoi emphatique :

*Notre **AMOUR** égale son **COURAGE**.*

L'étendard de l'infanterie, de couleur claire, promène un globe terrestre démesuré, surmonté d'une légende en lettres d'or :

Il l'a rempli de sa gloire.

Et de l'autre côté, le *N* de Napoléon, orné de branches d'olivier, est surmonté de l'annonce quasi évangélique :

Il donnera la Paix à l'Univers.

La foule, massée au bord de la route, s'émerveille de ce défilé somptueux qui éclabousse de sa jeunesse aux mille feux la traversée triomphale de la Vendée. Le commandement de la cohorte chamarrée a été confié à monsieur Henri Serein, de Luçon, qui fut le commandant du régiment d'Armagnac. Ainsi cet ancien officier du roi a-t-il repris du service. Une reconversion avantageuse…

Cette équipée représente, pour l'aristocratie vendéenne, une sorte de rite de passage d'un monde à l'autre, le passage des anciennes chevaleries aux nouvelles allégeances emblasonnées de sang neuf.

À lire sur les visages l'origine des jeunes écuyers qui composent le détachement, on croirait une chasse à courre d'antan reconstituée. Ces fils de famille viennent tous ou presque de leurs logis en fer à cheval, ils sont allés rechercher à l'écurie les vieilles montures des équipages du Parc-Soubise ou de la Haute-Chaize. Il n'y a que des grands noms. Je reconnais un du Chaffault, fils du vainqueur de la bataille d'Ouessant en 1779, un Bagneux, jeune vicomte de la Pélissonnière, un Buor, descendant d'une famille d'amiraux.

L'Empereur, qui mesure le poids de symbole de ce grand concours de chevalières, s'approche des jeunes patronymes. Ce sont, pour la plupart d'entre eux, des gens nés. Napoléon se plaît à entendre sonner les noms d'extraction chevaleresque. Il jubile. C'est toute l'armoirie des neveux du généralat de 93 qui parade aux côtés de quelques fils choisis dans la haute roture des morutiers sablais ou des marchands de grain de la plaine de Fontenay. Tous ont rallié l'Empire. Et ils font claquer le sabot devant la berline, lui ouvrant ainsi une haie d'honneur, le cœur rempli d'émotion, embrasés par de nouveaux jurements.

Tous ces nouveaux écuyers du corps d'arme de l'Empire ont laissé leurs anciens blasons et se sont accoutumés au nouveau régime. On les a emplumés de panaches verts, empesés d'insignes et de colliers inventés pour la circonstance. Leur exhibition est brillante. Les voilà « chouans d'Empire »... Ils ont viré casaque. La Vendée ne s'en émeut nullement, alors que moi, on me reproche d'être « neutre », quelle injustice !

D'un trot solennel, ils accomplissent la haute mission qui est d'accompagner Leurs Majestés jusqu'à la ville de Napoléon. Le gros de la troupe reste à l'avant mais quelques cavaliers s'en vont battre les fourrés voisins ;

avec leurs chevaux, vite éreintés dans cet emploi, ils sautent et fouillent bosquets et fossés. Sage mesure de précaution, m'explique-t-on, car ces hautes banquêtes à bruyères sont propices aux embuscades de quelques réfractaires en fuite.

C'est d'ailleurs là, dans les mêmes fourrés, que leurs propres pères avaient aménagé leurs repaires secrets. Ainsi va la vie.

Les gardes d'honneur donnent maintenant de la voix. On les a invités à scander des marches tout au long du parcours. Alors ils chantent à tue-tête. Ils ont appris par cœur des rimes guerrières.

Le petit pont qui est devant nous n'est pas anodin : nous traversons la Boulogne, la fameuse rivière qui coule au pied du Petit-Luc, où des centaines d'enfants furent brûlés dans une chapelle en 1794. Petite rivière métaphysique, rougie du sang des martyrs qui tentaient de s'échapper sur un radeau dérisoire. Ce n'était pas le même pont, mais c'était la même rivière.

Ce matin, les héritiers du scapulaire martèlent un autre hymne, celui de l'entrevue de Tilsit entre le Tsar et l'Empereur, qui raconte une autre histoire de rivière et de radeau, si loin de la Boulogne ! Les pères défendaient le pignon de la ferme. Les fils veulent *sauver l'humanité*...

Provoquant la fuite des lièvres au revers des fossés, éveillant l'oreille des toucheurs de bœufs dans leurs labours, les chouans d'Empire chantent en chœur, à plein chemin, *La Traversée du Niemen*. On les entend de très loin adresser à toute l'Europe :

Sur un radeau
J'ai vu le maître de la Terre,
Sur un radeau
J'ai vu le plus noble tableau :
J'ai vu la paix, j'ai vu la guerre,
Et le sort de l'Europe entière
Sur un radeau…

Les clochers sonnent bientôt la onzième heure de la rabinaïe. Grâce à Brindigolle, j'ai rattrapé mon retard. Me voici à l'avant, derrière le cortège impérial.

VII

La berline pénètre dans les rues de Napoléon ville

La voiture souveraine fait son entrée à Napoléon. La « ville » de l'Empereur est plutôt un semblant de gros bourg aux airs repoussants, moitié chantier, moitié gravats. On ne peut y pénétrer qu'en passant entre les tas d'immondices et les éboulis de vieilles masures qui suintent de torpeurs anciennes. On enjambe les bêtes mortes, que le garde champêtre n'a pas eu le temps de faire ramasser.

Napoléon l'Empereur caracole mais Napoléon la ville croupit dans la malpropreté. Le maire, Louis-Auguste Lansier, avait pourtant enjoint à ses administrés de déblayer décombres et murets embryonnaires pour faire place nette au « maître des destinées de la France, le héros de notre siècle, le restaurateur de la Vendée ».

Force est de constater que *Napoléon* est le nom d'un chef-lieu à l'état d'esquisse ; c'est une simple carte d'état-major doublée d'une ébauche d'épaulements et d'embrasures en suspens. Partout, à l'approche des voitures, on voit courir les citadins après les volailles qui ont résolu d'élire domicile sur les voies publiques.

C'est la chasse aux oies et aux canards qui, à ce qu'on nous a dit, gâtent l'eau des fontaines et des abreuvoirs. On aperçoit quelques monuments publics juste achevés et des demeures médiévales encore debout, réchappées des colonnes de torchères de la Terreur. Entre les demeures précaires des nouveaux habitants où traînent encore les truelles de chantier, on ne trouve que jachères, grands espaces vides et métives à moissonner. On reconnaît le tracé des rues par la ligne et le dessin des fossés tout juste creusés de chaque côté.

Le cortège progresse lentement. Nous arrivons au Pont-Rouge, qui enjambe l'Yon et sépare les deux communes du Bourg-sous-la-Roche et de Napoléon. Face à « Leurs Majestés » se dresse un arc de triomphe recouvert de grappes de lauriers-cerises fraîchement coupés.

Le cortège est précédé par la Garde impériale, toujours suivie par la fameuse et juvénile garde d'honneur des *messieurs* du département. Sur un obélisque en bois, couronné d'aigles géants, haut de près de trente mètres, on peut lire, inscrit en lettres rouges :

> *À Napoléon,*
> *Le Grand Pacificateur des départements de l'Ouest,*
> *Restaurateur de nos cités, de nos hameaux, de nos autels,*
> *Fondateur généreux de nos établissements agricoles, scientifiques et littéraires,*
> *Les magistrats et le peuple de Vendée*
> *Souhaitent la bienvenue.*

Quelques drapeaux détrempés flottent aux fenêtres des bâtisses, collés à leurs mâts dérisoires. Les voitures s'immobilisent. C'est un cloaque. « Pire que la neige fondue d'Eylau », dira le général Berthier. Pour avancer à pied, il va falloir goiser dans les flaques de bouillasse. Un adjoint au maire qui a gardé ses sabots de ferme tente un bon mot : « Si o continue à gueurnasser, i allins pas ramasser la moujette. » La moujette, c'est le plat royal – pardon, impérial – des Vendéens. On la récolte *par temps sec.* Ce trait d'humour ne suffira pas à mettre le sourire aux lèvres des hôtes, car une pluie fine a délayé les réserves de sable et de chaux qui, par précaution, avaient été rangées sur les côtés. Les chemins sont des fondrières. La terre enfonce. À chaque pas, le pied glousse dans la fressure. Au champ, quand elle est grasse, qu'elle s'attache aux semelles et colle au sabot, on dit qu'elle est *d'amitié.* Aujourd'hui, on la trouve *malpolie.* C'est une cohue qui piétine, toute ressoulée, dégoulinante, dans cette gnasse à perdre le sabourin des filles.

L'assistance est venue des confins du département. Tous en costume d'apparat, se mêlent et se côtoient les faux-sauniers maraîchins, les sardiniers de Saint-Gilles, les vignerons de Rosnay et les premiers citadins du Pentagone. Et puis, il y a les petits artisans, les métayers et nouveaux fermiers de la plaine et du bocage, les derniers enrichis du bien national qui ont transformé l'abbaye des Fontenelles en une belle carrière à pierres d'angle.

On suit à la lettre le règlement impérial : le maire Lansier, entouré de son corps municipal, s'est arrêté à environ deux cent cinquante pas en avant de l'entrée de la commune, près de la tuilerie et du lavoir municipal des Saules.

Quand Leurs Majestés et les dignitaires de l'Empire descendent des voitures, on comprend tout de suite que l'Empereur n'est pas de composition à gassouiller longtemps dans ce margouillis. Il se tient le dos douloureusement et invite l'Impératrice à hâter la muche. Exaspéré par le mauvais temps, cahoté dans sa voiture depuis L'Oie sur une route tout à crus et à bosses, il décide d'annoncer son départ pour midi sounant.

Le maire se décompose, il est blême comme un chou-rave. Il sait que cette visite impériale commande son destin : ce sera un petit Friedland ou un semblant de Trafalgar municipal... L'enjeu est énorme. Il a dépensé beaucoup d'argent public pour que toutes les fenêtres ayant vue sur les rues soient illuminées jusqu'à minuit en ce jour du 8 août. Il se vante d'avoir fait fabriquer à Nantes « un lit à l'antique, plaqué d'acajou moucheté » pour la nuit prochaine, une nuit d'empire.

Ses concitoyens l'ont entendu promettre que Sa Majesté passerait partout, dans toutes les avenues fleuries et sous toutes les fenêtres qui auraient pris soin d'accrocher des cordons de cytise et de coquelicots en cascades de compliments pour fêter le Régénérateur.

Le temps empire, l'humeur est sombre. Sa Majesté a l'œil noir. Le pauvre maire, rincé par les cordes de plomb, gueguenasse de toutes ses dents restantes :

— Sire, vous voici chez vous... Tout le corps municipal et les fonctionnaires de *votre* ville de Napoléon se font un devoir bien doux de présenter à Votre Auguste Majesté l'hommage respectueux qu'ils doivent à votre personne sacrée. C'est un grand honneur pour eux, dans cette précieuse circonstance, d'être l'organe des sentiments d'amour dont leurs citoyens sont pénétrés. Nous supplions Votre Majesté de croire qu'elle n'a point de sujets plus dévoués qu'eux ; ils se rappellent toujours avec gratitude les bienfaits dont vous les avez comblés. Ce sentiment passera à la postérité la plus reculée. Nos enfants n'oublieront jamais que vous êtes le Restaurateur de leur pays. Ils ne songeront aux malheurs que nous avons éprouvés que pour bénir votre mémoire. Ils nous envieront le bonheur de vous avoir contemplé et d'avoir, avant eux, exprimé à Votre Majesté les sentiments de reconnaissance dont nous leur aurons transmis l'héritage.

Une pause, puis l'orateur adjure :

— Vivez, Sire, vivez... Car le bonheur de la France entière est lié à la conservation des jours de Votre Majesté, et l'Europe qui vous contemple attend avec sérénité l'accomplissement des hautes destinées que lui préparent les vastes projets de votre étonnant génie.

Le maire a la courtoisie d'ajouter un mot pour l'Impératrice :

— Madame, permettez que nous payions à Votre Majesté le juste tribut de notre admiration pour les vertus si rares dont le ciel s'est plu à orner votre âme. Quel heureux assortiment de vos deux caractères ! Votre auguste époux remplit le monde de sa renommée, et vous,

Madame, par la bonté de votre cœur et par votre bienfaisance, vous effacez jusqu'à l'idée du malheur…

L'Impératrice souriante remercie d'un délicat signe de tête. L'Empereur, lui, est resté immobile. Il n'a pas bronché. On sent qu'il n'est plus tout à fait avec nous. Il porte la main à sa culotte de voyage et signifie au Grand Maréchal du Palais que sa capote est trempée. Il a hâte de regagner sa chambre.

La berline pénètre dans les rues de la cité fantôme, peuplée seulement de mille six cents habitants. La préfecture n'est pas prête pour le séjour de Leurs Majestés. L'Empereur se rend donc à la Grande Auberge, construite pour l'occasion.

Les maires profitent de la pause pour ajuster leurs mises. Chacun s'égoutte comme il peut. Le préfet s'est éclipsé quelques instants pour changer de tenue. Le revoilà, à peine reconnaissable. Sa tête disparaît dans son chapeau français, il a le cou pris dans un très haut collet, brodé de feuilles de chêne ; son habit bleu qui descend jusqu'à ses genoux le grandit de taille et d'allure. Il glisse une main satisfaite dans son écharpe rouge à franges d'argent, l'autre tient son arme au côté. C'est le grand jour de sa vie.

Le corps préfectoral répond à l'indifférence de l'Empereur par les affections outrées de *missi dominici* comblés, accueillant avec un respectueux attachement celui que la foule immense, qui attend dehors, appelle à grands cris « le Père de la Vendée ». Chacun peut lire dans son regard que le préfet Merlet est de plus en plus tendu ; sa carrière est au point de bascule ; la halte des

Quatre-Chemins a été jugée trop longue et il sait que tout va se jouer dans les minutes qui viennent. La visite de la ville va commencer.

VIII

« Vous m'avez construit une ville de boue »

L'Empereur est sorti à l'instant de l'auberge par une porte dérobée. Le commissaire de police qui porte un habit tout noir, réhaussé d'une simple cordelière, presse d'une voix solennelle les ingénieurs des Ponts et Chaussées, tous en tenue de cérémonie, l'épée au côté, de se mettre en place sur deux rangs. Les chefs de service sont déjà au garde-à-vous.

Je m'applique à nouer ma ceinture rouge, comme tous les maires du département qui sont agréés pour la visite ; nous sommes encadrés par les officiers d'infanterie pour marcher à la suite de l'Empereur.

C'est un moment très particulier que nous allons vivre. Napoléon est venu voir Napoléon. Le créateur va contempler sa création. C'est lui qui a tout conçu, tout croqué, il y a quatre ans à peine. Il veut s'enquérir de l'avancement des travaux et mesurer l'accomplissement de ses desseins.

Sur la place d'armes, en attendant l'arrivée des chevaux, l'Empereur, qui paraît plus détendu, sans doute par l'effet bénéfique du temps de repos à l'auberge, badine avec les corps constitués :

— Nous allons voir si je suis… un bon architecte…

Le maire, Lansier, cherche une répartie à hauteur de tricorne impérial.

— Sire, « l'architecte » ne s'est pas manqué. On peut même dire que ce chef-lieu est sorti tout armé de son… *chapeau…*

L'Empereur a goûté le bon mot. Il réplique sur le même ton :

— Monsieur le maire… pas de son chapeau. Mais de sa *couronne…* Vous oubliez que c'est au lendemain de la proclamation de l'Empire que j'ai paraphé le sénatus-consulte pour la création de cette ville. Ce fut là mon premier train de mesures pour la province.

Le préfet Merlet, tout engaillardi par les amabilités impériales, file la métaphore royale :

— Sire, cette marque de sollicitude est bien dans la tradition des *rois thaumaturges*.

L'Empereur est ravi et le fait savoir :

— Cher préfet, vous aussi, vous avez pris votre part de cette œuvre. Bien sûr, c'est moi qui ai eu l'idée de transférer le chef-lieu de Fontenay à La Roche. Mais je me souviens que c'est vous qui m'avez soumis, par une lettre argumentée, l'idée de lui donner mon nom. La ville de Bressuire a postulé, dans la même année, pour obtenir de s'appeler désormais « Joséphine ». Elle a eu moins de chance que vous. Je l'ai refusé. Afin de donner plus de prix à mon geste pour la Vendée.

— La Vendée le sait, souligne le préfet. Elle l'exprime par la présence affectueuse de cette foule. Regardez, Sire…

Cette ville nouvelle, autour de laquelle gravite tout le département, l'Empereur l'a voulue comme un acte réparateur, un onguent sur la plaie. La Vendée meurtrie, si longtemps oubliée, refait ses tissus. En cet instant, chacun évalue en son for intérieur les gratifications de l'Empire munificent à l'aune de ses propres calculs : il y aura des aides publiques et des subventions, pensent les maires. Il y aura des exemptions d'impôts, pensent les commerçants. Il y aura des libéralités pour le culte, pensent les curés. Il y a déjà, en chantier, des édifices – une préfecture, un hôpital, un palais de justice –, pensent les employés de la fonction publique… Il y aura de l'activité et du négoce… des terrains à vendre, des maisons à bâtir, pensent les marchands de biens. On nous promet même des travaux sur crédits publics pour transformer la rivière de l'Yon en un fleuve navigable jusqu'à la mer, une sorte de « Niémen du pauvre » pour la Vendée. Que de marques de sollicitude !

Quand les magistrats municipaux se dirigent vers la place d'armes, avant le tour de ville, deux d'entre eux viennent me chercher querelle. Ils me font grief de ce qu'ils appellent « le pas de clerc des Quatre-Chemins ». Ils en craignent les effets néfastes sur la distribution des faveurs tant attendues, indexées sur l'humeur si sensible de Sa Majesté.

— Tu as indisposé l'Empereur, Jean… Il est malséant pour la Vendée que tu sois là. C'est mauvais pour la « récolte » ... Il a un caractère entier. Avec lui, une seule chiffonnerie, un seul sujet de déplaisir, et tout est par terre... Le préfet nous l'a dit et redit...

— Mais je suis justement venu pour dissiper le malentendu. Je n'ai pas d'hostilité... On a changé d'époque... Je n'ai répondu que pour le passé... je n'ai jamais parlé du présent.

— Nous, on te parle de l'avenir. Il n'y a plus de place en Vendée pour les « neutres ». Toutes les villes du monde se contenteraient d'un seul regard de Napoléon. Nous, on a une ville neuve et la cassette impériale... Elle est entr'ouverte... alors...

— Et vous attendez quoi de moi ?

— Que tu donnes ta démission... avant qu'on ne te la demande... Tu t'es toi-même exclu du cercle des largesses impériales. Tu as souillé notre écharpe. Tu as gâché le métier.

La conversation est interrompue par le signal du départ pour l'inspection du cœur de ville. Sans avoir pu répondre, je suis emporté dans le flot. Le préfet bat le rappel. L'Empereur éperonne sa monture.

Il s'enfonce à la galope dans une rue étroite, vers le chantier de la Manutention. Le préfet lui a fait remettre un bidet de poste, grisâtre, en harmonie avec sa redingote. Sur le parcours, le cavalier au tricorne est acclamé. La foule le reconnaît de loin, à la vue de ce fameux chapeau qui, sur n'importe quel champ de bataille, en Europe, nous dit-on, vaut quarante mille hommes...

Le maire suit l'Empereur comme son ombre. Il s'assure à chaque pas que le page de service porte bien en bandoulière la lunette impériale ainsi que les sacoches régaliennes qui renferment crayons, compas et cire d'Espagne. Peut-être le grand architecte voudra-t-il, d'un coup de crayon, reprendre l'ouvrage, et même tout redessiner. Les désirs de Sa Majesté sont des ordres.

Très vite nous devinons, à sa manière de dodeliner, qu'il est plus sensible à l'expression des allégresses publiques qu'aux édifices tout neufs qui lui sont présentés. L'aspect général le désole. Rien de leur physionomie ne répond à ses vastes conceptions. Les bâtiments qui défilent sous ses yeux sont sans lumière et jugés de mauvais goût, indignes de sa prodigalité.

Devant les maisons en pisé qui dégoulinent de partout, soudain Napoléon s'irrite. Il fait quérir l'ingénieur en chef Cormier et, dans un geste impérial, à l'antique, il tire du fourreau son épée. Devant l'assistance pétrifiée, la voilà qui s'enfonce jusqu'à la garde dans le mur en torchis.

— J'ai répandu l'or à pleines mains pour édifier ici des palais ; et vous m'avez construit une ville de boue. Où sont les fonds que vous avez reçus ? Monsieur, vous êtes indigne de conserver votre poste !

Sa voix ricoche sur le crépi tout lisse des hautes façades. La foule est glacée d'effroi. Le malheureux ingénieur en chef, ainsi désigné à la face du monde, tente de bagoiller quelques mots pour se justifier :

— Je n'ai fait qu'exécuter les instructions... On m'a ordonné d'aller aux matériaux les plus offrants... On m'a dit que le pisé était moins cher... que c'était, Sire, votre volonté d'aller très vite... de faire sortir une ville… « comme en Amérique »… qu'on consoliderait plus tard…

— Quelle insolence !

L'Empereur gifle violemment l'ingénieur en chef, ordonne son renvoi sur le champ. Il se tourne alors vers le préfet, sous la pluie battante, les pieds dans les bourbes.

— Merlet, ma confiance a été abusée… C'est une honte… Ici, tout est mou : les murs… les caractères… l'air du temps… même cette pluie n'est pas franche… La visite est terminée… Je ne dormirai pas ce soir en Vendée…

Le retour à la Grande Auberge se fait sous tension. Mais, au fond de moi, je suis plutôt rasséréné car la colère s'est détournée. La foudre a changé de colline. La neutralité paraît moins grave que le pisé. Désormais, il vaut mieux être *neutre* que *mou*.

L'Empereur rejoint l'impératrice Joséphine en ses appartements. Un peu plus tard, le couple impérial fait son apparition dans la salle de réception. L'orage est passé. Les visages sont souriants.

IX

L'Empire s'étend sur les âmes

Pour cette cérémonie de présentation des délégations, l'Impératrice est vêtue à l'antique, couverte de dentelles et de broderies subtiles, réhaussées de motifs floraux vert tendre. Sa longue robe est criblée de perles et de pierres cousues à même le tissu. L'effort de sa tenue honore l'assistance, qui se sent considérée. L'espoir revient secrètement de garder Leurs Majestés plus longtemps.

Il faut oublier la promenade en ville…

Napoléon a répudié ses bottes. Il paraît avoir refait ses humeurs. Il avance dans la salle, d'un pas solennel, portant culotte de velours rouge et souliers à boucles.

Il avait souhaité un accueil campagnard, il est servi. De gros jambons, d'épaisses tranches de lard pendent aux poutres du plafond, lui-même très bas et jalonné de touffes de genêts fleuris. Les murs crépis à la chaux blanche sont ornés de myosotis rampants qui ont été cueillis la veille sur les bords de l'Yon. Derrière l'estrade, dans un décor austère, on a suspendu l'armorial du Premier Empire.

La cérémonie commence par l'échange des cadeaux. À peine revenu de ses emportements sur le chantier, l'Empereur remet au préfet, ainsi prolongé par ce geste, un aigle en terre cuite émaillée – « pour son futur bureau », souligne le prestigieux donateur avec délicatesse. En retour, on remet à Napoléon un encadrement enluminé du fameux décret impérial du 5 prairial an XII, soit le 25 mai 1804, qui édicte la fondation du nouveau chef-lieu. Un élève du tout nouveau lycée y a écrit de sa main :

De toutes les portions de votre Empire,
Il n'en est aucune qui doive à Votre Majesté
Autant de reconnaissance
Que le département de la Vendée.

Les applaudissements sont nourris. Le protocole commence.

La première délégation qui se presse devant le podium rassemble le corps municipal du chef-lieu. L'Empereur répond à toutes les sollicitations : le pavage des rues, la construction d'une prison… Il annonce son intention de veiller à ce que les grand'routes qui relient Napoléon au reste du département soient complètement redessinées, réhaussées et rempierrées.

— À ce qu'on m'a dit, elles sont impraticables trois saisons sur quatre, ajoute-t-il, ce qui rend l'accès au chef-lieu infiniment désagréable.

L'Empereur change subitement de registre. Il entend convaincre les édiles du chef-lieu qu'il n'est pas venu ici seulement pour délier sa bourse. Sur un ton plus confidentiel, il dévoile son intention générale pour la Vendée :

— L'histoire de ce département frondeur s'explique par son isolement. Avec une population trop facilement emportée par les échauffements des esprits ingénus… Ce n'est pas un reproche. C'est un regret, qui tient aux faits de l'histoire récente. Les belles routes toutes droites que nous allons tracer à travers bois auront la vertu de tirer ce pays un peu sauvage vers la *civilisation*.

Le mot provoque un frémissement…

— Le transfert de la préfecture vers le centre du département doit contribuer à la rapprocher des campagnes. Il semblerait que ce soit là, à l'abri des haies, que se concentre le plus fort taux d'ignorance, et donc aussi que fermentent les mouvements d'inquiétude et de crédulité.

Les citadins du chef-lieu sont comblés d'avoir entendu Sa Majesté prédire que la Vendée des bocages allait bientôt vivre des mêmes Lumières que celle de la cité naissante, elle qui doit devenir le phare de la Vendée, entouré d'un écrin de verdure…

Le corps municipal s'écarte pour céder la place à la délégation des deux cents magistrats municipaux venus de tous les cantons. On fait avancer les maires jusqu'en bas de l'estrade. Je suis pris dans le mouvement. L'Empereur m'a regardé l'espace d'un instant. M'aura-t-il reconnu ?

L'entretien avec les élus porte sur des questions de pratique communale. Napoléon fait montre d'une connaissance parfaite de tous les dossiers comme des rouages des nouvelles administrations. Au moment des conclusions de l'audience, l'Empereur en appelle à la droiture de chacun.

— Messieurs les maires, j'attends de vous une loyauté sans faille. La France a besoin de vos dévouements, de vos sincérités. Vous êtes les soldats civils de l'Empire. Il n'y a de place pour les lâches ni sur les collines de nos conquêtes ni sur les places de nos mairies. Je n'ai que faire de ceux qui, toute leur vie durant, houlette à la main, guettent les vents dominants. Je n'ai que faire des tièdes et des neutres !

Diable ! Les tièdes ! Les *neutres* ! La balle siffle à mes oreilles ! Le premier rang se retourne et me cherche du coin de l'œil. La phrase de l'Empereur a fait mouche. Elle confirme que mon impair des Quatre-Chemins, qui a fait le tour de l'assemblée, lui a gâché l'humeur. Il vient d'y répondre.

La plupart de mes collègues maires s'écartent de moi comme on s'éloignerait d'une martre galeuse. Espérant quelque largesse impériale, ils voient les cordons de la bourse qui se resserrent. Ils me fusillent du regard car le décret prévu pour les subsides de l'État est encore dans l'encrier du Bienfaiteur, visiblement contrarié et porté à la rancune – peut-être son côté corse ? Je gagne quelque répit à la faveur du brouhaha qui monte quand on nous prie de nous regrouper sur le côté pour faire place à la délégation du clergé. Je me laisse avaler par la foule. La tête dans les épaules, je traîne l'oreille.

Le diocèse, au complet, s'avance d'un pas de transept. C'est le vicaire général de La Rochelle, l'abbé Herbert, qui conduit toute l'assemblée des curés et desservants de la Vendée. L'Empereur lui témoigne sa reconnaissance :

— Monsieur le vicaire général, sachez que mon chargé de mission, Gouvion Saint-Cyr, que j'avais dépêché en Vendée, m'a beaucoup parlé de votre zèle pour mon gouvernement. Je sais que *c'est vous* qui avez, le premier, proposé de créer, au cœur du département, une ville nouvelle, reliée par de grandes routes à tous les points stratégiques, pour favoriser les mouvements de troupes en toutes saisons en cas de nouvelles insurrections. Je vous sais gré de cette belle idée qui est venue jusqu'à moi.

L'abbé s'approche alors de l'estrade pour remercier le lieutenant de la Providence de cet éloge impérial :

— Sire, le clergé de la Vendée qui, depuis tant d'années, n'avait à retracer que les tristes images de la Religion opprimée et gémissante, vient aujourd'hui, la reconnaissance et la joie dans le cœur, montrer à Votre Majesté cette même religion toute couverte de la gloire qu'elle doit à votre protection. Après une longue et funeste oppression, c'est avec votre règne, Sire, qu'elle commença à renaître ; avec vous, elle monta sur le trône ; nous comptons les années de son accroissement et de sa liberté par les années de votre puissance, et c'est sous le plus florissant Empire du monde que nous avons l'espoir de la voir à son tour aussi plus florissante que jamais… Si elle se souvient encore de ses malheurs passés, ce n'est que pour mieux goûter le parfait bonheur dont vous la faites jouir.

Monsieur de Talleyrand, qui se trouve à la droite de l'Empereur, exhibe le sourire malicieux de l'ancien évêque d'Autun ; il profite d'un temps mort pour glisser à son voisin, le curé de Luçon :

— Ils ont donc tant d'églises que cela à relever ?

Napoléon sourit à son tour. Le trait d'ironie désinvolte de son ministre ne lui a pas échappé. La proposition du vicaire pour rembourser les largesses impériales en faveurs célestes ne manque pas d'originalité :

— Nous multiplierons tous ensemble nos prières et nos vœux pour que le ciel redouble ses bénédictions en faveur de Votre Majesté. Nous ne vous demandons rien, Sire, pour le clergé. S'il a *quelques besoins*, vous les connaissez et cela nous suffit…

— Ah, ah ! fait monsieur de Talleyrand.

Le curé Herbert ferme les yeux pour en appeler à la conversion de l'Empire.

Aux desservants agglutinés au pied de l'estrade, il recommande de contempler l'Empereur comme un miroir céleste, de l'invoquer même comme celui qui, dans les nuées, partout, exerce sa puissance, car il a le bras le plus long après Dieu.

C'est alors, comme dit l'aubergiste, que l'orateur « sort le grand confiturier » :

— Sire, le peuple de la Vendée vous aime depuis qu'il vous connaît et vous regarde toujours comme l'homme de la *droite de Dieu*, le ministre de sa Providence, envoyé pour cicatriser ses plaies et guérir ses maux.

L'Empereur affiche un bonheur de santon corse ravi. Selon le nouvel évangile concordataire, il est empereur et roi. De son vivant « père de la Vendée », le voici à la droite du Père de tous les pères.

Il paraît satisfait, mais on voit bien qu'il n'est pas tout à fait dupe de ce propos poissé d'excès. Cette éloquence liquoreuse dégrade la sincérité du coup d'encensoir et me fait penser à un mot de ma mère : « Quand on met trop de liqueur dans les caillebottes, le lait tourne. »

Que va conclure l'Empereur ? Les yeux mi-clos, il choisit d'improviser sur un mode familier. Et nous voilà à fronts renversés : le curé a fait un discours, l'Empereur répond par une homélie. Il ne s'adresse pas tant à l'institution ecclésiale qu'à ses membres, les prêtres des campagnes, qui vivent là un moment de réconfort intime, après tant de persécutions.

L'Empereur joint les mains et adjure les desservants :

— Nous sommes entrés dans une époque nouvelle. Il vous faut guetter les signes des temps. La question qui se pose à vous comme à moi est simple : que sera, que doit être un curé de village demain à l'orée du siècle qui commence ? Je pense qu'il doit se comporter comme le conseiller, le tuteur de ses paroissiens, le distributeur des aumônes, le vrai juge de paix du canton. Il faut, pour l'élever à la hauteur d'une telle mission, lui donner, dès le séminaire, des notions de droit, de médecine et d'agriculture, afin qu'il soit consulté sur toutes choses par les paysans…

L'Empereur interrompt son prône pour s'assurer que son auditoire le suit. Un coup d'œil lui suffit pour comprendre qu'il n'a plus devant lui qu'un parterre de contemplatifs qui attendent la manne céleste, bouche ouverte. Alors, à voix basse pour n'être entendu que des clercs, à l'écart des autres invités, Napoléon envoie l'assistance au firmament :

— Si de telles résolutions étaient prises par le clergé, alors les curés exerceraient dans les campagnes une salutaire puissance, bien préférable à celle naguère exercée par les nobles et les châteaux... Cela aiderait le gouvernement...

Cette confidence fait courir un frisson dans les rangs. Et comme l'Empereur lit dans les regards les attentes secrètes d'un public gagné à sa parole, il prend sa voix de velours pour conclure :

— Oh oui, je sais... Pour que vous puissiez remplir cette belle tâche, il faudrait vous donner un autre traitement beaucoup plus élevé. Oui, je connais la situation... *Les curés sont mal payés*... Je veux augmenter leurs revenus... Mais cela ne se peut pas encore... Cela viendra, plus tard... Aujourd'hui, je suis tenu à trop de dépenses.

Il n'a pas eu le temps de finir sa phrase que la délégation applaudit déjà à tout rompre. Toutes les barrettes s'inclinent.

Alors l'Empereur, encouragé par ce plébiscite d'action de grâce, tend le doigt vers les dignitaires de sa suite. Ils ont la gorge sèche, le ventre qui ragoille. Il leur murmure dans un sourire :

— Oui... trop de dépenses à faire... car, voyez-vous, chers curés, faire de ces messieurs de grands seigneurs, *cela coûte fort cher...*

C'est toute l'auberge cette fois qui rit aux éclats. La Vendée, toute la Vendée est conquise. L'Empire s'étend sur les âmes.

X

Les esprits du vin de Pissotte

En un éclair, l'Empereur plonge vers les invités. Au même signal, les huissiers, dont la haute toque rouge tuyautée surplombe l'assemblée, lèvent leurs bâtons noirs à pomme d'ivoire pour appeler le service des cruches à mettre « de l'huile dans les lampes ». Les louches de trempine se déversent dans les timbales en étain. Les convives savourent les échaudis disposés sur la grande table drapée de rouge et décorée à l'aigle impérial.

La femme du premier magistrat, madame Lansier, a pris son rôle à cœur. Considérée le temps de cette réception comme la moitié du maire le plus en vue de tous les cantons de France, elle promène son chapeau orné d'aigrettes et de plumes de paon suranné. Elle s'est incarnée en maîtresse de maison, on le voit à sa manière de commander le personnel et de faire tourner les plateaux de son doigt impérieux. Entre les frais des ministres obséquieux qui la transportent vers une jeunesse courtisée qu'elle n'a probablement jamais eue, elle va et vient de grappe en grappe, proposant elle-même notre rosé de pays aux jabots mémorables qui tendent leurs chopes argentées.

Le Pissotte n'est pas la boisson qu'aurait choisie le préfet, lui qui redoute ce qu'il appelle « la piquette » des vins d'honneur. C'est sous la pression des maires que ce vin-là a été élu pour la réception. Peut-être en effet ce rendez-vous de gens célèbres pourrait-il lui permettre d'accéder au lustre qu'il n'a pas. Le maréchal Berthier, dans sa tenue de grand veneur, connu pour être un homme de crus choisis, se fait servir à ras bord. Le maréchal avale d'une seule goulaïe cet élixir aux arômes de coteau qui s'ouvre avec bonheur sur des couleurs de groseille. On le surprend ensuite à grimacer, bouche ouverte. La surprise d'un homme poli mais secoué. Ce n'est pas tout à fait – concède-t-il à voix basse – le breuvage que les dignitaires du cortège ont eu le loisir de déguster lors de l'étape précédente, à Bordeaux, il y a deux jours... Avec le Pissotte, on est plutôt dans l'aigrelet, le verdelet ; c'est un vin amer, un peu rude mais de belle échauffure. Tous les maires de Vendée en tirent une fierté ancestrale. C'est d'ailleurs avec le Petosse, l'un des deux vins des cérémonies de famille. Chez nous, on marie au Petosse et on enterre au Pissotte. Ce sont là vignobles d'humeur, qui chassent les mauvais esprits. D'ailleurs, il suffit, en cet instant, d'observer les mines bachiques de toute la compagnie pour comprendre ces vertus gaillardes.

Sous l'effet du Pissotte, la salle s'anime. Les édiles conduisent leurs dames qui, très vite, lâchent le bras de leurs élus. Je suis le seul maire non accouplé à guetter la frimousse des petites poudefiasses souriant sous la caline. Entre tous ces mondes qui s'ignorent, dans cette auberge de la province pacifiée, par-delà la rencontre fugace de mille préjugés, les barrières tombent. Encore et encore le sortilège corse…

On se pousse, on se presse, on s'excuse et, très vite, on se frôle puis on se taquine comme des inconnus sans crainte. Pour les uns, c'est un moment exotique – les parfums raffinés de l'Orient, ramenés des Pyramides, se mêlent à l'humble violette du bocage, composant ainsi une nouvelle fragrance d'une vulgarité charmante. Pour les autres, c'est l'enjeu d'une promotion mirobolante que d'avoir pu cocher son nom sur la liste des invités de Leurs Majestés. C'est là qu'il fallait être, dira-t-on demain dans les sous-préfectures et dans les dîners de notaires du chef-lieu. Les femmes des conseillers généraux, enhardies par les éblouissements de toutes ces ivresses mondaines, virounent d'un groupe à l'autre. Elles accèdent au baise-main des princes de noblesse toute neuve qui les traitent avec les égards qu'on réservait jadis à des dames d'ascendance. Les magistrats municipaux eux-mêmes, qui considèrent l'univers en ses confins à la lisière de leurs bornages cantonaux, voyagent en cet instant irréel sur les cimes de l'histoire. Bournezeau se transporte à Marengo, Vix à Austerlitz, Grand'Landes à Friedland. La femme du maréchal-ferrant parle avec celle d'un maréchal d'Empire. On met tout en commun : les bottereaux de La Genétouze et la charge d'Iéna. Avec Napoléon, il est entendu que, dans le civil comme au feu, tout le monde monte par le rang. Le gros drap se frotte à la dentelle, la grosse laine frôle les bas de soie. Il n'y a plus ni hiérarchie ni protocole, les secrétaires de mairie tutoient les secrétaires d'État...

Les hasards de la bousculade m'entraînent justement vers monsieur de Talleyrand, dont le carrosse a suivi la berline impériale depuis l'Espagne. Ce dernier jhaspine avec le Maréchal du Palais, Duroc, qui pose une main délicate sur le fourreau en peau de serpent de son fameux sabre d'apparat.

Le sous-préfet de Bressuire, Prosper de Barrante, connu pour sa plume et son raffinement, s'approche de l'évêque d'Autun, entraînant à sa suite pour le lui présenter un « enfant du pays » natif de Fontenay, le conseiller d'État Emmanuel Cochon de Lapparent, fraîchement élevé à la particule. Les deux notables passent à côté de moi. Leurs échanges sont plaisants. J'entends le premier qui prend à son compte l'aveu de Germaine de Staël sur le diable bouïtousant :

— Si la conversation de Talleyrand pouvait s'acheter, je m'y ruinerais. Venez, cher Cochon, nous allons goûter leurs bons mots...

Nous sommes trop loin pour comprendre sur le seul mouvement des lèvres ce que Talleyrand dit à Duroc mais, à les voir tous les deux branlicoter de la mâchoire et retenir avec peine des gestes de dépit, on devine qu'ils parlent des affaires de l'État. Ma curiosité me pousse quand même à tendre une oreille insistante. Je navigue entre les convives qui se précipitent sur les petits pains de préfou frottés à l'ail. J'entends, sans trop saisir le fil, que l'Espagne inquiète l'illustre ministre ; nos troupes y subissent des revers... Les oreilles de l'Empereur doivent siffler, car Duroc enchaîne :

— C'est à Paris que devrait être à cette heure tout le gouvernement, plutôt que dans ce comice aux vanités de cour de ferme.

L'Empereur, quant à lui, a progressé à petits pas jusqu'au milieu de la salle.

Sa Majesté a retrouvé des couleurs. Il rit, virevolte, tourne sur lui-même et ne manque pas d'attraper au vol, de temps en temps, lui aussi, une coupelle de ce fameux Pissotte, ainsi millésimé comme « vin d'Empire ». D'une délégation à l'autre, il reçoit, avec une apparente bonhomie, civilités et salutations affectées de la part de nombreux petits essaims qui bourdonnent en attendant leur tour pour venir lécher le miel sur l'épine.

L'Empereur est soudain assailli par une représentation de notables fontenaisiens. Il sursaute en reconnaissant un général d'Empire, qui s'illustra à ses côtés en Haute-Égypte, il y a dix ans. Il le prend dans ses bras :

— Ah, Belliard ! Mais que faites-vous donc ici ?

— C'est mon pays. Vous avez oublié, Sire, que j'étais fontenaisien ?

— Mais oui... bien sûr... Quelle chance pour les Vendéens ! Et quelle joie pour moi de vous revoir ! Que de souvenirs...

— De victoires, Sire. Au pluriel...

— Oui, au pluriel... L'île Éléphantine... Alexandrie...

— Et le sabre que vous m'avez offert le 3 mars 1799, vous vous en souvenez ?

Joignant le geste à la parole, le général Belliard, qui a pris soin d'emporter avec lui ce cadeau glorieux, lève le fourreau du sabre d'honneur que Napoléon lui a remis après la bataille du Caire.

Le héros fontenaisien cligne des yeux, ému de revoir son chef mythique. Finalement enchanté de cet impromptu et de ces retrouvailles, il se retourne et se trouve soudain face à face avec Bénigne de Montsorbier, une grande dame de haute distinction, au chignon relevé et au port altier ; la célèbre amazone de Charette est venue de La Bralière, en voisine. Il lui reparle des « géants » et l'interroge sur les absences qui le désolent, celles de mesdames de Lescure et de La Rochejaquelein. Pourquoi ne sont-elles pas venues ? Elles n'ont pas voulu s'afficher « avec tous ces parvenus », ont-elles confié à leur entourage…

— Je le comprends mais le regrette vivement, avoue Napoléon. Transmettez-leur mes hommages respectueux. Je ne veux les contrarier aucunement. Le mari de l'une et le père de l'autre ont fait la guerre avec un tel talent militaire qu'ils auront une page dans l'histoire, j'y veillerai…

Cette réception compose la plus curieuse palette qui se puisse imaginer de titres abolis de la noblesse sortie de l'histoire, d'anciens républicains convertis aux ors de l'Empire et de curés déprêtrisés qui ont pris la toge de justice. Presque tous, ils furent pris naguère dans les turbulences des âmes retournées. Ils sont venus aujourd'hui à la Grande Auberge où se joue leur avenir et leur fortune, habités par le même sentiment d'opportunité.

Les anciens conventionnels s'emploient à faire taire, en leur for intime, l'écho mortifère de la fameuse injonction de Barrère : « Détruisez la Vendée ! »... L'heure n'est plus à détruire mais à reconstruire... Il faut faire peau neuve... Voilà que ces anciens dénicheurs de rebelles et de repaires hostiles se retrouvent nez à nez avec les ci-devant cavalières des bruyères secrètes qui, naguère, galopaient, sous leurs yeux, pistolet à la bouche. Tout a changé. Elles ont les traits tirés. Ils les ont connues poudrées de la poudre des canons, ils les retrouvent poudrées de la poudre des salons. Elles-mêmes, elles ont adopté de l'Empire la mode des trumeaux et des robes légères, ceinturées à la poitrine, suffisamment déjhabottées pour susciter encore le trouble de leurs anciens poursuivants désormais en queue-de-pie.

Les sans-culottes ne sont plus reconnaissables, ils ont enfilé des pantalons à bretelles avec un gousset, ils sont presque tous devenus des hommes de loi, ils ajustent leurs lavallières. Les guillotineurs sont encravatés de candeurs ragréées à la sauvette. On a changé de monde.

Ce ballet de la grande chaloupe aide à mieux comprendre ce qu'a voulu faire l'Empereur : rassembler les débris, refaire de l'unité, rapiécer les amertumes. Dans le jeu des alliances de circonstance pour y parvenir, il a traité – lui, l'homme pressé – avec son pire ennemi : le temps... Le temps qui efface tout, jusqu'aux traces de la mort et de la vilénie. Le temps qui permet de faire peau neuve, d'avoir deux vies, de faire oublier la première…

Ainsi le sous-préfet de Montaigu piaffe-t-il, dans la file d'attente, afin de présenter à Sa Majesté un juge de renom du tribunal de son arrondissement, monsieur Rodrigue. Voilà un homme qui s'est refait et qui a commencé de vivre une deuxième vie. Il se trouve que ce magistrat à la vocation tardive a changé de métier du tout au tout. C'est l'ancien évêque du diocèse. Il a prêté serment au nouveau régime puis a quitté l'Église… Hier, il jetait le froc ; aujourd'hui il porte le frac, avec la contenance d'un magistrat tout neuf qui juge au nom des nouvelles balances. Le temps a tout brouillé, tout effacé : dans les rues, on salue sa componction. De son ancien état, ne lui restent que les narines écartées par trop d'encens et les yeux mi-clos par d'anciens recueillements.

J'en viens presque à penser que l'incident des Quatre-Chemins s'est dilué dans cette atmosphère de rémission des hommes d'esprit et des cœurs oblatifs, où chacun cherche à recoudre. Je ne sens ni animosité apparente ni regards suspicieux.

Hélas, à la fin de la réception, l'écho d'une conversation vient contrarier cette illusoire sérénité.

Derrière moi s'approchent deux vieilles pies, que je devine être les deux épouses de conseillers généraux du Sud de la Vendée – elles javassent dans mon dos, avec l'accent tourbeux des marais :

— Tu as vu là, devant nous ? C'est bien lui ? Tu le reconnais pas ? C'est… le jean-foutre ?

— Ben oui. Olé li… L'a osé venir ? Après que l'a versé de la bouillasse sur notre Empereur aux Quatre-Chemins !

— L'a dit quoi au juste ?

— Que la France, faut qu'elle soye *neutre*… Que faut laisser les Anglais et puis les Russes nous envahir…

— D'après que Napoléon lui a foutu un sapré coup de sabot dans le tchu !

— Oui, mais ce failli gars, plein de mouvaisetés, i devrait pas être là…

Je n'ose plus bouger. Ces paroles me font tourner les sangs. Je réalise que la clabauderie venimeuse n'a pas besoin de routes neuves pour circuler. Heureusement Montaigu, où se trouve l'ordinaire de mes travaux, n'est pas la porte d'à côté. Si seulement cette histoire des Quatre-Chemins pouvait s'épuiser, se perdre en route ! Ah, s'il m'était donné d'échanger deux mots avec Napoléon pour solde de tout compte ! Hélas, il est trop entouré…

Pendant toutes ces heures de représentation, il a été assailli par des servilités bourgeoises et des vanités de lustrine. Il a écouté les jérémiades des quémandeurs de libéralités.

Soudain, Leurs Majestés décident de se retirer. L'assistance s'inquiète. Toute la Vendée pensait que le couple impérial allait se raviser pour rester cette nuit au chef-lieu et réparer sa fatigue dans le lit d'acajou spécialement commandé par la mairie. Napoléon appelle à lui ses ministres, dans une petite salle annexe de l'auberge. Surprise de taille pour les autorités locales éligibles aux donations impériales : il annonce la publication d'un décret signé d'une encre toute fraîche.

Quelques minutes plus tard, voici qu'il énumère lui-même une longue liste d'allocations distribuées avec magnanimité : pour relever les maisons des pauvres, rebâtir églises et presbytères, tracer de nouvelles voies, financer des travaux d'assèchement de marais. Ce n'est donc pas tant une visite restauratrice que réparatrice. Un acte fort qui touche les Vendéens, dont je suis. Malgré les saillies et les emportements si soudains, cet homme porte la France.

Le maire adresse au couple impérial un ultime salut, empreint de respectueuse mélancolie :

— Sire, nous avions conçu l'espoir de vous posséder plus longtemps ; nous craignons que les contrariétés et le mauvais temps ne soient la cause de ce départ précipité… Sachez-le, c'est dans nos cœurs que sont élevés les autels sur lesquels brûle pour Vos Majestés l'encens le plus pur.

L'Empereur et l'Impératrice remontent dans la berline, en face de l'auberge. La garde d'honneur qui s'est remise en place reconduit la voiture aulique jusqu'à la sortie. Là, à l'appui de chaleureuses paroles d'adieu, frappées comme monnaies et médailles, Napoléon, en signe de gratitude, offre au colonel Serein, qui a encadré la Garde, une boîte en or ornée du chiffre impérial en diamants. La berline quitte la ville de Napoléon pour emprunter la route de Nantes. Ce sera la dernière étape.

Il est naturel que je suive le cortège jusqu'à Montaigu, pour l'ultime repas des magistrats municipaux, puisque c'est le chemin de mon arrondissement. Cette fois-ci, nous serons sans doute moins nombreux et le protocole plus léger. J'irai lui parler…

XI

Le nouveau roué

À l'invitation pressante du sous-préfet Clemenceau, les maires des communes voisines du Nord de la Vendée suivent à leur tour la berline de Leurs Majestés.

Il est six heures passées de trente minutes lorsque le couple impérial fait halte, à quelques lieues de la sous-préfecture de Montaigu, au bourg de Saint-Fulgent. Cette pause-là n'était pas prévue. Elle a été rajoutée sur le parcours officiel, au dernier moment ; il a fallu céder aux manœuvres du maire, monsieur de Tinguy, un brailloux ombrageux, connu pour parler à grandes goulaïes. Selon le secrétaire en chef de la sous-préfecture, ce personnage, d'une arrogance peu républicaine, aurait « excipé d'une prétendue accointance ancienne » avec l'Empereur pour tenter d'obtenir que la berline fît étape chez lui. Il a même fait publier par son garde champêtre un avis annonçant qu'au passage de la berline, pour relever l'affront, il porterait la main sur sa « poitrine glorieuse » d'ancien chef de bataillon et qu'il exhiberait « devant la France entière » sa décoration de chevalier de l'Ordre royal et militaire de Saint-Louis.

Le préfet lui-même a pris peur. Il a consulté Paris. Il a fallu dépêcher un courrier et patienter huit jours. Et Paris a fini par répondre : *L'Empereur tient son représentant pour responsable à part entière des fausses notes sur tout le trajet... Sa Majesté vient pour réduire les fractures et fédérer tous les Français... Il est l'homme de toutes les médailles, sans distinction de régime... Instruction est donnée au préfet de loger une entrevue symbolique de quelques minutes pour l'énergumène.* Le préfet a obtempéré...

Quand la berline s'arrête, en plein bourg, le maire, Tinguy, planté sur le bas-côté, le regard haut, sourit généreusement. Il a une tête de vainqueur. Couvert d'une tapisserie de récompenses militaires de la guerre d'Amérique, du reste inconnues de sa population, il s'avance, triomphant, devant le pauvre préfet. Sans aucune note, il faraude :

— Sire, sur le long parcours qui vous a amené ici, jusqu'à Saint-Fulgent depuis Bayonne, je suis sans doute le seul de tous les maires des communes traversées à pouvoir s'adresser à vous en ces termes familiers : « Mon cher Napoléon... oui, mon cher camarade... Cette halte est pour nous deux un moment bienvenu, inattendu, de retrouvailles... C'était il y a longtemps – tu me reconnais ? Tu m'appelais le Grand... – Nous étions condisciples... sur les mêmes bancs... à l'École de Brienne ! »

Le moment de stupéfaction passé, l'Empereur a fini par remettre son camarade de promotion, « l'élève-officier Tinguy ». Il lui saisit chaleureusement le bras et lui murmure à l'oreille :

— Ah, mon pauvre Benjamin ! Bien sûr que je te reconnais… Quelle belle surprise ! C'était une autre époque… On a pris des rides tous les deux… Chacun a eu l'aventure de sa vie… Il s'en est passé des choses depuis… et beaucoup, hélas, de regrettables !

Il fait allusion évidemment aux « événements de Vendée ». Les deux anciens conscrits de Brienne se mettent à l'écart sous un vieux chêne, massif, étêté, à la cime duquel il aperçoit une guenille rouge.

— Que signifie, Benjamin, ce bout de tissu défraîchi ? risque Napoléon.

— Un souvenir précieux de la Grand'Guerre, répond le maire avec gravité… Le mouchoir rouge de Cholet. C'était le symbole de ralliement des Blancs, le tour de cou du chef des insurgés. C'est de ce têtard ébranché que sont partis tous les ordres du jour de nos « embuscades » dans les chemins creux.

Tinguy prend tout son temps, il exagère ses gestes. Le brailloux a le regard excessif du conteur qui entend balader le brochet dans l'étang, pour faire traîner l'escale et humilier les fonctionnaires.

— C'était le 21 septembre 1793, après la victoire des Vendéens à Torfou, dont tu as dû entendre parler…

— Torfou, c'était bien Kléber qui commandait les armées bleues ? Un sacré soldat, n'est-ce pas ?

— Oui, enfin… Lui, mais pas sa troupe de Mayençais, soi-disant les meilleurs combattants de toute l'Europe… Ils ont été dispersés au feu… explosés comme de la porcelaine… Et puis moqués par les chefs vendéens qui chantaient en chœur : « Ah… Ah… *Soldats de Mayence…*

soldats de faïence ! » Le corps des Bleus a fui jusqu'à Saint-Fulgent et a installé son campement ici, au pied de ce fameux têtard mouché de rouge.

L'Empereur est bouche bée :

— Je sais que beaucoup de braves, dans ces ajoncs, ont répandu un sang généreux et que, de part et d'autre, on s'est battu avec courage…

Chacun a bien compris : ce n'est pas l'inclinaison des sentiments qui importe au chef de guerre, mais l'ardeur au feu. Qu'on soit bleu ou blanc. Malheur aux neutres ! Nous y revoilà…

Le maire Tinguy entraîne l'Empereur à sa suite. Encore aujourd'hui, sa commune est fracturée, il le sait. Il veut envoyer un petit signe aux fortunes fraîches. Pour passer d'un camp à l'autre, il suffit de traverser la route.

Napoléon jette un coup d'œil sur les écuries. Elles sont magnifiques. D'où vient donc cette opulence ? La famille Guyot a mis dans ce relais tout l'argent gagné sur les biens nationaux, achetés puis revendus.

Les deux fils sont devenus châtelains de pleine tuile et de grand fermage. Ils espèrent qu'il n'y aura pas de « retour en arrière ». C'est dans cet esprit qu'ils serrent la main de l'Empereur mais qu'ils refusent de me saluer. Ils se méfient des neutres. La relégation continue. Elle a voyagé. Le sobriquet « jean-foutre » est allé plus vite que la berline, il s'est déjà répandu sur toute les places, entre le coq, l'enclume et l'angélus. La rumeur a galopé, de relais en relais, depuis les genêts jusqu'aux dunes battues par les vents. Les cancaniers sont allés plus vite qu'un cheval de poste, plus vite que la marée montante sur le pavé du Gois de Noirmoutier.

Le cortège impérial reprend la route. Un nouvel arrêt imprévu a encore été rajouté sur le parcours. À la demande de l'Empereur lui-même cette fois. Il est tard. La nuit tombe. Montaigu est à plus de cinq lieues.

Leurs Majestés descendent de la berline, sur le pont de La Chardière, qui traverse la Petite-Maine, en contrebas du bourg de Chavagnes-en-Paillers. Le couple impérial est attendu non loin du séminaire créé par l'abbé Louis-Marie Baudouin.

Professeurs et élèves se tiennent rangés sur les revers des fossés de la grand'route. Ils forment une haie d'honneur de flambeaux, confectionnés à la hâte avec quelques vieux parchemins curiaux hors d'usage et de la cire bénite d'abeilles sacristines, récoltée au rucher paroissial, en lisière du bois de L'Ulière.

Un feu de joie projette ses lueurs sur les murs du vieux château dévasté qui, naguère, appartenait à un chef vendéen, compagnon de Charette, Louis de Suzannet. Cette pauvre demeure écorchée, aux moignons noircis, a été brûlée par les Colonnes de feu qui ont longé la Maine. Le château n'a pas été reconstruit, cela n'en valait pas la peine. Il ne reste que les communs et puis la cave voûtée qui, à ce qu'on dit dans le pays, remonterait à la guerre de Cent Ans…

Les séminaristes crient à pleins poumons, dans leur latin de messe :

— *Vivat imperator* !

L'Empereur marche d'un pas rapide sous un arc de triomphe orné d'une inscription solennelle, mais qui paraît énigmatique au couple impérial :

Siluit terra in conspectu ejus

Monseigneur de Pradt, l'aumônier de l'Empereur, toujours disposé, le corps penché, à répondre au doigt levé, pour souffler la traduction à l'oreille impériale, glisse :

— « La terre se tait en sa présence ... »

L'Empereur fait la moue, il ne saisit pas...

— « ... et les peuples soumis connaîtront sa puissance ». Tout cela est tiré de l'Ancien Testament... un extrait du Premier Livre des Maccabées, précise l'évêque.

D'une main discrète, Napoléon fait signe que cet augure le ravit. La belle érudition de ces jeunes gens est appréciée...

Bientôt, chacun remarque que le père Baudouin, réputé placide, s'agite en tous sens. On le devine soucieux : le maire n'est pas là. On le cherche partout... Le petit escabeau fleuri où le premier magistrat devait prendre la parole reste vide.

Ce contretemps est dû au zèle avec lequel l'équipe municipale a répondu à l'instruction formelle du maire : il fallait être sur le pont à partir de huit heures du matin, soit douze heures, par précaution, avant le passage. Le conseil est là depuis l'aube.

On a largement dépassé les huit heures du soir. Alors, pour tuer le temps, tout ce petit monde est allé à la fameuse cave de la guerre de Cent Ans. Les barriques hors d'âge de La Chardière sont courues dans tout le village. Le curé de Chavagnes était présent lui aussi pour arroser le baptême d'un petit papot tout juste né à La Brunelière, chez les Rulleau. À dessein, on l'a appelé « Napoléon ».

— Un citoyen de plus, par les temps qui courent, dans une paroisse dépeuplée par la guerre, ça vaut bien une grousse torchaïe ! Et ça mérite l'absolution, implore le premier adjoint – le bien-nommé Griset –, qui revient des profondeurs de la cave en courant. Il signifie d'une main éloquente que le maire Roger a la parole trop pâteuse pour prononcer d'une traite son discours.

Le père Baudoin a anticipé. Il a poussé en avant l'ancien maire, le docteur Lazare Réchin, qui vient prononcer le « discours du maire », écrit dans une belle langue académique par un professeur de français du séminaire.

C'est au tour du supérieur de présenter ses élèves à l'Empereur. Ils sont tous en soutane et surplis. Lui-même porte un rochet, une aube à courtes dentelles et un large camail de cérémonie. Ses premiers mots sont choisis pour désarmer les craintes de son hôte.

— Votre Majesté, insiste-t-il, n'a pas, dans l'Empire, de sujets plus fidèles. Ils savent que l'obéissance au souverain, la soumission aux lois, le respect de l'ordre public sont des devoirs religieux et que les vertus civiles sont aussi des vertus chrétiennes…

Ce vœu d'allégeance formelle rassure l'Empereur : on est loin des messes sauvages dans les bois et des caches clandestines de la Vendée rebelle. Ce zèle mérite récompense, la cassette va s'ouvrir à nouveau. L'Empereur engage le père fondateur à y faire appel :

— Monsieur le supérieur, on me dit que ce séminaire est tout neuf ?

— Oui, Sire. Le chantier est à peine terminé…

— Vous ne réclamez rien ? Vous n'avez donc besoin d'aucune grâce ?

— Sire, je n'osais…

— Osez…

— Eh bien ! Sire, nos élèves sont nombreux – plus de cent soixante – et nos logements trop étroits. Il faudrait repousser les murs.

— Eh bien … Repoussez-les…, réplique l'Empereur, je vous accorde cent mille francs, pour un nouvel agrandissement.

Napoléon observe ce curé bâtisseur, aux larges épaules, issu des lignées de la terre ancestrale. Il brûle de savoir d'où lui est venue sa vocation au sacerdoce :

— J'ai tiré sur le fil de la Providence, répond l'abbé Baudouin.

— Et jusqu'où remonte ce fil ?

— Jusqu'à une vieille famille de petits bordiers qui, de tous temps, a donné des prêtres et fourni du pain d'ange. Sur les mêmes sentiers de messe depuis mille ans, on m'a appris les vertus des semailles, des blés mûrs et de l'oraison… J'ai refusé de prêter serment et je n'ai pas reconnu la légitimité de l'évêque Rodrigue, qui – je crois – vous a été présenté au chef-lieu, avec sa toge toute neuve de magistrat…

— Vous avez désobéi ? et donc risqué votre vie, j'imagine ?

— Oui, bien sûr. J'ai pris le chemin de l'exil…

— En Angleterre ?

— Non. En Espagne… à Tolède… Nous étions soixante-dix curés vendéens…

— Combien de temps êtes-vous ainsi restés en Castille ?

— Sept bonnes années.

— Vous étiez bien traités par les Espagnols ?

— Oh oui… Je travaillais comme passementier pour améliorer l'ordinaire. Je logeais chez des « marranes », des juifs convertis. C'est là que s'est épanouie ma dilection pour les études bibliques.

— Vous êtes arrivé à Chavagnes… ?

— En 1801, il y a sept ans…

— Vous avez peut-être su que, cet après-midi, j'ai rencontré le clergé paroissial du diocèse à Napoléon… Je lui ai parlé… Il m'a semblé de qualité…

— Oui, mais il est vieillissant… Ce séminaire est… une fleur du malheur.

— Du malheur ? N'en parlons plus, mon Père, il faut effacer tout cela… La Vendée ne peut renaître qu'en apprenant à *oublier…*

— À oublier… mais quoi, au juste ?

— À oublier… son malheur…

— Non, je ne le crois pas… La Vendée ne peut renaître et grandir que par la *souffrance sublimée.*

— Qu'est-ce donc que ce jeu des contraires ?

— Sire, je le vis en ce moment-même…

— Je ne comprends pas…

— Je vis cette grâce avec le propre fils du « mangeur d'oreilles » d'Ardelay, Esprit Piersin. Le père était un chasseur de prêtres réfractaires, il passait son temps à débusquer les curés non jureurs, il demandait pour récompense les oreilles de ses victimes après exécution. Puis il fixait ses trophées sur son chapeau. On dit même qu'il dégustait, au jour du marché, les oreilles grillées des curés, devant leurs ouailles…

— Et le fils en question, qu'est-il devenu ?

— Eh bien… justement… Il est là, devant vous… Il vient de rentrer chez nous… au petit séminaire…

— Le père est encore vivant ?

— Oui, il s'est installé aux Herbiers comme bijoutier !

— Vous voyez bien, mon père, c'est un bon exemple. C'est le temps qui fait son œuvre. Je suis pour une politique de l'oubli. Il ne faut plus en parler…

— Non, Sire, vous n'y arriverez pas de cette manière… Il faut une disposition de l'âme. Tenez, j'étais hier en visite au château de L'Ulière ; j'interrogeais madame de Guerry. Elle ne m'a rien dit des atrocités qu'elle a vécues – elle a perdu toute sa famille. Mais elle garde précieusement, dans une petite enveloppe qu'elle m'a montrée, le sacré-cœur de son mari, chef du soulèvement dans les marais, et la croix de Saint-Louis que le général Charette avait épinglée sur sa robe de mariée au matin du 5 février 1795. L'oubli est une impasse où vient se nourrir la rancœur. C'est le pardon qui dénoue. Le pardon est le contraire de l'oubli…

— Vous avez peut-être raison… mais, à vue humaine, n'est-ce pas trop difficile ?

— Si. C'est difficile. Mais nous n'avons pas le choix. Pas plus tard que ce matin, je voyais une vieille femme du village de La Bleure. Elle m'a raconté, comme si c'était hier, avec des yeux de feu qu'en 1794, il y a juste quatorze ans, son mari, caché à mi-corps dans l'eau de la rivière, a aperçu les Bleus qui brûlaient sa ferme. Il se trouve qu'il a reconnu les deux traîtres qui guidaient les incendiaires, et que c'étaient ses propres et chers voisins, Pierre Bracher et Jean Billaud, deux malades de jalousie « qui ont bouffé la balline », comme on dit à Chavagnes. Cette vieille femme me confie alors en confession que c'est *plus fort qu'elle*, qu'elle ne peut absoudre. Je lui rappelle les bonnes actions qu'elle a faites récemment et je l'adjure : « Si vous ne pardonnez pas, eh bien, au jour du grand passage, ces bonnes actions seront alors comptées pour rien. »

— Et que sont devenus les deux guides qui ont trahi le métayer ?

— Eh bien, justement, le pardon a fait son œuvre, ils ont pu revenir vivre parmi nous. Jean Billaud s'est établi comme tisserand à La Tavernerie et Pierre Bracher est devenu journalier à la ferme de La Ménardière.

— Vous êtes en train de me dire, monsieur l'abbé, que le pardon est, en quelque sorte, devenu votre métier ?

— Oui, Sire, ma vocation est un combat de tous les instants pour pacifier les âmes. Ma mission est de faire reculer le ressentiment.

L'Empereur reste muet. Il paraît troublé, ébranlé, presque bouleversé. Mais le temps presse. Le silence des regards d'adieu est chargé de respect. Napoléon est sensible à toutes ces ferveurs. Un chanoine me glisse à l'oreille qu'il a sans doute reçu, enfant, au fond de son cœur – déposées vivantes par sa mère –, les piétés cachées de l'âme des bergers corses qui chantent leur nostalgie des paradis perdus à flanc de montagne.

Quand la berline quitte le pont de La Chardière, c'est le même cri qui monte de la Maine – un cri latin, un cri romain, un cri universel pour l'humanité :

— *Vivat Imperator* !

La berline traverse le village de Saint-Georges-de-Montaigu. Le vieux maire, Jude Bordron, et le curé de la paroisse, Jean Girard, sont venus accueillir le cortège sur la route. Ils ont insisté pour que l'Empereur voie de ses propres yeux l'état du bourg. Un champ de ruines, jamais relevées, agrémentées de bouquets d'orties et de nœuds de serpents. Ils obtiennent une promesse de vingt mille francs pour reconstruire les maisons et restaurer l'église.

L'Empereur s'approche du vieux maire qu'il presse à voix basse de quelques questions délicates. C'est un charron de métier, solide dans l'épreuve, aux allures toutes ébraillaudées mais au regard malicieux :

— Vous avez des réfractaires dans votre commune ? lui demande Napoléon.

— Non, Majesté, réplique le vieil homme… Pas un seul… Ici, nous avons toujours servi le *roué* avec constance.

— Et maintenant que le « roué », comme vous dites, n'est plus là ?

— Eh bien, nous servons *le nouveau roué*…

Est-ce un service désintéressé ? Peu importe. Napoléon s'enchante de cette réplique. Le « nouveau roué » remonte dans la berline, d'une humeur souveraine. Tous les horaires ont explosé… Le préfet s'éponge le front. Il est grand temps de reprendre la route. Il est à craindre que, là-bas, sous la pluie, la population de Montaigu ait perdu patience…

XII

Sa bouillie lui a caillé sur le jabot !

Enfin, le convoi franchit le pont Jalet, à l'entrée du chef-lieu d'arrondissement. Je me retrouve en pays de connaissance. Montaigu, c'est la ville de mes années d'enfance et de mon atelier de musique buissonnière.

Je retrouve Nez-de-bœuf, mon voisin, qui habite sur la grand'place. Il a travaillé toute la nuit dernière dans sa forge pour déverrouiller dix-sept fusils et les compléter par des chiens, vis et gâchettes manquantes pour que la Garde nationale, dont les uniformes ont été rafraîchis et rajustés, prenne figure convenable lors de la revue impériale.

Face à nous s'élève un nouvel arc de triomphe, surmonté d'une inscription à la rhétorique flamboyante :

À NAPOLÉON RÉPARATEUR

Une colonnade romaine géante, installée à dessein devant le presbytère, porte la liste des grandes victoires militaires de Napoléon en lettres d'or.

L'Empereur a déjà deviné que nous ne sommes plus tout à fait dans le bocage de tradition. Depuis longtemps, on sait que la ville de Montaigu est un ancien chef-lieu de district qui, sous la Révolution, abrita un foyer incandescent d'agitation républicaine. Les Montacutains l'ont payé cher : après le drame de la guerre civile, il n'y avait plus que quatre ou cinq maisons encore debout. C'est la Constitution de l'an VIII qui a réhabilité la cité avilie, et qui l'a même érigée en sous-préfecture.

C'est devant les pans de l'ancien château, témoin de l'ancienneté du bourg, que la population, informée de l'arrivée de l'Empereur, est venue, avec un jour d'avance. Des feux de joie ont été dressés un peu plus loin, sur les hauteurs, sous les ailes des moulins de La Crespillère. Malheureusement, les fagots ont pris l'eau car, depuis la basse heure, il s'est mis à fenasser à grosses gouttes sur tout le pays – de cette pluie hors-saison qui contrarie les palabres d'usage.

L'hôtel du sous-préfet Clemenceau est trop exigu. La maison choisie pour accueillir le cortège est celle d'Antoine Tortat, avoué de bonne considération au tribunal de la ville et aussi conseiller municipal très estimé.

Dès leur entrée sous les hures de sangliers, les autorités sont en proie à un léger moment de trouble, car on apprend que Napoléon vient de refuser les mets préparés à son intention : la crainte d'un empoisonnement le poursuit depuis Fontenay. Ce soupçon continuel, sans les offenser, froisse les Vendéens de cette ville républicaine, car les couverts sont mis, le dîner est prêt, la chaudronnaïe sort tout juste de la cheminée.

Il faut improviser le choix d'une autre pièce pour le dîner impérial, finalement transporté dans le salon par les marmitons venus très tôt avec leurs fourgons de service. Il y aura donc deux soupers. Une table de dix-huit couverts a été dressée pour la suite dans la bibliothèque de l'avoué, où les étagères de livres ont été dissimulées par de grands draps de lit.

Par manque de place, nous sommes quelques maires à rester debout dans le vestibule. Et c'est de là qu'il nous est donné de prendre connaissance d'un incident fâcheux : le sous-préfet Pierre-Paul Clemenceau, demeuré avec l'avoué et le mameluk Roustan dans le corridor de l'entrée, sous les trophées de chasse, est appelé en urgence. On entend le cuisinier du maître de maison qui vient le quérir et s'époumone :

— A l'a dégobillé ! Sa bouillie lui a caillé sur le jabot ! Olé pas beau à voir !

De qui s'agit-il ? Personne ne sait... On attend les nouvelles... De retour du salon, Tortat, tout chamboulé, nous fait partager son émotion :

— Chers amis, pardonnez-moi, je suis encore tout retourné par ce qui vient de se passer. J'ai entendu des cris, j'ai couru au salon, j'ai trouvé l'Empereur à table, hors de lui... Il tournait le dos à un feu assez vif, qui avait été allumé sur ses ordres. L'Impératrice était en face de lui. Un seul maître d'hôtel servait Leurs Majestés avec les mets et les assiettes d'argent qu'on lui apportait. En me voyant, l'Empereur a hurlé : « Maître Tortat, l'Impératrice vient de vomir. Juste après avoir bu ce verre plein. Qu'est-ce donc que cette eau douteuse ? — Sire, que Votre Majesté n'ait pas la moindre inquiétude, ai-je répondu, elle est venue de chez de très honnêtes gens de la ville qui ont leur propre puits… — Eh bien, goûtez donc ! » a repris l'Empereur, avec un geste brusque. J'ai pris la carafe, j'ai rempli mon verre, je l'ai bu. Alors l'Empereur m'a regardé fixement puis il s'est calmé.

Il avait cru à un empoisonnement… L'incident est clos. La colère est retombée. Tout est revenu dans l'ordre. Quelques minutes plus tard, l'Impératrice nous expliquera que c'est la fatigue du voyage qui lui a donné de soudains étourdissements.

Le couple impérial rejoint bientôt l'étude de l'avoué où se sont agglutinés les villadins de Montaigu qui l'attendaient fiévreusement. Il les crible de questions, il n'attend même pas les réponses. Il entreprend le maire sur les dernières heures de Charette. Puis il interroge l'assistance :

— Cause-t-on encore des Bourbons à Montaigu ? Qu'est devenu votre voisin, l'ancien député Goupilleau – le régicide –, qui a tellement bavé sur le Consulat ? Il continue à ferrailler ? Il chasse encore les prêtres réfractaires ?

— Sire, lui répond le sous-préfet, personne ne le voit plus. À ce qu'on dit, il s'est pacifié, reconverti à la chasse aux grillons et collectionne les cuisses de grenouilles.

L'Empereur veut connaître l'influence, sur l'esprit public, des biens mal acquis. Auvynet, le maire, lui explique qu'à Montaigu comme ailleurs les jacobins sont presque tous devenus des acheteurs, et presque tous les acheteurs sont des jacobins. Il ajoute, ravi de sa trouvaille :

— La France est un pays qui retourne facilement sa pelisse et son dolman…

Napoléon approuve d'un sourire entendu…

À une heure du matin, le signal du départ est donné par l'aide de camp. Les postillons et les valets de pied sont sur le qui-vive et, depuis le relais du « château Fayau », ils ramènent, dans un concert de grelots, les chevaux de poste des notables qui laissent une pièce dans la main discrète des garçons d'écurie.

Le cortège quitte la sous-préfecture de Montaigu pour rejoindre la grande ville de Nantes. Je m'attarde un peu. Je serai même un des derniers invités à quitter la maison de l'avoué. Jusqu'au bout j'aurai tenté de voler au protocole un échange impromptu de quelques secondes pour une mise au point qui aurait eu pour vertu d'éteindre l'incendie des Quatre-Chemins.

L'Empereur est passé juste à côté de moi dans le corridor des Cerfs. Il a regardé les cerfs et ne m'a pas vu. On m'a empêché de lui parler. Le murmure de la ville me désigne au pilori. Aucune grâce ne m'est accordée. L'Empereur est parti. À croiser le regard du maire et à voir la mine de parchemin mâché des notabilités montacutaines, je sens que ma vie entre dans le gros temps. C'est une quarantaine qui commence. Il y a avis de tempête pour mon mandat municipal, il est entre les mains du sous-préfet Clemenceau. Il suffit d'un jet d'encre pour ma révocation. Quant à mon gagne-pain de ménestrier, ici, à Montaigu, les commandes dépendent du caprice de mes clients dont l'oreille fine et les dilections les portent à écouter, l'une après l'autre, la musique et la rumeur, la rumeur mauvaise qui peut tuer la bonne musique.

Je sais que la nuit qui vient sera la première nuit sans sommeil. Je n'ai aucune envie de dormir et, d'ailleurs, en dehors de mon atelier, je n'ai guère de toit où je pourrais chercher l'asile. Que faire ? Que dire ? Où aller ? Je ne vais pas rester là, sur le trottoir, comme un pauvre hère, devant la maison de Tortat. J'entends ma jument qui hennit… Elle, au moins, me garde en ses fidélités… Elle m'appelle…

XIII

Cette nuit de l'abîme

Une caresse du regard aura suffi pour que ma jument, qui connaît le chemin par cœur, me ramène toute seule à l'autre bout de la ville, en pleine nuit, jusqu'à mon atelier.

Nous longeons les meneaux éventrés du vieux rempart, où les hiboux de vieille allégeance chouannent dans les meurtrières aux gloires éteintes. Un peu plus loin, nous contournons le pavillon des Nourrices, qui s'avance en projetant une ombre énigmatique. Puis s'ouvre devant nous l'allée des Soupirs, bordée d'arbres citadins aux écorces lisses, flanquée des hautes maisons ardoisées de la bourgeoisie.

À côté de l'aumônerie-hôpital, il nous faut enjamber l'ancienne douve reconvertie depuis longtemps en jardin des simples. On y élève des plantes guérisseuses – l'oseille à la bourrache, la quintefeuille, l'aristoloche, le millepertuis… C'est l'herbier du docteur Trastour, dont les cueillettes sont réputées de vertu publique car, tous les jours, ce médecin de tradition leur confie le soin de soulager les pauvres diables qui viennent à lui avec la *goule torse* ou la *taïte prise*. Dans les moiteurs de cette nuit de fièvre, je n'ai pas la goule torse mais j'ai bien la taïte prise... ou plutôt enroncée de pensées flottantes.

Je médite, en proie aux convulsions de mon âme. J'en viens à penser que, si tout a basculé en quelques heures, dans un tourbillon de basses détractions, c'est que le terrain était sans doute déjà préparé depuis longtemps. La méfiance préparait la médisance. On ne peut pas vivre en même temps dans deux mondes dont les quotidiens sont si différents. Magistrat municipal dans un bocage blanc et ménestrier dans un bocage bleu, j'aurai passé mes plus belles années de jeunesse à faire le grand écart entre les deux pays. À force de peser des œufs de mouche pour ne pas déplaire, je me suis fait piler du poivre sur le dos par les esprits ardents, en pays bleu, parce que je viens de chez les Blancs et je me suis pris des poignées de gros sel baptismal, en pays blanc, parce que je travaille chez les Bleus. Cette ubiquité d'humeur est intenable. À force de vivoter dans un entre-deux, j'ai fini par ne plus être de nulle part. Je suis en train de perdre pied. L'incident des Quatre-Chemins n'aura été que le dernier pourrissoir qui fait chanter les vers.

Bien sûr, mes attaches restent à Sainte-Florence, à la ferme de La Tanchaire où je suis né. C'est là que l'ordre de la nature me rappelle chaque matin à mes premiers soleils, mes premières tendresses, les premières sèves des buissons à musique. C'est là, encore aujourd'hui, que j'ai pris l'habitude de revenir une fois par semaine pour faire l'appoint et brandir la pigouille au passage des bêtes. C'est là aussi que mon père m'appelle à la rescousse aux faucheries de printemps pour donner le coup de fourche « quand la nature a les cheveux trop longs ».

Quelque chose, dans cette vie de plénitude, vient de se briser. La source s'est tarie. Ma sœur Louise, dès son retour à la métairie, a tout rapporté de « l'affaire des Quat'routes ». La famille a tiré l'échelle sur le pailler de la grange. Inutile d'y retourner. Mon voisin, le petit bordier Arnest, m'a raconté comment ils ont jeté au feu de la boulange ma collection de sifflets taillés dans les rameaux de la cure. Les émotions, les refrains de nos veillées d'enfance et de nos jeunesses troublées sont partis en fumée. La famille a jeté les cendres au pré.

Dans tout l'amenage pèse désormais sur moi l'accusation d'avoir trahi l'honneur de mes ancêtres ; Jean Gorge lui-même, le curé de la paroisse, s'en va murmurant, l'âme brûlante, tête baissée, dans tous les oratoires de fermes, que j'ai aussi trahi notre Sainte-Mère l'Église qui, loin des neutralités du coq qui chante, commande à chaque fidèle l'engagement personnel de loyauté concordataire garanti par le « bienfaiteur » Napoléon. Et, dans le bourg, les porte-enseignes du commerce, Baptisse le Tanneur et Daniau le Tisserand, s'en vont tous les deux répétant que j'ai trahi ma fonction en sacrifiant les principes mêmes du bien commun : « Un premier magistrat municipal doit se comporter hors de tout sentiment personnel, comme le délégué du gouvernement et ne pas céder à ses propres émoussiounements ». Avec cet échauffement des cervelles, je juge imprudent de revenir chez mes proches.

Ma sœur est déjà sans doute sous le porche, à m'attendre devant la croix de chaux vive, avec son balai d'érondes. En me voyant arriver, elle me pousserait dehors. Et mon père, d'une main lourde et muette, me ferait signe d'aller coucher au rucher des trognes « pour que ça me siffle aux oreilles entre les bournaïes d'aboïlles », comme un certain soir où j'ai entrepris d'étêter les deux petits saules pleureurs de la cour, juste pour fabriquer des piboles à sanglots, ces instruments à vent qui voisinent avec la cornemuse.

Me voilà ainsi rejeté par les miens ! Il aura suffi d'un mot… Pour ce mot de trop, je suis désormais devenu infréquentable au berceau de famille à L'Oie. Mais, pour le même mot, entendu à Montaigu dans le sens diamétralement opposé, me voilà aussi rejeté comme un corps étranger par le négoce de cette ville de prétention nouvelle où les voisinages ne s'accordent qu'aux espèces sonnantes. Les boquins de L'Oie me regardent de travers. Les borgadins de Montaigu ne veulent plus me voir.

Depuis quelques mois, les réfractaires du bocage se sont accommodés du nouveau régime, parce qu'il leur rappelle, par des signes forts d'antique rémanence – avec la « paix des blés », la noblesse d'empire, et le culte retrouvé « comme dans le temps » –, l'ancienne Constitution royale pour laquelle ils s'étaient levés, il y a quinze ans.

Depuis que le pape a quitté Saint-Pierre de Rome pour venir jusqu'à Notre-Dame de Paris, il y a quatre années, afin de déposer la couronne diamantée sur la tête du roi de l'Europe, beaucoup de croyants, chez nous, brûlent d'un zèle inaugural, puisé aux nouvelles huiles consulaires. Il faut avoir entendu en chaire le curé de Sainte-Florence affranchir ses ouailles sur un ton messianique, lors de chaque fête avec octave, pour comprendre que les cœurs sont revenus à l'endroit : « Très chers frères, sachez-le, le Concordat est une ruse inouïe de la Providence qui a confié à l'Histoire la mission salvatrice de revisiter l'unité capétienne. L'Empereur, qui assure le primat de la Justice sur l'Ordre, a besoin de chacune de nos oblations, sous le regard de Dieu qui sonde l'intime de nos vies. » Les boquins en sont venus à penser que Napoléon a renoué le fil avec le régime d'avant et qu'il a rompu avec l'esprit de la Révolution. La neutralité, et même l'équanimité, qui devraient être agréées comme des formes de sagesse, relèvent pour eux de l'irrésolution, de l'atermoiement de l'âme et même du péché contre l'Esprit.

À l'opposé, pour les républicains de Montaigu, dont le blason tout neuf a tramé dans la même étoffe, calculs, opinions et intérêts, c'est l'inverse : ils ont uni leur destin à celui de l'Empereur parce qu'ils sont convaincus qu'il ne fera jamais machine arrière, qu'il préfèrera toujours l'Ordre à la Justice. Ils se persuadent que Napoléon veille secrètement sur l'œuvre de la Révolution, dont ils se sentent désormais un peu propriétaires. Ils espèrent, ils croient que le nouveau régime ne reviendra jamais sur les ventes à la bougie et les adjudications forcées, réglées à la sauvette en papier dévalué. La *neutralité*, pour eux, n'est qu'un jeu de simagrées. Montaigu reste une ville de petit pilori. Ici, les roturiers de fraîche date vivent du soupçon. Ils restent marqués par l'ancienne Loi des suspects qui en était venue justement, à Montaigu plus qu'ailleurs, à confondre « les passifs et les indifférents », les *neutres d'hier*.

Pauvre de moi… Ce soir, je me sens rejeté de partout… De quelque côté que je me retourne, je ne vois plus que volets fermés. Il y a, sous mon sabot infréquentable, une odeur de mort civile. Je ne sais plus à quelle porte frapper. Le pied flottant dans l'étrier, je me laisse aller à cette nuit épaisse d'errance et de souvenance abîmée. Ma jument Brindigolle me soulage, elle me dispense des discernements de notre chemin.

Le hasard veut que nous passions bientôt à côté d'un lieu qui fut le premier foyer de mes songes. Le spectacle que j'ai sous les yeux me navre. La collégiale, dernier lien avec le Montaigu de mon enfance, n'est plus qu'un douloureux tas de ruines. Horrible vision que ces hauts moignons de part et d'autre de la rue ! Sacrilège que cet amas de tendresses anéanties, cet imaginaire de sons parfaits, de visions séraphiques ! Est-ce cela l'enfer, ces bonheurs décapités qui gisent entre les pierres mortes ?

Nous passons devant des formes spectrales, allongées par la nuit, rue Saint-Lucas. Je n'ai jamais aimé cette ville où, dès la faiblesse du jour, on tire les rideaux de mousseline pour s'abriter de la rue envieuse, pour convoiter sans être deviné, et pour soustraire au regard du tout-venant, derrière les carreaux dépolis, les opulences de fortunes trop rapides.

Brindigolle devine, à mes mains suppliantes, que je désire m'arrêter. Pendant quelques instants seulement, revenir à la source, respirer l'air de mon enfance mélodieuse, retrouver les éblouissements de mes années chantantes. Il n'y a plus, face à moi, qu'un silence de linceul déchiré et de sépulcres fracturés.

J'ai passé, dans cette rue Saint-Lucas, plus de six ans de mon enfance, entre les maisons canoniales et la chantrerie. Cette ruine, qui vient à la rencontre de celle de mon âme, c'est donc l'ancienne collégiale Saint-Maurice, une splendeur, scandée d'absidioles romanes. Soudain, je n'ai plus le cœur à rentrer chez moi, à ouvrir d'une clé lasse la porte grinçante de mon atelier de sciure humide et de bois mort. Personne ne m'y attend. Je lâche la bride et me laisse entraîner par l'envie irrépressible de revoir le grand vaisseau lambrissé, de pouvoir retrouver, en mon for intime, l'écho mourant de la polyphonie sublime qu'on nous faisait reprendre en chœur. Même à moitié démantelée, disloquée, elle résonne encore. À l'époque, on venait vers moi, on se penchait, on disait que j'avais l'oreille fine et le ton juste. Je riais d'entendre ce compliment outré… Toute la rue s'arrêtait. Elle écoutait le ruissellement des petites voix qui passaient par-dessus les murs.

Les débuts furent pénibles, rien n'alla de soi. J'y suis arrivé tout petit, sur la recommandation du lieutenant-colonel Charles Augustin de Royrand ; c'était un Montacutain d'origine, respecté dans le pays. En même temps que le propriétaire estimé de notre métairie à Sainte-Florence. Nous partagions avec lui, chaque année, les fruits des boisselées de terre de La Tanchaire. Il était de nos fêtes les plus intimes. Mon père, dans les empressements d'une ferveur respectueuse, l'appelait « nout'maître ». Cet homme a fait basculer ma jeune destinée.

Je me souviens de ce jour où il s'est écarté de moi pour parler avec monsieur Le Séguillon, une haute figure bienveillante du bourg de Sainte-Florence. C'était en 1783. Le comte l'appelait « l'homme de tête », car chez lui tout passait par la tête : à la belle saison, il était le perruquier du bourg et, à la saison morte, contre un modeste droit d'écolage de quarante boisseaux de seigle, il faisait le maître d'école. C'était justement ce qu'on appelait « une tête ». Il nous invitait à laisser derrière le fagot la langue d'amour de nos labours, pour apprendre à « parlaï pointu, parlaï mossiu », comme à la ville ou chez les hommes de loi. Mon père avait confiance en son jugement, qu'il appelait son « coup de ciseau » et qu'il disait toujours avisé.

Je me tenais derrière lui au matin du « coup de ciseau », quand « l'homme de tête » confia à notre propriétaire :

— Monsieur le comte, cet enfant est un oiseau. Il fait à peu près ce qu'il veut avec sa voix. Tous les échos y trouvent une résonance. Il n'aime que chanter. Et c'est un écorché vif. Il ne fait pas toujours ses devoirs, il risque de s'afeignanter s'il reste à patoiser à Sainte-Florence.

Mon père acquiesça. Et, le cœur gros, la gorge nouée, huit jours plus tard, m'envoya à la collégiale de Montaigu où je fus inscrit comme pensionnaire dans le but secret d'être « dépatoisé ».

J'avais six ans ; je fus promu enfant de chœur à la psallette, l'école de musique vocale attachée au chapitre

Saint-Maurice. Le maître de la chapelle, le chanoine Goupilleau, qui, hélas, eut plus tard à porter sa croix, chargée de deux frères régicides, me donna à connaître le plain-chant et le solfège, mais je fus aussi frotté de grec, de latin et familiarisé à la fameuse grammaire de monsieur de Vaugelas qui m'a donné l'agilité des pleins et déliés et m'a préparé à goûter les mots de belle compagnie. En repensant, en cet instant de grand trouble, à toutes ces années-là, je ressens comme une brûlure insupportable. C'est si loin, si près de moi. Cette nuit est suspendue à mes abattements.

Brindigolle le sent, elle s'impatiente ; et bientôt elle s'inquiète des larmes qui coulent sur mon visage. Elle cherche à savoir pourquoi je traîne. Je lui fais signe que j'ai besoin – c'est vital – de retrouver ces moments forts pour refaire mes humeurs, grimper sur les cimes où on taille les flûtes les plus tendres, et puis revenir à la source du Beau qui était ma vie, une vie où la nature inventait pour moi sa propre liturgie. Tout était musique intérieure. Car mon enfance s'écoula au fil de petits ruisseaux à cresson qui chantaient entre les ors des mimosas.

XIV

L'instrument perdu

Au milieu des ronciers et d'antiques noisetiers sauvages, je cherche la fameuse voûte lambrissée qui attirait nos regards et portait nos âmes fluettes vers ce bleu émaillé d'étoiles d'argent. Elle était là, paraît-il, il y a encore un an.

De cette pauvre collégiale où nous nous appliquions à faire monter le *Magnificat*, depuis les matines jusqu'aux complies, il ne reste plus qu'une carcasse de pierres abrégées. Je n'étais jamais revenu ici. J'avais trop peur des échardes du souvenir. Ce soir, ce que je découvre est bien pire. Mon rêve d'enfance a été démoli pierre à pierre. Il n'en reste rien.

Ils ont démonté le berceau en plein cintre. Les pierres tombales des familles montacutaines d'antique extraction ont été arrachées de la nef ; j'ai longtemps, longtemps refusé de revenir, j'ai refoulé en moi la réalité navrante que, pourtant, je pressentais : la collégiale, vendue comme bien national, a été transformée en un magasin de fourrage. Je le savais. Par la rumeur qui courait dans la ville. Les archivoltes ont été dispersées, en même temps que tous les cadavres de chanoines profanés qu'on a traînés dans les rues. Cette église abbatiale qui a tant marqué mes jeunes années a changé de vocation, elle est devenue un gisement de pierres de remploi. Depuis quinze ans, on vient s'y servir sans scrupule. Sur la façade des maisons voisines, comme celle du révolutionnaire La Révellière-Lépeaux, on retrouve, reconverties en pierres d'angle, des frises de chats, des corniches de dragons ailés. Ces figures sacrées sont souvent recherchées, en signe d'impiété ostentatoire, comme sculptures et parements de raillerie… Triste ville qui se retourne contre son passé et ricane de ses splendeurs déchues…

Sur le portail d'entrée, je me souviens d'un verset d'accueil, en forme de main ouverte au passant :

J'aime la splendeur de Ta maison, Seigneur.

Tout a été emporté. Il n'y a plus ni lettres ni traces d'or. Tout n'est plus qu'éboulis. Vision insoutenable. Pour moi, c'est en ce lieu que tout a commencé, que tout a germé ; et c'est là que ma vie a connu son premier élan. C'est curieux… on dirait qu'il reste encore de ces années-là, parmi les chardons et les orties aux prospérités arrogantes, comme une rémanence qui a résisté au temps, un vague parfum en suspension… Une odeur qui flotte à demeure… Elle revient en moi… Je la connais par cœur… Elle est comme retenue par les mousses des pierres imprégnées, c'est une odeur d'encens refroidi et de pierre suintante aux aigreurs délicieuses. Chaque matin, quand les élèves de la psallette passaient sous le grand porche de la collégiale, nous la respirions, elle rassurait nos sens. Nous avions le cœur léger, l'esprit insouciant… Les éternités de la pierre accordées à celles de l'enfance. Notre imaginaire, qui s'enflammait pour tant de choses, était à peine effleuré par les sculptures illisibles d'images bibliques qui ornaient la grande entrée du sanctuaire obscur. Tout cela était inaccessible et nous grandissait par le mystère…

Un matin de Pâques, notre professeur de théorie musicale, le chanoine Goilandeau, décida de nous livrer les clés pour nous permettre d'entrer dans les voies du mystère. Je notais tout sur un petit parchemin de sacristie, j'ai relu cent fois ce que j'avais écrit à la dérobée. J'ai appris par cœur tout ce qu'il nous a confié, ce qu'il nous a enseigné. Encore aujourd'hui, je m'en souviens. Avec un art tout à lui du dévoilement, il nous a transportés dans les ivresses de l'Infini :

— Notez ce que je vais vous dire, commençait-il à chaque leçon sous le porche. Regardez-bien, les enfants, levez la tête vers ces vieilles barbes… Tout là-haut, formant un arc de pierres, siègent côte à côte les Vieillards de l'Apocalypse : ils sont au nombre de vingt-huit. C'est la *Première Couronne*. Observez tous les instruments, représentés avec force détails ; malgré l'usure des siècles, on devine très bien les caisses, touches, cordées, boutons… Avec cinq cordes au lieu de trois, quelques-uns de ces instruments s'apparentent plutôt aux violes qu'aux rebecs que nous avons étudiés l'an dernier. On ne distingue pas vraiment les archets… Les vieillards ne jouent pas. En revanche, vous remarquerez, à la voussure inférieure, que les élus qui les accompagnent sont en train de danser, tout en élevant des fioles aux arômes angéliques.

C'est la *Deuxième Couronne*. Eh bien, les enfants, le sculpteur de ces pierres d'âme a voulu nous dire que, dans un jeu d'interface merveilleux entre le profane et le sacré, la danse et les parfums symbolisent l'hommage rendu à Dieu. Réunis dans une vision d'espérance, ils expriment la joie de la Cour céleste.

Ce chanoine ne vivait pas de la même vie que nous. Il fredonnait des airs entre les nuées, il nous emmenait dans les éthers pour aller chercher les sonorités du monde invisible. À travers la statuaire des séraphins qui jouent de la veuze et des chimères qui se livrent à des contorsions hideuses, en souriant, il évoquait saint Bernard qui parlait des « beautés difformes » des sculptures de cathédrales et de leur trépidante célébration.

Je n'ai pas perdu un seul affleurement de tout ce monde étrangement excessif qu'il nous a si bien décrit… J'ai relu cent fois mon petit parchemin et je suis revenu voir et revoir, lire et interroger le mystère des *Trois Couronnes*. Et ce soir, j'entends encore cet érudit de la pierre sacrée, à voix basse, nous inviter à la bonne compréhension de la portée du symbole ; il avait le don de nous captiver :

— Il y a, mes chers enfants, dans le dessin même de ces couronnes sculptées, une narration allégorique du Salut qui passe par la musique : le Paradis gagné… le Paradis perdu… Nous sommes là aux sources de la liturgie, qui est une chorégraphie de corps célestes. Ainsi nous fait-on découvrir une musique du Diable, tentatrice, séductrice ou seulement vulgaire. Cela veut dire qu'on peut – la laideur y pourvoit – chanter pour le démon, comme là-haut ce cocatrix, couvé par un crapaud, ceint d'un cilice de couleuvre et qui joue de l'alboka. Mais il y a aussi une musique des Anges. Par elle, sur ces pierres sanctifiées, s'exprime la louange divine : les couples musiciens-acrobates s'entraînent les uns les autres dans une ronde infinie, une carole des éternités d'âme. Cette ronde infinie, qui est au-dessus de nos têtes, doit vous porter à saisir, par vos sens, que l'entrée sous le Portique de Gloire est en quelque sorte, pour chacun d'entre nous, la préfiguration terrestre de notre entrée au Paradis promis…

Le chanoine finissait toujours la leçon du jour dans la même exaltation, par cet envoi. Alors, après un silence, son regard devenait de cendre brûlante et, d'un doigt frémissant, pointé vers le haut du porche, il nous indiquait les voies à suivre pour notre dépouillement…

À chaque fois qu'il réunissait toute la psallette sous la voussure pour l'édification quotidienne, sous un ciel toujours changeant, il ne racontait jamais tout à fait la même histoire : ce n'étaient ni les paroles ni les exultations ni les reliefs de la veille. En revanche, les intonations s'habillaient des mêmes incandescences, soutenues par le langage à fleur de vie de ces pierres muettes et bavardes dont il se faisait le chantre, à portée des exhalaisons de nos âmes.

J'étais, comme les autres enfants, enivré, emporté par le récit, attiré par la voûte. Mais j'ai vite remarqué que le chanoine suspendait ses développements aux deux premières couronnes. Il en restait là. Or, c'était justement la *Troisième Couronne*, la couronne inférieure, celle des oiseaux virtuoses, qui attirait le plus fort de mon attention.

— Pourquoi n'en parlez-vous jamais ? osai-je lui demander un dimanche matin.

Il me fixa dans les yeux et, pris au dépourvu, il balbutia :

— Je n'en parle jamais parce que… parce qu'il n'y a… rien à en dire…

— Rien à en dire ? Comment est-ce possible ?

— Eh bien, nous ne savons rien de ce qu'a voulu représenter l'artiste avec ces expressions outrées. On a cherché dans le Cantique des Cantiques, on n'a rien trouvé.

— Pourtant, les *oiseaux chanteurs* qui ont servi de modèles doivent bien avoir leur nid quelque part dans la nature…

— On n'a jamais pu le vérifier… Ce sont peut-être des oiseaux imaginaires… Mais la vraie question n'est pas là…

— Elle est où, la vraie question ?

— Dans les instruments.

— Et pourquoi donc ?

— Parce que ce sont des instruments inconnus.

— Vous voulez dire : *disparus* ?

— Disparus, oui… ou qui n'ont peut-être jamais existé… On ne sait pas…

— Vous avez cherché à savoir ?

— Oui, cela fait des siècles que nous y travaillons et que les moines les plus érudits s'interrogent. Ces instruments ont-ils existé ailleurs que dans les chimères d'un ou de plusieurs sculpteurs ?

— Vous avez suivi leur trace ?

— Il n'y en a aucune, hélas. Ce sont des instruments aux formes inédites. D'où viennent-ils ? Nul ne le sait. Jusqu'à présent, aucun moine du Poitou, fût-il féru de musique ancienne, n'a percé l'énigme. C'est un mystère, sans doute définitif. On n'aura jamais la réponse.

Cette dernière phrase était banale, mais elle marqua un tournant dans ma vie d'enfant. Elle déposa dans mon for intime l'écho d'une petite romance, la passion des musiques buissonnières. *La réponse* ? Je voulais être le premier à trouver *la réponse*... Pour la ramener à la collégiale... Avec l'idée d'y faire une entrée triomphale sous le Portique de Gloire.

Hélas, le rêve s'est envolé. Le Portique de Gloire s'est effondré... Les moines ont quitté les lieux. La collégiale a disparu. On n'y chante plus. Les oiseaux sont partis mourir ailleurs. Et je suis seul ce soir. Il se fait tard, il faut m'arracher à ce lieu de mes bonheurs enfuis. Avec Brindigolle, nous reprenons la route.

Je tourne et retourne dans ma tête la fameuse péroraison canoniale : *On n'aura jamais la réponse...* Je me souviens très bien de ce qui s'est passé dans les heures qui ont suivi. Sans prévenir personne, j'ai décampé. J'ai couru vers la forêt, à la lisière de laquelle se trouve aujourd'hui mon atelier. Je suis parti à la recherche de *l'instrument perdu*. Et cette recherche a bouleversé ma vie.

XV

Deux gros yeux noirs effarés

Le silence des rues de Montaigu rend un écho de plus en plus lugubre. La traversée de cette ville morte, au pas du corbillard, sur le chemin de la quête de mon honneur perdu, touche à sa fin. C'est le dernier croisement, l'atelier est en face de moi. Je mets pied à terre. Soudain, mon regard se fige. Sur la porte basse de l'entrée, juste à côté de la vitrine qui donne sur la rue Mirabeau, où j'ai coutume de suspendre mes dernières créations, a été cloutée à même le linteau une chouette effraie. Elle me regarde avec de gros yeux noirs effarés. Le sang qui coule depuis son bec crochu, sur la pierre du seuil, n'a guère eu le temps de cailler. Il est encore frais.

Je n'ai pas besoin qu'on m'explique la portée de ce geste d'intimidation symbolique. D'ailleurs, un petit parchemin a été glissé dans la ferrure, avec trois mots écrits à l'encre de baies de sureau : *Elle était NEUTRE.*

Dans ma vie, j'ai déjà vu des chouettes crucifiées, au village paternel, quand un voisin voulait envoûter le bétail d'une borderie, pour faire mourir les vaches dans l'année. Mais jamais dans le bourg, sur la porte d'un atelier-magasin d'artisan. Cela me laisse penser qu'il y a ici du mauvais monde qui a jeté un sort sur mes instruments buissonniers. Cet acte est signé. La chouette n'a pas été choisie au hasard, c'est un symbole à figure presque humaine, mais cet hôte des granges aux anciennes sagesses devient un oiseau de malheur lorsqu'on l'écorche en lui étirant les ailes et en pointant ses serres sur les quatre horizons. Par ces sorcailles, on aura voulu mettre en émoi ma clientèle pour m'enjoindre de fermer mon magasin.

Que faire ? Je sais, par mon grand-père, qu'on a coutume de saler derrière le sorcier, pour le chasser. Au lever du jour, je répandrai du gros sel sous le marteau de la porte. Pour des raisons de discrétion, je n'irai pas chercher le désanjomineur de la paroisse.

Je décroche la pauvre bête et la jette dans le champ de genêts derrière le petit potager. Je laisse aux grolles et aux corneilles le soin de se la disputer à l'aube.

Quand le premier rayon de soleil se lève, de bonnes nouvelles viennent contredire le mauvais sort de ma porte sanglante : à plusieurs reprises, on tire le loquet dans la même matinée. La première fois, c'est un Nantais qui a fait tout ce chemin pour me donner son archet à réparer. Je prends la baguette et je tends une nouvelle mèche enduite de résine. Je lui explique qu'il ne faut pas prendre du crin de jument, mais de cheval. Il retient la leçon. Je frotte les cordes, la vibration est flatteuse, le ménestrier repart satisfait et fort aimable. J'en conclus que la réputation de mon atelier n'a pas été entachée par les événements…

Un deuxième client se présente un peu plus tard : on m'a choisi pour le bal de la noce, comme maître-souneur, avec mon quatuor buissonnier, pour violonner le mariage du fils du maire avec la fille du précepteur, à Saint-Étienne-de-Mer-Morte, juste après l'Assomption. Nous serons quatre à faire danser la compagnie : une vielle, un bot'à musique, une pibole et un tambour. Ce n'est pas la porte à côté mais c'est une occasion bienvenue de rétablir mon honneur auprès des maires : chez nous, on dit qu'« un bon vielleux ne peut être mauvais homme ».

À onze heures, c'est une visite d'une autre nature : je reconnais le P'tit Gabriàu, un excellent vezou qui joue de routine, à l'oreille – j'ai fait plusieurs bals avec lui. Il vient de Boufféré, il se plaint de sa « muse à corne » et, l'air désolé, tient son instrument comme un braillard dans ses bras : la poche de sa veuze est crevée. Je lui demande, d'une mine sévère et affectueuse, ce qu'il a bien pu faire pour exploser sa vessie remplie d'air. Il avoue, tout penaud :

— J'y ai tell'ment buffé dedans que j'y ai fait péter la bousine…

Je prends l'instrument, je le retourne ; au premier coup d'œil, il apparaît que la réalité est autre : notre homme a bricolé une nouvelle vessie en peau de chèvre. Je lui fais remarquer que c'est un mauvais choix, que la poche de loup est bien supérieure. Le loup n'a pas de pores. Quand il transpire, c'est par la truffe ou le dessous des pattes. Pas par la peau. Contrairement à la chèvre. Pour la poche de loup, on n'est pas obligé de graisser l'intérieur, l'enduit extérieur suffit. Le P'tit Gabriàu, par insouciance, n'a rien graissé du tout. Il me laisse sa veuze en dépôt. Il attendra, pour le changement de bousine, que j'aille en forêt, à la morte saison. Il reviendra au printemps. Les expressions de sa gratitude sont touchantes.

Cette journée du 9 août me rassure un peu. Mes clients reviennent ; apparemment, ils ne s'occupent pas de politique. Personne ne me reparle de l'incident des Quatre-Chemins. Le passage de l'Empereur semble déjà oublié.

Tout ce petit monde de cordes et de vent flûté vient de loin faire appel à mes soins pour fabriquer, accorder, restaurer les petites machines à sortilèges ou pour les agréments d'une fête vielleuse. On ne vient pas pour mes opinions, mais pour mes sonorités. On les répute originales, riches en harmoniques. On se le dit entre voisins, entre hommes de l'art, entre violoneux. Je suis porté par le bouche-à-oreille. On me reconnaît un savoir-faire de ménestrier à l'ancienne hors du commun. Tout cela est venu au fil du temps, mais c'est dès mes jeunes années à la collégiale que j'ai appris à faire sonner un bot' à musique, à faire rendre à une vielle à roue des crissements galants, à sortir d'une tige d'alisier une voix quinteuse ou un frisson rogue…

J'ai inventé tout seul, sans le savoir, une sorte d'ouvrage de lutherie des humbles, en marge et en contrebas des prestigieux maîtres luthiers de Nantes et de Fontenay-le-Comte, qui tiennent le haut du pavé alors qu'ils se contentent d'acheter leurs modèles à Mirecourt ou en

Italie. Des revendeurs de vernis plus que d'authentiques fabricants. Un abîme nous sépare. J'aime passionnément ce que je fais. Ce que je sors de mes mains me comble d'aise. Je suis du monde des sons.

XVI

L'oreille absolue

La musique buissonnière est mon état. Et c'est assurément de la collégiale que m'est venue cette vocation. À l'âge de dix ans, le fameux jour où j'ai décidé de percer l'énigme des instruments perdus de la haute voussure des oiseaux virtuoses, j'ai déployé mes ailes.

Je me souviens du rituel de tous les dimanches tantôt. Je « partais en pèlerinage » dans la forêt de Grasla. Pendant des heures, au pied des arbres, j'écoutais les oiseaux – leurs ramages, leurs passades. Je décomposais et recomposais dans ma tête les trilles et les turlutes. J'imaginais qu'au Moyen Âge, déjà, les sculpteurs de la musique des pierres de la collégiale avaient eux-mêmes appris la langue des oiseaux. Je cherchais derrière la patine les caprices de l'auteur mystérieux de la Troisième Couronne.

À chaque pas, je trouvais une nouvelle piste, une nouvelle clé, mais j'étais poursuivi par les mêmes questions lancinantes : quels sont donc ces oiseaux qu'a choisis le sculpteur et qu'il a disposés sur le Portique de Gloire, juste sous les Vieillards ? Au Moyen Âge, il y a toujours un symbole caché – mais lequel ? –, et pourquoi l'artiste a-t-il choisi, pour sa louange de pierre transfigurée, des instruments qui n'existaient pas ?

Je multipliais mes musarderies dans les bois pour comprendre ces mystères. J'étais frustré, contrarié par mes ignorances. Et, en même temps, mes curiosités, mes tâtonnements, mes trouvailles, tout cela était un jeu d'enfant qui laisse son imaginaire s'embraser dans les ivresses des sons inconnus.

J'étais doué pour ce jeu. Plus que mes voisins de la chantrerie. Je percevais des vibrations que les autres élèves de la psallette n'entendaient pas. Au fur et à mesure que je leur rapportais le fruit de mes travaux d'écoute en forêt, les chanoines me répétaient :

— Tu peux remercier le Bon Dieu… Tu as beaucoup reçu… Jean, sais-tu que tu as *l'oreille absolue* ? C'est une grâce…

Et c'est vrai que je percevais le moindre bruit, jusqu'au glissement d'une couleuvre ou au pleur d'un écureuil. L'énigme de la voussure remplissait ma vie. La forêt était mon royaume – pardon, mon empire.

Très tôt, j'ai appris à reconnaître le chant des oiseaux et à jeter sur le papier les notes, les appels. Je me revois chaque soir à courir au bois, quitte à manquer le souper au réfectoire.

Pendant des heures, j'observe, sans les effaroucher, les couples qui s'appellent et se répondent. J'essaie d'identifier les oiseaux qui ont été retenus par le sculpteur du Portique de Gloire. Alors, je passe mon temps à écouter, parmi ces cantilènes, cette petite note ténue qui appartient à un ordre que nous ne connaissons guère. J'apprends à découvrir beaucoup d'espèces dont j'ignorais l'existence et le langage, je passe de belles heures à surprendre la sarcelle qui truffle, le foulque macroule, qui chante faux et pousse des cris rauques à la lisière des fanges. J'écarte d'emblée le grimpereau, le pluvier doré et même la linotte mélodieuse qui sont trop loin du dessin de la sculpture, par la taille ou simplement la forme de la queue.

En m'exerçant à toutes sortes de patiences hors de mon tempérament, je fais effort pour distinguer la babillerie, le pépiement, le prélude amoureux. Grâce à un peu plus d'application au fil des jours et une meilleure précision de l'oreille, je parviens avec de plus en plus de facilité à suivre la ligne mélodique quand j'entends le pirouittement ou la jaserie de ces petits orchestres aux symphonies croisées.

Au bout de plusieurs mois, je vais réussir à identifier presque tous les oiseaux virtuoses du porche de la collégiale. À commencer par le pouillot véloce, sa petite ritournelle flutée est tellement originale ! Bientôt je découvre son surnom : « le changeur de louis » ; on dirait que cet oiseau fait sonner une à une des pièces d'or. Le sculpteur de la voussure a pris soin d'en mettre une dans son bec. C'est ainsi que je l'ai reconnu.

Je découvre ensuite que l'oiseau perché tout en haut de la Couronne pourrait bien être un pinson des arbres. Je le reconnais à sa très longue queue gris ardoise et à son bec épais. J'ai noté sur mon cahier que son fringottement enchaîne, dans une belle langue, un trille, divisé en plusieurs fréquences décroissantes, avec une fioriture finale, formée d'un lot de syllabes bien appuyées.

Je vais finalement retrouver un autre chuchètement du Portique de Gloire, celui du chardonneret, « l'oiseau des noces », dont le chant nuptial donne le ton d'un répertoire éblouissant, un gazouillis fluide dont les « stialitt » et les « didalitt » s'entremêlent ; le chardonneret, ce petit Mozart des cimes, lance parfois un doux « ch-i » entre deux rafalements. C'est un enchantement. Le sculpteur avait bagué l'oiseau. À y regarder de plus près, ce n'était pas une bague, mais une alliance…

Il me faudra quitter la forêt pour retrouver dans les bosquets feuillus la figure qui se trouve à la droite de la Couronne sculptée ; elle est reconnaissable à sa calotte et à l'envergure de ses ailes. Son chant est un babil sifflé-flutté harmonieux. Son cri le plus courant est un « têa » claquant et dur. C'est une fauvette. Elle se nourrit de papillons. Le sculpteur m'a mis sur la voie en la figurant justement avec une aile de papillon que je n'avais pas reconnue.

Un peu plus loin, je suis captivé par une autre énigme : pourquoi donc cette petite grappe de raisin auprès de l'oiseau mystérieux qui chante, en haut de la Troisième Couronne ? Pendant des mois, je cherche en vain. Mon voisin du chœur de Saint-Maurice finit par me mettre sur la voie, en m'accompagnant dans les vignobles du muscadet, sur la route de Loulay, chez le bonhomme Robin. C'est là que je reconnais l'oiseau de la voûte : c'est une grive musicienne : au moment des vendanges, elle ne quitte plus les vignes où elle se gave et s'enivre de raisins mûrs. Son chant est un motif simple, qu'elle enchaîne avec des strophes claires et variées : « Pii-èh… kiriit… trrruy… codidio… »

Il me reste à retrouver le secret des instruments, puis à les reproduire tels qu'ils sont représentés sur la voussure, à leur redonner un relief et un son. C'est exaltant… Et c'est au fil de ces recherches qu'est née, au hasard de toutes ces reconstitutions, ma dilection pour la musique buissonnière.

Les maîtres de la collégiale commençaient à parler de mes « prédispositions » et à s'en étonner. J'attendais la saison de la montée de la sève. Je coupais de petites branches de peuplier tremble dont je martelais l'écorce avec le manche de mon couteau. Longuement, après avoir retiré délicatement cette écorce, j'entaillais le bois intérieur avant de remettre la peau en place. Il fallait attendre qu'elle sèche pour rendre l'instrument étanche. Sans trop le savoir, je venais de fabriquer mon premier subiet, au sifflement étrange, d'un autre âge, l'ancêtre du flûtiau. Parfois, j'y ajoutais un pavillon en forme d'entonnoir, que je fabriquais avec de l'écorce de frêne fixée grâce à une épine d'acacia. Le son était alors amplifié, toujours très pur. Mon pouillot véloce pouvait ainsi retrouver la voix de sa sculpture chantante.

Mon bois préféré était le sureau, parce qu'il se laissait travailler en toutes saisons. Les tiges en sont creuses et il est aisé, avec un peu d'adresse, d'en retirer la moëlle. Longues comme une loche ou un serpenteau, ces tiges étaient pourvues de plusieurs entailles. À un bout, je mettais le vibrion, constitué d'une pelure d'oignon, fixé par un petit lacet d'écorce. Et voilà une pibole, pour le chardonneret, s'accordant avec la gamme de ses chants sur le Portique de plénitude.

Avec l'acacia, je fabriquais des ocarinas, comme celui de la grive. Je me souviens de mon premier alboka. Il sonnait comme un cor de berger. Je l'avais réalisé à partir d'un double chalumeau, en roseau, en utilisant deux cornes, une comme embouchure et l'autre comme pavillon. Avec des sabots de vergne usés et abandonnés, toujours avec mon couteau de poche, je perçais les ouïes et façonnais les clés dans des bois de cormier pour fabriquer le violon de gueuserie, le sabot à musique. Le problème, c'étaient les cordes et l'archet. Alors je m'en allais braconner dans les bois de Treize-Septiers, en posant des collets au clair de lune. Je piégeais des fouines. De ces petites martes grises à gorge blanche, vidées sur place, je ne gardais que les boyaux. Proprement nettoyés, ils étaient ensuite suspendus par mes soins à des pointes, au grenier de la chantrerie, pour les mettre en tension. C'était moins résistant que le crin de cheval, mais plus souple que le boyau de chat. Je fabriquais des rotes-psaltérions en tilleul ; avec une peau de lapin que j'achetais contre des petits pruneaux sauvages, au sanguinetou qui courlitait par chez nous, je réalisai mon premier tambourin : agrémenté de deux grelots dépareillés, que j'avais récupérés dans un vieux collier de cheval au relais de poste des Rochettes, il rendait un très beau son et faisait l'admiration des chanoines.

Tout devenait prétexte à musique. Je passai du bois à l'ivoire. J'allais dans les fermes voisines, inspecter les cornes. Les paysans riches possédaient des vaches parthenaises, qui étaient honnêtes laitières, excellentes travailleuses et qui avaient la robe brune. Leurs belles cornes en forme de lyre étaient inaccessibles, hors de prix. Les petits bordiers, eux, entretenaient des maraîchines, à la peau bringée, tachetée de marron. À ces bêtes-là, on reprochait leur mauvaise cornure : les cornes de cette race se recourbaient en dedans – un bonheur pour la musique. Dans les fermes, on semblait leur en tenir rigueur et on leur reprochait aussi leur cul *pantu* et leur ratais d'échine. Je n'ai jamais compris pourquoi ces cornes-là n'intéressaient pas les bordiers, on m'en offrait volontiers les chutes, elles faisaient de merveilleux olifants.

Et c'est ainsi que j'ai réussi à composer mon *instrumentarium*. J'avais fini de retranscrire le chant des oiseaux, j'avais retrouvé les instruments perdus, il me restait à comprendre la signification de la fameuse voussure énigmatique. C'est au matin de Pâques 1790 que je suis parvenu à tourner la clé du mystère dans une Bible de mille pages, récupérée à la collégiale. J'ai vite remarqué que tous les instruments ainsi reconstitués faisaient appel à des bois très particuliers, qu'on appelle des *bois interdits*. Bientôt, je compris qu'au Moyen Âge le sureau était un arbre maudit parce que, selon la légende, ce fut à l'une de ses branches que Judas se pendit après avoir livré Jésus. Quant à l'acacia, ce fut le bois choisi pour tresser la Couronne d'épines. Une impression de méfiance lui colle encore à l'écorce, c'est un bois qui pique dur et laisse des plaies mauvaises. Le peuplier-tremble fait partie, lui aussi, de l'Histoire sainte : lors de la mort du Christ au Golgotha, le voile du Temple se déchira, les Ténèbres envahirent le monde et... toutes les peupleraies se mirent à trembler au bord des eaux. Le peuplier-tremble, au feuillage de musique argentée, est condamné à grelotter pour la suite des temps. Quant au roseau, il est le bois du sceptre christique de la dérision. Enfin, le buis sonnant de mes triflutés s'appelait le *bois d'hosanna*, le bois d'ousane, le bois des Rameaux. Nous sommes là encore au cœur des Écritures.

Dès lors, il était facile de faire l'exégèse de mes découvertes, de lire leurs correspondances et de conclure à la puissance allégorique de cette Couronne mirifique des musiciens du ciel.

Les oiseaux sont à la peine ou à la fête. Quelle peine ? Quelle fête ? La Mort et la Résurrection. Ils chantent pour les hommes les hymnes de Pâques. Sans le savoir, c'est cela qu'il m'a été donné de reconstituer. Voilà. J'ai cherché *la réponse*. Et je l'ai trouvée : le chant de chacun des oiseaux représentés sur la Troisième Couronne s'accorde aux sonorités instrumentales. Et les bois choisis sont ceux de la Crucifixion et de la Résurrection, les bois de la Pâques. La Troisième Couronne est donc *la Couronne pascale*, celle qui a vaincu le monde. Voilà la réponse...

C'est dans le droit fil de ces conclusions jugées conformes à la science des Écritures par les érudits de la collégiale que naquit ma vocation de ménestrier du claquedent. Aujourd'hui, la voussure a disparu. Le Portail de Gloire est entré dans le silence. Mais mon atelier témoigne de la pérennité de ces musiques qui viennent de l'âme d'un vieux peuple.

Je me suis installé ici, au faubourg Saint-Jacques, juste après la Grand'Guerre, à l'hiver de l'année 1795, sous le Directoire. Depuis treize ans, j'ai connu des hauts et des bas, jamais de creux durables. Aujourd'hui, hélas, je crains que mon métier et mes instruments ne soient vite emportés par les humeurs des temps nouveaux. Ils sont, tout comme moi, de l'ancien monde.

XVII

La musique ménestrière ne se vend plus

Le père Tranchelar n'a pas attendu ma visite. Ses attentions sont presque paternelles. Il veille sur moi depuis mes jeunes années de la collégiale ; d'un mot affectueux, il m'appelle « le P'tit Jean ». Il aura tout deviné de mes embarras. Son métier d'affranchisseur de taureaux lui ouvre les porches des grosses fermes et lui donne à entrer partout dans les intimités. Quand il opère, il traîne l'oreille. Il sait tout.

Au matin de l'Assomption, il est venu jusqu'à mon atelier pour me raconter ce qui se dit chez les notables de la ville. Dans le seul souci de me prévenir…

C'est un homme rude d'apparence mais qui connaît les bêtes, toutes les bêtes ; il est bien trop malin pour les veaux de lait de la sous-préfecture qui sont après lui, toujours la tête au ras du buisson, l'œil mi-clos. C'est un colosse. Il porte son métier sur lui : une enveloppe grossière, un cou mimétique de taureau, le pied massif, le regard en attente, une tchulotte de vieille serge avec des genouillères de cuir bouilli.

De temps en temps, il tourne le sabot, pirouette sur lui-même pour redonner un tour plus serré à sa ceinture de coton rouge autour de ses reins, où il glisse ses couteaux de travail qui sortent de chez le Savoyard rémouleur.

Son petit-fils a travaillé pour moi à l'atelier. Je lui ai appris le solfège. Le grand-père vient m'avertir d'un mauvais coup qui se prépare :

— Hier soir, l'ont décidé de déménager un gars de Fontenay, un failli luthier, pour l'installer juste en face de l'église Saint-Jean-Baptiste. Les sorties de messe viendront lécher sa vitrine, à ce qu'y disent.

— « Y », c'est qui ?

— Le maire Auvynet, le sous-préfet Clemenceau et la bande des anciens conventionnels.

— Et pourquoi font-ils ça ?

— Devine… Le veulent mettre ton magasin à l'arvers.

— Tu veux dire me ruiner ?

— Oui. En détournant le p'tit filet de tes derniers clients. Le voulant t'amener petit à petit à manger dans l'creux de ton sabot. Le disont qu'on peut pas avoir confiance en toi.

— Mais qui est derrière tout cela ?

— Le bien national. « Faut pas engraisser la goraille du mauvais monde », qu'ils disent. « Le v'lont pas faire tourner le commerce du jean-foutre qui va dans les châteaux faire crisser la corde »…

Le voilà, le message de la chouette crucifiée. S'ils vont au bout de leurs intentions, je serai mésaise. À Montaigu, on sait tous qu'il n'y a de la place, dans mon métier, que pour un seul fabricant. Il n'y a pas assez d'acheteurs pour deux luthiers, je risque d'y laisser du poil à la musse.

Depuis quelques années, j'ai pu constater que ma clientèle a changé. Aujourd'hui, mes grosses commandes – quand il est question d'acheter de la lutherie plutôt que des rouges-gorges en coquilles de noix qui ne rapportent rien –, elles viennent des riches consulaires de fraîche date. Ce n'est même pas pour le plaisir de quelques accords, c'est juste pour habiller les trumeaux, pour paraître et tenir son rang. Quand on dispose un violon sur le manteau de la cheminée, c'est l'équivalent du fusil de chasse dans les belles métairies. D'un seul regard, le visiteur comprend qu'il n'a pas affaire à de la petite limaille.

Certains instruments ne sont plus demandés. On a cessé de les fabriquer. Il n'y a plus de viole de gambe dans les châteaux, tout simplement parce qu'il n'y a plus de châteaux. C'était mon ancienne clientèle, elle est partie. Elle a quitté ses terres, ou alors… elle a quitté la terre.

La bourgeoisie rentière est beaucoup moins attirée par la musique d'agrément. Les greffiers et les sergents royaux, qui avaient chez eux une harpe dans leur bibliothèque et qui en jouaient pour leur agrément, ont disparu depuis la Révolution. Dorénavant, les fils de l'ancienne noblesse jouent de la trompe ; leur rêve, c'est de devenir maîtres d'équipages. Les grandes familles des soirées de barcarolles n'existent plus : l'amiral du Chaffault, qui jouait de la harpe sur le gaillard arrière de la *Belle Poule*, a fini en prison, à Nantes. On lui a même confisqué dans sa cellule le hautbois de son aïeul, au motif que « le bois de palissandre n'est pas révolutionnaire »…

Je me souviens des temps, encore récents, où on me faisait venir dans chaque vieux logis, devant la haute cheminée emblasonnée de chevrons d'or, pour réaccorder les chanterelles et les chevalets des vielles à roue de la grand-mère. J'étais reçu partout. Chez les Beufvier de La Sécherie, on m'a même requis pour venir sculpter, sur le poignet d'une viole d'amour, un ange aux yeux bandés – l'amour est aveugle.

J'allais réparer les tables d'harmonie chez les Escoubleau de Sourdis. On improvisait des villanelles devant le feu mourant.

Dans le château des Sapinaud, il y avait même un tympanon, une cithare d'un ancêtre revenu de Perse, gardé précieusement depuis la Croisade. Il fallait entretenir les cordes frappées par de fines mailloches. Tout cela était ma vie. De l'atelier au salon. Du salon à l'atelier. Une vie ardente de courses lyriques… Le grand monde.

Les vieux métiers d'art, qui ont assuré le prestige de notre cité, sombrent et disparaissent les uns après les autres. Bien sûr, il y a encore plusieurs voituriers, et puis Joseph, le ferblantier, Albert, le cloutier, et la famille des Grolleau, les vitriers. Mais le pauvre Urban, le maître à danser, qui est arrivé ici il y a dix ans, a fait ses malles. Il est retourné à Poitiers. Les borgadins ne dansent plus, ils comptent. Il n'y a plus d'horloger, il est parti à Napoléon. Un signe des temps. Ce ne sont plus les goussets de Montaigu qui donnent l'heure.

En quelques mois, j'ai vu beaucoup de devantures changer de garniture et de décor : l'imagier-tailleur a été remplacé par un boucher. Le cristallier et le barillier qui travaillaient les mêmes bois rares que moi – l'alisier, le poirier, le tamaris – ont fermé boutique. Les barils étaient cerclés de métal battu en lames ou en feuilles, en vue de l'ornement des meubles raffinés d'une société du bon goût. Or les commandes de meubles d'art qui venaient des gens nés ont chuté dans les faubourgs, dorénavant meublés d'armoires de bois blanc et de vases à fleurs en terre cuite.

Seuls les petits métiers de la rue sans abri prospèrent : les marchands de baume vert vendent encore leur résine souveraine contre les gerçures des mains, les marchands d'échaudis proposent leurs petites brioches ; en revanche les grenouilleurs et colporteurs de filasse ne sont plus que des amuseurs publics. À l'étage, on mange du poisson de mer qu'on fait venir de Saint-Gilles. On pare la table avec des serviettes de soie où le bourgeois prend soin, en guise d'armoiries, de faire broder ses initiales. Beaucoup de cherche-pain dorment dans les ruines du pavillon des Nourrices ou sous les appentis des artisans faillis.

La misère est partout sur le pavé. La ville s'appauvrit. Le père Tranchelar accuse le maire, Auvynet, qu'il tient pour responsable de tous ces malheurs :

— T'chola, l'est dégourdi comme ine pochée de sabots…

J'essaie de le défendre :

— Au moins, il parle bien et il parle… à tout le monde.

— Le sait faire que jacasser. Ol'est un bon à rien. L'est tout le temps bardé…

— Il boit beaucoup ?

— L'est plus souvent rendu à sucer les pieds de la vigne à muscadet qu'à la mairie. Ol'est le seul maire de Vendée qui change de nom dans la journée : le matin, ol'est Auvynet ; le soir, ol'est *Aviné*…

En me quittant, le père Tranchelar me conseille d'aller rencontrer La Révellière-Lépeaux pour obtenir ses grâces. Il n'a plus de fonctions, mais il demeure l'autorité morale que les édiles écoutent. J'irai plus tard… Pour l'heure, je reviens à mes affaires.

Le nombre de mes visiteurs ne baisse pas vraiment mais ce ne sont plus les mêmes commandes. Les armateurs nantais achètent là-bas, sur place, aux lutheries des quais. Les notaires et syndics du bocage ne sont pas gens de musique. On ne me demande plus que des instruments buissonniers. La musique ménestrière de l'ancienne corporation des maîtres luthiers reste en vitrine. Je vends encore quelques flûtes en bois de poirier ou des triflûtés avec des courges qui servent de poches à bousine. Je fabrique des mirlitons, des fifres de roseau, des guimbardes pour l'Épiphanie ou Mardi gras. Tout cela se paie en petite monnaie. Juste de quoi acheter mon pain de seigle à la semaine.

Il est difficile de se rattraper sur les bals de noces ou les fêtes de métives. Les souneurs comme moi sont trop chers. Les bordiers et même les fermiers vont désormais chercher le pibolou de la paroisse voisine qui fait chanter à la goule pour un verre de troussepinette. Ces gens-là tuent le métier.

Un beau matin, je vois devant mon magasin un petit bossu, au regard fuyant, un vieillard d'au moins cinquante-cinq ans. Il porte une lavallière défraîchie de conventionnel sur le retour. C'est mon voisin, le célèbre Louis-Marie de La Révellière-Lépeaux. Je suppose que le père Tranchelar lui aura demandé de venir vers moi pour un arrangement avec les autorités. Je connais toute son histoire puisqu'il est, lui aussi, un ancien de la collégiale. Je sais qu'il en veut au prêtre qui fut son maître, le chanoine Bourasseau, de lui avoir infligé quelques corrections. Il lui attribue la déviation de sa colonne vertébrale dont il reste contrefait.

Depuis ce temps-là, il bouffe du curé. La Révolution fut pour lui une bénédiction. Ce qui est arrivé aux chanoines de Saint-Maurice lui fut indifférent. Il n'a pas levé le petit doigt lorsqu'ils ont été chassés de la collégiale, en 1791. Il a soutenu Kléber qui a fait pourchasser le doyen et deux prêtres, cachés dans les jardins du chanoine Goupilleau, au faubourg Saint-Jacques, le 30 septembre 1793. Il sait très bien ce qu'il est advenu des dépouilles des trois chanoines massacrés et coupés en morceaux. Le silence officiel sur ce drame odieux montre la gêne des autorités. C'est mon ami de la rue de Tiffauges, le maçon Désiré Martial Poulain, qui m'a tout raconté.

Quand le nouveau régime a pris des couleurs, La Révellière s'est érigé en prophète d'Apocalypse laïque : pour éradiquer le christianisme, l'ancien choriste de la collégiale a entrepris de créer un culte nouveau, la « théophilanthropie », qui devait justement remplacer l'Église de son enfance. C'est Bonaparte qui, en 1799, a sonné le glas de cette religion larvaire. Malgré tout, l'Empereur a souhaité que La Révellière soit invité, lors de sa halte montacutaine, à la réception de maître Tortat. Le théophilantrope est venu, nimbé de sa gloire passée, dans une traînée d'encens tiède. Il s'est entretenu quelques instants avec Talleyrand. L'ancien évêque d'Autun, en le voyant marcher vers lui, a ironisé sur son utopie avortée d'une nouvelle Église :

— Cher ami, si vous avez échoué, c'est parce que vous avez manqué d'audace : Jésus-Christ, lui, pour fonder sa religion, a été crucifié et est ressuscité. Vous auriez dû tenter d'en faire autant !

Le théophilanthrope reste de marbre. Les quolibets n'ont plus guère prise sur lui. Il est retiré de tout. Sa nouvelle religion, c'est le bouillon de châtaignes et la courge farcie, à l'hôtel Henri IV, en face de la mairie. Il reste très attaché à Montaigu, la ville de son enfance. Il pèse de tout son poids, par ses conseils discrets, sur les autorités, sensibles à ses anciens prestiges. Il vient m'édifier sur l'avenir de Montaigu :

— Personne n'ose vous parler en face, monsieur Rogronille. Mais cette ville, si chère à nos affections, est condamnée. L'arrêté – je devrais dire… l'arrêt de mort – est à la signature de l'Empereur : la sous-préfecture de Montaigu va disparaître, l'arrondissement aussi, ainsi que le tribunal. Montaigu va devenir un chef-lieu de canton. C'est là un déclassement insupportable…

— En quoi ma personne est-elle de près ou de loin responsable d'une telle décision… évidemment dommageable… y compris d'ailleurs pour mon commerce ?

— Eh bien, justement, on dit beaucoup que c'est... votre comportement... pour le moins désinvolte, aux Quatre-Chemins, qui a pourri la relation... L'Empereur a pensé que votre maladresse n'en était pas une, que c'était une manière vendéenne de le toiser. Il ne supporte pas les conspirations buissonnières. Sans doute y a-t-il vu plus d'intention que vous n'en avez mis. Vous n'êtes pas n'importe qui et vous aviez été choisi à dessein pour la présentation à l'Empereur : vous êtes maire et artisan d'art de cet arrondissement. Vous en étiez, à votre corps défendant, un peu le porte-emblème. L'Empereur, que je connais bien, depuis longtemps, a le cœur bouillant, cela le porte à des embardées fréquentes. Il donne sans compter mais, dans le même mouvement, il peut châtier sans prévenir.

— Tout cela est absurde... hors de proportion...

— Il n'y a pas de proportion dans un empire...

J'attends toujours qu'il me dise pourquoi il est venu jusque chez moi, et de la part de qui. Va-t-il être assez courageux pour me parler ? Je l'observe : il tremble. Je ne peux pas m'empêcher de penser que, chez cet homme difforme où l'orgueil s'est pris dans le muscle, le physique a fini par suivre le mental : il est cassé en deux, défraquenassé. Sa tête semble missionnée pour ne regarder que ses pieds, torturés de remords, qui raclent la tomette de mon atelier. Lui qui, sur les images de piété républicaine, se tenait si droit, le doigt levé au ciel pour envoyer les ci-devants à l'échafaud, semble avoir reçu, de par l'œuvre des ans, l'ordre de ne vivre que courbé, comme un quémandeur de la clémence publique.

La nature l'a condamné à ne plus pouvoir regarder personne dans les yeux.

Crispé sur le pommeau de sa canne d'ivoire, il finit par bredouiller entre ses dents :

— On m'a chargé de vous dire… qu'il vaudrait mieux fermer le magasin…

— Fermer le magasin ? Et pour faire quoi ?

— Eh bien… partir…

— Montaigu est ma patrie, comme la vôtre. On est du pays de ses enfances… de ses premières cantilènes.

— Oui, je comprends… Justement, vous seriez mieux à… La Tanchaire…

— Vous voulez que j'émigre ? Je ne partirai pas. J'ai un principe qui me retient ici…

— Un principe ? Lequel ?

— Un principe royal !

— Un principe royal ?

— Oui. Chez nous, dans la principauté des ménestriers, on dit toujours : *seul le client est roi.* Monsieur l'émissaire, vous pouvez disposer…

Sa canne l'entraîne dehors. Il est parti rendre compte. Où ? Je ne sais pas.

Les mois passent. Je bimbelotte. Le client est peut-être roi, mais il n'est plus là. Je suis au bord de la faillite. Le 14 janvier 1810, c'est une déflagration dans toute la ville : La Révellière-Lepeaux, le chantre des mauvaises nouvelles, avait vu juste. Le fameux arrêté est publié : la sous-préfecture de Montaigu est réunie à celle de Napoléon, donc elle est supprimée… C'est la consternation… Une gifle, un avilissement… Cela signifie que la ville va être privée de ses administrations – autant de clients en moins – et surtout qu'elle va perdre son rang, son rayonnement.

Les mauvaises nouvelles se succèdent inexorablement…

XVIII

L'affaire du pin parasol

Quelques jours plus tard, je suis convoqué au tribunal par le président Rodrigue, l'ancien évêque « reconverti ». Il porte une toge avec le rabat de la haute magistrature. Il arbore quelques grosses taches qui lui caillent le jabot et qui sont le signe d'un grand travailleur : à ce qu'on m'a dit, il mange en consultant les rapports d'enquête empilés sur ses genoux. Il m'annonce avec un regard noir d'Apocalypse qu'une procédure délictuelle est ouverte au sujet de ce qu'il qualifie « l'affaire du *Pin pinaï* ».

La plainte qui a été déposée concerne un pin parasol, séculaire – qu'on appelle dans le bocage un *pin pinaï* –, qui abritait de son ombre tutélaire le relais de poste du château Fayau. L'arbre a été coupé et débité de nuit, sans l'autorisation de son propriétaire. Le président du tribunal délace la sangle de son volumineux dossier à chemises multiples et, par-dessus ses bésigles, me fixe, inquisitorial :

— Cette coupe de bois illégale apparaît, selon un faisceau d'indices, comme un acte de malveillance à l'encontre de monsieur Fayau – l'ami estimé de Maximilien Robespierre – qui a acquis, par adjudication, de la manière la plus régulière, le fameux parc des Rochettes.

Il est vrai que les arbres du parc des Rochettes sont d'une grande valeur : y prospèrent des chênes d'Amérique, des magnolias, des cèdres de l'Atlas et du Liban, des tulipiers de Virginie, des ginkgos du Japon… Il y a quelques mois, je suis allé voir le maître des Postes, Médard Rateleau, un ami d'enfance qui m'a accompagné au violon dans ses jeunes années. Je lui ai expliqué que j'étais à la recherche des bois que je n'ai pas sous la main. En effet, pour le dessous de mes violons, je ramène de l'érable qui vient de la forêt de Grasla. Je le laisse reposer quelques années pour que le bois devienne sec, nerveux et sonore. Mais pour la table d'harmonie, si on veut avoir une résonance parfaite, il faut de l'épicéa. Or, il n'y en a qu'en Italie, et je n'ai plus les moyens d'en acheter là-bas. Il se trouve que le pin pinaï de chez nous fournit des lattes qui jouent juste. C'est un cousin de l'épicéa, un matériau dense aux fibres régulières et aux mailles brillantes. C'est l'épicéa du pauvre…

Mon ami Médard a compris tout cela. Et comme il est aussi le régisseur du parc, il m'a autorisé à couper le pin pinaï. Il m'a confié qu'il avait un motif officiel irrécusable : le pin, qui mesure à sa base plus de deux pieds de diamètre, pouvait être une menace pour le relais de poste, en cas d'orage violent. Les écuries, en effet, sont situées juste au-dessous.

J'ai été appelé pour ausculter les arbres au pourtour du relais, et en particulier le pin pinaï. J'ai appliqué ma joue sur le tronc, écouté le vent dans la robe. Je connais la sonorité particulière des sapins. À leur résonance, on sait déjà quel violon ils feront. Le verdict fut sans appel : l'arbre rendait un son rauque, il était quinteux, sans doute pourri de l'intérieur. La sève ne montait plus à son faîte. Le cœur n'étant pas irrigué jusqu'en haut, il allait mourir par la tête. Lorsque je l'ai abattu, j'ai récupéré les parties saines pour la lutherie.

Le ton de monsieur le président Rodrigue est celui d'un homme très prudent, exercé à la patience cauteleuse, pénétré de l'idée qu'il vaut mieux suspendre une enquête plutôt que de risquer une erreur judiciaire qui pourrait lui être reprochée. En me suivant du coin de l'œil, il énumère « les chefs d'inculpation contre personne non dénommée : vol de bois précieux, violation de propriété privée, atteinte à l'honneur et intention de nuire ».

— En effet, souligne-t-il avec une componction qui lui vient de son ancien état, ce pin pinaï a été planté le 25 mars 1766, à l'occasion de la naissance de monsieur Joseph Marie Pierre Fayau, représentant du peuple à la Convention. Il ne s'agit donc ni plus ni moins que d'un *attentat symbolique* à la mémoire d'un homme public et de son action bienfaisante.

Après un long silence, il ferre :

— Monsieur le maire, par égard pour un édile et un commerçant honorable de la ville de Montaigu, et conformément aux usages de la magistrature, j'ai souhaité vous informer que dans le cadre de son enquête, la gendarmerie souhaitera vous entendre dans quelques jours, au cas où vous auriez des éléments à verser au dossier. Nous ne sommes pas encore *dans le bois dur* – si vous me passez l'expression – mais déjà entre le tronc et l'écorce…

Quelques jours plus tard, la maréchaussée est donc descendue dans mon atelier. Les gendarmes ont furgaillé partout, dans l'entrepôt des bois de travail. Ils sont repartis avec ce qu'ils ont appelé une « pièce à conviction », déposée dans un grand mouchoir à carreaux : trois pommes de pin, posées au-dessus de la grande fenêtre du magasin. Elles étaient du pin pinaï. Dans notre métier, elles servent de baromètre. Quand les écailles s'ouvrent, cela veut dire que le beau temps arrive. Quand elles se resserrent, la pluie est proche. Mes instruments, tous d'humeur sensible au temps qu'il fait, ont deux ennemis : l'excès de chaleur et l'excès d'humidité. J'expliquerai tout cela au tribunal, si tant est que la bonne foi soit retenue par les juges de ce régime à la botte des préfets.

Je vois bien qu'ici, à Montaigu, tout est devenu prétexte à me bousculer. Les bruits viennent de tous les bords – républicains, royalistes, ralliés, réfractaires… Je suis désormais la cible choisie de quantité de ragots et le bouc émissaire des malheurs de la commune. On a d'abord dit que c'était moi qui avais empoisonné les puits et les fontaines, au moment du malaise de Joséphine. Or les gendarmes ont conclu de leur enquête que seules les fortes pluies étaient responsables de l'eau trouble.

Depuis hier, court aussi la rumeur, lancée par les royalistes, selon laquelle ce serait à cause de moi que le gouvernement s'apprête à manifester l'intention d'établir un impôt sur chaque pied de bœuf et sur les socs des charrues au travail. On dit aussi que j'envoie des pies voler les bracelets sur les balcons d'été où les dames se prélassent et qu'on retrouve dans les nids mon butin de chevalières.

Mon ami, le maréchal-ferrant Alcime Perrocheau, qui connaît toutes les familles du fait qu'il est aussi crieur d'enterrement, m'a prévenu :

— Méfie-te don de Paulo et Paulette, de la maison d'en face chez toi, teurjou assis derrière leurs volets à moitié démanchés... Le comptent tes clients... puis le font rapport... Le sont teurjou après toi... Paulo, le cause beaucoup dans ton dos. O'lé un vrai berdassou. Et la Paulette, al répète tout... al brode... al' beurre la tartine... Olé une vraie Marie-Berdasse...

La rumeur la plus malveillante touche à la morale, c'est ma soi-disant « course aux galantes ». On me soupçonne, parce que je vis seul, à plus de trente ans, de donner de l'archet pour entreprendre les petites guerluches de tous les faubourgs. Il m'arrive de sourire aux fleurs de printemps quand elles s'ouvrent. Alors, certaines mères s'offusquent de ne pas me voir mettre le sourire et les fleurs en bouquet, et de « changer de saison » trop facilement. Et j'entends, derrière moi, sur mon passage :

— Le sacré Jean-foutre, le va puis le vient. À courir la beurtantaine, comme le fait, o finira mal...

Le propos du président Rodrigue ne me dit rien qui vaille. Je dissimule mon effroi. On sait, en Vendée, que lorsque la justice s'occupe de vous, c'est le matou qui s'amuse avec la poupée de lin. Je quitte le tribunal, en préparant déjà dans ma tête ma défense. On veut me salir. Cette ville vomit des calomnies tous les jours. À peine en a-t-on fini avec l'une que l'autre se love. C'est comme une nuée de frelons dans un vieux têtard, creusé, rongé de l'intérieur jusqu'au cœur de souche…

XIX

Un bois qui chante

— Avisse… à la population ! Il est fait assavoir qu'à compter du 1er décembre prochain, les ateliers des métiers du bois – le feuillardier, le charbonnier et le sabotier – seront fermés en ville pour l'hiver. Les dernières commandes doivent être passées dans les huit jours avant leur départ en forêt.

Raymond Martin, le garde champêtre, replie cérémonieusement sa feuille d'avis à petits cœurs rouges. Il ajuste le képi et range le tambour ; c'est le signe qu'il a fini ses annonces. Quand il redescend de son gros caillou qui flanque l'église Saint-Jean-Baptiste, je l'empoigne vigoureusement :

— Alors Raymond, c'est comme ça qu'on enterre le ménestrier ? Dois-je en conclure que le sieur Martin, de son état garde champêtre de Montaigu, a mis ma tête sur le billot de bois ?

— Oh non ! J'ai juste lu le papier que le secrétaire de mairie a écrit pour la liste des ateliers…

— Mais dans cette « liste des ateliers », j'ai été oublié. Moi aussi, je suis un « métier du bois ». Et moi aussi, je pars avec les autres en forêt dans huit jours.

Raymond Martin tente de se justifier :

— Le garde champêtre ne fait qu'exécuter les ordres ! Ses avis sont ceux de la puissance publique... Les plaintes des mécontents, c'est au maire ou au tribunal qu'il faut les adresser...

Voilà une nouvelle humiliation : je n'existe plus sur le registre du commerce. Rayé des listes, appelé à la mort civile.

La fidélité de mes compagnons du bois, heureusement, tient de la vieille souche. Leur liste à eux, de sève ancienne, tient tout entière dans leurs affections. Ils m'attendent, je partirai avec eux.

Le 30 novembre 1809, je charge les diables aux roues ferrées à l'ancienne ; la partance est pour le lendemain en forêt de Grasla. Dans nos métiers, on débite en hiver, on fabrique aux beaux jours. Le temps de la fourniture est arrivé.

La coupe des arbres se fait à la sève descendante, il faut abattre le bois avant les premiers soleils et aux derniers quartiers de la lune, sinon on court le risque qu'il soit mangé par les vers. On sectionne, on ébranche et on fend la grume quand le sang de l'arbre est redescendu dans le tronc, c'est l'usage. Il faut travailler le bois quand il ne travaille pas. Pour les menuiseries d'art, les meilleures saisons pour la coupe, c'est quand le temps est à la pluie d'hiver ou à l'égail de printemps. Pour les sabots, c'est différent : là où ils se vendent le mieux, c'est depuis le dernier champignon jusqu'au premier papillon.

Les métiers de la forêt forment une petite société à part. Je m'y trouve bien. C'est une vie difficile, on a souvent la peur au ventre. On a tôt fait de se prendre des crocs dans le gras de la jambe. Mais on est heureux de se retrouver loin du bourg. Là-bas, on nous appelle, avec un semblant de vénération, les « âmes du bois ». Je suis le plus jeune de tous.

Encore aujourd'hui, mes compagnons d'hiver me transmettent beaucoup de leurs sagesses. Elles leur viennent de ce petit monde impénétrable où l'expérience est reine. Les anciens possèdent dans leur herminette, depuis l'enfance, de père en fils, la science des bois vivants. Ils leur causent, ils échangent des poignées de sciure, qu'ils respirent à plein nez. Ils savent l'écriture des arbres, ils ont percé depuis longtemps le mystère de leurs inclinaisons ; et quand ils se parlent entre eux, c'est aussi dans une langue à part : « bois d'épines… lune fine… bois de feuillu… lune veille… » Cette langue, il faut plusieurs vies pour la comprendre vraiment.

L'heure du départ a sonné. J'ai enfilé une devantère, une longue blouse bien couvrante qui se boutonne dans le dos pour ne pas accrocher les écorces.

Le convoi s'étire. Les gens de bois suivent la fameuse trinqueballe, le premier charriot de l'escorte qui ramènera au printemps, sous l'essieu et la flèche, avec de grosses chaînes, les billons et les troncs trop lourds.

C'est Rabat l'Égail, le feuillardier, qui marche en tête. On l'appelle, avec une respectueuse affection, « le maire de la forêt ». Son métier à lui, c'est de fabriquer des douelles, des douves de barriques. C'est un fendeur de lamelles reconnu dans le pays depuis longtemps.

Il avance lentement. Cette marche est une manière de procession dans ce qu'il appelle sa « cathédrale de verdure », où les fûts sont les tuyaux d'orgue, et les oiseaux le chœur liturgique. Il fatigue vite, il tire la rale, il a la jambe raide vu qu'il s'est pris une mauvaise trogne sur le coup de pied, il y a vingt ans. Quand il est à chacotter le cœur de bois, son adresse est sans pareille. Il est le seul, dans le métier, à porter un tablier de cuir, muni de deux tirants qui pendent sur ses jambes. Il les relève et les fixe dans les boucles de sa ceinture ; son tablier devient alors une sorte de sacoche à copeaux.

Il nous a appris à construire, pour nos hébergements, les huttes de brande et les culs de loups. Il faut assembler les perches, puis les ficher dans la terre, les relier entre elles par de fines lattes que seul un feuillardier sait débiter. Il veille à la pente de la toiture recouverte de pelées d'herbe vers l'avant, elle doit dépasser un peu le plan de travail et former un auvent, qui nous protège les jours de bourrasque. Les morts-bois et les bourrées de terreau viendront boucher les musses entre les pieux. Un muratin fermera la façade à hauteur d'homme. Tout cela, ce sera notre premier ouvrage, dans quelques lieues, dès notre arrivée.

Mais nous n'en sommes pas là, la nuit tombe et le routin se resserre, il y a encore deux ou trois lieues de sentiers d'approche.

L'ordre de marche répond à un inusable protocole des corporations de l'ancien temps : derrière le feuillardier chemine, d'un pas plus alerte, Rapiessou, le sabotier. S'il est tout dépareillé, c'est la faute à sa femme Norine qui, depuis des lustres, lui raccommode le même gilet de serge avec des tapons de laine et des pièces cousues les unes sur les autres. En troisième, marche le charbonnier, le vieux Fumerolle, et moi, en dernier, derrière les cages et l'outillage, avec les bêtes.

Mes deux griffons, Presto et Allegro, me tiennent en leur garde vigilante. Ils jappent à l'avant, tout excités par la sortie annuelle. Ce sont des broussailleurs avisés qui n'ont pas d'égal pour faire lever un faisan ou un perdreau. En forêt, ils auront pour mission de nous alerter, de ramener le gibier et surtout de nous défendre des bêtes sauvages.

Leur instinct nous ouvre le chemin entre les chausse-trapes ; il ne faut pas marcher sur l'armoise et la verveine, car l'herbe de la détourne punit les farauds qui la foulent en leur faisant perdre la voie. On a beau dire qu'on ne croit pas trop à toutes ces légendes de l'antique mémoire des bois maléfiques qui traînent dans les veillées depuis l'enfance, on traverse quand même des lieux étranges qui portent sur leur nom d'anciennes épouvantes.

Il fait nuit noire quand on s'enfonce dans la forêt de Grasla sous une pluie battante. Dans la ramure des chênes, le vent s'adonne à des mugissements sinistres. Bien sûr, on se raidit contre la peur mais, sans le dire, chacun appréhende la clairière choisie cette année pour dresser les ateliers d'hiver. Car c'est à la fameuse croisée de La Garouflaire que sera notre gîte ; elle est réputée comme le rendez-vous des redoutables garoufles aux allures de garaches et de chiens noirs. Minuit approche, des gémissements de malebestes rôdent dans nos têtes échauffées par le voyage. On sait ce qui s'est passé ici, de mémoire d'anciens. Rabat l'Égail, qui connaît la forêt de Grasla des vieilles chimères, nous confie que son grand-père a croisé là un immense corps sec et décharné qui traînait un long suaire en se tordant de rire. Il y aurait surpris des galipotes, avec leurs queues chargées d'écailles noires et leurs pattes armées de griffes aiguës.

On entend des craquements, des crissements, des froissements. Les buissons semblent s'ouvrir pour laisser le passage à des ombres qui menacent toute forme d'errance et de vie. Ces grognements font écho à la nouvelle épouvantable que le préfet nous a rappelée avant de partir : dans la forêt de La Chaize, une louve enragée a dévoré une femme native de Napoléon et ses quatre enfants. Le représentant de l'État, par circulaire, a enjoint à tous ceux qui travaillent en forêt de ne pas y rester le soir. Pour nous, c'est un ordre inapplicable. On est beaucoup trop loin pour revenir à soleil couchant.

Dès la première veillée, devant le feu mourant, je me tourne et me retourne dans l'angoisse... Dans cette vie sauvage, tout peut arriver. Je m'attends à voir flotter dans les arbres les suaires, les robes de sang, les linceuls, et à voir fondre sur nous les renards enragés. Je rassemble mes esprits et bande mes muscles pour écrapoutir les aspics et repousser les fameux basilics des corniches du porche de Saint-Maurice qui rampent peut-être jusqu'à nos cabanes, attirés par les jattes de lait.

Nous savions ce qui nous attendait. Toutes les forêts de Vendée sont aujourd'hui réputées dangereuses. Les loups y pullulent, la nature est venue combler les vides laissés par les hommes. Il y a de moins en moins de sangliers, de cerfs et de chevreuils. Le bétail lui-même, qui prospérait en ses pâtures, avant la Révolution, a dégénéré.

Sur certains chemins du bocage, les paysans qui n'osent plus sortir après soleil couché ont disparu. On peut voyager sans croiser plus d'un homme par lieue. Le règne de l'animal sauvage souligne la misère des temps. Il faut être sur ses gardes.

Dès le lendemain de nos encabanements, chacun s'en va chercher son bois de travail. Tout se fait au coup d'œil. Avant de désigner un arbre à la coupe, on l'observe longtemps. On fait le tour de ses voisins, ceux qui sont bien portants, ceux qui ont pris la foudre, ceux qui cherchent la lumière et ceux qui ne la cherchent plus vraiment. On leur parle et on essaie de savoir quel commerce ils entretiennent avec l'arbre choisi...

Chaque métier a ses intonations, ses inflexions, ses lois, ses romances. Nos journées ne sont pas les mêmes. Chacun regarde les arbres avec les yeux de sa confrérie. Si nous croisons, à l'aube, un vieux saule blanc ou un tilleul de haute taille, l'un pensera par devers lui : « excellente charbonnette ! », l'autre : « une fid'garce de toiture ! », le troisième : « avec cette bille, on est chaussé pour l'hiver ! » Il n'y a guère que la gnôle qui nous soit commune – c'est moi qui prépare les gourdes, le matin, remplies de cette eau-de-vie, ou plutôt *de survie* – et la patate mise à gralaï au diable ou les noix melées sur le feu du soir, tisonné par Fumerolle.

Mes plans de recherche et de coupe sont plus délicats. Rien que pour une vielle à roue, j'aurai besoin d'une dizaine d'essences : du châtaigner pour la table, du cormier pour le chevalet, du cerisier sauvage pour les clés, du buis ou de l'érable pour la poignée et la manivelle.

Je m'arrête presqu'à chaque pas. N'importe quel troène, fusain, merisier ou poirier sauvage attire mon attention. Je pressens, derrière chacun de ces bois, un bourdon, une anche battante, un porte-vent ou le corps même d'une viole de noce.

Les bêtes sauvages aussi me captivent dans ce paradis à musique. Je dispose mes crochets à loups dont je tends les ressorts de fer pour récupérer sur ces sales bêtes le cuir de mes poches de veuze, promises à mes clients, ou encore la peau de mes tambours de barricots pour les bals de l'été à venir.

Il m'arrive souvent d'aller chercher conseil auprès de Rapiessou, l'homme des sabots qui a chaussé tout le bourg. Il a, entre ses mains, toutes les sapiences de la forêt. Je le regarde pendant des heures quand il est à besogner sur sa chèvre, avec sa hachette et sa gouge, à la taille, à la creuse ou au parage de ses petits chefs-d'œuvre. Il flaire à l'avance, dans un bois de hêtre, les parois fines du sabot léger, il pressent que celui-là aura une bonne bascule du pied pendant la marche. Il devise sur tous les bois, m'assurant que le bouleau est plus facile à travailler que le peuplier, regrettant que le hêtre soit trop cassant. Un jour, devant un noyer de belle maturité, je le vois qui s'extasie :

— Regarde, Jean, ce bois-là. Une merveille. Comme tu dirais dans ta musique, c'est la gamme supérieure.

— Pourquoi tu ne le choisis pas ?

— Il est trop rare, trop cher pour les gars de Montaigu. Depuis la Grand'Guerre et les nouvelles misères de métairie, on ne chausse plus qu'au vergne…

Le vergne, c'est le nom familier de l'aulne.

— Et pourquoi l'aulne ?

— Parce que c'est un bois commun, qui a les pieds dans l'eau toute l'année, qui vit au bord des étangs. Quand le paysan fait sonner ses sabots sur le chemin, il les entend vivre. L'aulne, c'est le bois de la vie, un *bois qui chante*. Les sabots d'aulne ne rendent pas le même son, c'est une question de pied : quand ils chaussent un jeune, le tintement est vif et répété ; quand ils chaussent un vieux, c'est plus lent et plus lourd. Les bois d'aulne chantent l'entrain à l'Angélus et la fatigue à la ressiaïe. Ils portent les rêves de celui qui les chausse.

XX

Je l'appellerai mon « violondaulne »

En écoutant Rapiessou, le sabotier, je m'avise, sans y avoir jamais songé, que l'aulne n'est pas cher, mais surtout qu'il est un bois musical. Il rend des sons rauques, sourds, puissants…

Alors je me lève d'un bond. Rapiessou vient de faire jaillir en moi une idée folle, originale. Peut-être une révolution dans le monde de la musique, comme jadis l'invention de la roue à vielle. Jusqu'à ce jour, je n'ai fait que reproduire les deux musiques les plus demandées par mes clients : la musique luthière qui, hélas, est partie chercher sa nouvelle clientèle dans les grandes villes du bien national, et la musique buissonnière qui, désormais, n'a plus besoin de ménestriers, vu que les jeunes fermiers ont appris à copier la fabrication des sicouères et sifflets de merles dans les veillées. Mes deux clientèles se sont évaporées. La survie est au prix d'un produit neuf, inconnu… et pas cher.

L'idée qui me vient à l'esprit, à partir du bois d'aulne qui sonne aux pieds, c'est le dessin d'un nouvel instrument. Je l'imagine déjà à mi-chemin entre les sonorités du violon de salon et les vibrations du sabot de moisson. Il faut qu'il sonne comme un violon de haute lutherie et, en même temps, qu'il ait le prix d'un sabot de grand chemin. J'entreprends, avec une chute d'aulne, de fabriquer dès le lendemain, sur l'établi de la saboterie de notre gîte, ce violon des nécessiteux.

Rapiessou m'encourage en riant aux éclats. Il juge que la trouvaille est prometteuse. Il sort une bouteille d'oberlin pour « arroser le nouveau-né ». Je le vois enchanté, flatté en vérité par ce voisinage soudain et inattendu entre la grande musique emperruquée et son ouvrage rustique de saboterie fermière.

Dès le lendemain matin, je suis au travail. Rapiessou m'explique toutes les étapes par lesquelles il faut passer pour la fabrication d'un sabot : il me conseille de choisir, pour débiter mes billes au passe-partout, la partie la plus proche des racines, car le haut de l'arbre, plus tendre, est réservé aux sabots d'enfants, qui n'ébruitent que des notes plates. J'irai donc chercher le bois tendre, celui qui a la musique au cœur et qui ferait danser un bouëtouseu.

J'emprunte à l'atelier de Rapiessou sa rainette, ses cuillères, qu'il appelle joliment ses « langues de chat ». Très vite, je reprends mon couteau de poche pour la finition. J'enlève toute la partie du dessus puis je façonne les clés dans un bois d'alisier. J'ouvre les ouïes. Après quelques essais infructueux sur des essences trop sourdes, je choisis le cormier pour la table d'harmonie et le palissandre pour l'archet. Le problème, ce sont les cordes. Je coupe la queue de ma jument, Brindigolle. C'est une erreur et je le sais : seul le crin du cheval fait l'affaire. La jument, elle, pisse sur son propre crin, ainsi le rend-elle élastique et donc inapte à l'exercice des instruments à cordes frottées.

J'irai dès cette nuit poser auprès des loges quelques collets, car il y a partout, autour de nos meules, des *chats-marao* chassant le mulot et qui miaulent à la lune. Les histoires qui courent sur les chats sauvages foisonnent dans toutes les veillées. On dit que ceux de Grasla sont ferrés pour ne pas glisser l'hiver. Il y a d'ailleurs, près de La Galifraire, une « roche aux chats » où, m'a-t-on juré, ils viennent faire la sarabande à Mardi gras. Les claquements des mâchoires affamées se mêlent aux miaulements sinistres. Je n'ai rien contre les chats sauvages, j'en ai même apprivoisé un petit à La Tanchaire, qui s'appelait Robinson. Mais Rabat l'Égail a fini par me convaincre que les boyaux de chat feraient des cordes de sonorité inédite. Le lendemain matin, je trouve, encore vivante et prise dans les crocs de mon piège, une genette. C'est une aubaine. Elle est deux fois plus grosse qu'un chat. Sa forte odeur musquée m'incommode. On l'écorche habituellement pour sa fourrure. Moi, je la retiens pour les cordes sonnantes de ses intestins, et que je vais tendre dans l'atelier de brande, pour leur donner plus de résistance.

Pour tout l'assemblage des pièces, je prends de la gomme d'écorce de merisier, qu'on appelle chez nous de la « merde de coucou ». Mon premier sabot à musique est prêt. Ayant inventé la chose, il faut que j'invente un nom. Je l'appellerai mon *violondaulne*. Il sonne à merveille.

J'en tire des accents qui s'accordent à la plainte des arbres dans le vent du soir. Il frémit comme un violon, mais il sera vendu au prix du sabot. Je toucherai ainsi une clientèle peu argentée mais plus nombreuse, de granges et de marchés. Même dans mon sommeil, j'entends sonner mon instrument…

Les premières nuits sont calmes. Mais bientôt on entend les meutes qui tournent et nous cernent. Ce sont des glapissements lugubres. Rabat l'Égail vient nous alerter :

— Jean, tu entends les Parisiens ?

C'est ainsi que, chez nous, les anciens appellent les loups. Ce n'est guère flatteur, mais, depuis le « grand brûlement » de 1794, on se méfie de tout ce qui vient de Paris.

Je réponds avec empressement :

— Oui, j'ai disposé le chemin de ronde hier matin.

Mes compagnons de brande ont compris de quoi je parle. J'ai étudié, avant de partir, le manuel de monsieur de Bessay, le louvetier fulgentais qui a codifié les protections autour des hameaux et des habitations en forêt. J'ai lu et relu la recette détaillée qu'il propose pour les loups, elle a fait ses preuves et je m'en vais l'appliquer à la lettre :

Il est recommandé de prendre un chien putrifié avec une fourche sans y toucher avec les mains. Puis il faut l'induire avec une once de binjoin mêlé à de l'huile de hanneton. Il faut ensuite accrocher la carcasse et disposer de deux cents pas en deux cents pas des boules de quarteron de chair infectée, agrémentées d'oignon en colchique d'automne vert. Après quoi il convient d'ajouter une once d'arsenic en poudre. Si le loup mange une seule boule, on le découvrira ivre mort et alors, il suffira de l'achever avec une petite massue en le frappant entre les deux oreilles.

La recette fait d'emblée merveille, même avec les putois. J'en viens à penser que les loups ont renoncé à l'assaut. On les entend là-bas qui s'éloignent… Le petit musicien de la collégiale remonte en moi et tend sa fameuse oreille réputée *absolue*. Je mets la main en cornet : je crois reconnaître les loups mâles qui donnent de la voix à travers une octave, avec un accent sur le « o », tandis que les femelles produisent un baryton nasal modulé avec un accent sur le « u ». Je compte dans les hurlements jusqu'à douze harmoniques…

Hélas, quelques semaines plus tard, le piège est éventé. Et c'est la grande frayeur. On entend au loin Rapiessou qui s'ébraille. Allegro et Presto accourent vers moi. Rien n'arrête la meute. Les Parisiens entrent dans les loges et se précipitent sur le garde-manger. Les pauvres chiens sont saisis d'effroi. Ils s'égaillent.

Je sens que s'approche l'heure fatale. Au moment de mettre une dernière couche de cire d'abeille sur mon violondaulne que je porte en bandoulière, quand il me vient l'idée de grimper à une échelle qui traîne là. Une fois là-haut, je fais tomber l'échelle du pied. Tous les loups ainsi défiés viennent assiéger l'arbre.

C'est un hurlement effroyable.

Peut-être qu'un air de violon pourrait les amadouer ? J'arrache une branche qui fera office d'archet. Le son de mon instrument inédit est égrillard mais puissant. Contre toute attente, il les met en panique. Les voilà qui se sauvent à toutes pattes en hurlant…

Je serre mon instrument magique contre mon cœur. Je descends de mon arbre. C'est un triomphe. On s'embrasse. On sort l'eau-de-vie. On va trinquer « à la sève », comme on dit, une chope de gnôle à la main. Rapiessou en est quitte pour quelques égrafinures. Et Fumerolle lance à la cantonade :

— Saprée musique qui met les Parisiens en déroute. Ah ! si on avait eu ton violondaulne au temps des Colonnes infernales… On aurait mis en fuite tous les sans-culottes…

La paix revient… Entre les loups et nous, la peur a changé de camp. Les jours s'étirent… Le séjour va bientôt finir… Un beau matin, je vois arriver en courant un p'tit gars de la poste des Quatre-Chemins. Je n'aime pas trop ce genre de messager au visage laiteux comme une caillebotte… Il dépose une lettre entre mes mains et mâchonne entre ses dents :

— C'est de la part de votre sœur… D'après que votre père…

— Quoi ? Mon père ? Il y a une mauvaise nouvelle ? Il est parti ?

— Presque… L'a commencé à battre son dail…

Je n'hésite pas une seconde, malgré tout ce qui s'est passé dans la famille. Il faut partir. Je quitte la forêt de Grasla, pour revenir au galop à La Tanchaire, le village ancestral de la famille Rogronille.

En voyant défiler les haies, les questions se bousculent dans ma tête : arriverai-je à temps ? Comment serai-je accueilli là-bas, au cœur de l'épreuve ? Va-t-on me rejeter comme un étranger ? Me laissera-t-on seulement entrer sous le grand porche de la métairie ?

Je donne de l'éperon… C'est mon devoir de courir vers mon père qui va mourir…

XXI

La nuit des sens

Quand j'arrive à La Tanchaire, il est trop tard. La mort est dans le village. Je vois qu'à toutes les fenêtres les persiennes sont fermées. Aux borderies voisines, on porte déjà le deuil. Au plancher des ruches et sur les ventaux des granges, la famille a suspendu un crêpe noir. Les bêtes ne sont plus à l'herbe, on les a rentrées à l'étable, en signe de respect pour celui qui fut maître des échalliers de la métairie. Zidore, le fidèle journalier, qui était du même sillon de jeunesse que mon père, accourt vers moi, en braillant sous la croix de chaux vive :

— Ol'a juste une heure que l'a feurmé son parapie.

Il parle dans la langue de La Tanchaire. Quand on ferme son parapluie, c'est fini. Une masounaïe dans les larmes, c'est comme un ciel de lit qui pleure à grosses gouttes. Le ciel de lit ne m'a pas accordé la faveur d'arriver à temps pour lui dire adieu et glisser à son oreille ultime mon secret sur les Quatre-Chemins.

Les aiguilles de la pendule du vaisselier ont été arrêtées à l'heure des yeux fixes. On a voilé les miroirs, c'est l'usage. Je presse notre Zidore de m'en dire plus sur les derniers instants :

— Il était encore dans sa connaissance quand il a défunté ?

— Non, le parlait plus…

— Et il a été muni des sacrements ?

— Oui. Le curé Prouteau est venu, appareillé de son surplis, avec son étole autour du cou. Lui a apporté l'Bon Dieu…

— Il n'est pas resté ?

— Non. L'est reparti avec les enfants de chœur et puis la sonnette d'autel. L'a juste laissé l'eau bénite…

— Et le médecin Bourdoiseau, il est reparti aussi ?

— Ben non. Lui, l'est jamais venu, tcho fi de garce !

Zidore, la lèvre écumante, me confie que le failli Bourdoiseau a refusé de se déranger « pour moins de cent sous ». Et les cent sous – il le sait bien –, on ne les a pas. Donc il n'a pas même ouvert la main pour harnacher la bourrique. Aurait-il pu sauver mon père ? Je n'en suis même pas sûr. Car, dans la famille, depuis la *Grand Memae*, on tousse de père en fils, et tous les enfants savent qu'ils sont d'une lignée de poitriniers. Comme notre grand-père Alcime, qui crachait dans son mouchoir et fut emporté par une vilaine quinte, mon père est parti de la poitrine.

Le coupeur de fièvres de Mouchamps a cru jusqu'au dernier souffle qu'il pourrait le guérir en lui tirant le mauvais sang. Mais le corps a lâché, la chandelle s'est éteinte. Il a rendu l'âme sur la couche de naissance de nos aïeux, en serrant contre lui la petite Vierge d'ivoire de sa confirmation, juste à côté du lit de ma sœur, la Jhanète, la dernière fille qui a accouché de la petite Urbise il y a un an. C'est fini. On ne le verra plus jamais.

On n'entendra plus cette voix chaude qui se raclait la gorge en crucifiant le pain du matin avec son couteau de poche. Cette voix nous manque… C'est comme l'amputation d'un membre. La douleur est intense, lancinante, mais on garde à jamais la sensation du membre manquant qui se rappelle à vous comme un élancement perpétuel.

Quelques heures plus tard, les cloches de l'église sonnent la remembraïe. Pendant le Grand Glas, mes sœurs récitent le Rosaire des Morts. Le crieur d'enterrement, venu s'incliner devant la dépouille, a déjà commencé la tournée de toute les fermes de la paroisse. Un peu plus tard, l'ensevelisseuse, la mère Rocheteau, arrive à La Tanchaire pour la toilette du défunt.

On a rassemblé tous les feux du voisinage pour la veillée mortuaire, qu'on appelle chez nous « la nuit des sens ». C'est l'heure du dernier baiser, du dernier regard et puis de l'aspersion au buis d'hosanna. On brûle de la résine. On laisse les portes ouvertes pour que l'âme du trépassé puisse aller et venir. Mes sœurs égrènent leur chapelet de nacre et nous parlent des « âmes en peine qui réclament des prières ».

Chaque feu de la paroisse est là pour la mise en bière, la levée du corps, la messe et la mise en terre. Les gars de La Tanchaire, un cierge à la main, portent la brunette. Et moi, je les précède avec mon brassard de crêpe au bras. Toute la famille se rend à l'église de Sainte-Florence pour marmotter les paroles du *Libera me* en suivant le cercueil. Le chantre Alphonse Picard entonne le *De profundis* qui s'enroule dans les volutes d'encens et fait monter le chœur suppliant de toutes les détresses :

« Des profondeurs je crie vers toi, Seigneur…
Écoute mon appel. »

Profondeurs du vide… appel au Père céleste pour qu'il accueille notre père terrestre… appel à la Miséricorde pour le pauvre fils, mangé de remords, arrivé trop tard, au moment fatal du grand passage…

XXII

Le pain de miséricorde

Au lendemain de la sépulture, la ferme est orpheline. Il n'y a plus d'homme d'ouvrage aux champs, pour commander les semailles. Que faire ?

Ma sœur Louise m'attend devant la cheminée, à côté du pétrin. Elle me prend dans ses bras et bredouille :

— Au moins, t'es venu ! On pensait que tu reviendrais pas... C'est quand même une consolation que tu soyes là... La famille aura été au complet pour ensépulturer notre pauvre papa...

Elle sourit, elle pleure... Je crois bien que je pleure aussi... Dès l'aube, ce bout de fille qui ne fatigue jamais a repris en main le creux de maison. Mes pauvres sœurs, désemparées, m'appellent à leur aide. Je décide de rester quelques semaines à la ferme, où les bras manquent.

Mais comment combler le vide ? Il y avait, chez nous, un partage entre la femme et l'homme, entre la terre et le fruit de la terre ! La femme *à la quouette de la poêle*, l'homme *à la quouette de la charrue*. Et voici qu'il n'y a plus d'homme. Sauf moi. Mais la terre n'est pas mon métier...

Louise veut que je sorte les bœufs. J'ai perdu la main. Je ne sais plus conduire un attelage. Quand j'étais petit, j'aimais darioler en ouvrant le sillon fumant. Je tenais la note. Ce n'était pas, pour moi, une épreuve mais un délassement de l'âme. Mon père m'exerçait à mettre le joug et il me laissait conduire la paire. Zidore – grand semeur devant l'Éternel – m'avait appris les chants de la herse. Il égrenait son répertoire, qu'il appelait « le cantoral des promesses ». Cette mélopée n'était pas si différente du chant médiéval appris à la collégiale. Je fournissais le rythme en donnant des petits coups de pigouille sur le joug. J'étais « à la baguette ». Je parlais à nos bœufs dans la langue de gosier qui aiguillonnait le train de labour. Tout cela entrait en harmonie avec les entrailles de la terre. Je donnais de la voix de gorge, je gloussais et sanglotais à la fois :

— Allez… Hue… Hue… les gars… Allez, mes valets… Nobliot ! Feignant ! On traîne pas…

C'était familier. Nos bœufs, à l'appel de leurs noms de caractère, sentaient qu'on les aimait, comme des voisins de quenouille. C'est loin, tout cela. Ce sont des gestes oubliés et des humeurs perdues.

En ce temps-là la vie débordante nous inclinait à penser que le bonheur était l'ordinaire des jours ; il nous venait – croyait-on – avec le soleil qui sortait de la haie, habillé des candeurs du matin, et nous revenait avec la lune qui s'éclipsait derrière la grange à baldaquin. Ce soir le deuil donne à partager à tout le corps du logis le souffle court des gorges serrées par le même chagrin.

Ma troisième sœur, la Jhanète, assise sur le bord de la chaise à sel, n'est plus vraiment dans les larmes, elle sourit. En cet instant, elle n'écoute visiblement que son cœur de mère. Elle est de la jeunesse d'aujourd'hui. L'appel de la vie, en elle, est le plus fort. La mort… la vie. Ainsi va la nature, implacable en ses insouciances, qui renouvelle les fleurs de tendresse, après avoir fané les parterres anciens des hivers éternels. La jeune mère surveille, d'un œil attendri mêlé d'inquiétude, sa petite Urbise, beurnousée de lait graboté, à quatre pattes, sur la terre battue, qui navigue entre les bancs et les tabourets :

— Regarde, Jean… tchette p'tite baïte. Al est teurjou à marcher de chat sous la tab'.

C'est vrai qu'on dirait un chaton qui godille du genou sous la barre à chats de la grande table de famille.

Soudain, j'entends la Choupomme qui, de là-haut, m'appelle à l'aide pour redescendre la poiloune de fressure. La vie a repris comme avant. Je grimpe l'escalier quatre à quatre. Je rejoins cette autre petite sœur qui s'applique à barater, comme chaque matin, notre bonne purée sanguinolente tirée de la meilleure truie, montée au grenier le mois dernier. Elle sent fort le sang de goraille qui n'est pas de la veille, elle a déjà de la laine sur le dos. Mais pour rien au monde on ne la laisserait perdre, c'est le « plat royal de la ferme »…

Très vite, je retrouve les vieilles habitudes. Pour la cuisine, comme pour le reste, rien n'a changé à La Tanchaire. La vie est frugale. À Montaigu, on mange des pibales et des berniques de Noirmoutier. Ici, on continue de serrer les dents et de tirer la langue.

On boulange toujours comme en 93, avec une pincée de farine, de la fougère et des glands, on attend que ça lève, les anciens appellent cela « le pain de miséricorde ». Mon père, qui avait reçu, en ses empreintes de vieil argile, toutes les élégances de la terre mettait de la seigneurie jusque dans ses proclamations sur les appétits de famille : « Chez les Rogronille », disait-il avec fierté, « on se nourrit des mêmes choux que les bêtes ! » Sauf qu'à la goraille, on donne le meilleur, l'œil du chou, pendant que nous, on mange juste les trognons. Et quand les cochons n'ont plus faim, c'est à nous de finir les bichottes.

Les berlines du cortège impérial n'auront laissé derrière elles que des miettes et quelques bonnes paroles : chacun est resté sur sa faim. Quand j'entends la mère gorette qui gornafle en avalant sa beurnée, pendant que les hommes n'ont à manger que les cochonneries restantes, il m'arrive de tancer ma sœur, qui cède trop facilement aux séductions du nouveau régime :

— Tu vois bien, la Choupomme, que Bonaparte n'a pas fait de miracles dans nos fermes. Depuis qu'il est passé chez nous, les rassasiés sont toujours du même côté. Le gouvernement réserve les bonnes pâtes aux villes nouvelles. Dans notre métairie, les gorets sont mieux nourris que le monde…

Choupomme réplique d'un jet :

— La différence, c'est que la graisse de goret vaut trente sous, alors que la *graisse de monde* vaut rien du tout !

Il y a donc plus d'avantages à être un cochon dissipé qu'un paroissien appliqué… D'ailleurs, le préfet qualifie les pauvres du bocage de « bouches à nourrir », c'est tout dire. Une charge… En réalité, la Vendée ne se relève pas vraiment de son calvaire. Il dure encore. Sauf pour les grands bourgs des orgueils citadins, inondés de largesses, qui prospèrent. Alors que dans les cours de ferme, si ça continue, comme dit le tenancier Bagassou, les grolles voleront le ventre en l'air pour ne pas voir « la misère ». Malgré toute cette misère, personne ne veut quitter la terre, la famille ne partirait pas d'ici pour… un empire.

XXIII

« Tes flûtiaux de feignasson »

Pendant que nous avalons notre bouillie de bêtes d'avarie, un beau matin je suis appelé en urgence à la mairie. Mon secrétaire, Quéqué, m'y attend avec une enveloppe contenant les instructions du préfet : ce dernier nous commande d'assurer la pitance des prisonniers de guerre autrichiens et prussiens, parqués dans un camp à Sainte-Florence ; ils viennent dérouler le tapis de cailloux des nouvelles et fameuses grandes routes promises par Napoléon en sa ville de Napoléon. On réquisitionne sur place, pour leur fournir journellement un kilogramme de vrai pain, deux cent cinquante grammes de viande fraîche, un demi-litre de vin et une paie de vingt-cinq sous. Comme dit le Grand Michâo, qui les voit passer chaque jour devant son auberge du Grand Turc, « l'ont bê de la chance ! » Cette sorte d'impôt déguisé passe mal. Dans les cafés, on petoune à voix basse ; avec des regards obliques, on y regrette de ne pas être autrichien ou prussien, beaucoup de paroissiens seraient prêts à casser des cailloux aux Quat'routes pour avoir la ration d'abondance.

Ma petite sœur, la Choupomme, n'est pas dans la rancœur. Elle trouve toujours au fond de son caractère une petite réserve de sollicitude pour tempérer le malheur des temps. C'est une merveille de tendresse et de bienveillance. Elle tient son nom de ce qu'elle a un cœur de chou et la tête toute ronde. Surtout, elle a gardé sa petite taille. Elle n'a jamais vraiment poussé. Zidore disait affectueusement :

— La p'tite, a l'a oublié de grandir. L'a forci sur les côtés. L'a *pommé* mais l'a pas *tigé*.

Mystère de la nature qui produit, en ses harmonies potagères, des asperges, des choux-raves et des jonquilles, donnant ainsi à l'une des vertus et à l'autre des grâces.

Je n'ai guère le temps de m'attarder à la souillarde, où Louise m'a employé à tourchouner aux cristaux de soude les cuivres vert-de-grisâtre ; ma quatrième sœur m'attend pour aller au lin.

On l'appelle Mie l'Aiguille, parce qu'elle est la couturière de La Tanchaire et qu'elle fut baptisée sous le nom de Marie. Elle a un petit air de jonquille quand elle se balance au vent avec la tête en avant et de longues mains de madone qui prie en tricotant. Elle porte bien son surnom car, de temps en temps, elle a l'aiguille qui pointe, et elle pique dur. Elle a appris à coudre chez les Ursulines – que j'appelais, quand j'étais petit, les *Rusulines*. Elle passe ses soirées à estopper les chaussettes, à radouber les devanteaux et les camisets. Et c'est elle encore qu'on vient chercher pour broder les revers des draps de noce de toute la paroisse. Mais, surtout, c'est à Mie l'Aiguille que revient l'honneur de tisser, pour les hommes de l'amenage, les « chemises à vie », celles qui vous râpent le dos mais ne s'usent jamais et vous tiennent les hanches, comme des gants de crin, jusqu'à la toilette ultime du lit mortuaire.

Aucun geste n'a changé dans cet ouvrage ancestral. Nous rejoignons la modeste parcelle où on ensemence le lin ; elle est de trente ares seulement. On a appris jadis à le semer très dru pour empêcher les mauvaises herbes de l'étouffer. Mie l'Aiguille interdit qu'on vienne cueillir les petites fleurs bleu pâle si précieuses... Il faut arracher le lin à maturité, à la main bien sûr. C'est un travail de patience : on le secoue soigneusement pour en faire tomber la terre parasite, on le met en poignées de papotes avant de le laisser soulailler ; puis on l'étend justement pour l'égrabotter avec un battoir de lavandière.

Alors se met en branle le cortège des lieurs de javelle : il conduit les fagots de papotes jusqu'à l'étang du Cellier, en forêt du Parc-Soubise. Là, on a coutume de plonger les fagots dans l'onde. On dépose par-dessus, pour les maintenir sous l'eau, de grosses pierres et des essieux de charrettes hors d'usage.

Trois semaines plus tard, on sort le lin dégoulinant, trempé, gonflé de l'orgueil des eaux. Toute la marmaille des borderies voisines a accouru pour la remontée des fagots de lin. Car c'est l'occasion de pêcher à la main les compagnies d'anguilles qui se sont glissées dans le petit bois de javelle. Ensuite, des dizaines de bras allongent le lin sur le pré puis le roulent pour en briser les fibres.

Cet ouvrage de patience et de société, je le connais par cœur, je l'ai apprivoisé dès mes premières Chandeleurs et je l'ai pratiqué pendant toute ma jeunesse. Je retrouve ces gestes avec joie. J'entends les cris de la pêche au lin dans ma tête, ils résonnent encore. Mais, aujourd'hui, il n'y a plus de marmaille sur les berges… Où sont passés tous les petits pêcheurs d'anguille ? Ils ont quitté la rive et laissé là leur butin. À vingt ans, sans doute auront-ils résolu de partir loin de chez nous avec, comme pauvre destinée, de servir de menu fretin à l'Empire, à moins qu'ils aient entrepris, à leurs risques et périls, de braconner dans les forêts du coin en se terrant sous les feuilles mortes pour échapper à l'appel de leurs noms. En cet instant, je revois les images qui défilent, je revis tous ces moments de liesse, avant la tragédie de famille qui nous a terrassés.

Un peu plus tard, dans l'après-midi, nous allons tramer, avec Mie l'Aiguille, une bonne conversation ; nous célébrons nos attachements et nos petits bonheurs des champs du temps jadis. Nous parlons aussi, au fil du lin, de nos nouvelles vies – Mie l'Aiguille est devenue institutrice –, nous évoquons la destinée incertaine de la métairie décapitée, puis nous parlons de notre mère, enlevée la première, si tôt, à nos affections ; elle est partie deux ans plus tôt, « pour préparer », disait-elle, « la place de mon époux, là-haut », comme elle aimait à le répéter, en levant les yeux au Ciel.

Soudain, le ton change. Sans doute à cause d'une phrase maladroite qui a dû m'échapper et qui a rouvert les plaies. Ma sœur se raidit, elle me fait comprendre qu'elle en a sur le cœur… Juste après le briochage et le poignage, je l'ai vue qui s'est crispée, elle s'échauffe.

Ses lèvres s'agitent... La langue lui ferlasse depuis un moment, elle cherche ses mots. Elle jette ses poupées de lin dans les roseaux. Elle a décidé de « percer tous les mystères », de revenir sur les choses anciennes, je me pelote comme un marmot, pour passer par le chas de Mie l'Aiguille. En vain. Le ton est piquant. La tailleuse taille dans le vif :

— Pourquoi notre père a-t-il toujours refusé de reparler de ce qui s'est passé entre vous ?

— Je ne sais pas. Sans doute parce que cela lui faisait trop de peine. On n'a jamais pu s'expliquer... Dans cette famille, y'a plus de pudeur encore que d'amour...

— Il t'en voulait beaucoup, tu sais ? Tu t'es mal comporté avec nous. T'as renié ton frère François et ta sœur Louise devant l'Empereur... Et même moi, tu m'as trahie... On a tous vécu les mêmes horreurs, mais toi, t'as voulu oublier, t'as disparu de La Tanchaire pour aller chercher une bonne place au chaud, à la mairie, et puis t'es parti à la turlute étourdir les oreilles faciles avec tes flûtiaux de feignasson.

— Chacun fait comme il peut... J'avais besoin de me rapiécer le cœur...

— Ce n'était pas une raison pour t'enfuir...

— J'ai seulement voulu recommencer une nouvelle vie. C'était trop lourd. Et puis, je ne peux pas tout te dire...

— Ah ! Tu ne peux pas tout me dire !... Voilà. Évidemment, toi, tu sais... *Monsieur le maire* connaît des secrets d'État, alors que nous, tes sœurs de La Tanchaire, nous sommes crottées d'ignorance ! Tu nous prends vraiment pour des poules faisanes qui gobent le premier grain perdu…

Le ton monte de part et d'autre. Dans l'enchère de nos gronderies mutuelles, il vaut mieux s'arrêter là, aux premières escarmouches, pour ne pas céder à l'esprit de vindicte…

Alors, entre chien et loup, reprenant notre ouvrage, pour faire baisser la fièvre, nous choisissons tous les deux de remonter plus haut dans le temps, jusqu'à l'ancienne souvenance de la famille où on retrouve les tranquillités d'antan. Mie l'Aiguille, revenue à ses délicatesses de brodeuse accomplie, reprend le fil de notre enfance. Elle raconte son entrée chez les Ursulines de Luçon, en 1778. J'avais juste un an. J'étais évidemment trop petit pour pouvoir m'en souvenir aujourd'hui. En revanche, je me rappelle très bien avoir vu mon père, le cœur pincé, la larme à l'œil, quand Louise, à son tour, a quitté La Tanchaire. Tous endimanchés, montés dans le charaban, nous sommes allés à sa prise d'habit, le 18 juin 1783, en la cathédrale construite par Richelieu, à Luçon. Mie l'Aiguille me brocarde en riant :

— Avec un aplomb de *môssieu*, tu as même demandé à voir « l'évêque Richelieu ». Et maman t'a répondu : ce n'est pas possible, il est parti à Paris !

Notre mère nous invitait à égrener le chapelet des bienfaits : « Il faut rendre grâces, les enfants… Deux ursulines ! Dieu a passé l'or de nos filles au feu de son creuset… » On a rendu grâces… Mais les gardes nationaux nous ont ramenés sur terre. Ils ont enfoncé les portes du couvent et ils ont agrapiné les pauvres petites cornettes, en plein office de none. Heureusement, les deux sœurs avaient déjà ripé leurs galoches dans les prés salés du diocèse, juste avant l'arrivée des gardes…

Bientôt, Mie l'Aiguille, qui revit avec moi ce tumulte de souvenirs, de ferveurs et d'épreuves, me fait signe que la nuit tombe et qu'elle a froid. On nous attend pour la chaudraïe d'anguilles, déjà sur la table de famille. Nous rentrons à la maison.

À la veillée, la conversation va sans doute reprendre là où les prudences de l'affection l'ont suspendue tout à l'heure. Le cercle de la parole va s'élargir à mes autres sœurs. La partie sera rude. À voir la tête de Mie l'Aiguille qui cet après-midi, au bord de l'étang, s'est approchée de mon passé pour le détricoter, je pressens que chacune va vider sa devantère et qu'elles vont toutes les quatre, comme dirait le juge de Montaigu, entrer *dans le bois dur*.

XXIV

J'étais prêt à me laisser dévivre

Même la soupe a le goût du malheur. Depuis les citrolles blettes, ramassées par feu le père, les potirons désavourés, les becotes de chou gâté, jusqu'au lard au grousel, naguère salé par la défunte mère, ce soir toutes les saveurs sont orphelines, autour de cette tablée crêpée de noir, où on mange d'amertume.

Mes quatre sœurs se sont appliquées à garder les intérieurs de la demeure tels qu'ils étaient du vivant de nos parents, sans déranger la disposition des meubles. La batterie de cuivres reste accrochée au même mur de chaux. Aucun chaudron n'a changé de place. Non plus que les chaufferettes de cendres froides qui nous ramènent aux braises du souvenir ardent de nos hivers d'enfance.

Nous sommes aguerouïés côte à côte autour de l'âtre, en douelle de barrique ; chacun a retrouvé sa petite banquette d'antan. Sauf la Choupomme qui s'est assise *à tchu plat*, à même la terre battue, pour mieux tisonner. De part et d'autre de la cheminée, les deux chaises vides, coussinées de flanelle égrafignée, montent la garde. Le manque est immense. Que va devenir cette demeure qui, depuis le deuil, se réveille le matin privée de ses poutres maîtresses ? Et qu'est-ce donc que cette veillée du grand vide, sans père ni mère ?

La grand'pièce s'enfonce dans la nuit. Chacun retient sa parole. On se serre, on se réchauffe, l'oreille bercée par la petite note monocorde des clapotis sur le potager de granit où mijote la sempiternelle moujhète. Qui va parler en premier ? Et pour dire quoi ? Louise, toute melée de rides qui trahissent le poids des frayeurs passées, se teurnevire vers ses sœurs puis elle me fait un petit signe de tête. Finalement, c'est la Choupomme qui rompt le silence. Le ton de sa voix est inhabituel, gringuenassant, elle tend le doigt vers moi :

— Jean, il va falloir que tu nous parles ce soir puisque notre père n'est plus là. Ça fait longtemps que j'attends ce moment pour *depochaïe* mon sac… Je te demande de me dire pourquoi papa a toujours fait silence sur ce qui s'est passé pour François…

— Il voulait te préserver… il disait que tu étais encore une petite pousse de radis, tendre comme de l'endive, trop fragile…

— Mais maintenant, je ne suis plus une petite pousse de radis… J'ai le droit de savoir…

Me voilà acculé d'entrée. Je ne peux pas, à moi seul, lever le secret. Je me tourne vers Louise pour qu'elle m'aide… Après tout, c'est à la maîtresse des lieux de parler… Elle sourit tendrement à la Choupomme mais rechigne à l'idée de révéler les tribulations de La Tanchaire. Elle se penche vers notre petite sœur en fermant les yeux : c'est trop lourd, semble-t-elle lui dire, surtout ce soir où le deuil dévaste nos âmes. Elle barbinote de la goule pour se retenir et, finalement, de sa main tendue, l'invite à la patience :

— Ma petite Choupomme, tu es encore trop sensible, tu as l'âme chétive… Papa avait raison. On te racontera plus tard… quand tu seras grande…

— Mais je ne serai jamais grande, vous le savez bien… Je veux seulement que vous me disiez pourquoi, à chaque fois que je vous surprends dans vos messes basses, c'est toujours le « drame » qui revient. Alors, c'est quoi, ce « drame » ? Ce soir, c'est le moment d'en parler, pendant que nous sommes tous là. Demain soir, Jean sera déjà reparti. Et, comme d'habitude, vous remettrez le bouchon de paille sur la chaise à sel des secrets de famille.

L'insistance de la Choupomme est touchante. Louise hésite encore un instant. Elle appelle mon avis d'un regard insistant. D'un hochement de tête, j'instille en retour que cette soirée de retrouvailles endeuillées est peut-être un temps propice. Je viendrai à son secours si elle défaille, elle le sent. Alors, elle se lance :

— Voilà, ma Choupomme… On va tout te raconter… Le drame s'est déroulé le 17 mars 1793… C'est une date qu'on n'oubliera jamais… Il était sept heures au soleil… Mie l'Aiguille et moi, on vient d'arriver du couvent des Ursulines de Luçon, pour se cacher. On a entendu les Bleus qui racassaient autour de la métairie. Notre petit frère François – que tu n'as jamais connu, et pour cause – est allé *loquetaïe* le porche, pour obliger les Bleus à faire le grand tour. Ce qui nous a donné le temps de trouver une cache, pour être *d'échappe*. Notre père a fait glisser le grand meuble où on range encore les calotes à soupe. C'est là que je me suis blottie, dans le petit renfoncement du potager de granit où mijotait à feu doux la potée de fayots. Soudain, ils sont entrés, ils ont renversé le chaudron et plaqué François contre la clisse en jurant :

— Calotin des jupes de curé, dis-nous où elle se cache, la bonne sœur…

— Elle est pas là…

— Ah bon ! Elle est pas là ? Alors, si elle est pas là, elle est où ?

— À Luçon.

— Tu mens ! On sait qu'elle a trouvé refuge dans cette ferme… Tu vas payer pour elle !

La parole de Louise, déchirante, nous fait revivre la scène. Elle nous glace les sangs. La menace de mort a résonné dans toute la grand'pièce et renvoie en cet instant le même écho sinistre qui court, d'un mur à l'autre, sur les mêmes armoires, qui ont juste perdu leur vernis. Il y a comme un long gémissement…

Louise lève le doigt en l'air pour qu'on vienne à son secours. Défigurée, toute rabousinée sur elle-même, elle revit le cauchemar… Toute la fratrie replonge dans l'abîme. C'est trop dur ! La Choupomme ouvre son cœur à la béance. Mais, poussée par le feu de son sapré tempérament, en proie aux hardiesses d'une guerroyeuse prête à affronter l'innommable à venir, elle presse sa grande sœur :

— J'ai compris… Quelqu'un du village avait renseigné les gendarmes. On a été trahis, c'est bien ça ? Ils sont encore vivants, les traîtres… au bourg ?

— Oui. Hélas ! lâche Louise au supplice. Les agents municipaux de Rochetrejoux avaient appris par un voisin aux intentions mauvaises « qu'une jeune religieuse des Ursulines s'était réfugiée à Sainte-Florence ». Pour sauver leur peau, les fonctionnaires ont indiqué à la maréchaussée le chemin de La Tanchaire. Ils nous ont livrés.

La Choupomme se sent mal en apprenant ainsi que les traîtres sont encore au village… Elle beurticle du museau et enfouit la tête dans ses mains, tremblotantes d'épouvante. Le père l'avait bien dit qu'elle était trop fragile pour entendre tout cela… Pauvre petite Choupomme, réputée d'humeur de pomme rainette et qu'on appelait la petite braillouse… On n'aurait pas dû… La pièce est en larmes.

Mais on va comprendre très vite qu'on s'est trompé sur la petite sœur. Le visage désolé, malgré tout, la Choupomme toise bientôt sa peine et fait signe de continuer. Cette petite plante de choux bien tendre a de ces pugnacités inouïes qui la remettent debout dès qu'elle culbute sur un éclat de granit. Quelle force ! Elle se reprend, elle ne lâche pas le sillon et nous adjure de lui révéler ce qui s'est passé après ; elle bouscule la grande Louise, elle veut tout savoir :

— Et pourquoi les gendarmes en voulaient-ils à une petite novice comme toi ?

— Parce que j'avais refusé de prêter le fameux « serment à la nouvelle Religion civile »...

La Choupomme interroge les quatre murs chaulés... Elle cherche à situer le lieu du drame. Elle vient de comprendre que c'est dans cette grand'pièce que tout s'est passé, entre le lit à quenouilles et le bahut de truelles à gâteau, au milieu de ces mêmes meubles qui ne livrent rien des torpeurs anciennes. Malgré tout, d'une main douloureuse mais ferme, elle appelle le dénouement :

— Il ne leur est même pas venu à l'esprit que tu pouvais être cachée juste derrière la clisse ?

— Non, répond Louise, pantelante. Ils ont tourné autour. J'entendais tout. Ils ont vidé la bonnetière où maman avait déposé les souvenirs de religion : le brassard de petit communiant de Jean, l'aumônière de Mie l'Aiguille, tout est tombé par terre. Après quoi ils ont renversé l'oume-debout en merisier où on range toujours le linge propre. Ils écumaient de fureur. Ils ont fourgaillé partout. Et, de guerre lasse, ils ont fait demi-tour en emportant juste le scapulaire de la cheminée et un aiguillon durci au feu. « Des pièces à conviction », qu'ils disaient. C'est à ce moment-là que notre petit frère, qui avait retrouvé un peu d'humeur, a eu le mot de trop en les voyant s'éloigner vers le porche... Il les a priés de lui rendre le scapulaire. Ils ont refusé. François a cru leur visser la pinette à la goule en les traitant de « mécréants qui s'enrichissent sur le dos du peuple ». Là, le serpent s'est redressé. D'un bond, ils se sont retournés vers lui. Ils ont pris le temps de charger leurs fusils. Ils ont tiré. Notre petit frère est tombé sur la litière d'ajoncs, dans le rigolis de purin. Alors, ils se sont acharnés sur le corps sans vie, ils lui ont ébiscarié le jhabot à la baïonnette. En mourant, François a appelé son grand frère… Voilà l'histoire, enfin… le début de l'histoire…

Il y a un moment de silence glacé… L'infinie tristesse passe sur tous les visages. La Choupomme fait son signe de croix une fois… deux fois : la première sans doute pour son frère, le jeune martyr, et la seconde… pour les bourreaux. Très vite, sans même reprendre son souffle, elle fixe Louise d'un œil vaguement soupçonneux :

— Pendant qu'ils le dépeçaient à la baïonnette, tu es restée dans ta cachette ?

— Oui. J'ai eu trop peur…

— Tu ne l'as pas secouru ?

— Ils m'auraient tuée aussi…

Toute la compagnie baisse la tête. Un semblant de remords salpêtré s'empare de la grand'pièce. Alors la Choupomme me dévisage longuement, en silence. Elle veut savoir pourquoi, moi non plus, je n'ai rien fait :

— Jean, le grand « frère » que François a appelé au secours, c'était… ?

— Oui, c'était moi…

— Et tu n'as même pas accouru pour le sauver ?

— Mais je n'ai rien entendu. Nous étions aux champs, avec Mie l'Aiguille, à rassembler le troupeau. Quand je suis revenu, c'était trop tard, François gisait dans le purin. Je l'ai à peine reconnu, il avait les yeux crevés. Je suis entré dans la maison. J'ai compris. J'ai déplacé la clisse avec papa. On hurlait de douleur, comme des chiens enragés. Louise est sortie de sa cache. Elle deurdeuillait de tous ses viscères. Et c'est là, au bout d'une heure seulement, que nous avons résolu, elle et moi, portés par le même instinct, d'aller offrir nos bras au général de Royrand, *nout' maître*. Il avait le grade de commandant en chef de l'armée du Centre et son quartier général, abrité au château de L'Herbergement-Ydreau, était situé juste à côté de la ferme. Il nous a serrés contre lui, en bredouillant, les yeux rincés :

— Vous avez été trahis par des gens du pays… c'est terrible…

On a tout de suite pensé à la devise de La Rochejaquelein : « Si j'avance, suivez-moi ; si je recule, tuez-moi ; si je meurs, *vengez-moi.* » Alors, pour venger François, on s'est mis en route. On a quitté la ferme.

Au moment où elle entend cette petite phrase – « on a quitté la ferme » –, la Choupomme, comme si elle pressentait une suite plus avantageuse, retrouve un peu de son allant. Elle demande qu'on lui parle de notre guerre à nous, celle qui allait suivre. Elle interroge Louise sur son surnom – la Hussarde –, car ce surnom, elle l'entend prononcer dans le bourg, chaque jour, en allant aux courses, sans trop comprendre à quoi il renvoie :

— À Sainte-Florence, on t'appelle jamais par ton petit nom, « Louise »… Pour quelle raison ?

— À cause de ce qui s'est passé juste après le drame, et qui a marqué les voisins, sur le grand chemin de Chantonnay à Nantes, répond la grande sœur. J'étais prête à faire payer le premier épourail venu. J'ai fait la morte dans un fossé, puis j'ai bondi sur le chemin. J'ai attaqué un officier des Hussards qui traînait derrière son régiment. Je me suis approchée, il ne s'est pas méfié, je l'ai massacré avec le grand couteau à pain qui, d'ailleurs, est revenu à sa place, ici, sur la huche – une place d'honneur, à côté du Sacré-Cœur. Je me suis emparée de son mousqueton, de son cheval et bien sûr de son uniforme. J'ai ramené son corps inanimé, dégoulinant de sang noirci, en travers de son coursier. Son dolman et sa pelisse étaient trop grands pour moi mais je les ai enfilés quand même. C'est au lendemain de ce coup de main que tous les capitaines de paroisse, quand ils m'ont vu passer sur le cheval du hussard, avec mon schako et mon plumet noir, m'ont surnommée « la Hussarde ». C'est ce surnom qui m'est resté…

— Et après, elle est allée où, « la Hussarde » ?

— Jean et moi, nous nous sommes engagés tous les deux. Nous avons suivi l'armée du Centre. Je me souviens que notre petite troupe a passé la Sèvre à Mallièvre, près d'un moulin à eau, où les meuniers nous ont donné un sac de sulfure et de charbon roux pour faire de la poudre. Puis, on est monté vers les berges de la Loire, on a traversé le fleuve à Sainte-Florent-le-Viel. Et on a suivi toute la horde des réprouvés jusqu'à Granville. Avant de faire demi-tour. On savait que tout était perdu, alors on est revenus, on a trébuché sur les cadavres en traversant la ville du Mans et on a repassé le fleuve du côté d'Ingrandes où j'ai manqué de m'enliser dans les sables de la Loire. Voilà, c'était ça, la fameuse « virée de Galerne »…

Nous nous regardons les uns les autres… La Choupomme ne quitte plus des yeux sa « Hussarde » de grande sœur. Mais dans son récit Louise est allée trop vite. Elle a laissé de côté un moment où, pourtant, elle s'est illustrée… Humilité de fille consacrée… Je l'interromps pour réparer cet oubli et relever l'action d'éclat qu'elle a enjambée :

— Tu vois, la Choupomme, ta grande sœur, elle retient ses mérites ! Elle n'a pas raconté son action glorieuse… C'était à la bataille de Dol : moi, je jouais du tambour pour attirer les Bleus au creux de la vallée, pendant que notre Hussarde réussissait l'exploit de ramener, par sa parole ardente, les fuyards, tout en haut de la ville, au contact de l'ennemi. Alors que la défaite nous était promise, eh bien, grâce à la belle crânerie de Louise, ce fut un triomphe…

Le mot *triomphe* rallume les regards de toute la pièce… Comme une petite lueur… Je me tourne vers la Choupomme et l'invite, d'un signe de tête, à l'hommage devant son héroïne de sœur. La petite regarde la grande, mais très vite, brûlant de passer à la prochaine péripétie, c'est à moi qu'elle s'adresse, elle s'enquiert de notre exil à Granville :

— Vous êtes restés en Bretagne jusqu'à la fin de la guerre ?

— Non, on est revenus à La Tanchaire au mois de février 1794. J'allais sur mes dix-sept ans. Et Louise venait de fêter ses trente ans. Nous avions l'âme traînante. L'un et l'autre avions perdu le goût du soleil levant et des saisons…

— Vous étiez désespérés ?

— Louise, pas tout à fait. Moi, si. J'étais prêt à *me laisser dévivre*. On venait de faire face à l'insoutenable… On avait encore dans l'oreille les cris de frayeur des milliers de femmes et d'enfants qui s'enfonçaient dans une plainte infinie, piégés par les marais de Savenay où ils disparaissaient sous nos yeux… Sur les cent mille errants qui avaient franchi la Loire, quelques centaines de rescapés seulement étaient revenus en Vendée. C'est dans les semaines qui ont suivi que le *grand embarras* a commencé…

XXV

Paraître gris plutôt que blanc

Il est déjà minuit. Dans le souci de reposer les esprits au comble de la tension, Mie l'Aiguille juge à propos de servir la ressiaïe de moujhète préparée pour chacun d'entre nous ; la conversation est suspendue un instant. Les fayots tombent de la tartine… On esquisse un sourire. Mais la Choupomme n'abandonne pas le terrain :

— Pourquoi as-tu parlé tout à l'heure du *grand embarras* qui a suivi ?

— Le grand embarras… pour revivre… comme si rien ne s'était passé : quand on a vu la mort de trop près, la pente naturelle est de se délier de ses souvenirs. La tentation est de les congédier. Chacun a fait ce qu'il a pu : n'est-ce pas, chère Louise ? Toi, tu es revenue à la ferme, tu as retrouvé les gestes de la terre. Tu as été poignarde, ta vaillance et tes prières t'ont ramenée à la vie. Mais moi – je le reconnais – c'en était trop pour mon naturel d'écorché vif. J'avais perdu les nerfs. Je ne pouvais plus regarder la clisse, la cour maculée de sang et la litière d'ajoncs, je n'ai pas eu la force de rester dans ces parages hantés par la mort abominable de notre petit frère, j'ai voulu me changer les idées… J'ai fui… Je me suis évadé en musique… Jusqu'au jour où, comme vous le savez, le préfet Le Faucheux est venu me rechercher dans mon atelier, pour me gratifier d'une nomination de maire à la tête de la commune. C'était inconcevable…

— Justement, Jean, s'emporte Louise, tu abordes là un sujet délicat qui nous mange les foies depuis longtemps. Pardon d'être un peu crue, mais la question qui se pose est toujours sans réponse : comment un préfet de la République a-t-il pu franchir la barrière de *l'inconcevable*, comme tu dis ? Tout le monde s'interroge encore aujourd'hui dans la commune : qu'est-ce que tu as boutiqué dans les couloirs de la préfecture pour que ta désignation au poste de maire devienne *concevable* ? Tu as promis quoi ? Tu as vendu qui ?

— Rien promis. Vendu personne… C'est simplement une sorte de miracle laïc. Je n'ai moi-même découvert les motifs secrets de cette nomination que beaucoup plus tard, quand le préfet a été limogé : il m'a tout raconté. D'abord, il était secrètement royaliste, il ne voulait pas de maires bleus ou bleuâtres… Ensuite, il cherchait un homme de la terre mais frotté de latin : un ancien de la collégiale, cela lui convenait parfaitement. Et enfin, il voulait un gars qui avait rougi le scapulaire dans l'Armée catholique… J'étais l'homme qu'il cherchait… c'est tout…

Nouveau silence, un peu poisseux. Me croit-on vraiment ? Je ne sais pas. Mais je devine, à croiser les yeux de Louise, que rien n'a été effacé de ce qui a suivi… Il y a quelque chose d'étrange dans cet entêtement de mes sœurs à vouloir sans cesse élargir l'abîme d'incompréhension qui nous sépare… J'aurais beau m'expliquer des soirs et des soirs, pendant mille veillées, je sens bien qu'on reviendra toujours à l'incident des Quatre-Chemins…

Bousculées par les mêmes impatiences, mes sœurs se regardent. La méfiance se lit sur leurs visages. « Il n'a pas tout dit… » Laquelle va dégainer la première ?

Louise porte l'estocade :

— Aux Quatre-Chemins, t'as mis le passé de la famille sur le bas-côté. T'as eu peur que l'Empereur te donne à rougir de honte de l'honorable blason paysan des Rogronille – un scapulaire ensanglanté sur le cœur d'un enfant. T'as pas osé défendre ta lignée de haut sillon ! Tu t'es couché… Il l'a senti. Et il t'a foudroyé. Tu t'es déshonoré… Toi qui étais plutôt un franchisseur d'épines, t'es devenu une poule mouillée ! Cet éboulement demeure, pour nous, encore aujourd'hui, *in-com-pré-hen-sible*… Il y a forcément autre chose…

À écouter Louise et à croiser le regard inquisiteur de mes autres sœurs, de plus en plus rognouses, je sens bien qu'on ne pourra pas en rester là pour finir la soirée. Elles réclament une explication. Elles croient plutôt à un calcul qu'à une lâcheté. Elles sentent que je n'ai pas tout dévoilé ; j'en appelle au bon esprit de chacune pour ranger les aiguilles et apaiser les rancœurs :

— Écoutez, on pourrait peut-être faire de cette veillée de malheur un moment de vérité ?

— Un *moment de vérité* ? Ça fait des mois qu'on l'attend, ce moment de vérité ! Alors, on t'écoute, Jean…

— D'abord, toi, Louise, tu n'as pas dit à l'Empereur que tu as tué un hussard. Tu as seulement dit que tu lui avais *emprunté* son uniforme. À chacun ses accointances avec la vérité… Tes leçons sont malvenues…

— Mais taire ses actes de bravoure, c'est pratiquer l'humilité des humbles… Alors que toi, tu t'es aplati… tu as *menti…*

— Eh bien, allons-y… Il faut que vous le sachiez… j'ai répondu à l'Empereur que j'étais *neutre*... parce que je ne voulais pas perdre ma place de maire !

— C'est bien cela ! bondit Louise, grinçante, outrée… La place était si chaude… les honneurs… les petits avantages…

— Non, Louise, ce n'est pas cela. J'ai d'autres défauts mais, tu le sais bien, je ne suis pas un *gloriou*, comme on dit chez nous… La vérité… la voici : je crains par-dessus tout, à ce moment-là, d'être remplacé par un nouveau maire qui pousserait le zèle des curieux à fouiller dans les archives de la mairie…

— Parce que… tu caches quelque chose ?

— Oui… Je cache… ce que j'ai fait… Et je ne veux pas qu'on le découvre…

— Tu as fait quelque chose de mal ?

— Disons… Quelque chose de… contraire à la loi… À l'époque, je suis inscrit sur la « liste d'appel » de l'année 1804. J'ai reçu ma convocation pour aller à l'armée. Alors j'ai résolu de mentir au sous-préfet sur mon âge. Comme tant d'autres… Je me suis vieilli de cinq ans pour ne pas être conscrit…

— Et il s'en est rendu compte ?

— Non… mais il était sur le point de s'en rendre compte… Je pense qu'il a flairé une irrégularité… Il a réquisitionné les registres paroissiaux de la commune.

— Et tu les as remis ?

— Ben non… justement. De nuit, avec ma jument Brindigolle, j'ai galopé de La Tanchaire à la mairie. Avec mon falot, je suis descendu dans les caves où le secrétaire range les archives et les bonnes bouteilles de Noah du cantonnier Noë. J'ai remonté un à un, dans un grand sac de lin que j'ai « emprunté » à Mie l'Aiguille, tous les registres paroissiaux, je les ai ramenés ici…

— Et tu les as cachés où ?

— Nulle part… Je les ai emmenés au champ des Rouis.

— Où tu les as enterrés ?

— Non… Je les ai brûlés…

— Brûlés ? Tu as osé brûler les registres paroissiaux ? Mais c'est insensé… Un maire qui brûle les papiers… c'est très grave… c'est un délit…

— Oui, je sais… Mais je n'avais pas le choix… Au regard de la loi, c'est même un crime.

— Un « crime », c'est plutôt quand on tue quelqu'un, non ?

— Y a aussi des *crimes de papier*, quand c'est un agent public qui en est l'auteur.

— Et c'est ton cas ?

— Oui. Je me suis tout de suite renseigné… Dans leur langue de lustrine, ils ont encodé un article que je connais par cœur : « L'altération d'un document d'état civil par un dépositaire de l'autorité publique, agissant dans le cadre de ses fonctions, constitue un crime de faux et usage de faux en écriture publique. »

— Tu risques gros ?

— La perpétuité... à la prison du chef-lieu, Napoléon...

Louise tente de se rassurer :

— Mais c'est une vieille histoire, le délai est passé...

— Non, l'accusation n'est pas encore prescrite. C'est bien le problème, ils le savent, à la préfecture. Ils ont le dossier sous le coude... Mon secrétaire, ce maudit Quéqué, a parlé... Ils me tiennent... Alors le préfet Le Faucheux, mon bienfaiteur, m'a conseillé, pour me sauver des foudres, devant l'Empereur, de « paraître gris plutôt que blanc ». C'est ce que j'ai fait... Voilà... je vous ai tout dit...

Il y a comme un frémissement d'indignation qui parcourt les échines de la grand'pièce. Je devine l'avis de tempête au lourd silence de la famille. Les quatre sœurs s'interrogent par-devers elles, horrifiées : « Comment est-ce possible ? Cet homme, qui est notre frère, a brûlé les registres paroissiaux ? » En 93, on aurait célébré le fait d'armes, on aurait vidé les barricots, on aurait bu plusieurs chopes de La Côte du Fossé pour arroser un pareil coup d'éclat. Mais les temps ont changé. Aujourd'hui... si la chose devait se savoir, ce serait une flétrissure pour le nom même de toute la lignée... Louise, bouleversée, le regard fulminant, consciente du risque pour le renom de La Tanchaire, fond sur moi comme une buse, toutes serres dehors :

— Alors, si on t'a bien écouté, pour échapper au service des armes, tu as brûlé l'état civil de la commune !

Dans l'idée d'échapper à ton devoir civique, tu as *neutralisé* les archives de toutes les familles de Sainte-Florence et tu t'es travesti en *neutre* pour amadouer les autorités qui te tiennent désormais par le licol... Jean... avec le cœur déchiré d'une sœur aimante... je te le dis franchement : tu as commis un double crime... Le premier, comme tu dis, « au regard de la loi » – ça te regarde. Mais le second, au regard de ta famille – et là, ça nous regarde. La honte qui va venir sur toi viendra aussi sur nous le jour où... enfin... nous n'en sommes pas encore là... On ne dira rien, bien sûr... Mais, au fond, tu as renié ton petit frère. Tu n'as pas osé regarder Napoléon dans les yeux et lui dire que nous avons pris les armes pour un héros de la fratrie, pour venger son sacré-cœur de flanelle rouge sang. Maintenant, on sait pourquoi le coq de La Tanchaire a chanté aux Quatre-Chemins, devant tout l'Empire...

L'allégorie du reniement me confond. J'essaie de plaider en vain ma cause – bien mal engagée –, en cherchant à reprendre l'avantage sur un terrain plus politique :

— Je vous en supplie, faites l'effort de m'écouter jusqu'au bout : c'est justement parce que je suis resté fidèle à nos combats passés que je n'ai pas voulu aller me battre pour ce régime, offrir mon sang à « l'Aventurier »... Ce qui m'anime est tout à fait contraire à ce que vous croyez...

Louise, d'un geste brusque, me coupe le subiet :

— Jean, tu te trompes, ton jugement s'égare... On a changé d'époque... Tu oublies le Concordat. Tu n'écoutes pas ce que disent nos bons prêtres – ceux qui étaient en exil pendant le Grand Brûlement, ceux qui n'ont pas voulu prêter serment, ceux qui n'ont jamais été *neutres*, qui n'ont pas failli. Aujourd'hui, ces hommes de Dieu nous font un devoir d'obéir à l'Empereur, de servir, comme ils disent, « la France des Aigles qui a relayé celle des Lys », dans les mêmes accomplissements. Tu te conduis comme un hors-la-loi. Et puis ton mobile est misérable : tu as choisi d'avoir la panse écharpée de rouge plutôt que transpercée de sang, et tu préfères tes sifflets de prévaïl aux tambours de la Garde... Finalement... tu te comportes comme un *burgadin*...

— Un burgadin ? Vous osez m'accoler ce titre honteux ? On voit bien que vous n'êtes pas à Montaigu tous les jours à m'emboîter le pas dans la ville. Vous les verriez, les burgadins, à mes trousses ! Vous êtes à cent lieues d'imaginer les misères qu'ils me font. La chouette crevée sur la porte de mon atelier... Une enquête de justice menée par notre ancien évêque défroqué pour un pinier pourri... Les puits de la commune qu'on m'accuse d'avoir empoisonnés... Les anciens régicides qui viennent me faire la morale... Les spoliateurs qui cherchent à me spolier... Ce monde-là me sort les boyaux par la goule... Dire que je suis un *capon* par rapport à tous ces nouveaux riches, c'est contrefaire mes pensées les plus intimes.

— C'est pas une raison pour trahir le passé... On doit rester fidèles...

— Ne me parlez pas de fidélité, s'il vous plaît. Regardez autour de vous. Si vous voulez décliner la trahison, je peux vous aider : quand j'ai vu tous les fils de familles, à La Ferrière, qui piaffaient et brandissaient leurs armoiries dans les files d'attente pour entrer dans la garde d'honneur du Corse, quand je vois aujourd'hui ces pauvres nobles décatis, rescapés de la guillotine, dépouillés de tout, qui ont perdu une jambe à Torfou ou Tiffauges et qui rêvent de perdre la deuxième en Pologne ou en Russie… Quand je vois le bien national se précipiter aux pieds de l'Usurpateur juste pour légitimer les enchères douteuses… Quand je vois les curés dresser des arcs de triomphe au Pacificateur, celui-là même qui fait la guerre à toute l'Europe des chrétientés… Quand j'ai entendu, à Chavagnes, le père Baudoin appeler Napoléon « le Régénérateur », alors que ce prêtre revenait tout juste de son asile dans l'Espagne protectrice, illégalement occupée par notre soldatesque… Quand je vois que les insermentés d'hier sont devenus les assermentés d'aujourd'hui, je me dis : « Que cherchent-ils à faire oublier ? Veulent-ils seulement entrer en contrition, histoire de se rattraper pour faire bonne figure devant les puissants du jour ? Pire, ne reste-t-il plus à ces gens-là, comme seule luciole dans la vie, comme seule devise, que de se repentir de leurs *blancheurs* passées, désormais rejetées par eux-mêmes comme trop *blanches* ? » Je crois que la lassitude a vrillé en vous le sens commun. Elle vous a jetés dans les bras du *premier venu.*

— Ah, le premier venu ? mais c'est un premier venu… qui, au moins, est… *venu*, lui… contrairement aux Bourbons, qu'on attend encore ! Et puis… un *premier venu* qui… a compris les Vendéens ! s'emporte Mie l'Aiguille.

— Et qui a même sans doute compris *l'âme de la Vendée*... renchérit Louise.

— Mes pauvres ursulines ! Quelle candeur !

En tant que ménestrier, je connais la musique, et en tant que maire, la politique. Je lis, à travers le papier beurre, les clés et les codes, cela me donne accès à l'envers du jeu. Napoléon fait de la politique. Et il ne fait que cela. Il se vante de promener les petites carpes dans l'étang et il prend son temps pour les fatiguer...

— Mais il est venu nous voir en Vendée...

— Oui... pour nous donner du fil. Mes pauvres petites sœurs, vous êtes déjà dans la nasse. On en reparlera bientôt, peut-être plus tôt que vous ne le pensez...

Je sens que plus personne ne m'écoute vraiment... La fatigue sans doute. La veillée se termine. La Choupomme, elle, nous a déjà quittés, elle somnole, allongée sur la terre pilée...

J'ai prévu de partir dès demain matin... Entre les effusions et les blâmes, la séparation laissera des plaies vives... Au moins, on s'est tout dit... Maintenant, il faut laisser le passé vivre avec le passé, et penser au lendemain, à la nécessité vitale qui est celle de mon gagne-pain. Il est grand temps que j'y revienne.

Mon atelier m'appelle. Je perds chaque jour des clients qui butent sur les volets fermés. Les métiers du bois sont revenus en ville, à la sève montante, pour vendre leurs produits. L'ouverture du magasin ne peut plus attendre.

Mes sœurs, revenues au sentiment commun, m'accompagnent d'un geste d'adieu qui m'attendrit. La famille reste la famille. C'est là, malgré tout, qu'on serre à pleines mains les derniers cordons de tendresse.

Je vais chercher Brindigolle à l'écurie. Nous reprenons le chemin de Montaigu. La route est longue, j'ai tout mon temps pour offrir ses prospérités à l'idée qui me trotte dans la tête : je vais exposer en pleine vitrine mon nouvel article conçu et assemblé en forêt, le *violondaulne*. En espérant qu'il viendra ainsi sauver mon ouvrage de lutherie buissonnière grâce à de nouveaux engouements.

Je sens bien que c'est ma dernière chance de rester dans la musique. Je ne sais rien faire d'autre… Le marché est moribond : les bals de noce se raréfient et ne sont plus d'aucun rapport. Du fait que les jeunes Vendéens partent pendant cinq ans au service militaire, il n'y a presque plus d'épousailles. Et ceux qui ne partent pas – les réfractaires – sont au gîte dans les bois. Personne ne pense à faire la fête… J'essaye de m'accrocher à l'idée que la vie, c'est « colline après colline », comme dit l'Empereur. Il faut prendre chaque colline comme elle vient. Il y a des creux et des crêtes… On n'est jamais condamné à rester au fond du trou.

À mon arrivée à Montaigu, c'est la surprise. La *colline* qui est en face de moi a pris les airs d'une montagne verdoyante de promesses. J'apprends une nouvelle absolument inattendue, qui va peut-être me sauver : on vient m'annoncer que c'est mon quatuor qui, contre toute attente, a été choisi pour la soirée de Mardi gras, aux Herbiers… C'est la Fête des fêtes dans le haut bocage, de quoi faire des envieux. C'est une chance inouïe pour moi de *revenir en société*… Je vis de l'espoir tout neuf que Mardi gras sera pour moi la planche de salut, grâce à mon violondaulne qui va faire vibrer les foules et dessiner, à coup d'archet de genette, ma nouvelle vie. Grâce au Ciel… et à l'intercession de mon cher père qui, de son aiguillon si sûr, aura touché, là-haut, l'Instrument suprême, au milieu des lyres angéliques qui bénissent ainsi mes œuvres. *Deo Gratias*…

XXVI

Mon violondaulne fait chavirer l'assemblée des Herbiers

Je ne sais pas trop ce que sera l'accueil de la foule quand, avec mon quatuor de ménestriers, nous allons sauter sur les planches. C'est mon premier bal depuis l'affaire des Quatre-Chemins. Cette année 1810 est le point de bascule ; elle sonnera pour moi le retour en grâce ou la mise au ban définitive.

Très vite, une fois sur place, mon cœur se remplit d'inquiétude car le maire des Herbiers, très proche de l'entourage du préfet, a déjà allumé une mauvaise mèche : « Je paierai du bout des doigts les douze livres pour la nuit du bal mais je ne veux pas », a-t-il ajouté, « attirer les foudres sur ma commune. » Il n'a rien contre moi. Il aurait même confié qu'il aime bien ma musique et mes chansons mais qu'il « n'aime pas trop le maire de Sainte-Florence, très décrié ». Il a prévenu sa municipalité que je « sens le soufre ». Du soufre au bûcher, il n'y a que l'espace d'un doigt qui actionne une pierre à silex… Prudence…

Cette journée est la plus longue de l'année. Tout peut arriver, chaque heure va compter. La fête s'ouvre, après l'Angélus, par le cérémonial des ambiets. Je profite de mon temps libre, dans la journée, pour retrouver mes sensations de toucheur de bœufs. Ce rituel me renvoie à mes souvenirs de labour. On perpétue là une tradition qui remonte à des temps très anciens. Tous les villages ont installé leurs tables d'ouvrage. Les outils sont prêts.

Dès sept heures, la compagnie des artisans du Petit Bourg donne déjà le coup de main aux métayers pour tordre les jeunes tiges d'orme femelle et en faire des anneaux de joug qui vont fixer à l'année le timon et les aiguilles. C'est la partie noble de l'attelage. Les ambiets sont comme des anneaux de mariage qui unissent la paire de bœufs. Il faut que l'anneau tienne la secousse du labour contrarié. Cette besogne au rite immémorial donne lieu à un moment de vérité où on lie l'avenir au présent. Il ne faut pas les manquer : sans les ambiets, on ne peut pas ouvrir le sillon comme il faut, avec droiture et profondeur ; sans de bons ambiets, les bœufs tirent chacun de leur côté, à hue et à dia, et ne font pas de la belle ouvrage. Si jamais les ambiets lâchent, se défont, la terre demeure stérile, elle foleille et s'abandonne aux « herbes du diable ». Alors les hommes qui sont à tisser les ormes s'appliquent et s'encouragent à la goulaïe. Les cloches de l'Angélus ont à peine sonné, ce matin, que le vin coulait déjà à la barrique pour aider à délier les doigts.

Un peu plus loin les femmes du bourg, aux ordres de la mère Génie, font leur pâte à bottereaux. Tous les fours à pain du quartier de Gatebourse ont été chargés de brindilles jusqu'à la goule pour recevoir la boulange.

Ce soir, sous les étals, on va manger les fameux tour-tisseaux de Saint-Martin-Lars-en-Tiffauges et les petits foutimassons de Saint-Malô-du-Bois qui n'ont pas leur pareil à cent lieues à la ronde.

Comme chaque année, toute la jeunesse des paroisses voisines s'est donnée rendez-vous, sur le champ de foire. Quand on a fini le préfou, vers deux heures, c'est le moment de la foire aux valets. Au milieu de la cohue de l'immense « louée », les petits journaliers sentent les mains calleuses des maîtres d'amenage, qui posent de gros doigts charnus sur le gras de leur épaule. Les futurs gagés se louent pour la saison, pour la récolte à venir. On les juge sur la mine. Des deux côtés, c'est un crible de l'instinct et une chance à courir.

Mais il n'y a pas que les garçons de ferme qui sont de sortie. Il y a aussi les filles, venues à pied de trois cantons au moins, qui ripounent, de sentier de meune-rie en routin de promesse, la ballade du « marché au galant » :

Ton honneur, ma bergère,
Pour qui le gardes-tu ?
— Pour mon mignon berger
Que j'aurai rabattu
Avec ma cabanière
Au prévaïl des Herbiers.

Le grouillement de toute cette jeunesse, dans la fougue des allégresses, abrite le secret battement des cœurs en attente. La gagerie n'est pas seulement pour la récolte mais aussi pour la conquête. On est prêt à gager ses bras… on est prêt à gager son cœur…

Les gars lorgnent les bonnets blancs, les grisettes et les béguins de tous ces chignons adorables. Cette journée est celle des premiers épanchements. On est venu chercher, entre deux tourtisseaux, un ambiet et aussi peut-être un anneau, un valet et peut-être aussi un galant. Les anciens, qui ont connu cela dans leur jeunesse, jettent un regard amusé sur le va-et-vient des châles qui virounent et des yeux qui beurlutent.

Au coin du champ de foire, le père Ouvrard, l'aubergiste de La Galette Pacaude, prononce des paroles fortes sur le cotillon qui passe :

— Nos drôlaisses, dans les fermes, al'ont le bassin large… al'feront de beaux petits papots. Dans les bourgs… o'lé pas pareil… les feuilles al'ont pas de fessou…

À côté de lui, le père Jhouachin, le célèbre marchand de sangsues d'Ardelay, renchérit, en gloussant, tout en mâchonnant une petite maxime de son cru :

— Ah ! Les Vendéennes ! Pas belles mais *jamais malades* !

De toute façon, c'est à chacun de jeter son dévolu, d'acheter son ambiet et de choisir sa connaissance. Il y en a pour tous les jougs, pour tous les roucoulements. Comme on dit chez nous, « il n'y a pas de chti fagot qui ne trouve sa rote d'osier ».

Rigoule, le vendeur de complaintes, déjà tout avinassé, y va de quelques saillies. Il fait l'article comme un colporteur à la criée :

— Allez-y... Messieurs-dames... à chacun son ambiet pour la cueillette ! Y a les belles goules et... les bien corporées... Les bé'dounantes... les d'arrangement... les bourriquettes ou les aspicantes...

Chacun repartira avec un pincement au cœur et son panier sous le bras. Un panier de serments !

À la nuit tombée, les flambeaux commencent à danser. C'est l'heure du bal. Les anciens sont partis se coucher. Toute la jeunesse va entrer dans la danse. Le premier sounur à donner le ton, c'est le Battou. Il fournit la cadence, il tape des deux pieds sur un barriquet en faisant sonner le fer de ses sabots. L'assemblée jiblote d'impatience. Avec ses mains enveloppées de mitaines de gros cuir, le Battou se met à chacoter le tchu de son chaudron en peau de biquette. Il fait résonner tout le champ de foire.

Bientôt, c'est à mon tour d'appeler tous les danseurs à former la ronde. J'élève la voix :

— En place pour le quadrille !

Toute la compagnie s'exécute. Il n'y a personne pour débagouiller après moi... Je respire...

Les couples se rangent sur une seule ligne, puis ils commencent à jigouiller. On devine tout de suite, à l'air des uns et des autres, leurs dispositions intimes : il y a ceux qui ont la jambe nerveuse et s'appliquent à suivre la menouère – ceux-là sont venus pour danser. Et puis il y en a d'autres qui ne sont pas là pour les figures mais plutôt pour courir la galipote et crocheter les fumelles en sautant sur un pied comme des pies voleuses.

Ça buffe à perdre haleine dans la bousine, ça ziguenaille à l'improviste. Le violonou met le feu à tout le champ de foire avec ses solos débridés.

Les sauts, les glissades, les déboulés se suivent et se confondent, au caprice des danseurs. Tout embraillaudée, chaque paire alterne le chassé et le chassé-croisé. Les couples pivotent sur un pied. Ils obéissent à mes épiraillements qui feraient lever un mort :

— Poule en avant partez !

— Traversez !

— Rassemblez !

— Balancez !

Chaque cavalier saisit sa cavalière par la taille, des deux mains, puis il la soulève, l'abandonne, fait un tour sur lui-même et revient se placer devant elle, en exécutant des entrechats qui donnent à imaginer sa souplesse. On enchaîne la guimbarde où il faut enjamber un aiguillon, puis la grenolle, où on imite le saut de la grenouille.

Après chaque grand écart ou changement de pied, Grossegoutte, l'air rubicon, commande à toute l'assemblée, le verre à la main, de tirer sur le gosier :

— Youpaï à grande goulaïe !

Le Noah de Joseph coule à flots. C'est un soulèvement de vie de toute la place.

Mon violondaulne fait merveille. Il a l'âme vibrante et des éloquences sauvages. Il sonne large… avec de belles outrances, enchantant les yeux et les pavillons éberlués de toute la compagnie. Sur les figures plus lentes, j'arrive à sortir de ses ouïes de vrais sentiments. Moi qui redoutais l'accueil de quelques rogneux, je suis rasséréné…

Mais cette quiétude ne dure pas : j'observe là-bas, au fond de la place, que des danseurs, de plus en plus nombreux, tournent le dos à notre podium à musique.

Bientôt, en les suivant du regard, je les vois qui improvisent une farandole autour d'une drôlaisse qui les enjomine de ses airs insolites avec un flutiaou long comme une couleuvre d'eau. Je suspends mon archet. Je fais appeler la fille pour qu'elle vienne nous rejoindre... Elle ne se fait pas prier... Elle traverse la foule et bondit sur l'estrade. Elle nous bouscule, avec un sourire altier, pour qu'on lui fasse de la place... Juste le temps de se plaquer sur les côtés, et voilà que c'est elle qui conduit le bal. On n'a pas d'autre choix que de donner la réplique à ses fantaisies... Elle joue la mélodie de la chanson à ripouner que toute l'assemblée reprend bientôt en chœur :

Au printemps la mère ajeasse
Fit son nid dans un bouësson, la pibole
Où naquit un ajeasson, pibolons...

La fille fait claquer ses cabosses et sort justement des sons de sa pibole que je n'ai jamais entendus. Je reste éberloqué mais ravi, mes amis sounurs aussi. Que faire ? Le vezou me glisse à l'oreille :

— Y a pas le choix. Il faut la laisser melounaïe. Puis après, y'a qu'à chalounaï avec elle !

Chacun de nous retient son instrument à la main, comme à la pause. Elle a pris sa place, toute la place. On la regarde, on l'écoute. Elle est devenue, en un éclair, la maîtresse des lieux.

Et bientôt, comme enhardie par son succès, voilà qu'elle pose sa pibole sur le barriquet du Battou. Alors, d'une main ouverte vers l'assemblée en liesse, elle appelle à la fermeture des clapets, qu'elle obtient comme l'éclair. Et elle interroge tout le champ de foire :

— Qui c'est qui veut ripouner avec moi ?

— Nous… nous… nous… ! crie à l'unisson le chœur naissant.

La fille annonce :

— Y'allons danseille au son de la goule !

Toutes les cabrioles qui vont suivre seront ainsi menées aux notes de gosier, sans instrument. Le champ de foire est passé, en un clin d'œil, de la danserie à la chantuserie.

La fille entonne à tue-tête :

L'autre jour, la p'tite Ghustine
Vit l'vezou qui venait à petits pas
La retrouver dans sa cuisine
Pour lui d'mander son p'tit chat.
Y'é une souris dans ma farine
Qui me fait un tas de dégâts.
Vedras-tu, ma p'tite Ghustine ?
Vedras-tu m'prêter ton p'tit chat ?

C'est un miaulement général qui ponctue, sous la gouttière, la strophe d'appel. Les chats sont de sortie. Toutes griffes dehors.

On rit à gorge déployée. Cette fille chante de braise. C'est une miauleuse de haute chattière… Elle a quelque chose d'avenant, de captivant, dans l'allure et la taille.

Je prends le temps d'examiner ses traits, pendant que ça ripoune à pleins rires et que ça jambelote dans tous les coins de la place. Je me sens peu à peu émoustiqué par cette voix qui s'en va nicher haut dans les aigus. Elle a de l'émeraude dans ses yeux de malice, ils lancent des gerbes d'étincelles, elle a des « cils à beurtiquiette », comme dit le Vezou qui, lui aussi, la trouve agralante.

Je remarque sa chevelure blonde, prise dans un petit bonnet rond paillé, avec deux longs rubans qui frissonnent et battent au vent du bal. Sa corselette charmante à manches retroussées vers le coude laisse deviner, sous la galinette, une jolie chambrère bien poitrinée, amignonnante. Elle porte un jupon mi-long, un délice froncé qui fait ressortir la finesse de la cheville et la promesse d'une jambe agile.

À minuit sounant, le champ de foire se vide, l'assemblée s'éclipse très vite dans la nuit froide… Les couples se défont… Les danseurs s'en retournent dans leurs cantons. Chacun reprend son falot pour la route… Ce ne sont que jambes traînantes qui se perdent dans le noir.

La fête est finie. Quelle tristesse de voir tous ces serments inachevés qui resteront à jamais sur le champ de foire. Je sens que cette soirée est un tournant dans ma vie. Pourquoi, au juste ? Je ne sais pas vraiment…

XXVII

On l'appelle la Pibole

Nous restons quelques instants sur le champ de foire, à tenir compliment avec la jeune ripouneuse. Elle s'intéresse peu à moi mais s'enquiert avec empressement des cordes de mon violondaulne et demande avec audace à s'y essayer. C'est flatteur. Je lui tends l'instrument. D'un seul effleurement de crin, elle en sort des sonorités inouïes ; il lui aura suffi de quelques secondes pour apprivoiser la voûte du sabot. Elle tire de mon archet une note écarlate et elle fait rendre aux ouïes des sons irréels. Ainsi remet-elle le bois dans sa composition vivante : de la table d'harmonie s'élève, sous ses doigts de cristal, le babil du tarin des aulnes.

Je tressaille… Je suis fasciné. Je voudrais tout savoir de ce petit prodige. Hélas, elle paraît bien secrète. Elle nous apprend juste son petit nom : Rousille. Mais elle finit par nous confier que, née à Saint-Martin-Lars-en-Tiffauges, elle porte le nom de son instrument : on l'appelle « la Pibole ». Elle convoite mon violondaulne… je ne juge pas raisonnable de m'en défaire. C'est une pièce unique, je n'ai pas de copie.

La jeune fille rejoint son frère qui l'attendait dans le noir. Tous deux se glissent sous l'auvent d'une carriole aux essieux désaxés qui s'évanouit en grinçant par la rue des Pierres-Fortes. J'ai la tête qui virlasse de pensées dolentes… Elle est venue du néant, elle est repartie au néant… Ni adresse, ni adieu. Je cafarde comme un jeune conscrit au premier feu du sentiment. Pendant des semaines, je cherche à la revoir. En vain.

C'est le Battou qui retrouvera sa trace, à La Gaubretière, la commune voisine du village de La Mignarderie, où habite justement la famille de la Pibole. J'apprends que son père, Tiodore Siret, est un homme important – un meunier de la butte des Alouettes. Un des sept fariniers. L'idée me vient de faire de mon sabot enchanteur un instrument de conquête. Le Battou ira voir la Pibole de ma part, pour lui prêter mon violondaulne, avec un billet personnel pour une restitution de la main à la main « après la grand'messe au marché du Beurre, en la fête de la Pentecôte, à La Gaubretière… sous la colonne des Vendéens… »

Mission accomplie… Elle est d'accord… Je compte les jours, puis les heures. J'attends le fameux dimanche comme jamais je n'ai attendu aucune fête d'obligation. Je chemine en pensant à mes premiers mots lorsqu'elle viendra vers moi. Il ne faudra pas se manquer…

J'arrive une heure avant la grand'messe de Pentecôte. Je reste au fond de l'église, songeant aux langues de feu, au feu de l'Esprit, l'esprit en feu… Je supplie les Apôtres pour qu'ils m'envoient, à la sortie de la cérémonie, le don de la parole, afin de prononcer avec les prudences d'usage, les mots qui conviennent et que, peut-être, elle n'attend même pas. Le miracle de la Pentecôte serait que la Pibole relève les yeux depuis le prêt jusqu'au prêteur, depuis le violondaulne qui l'enfièvre jusqu'à son propriétaire enfiévré…

C'est seulement après les vêpres qu'elle consent à une promenade pour « parler de musique » dans les sous-bois de La Gaubretière. Elle cueille des jacinthes sauvages qu'elle respire à pleins poumons. Quelques primevères jaunes, des violettes et du muguet au parfum délicat… On passe très vite de la musique aux fleurs et des fleurs aux parfums, puis des parfums aux petites ivresses qui escagassent les premiers effleurements. Elle aime la nature et ses couleurs. C'est une fille à symboles. Je lui fais deviner le sens caché des fleurs qu'elle cueille au passage : je brode sur mes sentiments, en feignant de les tenir à distance de mes petites métaphores florales. Elle s'y laisse prendre en riant : le bégonia ? l'amitié cordiale. Le coquelicot ? mon cœur est à la joie. Le chèvrefeuille ? il déborde. La jonquille ? je languis. Le mimosa ? personne ne le saura. La tulipe ? vous êtes la plus belle. Elle berlute un peu des yeux.

Hélas, elle me fait signe qu'il ne faut pas chercher trop vite à la mettre en bouquet. Je l'interroge sur son pays, sur sa jeunesse, sur sa famille. Elle fêtera ses vingt ans à l'Ascension. Elle travaille avec son père et s'occupe des baudets qui portent les sacs de grain… La musique, c'est juste un passe-temps… La meunerie est un métier rude pour les filles. Elle ne veut pas – confie-t-elle en un sourire furtif – se laisser… *enfariner* toute sa vie…

Soudain, son regard se trouble. Ses lèvres tremblent. Un instant, j'attribue les larmes qui viennent... à l'émotion, peut-être même à un premier émoi. Je lui demande ce qui ne va pas : « Faudra bientôt vendre le moulin... » Elle me parle du poids des impôts qui courbe les épaules des moissonneurs et elle se plaint des réquisitions qui, depuis les dernières années, occasionnées par le passage des régiments dirigés sur l'Espagne, accablent les paysans. Je n'ai pas trop le cœur à causer des impôts mais je lui raconte qu'à Sainte-Florence, chez moi, on se heurte à la même indifférence des autorités : une véritable disette sévit sur toute la Vendée qui frappe d'abord les farinous ; la récolte de blé manquante cause des paniques et provoque de nombreux vols de froment. Le préfet, depuis ses bureaux à Napoléon, répète à satiété que tout cela n'est pas grave. Dans sa dernière circulaire, que j'ai lue avant de quitter Sainte-Florence, il recommande de remplacer le blé par la patate. Mais nous, on aime le blé. On n'est pas des Prussiens, on n'aime pas la patate.

La Pibole rit, elle acquiesce à tout cela. Mais je pressens dans ses yeux mâchés qu'elle porte un fardeau plus lourd...

— Vous avez entendu le curé, à la messe ? me demande-t-elle.

— Vous voulez parler de son sermon ?

— Oui... Les enfants de chœur en ont donné quelques lignes, à la sortie, à chaque foyer.

Elle déplie une petite cédule qu'elle lit, indignée : *Les chagrins que les jeunes gens réfractaires à la conscription causent à leur famille affligent trop sensiblement notre cœur pour garder plus longtemps le silence. Nous serions coupables si nous n'élevions pas la voix contre un* crime *que condamnent la religion, l'honneur et les lois civiles.*

— Vous vous rendez compte ? Le curé a dit « un crime » !

Je devine la cause du trouble :

— Il y a un réfractaire chez vous ?

— Oui… enfin… mes deux frères… Ils se sont enfuis… Et, pour nous punir, on nous a envoyé des gradés qui se nourrissent sur la bête.

— Ceux qu'on appelle les « garnisaires » ?

— Oui, c'est cela : des garnisaires. Ils se sont installés chez nous pour se garnir le jhabot. Il y a un caporal, qui se fait payer trois francs cinquante par jour, et un sergent – quatre francs cinquante. On n'a plus les moyens de verser la rançon. Ils font le calcul tous les jours que le père finira par céder, et appellera ses fils à se constituer prisonniers. Mon papa ne veut plus rien donner. Et donc ils ont annoncé pour l'automne une saisie-gagerie sur le moulin de famille et sur nos trois ânes. Autant dire que c'est la ruine certaine. C'est d'ailleurs pour ça que je cours les bals à musiquer… pour ramener un peu de sous…

Je ne sais que lui dire pour lui apporter un peu de réconfort. On ne se connaît pas assez pour que je lui fasse confidence de mon passé. Elle sent mon embarras. Au fond de moi, je suis un peu benaise, car lorsqu'elle saura mon histoire à moi, ce sera un caillou blanc supplémentaire sur nos routes croisées. Elle en veut à ses voisins,

« concordatistes ». Un peu plus tard, elle retrouve le sourire en me confiant :

— Heureusement, il n'y a pas que des compromissionnaires. Notre curé, à Saint-Martin-Lars-en-Tiffauges, lui, est un vrai prêtre de la Sainte-Église.

— Vous voulez dire un *dissident* ?

— Non. Pas un dissident… Au contraire… Un curé fidèle à l'Église *universelle*, l'Église de toujours…

Évidemment, je saisis tout de suite la portée de sa réponse : la Pibole appartient donc à une famille réfractaire, dans une paroisse qui rejette à la fois la conscription et le Concordat. On va finir, entre nous, par chercher les dissemblances !

Le moment semble désormais venu de lui faire aveu, à mon tour, de mon histoire. Elle lève la main en riant à la grande goulaïe :

— C'est inutile… Je sais tout… Sinon, je n'aurais jamais osé monter sur l'estrade. Je connais l'histoire du « jean-foutre »… l'atelier… la chouette crevée… tout…

— Et comment savez-vous toutes ces choses ?

— Les réfractaires de Montaigu ont tout rapporté à ceux des Alouettes, les nôtres.

— Ma compagnie ne vous est donc pas insupportable ?

Elle répond par un léger et délicieux hochement volé aux délicatesses d'un cœur discret. Après la passion pour la musique, l'amour de la nature, voici maintenant le soutien aux dissidents… ça commence à faire un bel ambiet.

Quelques jours plus tard, c'est elle qui revient vers moi. Elle m'avoue qu'elle a du sentiment pour ma personne. Chaque jour, nous échangeons nos instruments et nous improvisons l'un pour l'autre des romances et pastourelles de notre cru. Très vite, je vais devenir son galant et elle, ma promise.

Elle annonce à sa mère qu'elle fréquente. Voici venir le temps du migaillage, qui précède les accordailles, bientôt fixées au printemps prochain.

La cérémonie a lieu à la ferme de La Maha, au pied des Alouettes. Rousille m'explique en chemin d'où vient le nom de ce point culminant qui domine tout le bocage : de la colline, les alouettes montent, nombreuses, dans le ciel. Par beau temps, elles s'élèvent en flèche avec des cris qui veulent dire : « Jurerai plus ! Jurerai plus ! » et bientôt, très lasses, elles piquent comme un caillou vers la terre : « Jurerai ! Jurerai ! » Les alouettes sont comme les amoureux, elles font et défont des serments.

Une grande table de batterie a été disposée pour les convives. Les deux familles sont venues avec les parrains et marraines pour emmancher les accordailles et fourbir la marmite des épousailles à venir.

Avant le repas, on pique la cheville. Le piquet de bois a été placé juste devant la porte du moulin de famille. Il est effilé à une extrémité, cerclé de métal à l'autre, et surmonté d'un gobelet en bois sculpté avec nos initiales – *R.S.* et *J.R.*, Rousille Siret et Jean Rogronille. Le pieu est décoré de lierre et de fleurs. Deux instruments y sont suspendus et entrelacés pour donner le ton des promesses enlacées : la pibole et le violondaulne.

La fiancée frappe le premier coup pour enfoncer la cheville. Puis elle me passe le maillet. Après quoi s'approchent tous les gars de la parentèle qui s'emploient à faire disparaître le piquet en terre.

Nous sacrifions ensuite au rite de la tuilée qui – paraît-il – ne demeure vivant qu'à Saint-Martin-Lars-en-Tiffauges : les garçons et filles d'honneur de la noce à venir versent du vin dans une tuile creuse. La Pibole et moi, nous devons boire ensemble et au même instant, pour nous marier dans l'année. Nos bouches mordent la tuile par les deux bouts.

L'assistance est enchantée et, selon l'incantation ancestrale, elle reprend en chœur :

Ils ont bu à la tuilée !
Marieront dans l'année !

C'est le signe d'un avenir heureux. On dit qu'en vidant la tuile, on évite que, plus tard, les tuiles ne vous tombent dessus.

Maintenant qu'on a bu « à la tuilée », on peut fonder un creux de maison. Naturellement, le vin s'est répandu sur nos costumes. La Pibole plonge ses deux mains dans ses migaillères, deux fentes latérales que je n'avais pas remarquées et qui donnent accès à des poches cousues sur sa ceinture. Elle en ressort un grand mouchoir de Cholet, à carreaux rouges, fleurdelysé. Et j'entends Louis et Henri, les garçons d'honneur, rire aux éclats !

— Ces saprées migaillères, elles sont calculées juste pour le passage d'une boune main d'homme...

Au moment du repas, c'est l'heure des présents du galant à la galante.

Rapiessou a sculpté sur mesure, à partir d'un chausson que je lui avais remis à la bonne taille, une paire de sabots bien souples. Rapiessou est le seul sabotier, dans le pays, à adapter sa gouge au pied fragile, alors qu'en général on considère, dans le métier, que c'est au pied de se faire au sabot.

La Pibole tend son petit petou, il est blanc comme du lait de brebis. Je le chausse avec précaution. Elle est comme toutes les filles du bocage, elle n'a jamais marché qu'avec des chausse-martyrs, et voilà qu'elle porte enfin un chausse-mignonne. Son sourire veut tout dire… Elle resplendit…

Puis vient le moment de mon deuxième cadeau : c'est mon violondaulne, tout simplement, l'arme de la séduction inaugurale. Je lui offre la pièce unique de la série avant de lancer la fabrication à mon atelier de Montaigu.

Le repas va durer une bonne partie de la nuit. Le père de la Pibole m'a réservé un accueil un peu froid. Il pense que les musiciens sont des gens de paresse. Mais il voit que sa chère petite Rousille est heureuse. C'est un homme qui a sans doute mangé trop de caillebottes. Il a le ventre qui passe par-dessus l'échine et un nez en pointe. Il en plaisante lui-même : « Un beau clocher donne boune mine à la paroïsse. »

La mère de la Pibole me regarde avec un filet de méfiance. Elle me fait sentir qu'on n'est pas du même bocage. Eux, ils sont du haut, moi du bas. Le haut aurait plus de caractère, selon les gars… du haut… Passons.

Elle a préparé une gache pour le dessert, avec sa meilleure farine.

Il n'y a pas de godets. On respecte la coutume : il faut boire dans les talons de sabot. Et chacun doit se lever pour pousser la chansonnette ou se fendre d'une histoire. C'est à la promise de commencer. Elle pose sa serviette et entonne :

À la foire aux ambiets,
J'ai trouvé, j'ai trouvé
Parmi les prétendants,
Un gars qu'a pas dansé,
Mon galant, mon galant.

Je me lève et je lui donne la réplique :

Quand tout auprès d'une rigole
Je r'trouv'rons ma chanson
J'emport'rons nout'Pibole
Et pis j'en pibol'rons.
Oh, oh, oh, oh ! Ma Pibole
Oh, oh, oh, oh ! Pibolons.

Dès le lendemain, j'emmènerai la Pibole avec moi, je la sens pressée de découvrir mon atelier et de prendre sa part de l'ouvrage qui m'attend…

Je la mettrai à l'établi. Je lui confierai la tête de série de notre violondaulne… Nous brandirons en vitrine le nouvel instrument… Voilà de quoi donner le frisson. Mademoiselle Siret porte déjà deux notes sur son nom. Un présage. Je posterai le reste de la gamme. Le violondaulne sera accroché en devanture dès samedi prochain.

LA VALSE DE L'ADIEU

Avec la Pibole, une nouvelle révolution commence à Montaigu : celle de la corde sensible et de l'oreille absolue qui répandront dans les cœurs les tendresses intimes…

XXVIII

Les ailes seront les cordes et le vent ton archet

Nous entrons dans les ruelles de Montaigu. Enfin le voyage se termine. Montée en croupe derrière moi, ma promise saute à terre la première.

Malgré la force des sentiments qui déposent chaque jour de nouveaux brandons incandescents dans nos cœurs, c'est une petite Pibole tremblante qui pénètre dans la ménestrie à l'abandon. Ce n'est plus vraiment un lieu de travail, plutôt un caveau oublié de bois endormis. L'air y est ranci. Il y flotte comme une vague odeur de rats crevés. Les instruments buissonniers, livrés aux moisissures, s'abîment dans les moiteurs du confinement et le long des murs qui exsudent l'humidité. Il y a, au revers et aux croisillons des poutres, ce que seule une fille ordrée remarque tout de suite à l'œil nu, des chasse-galantes, d'épaisses toiles d'araignées. Mes flûtes démanchées gisent partout dans un désordre suintant.

La Pibole me regarde, un peu perdue : par quel bout commencer ? Nous décidons, malgré tout, de toiser la disgrâce et l'infortune. Ma promise se saisit du balai de brandes pour faire place nette. Le magasin retrouve peu à peu ses élégances. Bientôt je lui apprends, chacotte en main, à découper et poncer les fameuses lattes du pin pinaï. Elle dessine ses premières tables d'harmonie avec ses doigts de séraphine. Puis elle travaille le sabot et suspend avec fierté tout en haut de la vitrine les nouveaux modèles de notre fabrication. Nous espérons ainsi capter l'attention des passants, des clients, des gens de musique. On s'arme de patience, on rit de nos indigences, la Pibole me presse de ne pas renoncer. Elle est forte…

Elle croit en l'avenir enviable du violondaulne. On s'évade de nos dénuements en chantant des airs de fête. On échafaude des songes d'estrades festonnées et de tréteaux d'or. On aligne des files d'attente dans les fièvres et – pourquoi pas ? – des bousculades de clients exaltés devant le magasin… On rêve…

Hélas, au bout de quelques mois, il faut se rendre à l'évidence : il n'y a ni file d'attente ni bousculade… L'atelier tourne au ralenti. Bientôt, c'est nous qui tournons sur nous-mêmes.

Un beau matin, la Pibole, le visage dévasté, les cheveux en bataille, m'invite à lire les comptes. Il n'y a pas un sou en réserve, de la huche aux louis d'or. L'instrument du sauvetage n'a pas fait de miracle, il n'a rien sauvé du tout. Le violondaulne reste en vitrine, suspendu dans le vide, comme au pilori.

Le constat s'impose peu à peu : le violondaulne est jugé trop rustique par la fine fleur de la lutherie. Tous les gens bien mis des villes qui respirent l'encaustique et portent des souliers à brides ne conçoivent pas qu'on puisse « faire de la musique au coup de pied ».

Les milieux nantais des Lumières et du bois d'ébène, nostalgiques de l'hémisphère sud, ne veulent sentir sous la caresse de leurs doigts, onglés de vernis précieux, que l'épicéa d'Afrique pour les tables d'harmonie de leurs violons de compagnie. Ils ironisent sur ma trouvaille : « À vouloir botter un violon de bois de petite extraction pour le faire crisser dans les basses-cours, on le sabote – c'est le mot –, on le dévalue, on en fait une sorte d'assignat des cordes frottées pour le vulgaire ! » La plaisanterie fait rire sur les parquets cirés des hôtels du quai de la Fosse, où on célèbre, d'un même coup d'archet, les cordes frottées et le bois d'ébène.

Les maîtres-sounurs, eux, considèrent l'instrument comme « trop compliqué à jouer ». Effectivement, pour qui n'a pas acquis quelques notions de solfège, il est difficile de faire rendre à ce violon buissonnier son expression troublante, son langage excessif, ses couleurs, ses envoûtements, ses éreintements de cordes d'entrailles sauvages. Les gens de glaise – vezoux et vielleux –, bercés dans les anciennes sonorités de terre battue, ont leurs traditions, ils ne sont pas prêts à changer d'instrument. Le vieux Guston, le plus célèbre des gens de prévaïl, me confie, l'œil rieur :

— Moi, on m'aime pour ma manière de chanter faux. Si je me mets à tenir la note, on va me descendre de ma barrique.

Ainsi donc, mon violondaulne se voit rejeté de toutes parts. Les salons le regardent comme trop proche de la gigouillète en haillons, les granges le jugent trop proche de la langue de chat des salons.

La Pibole, au fil des jours, garde des silences qui en disent long sur son esprit clairvoyant. Elle anticipe la fin de l'aventure. Elle sait que demeurent, en ce lieu qui meurt, mes attachements vitaux – la collégiale, qui m'a dépatoisé et mis à la musique, mon premier coup d'archet, les premiers flûtiaux de mes chemins d'épines. Elle donne à mes délibérations secrètes juste quelques petites secousses. Chaque jour, elle regarde l'arbre qui mûrit, elle attend que la poire tombe.

Un matin, enhardie par le sentiment d'urgence, elle ose hasarder l'hypothèse d'une fermeture temporaire de la boutique à la morte saison. Elle voit bien que je suis heureux dans mon atelier mais malheureux dans les voisinages de cette sous-préfecture hostile. Et je vois bien qu'elle non plus n'aime pas ce bourg qui s'est pris pour une ville, où le cristal des lustres brille de l'éclat douteux des diamants contrefaits de Chambretaud.

Elle a raison. On ne peut plus rester à Montaigu. Mais où aller ? Impossibble de rentrer chez moi, à La Tanchaire. Malgré la réconciliation avec mes sœurs, nos accordailles ont déplu à la famille. Mes amours sont un nouveau foyer de discorde. Louise et Mie l'Aiguille rejettent l'idée des noces à venir d'un Rogronille à la « Petite Église ». Et puis le futur beau-père, avec ses yeux de vairon, ne leur plaît guère, elles disent que tous les meuniers des Alouettes sont des roublards et des voleurs.

On les soupçonne, parait-il, de crôler dans la pochée de leurs clients. Le mot qui court dans l'amenage de La Tanchaire prospère sur tous les routins de mulets : « volu cuem'in farinaï », voleur comme un farinier…

Un dimanche, la Pibole, toute à sa joie soudaine, m'annonce que les moulins ont retrouvé leurs ailes, que la famine est derrière nous… Elle me parle de sa colline où, par beau temps, on voit la mer. Je l'écoute… Je ne crois pas trop à ces rêvasseries de farine trop blanche, immaculée, même portées par les ailes de l'amour. Elle dit que je serai bien logé, à La Maha ou dans le moulin familial. Le soir, à la veillée, elle dit qu'on déroulera le répertoire du violondaulne sur fond de pibole enjouée et qu'on fera danser toute la meunerie de la Butte. On nous appellera « les deux alouettes ».

La meunerie est sans doute un monde aussi dur que la musique. Mais au moins la butte des Alouettes n'est pas loin de Sainte-Florence. Si j'accepte d'embrasser ce nouveau métier, je pourrai garder ma mairie. Le pécule de magistrat municipal est désormais ma seule subsistance. Je ne veux pas vivre au crochet de ma future belle-famille.

Au soir de la Chandeleur, devant la galette des Rois mages, j'annonce à la Pibole que je cède à ses instances. J'ai décidé de rejoindre la Butte pour quelques semaines. Je vais fermer le magasin de Montaigu mais la Pibole m'assure que je pourrai garder mon petit métier de ménestrier ambulant, là-bas, dans la vallée, aux Herbiers. La meunerie ne m'intéresse pas. La vie n'est rien pour moi sans les déchirures et les exaltations du violon sauvage qui, secrètement, recueille, dans la forêt, l'écho de la souffrance humaine. Le tic-tac de la meule n'est pas une mélodie pour les écorchés vifs.

Je sais que la Pibole a compris tout cela, mais elle a plus d'un tour dans son sac à farine : elle m'engerbe avec de grands sentiments, elle voudrait que je la suive tout en haut de la Butte, juste pour « une contemplation du paysage ». Nous regarderons ensemble, au loin, l'océan. Elle veut faire de la beauté du site un piège de charme. Je me laisse piéger.

Nous grimpons tous les deux sur la colline, au point le plus venteux, le plus nu, le plus austère. Je l'écoute. Elle dépense des trésors de poésie pour me persuader que le métier de meunier porterait en moi, dans les éthers, mes ferveurs intimes. Elle sait tellement bien me parler de la musique du vent et des genêts sauvages :

— Regarde, Jean… Regarde autour de toi les granits éternels qui affleurent. Tu es sur le lieu où la Vendée a déposé son âme. Retourne-toi un instant. Tout autour, il y a sept moulins. Sept, comme les sept vaches grasses et les sept vaches maigres. Sept moulins bibliques qui tournent le jour et la nuit… Le mystère du vent qui se cache, qui se dérobe, les ailes qui restent inertes… Les hommes, tout en bas, dans la vallée, qui se nourrissent d'angoisse et qui prient… Les supplications qui s'élèvent vers le vent qui revient et souffle doucement à l'oreille du meunier que tu seras demain… Regarde les ailes et le corps de ce moulin, en face de nous, au point le plus anxieux de la colline, entouré de bruyères sauvages, où courent les fradets… Regarde… On dirait un calvaire, en face de toi. Ce Christ en croix, c'est l'image de notre moulin : « Donnez-nous aujourd'hui notre pain de demain. » Parfois le vent fait la sourde oreille et s'endort, parfois il se réveille juste pour exaucer les affamés de pain d'ange, en leur accordant les grâces de son murmure vibrant de ses harmoniques… Tu es chez toi, Jean, ici, auprès des moulins. Les ailes seront les *cordes* et le vent ton *archet*…

Je chancelle. J'oscille. Je cède. Le lendemain de la Saint-Jean, j'accepte de tenter l'aventure. J'entre en meunerie comme on entre en poésie. La Pibole a réussi à me faire accroire que les moulins étaient des instruments à vent.

XXIX

Une bulle qui va faire des bulles

Très vite, au fil des premiers jours, je fais la connaissance des autres meuniers, héritiers de dynasties installées depuis des siècles. Monsieur Siret, le futur beau-père, m'accueille entre les sacs de grain par un mot ironique :

— Bonjour, matelot…

— Matelot ? pourquoi dites-vous « matelot » ?

— Parce que tu viens d'entrer dans la marine à voile…

Au premier coup de vent, je saisis ce qu'il a voulu me dire. On m'exerce à voiler, à dévoiler ; puis à entrelacer les draps de chanvre entre les verrons des vergues, en les fixant avec des cordes de charmeillon… On est comme sur la vague… Il faut savoir lire les nuages qui vont et viennent, à chaque instant. L'arbre des ailes s'oriente toujours en direction de la brise qui doit frapper la voilure de pleine face, jamais de côté.

— Mets ton moulin sur le vent ! me crie monsieur Siret.

L'arbre tourne et entraîne, sur un chemin graissé de suif, toute la calotte du toit.

— Pointe ton moulin ! Il va trop vite !

Le vent a forci. J'appuie de toute mes forces sur un frein en bois d'alluchon. Alors les ailes, à tour de rôle, s'arrêtent au pied. Et puis je grimpe sur les verrons, j'enroule les draps sur les vergues, juste à temps pour les soustraire à la prise au vent.

— Drape ton moulin ! me crie à tue-tête le patriarche Alcide Bergeon, le seul maître à bord de la flotte des sept navires. Tu ne marches pas assez vite !

Il faut écouter le capitaine du navire, du haut des vergues, entre l'océan des blés tout autour de nous et l'autre océan qu'on aperçoit au loin par beau temps. Du matin au soir, je demeure à mon poste de guet : il faut toiler, détoiler, draper, dédraper…

Et quand on nous signale l'imminence d'une saute de vent – une jetée de galerne – tous les meuniers, jeunes et vieux, et même les rouliers qui attendaient pour décharger leurs charrettes de pochées, courent au pied des vergues.

Le temps passe… Il change si vite… On déménage à la belle saison puis à la mauvaise : on suit les coups de vent et on suit le cours de l'eau pour lever la pale. Il y a deux années dans la même. Six mois de moulin à eau sur la Grande Maine au Moulin Brûlé. Et, à partir de Pâques, six mois de moulin à vent sur la Butte. Les vergues qui sont restées bout au pied tout l'hiver reviennent au quartier. Le serein – l'air frais de la mer – soulève chaque soir un peu de brise qui monte sur les hauteurs. Les courants s'établissent pour la nuit, renversés au lever du jour par le premier soleil qui, de nouveau, calme l'ardeur des moulins.

Je prends mon tour de garde une nuit sur deux, debout devant les portes – une qui donne dans la soulaire et l'autre dans la galerne. Car on m'a prévenu qu'il suffit d'une saute pour que les ailes cassent. Si elles rabattent sur la terre les vergues, aussi fragiles que des allumettes, les draps se déchirent.

En temps de solace, quand le vent s'absente, on reprend nos musiques avec la Pibole. Toute la meunerie à voile monte sur une meule fissurée, abandonnée dans les ajoncs, pour nous écouter. Les bonnets blancs à gland se mettent en grappe et se laissent charmiter par nos chansons chemineresses que tous les rouliers et charretiers, sur les sentiers de mules, fredonnent de loin en loin.

J'accompagne la Pibole avec mon violondaulne. Le chœur des moulins chante :

L'histoire de la Galletine,
Qui au moulin lutine,
Et s'en revient, l'échine
Toute blanche de farine…

On reprend les couplets dans la salle des meules, entre les pochées…

J'ai beaucoup appris en quelques semaines, sur le métier. Je devine les couloirs de vent et je sais depuis peu, dans les orages, manœuvrer seul, grimper aux échelles et virer à râteau.

Mais il y a une chose à laquelle je ne peux m'habituer, c'est le bruit, le son infernal des rouages qui s'entrechoquent. Je n'arrive pas à dormir. Le frémissement des ailes produit un *tic-tac* des engrenages qui viendrait embarrasser le sommeil du dormeur le mieux assoupi. Et puis il y a la rotation des meules qui écrasent le grain, le roulement des poulies et des courroies. Toutes les nuits, j'ai la tête qui viroune, je me réveille en sursaut. Je ne dors plus.

Les semaines se ressemblent, comme les jours et les nuits. Chaque dimanche, je descends dans le bourg pour la grand'messe concordataire, à l'église Saint-Pierre. Ma promise, elle, se rend dans sa paroisse, à Saint-Martin-Lars-en-Tiffauges, pour la messe dissidente.

À la fin de l'office dominical du premier dimanche de février 1810, un incident grave surgit en pleine cérémonie. À cause du curé qui a fait chanter à la chorale le *Domine salvum fac republicam*. Le forgeron Anselme, hors de souffle, se lève et s'épiraille :

— Voilà que les curés qui dénommaient la République « la Folle du Diable » nous invitent maintenant à prier pour elle ! Votre vraie place, c'est tout en haut du clocher, vous... les curés... bande de girouettes !

La foule applaudit. La sortie de messe se fait dans le plus grand désordre.

Un peu plus tard, au café de la veuve Rigaudeau, un muletier des Alouettes fonce sur moi. C'est un colporteur de nouvelles auquel on accorde crédit dans tout le pays des Herbiers. Ce matin-là, il est hors de lui, il écume comme un vieux cheval et me pointe du doigt, avec un verre de franc blanc à la main :

— Voilà un maire qui va être bientôt *excommunié* !

Tout le café se retourne et me dévisage sans comprendre...

— « Excommunié », tu as dit ? Et pourquoi donc ?

— Je peux pas t'en dire plus. Contente-toi de ça... Y'aura bientôt des *bulles*...

— Dans nos verres ?

Le café éclate de rire...

— Non... non... des *bulles*... beaucoup plus grosses... Des bulles toutes blanches... comme on n'en trouve qu'à Rome... Ça va pétiller, crois-moi...

Trois jours après cette incompréhensible sommation, le « capitaine » de la meunerie à voile m'annonce que le 12 février, au matin de la foire de Tiffauges, il a vu, apposée par une main inconnue, une affiche géante rapportant que *le pape aurait excommunié l'Empereur*. La gendarmerie de Montaigu a accouru pour disperser les badauds. On croit tous à une fausse nouvelle...

Quelques semaines plus tard, le 29 mars 1810, je traverse le bourg de La Gaubretière avec la Pibole : depuis la grande allée des saules, on voit que, sur le porche de l'église, a été apposé un nouveau placard. Nous nous approchons de l'attroupement. Avant que les gendarmes ne déchirent l'affiche, j'ai eu le temps d'apercevoir qu'elle fait état d'une ahurissante déclaration du pape Pie VII :

Par ces présentes, scellées de l'anneau du pêcheur, nous déclarons excommuniés Napoléon Premier et tous ses adhérents, conseillers, fonctionnaires, maires...

Voilà la fameuse « bulle »... Les *maires* de l'Empire excommuniés ? C'est la foudre qui menace de tomber sur les sacristies concordataires et les mairies loyales...

Très vite, je réfléchis à l'idée d'aller faire un petit tour du côté de Sainte-Florence pour humer l'air de la foire. J'imagine la tête de mes sœurs : l'Empereur excommunié ? Quelle nouvelle ! Et moi avec !

Une mauvaise nouvelle n'arrive jamais seule. Ainsi, quelques jours plus tard, le préfet Merlet réunit les élus du canton à la mairie des Essarts. Comme s'il évoluait dans sa propre bulle, à l'écart des tremblements de terre, il entend nous faire part de son étonnement sur la conscription :

— Messieurs les maires, depuis quelque temps, on me fait remonter que les levées de conscrits ne sont pas belles et qu'il y a de plus en plus de dispensés dans vos communes. Que se passe-t-il ?

— Monsieur le préfet, rétorque avec malice le maire de Boulogne, Charles de Cornulier, la cause de ces déficiences physiques est sans doute le défaut de robustesse des enfants dans les fermes…

Le préfet trépigne. Il n'est pas dupe. Il a sous les yeux un rapport de la maréchaussée qu'il lit avec emphase, en forme de réponse : *Les cantons des Essarts et des Herbiers présentent un nombre prodigieux de jambes ulcérées et une collection de sourds et d'épileptiques. Selon les maires des communes concernées, les ajoncs qui les couvrent piquent les jambes des jeunes gens qui, en été et en hiver, ne portent au travail que de larges pantalons de toile sans bas. L'humidité du sol entretient ces plaies et la malveillance les envenime à dessein pour faire réformer le conscrit. Ces précautions excessives sont prises trois ans à l'avance. Cette même humidité froide occasionne des rhumatismes et des paralysies auxquelles les médecins de famille attribuent la surdité. Les conseils de recrutement sont en butte à tous les pièges. Les chirurgiens prodiguent des attestations complaisantes. Il n'est pas un seul conscrit qui ne se présente sans leurs* certificats.

Le préfet, désemparé, fait devoir aux maires que nous sommes d'aider les conseils de recrutement à y voir plus clair. Il soupçonne certains d'entre nous de jouer un double jeu entre le gouvernement que nous représentons et les réfractaires qui sont nos administrés mais aussi nos voisins, nos parents…

La tension monte… Les gendarmes viennent de plus en plus souvent nous faire visite aux Alouettes, histoire de causer aux meuniers « qui entendent tout, qui savent tout ». Je découvre un soir avec stupéfaction que monsieur Siret, très attentionné envers les réfractaires à cause de ses deux fils, propose de mettre son moulin à l'ouvrage pour envoyer aux insoumis, dont beaucoup se cachent dans les bruyères de la Butte, des signaux sur les allées et venues de la maréchaussée. Il s'est initié à ce langage des moulins pendant la Grand'Guerre, le code des signaux envoyés par les ailes ayant été inventé au moment du passage des Colonnes infernales. Monsieur Siret ne retiendra que deux positions : « en jambe de chien : danger proche, *cachez-vous* » ; « en quartier : tout est calme… *vous pouvez sortir.* »

Les autres meuniers sont plutôt hésitants, car le geste est à haut risque s'il est intercepté par la police de l'Empereur. Mais le « capitaine » Bergeon ordonne de coder

« en ailes réfractaires » les sept moulins. Chacun cherche à protéger un neveu, un petit-fils, un beau-frère... Pour ma part, je signifie à mon « patron », faisant violence à la pente de mon caractère et de mes pensées intimes, qu'il m'est impossible de prendre part à cette manœuvre séditieuse. Ma place de maire est en jeu et, sans doute, ma liberté. Je suis par avance terrifié à l'idée que mon dossier des registres paroissiaux remonte à la surface. La Pibole est contrariée par cette prudence soudaine qui – regrette-t-elle – « ne me ressemble pas ». Elle me confie que sa mère est toute argrincée et qu'elle aurait lâché : « Ah, la crapaudaille rentre dans son trou au premier coup de tonnerre... »

Je laisse passer l'orage, en acceptant les injures et les sous-entendus sur mes passages à dos de baudet. Je suis sauvé par un événement qui va bientôt entraîner les ailes de toute la meunerie à tourner vers les réjouissances plutôt que vers la mutinerie. À la Saint-Jean auront lieu les noces de la Frasie, la grande sœur de Rousille, avec le gars Sourisseau, Ustache, un petit Malouin des bruyères. Monsieur Siret m'invite à préparer mes instruments qu'il va falloir briquer pour la circonstance ; on est bien content de venir rechercher « la crapaudaille » pour animer la noce. Monsieur Siret, qui a passé l'éponge sur l'incident, tient à ce que l'événement familial permette à sa lignée de tenir son rang. Il me presse :

— Jean, je veux une noce joyeuse... Le matin, on aura une belle messe à Saint-Malo, avec le curé Béneteau... À midi un beau repas aux Alouettes, dehors... Le vin de la noce viendra de chez Joseph Puau. C'est lui qui fait le meilleur Noah du coin. Il nous faut un bel orchestre pour le soir, dans la grange, au pied de la Butte. Tu seras tout seul sur la vis du pressoir. Prépare-toi à mettre le feu à la colline aux sept moulins.

XXX

La prochaine noce sera la nôtre

La messe solennelle en l'église de Saint-Martin-Lars-en-Tiffauges a réuni ce matin toutes les Alouettes. Monsieur le curé Béneteau, transporté par une éloquence de feu, a sermonné l'assemblée sur l'amour oblatif et les liens impérissables des épousailles. Il a filé la métaphore de saint Paul pour lâcher un sous-entendu : « L'amour sans la charité n'est qu'une cymbale qui résonne. Et, en ce moment, bien chers frères, les cymbales qui résonnent, on en entend beaucoup. » Puis il a glissé, devant une assistance joyeuse et tout acquise : « À l'heure où certaine institution schismatique, cherchant à plaire à la tourbe endimanchée, prétend obliger les prêtres à bénir le *second* mariage des divorcés, il faut rappeler avec force que ce qui est lié sur cette terre, chère Frasie, cher Ustache, restera à jamais lié dans le Ciel. »

À la fin de la messe, le chœur des enfants a entonné le *Salve Regina* et puis les hommes ont repris le *Vexilla Regis*, comme en 93, au temps de la messe dans les bois…

La Pibole, d'un œil inquiet, veille sur sa sœur, tout apprêtée, un peu troublée par l'émotion. Au terme de la cérémonie, elle lui a remis entre les mains la bourse des treize louis d'or – les *treizains* – que le curé Béneteau va bénir, comme le veut l'usage, pour les premières dépenses du ménage.

À la sortie de l'église, qui n'a plus de clocher depuis 1794, la mariée réajuste, sur le petit perron, sa couronne de fleurs d'oranger, menacée par les vents de juillet qui soufflent de face.

La date a été choisie avec soin : on est entre les faucheries pour le foin et les métives pour le grain. On a logé la cérémonie des épousailles dans un temps mort, deux semaines avant les moissons, quand les greniers sont encore vides. Toute la corporation est là, depuis les figures rubicondes des collines des Justices jusqu'aux mitrons de petite meunerie des rivières de Bel-Air et du Chêne-Pendu.

De loin, on devine à peine les gros bouquets de houx et de fragonnette, piqués de roses et noués de rubans rouges qui signalent l'union sur les ailes. Tout là-haut, les moulins montent ainsi la garde des époux.

Une trentaine de mulets débouche du chemin des Enfreins. En tête du cortège, le mari, Ustache Sourisseau, qu'on appelle tous dans le pays le P'tit Souriceau. Il porte, en croupe, la jeune épousée.

La noce a rassemblé tous les baudets des alentours. Dans la meunerie, les bêtes sont de toutes les fêtes ; les mauvaises langues disent que c'est pour ramener, au creux de la nuit, le bounhomme à la redescente, quand il est « trop chargé ».

Les cavaliers sautent à bas et les cavalières, avec des cris de pudeur effrayée, se laissent glisser au cou des chevaliers servants, qui les reçoivent à pleins bras et les déposent avec de grands éclats de voix…

Du haut du tertre, monsieur Siret bée d'admiration devant la mariée. Elle est belle, sa fille, elle est grave, exhaussée de taille par son grand mouchoir de mousseline brodée ; elle se recouvre la tête avec les deux mains pour tenir au vent sa coiffe montée à quatre longues barbes qui tombent sur les épaules. Le jeune marié porte un large chapeau et un bouquet de rubans multicolores sur le revers de son gilet bleu, criblé de boutons de nacre. Une belle noce…

Le cortège monte, à l'amble des montures ; c'est un long serpent de dentelles et de boutonnières fleuries qui se faufile entre les haies. On a remisé les hardes de la semaine. Pour la noce de la fille Siret, on est dans la mise des grands dimanches.

Il me revient d'ouvrir le cortège en chansons, c'est au sounur de conduire la noce. J'ai pris ma veuze de jeunesse et je joue à tue-tête les airs de coutume. Tout le cortège, qui ripoune en chœur, en marchant d'un pas alerte, avec le sourire, croise les enfants herbretais au visage amusé qui reprennent les envolées familières :

> Sortez teurtou de vos maisons.
> Les belles, les vilaiènes,
> Les mal coëfaïes…
> Pour vouère la marïaïe !

Toute la noce a enfourché les bourriquets, sur les lacets du sentier de la Mule. J'ai sorti Ministre, mon baudet, c'est lui qui marche devant. Il aime ce genre de circonstances quand ce n'est plus la pochée qu'on regarde, mais la monture. Ce n'est pas qu'il soit vaniteux, mais son physique avantageux lui inspire un peu de hautainerie. Il domine de l'épaule tous les ânes qui suivent. Il a le jarret large, la cuisse charnue. Je lui ai attaché mon écharpe tricolore sur le chanfrein. La pente est son ordinaire. Pas plus filandreux que les jours de bât de la semaine, il marche à son train. Nous travaillons ensemble depuis mon arrivée aux Alouettes. Il m'a été confié par monsieur Siret. Il est connu de toute la meunerie, c'est un bourailloux attachant, malheureusement stérile. Ce pourquoi, sans doute, on l'appelle Ministre…

Quand on arrive en haut de la Butte, la grange à trois nefs nous attend. C'est le moment des cadeaux : Tonton Guste et sa femme, de La Creulière, offrent un bois de lit presque neuf ; la grand-mère Modeste, une berceuse d'osier en bon état. Baptiste, de La Rinaire, une belle quenouille, juste réparée ; Firmin, le sabotier d'Ardelay, une cuillère à soupe grasse en châtaigner.

Je ne regarde que la Pibole, je ne vois qu'elle. Elle est étincelante, avec une épine blanche garnie de fruits sur sa ravissante corselette dentelée de petits rubans de grand vent. La prochaine noce, ce sera la nôtre… Le murmure glisse d'une oreille à l'autre au moment d'entrer dans la grange.

Le repas va commencer. La nef centrale de la grange n'est pas reconnaissable. Les draps piqués de fleurs, tendus sur les murs, recouvrent les râteliers à foin et le haut pailler qu'on a voulu faire oublier. Partout, on a suspendu des guirlandes de lierre et des bouquets de gui. Sur la table d'honneur des mariés, où je suis invité à m'asseoir près de ma promise avant d'officier pour le bal, trône le coussin d'amour, un petit panier fleuri de roses et orné de pailles de seigle enfilées bout à bout.

Monsieur Siret, le beau-père, aujourd'hui comblé comme un farinier qui a rempli deux sacs à la fois – deux promesses de noces à la suite ! –, a choisi un mardi de pleine lune pour éclairer le fond de la grange et l'aire à danser, qu'on a pris soin de bouser d'argile pour qu'elle soit lisse comme un parquet. On y voit comme en plein jour…

Le repas du midi et celui du soir s'enchaînent au fil des chansons, chaque convive y prend sa part. On sert d'une main et on dessert de l'autre. On se lève, on se rassoit. On sort, juste pour nécessité de nature et on revient au refrain d'après. On s'en va casser le pot, puis Frasie allume le feu des fagots de fournille du brandon. Le marié vise les vessies de goret, remplies d'eau, qui se balancent, suspendues en haut du mât. Il rate sa cible.

Deux hommes hirsutes, armés d'un fusil de chasse, font irruption. C'est la surprise que personne n'attendait. Chacun reconnaît les deux frères réfractaires, sortis de leur garenne enroncée pour s'inviter à la noce : Coutanse et Funfunse ont les apparences de deux penailloux, égrafignés de partout.

La Pibole me les présente à la dérobée. Je les sens en arrière de la main. La méfiance affleure dans leur regard… Venus au secours du marié pour crever les vessies, ils tirent vers le haut du mât. Les quatre vessies sont éventrées en une seule cartouche et libèrent des gerbes d'eau sur l'assistance trempée mais ravie. Leur adresse au fusil leur vaut une ovation de l'assemblée… Ils ont braconné toute leur jeunesse. Ils sont prêts à regagner les bruyères au premier signal. Mais la noce est la meilleure cache pour eux : les gendarmes n'oseront pas, en ce jour de festivité, venir déranger la famille.

Tout au long du repas, devant la soupe à la poule et les gras-doubles, on lève la chope et on ulule. C'est Ustache, le marié, qui entonne le premier couplet, avant de goûter le vin de la noce :

Si l'on me verse du bon vin,
Volontiers je fais longue pause…
Comme les fleurs de mon jardin,
Je prends racine où l'on m'arrose…

La barrique est vite dépucelée. Les humeurs virent aux fous rires sans cause qui délient les langues des plus timorés. On tourne la pinette. Elle couine… On ne reconnaît plus les enfrognés. Ils montent sur les tables. Au fil des heures, les chansons deviennent plus lestes…

Le « capitaine » de la meunerie à voile, Alcide Bergeon, qui paraît déjà bien chargé, se lève, lisse sa moustache, se racle la gorge et annonce d'une voix traînante « la chanson des poïrillons », en prenant dans ses mains deux petites poires à touche-touche dans un panaï, sur la table. Les femmes gloussent et se voilent la face. Toute la jeunesse, émoustillée, déjà en lisière d'une vraie crochetaïe, reprend :

Y m'emmenait au bal
Mes poërillons sautiont
En valez-vous les feuil's
De mes poërillons ?…

Alors, vient le moment de la fameuse « danse de la brioche » : un énorme gâteau d'au moins cinquante livres, porté sur une civière à brancards, à bout de bras, au-dessus de leurs têtes, par quatre costauds, circule en tournant entre les tablées des noceurs, avant d'être déposé au pied des mariés. Ils se mettent à danser tous les deux, portant la civière de part et d'autre ; elle est trop lourde pour la mariée qui s'effondre. On la redresse. Elle retombe. Tout le monde rit.

Le père me fait signe : c'est l'heure du bal. À moi d'officier… et de mettre le feu à la nef…

Les mariés s'avancent au milieu de la grange pour la « danse du tréteau », une sorte de ballet où il faut montrer qu'on a du muscle. Je fais crisser mon violon-daulne, je lui tire des accents outrés qui font pirouetter les danseurs. La Pibole allume une bougie posée sur un tréteau. Le marié s'élance avec sa cavalière d'épouse. Il doit la faire voler par-dessus le tréteau en prenant soin de ne pas éteindre la bougie. C'est toute l'assemblée des couples qui va suivre. On risque un verre de vin si la bougie s'éteint, deux si la bougie tombe. Et si la bougie demeure en vie, on boit quand même.

J'attaque avec force sur l'archet les premières notes de la danse :

C'est la fille de la meunière
Qui dansait avec les gars !
Elle a perdu sa jar'tière
Sa jar'tière qui n'tenait pas
Qui n'tenait, qui n'tenait guère,
Qui n'tenait, qui n'tenait pas…

La grange s'embrase. Même les vieux s'y mettent et entrent dans la ronde. Les gars soulèvent les filles, jetant la jambe en avant à une cadence de plus en plus rapide. J'y vais fort au crin-crin… Toute l'assemblée tourne, indéfiniment. Je noue les couples, je les dénoue…

Mon archet exauce les notes et accélère l'allure à chaque refrain. Les danseurs virounent de plus en plus vite… Ils ont chaud… les hommes jettent leurs vestes par-dessus les râteliers. La sueur coule sur les visages…

Soudain, sans l'avoir anticipé, je vois bondir sur moi une bande d'énervés qui me prend à partie en criant :

— Dehors, le jean-foutre !

Ils renversent la barrique. La grange avinassée hurle d'aise en croyant à une nouvelle figure de ronde chaloupée. Je suis à terre, ils ont pris mon violondaulne. Ils le brisent sous leur sabot. Les danseurs viennent de comprendre, ils se plaquent contre les draps de fleurs, terrifiés… La Pibole, seule, s'interpose. En vain. Elle roule au sol. Personne n'a vu venir ces intrus qui sont entrés par surprise dans la grange et veulent en découdre. Ils crient :

— Y allons le crampounaï et lui faire voir d'au pays…

La Pibole les a reconnus, elle essaie de leur parler : ce sont des réfractaires qui viennent des bruyères de la Butte. Ils sont tous imbibés, torchés, chancelants mais vindicatifs. Ils m'emmènent dehors. Les danseurs, effrayés, regardent sans bouger. Peut-être se disent-ils : « Il a dû mal leur parler. » L'un des écrapoutisseurs lance à la troupe :

— Aux moulins ! Aux moulins !

Un autre renchérit :

— On va l'attacher aux vergues !

Et le troisième d'annoncer le tourment :

— Comme on faisait pour les Bleus !

C'est le supplice que leurs pères avaient imaginé pour les républicains égarés autour des Alouettes quand ces derniers étaient capturés, sur leur chemin. On les faisait tournevirer sur les ailes.

On sent tous que rien ne les arrêtera… Je pense, à ce moment-là, que ma dernière heure est arrivée. J'essaie en vain de parlementer. Ils me frappent de leurs sentences :

— On nous dit que t'as refusé de mettre les ailes au signal pour les réfractaires ! T'es un félon ! Et les félons, chez nous, on les fait vircouetter de haut en bas.

Le destin hésite. Je vais être sauvé par les deux réfractaires de la famille, appelés au secours par la Pibole. Ce sont leurs compagnons de genêts qui m'ont démoli. Les frères de la Pibole, Coutanse et Funfunse, s'interposent avec force et me détachent juste à temps. Pressés par leur sœur, ils ont fini par intercéder. La Pibole pleure, elle est sous le choc. Le père Siret appelle au retour vers la grange. Mais, à lire son regard angoissé, je le sens poisseux vis-à-vis de moi. Dans son dos, je l'entends murmurer au capitaine Bergeon :

— La prochaine noce, il faut s'attendre à un vent de galerne à décorner les bœufs. J'ai bien peur que le coup de foudre de la petite alouette pour ce gars de l'autre bocage attire l'orage et nous arrache les ailes.

Pour l'instant, on se remet des éclairs de la nuit. On se repose. Les métives arrivent. Les meuniers reviennent. Notre mariage à nous est pour bientôt. Le conviour n'est pas encore passé dans la paroisse pour inviter les familles. Il attend que les bans soient publiés. Ils vont être bientôt affichés au fond de l'église.

Tout va bien. Deux dimanches de suite, monsieur le curé annonce en chaire, à la fin de la grand'messe, devant tous les paroissiens :

— Il y a promesse de mariage entre mademoiselle Rousille Siret, meunière aux Alouettes, et monsieur Jean Rogronille, ménestrier à Montaigu. Nous invitons toute personne qui connaîtrait un empêchement quelconque, du fait d'affinités, de consanguinité, d'alliance spirituelle ou autre, à en donner connaissance au plus tôt, au presbytère de la paroisse.

Le temps s'écoule… Rien ne vient de la cure… On attend deux semaines, c'est un silence de confessionnal. J'ai le pressentiment que quelque chose s'est démanché. On sent rouler le tonnerre lointain. Un beau matin, d'un air soucieux et grimaçant, le conviour glisse à la Pibole :

— Ce que j'entends autour de moi, au tchu de la barrique, dans la paroisse, c'est que *les bans sont mauvais*.

Je ne saisis pas trop ce que peut bien cacher cette expression canonique. Je presse le conviour de dévoiler ce qu'il sait :

— « Les bans sont mauvais », ça veut dire quoi ?
— Eh bien… disons qu'il y a des oppositions…
— Des oppositions à qui ? à quoi ?
— À ce mariage…

XXXI

Tous ces nuages qui s'affolent au-dessus du chaume

Le nid de la Pibole est au milieu des bois. Enfin je vais savoir où elle demeure, avec sa famille. Je découvre une chaumine de torchis, entourée de taillis, loin du bourg ! La petite Rousille a vécu là depuis son enfance, dans la mésaise. L'intérieur est sombre, humide, avec juste deux soupiraux pour aller chercher le soleil. C'est un carré long où la cheminée ardente éclaire à peine les petits rideaux verts sans ciel des lits de balles d'avoine. Les seules couvertures sont en toile à torchon piquée, bien serrée et pleine de filasse.

Deux portes en face l'une de l'autre : celle de derrière donne sur le jardin, elle est entr'ouverte. Il y a, juste à côté, une séparation en planches avec des petites boulites trouées pour que les mules passent leur tête, j'en conclus que les bêtes mangent dans la chambre. Elles sont de la famille… On dort ensemble… Les soliveaux sont pleins de suie, je devine, au craquement des lattes de châtaigner, au-dessus de nos têtes, qu'il y a un grenier à grains ; il faut y monter par une échelle où manquent plusieurs barreaux. On n'a même pas songé à les remplacer.

L'odeur des haleines animales contredit celle des fumets de cuisine, à l'étuvée, drôle de bouquet… À une table où brûle une résine exténuée, là-bas, une vieille femme relève ses manches et plonge sa coussote, d'un geste lent, dans un chaudron de bouillie de blé noir au lait aigre. Sa main est trop délicate, ses attaches sont trop fines pour une femme du pays ; elle n'a pas vraiment l'air d'une bordière.

Elle mange tranquillement, mitouflée dans ses pensées, les yeux mi-clos, porte une couèfe de flanelle sur la tête et des guenilles à la taille qui ne suffisent pas à maquiller la délicatesse de ses traits. Cette fermière a des allures de grande dame. Je m'en étonne :

— Non, me glisse Rousille, le doigt sur la bouche pour m'exhorter au silence, ce n'est pas une grande dame… mais une grande demoiselle ; elle vient des Deux-Sèvres.

Rousille me confie à voix basse que la famille Siret l'abrite chez elle depuis plusieurs années :

— Elle se cache ici. Elle vient de son château de Boismé, en Gastine. La police du ministère de l'Intérieur ratisse les campagnes et enchaîne les perquisitions dans les deux départements pour la retrouver. Chez nous, elle ne risque rien… Toute la commune est de notre bord, à part un vieux gars, François Micheneau, qui est concordatiste… mais qui ne dira rien. Les policiers ne s'aventureront jamais jusque-là, même si le mandat d'amener recommande de visiter les fermes, d'éventrer les paillasses et de renverser les meules de foin.

La grande demoiselle en question est accusée d'avoir soutenu et même hébergé des conscrits, ou plutôt des conjurés qui, à Courlay, ont tué deux gendarmes pour libérer des insoumis de leurs villages. Elle s'est d'abord réfugiée à Saint-Malô-du-Bois, puis elle est arrivée à La Mignarderie, dans ce repaire à réfractaires que monsieur Siret appelle sa « souillarde ». Chez les Siret, on fabrique du pain blanc pour la cure mais on vit de pain noir. Nul ne cherche à se fariner la goule juste pour avoir la mine avantageuse.

La vieille demoiselle est-elle sourde ? Elle ne répond pas à mes curiosités... Sans doute parce qu'elle s'interroge sur mon compte et peut-être parce qu'elle a appris l'échauffourée des moulins de la noce. Elle se méfie de tout le monde, elle voit des concordatistes partout.

À ce que laisse entendre monsieur Siret, elle détient beaucoup de secrets. Parfois elle reçoit la visite de messagères qui sortent de leur jabotière des petits billets, écrits à l'encre sympathique. Je comprends très vite d'où vient cette personne de haute lignée : elle appartient à une famille d'officiers, où on a toujours payé *l'impôt du sang* depuis la Croisade, la famille La Rochejaquelein. Elle cultive le souvenir de feu Henri, son héros de neveu, mais elle est aussi la sœur d'Auguste, qui est en prison. Il a été appelé le 27 mai 1809. Ayant refusé de reprendre du service, alors même qu'il était dans son droit, il a été arrêté. À l'âge de vingt-six ans, il est toujours retenu dans les geôles de l'Empire, sans motif. Prisonnier sans être inculpé. Le ministre lui a expliqué en personne qu'il serait maintenu en captivité tant qu'il n'accepterait pas de redevenir officier d'active. L'alternative qui lui est offerte revient à lui offrir le choix entre la geôle ou le galon… détenu ou promu. L'Empereur a résolu de prendre ainsi en otages les officiers du Roi, dans le seul but d'entraîner la piétaille derrière lui dans ses confrontations armées avec toute l'Europe.

La chair à canon manque. À mesure que passent les années, les guerres incessantes obligent les autorités à presser le mouvement des levées de conscrits. La classe 1809 a été convoquée dès le 1er février 1808 ; c'est la classe à laquelle appartiennent Coutance et Funfunse, les deux frères de Rousille qui ont refusé d'obtempérer et qui vivent comme des taupes dans les revers de terre des Alouettes. Ces deux réfractaires m'ont sauvé la vie, en bas des vergues, au soir de la noce, je ne l'oublie pas ; on leur apporte à manger de temps en temps dans leur gîte, sous la fougère.

Un soir, à la veillée, mademoiselle de La Rochejaquelein nous révèle que les préfets ont pris un arrêté pour enjoindre aux maires de faire arracher toutes les haies à clandestins, le long des grandes routes. Elle nous lit l'arrêté, il confine à l'absurde : *Les propriétaires ou métayers devront remplacer les haies par une clôture fermée de deux traverses soutenues par des pieux.* Le nouveau régime ordonne ainsi aux paysans de devenir une police de supplétifs. Ils n'ont plus le loisir de battre les fourrés pour chasser la perdrix mais l'obligation de raser les haies pour dénicher les insoumis. Bientôt on va proscrire les nids dans les arbres au motif que les oiseaux sont des agents à plumes espagnols ou autrichiens.

Le maire que je suis va-t-il exécuter les instructions de la préfecture si on lui donne l'ordre d'arracher les buissons des métairies à Sainte-Florence ? Et que dira Louise si je m'emploie, dans ma fonction, à faire couper ras les halliers de La Tanchaire ? Le prix à payer pour garder mon poste de maire pourrait devenir exorbitant...

Quelques jours plus tard, Rousille me donne à lire le mandement en réponse de monseigneur de Coucy – le ci-devant évêque de Luçon : *Cachez-vous comme l'enfant de la crèche. La désertion est un devoir.* C'est un appel à retourner au terrier... Les chemins creux retrouvent leur fonction d'asile. Le nombre des insoumis ne cesse de croître...

La Pibole me sent tourmenté. Elle-même peine à cacher ses mauvais pressentiments devant tous ces nuages qui s'affolent au-dessus du chaume. Elle refait mes pansements. La blessure des moulins de la noce ne guérit pas. Je sens que ça me zague jusque dans le cou-de-pied. La plaie a pris une drôle d'allure, elle s'est infectée, ma jambe enfle, je bouïtouse à moitié. Rousille m'applique des compresses de feuilles de choux-rèbes. Pour m'arracher un sourire, elle en appelle au souvenir des vieilles croyances et des pèlerinages de son enfance :

— T'aurais dix ans de moins, on t'emmènerait à La Grainetière, guérir tes rognes !

Mes *rognes* ? Elle me confie que, dans la famille Siret, depuis longtemps, on invoque le fameux *saint Rognou*, cette haute figure de guérisseur de boufioles. Il suffit d'aller, là-bas, effleurer le gisant de granit pour effacer les égrafignures qu'on a sur le corps... Je lui souris...

Mais je n'ai guère le temps de m'apitoyer sur ma pauvre jambe. Car, le soir-même, Rousille m'annonce que je suis convoqué à la cure pour le lendemain matin. C'est sans doute pour les bans. Je m'y rends en bouïtousant du pied gauche, mais sans traîner, le cœur chargé d'angoisse prémonitoire.

Le curé Béneteau m'attend sur le seuil, il m'accueille d'un air sévère et peu avenant. Il a le sourcil épais, le regard bleu limpide et intransigeant, les joues creuses et la soutane toute abouchounée. Il pose sa barrette sur l'accoudoir d'un prie-Dieu de velours rouge, avec un formalisme inquiétant ; il se débarrasse la gorge et me fixe dans les yeux :

— Monsieur, nous n'allons pas perdre notre temps en civilités de comice… Voilà : ce que j'ai à vous dire n'est pas agréable, mais je dois faire mon devoir – mon devoir de prêtre de la Sainte-Église… J'ai un problème avec vous… pour les bans… Peut-être le savez-vous déjà…

— Oui, j'ai entendu dire… Il y a, dans le pays, des oppositions. Certains paroissiens pensent que c'est un mariage de convenance. Mais, monsieur le curé, je vous réponds ceci : entre la meunerie et… la lutherie, il n'y a pas de… rapport d'intérêt… Un métayer peut choisir une métayère parce qu'elle a un champ qui l'arrange. Mais pour un violoniste, l'acquisition d'un moulin à farine n'est pas d'un grand secours symphonique… Vous ne croyez donc pas à la sincérité de mes sentiments ?

— Si… si… bien sûr… D'ailleurs, je ne suis pas là pour sonder les cœurs… je porte plutôt mon attention sur la profondeur de votre croyance… je ne connais pas l'ardeur de votre foi…

— Eh bien, monsieur le curé, il faut que vous le sachiez… Dans mon for intérieur, je tiens au chaud les indisciplines d'un rebelle… Je pourrais vous raconter… la conscription… les registres paroissiaux… Je n'ai rien… vraiment rien contre la *Petite Église*…

— D'abord, on ne dit pas « la Petite Église » – elle n'est pas *petite* – c'est l'Église fidèle – la Grande –, et puis permettez-moi de vous dire que la question n'est pas là. Vous êtes maire, n'est-ce pas ?

— Oui… De Sainte-Florence. Et alors ?

— Les maires sont nommés… Choisis par le pouvoir… Ils sont des préposés… Le Corse les appelle même ses « domestiques ».

— On me reproche plutôt l'inverse… On m'accuserait volontiers de… ne pas tenir… le balai… de manière impériale…

— Mon fils, nous ne sommes pas là dans un concours de faconde, sous un préau de kermesse… Écoutez-moi bien… Je reprends : vous êtes maire, vous avez été nommé, vous exercez une fonction publique qui vous désigne, aux yeux de vos concitoyens, comme mandataire du régime que vous servez. De par votre statut, vous n'êtes qu'un commis ordinaire aux humeurs absentes, le fil de vos pensées est un filet d'eau claire, vous êtes transparent ; et ce qu'on lit à travers vous, c'est la Loi d'un autre, cette loi vous possède en quelque sorte, même si c'est à votre corps défendant. Vous en êtes le miroir et le porte-étendard. Votre mission, par-delà ce qui peut, comme vous le dites, nourrir les indisciplines de votre for intérieur, est de faire appliquer les résolutions du sommet de l'État, c'est bien cela ?

— Mais j'ai mon propre jugement. On m'a même fait grief d'être *neutre*, de n'être pas assez *engagé*…

— Ce qu'on peut vous imputer à charge, à l'heure où nous sommes et compte tenu des événements, c'est plutôt le contraire, de n'être pas… *dégagé*…

— Monsieur le curé, j'ai appris au catéchisme que l'Église ne retenait que les fautes personnelles, intentionnelles, celles qu'on commet en conscience. Moi, ma conscience ne me paraît pas entachée par la faute de mes commettants, fussent-ils des autorités supérieures…

— Certes, mais l'Église ne peut accepter non plus le jeu trouble des postures ambiguës…

— Monsieur le curé, pardonnez-moi, j'ai de la peine à vous suivre. Toute ma famille me fait le reproche de n'être *pas assez* concordataire et vous, vous me reprochez de l'être *trop* ?

— Ce que je dis n'est pas de l'ordre du reproche… mais du simple constat…

— Vous constatez quoi ? Je suis un petit maire de l'Empire… voilà tout…

— Eh bien, justement…

La conversation s'arrête un instant. Alors le curé Béneteau soulève une chemise à mon nom, qu'il a attiré à lui d'une main leste et sur laquelle, depuis le début de l'échange, il appuyait ses deux poings fermés comme pour me signifier que le corps du délit était à l'intérieur. L'épaisseur de la chemise ne me dit rien qui vaille… Il tire la sangle et l'ouvre :

— Monsieur le maire de Sainte-Florence, vous êtes un des valets du *premier divorcé de France*... On pourrait même dire, si la situation nous autorisait un trait d'humour, un *valet de chambre.*

— Mais... Monsieur le curé... Mon for intérieur n'est nullement entamé... Je ne fais qu'obéir aux instructions. Je n'y mets guère – croyez-le bien – de zèle particulier. Je ne suis que le dernier maillon de la longue chaîne du commandement d'une hiérarchie...

— Oui, mais le maillon que vous représentez est, en quelque sorte, irradié, infecté par la longue chaîne d'un scandale d'État. Et ce scandale vous a traversé, il est passé par vous, du fait de votre tacite approbation, votre silence d'acquiescement... Vous auriez dû remettre votre mandat et démissionner plutôt que de prendre le risque d'endosser, voire de légitimer, la décision de votre maître, au sommet de la hiérarchie, qui a rompu avec l'indissolubilité et répudié l'impératrice Joséphine que vous avez vous-même célébrée aux Quatre-Chemins avec des proclamations lyriques et des arcs fleuris. Quel exemple pour les enfants !

— Mais... Si vous me permettez de jeter une pierre dans le jardin de votre cure... L'Église, elle-même... a endossé la décision lourde dont vous parlez, elle a organisé, l'an dernier, une cérémonie solennelle pour le nouveau mariage impérial dans la chapelle des Tuileries... Il y avait même, à ce qu'on nous a dit, force prélats.

— Hélas, oui... Ce qu'on vous a rapporté est exact : il y avait effectivement treize cardinaux pour marier l'Antéchrist...

— L'Antéchrist ?... Vous voulez dire... Napoléon Premier ?

— Oui... Napoléon *Buonaparté*... Celui qui entend que tout plie devant sa volonté : le pape, la morale, les cardinaux... Quand je pense que les évêques de France ont ordonné de faire chanter, à la fin de chaque grand'messe : *Domine, salvum fac imperatorem* !... Autant prier pour le diable... Quelle époque ! Le père *usurpateur*... et bientôt... le fils *pape* !

— Le fils pape ?

— Oui. Le « roi de Rome », comme on l'appelle en haut lieu... Pourquoi croyez-vous que l'Usurpateur a ainsi affublé son fils d'un tel titre ? Pour marquer sa souveraineté et sa suprématie... D'ailleurs, ce pauvre Pie VII, après avoir été entraîné par sa faiblesse à toutes les abdications, a quand même fini par se rendre à la raison : il l'a excommunié...

— En quoi le petit maire que je suis aurait-il failli ?

— Le petit maire, comme vous dites, est désormais l'employé subalterne d'un grand pécheur... qui n'est plus dans l'Église... Je le répète, vous, Jean Rogronille, vous êtes en quelque sorte le valet de chambre d'un excommunié. Vous tenez la chandelle, à bout de bras, fût-elle un lustre à facettes. Comme tant d'autres élus... Depuis Austerlitz, vous, les maires soi-disant catholiques, vous avez tout accepté.

— Mais quoi donc ?

— Vous avez obligé les prêtres à lire les bulletins de victoire de la Grande Armée dans les églises. C'est une intrusion intolérable de la puissance laïque dans l'ordre des fins dernières… que de faire reprendre ainsi des chants de guerre, des « *Tue-les-hommes* »…

— Vous voulez dire des *Te Deum* ?

— Pardon, c'est un lapsus… que… d'ailleurs… j'assume…

— Mais c'est l'Église qui a accepté cela…

— Dites plutôt : l'Église *concordataire*… Qui n'est pas l'Église véritable…

— L'Église *véritable,* c'est celle des dissidents ?

— Non. On dit : les *réfractaires*.

Le curé suspend l'échange un instant, il tourne les pages de sa chemise gourmande. Il semble très bien renseigné. Les charges sont précises et circonstanciées : il m'impute d'avoir fait appliquer dans ma commune le décret établissant la nouvelle solennité à célébrer le 15 août, le jour de la fête de l'Assomption, pour la « Saint-Napoléon ». Le pire est à venir, je le pressens…

XXXII

Je reviendrai la chercher

L'atmosphère de la cure est de plus en plus lourde. Le curé Béneteau considère comme un véritable *péché mortel* d'avoir diffusé et fait réciter par cœur dans les écoles de Sainte-Florence le « catéchisme impérial ». Il exhume, parmi les pièces de son dossier, le petit livre où il a pris soin de cocher la page qu'il va bientôt me lire :

— Écoutez ce qu'on fait apprendre aux enfants, sous votre magistère, dans votre commune ; ils appellent cela « le nouveau catéchisme ». Lisez avec moi :

> *Question : De qui les chefs des États tiennent-ils leur autorité ?*
> *Réponse : De Dieu.*
> *Question : Quels sont nos devoirs à leur égard ?*
> *Réponse : Nous devons les aimer, les révérer, leur obéir et considérer en eux les* images *de Dieu et les* dépositaires *de sa puissance sur terre.*

Le curé Béneteau répète plusieurs fois le mot *dépositaires*. Il lève les yeux au ciel. Je tente de me défendre.

— Monsieur le curé, je connais comme vous ce serment civique. Mais lorsque monseigneur Paillou, l'évêque de La Rochelle, notre évêque, est venu, le mois dernier, pour une visite pastorale à Sainte-Florence, je me souviens très bien de ce qu'il a dit en chaire, en serrant sa crosse diamantée de reliques. Chaque mot est resté gravé dans ma mémoire, et surtout l'envoi : « Nos chers frères de Vendée, vous avez été les premiers à goûter le fruit précieux de la bienveillance du héros qui nous gouverne et qui a fait grâce de son nom à notre chef-lieu. N'oubliez jamais les marques qu'il vous donne de sa protection spéciale. Vous lui devez l'affection *en toutes circonstances.* » Vous avez bien entendu, monsieur le curé : « l'affection *en toutes circonstances* » ? C'est plus qu'une quelconque obéissance. Alors je n'ai rien fait d'autre qu'obtempérer…

— Mais l'évêque de La Rochelle pense ce qu'il veut… Sa parole serve ne nous importe guère… Ce qui compte, c'est d'être dans l'Église véritable, celle du Bien…

— Du Bien ? Ah oui… du Bien ! Mais le bien, comme vous dites, ne commence-t-il pas par celui… des pauvres gens ? Monsieur le curé, je vous le dis avec mon cœur : dans la misère où vivent nos concitoyens, je considère qu'il est du devoir des maires, pour relever les ruines, de chercher à tirer avantage d'une proximité affichée avec le pouvoir en place, quels que soient les sentiments qu'on peut par ailleurs entretenir par-devers soi. Si on peut glaner des sous sur le passage des puissants, c'est le devoir d'un maire de soulager ainsi ses compatriotes. Il n'y a pas d'autre honneur pour un mendiant que de survivre. Et pas d'autre honneur pour un élu que de secourir… Regardez le nombre de clochers que, depuis son passage en Vendée, nous avons restaurés sur la bourse personnelle de l'Empereur : Mouchamps, Montaigu, Saint-Fulgent…

— Ce que vous me dites relève de la casuistique des loges qui ont fait la Révolution : « Peu importe la religion, pourvu qu'on ait le miel, l'or et l'abondance ! Peu importe que les âmes meurent de soif, pourvu qu'on ait le gosier flatté d'élixir ! » Mon Dieu !…

— Ce n'est pas moi qui dis cela, c'est notre évêque.

— Vous dites à nouveau « votre » évêque ? Vous êtes donc concordatiste ?

— Non. Mais je comprends ce qu'il a voulu dire. Et cette querelle d'Église ne concerne pas le pouvoir laïc. Et puis, je vais vous faire un aveu : je ne saisis pas très bien ce qui sépare vraiment les deux Églises.

— Eh bien, c'est très simple : il y a l'Église catholique, apostolique et romaine et l'Église concordatiste, qui, elle, est vicieuse et schismatique. On nous appelle « la Petite Église », mais, en réalité, nous ne sommes petits que par la taille et l'humilité de ceux qui La servent… Notre Église est le refuge des esprits libres, dégoûtés de la servilité des personnages officiels. Nous sommes fiers d'être le « Petit Reste ».

— Le « petit reste » ? Le petit reste *de quoi* ?

— Le « Petit Reste saint du peuple de Dieu » au sens des promesses eschatologiques de la Fin des Temps. Nous y sommes, ou presque…

— Mais se croire ainsi désigné par la Providence, comme sentinelles d'avant-garde de l'Apocalypse, n'est-ce pas une forme… d'orgueil ?

— Il n'y a d'orgueil que dans l'infidélité…

— Pardonnez-moi, monsieur le curé, une question plus personnelle : je sens bien votre zèle. Mais en quoi seriez-vous plus fidèle que les prêtres concordataires qui ont obéi les yeux fermés en chassant de leur âme les affleurements du doute et de la vanité ?

— Je vois que vous ne connaissez ni mon passé, ni mes origines…

— Non, monsieur le curé… je sais seulement par ma promise, Rousille, que vous êtes natif de Saint-Malô-du-Bois.

— C'est cela… Je viens d'une famille d'un extrême dénuement. J'ai jugé en conscience que je ne pouvais pas prêter serment justement pour être fidèle à ce dénuement, qui est notre seule richesse… Les orgueilleux, eux, ont choisi la religion en place. Depuis 1793… je vis en marge de la société, je suis traqué… J'ai refusé le premier serment à la République, j'ai refusé le second au Consul. Je vis comme un cherche-pain, je vais de métairie en métairie, porter la parole. Je n'ai ni boisselage ni revenus. Je me sustente par l'aumône au jour le jour. Je sais ce que c'est que de vivre comme un réprouvé. Mais je ne céderai pas. Je n'accepte pas ce qui se passe dans notre pays : l'apostasie est partout. Ils nous changent la religion, celle de nos aînés, celle de la messe en forêt, celle des martyrs, celle de tous les temps. Et ils voudraient nous faire passer – nous autres – pour hérétiques, alors que c'est nous qui maintenons le flambeau de la Tradition. Je ne veux pas me renier…

— Vous renier ?

— Oui : renier mon enfance… renier l'Église de mon enfance, celle qui m'a donné la foi.

— Il n'y a rien de changé dans l'Église : il y a toujours la messe, les évêques, les rituels…

— Les rituels ? La plupart des fêtes d'obligation ont été supprimées : l'Épiphanie et la Fête-Dieu ont été rayées du calendrier… Rien de changé ?… Les constitutionnels absous, les biens d'Église abandonnés aux mains de leurs injustes acquéreurs, les jureurs d'hier promus à l'épiscopat, l'obligation pour les prêtres de bénir le second mariage des divorcés, la déchéance ecclésiastique des prêtres dépositaires légitimes des traditions chrétiennes… Rien de changé, dites-vous ? Aujourd'hui, tout nous incline à demeurer *dans la maison du Père* : les événements, les excès, l'asservissement des concordatistes, le soi-disant restaurateur, envoyé de Dieu, qui devient le fossoyeur de la religion, le pire des mécréants…

— Vous n'avez pas peur de vous retrouver seul ?

— Non, pas vraiment. Je me satisfais de dire tout haut ce que beaucoup de mes confrères du Concordat disent désormais tout bas. Le malaise grandit… Tenez… Je vais vous apprendre la dernière décision dont j'ai eu connaissance ce matin même. Il s'agit d'un décret, publié la semaine dernière, en date du 11 novembre 1811 : il édicte la fin du recrutement des prêtres ; le petit séminaire de Chavagnes est supprimé… J'imagine la tête du père Baudouin, son créateur, qui célébra le Corse sur la route de Saint-Fulgent en 1808 avec des arcs de triomphe dressés par ses séminaristes.

— Et vous pensez que la grande masse de la population va vous rejoindre ?

— Oui… car nous sommes l'Église des pauvres… Les possédants sont pour le concordat ; les petits bordiers qui labourent les champs d'autrui s'en détournent, ils remplissent nos oratoires. La police a bien moins de prise sur des hommes de cette classe que sur des propriétaires que leurs intérêts retiennent dans le devoir, parce qu'ils ont quelque chose à perdre. C'est pareil pour les conscrits : pour trouver un remplaçant après le tirage au sort, il faut verser au moins trois mille francs. Seuls les riches ont les moyens de se payer la dispense. Quant aux prêtres, ils ne peuvent être ordonnés que s'ils justifient d'une propriété produisant au moins un revenu annuel de trois cents francs. Pour être desservant dans une paroisse concordatiste, désormais il faut ętre riche. On s'éloigne de l'Église des origines…

— Et pour se marier, il faut passer sous quel porche ?

— Je ne comprends pas votre question…

— Je veux dire, sous le porche de quelle Église ? la petite ou la grande ?

— Justement, c'est le problème dont je voulais vous entretenir ce matin, le problème des bans…

— Monsieur le curé, inutile de tourner autour du bénitier. J'ai compris que vous alliez refuser notre mariage parce que je ne suis pas membre de la Petite Église, et – j'imagine – au nom du principe que vous ne voulez pas laisser entrer de louveteaux dans la bergerie ?

— Non, ce n'est pas cela… Mon fils, écoutez-moi bien : je ne peux pas bénir votre union si vous demeurez en état de péché mortel…

— Mon Dieu…

— Mais il y a la Miséricorde. Et donc, je ne dis pas « non ». Je dis « non, sauf si ».

— Non, sauf si quoi ?

— Si vous entrez dans l'ordre de la réconciliation, par la démission et le repentir.

— Vous voulez dire ?…

— La démission préalable à la publication des bans, pour marquer le recouvrement de votre liberté tant vis-à-vis de la puissance publique qui corrompt la religion et qui l'asservit que vis-à-vis de la secte concordataire qui verse chaque jour dans la compromission. Voilà pour la démission…

— Et pour… le repentir ?

— L'expression du regret sincère, le remords vrai de l'homme aliéné qui recouvre sa liberté intérieure… Voilà… C'est à prendre ou à laisser… Mon Église à moi n'est pas celle des accommodements avec l'esprit du moment… Je vous laisse y réfléchir… Prenez un peu de temps…

Le temps de Dieu n'est pas celui des maires… J'ai compris, il n'y aura pas de mariage.

Je quitte la cure, sonné, et même assommé. Je ne boîte plus seulement de la jambe mais de l'âme. Je ne peux pas rendre mon mandat, il me protège des poursuites… Je ne veux pas aller en prison… C'est ma fonction qui me préserve statutairement d'une inculpation, c'est elle qui garantit mon immunité ; je sais bien que le fameux dossier des registres paroissiaux pourrait ressortir à tout moment. Je suis tenu… Ma démission serait un signal pour lâcher les chiens.

Mais je ne peux rien dire à ma promise sur la raison secrète de mon impossible soumission aux ordres du curé. Je crains que la Pibole ne mette la rupture de nos accordailles sur le compte de mon cœur d'artichaut.

Revenu à la « souillarde », je la vois qui pleure à chaudes larmes. Elle a déjà tout deviné. Inutile de tourner autour de la chaudraïe. J'y vais au gros sel :

— Les bans sont retirés… Il n'y aura pas de bénédiction… pas d'union… Je partirai demain matin… Dis-le à ton père…

— Et tu vas retourner… à Montaigu ?

— Non, je vais aller… à Napoléon. Le secrétaire général, Cavoleau, m'attend à son bureau. Il a eu vent de la situation… Et d'ailleurs, il voulait me rencontrer à la préfecture depuis longtemps. Je verrai bien ce qu'il a à me dire… Je ne t'oublierai jamais. Je suis prêt à faire le tour de la Terre pour revenir vers toi… Tu es la promesse de mon cœur, le violondaulne de mes romances secrètes… Les musiques passent mais, toi, tu resteras le refrain de ma vie. J'ajouterai chaque matin une harmonique à ton souvenir… Jusqu'au jour du retour… Attends-moi au pied de ton moulin…

Elle me serre dans ses bras de toutes ses forces. Elle refuse que je parte… Elle veut partir avec moi. C'est un déchirement. J'hésite… Non, ce n'est pas possible. Je lui promets dix fois de la retrouver un jour. Dès que j'aurai pu m'établir quelque part… Je reviendrai la chercher. Pour l'heure, il faut laisser le joug à l'écurie. L'attelage se défait. L'ambiet a lâché. Nous voilà désacoubiés.

Je pars à Napoléon sans rien. J'ai laissé Presto et Allegro, mes deux griffons, à Montaigu, en pension chez Rabat l'Égail. Il les vendra à la foire aux chiens errants, Place du Marché.

Je n'ai plus de quoi entretenir ma monture, le fourrage est trop cher. Je la laisse à La Mignarderie. La Pibole en fera son affaire. Je reviendrai chercher plus tard le cheval et la cavalière… J'abandonne aussi mes instruments buissonniers. Je m'en vais à pied jusqu'à Napoléon, je deviens, en cet instant, une sorte de marchand de quenouilles qui avance le pied charnu, la tête lourde, sans savoir le matin où s'abriter le soir…

Je vais de barge en barge jusqu'au chef-lieu, toujours en chantier…

Je traverse les quartiers tout neufs… De ma vie, je n'ai jamais vu le genre de bâtiment qui se trouve juste en face de moi, la maison du préfet. Elle était en construction lors de la visite impériale du 8 août 1808…

Mon sort ne m'appartient plus. Il dépend des hommes de l'Empereur. Pour eux, je suis un *paria*, ils se disent et se répètent, je le sais : « Demain, nous allons recevoir le *jean-foutre* de Sainte-Florence… » Il leur suffit d'un claquement de doigt pour sceller mon avenir. Mon destin est celui d'un laquais de préfecture. *Requiem* pour le violondaulne… Adieu à mes fortunes imaginaires !

XXXIII

Le petit caporal des cordes frottées

Il aura suffi d'un porche en fer forgé, rehaussé de feuilles d'or, pour me faire changer de monde. Loin des caillebottes, des bouses et des humeurs calleuses !

Après quelque lieues de marche à pied, je suis passé du torchis à l'acajou. Dès le vestibule d'entrée, je me suis senti étranger à mes bois familiers de menuiserie ordinaire de Grasla et au rigolis de purin des enfances de La Tanchaire. Ici, on dépose le pas, les tapis enfoncent, ils sont faits pour les pieds fragiles, citadins ; les meubles viennent de Paris, ils ont été vernis de liqueur maniérée. On est pris dans les volutes, on zague, on n'est plus sur la terre ferme…

Au premier coup d'œil, j'ai compris que ce palais a été dessiné pour faire impression sur les campagnes… Un lieu de pouvoir qui intimide… On s'y sent honoré et écrasé à la fois. Petit maire sans lettres face au préfet discoureur… Je me retrouve un peu comme un violoneux qui irait frotter les cordes au pays de Stradivarius.

Je perds contenance… J'ai presque honte de mes affutiaux rapetassés. L'appariteur, qui fait grelotter sous mon nez ses chaînes d'argent criblées d'abeilles, affecte de me rassurer, avec un air de promu de la veille. Il se régale de me voir un peu perdu... Naguère, il aiguisait ses couteaux sur une meule à l'orée de l'ancienne ville – un bourg-pataugeoire où couraient les lapins, un pic de roche sur l'Yon. Le voici promu, en haut de la roche, sur le pic. C'est sa revanche.

Il m'invite à traverser l'enfilade des salons de réception, séparés par des portes doubles de bois inconnus. Je marche sous les cimaises, toutes neuves, parsemées de *N* impériaux. Un décor éblouissant, avec des plinthes de bronze, des incrustations d'amarante et de citronniers. Même au toucher, je suis incapable de faire la part du vrai et du faux marbre. La peinture semble encore fraîche. Les travaux sont tout juste achevés.

On me fait asseoir sur une petite chaise de velours près d'un guéridon, au milieu d'une grande pièce toute bleue que l'huissier a appelée « le salon de musique ». Je m'extasie devant les glaces à trumeau, ce sont des miroirs parfaits ; les murs sont ornés d'allégories de la danse et de l'harmonie. Au fond du salon, une harpe d'agrément.

Après une longue attente, la porte principale s'ouvre à deux battants. L'huissier s'efface. Je vois entrer le fameux secrétaire général du département qui vient vers moi d'un air soucieux, la tête penchée ; le torse en avant, il avale son pas, sa démarche est comme une succession de chutes rattrapées. Il a toujours cette figure de convulsionnaire, la mine allongée et l'œil fuyant que je lui connais depuis longtemps. Il est froqué comme un défroqué, c'est-à-dire mal froqué. Cela me met plutôt à l'aise…

Tous les maires lui reconnaissent de grands mérites. C'est un fonctionnaire loyal et zélé qui est en poste depuis onze ans. Il en est à son troisième préfet. Il les use sans s'user lui-même. L'essentiel de sa carrière est derrière lui. Mais quelle carrière ! À trente ans, il était curé de Péault, une toute petite paroisse de la Plaine. Il s'est engagé sur la scène politique en 1790, au moment de la proclamation de la constitution civile du clergé, à laquelle il a prêté serment dans l'euphorie. Ainsi fut-il nommé vicaire épiscopal constitutionnel. Un peu plus tard, en pleine Révolution, il saute la barrière et verse en politique ; il est bientôt élu président du département.

Je le connais bien par mes sœurs, les deux anciennes religieuses de Luçon, car elles avaient noué une belle amitié avec une ci-devant ursuline, devenue sa femme, en 1796. Au moment où il s'est déprêtrisé, on a beaucoup causé dans les paroisses.

Quand on observe de près le visage de cet homme, il est facile de déceler, derrière son sourire cireux et son regard un peu absent, un reste de componction de son ancien état ecclésiastique. Il lui reste du malheur dans les yeux. Il vous regarde toujours depuis l'âme en ses régions troublées…

Le premier préfet de la Vendée, Le Faucheux, qui m'a nommé maire il y a dix ans, a toujours vanté « le patriotisme pur et le principe de justice qui conviennent à cette place ». Même ses adversaires disent de lui, au plus profond des campagnes : « Cavoleau, l'est une *grousse carcasse* mais l'est fin quemme ine *belette.* » Le procureur l'appelle « le petit Turgot de la Vendée ».

On le sait proche de l'évêque, monseigneur Paillou, dont le dernier mandement a été négligé à dessein sur le guéridon du salon. J'ai eu le temps d'en lire trois lignes, quand je patientais. Elles sont édifiantes : *Oublions nos divisions, oublions jusqu'aux noms qui ont distingué les différents partis, pour n'être plus que de véritables amis de l'ordre et de la paix.* Visiblement, le temporel et le spirituel échangent les mêmes vœux. Il y a comme un pacte entre les deux ordres qui s'entendent comme larrons en foire…

Les premiers mots promettent un entretien cordial. Monsieur Cavoleau prend le temps de s'inquiéter de ma santé, de mes déboires à Montaigu, de mes accordailles, il prend des nouvelles de ma famille à La Tanchaire… Puis il passe à tout autre chose et s'offusque de la réticence paysanne peu compréhensible à la culture de la patate en Vendée… Je sens bien que ce ne sont là que travaux d'approche. Il ne m'a pas convoqué pour un problème de patate… Je le presse d'aller au fait :

— Monsieur le secrétaire général, pourquoi donc avez-vous souhaité me voir ?

— Cher monsieur Rogronille, je vous reçois au nom du citoyen-préfet Merlet qui m'a chargé de vous annoncer une bonne et une mauvaise nouvelle…

J'ai le pressentiment que la bonne n'est sortie d'une manche que pour mieux faire passer la mauvaise, qui est dans *l'autre* manche. Il tergiverse, agite le bras et vide la première manche :

— Nous n'avons pas de grief particulier à vous faire en tant que maire ; votre réputation de *neutralité,* qui vous est souvent reprochée, rejoint même, à travers mon parcours, le fond de mes convictions personnelles. Vous le savez, contre vents et marées, chacun des maires reconnaît ma constance : j'ai toujours tenu ma ligne... Je suis un *modéré*... La *neutralité* est une forme d'obéissance civique à l'esprit public qui aspire au juste milieu. Le problème n'est pas là...

— Où est donc le problème, monsieur le secrétaire général ?

— Eh bien, il tient au bruit qu'on entend partout au sujet de votre personne, depuis trois ans, aux quatre coins du département et qui est remonté jusqu'au ministère. Il y a trop d'écume autour de vous. À Paris, ils ne veulent pas de vagues. Votre personnalité suscite des troubles qui encouragent l'insoumission. C'est la raison pour laquelle, avec la solennité d'usage, nous vous demandons ce matin, au nom du ministre, de faire un geste civique... Voici l'arrêté...

— Un geste civique ? Vous me révoquez, c'est bien cela ?

— Non, justement... Nous préfèrerions que le geste vînt de vous... Vous pourriez remettre spontanément votre mandat à la disposition de l'État.

Le silence qui suit est pesant. On me demande de partir... Je n'ai pas à discuter la décision : un maire nommé peut être renvoyé à tout moment, c'est la règle. Mon poste est à la discrétion du pouvoir. Seulement, je sais que, par le fait même de cette démission, je viens de perdre *mon immunité judiciaire.* Un maire échappe à la justice. Il est irresponsable devant les tribunaux, protégé par sa fonction, tout le temps de son mandat… Le préfet veut pouvoir dire que c'est moi, spontanément, qui ai remis ma démission à la préfecture pour tuer dans l'œuf tout mouvement d'humeur. Je redeviens donc un simple citoyen, *inculpable* à souhait…

— Monsieur le secrétaire général, je n'ai pas à commenter cette mauvaise nouvelle. La décision des pouvoirs publics est souveraine. Mais vous avez parlé à l'instant d'une mesure… compensatoire…

— Non, pas « compensatoire » ! J'ai parlé d'une « bonne nouvelle » et je vous demande de croire à notre sincérité… C'est beaucoup mieux qu'une compensation… C'est une faveur impériale et même, comme on aurait dit jadis… une sorte de « privilège » statutaire. Je vous appelle à vous installer comme le « luthier de l'Empire » du nouveau chef-lieu, dès demain matin. Vous bénéficierez du décret impérial sur les aides de l'État, elles sont pour le moins substantielles. La lutherie de Fontenay – l'ancien chef-lieu déchu – vient de fermer ses portes. Or c'est une question de prestige élémentaire pour la ville de Napoléon que de compter, dans l'éventail de ses joyaux, un magasin de musique savante. Il y va de sa mission civilisatrice pour changer les mœurs de ce pays de mares stagnantes et de chats huants où nous souhaitons diffuser les arts et, par les plaisirs de l'œil et de l'oreille, répandre les Lumières…

— Monsieur le secrétaire général, cette proposition m'honore, bien sûr, mais je n'ai pas envie de revivre l'expérience cuisante de mon atelier buissonnier à la sous-préfecture de Montaigu. Napoléon n'est qu'un gros bourg, encore crotté sur les pourtours. Il n'y a pas plus d'habitants dans cette bourgade qu'à Montaigu. Et ce ne sont pas des acheteurs de violons... plutôt des gens de lustrine, des clients pour les plumes d'oie et les encriers à paraphes...

— Vous vous trompez, Rogronille... Ce sont des gens évolués, curieux d'esprit, je veux dire des *fonctionnaires*. Ils perçoivent un traitement fixe et à vie, ils promènent dans la ville une bourse sûre et bien arrondie. Avec leurs mains blanches, ils s'adonnent plus volontiers au loisir d'intérieur qu'à la coupe de bois en forêt. Ils appartiennent à la civilisation de l'ouverture, ils sont tournés vers les arts d'agrément.

— C'est une classe désargentée, qui vit dans des maisons basses en pisé...

— Le pisé n'est pas incompatible avec les cordes... Beaucoup d'agents publics espèrent gravir en musique les marches d'accès aux grades supérieurs. Et puis il y a une foule d'entrepreneurs et d'aventuriers qui se présentent chaque jour à la grille de la préfecture, soit pour arrenter des terrains à l'effet d'y bâtir, soit pour des spéculations de commerces de tout genre. Beaucoup d'artisans aisés s'installent dans les arts mécaniques de première nécessité ainsi que dans la fabrication d'étoffes et d'instruments aratoires. Il n'y a presque plus de terrains disponibles... La dynamique est là... Je vous le répète, cette ville a pour but de civiliser la Vendée, de l'arracher à ses torpeurs. Et puis c'est une place militaire, avec une garnison, un théâtre, bientôt un lycée ; il y aura donc des professeurs, des magistrats, autant de gens qui *pensent*, qui ont des vues larges, qui caressent le crin et cherchent à s'élever dans les aigus, par souci d'avancement. Tout cela va tirer la ville vers le haut. Il y aura prochainement une raffinerie d'avant-garde – de sucre de betteraves –, voulue par l'Empereur lui-même. Nous sommes en train de construire une ville de progrès et d'industrie ; et surtout l'Yon va devenir un fleuve navigable. On viendra peut-être depuis l'Angleterre et l'Espagne, par l'océan, à Napoléon, assister à des concerts…

— Pardonnez-moi, monsieur le secrétaire général, mais la mariée me semble un peu trop belle. Et les échos qui me sont parvenus ne sont pas tout à fait ceux-là. On m'a dit que se sont mêlés aux boutiquiers tranquilles beaucoup de forçats libérés et de malandrins, avides de fuir les coins de pays où ils se sentaient trop connus. Ils ont transporté ici leur esprit de rapine. Napoléon serait peuplée de gens sans aveu.

— Comment pouvez-vous soutenir une telle allégation ?

— Eh bien, c'est monsieur Tortat, l'huissier de Montaigu, qui m'a révélé que le premier métier, à Napoléon, est celui d'huissier. « Quand on a choisi cette profession d'auxiliaire de justice », m'a-t-il confié, « c'est là qu'il faut s'installer, à cause des nombreuses saisies-arrêts et des chicanes entre voisins mal dégrossis qui, depuis leurs petits jardins, se jettent leurs bêches en pleine figure. » Je ne suis pas d'avis que cette ville puisse connaître demain les affinements dont vous me parlez. D'ailleurs, il n'y a que mille huit cents habitants, moins qu'à Mortagne.

— D'après nos calculs, la ville en aura bientôt douze mille…

— Ah, ah… Et quand ?

— Dans un temps certain.

Voilà bien la réponse d'un sous-préfet : il est péremptoire, emphatique et… flou, il se sert de ses mains pour dessiner de grandes perspectives imaginaires.

Malgré tout, j'hésite. Les aides du décret sont alléchantes : tout propriétaire qui rebâtira une maison détruite pendant la Grand'Guerre sera exempt de contributions pendant quinze ans et recevra une prime du quart des frais de construction. Le secrétaire général sent que je fléchis, il insiste :

— Monsieur Rogronille, je vous invite à vous projeter dans le temps. Ce « gros bourg » – comme vous dites – porte le nom – c'est une grâce – de celui-là même qui a secrètement confié au corps préfectoral, il y a tout juste une semaine, à Paris : « dans trois ans, je serai le maître du monde ». Bientôt il aura mis la Russie sous sa botte. Vous savez, le boulet qui l'abattra un jour n'est sans doute pas encore fondu… Nous le croyons invincible… Par moments, si vous me permettez un trait d'humour, je me dis, en repensant à mes études bibliques au séminaire : Dieu créa Bonaparte et se reposa…

— En quoi les victoires de l'Empereur vont-elles encourager la pratique du violon au chef-lieu de ce département ?

— Eh bien, l'éclat de ses prestiges rejaillira sur toutes ses créations : cette ville en est une. Bientôt il fera bon se dire « de Napoléon ». Tous les métiers de luxe et d'agrément rêveront de s'y installer. Je ne saurais trop vous conseiller de vous glisser dans son aura, archet en main. On a traité l'Empereur, au début – souvenez-vous –, de « petit caporal ». Soyez donc vous-même le « petit caporal des cordes frottées ». C'est une belle ambition et sans doute une belle destinée. Aidez-nous à faire de cette ville, pour les temps de paix à venir, la Crémone ou la Mirecourt des violes d'amour de l'Europe que nous sommes en train de construire.

Son éloquence donnerait le tournis à un régiment de petits archers désaccordés. Je comprends, en l'écoutant, qu'il n'est pas dans un exercice de charité mais que je fais partie d'un plan dont il a la charge pour faire rayonner la ville naissante. Il y joue sa carrière. Il a ordre d'installer, dans le pentagone autour de la grand'place, une trentaine de commerces appelés, par leur propre lustre, à flatter la réputation de la ville qui porte le prénom du premier violon de l'orchestre.

L'échange est interrompu par l'appariteur. Cavoleau prend congé et m'appelle à réfléchir quelques jours…

XXXIV

Les anciennes inculpations sur le haut de la pile

Un peu émoustillé par la proposition de cet homme si influent, je parcours à pied toute la ville. Pour humer l'atmosphère. Je contourne les corderies sur les contre-allées des boulevards. Ce sont des quartiers rudes, bruyants, inélégants. Je passe entre les maisons serrées les unes contre les autres, plantées pêle-mêle, qui présentent un pignon à la rue. Sur leur façade, tout fait saillie. J'hésite entre la rue d'Ecquebouille et la place de la Vieille-Horloge…

Quelques jours plus tard, le secrétaire général revient à la charge. Il me fait comprendre que mon installation comme luthier impérial dans le quadrilatère qu'il me désigne vaudrait amnistie du crime de destruction des registres paroissiaux. Le mariage avec Rousille Siret redeviendrait possible… Il me propose d'héberger le magasin au cœur de la Grand'rue, dans l'ancienne mairie, en cours de déménagement. Elle était logée dans une chapelle désaffectée qui accueillait la municipalité pendant la période révolutionnaire. Son aspect général est remarquable : la taille de la voûte qui surmonte le portail de l'entrée et la présence de deux bancs de granit destinés jadis à l'aumône la lestent d'un cachet historique qui donnera à mes instruments l'hospitalité de la vieille pierre et l'authenticité des hautes factures anciennes. Une dernière hésitation, et je saute le pas.

Je vais donc changer de métier, passant de l'improvisation buissonnière à la ménestrie savante. Je connais mes lacunes. J'ai longtemps travaillé de routine en répétant des gestes simples sur des bois apprivoisés... L'oreille ne suffit plus...

Je prends mon baluchon et j'entreprends d'aller faire provision de nouveaux savoir-faire dans les villes de haute lutherie ancienne, celles que Cavoleau a citées et d'autres, plus modestes, comme La Couture-Boussey, d'où vient le fonds d'instruments que j'ai récupéré, rue des Loges, à Fontenay, dans les réserves du magasin de lutherie en faillite.

Trois mois plus tard, je suis de retour à la Grand'rue. Sans tarder, je me mets à l'ouvrage. Nouveau départ dans la vie. Je m'inspire des recommandations de l'abbé Sibire et de son *Manuel du parfait luthier*, paru il y a cinq ans. À Crémone, chaque artisan construit entre trois et six instruments par an. C'est lent, c'est long, c'est une ascèse. Le « petit caporal » est retourné à ses bois. Comme me disait Rapiessou d'un mot douteux : « Tu es sciure et tu retourneras à la sciure. »

J'affûte mes outils. Je fais chanter la gouge sur les éclisses. Je croyais tout savoir, je découvre chaque jour comment répartir avec subtilité le fardeau des bois en équilibre. Bientôt j'entends, au toucher, des sonorités chaudes, riches en harmoniques, inédites dans mon ancien métier buissonnier un peu fruste. Mon oreille, toujours aussi précieuse, me donne à en percevoir tout le drapé : quand j'entends une note, j'en entends cinquante. La richesse du timbre me semble antinomique avec la puissance, la granulosité, la texture…

Je profite des vertus de l'épicéa, loin des rusticités du pin pinaï de Montaigu. La pousse d'hiver est plus dense, la pousse d'été est plus large, plus claire et plus tendre. L'épicéa sonne sombre, l'ébène sonne très aigu, le sycomore ondé, flammé, est entre les deux, il chatoie dans le vernis. Désormais, je fais un métier de nuance, de précision, de haute patience et de doigté. J'apprends aussi, au contact de mes œuvres plaquées sur le pavillon, que la brillance et la puissance se contredisent. Il faut choisir. En fait, un luthier est toujours dans l'entre-deux, dans la nuance…

Le fruit de mon ouvrage est inattendu : les violons de ma production ne sont jamais pareils. Chacun a sa personnalité. Ils ont leur part d'humanité, chaque instrument sonne à sa manière mais je remarque – ce n'est pas un hasard – que tous les noms qui leur sont donnés relèvent de l'imitation du corps humain : on leur perce des *ouïes*, on leur dessine des *yeux*, on leur sculpte le *talon*, et puis, dans le métier, on dit même qu'ils ont une *âme*, cette petite planche de bois qui va permettre de régler la voix de l'instrument, de le désenrouer. Je tourne sur moi-même. Je cherche l'accord parfait.

Je ne serai jamais prêt. La ville m'attend, je le sais…

C'est à la Noël 1811 que j'ouvre finalement la porte de la lutherie à la clientèle. La Grand'rue est pleine de monde... Hélas, mon magasin reste vide ou presque... Les gens passent sans s'arrêter... « Le bouche à oreille... c'est comme le bois de patience... il faut laisser travailler la poutre... », me glisse mon voisin, qui vit la même angoisse que moi. C'est un horloger qui arrive de Ferney, le pays de Voltaire, il est suisse. Il parie sur la ville, sur le nom, sur l'Empereur, maître des horloges du monde à venir. Il compte les heures. Il est comme moi. Il regarde et écoute mes violons, je regarde et écoute ses pendules et ses carillons.

À la veille de l'Épiphanie, je reçois la visite d'un acheteur peu ordinaire. Il a les yeux protégés par des conserves vertes, il porte un costume taillé à larges parements. C'est un « *môssieu* », comme on disait à Sainte-Florence. Il enlève son chapeau de ville et pose sa canne à pommeau d'argent à l'entrée. Il se présente avec déférence. Surprise, c'est le nouveau préfet, Prosper Brugière de Barante, le successeur du « citoyen Merlet », tout juste nommé. J'ai entendu parler de lui par mademoiselle de La Rochejaquelein, car il vient de quitter la sous-préfecture de Bressuire. Il a passé le plus clair de ses soirées au château de Clisson, où il a entrepris la secrète rédaction à deux mains des *Mémoires de la marquise de La Rochejaquelein*, la veuve du général Lescure, que j'ai côtoyée à la traversée de la Loire.

C'est une chance inouïe pour la Vendée – et, pour moi, une aubaine – que d'hériter d'un préfet de cette trempe. Sa notoriété littéraire lui est venue de l'écriture d'une œuvre sur la littérature du XVIIIe siècle. Elle lui a ouvert toutes les portes et lui vaut les précieuses attentions de la Coupole.

Il n'est guère étonnant qu'il consacre ses premières flâneries à visiter un luthier plutôt qu'un tanneur, ce qu'aurait fait son prédécesseur. Sa haute culture le porte vers les arts et la grande musique italienne et autrichienne. Les maires du bocage s'en plaignent. Il leur parle des *Quatre Saisons* de Vivaldi sans trop les entendre quand, eux, lui parlent de l'hiver de leurs gouttières, des giboulées de mars et du blé qui pourrit sur pied…

Je ne lui donne pas plus de vingt-cinq ans, en tout cas il est le plus jeune préfet de France, il me l'assure… Il a, sur les tempes, les favoris exagérés d'un homme de salon. Il est accompagné d'une toute jeune femme, qu'il me présente : Césarine d'Houdetot. Il vient de l'épouser le mois dernier, me confie-t-il. Elle est la petite-fille de « la nouvelle Héloïse ». Je ne sais rien sur l'ancienne ni sur la nouvelle… Je ne connais pas cette famille. Le couple est charmant, nous lions conversation… Le préfet me dit toute sa sympathie… La jeune femme s'enflamme devant une vielle géante, dont elle tourne la manivelle en riant… Nous sommes dans le grand monde… Elle est belle, bien apparentée, aussi avenante de ses manières que touchante de ses yeux perlés de tendresse. Une dame d'exquise courtoisie qui se moque des questions d'avancement. Avec madame Merlet, la femme de l'ancien préfet, c'est le jour et la nuit. Des airs de préfète, non, plutôt l'allure d'une Pibole – bien née.

Je comprends très vite que cette visite préfectorale ne relève ni d'une démarche de protocole politique ni d'un frais mondain. En réalité, monsieur de Barante est venu me demander un service : il souhaite que je me déplace pour restaurer la harpe désaccordée qui dort dans le salon à musique où m'a reçu Cavoleau. Et puis il souhaite offrir, en guise d'étrenne à sa jeune épouse, un violon de Crémone… Je n'en ai pas, je ne suis pas un revendeur d'instruments, un boutiquier comme tant d'autres ; je suis et reste un ménestrier dans la tradition des anciennes corporations. Je ne vends que ce que je fabrique…

Le préfet Barante se confond en excuses et le couple repart, après avoir jeté son dévolu sur le premier violoncelle de ma production, celui dont le préfet me glisse qu'il « a vocation à se plaindre délicieusement au salon » sous les doigts de la jeune baronne. En moi, je plante le drapeau de la première victoire : le « petit caporal des cordes frottées » passe en quelque sorte du premier fusil à silex – mon violondaulne – à sa première conquête – la vente de mon premier violoncelle à un préfet de l'Empire.

En me quittant, monsieur de Barante, chargé de musique, me fixe rendez-vous pour le travail de restauration de la harpe à la préfecture. Il ajoute dans un murmure énigmatique, et en passant les yeux par-dessus les bésigles :

— Je préviens les huissiers. Rendez-vous au salon de musique… Je vous y attendrai… *Il faut que je vous parle…*

Mon Dieu, que veut-il me dire de plus que Cavoleau ? Une chape d'angoisse s'abat sur moi. Sans doute ce nouveau préfet aura-t-il trouvé, à son arrivée, mon dossier dans l'armoire des pièces signalées… Peut-être a-t-il l'idée de remettre les anciennes inculpations sur le haut de la pile…

XXXV

La prison ou le tambour

Au salon de musique, nous parlons à bâtons rompus. La conversation est agréable et semble empreinte de confiance. Le préfet se désole de la répudiation, il y a déjà deux ans, en 1809, de « l'impératrice des Roches-Baritaud », comme il l'appelle – Joséphine de Beauharnais –, que j'ai vue descendre de sa berline le 8 août 1808, avec une élégance rare. Il l'a bien connue car elle était l'amie d'une dame Récamier qui tenait salon à Paris et qu'il a courtisée en son temps, me glisse-t-il en souriant.

Très vite, je m'aperçois qu'il parle surtout de lui-même et du grand monde, très peu de la Vendée et de sa fonction. C'est un homme de littérature. Il évoque les grands écrivains de son cercle d'affinités. Aucun n'est de l'Ouest. Il le déplore. Ici, il s'ennuie… Il se laisse aller parfois à quelques confidences, notamment sur madame de Staël qu'il a failli épouser à Coppet, sur le lac Léman, mais dont il fut écarté par l'amant officiel, Benjamin Constant. Il reprend la célèbre formule de cette dernière : « La gloire est le deuil éclatant du bonheur. » En me montrant une carte de la Vendée, il se l'applique à lui-même. Il préférerait, aux attraits de l'Yon, la Seine et ceux de la Coupole où son nom ricoche sur les prestigieuses colonnes. En regardant amoureusement sa jeune épouse, il renverse la formule en murmurant : « Le bonheur est le deuil éclatant de la gloire. » Sans doute parle-t-il de son bonheur tout neuf mais il veut aussi me dire que la Vendée n'est, pour lui, ni une promotion ni une sinécure. Juste un lieu de passage…

Madame de Barante vient nous servir une infusion de tilleul. C'est une maîtresse de maison réputée à Napoléon. On dit que toutes les dames de Vendée accourent, elles arrivent à cheval, jambe de-ci, jambe de-là. Elle s'amuse de son observation selon laquelle les moitiés des élus vendéens sont moins bien mises que les servantes de bonne maison.

J'ai remarqué, en arrivant dans le salon pour entreprendre la réparation de la harpe, qu'un nouveau tableau a été accroché près du trumeau : c'est unc estampe représentant la Vierge sous les traits de Marie-Louise, tenant dans ses bras l'enfant-Jésus, qui a le visage du roi de Rome. Et j'observe au-dessus d'eux, en haut de l'estampe, que plane, dans les nuées, Sabaoth, le Dieu des armées, auquel on a donné, sans coup férir, la physionomie même de Napoléon… Je me dis que ce haut fonctionnaire affiche ainsi les excès de ses assiduités. Tant de zèle !

— Je vois de l'étonnement dans votre regard, me dit-il. Je le comprends. Nous autres, hauts fonctionnaires, nous devons, jugulaire au menton, épouser les contours du régime. Nous entrons dans la fonction comme on entre en religion. Nous n'avons plus de for intime. Ou plutôt nous empruntons à l'Empereur le sien. D'un trait de plume, il peut nous renvoyer aux géhennes…

Il m'explique sans détour qu'il retournera le tableau si les choses se corsent, au premier revers et sans états d'âme. J'évoque le passage de Napoléon dans cette ville, il y a trois ans, la compassion pour les Vendéens qu'on avait cru déceler. Il s'en amuse, invoquant les sincérités successives de l'Empereur. Il cite ses paroles au Conseil d'État qu'il a entendues de ses propres oreilles : « Ma politique est de gouverner les hommes comme le plus grand nombre veut l'être. C'est là, je crois, la manière de reconnaître la souveraineté du peuple. C'est en me faisant catholique que j'ai fini la guerre de Vendée, en me faisant musulman que je me suis établi en Égypte, en me faisant ultramontain que j'ai gagné les esprits en Italie. Si je gouvernais un peuple de juifs, je rétablirais le temple de Salomon… » Ah, si mes sœurs entendaient cela !

Monsieur de Barante me dévisage longuement, avant de se confier, à voix basse :

— Je sais qui vous êtes… Je peux donc parler librement… Je vous demande simplement, en retour, la plus grande discrétion… Sur un mot – un seul mot –, on peut me briser la colonne… Contrairement à la cavalerie où le verbe *sauter* se conjugue avec des obstacles, eh bien, dans « la préfectorale », il est intransitif… On *saute,* un point, c'est tout… Monsieur, je ne suis pas votre ennemi. Je sais que vous avez fait la virée de Galerne. Je connais tout cela par cœur, j'ai écrit pour la marquise de La Rochejaquelein. Je ne partage pas la ligne de mon secrétaire général qui croit que l'Empire va durer mille ans ; après avoir cru d'ailleurs que la Révolution était faite elle aussi pour mille ans… Mais je ne suis pas là… pour parler de moi… Ce que j'ai à vous dire vous concerne, vous.

— Mais j'ai démissionné de ma fonction de maire. Tout est réglé. Je suis luthier d'Empire.

— Hélas, votre démission ne suffira pas à éteindre le feu. Ils savent tout…

— Qui sont ces « ils » ?

— Les ministres de l'Intérieur et de la Justice…

— De la Justice ?

— Vous avez compris… Le dossier est lourd…

— L'affaire des registres ?

— Oui, bien sûr… faux en « écritures authentiques ». Pour un maire, crime imprescriptible…

— Et pourquoi vous me parlez-vous de cela ?

— Parce qu'on m'a demandé de « rouvrir le dossier Rogronille ».

— D'où vient ce dossier ? Et ces informations, ces pièces à charge, d'où les sortez-vous ?

— Ils viennent de quelqu'un qui vous a trahi. Vous avez été dénoncé par Fayau, le secrétaire de la Société ambulante des amis de la constitution de la Vendée. Il siégeait à L'Oie, à une lieue de votre métairie. Leur voisin, votre secrétaire, leur a tout révélé. Et ils ont transmis à Paris. L'Empereur a le dossier sous le coude. C'est sa méthode, de *désactiver*... pour *réactiver*, en cas de besoin.

— Et là, on *réactive* ?

— Oui, en quelque sorte… Parce que l'enquête ne s'arrête pas là. Il y a aussi « l'affaire du géomètre de L'Oie », jamais élucidée, remontée au parquet. Affaire signalée…

— Le géomètre ? Quel géomètre ?

— Le géomètre David Louvier, ce nom vous dit forcément quelque chose ?

— Oui, vaguement…

Alors le préfet ouvre une liasse rouge, remplie de papiers carbone illisibles. Il m'en donne lecture.

— Je lis que le géomètre David Louvier s'acquittait de sa mission avec le plus grand sérieux et arpentait les terrains de la commune de Sainte-Florence-de-L'Oie, pour établir les rôles nécessaires à la perception des impôts mais surtout pour préparer les enchères des ventes des biens nationaux. C'est là que les choses ont mal tourné. Chez vous…

— Monsieur le préfet, j'étais comme tous les Vendéens. Nous n'aimions pas ces individus arrogants, étrangers au pays, qui tiraient des grandes chaînes à travers les champs où ils mesuraient tout, d'un pas pressé, avec des gaules, et puis qui s'arrêtaient au bout de chaque sillon, s'adossaient aux échaliers pour écrire sur des petits carnets secrets les résultats de leurs mystérieux relevés. Ils nous arrachaient l'épiderme. On les maudissait, c'étaient des diables…

— Des diables à qui vous avez commencé par cacher leurs instruments…

— Oui, on les a dérobés… on a déchiré leurs dessins… on a volé leurs matrices… C'est là que tout a vircouetté.

— Vous voulez dire *dégénéré* ?

— Oui, mais la faute à qui ?

— Au géomètre, j'imagine ?

— Oui. Il est venu à la mairie. Il connaissait toute ma guerre. Il a insulté ma famille, la mémoire de mon petit frère, François. Il voulait me faire payer des frais d'arpentage et d'expertise. Je lui ai répondu que je n'avais rien demandé. Il est parti. Puis il est revenu pour m'annoncer que la métairie de La Tanchaire serait bientôt mise sous séquestre… Je n'ai pas supporté…

— On n'a jamais retrouvé son corps…

Le préfet va vers le grand trumeau. Sans doute pense-t-il qu'il est inutile de pousser plus loin. Il fait la grimace. Il me tourne le dos.

— Écoutez, il se trouve que le fils du géomètre est un conseiller d'État, il est puissant… Monsieur, la justice est en route… Je ne peux rien faire…

— Rien ? Vraiment ?

— Vraiment… Sauf à ce que vous acceptiez…

— Que j'accepte quoi ?

— De partir…

— Où ?

— À la guerre. Comme musicien-gagiste. C'est un statut particulier, qui ne dure qu'un an. Coïncidence bienvenue, la Grande Armée souffre d'un manque cruel. L'Empereur réclame des musiciens. Il a besoin plutôt de tambours que de… maires… La Grande Armée en manque cruellement. On est prêt à les payer très cher. Y compris avec… des contreparties… Vous jouez du tambour, je crois ?

— Oui, bien sûr. Je joue de tous les instruments. Même du barricot à peau de bique.

— Alors, vous pourriez rejoindre les tambours de la Garde… Il y a des places… On en cherche…

— Et après cette année de gagiste, que se passera-t-il pour mon dossier de l'arpenteur ?

— Il se passera qu'un musicien de l'Empereur devient, de par son statut, intouchable. Et puis il y aura une amnistie…

— Une amnistie ? Pourquoi ?

— Après la victoire. Napoléon l'a dit hier. Au retour de la campagne de Russie, votre dossier sera forclos, effacé… Vous retrouverez votre magasin que vous pourriez mettre en gérance, en attendant…

— Et comment fait-on pour se gager ?

— Ah oui ! c'est une vraie question… Il faut être réquisitionné… Je veux dire… proposé par un chef de corps… J'y ai réfléchi… Vous pourriez aller voir à côté de chez vous, à La Flocellière, votre collègue – pardon – votre ancien collègue, le maire de la commune. C'est un général de la Grande Armée, il est revenu chez lui après de beaux succès, à Marengo notamment. Il est en retraite. Mais il vient d'être rappelé par l'Empereur…

— Vous parlez de monsieur Bonamy ?

— Oui, c'est bien ce nom-là.

— Ah ! mais je le connais très bien…

— Eh bien, allez le voir de ma part. C'est un officier supérieur républicain… mais de bonne foi. Je vais vous recommander à lui… Vous pourrez compter sur sa diligence. Je lui accorderai, en forme d'encouragement, quelques subventions pour réparer les toitures de ses écoles. L'affaire paraît assez simple. Évidemment, tout cela doit rester entre nous. C'est la « jurisprudence Auguste »…

— La « jurisprudence Auguste » ? Mais alors la justice est déjà enclenchée ?

— Non, pas du tout. C'est là une expression du corps préfectoral. Auguste de La Rochejaquelein a accepté un marché : c'était la prison ou le galon. Il est sorti de prison contre son engagement de remettre l'uniforme pour servir dans la Grande Armée. On lui a donné le grade de colonel, je crois. Voilà, c'est ce que nous appelons, dans le corps, la « jurisprudence Auguste ». Vous ferez la même chose avec moi. C'est la prison ou le tambour. Il me reviendra d'éteindre les feux de la justice pendant que vous foulerez les plaines de Sibérie à battre tambour.

Quelques jours plus tard, je me précipite au château de La Flocellière. Le général a reçu le message du préfet Barante. Il me fait bon accueil. Il est d'allure banale, comme beaucoup de soldats quand ils sont en civil. Déplumé du chef, il a des petits yeux, un teint coloré et blond, le nez relevé. Il est un peu railleur, sceptique, revenu de tout. Il m'explique qu'il s'est battu aux côtés de Kléber, puis à Philisbourg, Kehl, Plaisance et Marengo. Mais un désaccord tactique lui a été fatal. Il a été mis à la retraite et il vient d'être rappelé au service avec son grade. Il a reçu l'ordre de rejoindre en avril prochain, en cette année 1812, la Grande Armée en partance pour la Russie. Ce n'est pas un homme public, la poudre lui manque. Les papiers de bureau lui dérangent l'humeur. Il piaffe devant sa cheminée où trônent deux boulets noirs. Il me dit simplement, avec une compassion qui le ramène sans cesse à ses propres malheurs :

— Je sais ce que c'est d'être injustement frappé d'ostracisme. J'ai eu deux enquêtes contre moi... la jalousie... la calomnie.

Il va recommander mon incorporation à un de ses anciens subordonnés en Italie, un jeune colonel qui est à la tête du 31e régiment d'infanterie légère, stationné dans la caserne toute neuve de Napoléon et qui fournit d'ailleurs des soldâts pour le nettoyage des rues de la nouvelle ville en chantier. Ma haute taille joue pour moi, mon allure plutôt avantageuse aussi, mais surtout mon *oreille absolue*. Le pacte est scellé : je serai gagiste. Pour le reste, le préfet y pourvoira... Je reviendrai tout neuf... lavé de tout...

Je découvre la caserne, elle paraît immense. Ses murs sentent la peinture fraîche, elle est tout en hauteur. Surprise, il y a peu de Français. Surtout des Piémontais. Il est bien clair que je m'engage comme musicien-gagiste et non pas pour m'exposer en première ligne.

La chambrée mêle toutes sortes de langues, d'histoires personnelles et d'arrière-pensées. Mon voisin de lit me raconte ses déboires. Il est édenté. Il me dit que c'est volontaire mais que ça n'a servi à rien. On lui avait expliqué qu'il fallait savoir déchirer les cartouches en carton avec les dents et que les conscrits à mauvaise dentition étaient, à cause de cela, exemptés d'office du service des armées. Il en a cassé trois. Il lui en reste encore une, juste devant, une de trop. Ils ont refusé de le réformer…

Mon autre voisin, un certain Bretaudeau, est aussi natif de Napoléon. C'est un volontaire, mais un volontaire-musicien, comme moi. Il ne s'engage ni pour acquérir de la gloire, ni pour obtenir des grades, mais pour « toucher des gages » et faire une croix sur sa famille qui lui fait des ennuis à Saint-André-d'Ornay pour une question d'héritage.

On est serrés les uns contre les autres. Ça crie de partout et ça sent la sueur de fauve… Voilà ce que c'est que d'être encaserné. Entre la prison et la caserne, j'ai choisi la caserne pour échapper à la prison.

Depuis la visite du préfet à la lutherie de la Grand'rue, les événements se sont précipités. L'amicale pression de Prosper de Barante, qui m'a pris sous sa protection, a fait mûrir ma décision. Il fallait déguerpir…

Le mouvement secret qui m'a poussé jusque-là – jusqu'à cette incorporation, je suis le seul à le connaître au fond de mon cœur : c'est le regard d'une femme. L'avenir laisse passer un rai de lumière et d'espoir sous la porte de la caserne. Un jour, je la retrouverai. Je ne suis plus maire et bientôt je serai amnistié. Dans un an tout juste, au jour même de mon retour en France et en Vendée, je pourrai revenir à Saint-Martin. Cette fois-ci, il n'y aura, pour le curé, aucun prétexte à refuser les bans. Une fois de plus – je le sens bien –, c'est la musique qui va me sauver. Ils manquent de tambours. Eh bien, va pour le tambour. J'ai la baguette presque guillerette. C'est l'affaire d'un an… pas plus…

Je le reconnais, c'est un curieux raccourci que de choisir de passer par Moscou pour pouvoir revenir à Saint-Martin-Lars-en-Tiffauges. Une belle rallonge qui s'annonce : de la farine à la neige, battre tambour, le cœur battant. Mais la vie est comme ça. La Pibole vaut le détour.

Au son du tambour sur la neige, je sais que viendra se mêler l'écho des battements de mon cœur. Qui sait ? Le vent d'est, qui traversera l'Europe, portera mes soupirs jusqu'aux moulins des Alouettes, à l'oreille de ma promise.

XXXVI

Les oiseaux de paradis

Les marche-à-terre ont traversé la rivière depuis longtemps, suivis par les bouches à feu, les chariots d'intendance, derrière lesquels s'étirent les troupeaux de bœufs et de moutons. La musique, comme d'habitude, a été placée pour la manœuvre, à l'arrière des unités. On pousse les cadences du devant avec les accents de l'arrière. Pour former la chenille d'effroi avant de déchirer la mousseline. Le pont tremble, il souffre. Le franchissement a commencé tôt ce matin. Les pontonniers donnent du marteau d'appoint à leurs étais, qui ont pris un peu de jeu, sous le poids des flûtes à gros bec déjà chargées de poudre et qui vont faire chanter le bronze.

La Garde nous précède : on aperçoit de loin, en tête, au-dessus des bonnets à poil, le tambour-major. Il mesure plus de six pieds et resplendit de broderies d'or sur toutes les coutures. Derrière lui défilent vingt-quatre tambours et quarante-six musiciens, tous emplumés de blanc et de rouge, dans le ciel impérial. On les appelle « les oiseaux de paradis ». L'écho est assourdissant. Le retard de son n'est pas facile à rattraper pour les instruments qui ferment la marche…

Toute la tête de colonne bat la charge à rompre les caisses, la musique se laisse envelopper par les cuivres ; ils sont si tempétueux qu'ils feraient enjamber un bras de l'Yon à une bouïtouserie de mille jambes de bois.

Mon régiment, aux ordres du général Bonamy, grinchotte à tue-tête *Veillons au salut de l'Empire* :

Liberté, que tout mortel te rende hommage !
Tyrans, tremblez ! Vous allez expier vos forfaits !
Plutôt la mort que l'esclavage
C'est la devise des Français.

Quand les gosiers brûlants ont le timbre qui s'assombrit, c'est au tour des tambours de prendre le relais. Les roulements saccadent sept triples croches, j'ai appris tout cela à la caserne, en quelques leçons, avant notre départ. Il faut que le geste soit large, ample. Les baguettes sont des paroles de feu qui montent et qui descendent. Coup d'en haut, la main gauche ; coup d'en bas, la main droite. L'instructeur – le sergent Boisseleau, un ancien grenadier de la Garde –, nous a enseigné à précipiter les deux coups de chaque main pour les mener au roulement. On nous a appris que ces deux coups se nomment : « papa », « maman ». C'est plus fort que moi : chaque roulement me rappelle à mes souvenirs et me ramène à La Tanchaire. Au premier coup de baguette, j'appelle « papa », « maman »… Je les revois, je les pleure en mon petit cœur comme un enfant repris par les bouffées de souvenance… On est en campagne… si loin de ma campagne… Si loin du petit baquet hors de service donné par ma mère, cerclé par mon père, sur lequel j'ajustais une peau de bécot, avec des bâtons taillés dans le houx pour mettre le branle aux granges…

J'ai comme un torticou naissant qui me tient roide. Je n'ai pas écouté l'instructeur, il m'avait prévenu : il est recommandé de ne pas porter la caisse trop basse si on veut avoir les bras toujours ployés naturellement et aussi les poignets un peu cavés en dedans, pour que les baguettes tombent au milieu de la peau de frappe.

Nous autres, les gagistes, nous sommes à l'arrière et, à l'arrière, on ramasse les hautaineries du devant. Il n'y a, au premier rang, que de vrais soldats à solde, les « essuyeurs du feu » ; ceux-là désignent à la raillerie les personnels à statut civil, les écornifleurs, qui commencent les guerres sans jamais les finir. On nous traite de « sous-portions ». Je ne me plains pas, c'est le lot commun des becs à sucre – les recrues toutes fraîches – d'être ainsi bousculées. Sans cesse, je me répète : je n'ai pas eu le choix, c'était ça ou la prison !

Le chef de corps nous protège, il tient à sa musique : du fait de notre statut, nous ne sommes pas destinés au corps à corps. Payés au gage pour nous tenir, pendant les batailles, en arrière de la ligne de feu, nous sommes une armée de pousse-cailloux sans armes, qui jouent des airs guerriers sans faire la guerre. Pas question d'aller escarmoucher. L'armée, la vraie, nous appelle les « loindes-balles ». En revanche, c'est à nous qu'il revient, tout au long de notre progression, d'administrer les premiers secours à tous les escrofignés pour les porter à la force des bras vers les ambulances de campagne, loin derrière le champ de bataille.

Les gagistes viennent de partout. J'apprends que, dans le civil, ce sont toujours des musiciens triés sur le volet par les sous-préfectures. Cela m'honore. On ne prend pas n'importe qui. Le caporal-tambour du régiment appartient à un orchestre de Montmartre ; le basson, Espinasse, est maître de musique dans une clique d'un village d'Auvergne, le chapeau chinois est turc, le trombone à coulisse, un certain Battistu, est un Corse d'Ajaccio – on l'appelle « le cousin de l'Empereur ». On le suspecte de « jouer du piston »...

Ma ruche à miel me fait mal à la tête, le plumet blanc qui la surmonte est trop lourd, mais notre habit – basque bleue à retroussis rouge et passepoil doré – nous donne belle allure lorsque nous sonnons et battons les ordonnances : la soupe, la générale, les cadences de marche... Faute d'être admirés, nous sommes écoutés et à coup sûr entendus...

Le général Bonamy veille sur moi, de loin. Il a des crosses de pistolet grisonnantes sur les tempes, je ne l'avais pas remarqué à La Flocellière, dans son salon. Une coquetterie de la cinquantaine. Ses cheveux longs retombent en boucles sur ses épaules. Il porte un chapeau retroussé, garni de plumes et d'aigrettes comme Murat et aussi l'autre général vendéen, Belliard ; comme eux, il a revêtu son pantalon cramoisi et ses bottines jaunes. On le reconnaît à son manteau court de velours en or jeté sur ses épaules. Il a quelques pierreries sur la selle de son cheval – encore une coquetterie. S'il donne de la cravache, ce n'est pas pour prévenir l'adversité, c'est sa manière à lui d'exprimer son bonheur d'avoir retrouvé un commandement ! À La Flocellière, il n'était plus que… chef des tampons de la mairie… Il commandait au cantonnier… Là, c'est tout un régiment qui lui obéit. Il est venu chercher un « supplément de gloire ». Il ne supportait plus sa mise à la retraite anticipée. Nous sommes, tous les deux, des repris d'injustice, « convalescents de disgrâce ». Il va falloir faire nos preuves, lui avec sa poigne, moi avec mes poignets…

Nous sommes à la veille du mois de juillet de l'année 1812. Nous avançons chaque jour, sans savoir où nous mènent nos chefs. J'ai subi les exercices de dressage du corps. Malgré tout, la fatigue monte dans les reins. Les gagistes sont exempts des caresses des baïonnettes mais, comme ceux qui tirent la ligousse à l'avant, ce sont des pékins de fantassins. La route, avec ses embûches et ses crevasses, est la même pour tous. J'ai appris les précautions à prendre dans le petit manuel du soldat :

> — *De quoi sont les pieds ?*
> — *Les pieds sont l'objet de soins constants.*
> — *Avec quoi nettoie-t-on son fusil ?*
> — *Avec précaution et un chiffon exempt de poussière.*

Je n'ai pas de fusil, mais ma caisse n'aime pas la poussière, elle nous infiltre à chaque pas et nous encombre les bronches à chaque inspiration. On l'engoule, elle nous assèche et nous comprime la poitrine. On tâtonne dans la brouillerie poudreuse. Et les pieds eux-mêmes, bientôt, échappent aux « soins constants ». Ils enflent, les ongles noircissent. Nous marchons dans les sables de Pologne, enfoncés jusqu'aux chevilles. La troupe avance au jugé, elle ne distingue plus le chemin. C'est à nous, les tambours, de battre sans arrêt, pour guider à l'oreille le régiment dans sa progression. Les mains me brûlent, j'ai les doigts tout aboudinés, les paumes crampées.

Nous accueillons, à l'arrière, toute la poussière de l'avant, elle retombe sur nous. Il faut s'envelopper le visage d'un linge percé de deux trous pour voir devant. Nous avons les yeux qui berguaïent, il ne suffit plus de les plisser, pour se protéger. Je fais comme les autres, je fixe des morceaux de vitre d'isbas sur des feuillages que je glisse sous le schako ; la vitre nous met aussi à l'abri des essaims de cousins et de mouches énervés par la canicule orageuse.

Les distances s'allongent. Les privations et la faim nous tenaillent. Les fourrages s'épuisent. Il n'y a plus d'avoine. On voit parfois s'écarter de la route des cavaliers du général qui en viennent à couper les seigles verts dans les champs voisins et qui arrachent aux maisons leurs toits de chaume pour en nourrir leurs chevaux. Mais le blé vert gonfle l'estomac des bêtes et les met à l'agonie.

On nous a dotés, dans le paquetage, de souliers en mauvais cuir de veau retourné. Leur pointure uniforme ne distingue pas le pied gauche du pied droit. Je passe le temps de chaque « halte aux pipes » à nouer et renouer le cordon qui retient mes lourdes semelles cloutées à mes tibias bleuissants.

Bientôt l'État-Major nous prescrit, par une largesse inhabituelle, de déboutonner les uniformes, de desserrer les plastrons et on nous autorise à remplir des gourdes d'eau fraîche au fil des sources douteuses et des mares croupissantes.

Tout me dépayse, tout m'est étranger, hostile et inconnu… La nostalgie qui s'installe en moi grandit de lieue en lieue. Je sens, à chaque pas, qu'on s'éloigne de chez nous. C'est une marche sans fin…

Nous croisons des barbes de taille inouïe, des pelisses de mouton, des petites casquettes en cuir, des chemises pendantes – ce sont des moujiks. Ils hurlent sur notre passage : « *Nizou roujiz !* » – « Bas les armes ! » – et invoquent la Miséricorde divine. Ils se battent avec des piques et des fourches. Évidemment, je repense à la Grand'Guerre, aux faux retournées et aux aiguillons durcis au feu. Les moujiks, en lisière de sous-bois, en 93… c'était nous. Parfois, nous voyons s'enfuir des chevaux très laids et mal montés, des *konias* sauvages des steppes. Brindigolle me manque. Elle avait une autre allure. Mon Dieu, que la paix était belle sur les routins du bocage !

La douceur particulière – que les Russes appellent le *tèple* – charge nos humeurs de faux-semblants. Bientôt, le temps change. La chaleur monte et devient étouffante. L'été russe déclare la guerre à la Grande Armée. Les hommes peinent à se tenir. Les pansements font défaut, certains blessés sont rongés par les vers.

Puis ce sont d'énormes orages de grêle qui nous assaillent, des torrents de glace qui nous assomment. On se trouve soudain dans l'obscurité, en plein jour.

Les chevaux paniquent. Il faut les attacher aux roues des fourgons. Les pauvres bêtes font des sauts de rage et s'affaissent. Une hécatombe…

Chaque soir, quand le soleil s'en va mourir vers la France, dans notre dos, je guette le signe du sergent-major et des fourriers pour « battre la breloque » : un coup simple d'en haut puis d'en bas. Les soldats qui attendaient le signal, le ventre creusé par la marche interminable, rompent les rangs et se dispersent. On installe le bivouac en lisière de forêt ou à flanc de colline. Les gars partent arracher les charpentes, les portes, les fenêtres, tout bois est bon à brûler. Et on prépare les abris du campement avec les branchages et les planches volées dans les isbas, sur les bords du chemin.

C'est l'heure tant attendue de la fristouille. On sort le lard du havresac où il a bien fermenté. Les soldats et les gagistes se retrouvent, assis sur des causettes de bois tendre ou des cosses de hêtres, autour des flammes. On fume, on chique, on pitance. Mon tambour sert de pupitre aux écrivains publics qui, souvent, rédigent la même lettre et la recopient en plusieurs exemplaires, avant de la faire partir aux quatre coins de la France. Avec mon couteau de Grasla, que j'ai toujours gardé sur moi et qui servira demain à dépecer du cheval, je taille des plumes de corbeau. Grâce à une pincée de poudre à canon, délayée dans le creux de ma main avec de la neige fondue, je prépare mon encre…

On s'habitue à la frugalité. C'est une discipline. On bride l'appétit. Pour être un bon soldat de la Grande Armée – nous disent les fourriers –, il faut avoir le cœur d'un lion, les pieds d'un lièvre et le ventre d'une fourmi. Les fripe-sauce insatiables qui n'écoutent que leurs bedons chantants seront bientôt très malheureux.

Dans les premières semaines, on ne garde rien pour soi, on partage tout, le gruau d'avoine, le sarrasin, l'huile de chanvre, le chou blanc, le vinaigre de bière. Pour quelque temps encore, on vit en compagnie des autres. On tend la main. On étale tout ce qu'on a trouvé. On a l'œil pour dénicher le miel dans les arbres. On l'offre à la compagnie.

Mais les temps vont changer. Bientôt on en viendra à se dire qu'il est sans doute prudent de mettre de la distance avec le voisin. On passe de la vie à la survie.

On godaille comme on peut, on apprend à charbonner la bouillie avec de la poudre à canon pour saler la viande. Parfois se glissent les asticots, les vermicelles dans la cane de cornant. Celui qui fait la grimace en mangeant est foudroyé du regard comme un enfant gâté qui n'a jamais connu que les langues de chat et le thé du jeu de paume. On n'est pas des demoiselles à peau blanche. Nos ventres vont devenir des steppes, grouillantes de microbes.

La rareté favorise le génie. Les grenadiers ont une manière singulière de faire du bon pain. Les uns s'emploient à former la pâte, les autres à la faire cuire. Assis autour du feu, ils mettent cette pâte à même la braise et la cendre brûlante, en la remuant avec la lame de leur sabre pour éviter qu'elle ne grille. Quand le pain est cuit, d'autres grenadiers le nettoient, ils mettent beaucoup de soin à enlever les morceaux de charbon et la cendre qui y ont adhéré. Quand tout est terminé, c'est l'offrande, chacun reçoit une michette grosse comme une noix. Un bonheur.

Il arrive que, certains soirs, on mette les dents au crochet, quand on n'a rien trouvé à manger. Il faut se résoudre à la « réquisition ». Les cuivres sont les moins scrupuleux. Ils font les poches des victimes qui gisent et que nous enjambons, et ramènent des saucisses débusquées tout au fond des sabretaches avec, parfois, des tabatières, des pipes et des briquets, qu'ils récoltent dans les vêtements des morts. De temps en temps, c'est la fête : un officier, de retour d'expédition et de reconnaissance dans les forêts voisines, nous rapporte et nous verse du *vodky* et du *kwas*, un alcool de belle humeur des pays slaves qui tape dur, à base de farine d'orge.

Quand la veillée commence, c'est vers nous, les gagistes, que les soldats se retournent pour faire sonner la nuit. Je sors mon cahier de solfège. J'ai prélevé sur des charrettes russes abandonnées des jantes en bois de bouleau, dans lesquelles je sculpte des piboles de fortune, des subiets et un bot à musique pour mes camarades musiciens. Le *kwas* coule à flot, on essaie les instruments, on accorde l'orchestre.

Un peu plus tard, je me remets à la fabrication, pour le moins rustique, de plusieurs violondaulnes. Je les offre aux musiciens aguerris d'Auvergne et de Bretagne, qui ont tâté du violon de noces dans leurs provinces. Ils nous réchauffent l'âme et rendent à nos cœurs la mélodie des moissonneurs de nos patries lointaines.

Tous ensemble, soutenus par les flûtes de saule pleureur, nous ripounons en levant nos gobelets de bois :

Ma foi, c'est un triste soldat,
Celui qui ne sait pas boire.
Il voit les dangers du combat,
Le buveur n'en voit que la gloire.

Un ancien des Pyramides, le sergent Vassieux, un gars du pays de Corbière, me donne la réplique :

Pour être libre, il faut boire.
C'est un précepte sacré.
Le vin donne la mémoire,
Le plaisir et la santé.
Mahomet qui fut si brave
Et fut prophète divin
Ne rendit l'Asie esclave
Qu'en lui défendant le vin.

Bientôt, c'est tout le pays natal qui chante son dépaysement et reprend de tendres rengaines venant de nos amours anciennes. Les femmes nous manquent. Alors, on les imite pour la danse. Avec des volontaires transformés en jeunes premières à barbe mal rasée et des grandes coquettes à jambes poilues… Un capitaine se lève, un hautbois l'accompagne… J'invente des ballets allégoriques. L'un d'entre eux va devenir une danse fétiche, à partir du détournement d'une figure de quadrille du bocage qui s'appelle « le pas d'été ». On la danse en Vendée avec deux aiguillons de labour couchés à même le sol, croisés l'un sur l'autre. J'adapte la figure, je la transforme et la débaptise : non plus « le pas d'été » mais « le pas d'épée » : deux soldats, face à face, croisent deux sabres par terre. Et il faut danser puis sauter entre les lames en accélérant les pas mais surtout en s'efforçant de ne jamais les toucher « du sabot ».

On chante, on parle peu. On s'économise… La fatigue nous mine et parfois nous emporte. Nous dormons tout habillés, enroulés dans nos capotes, serrés les uns contre les autres pour entretenir un peu de chaleur. La nuit n'est troublée que par la relève des sentinelles et l'entretien des feux mourants.

Dès l'aurore, nous sommes les premiers à voir le soleil, les premiers à nous lever, car les musiciens sont attendus au petit jour par l'État-Major pour sonner la Diane et réveiller tous les hommes du régiment. Chaque matin, il faut reprendre la route. Je dois retendre la peau de ma caisse, j'ajuste l'anneau du collier sur la hanche et la plaque sur le milieu de l'estomac, je resserre les tirants en cuir sur les cordages graissés de salive terreuse. Chaque journée ressemble à la suivante. On perd la mémoire des dates et même des lieux. On avance…

XXXVII

Marcher vers le gouffre

Le 15 août, le jour de la fête de l'Assomption, nous assistons au face-à-face tragique et dérisoire entre l'ordre serré de notre armée, parcourue de cris assourdissants – « Vive l'Empereur ! », et le défilé misérable de tous les moujiks de la cité en flamme, rassemblant toutes les fiertés enfantines, sur un pont de guingois. Les voilà qui promènent l'icône de la Vierge sacrée, Notre-Dame de Smolensk, en implorant le ciel russe qui grisonne de cendres de mauvais augure.

Les anciens musiciens de l'armée d'Égypte glissent à mi-voix que les murailles qui sont devant nous leur rappellent, par leur caractère massif, celles de Saint-Jean-d'Acre. La traversée de la ville me gâte l'humeur. Pour la première fois, la Musique est passée en tête pour donner de l'allant à la troupe. Le ciel tourne au pourpre, la foule des habitants est tombée à genoux, les mains tendues vers le Tout-Puissant. Le contraste est saisissant entre leurs piétés touchantes et nos chants qui sèment l'effroi. Nous jouons le fameux air : « On va leur percer le flanc… ».

Bientôt défilent de chaque côté, sous les regards impitoyables de la Grande Armée, les façades éventrées, les ruines fumantes et les amoncellements de cadavres, couverts de sang et de boue. Partout les feuilles de cuivre des toitures gisent à demi fondues alentour. La ville n'existe plus.

Nous croisons des chariots remplis de membres détachés de corps humains. Nous ne pouvons guère accomplir notre mission de secours aux blessés qui restent à l'arrière de la grande chenille. Les médecins suppléent comme ils peuvent au manque de matériel de secours, à commencer par les compresses, déjà réutilisées plusieurs fois.

Ce que je vois est difficile à concevoir : au lieu du linge à pansement qu'ils ont épuisé dès les premiers jours de l'invasion, les infirmiers en viennent à appliquer sur les plaies des hypothéqués, qui perdent tout leur sang, des feuilles de vieux papier que les soldats ont trouvées sur les étagères des Archives, dont le bâtiment a été transformé en hôpital de fortune. Ce sont les parchemins qui servent d'attelles. Et c'est avec de l'étoupe et des petits copeaux de jeune bouleau qu'on remplace la charpie.

J'aperçois, sous un linteau démanché, deux soldats russes, abandonnés à leur sort. Ils ne peuvent plus bouger. Ils ont eu tous deux une jambe emportée et le crâne offensé. Ils sont visiblement en proie à une souffrance insoutenable mais retiennent toutes les expressions de plainte auxquelles on pourrait s'attendre. Ils ne crient pas, ils ne réclament aucun secours de notre part. Ils ne nous regardent même pas. Ils attendent juste la mort dans les gravats. Cette vision reste un souvenir ineffaçable. Ce courage passif, cette résignation, cette hébétude sont, pour nous Français, une énigme. « Inexplicable Russie ! », comme aurait dit le conventionnel Barère. Je m'approche d'eux. Je les vois qui embrassent l'image de saint Nicolas et qui marmonnent, dans une langue traînante, sans doute une prière. Ils bénissent leur malheur. Ils attendent que la Providence vienne les moissonner. Comment vaincre de tels hommes ? Ils n'ont pas les mêmes pesanteurs que nous. Ils s'en vont le cœur léger…

La marche reprend… Le général Bonamy a, paraît-il, glissé à son état-major que le pire est sans doute à venir : « Préparez vos hommes », leur a-t-il ordonné. Il veut nous faire comprendre que l'ennemi nous attire probablement à dessein dans les profondeurs du pays pour nous y épuiser par la famine et le froid.

Le soir venu, les canons recommencent à tousser. Nous nous abritons entre deux flancs de colline, sur un terrain en creux qui nous met par bonheur au-dessous de la ligne où les pruneaux se croisent dans un tourbillon de fer. Ils passent juste au-dessus de nos têtes.

L'heure de la soupe approche. Isaac, le clarinettiste, un courte-botte jovial, vient vers moi et me montre du doigt les boulets qui roulent dans la campagne :

— Les prunes ne manquent pas, me dit-il en souriant, mais elles ne sont de bon goût qu'au dessert. Ne trouves-tu pas que des pommes de terre auraient meilleur goût dans la marmite ?

Je propose un tour de promenade exploratoire aux environs, pour en déterrer quelques-unes. Nous plaisantons tous les deux sur nos humeurs potagères et la dureté des temps. Dans les moments d'incertitude où nous sommes, toute distraction est bonne à prendre. C'est au cours de cette « chasse à la patate » que je rencontre, par le plus grand des hasards, le colonel Louis-Jacques Majou, un Vendéen natif de Mouilleron-en-Pareds. Il me serre dans ses bras en murmurant :

— Ah ! Un Vendéen dans un champ de patates ! Quelle curiosité !

En Vendée, on n'aime pas la patate, il le sait. Chez nous, ce serait une punition. Ici, c'est un dessert convoité. La pudeur nous retient au bord des aveux sur les doutes qui montent de nos cœurs : reverrons-nous un jour nos familles, nos collines, nos chaumes et nos patries charnelles ? Quand les gars de Mouilleron venaient aux foires de L'Oie, c'était le bout du monde... Nous pensions que les plaines de Fontenay étaient les plus grandes de l'univers... Nous rions aux éclats en rivalisant de petites histoires de bivouac et de plats cuisinés... Et nous parlons de nos enfances en voisins de souvenir... Nous n'avons plus les mêmes rêves : lui, le colonel de Vendée, il pense aux galons ; moi, je pense à la maison.

Hélas, la situation empire de jour en jour. Nous en sommes réduits à boire de l'eau si boueuse que les chevaux eux-mêmes n'en veulent pas. On la recueille dans des puits de trois pieds de profondeur creusés dans les marécages. Elle est chaude, de couleur brunâtre, avec des millions de petits vers rouges de sorte qu'il faut la filtrer avant de la servir. Nous l'aspirons avec nos bouches serrées et la suçons à travers le tissu de nos chemises.

Puis nous l'avalons en pensant au gazouillis des sources vives de nos rivières d'enfance pour en oublier le goût.

Un peu plus loin, les combats reprennent. Nous battons la charge de plus belle. Les roulements s'accélèrent. Soudain, c'est un déluge de feu qui s'abat sur nous. Les tambours du régiment cessent de battre. Un paquet de mitraille vient d'en enlever dix-neuf. La troupe marche à la muette…

Les cuivres et les bois semblent touchés. La grosse caisse et surtout les fifres sont couchés. Un instrument sur deux ne se relèvera pas. Les infirmiers accourent pour allonger les blessés sur une mince jonchée de paille. C'est un long râle qui monte des rangs des cymbales et des caisses roulantes. Il n'y a plus aucune peau qui tienne sur les tambours. Toutes déchirées par le souffle des détonations.

Je suis un des seuls musiciens à rester debout, baguettes en l'air. Je tremble de tous mes membres. Le sergent-major m'ordonne de battre aux champs.

« La gloire de la France et le bonheur de l'humanité coûtent cher », me lâche, en gémissant, mon camarade Rigaudeau, une vieille moustache qui a fait Arcole et Eylau, et qui pose son *serpent*, explosé dans ses mains ensanglantées. Nous apprenons un peu plus tard que la division du général Bonamy a perdu, en moins de deux heures, huit cents hommes et toute notre artillerie.

Il n'y a plus de fanfare… Elle est décimée… Tous les rangs sont atteints. Je porte à bout de bras le clarinettiste Sauvaget jusqu'aux ambulances. Le chirurgien du régiment, le lieutenant Luc Dusenne, écrira sur son registre d'entrée : *Une lance lui a fracturé dans son trajet la partie antérieure de la face, elle lui a enlevé les dents incisives, et est ressortie par la partie postérieure de l'oreille.* L'opération est délicate. Elle va réussir. Il jouera bientôt de la clarinette. Le basson Arpète, un petit crapoussin plein d'entrain, a reçu, lui aussi, une balle perdue qui lui a traversé les deux conduits de la trachée-artère et de l'œsophage. On ne le reverra plus.

La marche reprend, plus lente, plus lourde, gémissante parfois. Je suis obligé de faire mon lit avec du seigle vert fraîchement coupé car on ne trouve plus une seule botte de paille dans les campagnes. Tout est parti en fumée. Nous franchissons des ponts de fortune. Nous traversons des bourgades désolées, incendiées. Par qui ? On ne sait pas… Les habitants ont disparu. Mais où sont-ils ? dans les forêts de bouleau, impénétrables…

Ce pays paraît presque imprenable. La ligne de front s'éloigne à mesure que nous avançons. Parfois la chance nous sourit, nous trouvons à nous loger sous un vrai toit encore en état. Je me souviens qu'un soir, une bonne surprise est venue vers nous : un couvent nous a accueillis près de Polotsk. Un des moines – le lecteur du réfectoire – était un ancien jésuite qui avait fui la Révolution. C'est lui qui sera chargé de nous faire les honneurs de la table. Il nous prédit la suite de la campagne. Le propos qu'il nous tient, à voix basse, est grave. Il pèse chacun de ses mots au trébuchet de ses sinistres intuitions :

— Vous marchez… vers le gouffre… Vous ne connaissez pas les Russes ; avec eux, il ne faut pas vous attendre à un système de guerre comme avec les autres nations de l'Europe… surtout quand leur pays est envahi… Je suis étonné que votre Empereur ne s'en avise…

— En quoi, réplique notre tambour-major, ce système dont vous parlez est-il si différent des manœuvres de nos guerres classiques ?

— Je ne suis ni homme de guerre ni prophète mais je connais ce pays… Si vous n'obtenez pas la paix avant la mauvaise saison, aucun de vous ne reverra sa patrie…

Le silence qui suit cet avertissement navrant est chargé de stupeur et d'accablement. Malgré tout, on reprend la route. Elle est collante et surtout infinie. Une bassouille gluante. Mais, à chaque pas, se renouvelle en nous la confiance en nos chefs. Et puis on se raccroche à l'idée que l'Empereur – qui a beaucoup de défauts – n'a jamais connu la défaite. Il sait ce qu'il fait, où il va, où plumer la poule cosaque… Le renard corse est plus malin que les campagnols des neiges, qui sont des fouisseurs et des fuyards. Ce jésuite du couvent de Polotsk était un aigri, son parti pris lui vient de son état : il a émigré. Il serait blessant, pour son amour-propre, de regarder la vérité en face. Après Wagram et tant d'autres victoires improbables, inattendues, obtenues sur un seul coup d'œil du Petit Tondu, il y aura Moscou… Un nouvel Austerlitz… Patience… C'est l'affaire de quelques lieues.

XXXVIII

Fifre d'honneur

Le corps de musique a perdu, dans l'hécatombe de Smolensk, beaucoup de refrains, de voix chaudes et entraînantes. Tous ces chanteurs de bivouac qui gisent, bouche ouverte, derrière nous vont nous manquer. On les a laissés, là-bas, sans sépulture, au revers des fossés, avec leurs carnets de chant, livrés aux ardeurs du soleil et des corbeaux.

Il va falloir retrouver la note, rattraper le mouvement, refaire les harmonies. Et surtout effacer le souvenir.

Le pays s'éloigne chaque jour davantage. Beaucoup d'amis ont descendu la garde, et s'en vont fumer les souches. Nous avons reformé les rangs, nous allons chasser la peine, oublier les cris, les éclats de boyaux sur les baudriers, l'instrument qui tombe des mains, le tambour du voisin qui roule sur l'herbe. Il faut reprendre la mélodie là où on l'a laissée.

C'est justement de cela que le tambour-major est venu nous parler ce matin, avant de partir. Il nous a confié ce qu'il a appelé « le petit secret du musicien rescapé », celui qui s'exerce à refaire ses tissus entre deux chocs et qui ne cède jamais aux accablements :

— Chers camarades, nous exhorte-t-il, n'oubliez jamais que vous êtes des soldats… des soldats de musique. À la guerre, il y a une règle pour ne pas sombrer : il faut laisser les morts enterrer les morts… Surtout ne jamais se retourner, ne jamais regarder derrière soi, détourner l'oreille des râles de ceux qui appellent leur mère… On avance et on oublie… On oublie en marchant. Il faut se vider la sorbonne… Chaque lieue de marche est une conquête sur soi-même… Il suffit de convoquer le for intime et de l'incliner vers la prochaine bataille… Chers camarades, je veux entendre les talons qui claquent. Vous êtes des gens de guerre, pas des musiciens de kiosque…

Alors, à nouveau, on bat la générale. On feugne dans les rangs mais on applique les ordres. La musique s'est remise en route, elle marche en avant, parfois sur une jambe, dans un nuage de poussière ardente. Ce sont des nuées brûlantes qui nous aveuglent comme des monceaux de braises fumantes.

L'ennemi est rentré au terrier. On ne rencontre pas âme qui vive à la lisière des alignements de troncs géants, blanchâtres, on aperçoit juste les fumées des isbas qui brûlent… L'épaisseur de la forêt nous empêche de deviner par où le soleil se retire.

Il a fallu resserrer les échelons, reconstituer la fanfare, ouvrir le ban avec quarante-cinq coups doubles, pour accueillir les nouveaux gagistes, puis refermer le ban avec un long roulement réglementaire.

Tout devient plus difficile. Les officiers chargés d'aller rechercher du fourrage bien souvent ne reparaissent pas ou reviennent les mains vides. La viande et la farine ne sont plus distribuées à la troupe. Les bêtes de boucherie, les troupeaux de moutons, tout est resté à l'arrière. La nouvelle musique n'a plus d'autre mouillante pour se sustenter que de la bouillie d'avoine. La dysenterie torture et emporte les triangles et quelques cymbaliers. Les instruments gémissent. Désormais, il faut s'habituer à manger du blé tel quel, avec des pousses de joncs sauvages ramassées dans les fanges. Certains de mes camarades sont passés à l'étape suivante, ils sont devenus des rongeurs, ils rapportent au cantonnement des racines toutes fraîches, cueillies dans les jardins de l'habitant.

Heureusement, les chefs nous rassurent, ils nous annoncent que la route ne sera plus très longue. Nous sommes… près du butin. Nous allons bientôt arriver à Moscou. Nous ferons couler la vodka à pleine goulaïe. Nous dormirons dans des lits de plumes. Le bonheur…

J'enchaîne les ordonnances : l'assemblée, la générale, le rappel. Depuis quelques jours, le sergent-major m'accorde une considération toute neuve qui m'étonne un peu. Je vais vite comprendre… Un matin, il vient vers moi et m'annonce que je dois changer d'instrument :

— Rogronille, vous allez passer fifre d'honneur du régiment.

C'est au fifre d'honneur qu'il revient d'ouvrir la voie. Le titulaire était un caporal-chanteur, un Picard joueur de triflûté ; il s'est fait laver la tête au plomb. Et c'est moi qui suis désigné pour prendre sa relève. Je vais remettre mon tambour à un jeune peint à l'encaustique, un enfant de la giberne, fils naturel – nous dit-on – du chapeau chinois et de la cantinière.

Pour moi, cette affectation est une distinction. Je passe de la cadence à la mélodie. J'aurai droit au grade qui va avec l'instrument, nimbé de prestige. Je serai soldé, je serai soldat. Je quitte mon état de gagiste. Cette désignation m'entraîne à plus de gravité. J'entrerai le premier dans les villes. Je suis grisé. C'est une récompense, une charge, un honneur. Ainsi va l'Empire… C'est le régime du mérite. Je vire un peu casaque, c'est humain. Napoléon est vraiment l'homme de l'inattendu. Il ne s'arrête jamais sur le chemin de ses rancunes… Le « petit caporal corse » pourra compter sur le « jean-foutre » des Quatre-Chemins pour donner du fifre à l'avant de la troupe.

Dès le jour de ma nomination, le fourrier me dote avec solennité de mon nouvel équipement : je porterai un baudrier blanc avec un étui de laiton accroché en travers de la poitrine, servant à ranger mon fifre, taillé dans une canne de Provence. J'apprendrai plus tard que mon fournisseur s'est contenté de retirer l'instrument sur le cadavre du titulaire fauché hier, à Smolensk.

Lorsque je teste sa résonance, c'est un enchantement. On est loin de la sifflerie buissonnière de Grasla. Il ressemble à une flûte traversière à six trous, de perce cylindrique étroite. Il est d'une tessiture aiguë de deux octaves. Il faut sans cesse rectifier la justesse, le timbre et le volume, tout en maîtrisant le souffle et la respiration en marchant.

On me donne pour mission principale d'accompagner l'exécution des batteries, de rendre ces dernières plus intelligibles pour les soldats. Car, dans le grand vent impétueux des plaines biélorusses, l'oreille distingue mal la charge du pas accéléré joué par des tambours en solo. En revanche, la mélodie se lit plus facilement, il suffit de suivre le fifre porté par le souffle lyrique de l'air ambiant ; on peut d'ailleurs déposer sur les notes des paroles plus entraînantes.

C'est un bouleversement dans ma vie de tous les jours : les batteries et sonneries étaient de simples signaux de convention pour l'ordre serré, mais qui entretenaient avec la vraie musique un cousinage lointain. Mon tambour n'avait pas vraiment une fonction d'agrément. Je suis désormais reconnu comme un musicien à part entière, celui qui va donner le ton, le rythme, l'élan. Dans chaque *mi* bémol, *ré* ou *si* bémol, c'est à moi qu'il reviendra de loger un peu de l'âme française pour réchauffer les ardeurs au combat.

La Grande Armée marche vers son destin. La musique l'entraîne. Et me voilà en tête de colonne. Je me bronze le cœur. Mais la troupe a soif. La faim nous brasse la poche de veuze, on n'a rien à y mettre. La mort rôde, on trouve des mots pour la nommer, avec une pudeur de langage pour tenir… Les « rafalés », les « épouraillés » et ceux qui ont « fendu le compas » ou « happé le taillis » sont de plus en plus nombreux.

On sent venir le grand coup de peigne… Je suis maintenant en première ligne. Par moments, le souffle du doute me désaccorde le fifre. On sait que les Russes sont des soldats furieux. Il faut s'attendre à tout. On les voit de dos. Soudain ils s'arrêtent de courir et font volte-face. Pied à pied, ils vont défendre le sol natal. La mort leur est une occasion de dépaysement au-dessus de leurs coupoles d'or où ils font provision de hardiesse.

On ne peut plus puiser l'eau dans les puits, ils sont remplis de bêtes mortes. On avance moins vite. À cause des écharpignés qui demandent des soins, des estrafilés qui traînent la patte, des chevaux harassés. On est vite repris par le cafard et les langueurs du pays natal. Toutes les pensées intimes, jusque-là comprimées, se retournent vers les bonheurs perdus qu'on a laissés là-bas, vers les familles, le petit frère, la petite sœur. On se transporte avec ses nostalgies, on goûte en soi ce qui nous fait défaut : les exhalaisons du pain chaud à la goule du four. On les respire pour chasser de nos humeurs cette odeur de brûlé refroidi qui ne nous quitte plus et imprègne le linge de corps.

En cet instant, je me laisse assaillir par le vague à l'âme ; je donnerais tous les fifres du monde contre un baiser de la Pibole : je ne reconnais rien de mes affections, de mes tendresses, au milieu de ces troncs gris et blancs, dans ces forêts lugubres de sapins éternels qui sont si loin de mes chãgnes têtards et de mes ferveurs de petit grillon.

Le temps change… Les chaleurs cessent tout à coup et l'air devient plutôt vif. Pour la première fois, je prends sur la peau le gilet de laine. Désormais je ne le quitterai plus…

XXXIX

Filet de musique, filet de vie

On a fini par comprendre ce qu'est une nation nomade. Sans cesse, elle se dérobait et voici qu'elle va se dresser devant nous, le 6 septembre au soir, à Borodino. C'est ce jour-là que tout change : pour la première fois, notre cantonnement fait face aux Russes campés sur un amphithéâtre ; ils ont allumé des feux arrogants sur la colline d'en face… Ils nous regardent… Ils nous attendent… La clarté resplendissante de tous ces brûlots donne au paysage mouvementé un aspect enchanteur et qui, pour un peu, endormirait notre vigilance avant le choc de demain matin.

Il est difficile de se représenter l'aspect que notre camp présente cette nuit-là. Il y règne une joie bruyante, une sorte de fringale de la bataille à venir, dont l'issue ne paraît douteuse à aucun d'entre nous… Ce sera un nouveau Wagram… On se prépare. Les chevaux sont attachés à des baïonnettes piquées en terre pour être prêts à bondir plus vite en cas d'attaque surprise.

De toutes parts, on entend les cris des soldats qui gibernent de tisons en tisons, et les éclats de rire, excités par les refrains du soir, imbibés de *vodky*. Je prends mon fifre, je m'élance, et toute la colline reprend :

J'aime l'oignon frit à l'huile…
J'aime l'oignon car il est bon…
Un seul oignon nous change en lion…
Un seul oignon frit à l'huile…

Toute la veillée reprend ensuite le refrain :

Mais pas d'oignons pour les Autrichiens,
Non, pas d'oignons à tous ces chiens…
On les laissera mourir de faim…

Un timbalier hurle :

— Les chiens, c'est ceux qui aboient… C'est vous ! les Français ! Tout juste bons à transformer vos alliés en plastrons…

Tout le bivouac s'arrête de chanter et dévisage cet homme au ton guttural qui exprime sa colère : c'est un timbalier *autrichien*. Les autres nationalités prennent son parti. Les Français s'excusent de cette maladresse. La chanson date de la campagne précédente, on n'y a même pas prêté attention. Après cet incident, la soirée tourne au vinaigre.

Un jeune soldat courbouillonné va gâcher toute la veillée. Il se lève et il entonne :

Le maire et aussi l'préfet
Nous ont fait tout quitter,
Ils ont fait tirer au sort,
Tirer au sort,
Pour nous conduire à la mort !

Les chefs ont les nerfs à vif car ce sonnet provocant fait écho à une proclamation russe qu'on promène sous le manteau et qui vise à saper le moral des soldats de la Grande Armée. Le texte qui circule dans les rangs est signé par un général russe mais écrit dans une langue française impeccable. C'est un appel à la désertion :

Soldats français ! L'on vous force de marcher à une nouvelle guerre. Songez qu'une armée russe, s'il le faut, succèdera à l'autre, et que vous êtes à quatre cents lieues de vos renforts. Ne vous laissez pas tromper par vos premiers mouvements : vous connaissez trop les Russes pour croire qu'ils fuient devant vous ; ils accepteront le combat, et votre retraite sera difficile. Ils vous conseillent de retourner chez vous en masse ; ne croyez point à ces perfides paroles selon lesquelles vous combattez pour la paix : non, vous vous battez pour l'insatiable ambition d'un souverain qui ne veut point la paix, et qui se fait un jeu de verser le sang de ses braves. Retournez chez vous, il en est encore temps...

Cette propagande est sans grand effet mais elle inquiète les officiers, toujours soucieux du moral de la troupe au moment d'en découdre.

Au matin du 7 septembre, à la pointe du jour, les tambours battent le réveil, puis les trompettes sonnent « Conscrits, égayons nos vingt ans... ».

Chacun prend ses armes. Je sors mon fifre de son étui où il a passé la nuit. La musique bat la générale pour rassembler les hommes. Le général Bonamy nous a confié hier soir l'instruction qu'il a reçue de Napoléon en personne : « Bonamy, vous allez prendre la bête par les cornes ! »

Notre général s'adresse à tout le régiment, d'une voix emphatique, pour lire l'ordre du jour rédigé par l'Empereur lui-même :

Soldats, vous avez supporté les privations et les fatigues avec autant de courage que vous avez montré d'intrépidité et de sang-froid au milieu des combats. Vous êtes les dignes défenseurs de l'honneur de ma couronne et de la gloire de notre grand peuple. Tant que vous serez animés de cet esprit, rien ne pourra vous résister.

Soldats, voilà la bataille que vous avez tant désirée ! Désormais, la victoire dépend de vous : elle nous est nécessaire. Elle nous donnera l'abondance, de bons quartiers d'hiver et un prompt retour dans la patrie ! Conduisez-vous comme à Austerlitz, à Friedland, à Vitebsk, à Smolensk, et que la postérité la plus reculée cite avec orgueil votre conduite dans cette journée ; que l'on dise de vous : il était à cette grande bataille sous les murs de Moscou !

Cette lecture solennelle est accueillie par des cris d'enthousiasme : « Vive l'Empereur ! » On ne pense plus aux morts de Smolensk.

La musique joue *Le Réveil de la Garde*. Je marche en tête sur le petit pont qui enjambe une rivière étroite qui s'appelle la Moskowa… Bientôt, on ne distingue plus rien… La fumée de mille bouches à feu fait écran. Après les éclairs des coups de canon, des nuées denses montent dans le ciel, l'une après l'autre. De temps en temps, les Russes lancent des fusées – sans doute des signaux –, incompréhensibles pour moi. Les bombes et les grenades éclatent en l'air, formant des nuages blanchâtres. Quelques caisses de poudre explosent, la terre tremble. Les charges de cavalerie se suivent les unes après les autres ; elles sont si violentes que des masses entières de troupes se heurtent, ce qui cause des pertes effroyables des deux côtés. On voit des dizaines de chevaux qui galopent en tous sens, ils ont perdu leurs cavaliers… J'apprends que le général Belliard est en difficulté, il a perdu sa monture…

La bataille, de plus en plus indécise, se déplace devant les fortifications, les deux camps s'arrachent à tour de rôle les redans, couverts de cadavres d'hommes et d'animaux blessés.

Sur la partie droite du champ de bataille règne un affreux désordre. Les prés sont jonchés de débris d'armes et de canons. Les casques et les cuirasses volent en éclats dans tous les rangs. L'artillerie tonne, le sang continue à couler des deux côtés ; mais les Russes sont toujours là. Le ciel va bientôt pleurer. Les premières gouttes d'eau tombent.

Le tambour-major me donne instruction de continuer à jouer du fifre, quoi qu'il arrive, pour soutenir l'offensive que prépare mon général vendéen. En réalité, personne n'entend rien. Le feu roulant couvre mon filet de musique, les obus creusent la terre, balaient les hommes, les bombes sont de plus en plus rapprochées. Mais on est dans le *symbolique*. La musique doit porter le feu. Si la musique s'arrête, le canon hésite. Le filet de musique est un filet de vie, une respiration du vivant qui toise le feu.

Je monte sur une levée de terre, face à la Grande Redoute, un ouvrage de défense que le général veut prendre coûte que coûte, sous une grêle de boulets qui incommodent les soldats ; ils avancent de plus en plus lentement.

J'entends crier : « En avant ! » C'est l'assaut. Le général donne de l'éperon et s'avance sous le tir effrayant des canons face à trois mille Russes au moins qui occupent le retranchement et ne montrent nullement l'intention de se faire déloger.

Le général ordonne à tous les soldats de marcher lentement sans tirer, jusqu'à quarante pas de la redoute. Là seulement, on ouvrira le feu tous ensemble. Boulets et mitrailles tombent comme grêle sur la troupe. Je prends une balle perdue qui m'estafile le bras droit ; mon baudrier rougit du raisiné qui coule et caille bien vite. Les rangs se resserrent, il faut combler les vides…

Nous voilà enfin à quarante pas. Tous les regards se tournent vers le général. Il commande le feu. Son cheval est tué sous lui. Il se dégage, fait battre la charge. Un peu plus tard, il parvient, à pied, à escalader le retranchement et pénètre un des premiers dans la redoute. On me fait signe de suivre. Je jouque sur un contrefort de la palissade et, à nouveau, je donne du fifre.

La lutte corps à corps s'engage – un vrai déjeuner à la fourchette –, le carnage est affreux. Les Russes, plus nombreux, nous prennent au cul et aux chausses, ils nous strapassent sans ménagement. Malheureusement, nous attendons en vain les renforts, ils ne viendront pas. La marche enveloppante des colonnes ennemies semble inexorable. Nous sommes écrapoutis par le nombre des sous-pieds de guêtres russes qui nous assaillent.

Notre chef ne veut pas céder la position, il préfère la mort à la fuite. Nous sommes une cinquantaine avec lui. L'aide de camp tombe, et aussi, hélas, les meilleurs soldats du régiment. Je repense à la maxime du général Bonamy, qu'il m'avait répétée à La Flocellière, adossé à sa cheminée, pour glorifier l'usage de la baïonnette, son arme fétiche : « La balle est folle, alors que la baïonnette, elle, *sait ce qu'elle fait.* »

Hélas, aujourd'hui, la baïonnette nous échappe, elle est dans la main de l'ennemi, et, effectivement, elle sait ce qu'elle fait. Notre chef n'a que sa canne pour parer les coups. Il refuse de se rendre. Il est transpercé de plusieurs lames. Le dernier coup lui est adressé en pleine poitrine au moment où, avec son pauvre pommeau, il crève l'œil d'un grenadier russe. Il s'effondre…

Je vois venir à nous un haut gradé ennemi, qui intime l'ordre à ses seconds d'enlever le général blessé et qui, très attentionné, lui fait donner sur place les premiers soins. Bientôt il commande de transporter notre chef de corps vers les lignes d'en face. Notre division reste là, pétrifiée. J'ai remis le fifre à l'étui. Le général est prisonnier. Il s'en va. Le régiment est décapité. J'apprends un peu plus tard que le haut gradé russe qui est venu vers lui est le prince Koutousov et qu'il a confondu le général Bonamy avec le roi de Naples, Murat.

Il faut évacuer la Grande Redoute. Nous errons quelque temps sur le champ de bataille… Un peu plus loin, il y a comme un gémissement… Je tends l'oreille… J'ai cru entendre qu'on prononçait mon prénom :

— Jean… Jean… C'est Auguste…

Je m'approche d'un petit muret, en bas du raidillon : je vois un colonel blessé, méconnaissable. Ses vêtements et son linge sont couverts de sang, son uniforme déboutonné, une de ses bottes enlevée, sa tête ensanglantée ; il a une large plaie sanguinolente au-dessus du genou. Sa figure, noircie par la poudre, est marquée d'une rigole. Quelqu'un, des deux mains, lui soutient le dos.

On lui essuie le visage ; je le reconnais, c'est le colonel Auguste de La Rochejaquelein, le frère de monsieur Henri, c'est le fameux officier, retiré chez lui, qui a dû choisir entre la prison et le retour au service actif de l'Empereur. Je repense en moi-même au mot du préfet et je l'interpelle ainsi :

— Ah, c'est vous, la « jurisprudence Auguste » !

Sa blessure au visage ne l'empêche pas de sourire. C'est une entaille sur tout le travers de la joue dépouillée. Ainsi lui viendra son surnom pour le reste de sa vie : « Auguste le Balafré ».

La nuit tombe. Le temps est mouillassoux et de plus en plus froid. Le champ de bataille est retourné au silence. On entend, juste en sourdine, monter un long soupir désespéré. Les blessés qui ont réussi à échapper au feu rampent par milliers aux abords de la route, les jambes broyées ; malgré tout, l'appel de la vie est le plus fort : démanchés de partout, ils ne veulent pas rendre l'âme.

Des paysans armés commencent déjà à tuer les traînards français.

Mes camarades musiciens ramènent au cantonnement des biscuits et du sel récupérés dans les havresacs des cadavres russes. Corentin, le tambour breton, a même trouvé des noix de muscade qu'il me donne à partager.

L'intérieur des ravins que nous côtoyons pour rejoindre la route nous offre une vision effrayante : presque tous les blessés, par un instinct naturel, s'y sont traînés afin d'épargner de nouvelles offenses à leurs pauvres corps meurtris ; c'est là que les malheureux, entassés les uns sur les autres, privés de secours et nageant dans leur sang, brandissent leurs moignons et poussent des gémissements horribles. Ils invoquent à grands cris la mort, ils nous supplient de mettre un terme à leur affreux supplice. Les ambulances sont insuffisantes, notre stérile pitié se borne à déplorer les maux inséparables d'une guerre atroce.

Je commence à me demander quelle sera demain la mission confiée au fifre d'honneur : jouer un hymne à la vie pour les rescapés, ou psalmodier un *requiem* pour une armée entière ?

XXXX

C'est Mardi gras dans l'automne russe

Pendant douze cents lieues, on n'aura pas levé la tête. La troupe est exténuée. La cavalerie touche à sa ruine, les chevaux d'artillerie, épuisés par la boustifaille des toits de chaume qui leur brouille l'estomac, n'ont plus la force de traîner les pièces…

Et voici qu'un beau matin – à ce qu'il paraît le 14 septembre –, on oublie les jambes lourdes, les humeurs sombres. Simplement parce que la calotte toute négrésie qui est au-dessus de nos têtes, depuis des jours et des jours, se dissipe et fait la place au soleil, comme pour fêter Carême-prenant. Le temps s'est endimanché, il s'est drapé de bleu à l'orientale, le ciel russe se découvre, il est splendide.

Là-bas, devant nous, sur une éminence, des forêts de bras se lèvent. C'est un immense frisson qui parcourt les échines… D'un seul mouvement, les hommes se redressent… Même les tambours ont la peau qui tremble, ils battent aux drapeaux, ils ont la chair de poule. On entend crier « Moscou ! Moscou ! » Enfin ! nous touchons au but !

Mes doigts tressautent, mon fifre trémule d'émotion, il sautille de joie dans les aigus. Les trompettes de cavalerie sonnent *La Victoire est à nous*. Le soleil radieux darde de ses rayons la ville resplendissante. Il inonde les dômes, les palais dorés et se réfléchit en un dégradé sublime de clochers bulbeux bicolores. C'est une vision étincelante.

Nos âmes quittent leurs habits de fatigue pour se mettre en tenue de fête. Même si les corps sont à la traîne, le moral est revenu. Le spectacle que nous avons sous les yeux est un ravissement. Les caisses de tous les régiments, depuis les nombreux points hauts qui se répondent, fouettent l'écume triomphante de la vague énorme de leurs roulements.

À trois heures, nous entrons dans la ville, en marchant en colonne, musique en tête. Je joue, au fifre, le *Chant du Départ*… Les rues sont vides, elles sont spacieuses, bien percées… J'imagine que les habitants, invisibles, se sont terrés et nous épient avec effroi à travers les jalousies de leurs croisées.

Nous passons devant des maisons ciselées, colorées en jaune, en vert, en rose, et aussi le long de murailles crénelées d'un chaud brun rouge, de masses couvertes de fer poli, de villas de marbre et de brique. Rien à voir avec les masures de glaise et de sapin qu'on nous avait annoncées.

Le temps des rations de famine va finir. Les engagements continuels et les coups de main inattendus, l'eau putrifiée, le seigle noir, tout cela est derrière nous. Nous voilà enfin aux quartiers d'hiver : l'eau de cristal, le vrai pain d'Ukraine, les plaisirs de la ville, l'amour slave, la victoire tranquille… On va dormir dans des salles de billard, couchés sur des fourrures de zibeline de Sibérie, des peaux de lion et d'ours, parmi les étoffes en soie tissée d'or et d'argent.

Dans les caves des boyards, passées à la fouille immédiate, on trouve du rhum de la Jamaïque et de l'excellente bière recouverte de glace pour la tenir bien fraîche pendant l'été. On va manger des fruits confits et des beignets de confiture. Déjà, on goûte des liqueurs de cannelle au bouquet sublime. On soupe dans des assiettes de porcelaine, on boit dans des verres d'argent, récupérés dans les maisons nobles…

Bientôt, les charriots et les voitures ne peuvent plus circuler. Les rues sont embarrassées par quantité de beaux meubles brisés et à demi brûlés, des pianos, des lustres à facettes et une infinité d'autres choses d'une plus grande richesse. Le pillage n'a pas traîné. Le nom que les grenadiers lui donnent, c'est « la foire de Moscou ».

Ladite foire commence par la visite des maisons, devenues des comptoirs ; on y fait ses provisions, c'est très excitant. Parfois surprenant, comme la découverte, chez un carrossier, de petites voitures élégantes que les Russes appellent des *drouschki*. J'en choisis deux pour y transporter d'énormes betteraves toutes rondes et d'un rouge ardent, grosses comme les boules des jeux de quille de la meunerie des Alouettes. Moscou devient, pour quelques heures, une promenade à surprise. Le troc s'organise à grande échelle : celui qui a du drap l'offre contre du vin, et celui qui a récupéré une pelisse peut en retirer beaucoup de sucre et de café…

Un soir, on trouve une vieille femme qui louche de l'épaule, toute rabousinée, enfermée chez elle. On brise les vitres, on force la porte. Mes compagnons de foire l'accablent à grandes goulaïes :

— Nous sommes venus réquisitionner tous les fruits mûrs de ton garde-manger !

Un de nos camarades polonais, saxophone dans la musique, qui parle très bien le russe, traduit la réponse brutale de cette vieille argrincaïe qui a choisi de mourir sur place et qui nous regarde à l'oblique :

— Des fruits ? Pour les Français ? Le mastic des vitres suffira largement à les nourrir. Qu'ils se servent donc !

Nous voilà déconfits. C'est un peuple fier. La fuite n'est pas pour eux une course de lièvres saisis d'effroi qui détalent, mais plutôt une boucle de renards des neiges astucieux qui tournent autour des petits coqs d'arrogance pour les fatiguer avant de les croquer. Les petits coqs, ce sont les grognards…

Une autre fois, c'est une jeune femme qui, pressée par les soldats, présente son bébé :

— Tenez… prenez-le… mangez-le.

Elle croyait sincèrement – on le lui a fait croire – que les Français mangeaient de la chair humaine.

C'est un peu plus tard, un peu plus loin, dans les faubourgs, qu'on voit s'enfuir un long sauve-qui-peut d'hommes et de femmes désolés, embraillaudés, chargés de quelques biens, brandissant leurs saintes images et traînant leurs enfants après eux. Leurs prêtres, tous recouverts des signes sacrés de la religion orthodoxe, les précèdent. Ils invoquent le Ciel avec des hymnes d'imploration qu'ils reprennent tous en pleurant…

Hélas, le bazar va bientôt tourner au saccage. Comme une pluie de sauterelles sur une récolte. Les chefs regardent, passifs, les hommes, qui n'obéissent plus. Une licence effrénée se répand alors parmi la troupe, que rien ne peut contenir et qui porte aux pires excès.

Les soldats arrachent tout ce qui peut flatter leur cupidité. Les trombones se couvrent d'étoffes tissées d'or et de soie. Les caisses claires jettent sur leurs épaules les fourrures les plus estimées, les serpents se couvrent de pelisses de femmes et d'enfants. Un colonel de la Garde part chaque soir avec ses trois domestiques, muni de bougies pour la « chasse aux trésors » ; il se vante de rechercher les tableaux des églises – des reliefs sur plaque argentée. Il les fait décrocher pour en prélever la feuille d'argent et met tous les saints et saintes à chauffer dans le creuset pour en faire des lingots. Tout cela sera ensuite vendu au poids contre des billets de banque.

Les musiciens gorgés de schnaps courent les rues. Je vois un trompette qui emporte un pochon de farine dans une tenture de soie, et un autre des pains de sucre dans une robe de bal. Il y a même des goujats affublés de l'habit des popes, abandonné dans les églises, ou encore des cantinières crottées qui se sont couvertes de cachemire.

La musique a laissé l'uniforme. Elle se coiffe de bonnets fourrés. Elle est recouverte de velours de Crimée et de satin violet des Ouzbeks. Il n'y a plus aucune discipline. Le pittoresque des rues, livrées à la maraude, tourne au carnaval. C'est Mardi gras dans l'automne russe. On y rencontre la plus piquante variété de vêtements, on croise des hussards vêtus à la tartare, à la cosaque, à la chinoise. Un fusilier porte la toque polonaise, les artilleurs promènent le haut bonnet des Persans, des Baskirs ou des Kalmouks.

Les temples orthodoxes ne sont pas épargnés. Souvent transformés en écuries, ils sont livrés aux hennissements. On attache les chevaux aux fers forgés des iconostases. Les bêtes piétinent les icônes des archanges Michel et Gabriel. Les monastères sont devenus des corps de garde, des boucheries, des magasins de fourrage. Tout ce désordre me ramène au souvenir affreux de la soldatesque des Colonnes infernales à La Chapelle-Basse-Mer ou au Petit-Luc... Sauf qu'ici, les colonnes, c'est nous... J'ai honte... Les sculptures sont arrachées, les reliques des saints sont mutilées, leurs tombeaux remplis d'ordures, les ornements déchirés, les autels renversés. Les tonneaux de vin inondent les parquets sacrés et des cadavres d'hommes et de chevaux infectent ces voûtes destinées à l'encens. Nos amis polonais, de grande piété, se désolent.

Tout cela me bouleverse et me révulse. Où est la civilisation dans toute cette débauche ? Qu'en pense le Pacificateur des Quatre-Chemins ? le Régénérateur vanté par monseigneur Paillou dans ses fameux mandements qui n'étaient qu'un perpétuel hosanna ? Un archimandrite, resté dans son église à réciter les psaumes, juste à côté des deux temples des Saints-Apôtres Pierre et Paul, lève les bras au Ciel et me prend à témoin. Il parle français, il est affublé d'une capote de peau de mouton ; sa barbe blanche, épaisse, lui descend jusqu'à la ceinture. Il prononce les paroles de l'Apocalypse et désigne Napoléon comme « l'Ange des Ténèbres » ; il nous prédit une triste fin :

— Votre troupe de soudards ressemble à un torrent impétueux que nos armées ne vont pas arrêter de sitôt… Mais Moscou sera bientôt *l'éponge* qui va vous… absorber !

Le mystère de cette parole énigmatique va se dissiper très vite : l'éponge dont il parle ne sera pas gorgée d'eau mais d'alcool à brûler. Il suffira, hélas, d'un briquet ordinaire… pour que le feu gronde.

En quelques heures, la foire vire à la panique. Tout autour de nous, dans un ciel qui s'obscurcit et nous plonge dans une noirceur aveuglante, s'élèvent des tourbillons de flammes qui viennent faire barrage à nos courses aux trésors, à nos rapines. On ne voit plus rien. Les cheminées s'effondrent sur nous. Les poutres brûlantes et les plaques de tôle vernissée des corniches encombrent les rues.

Le feu engerbe le bois des petites maisons bourgeoises qui se consument comme de la fourneille à menuiserie. On montre du doigt les maraudeurs de l'armée qui, la nuit, ouvrent leur chemin avec leurs bougies de cire dégoulinantes et abandonnent des bouts de chandelle dans les magasins du quartier des marchands – le fameux Bazar.

Les hautes fumerolles qui dansent sur les toits ont trouvé un allié inattendu, la tempête. Le vent souffle de galerne, du nord-ouest, par rafales, il vient du bout du monde, il vocifère et accorde à tous les foyers de nouvelles prospérités. La propagation de l'incendie est de plus en plus rapide. L'air est enflammé, on respire du feu. Les hommes courent en tous sens. Le poil des bonnets d'ourson grille sur la tête des grenadiers.

Je me sens piégé. De quel côté fuir ? Comment échapper au brasier ? Partout, montent les cris des torches vivantes. Nous marchons sur des tisons ardents. Nos souliers en écorce de bouleau, qui sont des *lapti* volés aux Russes, brûlent à chaque fois qu'il nous faut poser le pied pour avancer sur les plaques de plomb fondu tombées par terre. On ne sait plus, au juste, dans quel quartier on se trouve. Le vent, qui brôme de plus en plus fort, nous envoie des cendres chaudes dans les yeux.

La fumée nous livre à tous les égarements, elle nous voile le chemin de survie. Dans les rues étroites, le feu, concentré comme dans une fournaise, double d'intensité. Le rapprochement des toits réunit les flammes au-dessus de nos têtes en un dôme ardent qui nous bouche la vue du ciel. L'ascension des gerbes de feu est accompagnée par un sifflement épouvantable et des détonations foudroyantes. À travers la fumée rouge, les croix dorées des églises miroitent dans un hurlement infernal d'étincelles et de lumière noire. Les magasins qui étaient remplis d'huile, de suif et d'autres matières combustibles explosent en cascade. Les bâtiments se consument comme d'énormes bûchers. Les rues sont devenues des fleuves de feu…

De temps en temps, on rencontre des Russes, rescapés, qui sortent de leurs cachettes en criant :

— *Bojo ! Bojo !* Mon Dieu ! Mon Dieu !

Je surprends trois forçats, encore entravés par leurs chaînes. Ils sont munis de briquets phosphoriques, ils allument partout des incendies. Nous apprendrons un peu plus tard que le gouverneur de Moscou a fait retirer de la ville toutes les pompes à eau. Ce brasier répond donc à une intention guerrière, pareille au brûlis des terres récoltées. Zidore me disait toujours : « Quand la myxomatose se met chez les lapins, on vide le clapier, et puis on met le feu au plancher pour tout purifier. » C'est le même principe ici, à Moscou. Et les lapins qui courent dans tous les sens, ce sont les Français.

Le vomissement des torrents de flammes finit par s'épuiser de lui-même, faute de poutres et de poudre à brûler. La ville est aux trois quarts consumée. Nous marchons dans la cendre, parmi les gravats. Moscou est morte.

XXXXI

La cithare des glaces éternelles

L'ordinaire de nos jours bouscule les caractères et les exagère, au point de rendre les hommes méconnaissables. Nous sommes entrés dans une nouvelle vie, hors des humanités élémentaires : on vaque, on vole, on somnole, c'est naturel, on suspecte les redingotes rebondies, on se méfie du voisin qui attend la nuit pour vous faire les poches. Et même quand on se retrouve le soir pour boire une eau de vie dénichée dans un palais, le ton monte dès le deuxième verre, entre ceux qui veulent passer l'hiver ici et ceux qui voudraient repartir tout de suite, avant la neige. On n'a plus d'ennemi visible – il a fui –, alors on se cherche un ennemi invisible, on suspecte le traître, parmi nous – et on l'accuse. L'atmosphère est délétère. Les distractions – autres que le pillage – commencent à manquer.

Soudain, c'est une bonne surprise : le tambour-major et le porte-drapeau viennent me chercher. Ils m'annoncent que nous allons « assister à une comédie ». C'est un privilège réservé aux musiciens mélodistes de la première ligne. Nous nous retrouvons au Théâtre-Français.

L'affiche a été imprimée par la Typographie de la Grande Armée, qui a pour fonction de confectionner les tracts de propagande à destination de l'armée russe.

En lisant l'invitation, je n'en crois pas mes yeux :

Théâtre-Français à Moscou.
Les comédiens français auront l'honneur de donner,
mercredi 7 octobre 1812,
une première représentation des
Jeux de l'Amour et du Hasard,
comédie en trois actes et en prose de Marivaux.

En bas de l'affiche sont annoncés les prix des places :

1re galerie : 5 roubles (ou 5 francs)
Parquet : 3 roubles (ou 3 francs)
2de galerie : 1 rouble (ou 1 franc)
On commencera à 6 heures précises.

On se croirait à Paris, à la Comédie-Française…

La salle se remplit de militaires. Le parterre est bientôt occupé par les sous-officiers, les deux rangs des loges par des officiers de toutes les armes. L'orchestre qui ouvre la soirée est excellent : ce sont les musiciens de la Garde. L'Empereur a même fait venir une soprano italienne accompagnée par le ténor Tarquinio, paraît-il célèbre à Rome.

Le texte de la pièce est un peu lent et trop subtil pour moi. Quand le rideau retombe, un camarade suisse de Ferney, plus savant que les autres, vante les mérites de ce Marivaux subtil, « qui pèse des œufs de mouches dans des balances de toiles d'araignées ». Il y a eu peu d'action, et d'ailleurs peu d'applaudissements.

La troupe est dirigée par madame Aurore Burcet. Cette actrice doit sa fortune au gouvernement russe. Elle est âgée de quarante-cinq ans, elle a dû être fort jolie mais elle boite un peu de l'œil gauche.

Lors de la troisième représentation, je suis réquisitionné, au pied levé, pour relever un musicien de la fosse, un violon. Il est allé au fourrage... il n'est jamais revenu. C'est à ce moment-là que je fais la connaissance du fameux Saint-Vert, un comédien français du théâtre de Saint-Pétersbourg, originaire de Nancy. Il vit retiré à Moscou depuis quelques années, avec une pension de dix-huit cents roubles que lui consent l'empereur de Russie.

Il conserve un respect religieux pour la mémoire du roi Louis XVI et il ne dissimule pas sa réserve à l'égard de Napoléon. Quand on lui a dit que j'étais vendéen, il a couru vers moi. Nous nous lions d'amitié : il aime la musique. C'est un artiste. Et un grand acteur. Il me présente à la directrice, elle me raconte ses déboires. Elle pleure son théâtre qui a été la proie des flammes mais ajoute que ce fut finalement un mal pour un bien et elle loue l'Empereur de l'avoir, en quelques heures, relogée dans la salle du trône du Kremlin. Chaque soir, le spectacle se déroule dans ce lieu superbe, décoré des antiques ornements et précieux souvenirs de Leurs Majestés les Tsars.

À la fin de chaque représentation, madame Burcet nous offre, à la tombée du rideau, après la pièce du répertoire français, des ballets traditionnels de toute la Russie de haut caractère. Je découvre une danse envoûtante, en cercle, à trois temps et très rapide, que les Russes appellent, à la cour du Tsar, le *khorovod*. On nous présente aussi des *troïkas*, des ballets immémoriaux et notamment la danse du *kozakhchok* du Terek, qui vient du Caucase du Nord. C'est une danse étrange qui consiste à pirouetter sur la plante des pieds et à piétiner sans changer de place. Les épaules, les hanches et les bras sont dans un mouvement continuel. Elle est accompagnée par un instrument étrange, le *bandura*, une sorte de mandoline qui associe les effets de la cithare et du luth.

Saint-Vert me conduira bientôt vers un de ses amis russes qui fabrique tous ces instruments de musique bizarres que j'ai découverts sur la scène. Son magasin est en cendres, mais il a gardé son atelier. Il va m'apprendre à apprivoiser la *balaleïka*, une sorte de luth à manche fretté, avec une caisse en triangle et une toute petite ouïe. Elle se joue le plus souvent au doigt et parfois avec un plectre. La balaleïka *piccolo* possède un son pénétrant, la *prima* produit un son fougueux. Le vieux luthier compare les Français aux Tartares de Gengis Khan. C'est pourquoi il me présente une *domra*, une espèce de luth paysan, rendu célèbre par la résistance aux Mongols que cet instrument des anciens Boyans incarna au lac de Kitej, avec une caisse de résonance toute arrondie. Il m'apprend à gratter les trois cordes avec un plectre.

Je m'initie aussi au *gousli*, qu'on appelle à Moscou « la cithare des glaces éternelles ». Il a jusqu'à trente-six cordes de boyau. Je m'exerce à le tenir sur mes genoux, les cordes sont à l'horizontale, au-dessus de la caisse de résonance. La main gauche s'emploie à assourdir les cordes tandis que la main droite se promène sur l'ensemble de l'instrument. Je retrouve le clavicorde qui était sculpté sur le porche de la collégiale de mon enfance. C'est un instrument du VIe siècle qui, en réalité, vient de l'Orient. On est là aux origines de toutes les musiques et des premières chrétientés du Levant. Un pèlerinage des sons…

Avec quelques musiciens de mes amis, nous allons former un petit ensemble d'instruments composé d'un *bayan*, d'un *vargane*, d'une *balaleïka* et de quelques percussions rustiques comme le tambourin de Kalouga. Notre réputation va grimper en flèche chez les soldats bariolés.

Bientôt, nos cordes rustiques résonnent aux quatre coins de Moscou. Un soir, la cantinière Dubois nous supplie de venir donner du plectre à une soirée de danse qui est en fait un vrai bal de carnaval. Toute la compagnie est travestie. Il y a là le sergent Bourgogne, déguisé en boyard, des chefs de section et des sous-officiers, costumés en chinois et en marquis des temps royaux. La mère Dubois a revêtu une toilette du soir tissée d'or. Il y a aussi quelques femmes russes qui traînaient dans la rue et sur lesquelles les soldats déguisés ont jeté leur dévolu. Les voilà désignées comme invitées d'honneur ; on les habille en dames de l'aristocratie française. Très vite, on cherche des perruques pour nos vicomtesses et nos baronnes, qui sentent fort l'ail et la graisse d'oie. On fait appel au perruquier de la compagnie, il leur crêpe le chignon et leur dressse une coiffure « à la *Belle Poule* ». On cherche de la pommade, le perruquier leur met du suif et, pour remplacer la poudre, il leur étale sur la figure de la farine un peu gâtée, jaunâtre. Les voilà ficelées pour les figures du ballet. Le punch coule à flots, on rit dans tous les coins de cette parodie slave et française.

Les balaleïkas se mettent en mouvement. Ma « clique de la mer Noire », comme on l'appelle dans ma chambrée, endiable la soirée. Les femmes russes avalent le punch à grandes goulaïes. Les hommes se versent des rasades pour leur donner la réplique.

Soudain, le sergent Bourgogne me souffle à l'oreille :

— On va leur percer le flanc.

Tous les Français reprennent en chœur la marche fameuse :

On va leur percer le flanc,
Ran tan plan tire lan
On va leur percer le flanc,
Le Petit Tondu s'ra content
Ran tan plan tire lan

Les femmes russes, même si elles ne comprennent pas les paroles, battent des mains. Elles sentent de plus en plus fort. La mère Dubois chaloupe avec le fourrier de la compagnie. Nos marquises suivent le rythme, elles se mettent à sauter comme font justement les Tartares. La sueur de farine dégouline de leurs joues trempées. Elles vont à droite et à gauche, écartent les jambes, se plaquent au sol, étendent les bras, se roulent par terre, aussi agiles que des Cosaques à la voltige. Le spectacle de ces duchesses de fortune et vicomtesses emperruquées à la versaillaise, qui font des roulés-boulés sur les parquets à moitié calcinés, est à sortir un mort de sa fosse. Nous pleurons de rire. Et comme nos marquises d'un soir prennent nos rires pour des encouragements à en faire plus, elles accélèrent leurs figures excentriques et battent la charge de plus belle… Elles finiront par tomber d'épuisement sur le plancher…

Quelques instants plus tard, on apporte du *vodky* et on repart pour une gavotte et un menuet façon moujik. À la fin, tout le monde est par terre… À cinq heures du matin, on se relève, il est temps de regagner les cantonnements dans les caves et les abris de la ville…

Le bruit court, depuis quelques jours, qu'il va falloir graisser le tambour et briquer le baudrier. On nous annonce la fin du séjour à Moscou et le retour à la maison… On va marcher pendant l'Avent. On sera juste rendus pour fêter Noël chez nous…

XXXXII

La neige pour linceul

Le 18 octobre au soir, le tambour-major pousse un hurlement : le départ est fixé au lendemain. Un « repli tactique », nous assure-t-on. Personne ne parle de faire retraite. Mais tout le monde a deviné… Les musiciens italiens ont trouvé un mot charmant : la *retirade*… On prépare les paquetages. L'Empereur fait publier, au son du tambour, en forme de semonce, un avertissement solennel : les traînards seront punis de mort. Alors personne ne traîne…

Le 19 octobre, au cœur de la nuit, l'armée française commence donc sa retirade. On voit s'aligner d'interminables théories de chariots et d'attelages remplis de toutes sortes d'objets pillés : les tapis, les étoffes, les sacs de farine…

Le temps est superbe. Un bel automne. On a de la chance. J'ai le fifre guilleret, il monte dans les aigus, d'un air léger, pour presser le mouvement ; on a tous compris que le Soleil, dans sa course depuis l'Est vers l'Ouest, va nous emmener dormir chez nous, c'est une question de jours…

J'ai pris le temps de faire une petite revue de mon sac : les chefs disent qu'il est trop lourd. J'emporte une gousli et un petit clavicorde pour enchanter les granges des noces vendéennes à venir. J'y ai glissé une bouteille de liqueur de l'Ougra, pour mon voisin Racassou, un peu de riz, le costume d'une dame noble en étoffe précieuse de Samarkand que j'offrirai à la Pibole – si elle m'attend encore –, un morceau de la croix du Grand Ivan, que je destine à Louise, ma chère sœur, si pieuse.

Je porte, sur ma chemise, un gilet en piqué de soie jaune que j'ai confectionné moi-même avec le jupon d'une femme de boyard et, comme pardessus, un grand collet doublé en peau d'hermine. J'ai suspendu à mon côté, par un large galon en argent, une carnassière contenant plusieurs objets, dont un Christ en or, ainsi qu'un petit vase en porcelaine de l'Oural, qui fera le bonheur de ma petite sœur Choupomme. Chacun ramène le meilleur de ses courses. Nous tirons à notre suite tout ce qui a pu échapper à l'incendie de la ville. Les voitures les plus élégantes avancent au milieu des fourgons, des *drouskis* et des charrettes qui portent les subsistances. L'humeur est gaillarde, le moral remonte. Je parle désormais l'argot de la Grande Armée. J'ai presque perdu mon patois de Sainte-Florence.

Hélas, il suffira de quelques lieues pour que cette immense caravane perde très vite sa belle ordonnance. Pour protéger les vivres, il faut veiller à l'entretien des chevaux qui les traînent. Or le manque de fourrage en fait mourir tous les jours un grand nombre. Même la mauvaise paille de chaume, arrachée à la toiture des maisons, n'est plus à portée de la main. Car la plupart des isbas ont brûlé.

Quand les soldats s'écartent de la route pour trouver à manger, ils tombent entre les mains des Cosaques et des paysans armés, encapitolés dans des touloupes en peau de mouton. On entend les « hourras » de très loin, repris en chœur – leur signal d'attaque à la voltige. Et puis, un peu plus tard, les cris d'agonie des nôtres... Le chemin est couvert de caissons que l'on fait sauter par précaution, avant de traverser les villes en feu, ainsi que de canons et de voitures abandonnés quand les chevaux n'ont plus la force de tirer les chargements.

En quelques heures, l'atmosphère change... On bascule dans la tragédie. Désormais, il est recommandé de ne plus s'occuper des autres. Comme dit le clairon-basse, il ne faut se fier qu'*à son propre lard*. Chacun ne surveille plus que la peau de son tambour. Quand vient le moment de brichetonner ce qu'on a mis de côté, la musique n'est plus qu'un concours de solos. Chacun joue sa partition solitaire et se met à l'écart pour avaler ce que son industrie lui aura procuré. Les provisions de Moscou diminuent de jour en jour. Mes *caloutchy*, qui sont de délicieux pains blancs, et que j'ai fait biscuiter au fond de mon sac, sous ma balaleïka, ont trop durci, ils sont comme de la pierre et je n'ai plus d'eau pour les tremper et les ramollir. On marche à jeun de plus en plus souvent. On se regarde à peine, quand on avance côte à côte. L'adversité assèche les cœurs. Le voisin de détresse devient un rival pour la survie.

Toute inclinaison déclicate s'éteint peu à peu en chacun de nous. Pour peu que je devine, à côté de moi, un clarinettiste sur le point de s'effondrer de fatigue, je détourne le regard, je n'ai plus de sentiment. Et quand j'entends un genre de toux rauque, qui a tout l'air de remonter du fond de la caisse du gars qui marche derrière moi, je mets de la distance avec mes attentions. La mort menace chacun de nous. Nul besoin d'une blessure grave pour perdre la vie ; une simple gourfolure au pied est un arrêt de mort. Alors ce qui demeure de la civilisation déserte bientôt nos âmes. Il arrive même qu'on arrache les bottes des morts-vivants et qu'on en vienne à dépiausser les mourants avant même qu'ils aient mouché leur chandelle, en s'excusant :

— Pardon, je croyais que tu étais mort !

Chaque jour de marche pèse dans les jambes qui faillent. On croise, au bord de la route, des corps mutilés ; ils ont les bras mangés, probablement par des loups ou des chiens, qui débusquent, depuis leurs repaires des forêts de bouleaux, avides de chair fraîche. Les puits sont infectés par des cadavres à demi putréfiés et les pauvres bougres qui en boivent les eaux pourries sont bientôt couverts d'abcès purulents.

Le froid, qui a tardé, fait irruption. Il va tout aggraver. Les cavaliers cassent la glace des lacs pour faire boire les chevaux ; ils les gardent de toute convoitise car, bientôt, la disette tourne les regards vers les bêtes, c'est-à-dire vers la viande de cheval. Le foie et la langue sont les morceaux les plus recherchés. Beaucoup de chevaux sont bariolés de plaies jaunâtres, on a entaillé leurs cuisses dont la chair est rendue insensible par le gel.

Nous sommes de plus en plus pressés de quitter les bivouacs glacés où l'on s'est arrêté et l'espoir d'être mieux la nuit suivante donne la force de soutenir la fatigue de la journée qui s'annonce. C'est ainsi que, pendant de longues semaines, cet espoir d'un mieux qui n'arrive jamais m'empêche de succomber à la fourbure ou à la torpeur…

La formation musicale n'échappe pas au carnage… Elle n'est plus composée que d'éclopés qui gueurmellent à tout va et puis qui décrochent en silence, laissant tomber de leurs mains inertes l'hélicon ou le tuba. Je reprends du service au tambour. On a tendu des peaux de renne ou de chevrotin sur les caisses. Mais le froid, le gel, font exploser toutes les membranes ; les tirants en cuir sur les cordages ne coulissent plus. On nous donne des fûts ronds de Tchoukotka, avec des peaux de frappe en vessie de morse. La poignée en bois est fixée à l'extérieur du cadre et la batte, en os de baleine, tient en toutes saisons. Le cuir du morse résiste au givre plus longtemps. Mais il finira par céder à son tour…

Il n'y a plus vraiment d'intendance. C'est à chacun de survivre. Je mange ce que je trouve : une lampée de soupe de gruau mélangée de morceaux de paille d'avoine et de graine de seigle, salée avec de la poudre. La faim fait de nous des enragés, presque des bêtes humaines. Je vois des Allemands qui retirent un cadavre rôti d'une maison incendiée. Ils le découpent et en font leur repas. On avale parfois du bouillon de foie de cadavre. Quand on n'a plus de farine, on mange les chevaux ; quand on n'a plus de chevaux, on mange des quartiers d'humains. Comme dit le tambour-major : « Faute d'humains, on mangerait le diable, s'il était cuit. » La déchéance est générale. Je vois même des hébétés de la flûte, secs comme des rebecs, dont la misère et la faim ont altéré la raison, des forcenés qui ont jeté le clairon et qui déchirent leurs bras, qui sucent leur propre sang et en viennent à se ronger les mains.

On mendigote, on fornicote comme on peut. On n'écoute plus que sa bauge. Pour un seul gratton, on peut en venir à sortir le couteau. L'effondrement de la force morale accompagne la lente descente aux enfers. Il n'y a plus ni honneur, ni offrande, ni partage. Encore moins de façons. C'est la lutte pour la vie à l'état brut. On ne s'associe que pour piller. On dépouille l'ennemi et, si l'occasion se présente, on s'en prend au compagnon de marche. C'est l'empire des fricoteurs. La maraude ou la mort !

La vision de tous ces hommes déchus, en guenilloux, confine au grotesque : je vois, juste devant moi, un timbalier affublé d'un manteau de satin rose bordé de renard bleu à côté d'un général sur un petit cheval de paysan russe, les pieds saucissonnés dans des haillons et, un peu plus loin, un employé d'intendance, portant un chapeau de grand-russienne et trottinant dans des pantoufles jaunes…

Tout autour de nous errent des cavaliers démontés, le manteau à demi brûlé, une botte à un pied et un soulier à l'autre. Les musiciens n'ont plus de baudriers ;

beaucoup d'entre nous ont trouvé des peaux de brebis, des couvertures de laine. Le clarinettiste porte jupon de boyarde, avec une culotte sur la tête, boutonnée sous le menton. Moi, j'ai récupéré sur un fanfariste à l'agonie une fourrure de Crimée qui me couvre de pied en cap.

Le tambour-major lui-même est devenu méconnaissable. Il a les yeux caves, la figure violette, la tête hideuse, une barbe couverte de morve gelée. Une pomme cuite lustrée de glace…

Le froid est de plus en plus intense. Il menace nos corps transis. Je ne pourrai pas me servir de mes mains endurcies si on me demande de jouer du fifre. On dirait que mes doigts sont devenus des salsifis.

Il n'y a plus d'instructions qui viennent d'en haut. Il n'y a plus d'ordre serré. On n'entend plus le bruit assourdi des tambours sur la neige. Les lèvres, engourdies et chagrinées de petites crevasses, interdisent d'emboucher les trompettes ou de sortir des sons des flûtes traversières, transformées en bâtons de givre. Nous sommes devenus une armée sans combattants, une longue traîne de soldats sans discipline, de chefs sans troupes, de canonniers sans canons, de cavaliers sans montures, de médecins sans trousses, de musiciens sans musique…

Napoléon était obéi, il ne l'est plus vraiment. Il était invincible, il ne l'est plus du tout. Son prestige et son autorité subissent les premières engelures de sa parole. Le retournement des humeurs est impressionnant. Le sergent-major, pâle comme un navet, vilipende son imprévoyance indigne d'un stratège :

— Il faut être un vrai conscrit impubère pour avoir décidé de rester si longtemps à Moscou. *Quinze* jours, c'était largement assez pour boire et manger tout ce qu'on pouvait trouver, mais rester *trente-quatre* jours pour y attendre l'hiver, là je ne le reconnais plus… Il a complètement perdu la main… Il n'y a, autour de lui, absolument personne pour lui dire que seul un conscrit sacrifie ses hommes en les transformant en bonshommes de neige à l'autre bout du monde.

On aurait mieux fait d'écouter le moine aigri du monastère de Polotsk qui nous avait prévenus : « vous serez absorbés comme une tache d'encre par le buvard russe ! » Il y a encore assez de vivacité d'esprit qui traîne dans les rangs qui n'en sont plus pour improviser chez les cuivres, toujours mordants, quelque trait d'humour sur les promesses impériales :

L'autre jour, l'Empereur me prit la main…
C'est une faveur sans égale…
Vous aurez, dit-il, quelque chose demain…
Le lendemain, j'avais la gale...

On ne rit même plus, on a trop mal aux gencives. On ne chante plus. On ne joue plus. On ne parle presque plus…

La cruauté gagne les esprits de jour en jour. Sitôt qu'un cheval tombe, s'il ne se relève pas d'un trait, les hommes se précipitent sur lui et le débitent encore vivant de tous côtés. Chacun pique son morceau au bout d'un éclat de sapin ou à la pointe de son sabre. Il en grille le poil en le présentant au feu et patiente jusqu'à ce que la peau soit carbonisée.

Bientôt, la route gelée devient une sorte de gros caillou glissant sous nos pas. Nous marchons sur le verglas. Les Russes sont préparés à ce changement de climat. D'avance leurs chevaux ont été ferrés à glace. Leurs officiers chargent leurs voitures de transport sur des traîneaux et leurs pièces d'artillerie sur des affûts glissants, tout aussi aptes à riper sur les neiges durcies par le pas répété de la troupe en désordre.

À les voir désemparés, il est visible que nos chefs à nous n'ont rien préparé. Ils pensaient que l'été allait durer tout l'hiver. Les chevaux ne sont pas ferrés, ils perdent l'équilibre en glissant et s'épuisent en efforts impuissants. Les gradés regardent leurs hommes qui titubent. Nous sommes devenus une cohorte de fantômes. Nos pieds sont tellement pris par le gel qu'ils sonnent sur la route comme une paire de sabots.

Le vent n'est pas seulement violent, il est insidieux, il pénètre les os, jusqu'à la moëlle. Le froid extrême rend la surface de la peau aussi blanche et le membre défaillant aussi fragile que de l'albâtre. Le danger, c'est l'engourdissement, quand on ne sent plus son corps. Pour sauver mes jambes qui fourmillent, j'ai chaussé des bonnets à poils de grenadier dont la route est jonchée. Personne ne s'en offusque. On n'y prête même pas attention…

Nos chefs nous ordonnent parfois, par une sorte de réflexe machinal, de reprendre nos instruments pour sonner les ordonnances au bivouac. Mon fifre est devenu un bâton de glace. Mes mitaines en laine épaisse de

La Tanchaire qui me gardaient si bien des épines du bocage ne me protègent guère des attaques de la floconaille givrante. La membrane des caisses est vaincue par la neige cristallisée en étoile à six branches. Les cristaux la craquèlent et la font exploser.

Ce qui me sauve de devenir congère, c'est que je me suis accoutumé à faire continuellement des grimaces pour donner du mouvement perpétuel à mes joues et mes yeux, qui seraient collés si je les avais tenus fermés une seule minute. Le menton et les oreilles gèleraient dans l'instant, si je ne faisais pas de contorsions pour les mettre en action.

Par un excès de confiance, un alanguissement de quelques secondes va, hélas, me faire lâcher prise. Je n'en peux plus de répéter les mêmes moulinets de précaution. Je fais la pause. Soudain, je ne sens plus mon nez ni mes poignets. Or, j'ai vu hier le triangle perdre une main ; avec le froid, les doigts cassent comme du verre. Et quand les oreilles et le menton gèlent, la peau s'enlève comme celle du lapin qu'on épiale. Mon nez va tomber si j'y touche. Que faut-il faire ? J'interroge du regard le vieux trombone savoyard, un berger des Alpes qui connait le monde des neiges éternelles ; il me recommande, avec insistance :

— Écoute bien, petit ! Prends vite de la neige dans ta main et frotte-toi le nez avec. Surtout, continue à frictionner. Tu t'arrêteras quand tu sentiras que la vie est revenue…

Je suis scrupuleusement la prescription du vieux musicien : « Le mouton se frotte la laine. » Mon nez retrouve sa sensibilité. Et je sauve mes doigts de la même manière. J'ai fini par comprendre : il ne faut jamais céder à la pente du geste naturel qui est d'aller vers la chaleur. Le bon réflexe – celui qui sauve –, c'est au contraire de plonger la partie gelée dans une substance froide.

Malheur au tambour qui enlève ses gants pour saisir ses baguettes à mains nues, malheur au flageolet qui applique la langue sur les partissures et écartelures de ses lèvres. Et malheur au chapeau chinois, engourdi par le froid, à la pause, chez qui la sensibilité extérieure est éteinte et qui cherche à s'approcher de trop près d'un grand feu de bivouac. Les parties saillantes ou gelées, éloignées du centre de la circulation, sont frappées de gangrène, avec une rapidité foudroyante. Les membres se boursouflent. Autour de moi, je vois des camarades imprudents qui connaissent ainsi l'altération des organes de leurs sens.

Le docteur Armand Cleuët nous alerte chaque matin sur les hémorragies nasales, les escarres gangréneuses et les sueurs colorées d'une teinte brunâtre qui sont les malheureux symptômes de la fièvre maligne de congélation. J'ai pris l'habitude de boire chaque soir une infusion de quinquina ; et, chaque matin, j'applique sur ma tête de la glace pilée que je frotte au cuir, et je me livre à des embrocations de vinaigre camphré sur la panse.

Il faut se maintenir toujours debout et puis… écouter la carcasse. Celui qui perd l'équilibre et tombe à terre est aussitôt frappé d'une stupeur glaciale, à coup sûr mortelle. Il y a très peu d'amplitude entre la température du jour et celle de la nuit. Nous marchons au milieu d'un brouillard qui couvre de cristaux toutes les villosités du corps et des vêtements. Ceux qui sont suspendus aux cils, en forme de stalactites, masquent la lumière et gênent infiniment la vue du sillon de neige pilée qui est devant nous.

Nous sommes dans un tel état d'abattement que nous avons peine à nous reconnaître les uns les autres. Chacun marche dans un morne silence. La vue et les forces musculaires sont affaiblies au point qu'il devient difficile de suivre sa direction et justement de conserver l'équilibre. À chaque pas, je n'ai qu'une seule pensée : surtout ne pas tomber… On sait, pour l'avoir vu cent fois autour de soi, que celui qui tombe ne se relève pas. Tomber, c'est succomber. On est trop lourd, on n'a plus de ressort. Il y a plus terrible encore – oserai-je le dire ? – : par moments, on serait presque soulagés d'en rester là. De guerre lasse, on choisit la neige pour linceul.

XXXXIII

Prisonniers mais vivants

Lorsque nous arrivons devant la petite rivière de la Bérézina, c'est l'épouvante. On se presse, on se heurte, on se jette les uns contre les autres. Le plus fort abat le plus faible, qui est foulé aux pieds de la multitude. Les chariots sont renversés et brisés. Je vois, devant moi, une masse profonde, large et confuse, d'hommes, de chevaux et de charriots, qui assiège en vain l'étroite entrée du pont sans garde-fous. Les premiers, pressés par ceux qui les suivent, repoussés par les gardes et les pontonniers, sont écrasés ou précipités dans les glaces et les congères.

Il fait moins trente et un degrés. Les corbeaux meurent, foudroyés, raidis en plein vol. Mes voisins d'infortune, les cors de chasse au souffle de bœufs de labour, ont l'haleine qui gèle au contact de l'air avec, parfois, un bruit sec, une petite détonation qui annonce le pire.

Dès qu'on s'arrête un instant pour chercher le repos, le sang glace dans les veines. Il monte vers la tête. Les yeux, enflammés par la fumée des bivouacs et par le manque de sommeil, répandent des larmes de sang, on tombe sur les genoux. Je marche dessous et dessus la glace, j'enjambe les cadavres statufiés par le givre, parmi les arbres couchés et enneigés. Autour de moi, tous les visages sont noircis, toutes les moustaches sont lustrées, les bonnets à poils pèsent des tonnes. J'ai un glaçon, gros comme un œuf, qui colle à mes lèvres. Il fait monter mon haleine jusqu'à mes paupières où mon souffle gèle et forme, autour de chaque œil, une espèce de chandelle qui m'empêche de voir distinctement le chemin du salut, au-dessus du fleuve.

Je plie mes forces ultimes à la réalisation de mon idée fixe : atteindre le pont et gagner la rive d'en face. Les boulets et les obus battent en brèche la masse compacte et immobile qui se bouscule. Le sifflement des balles et le tonnerre du canon se mêlent aux cris désespérés de tous les musiciens qui ont jeté à la rivière gelée leurs pauvres instruments ; ils flottent à la surface, au milieu des lames de gros glaçons dérivants, en heurtant des schakos, des épaulettes, des brodequins eux-mêmes à la dérive. Ces musiciens-là se sont allégés, ils cherchent un chemin en escaladant le monceau des hommes et des chevaux tués par le feu de l'ennemi. Celui qui tombe, dans la file, est écrapouti sans un seul regard. C'est le cas du petit cymbalier de Montmartre. Le pont se rompt. Les pontonniers accourent. Nous sommes repoussés en arrière…

Soudain, ma tête reçoit un choc énorme. Je m'effondre, défraquenassé de partout. J'ai reçu un gros éclat de pierre, venant de l'explosion d'un obus. L'un des angles tranchants m'a offensé la coloquinte. Je meurs doucement, en prononçant les paroles de la collégiale : « Des profondeurs, je crie vers Vous, Seigneur… »

J'entrevois le grand passage mais il tarde à venir… Un peu plus tard, je me réveille… Je retrouve ma connaissance. Le médecin s'approche et, en termes savants, qualifie le mal :

— Il y a une fracture avec plusieurs rayons à l'angle postérieur du pariétal gauche et au supérieur de l'occipital.

C'est un langage qui m'est inaccessible, il habille et dissimule peut-être le pire. Un peu plus tard, j'entends distinctement, autour de moi, que « les fonctions mentales ne sont pas altérées ». Voilà bien une nouvelle réconfortante. J'aurais pu l'annoncer moi-même, vu que j'ai encore ma tête. Le chirurgien Cleuët m'explique à l'avance tous les gestes qu'il va faire. Il me rassure : on devrait pouvoir éviter d'aller fourgailler la cervelle. Avec soin, après avoir lavé et abstergé la plaie, il la recouvre d'un linge fin fenêtré, trempé dans du vin chaud. Le pansement est bientôt complété à l'aide de quelques gâteaux de charpie, de compresses et de bandages. Puis on me met à l'usage d'une limonade stibiée et de quelques potions antispasmodiques. Le goût de la limonade me rappelle les temps heureux de mon enfance à L'Oie. Le souvenir de la vie me ramène à la vie.

Les douleurs se calment, l'irritation s'apaise graduellement. J'éprouve un mieux si marqué qu'on ne songe plus du tout à l'opération du trépan. La plaie a meilleure mine et évolue rapidement vers la cicatrisation : plusieurs petites portions d'os de mon crâne se sont déjà exfoliées… Et me voilà convalescent… Je vais refaire mes forces…

Mais le temps qui s'est écoulé a isolé mon ambulance du corps de l'armée. La troupe est partie. Elle a franchi le pont. Et le pont a brûlé. Il n'y a plus d'ambulance, elle s'est éloignée à son tour. Je suis resté du mauvais côté de la berge, pris dans la nasse, encerclé… On m'a disposé sur une paillasse, dans une isba calcinée, avec une petite trousse et un mot affectueux du médecin Luc Dusenne : *Bonne chance au fifre d'honneur…*

Il ne faut pas plus de deux jours pour que je voie s'avancer vers moi des sortes de Cosaques qui n'en sont pas. Leur regard et leur accoutrement annoncent le pire. Je comprends très vite que ce sont des *radnieks*, c'est-à-dire des Cosaques irréguliers qui appartiennent à une espèce de milice levée à la hâte, mal commandée, nullement disciplinée et prise dans la lie du peuple des villes un peu populeuses. Il faut se rendre à la réalité : je suis pris au piège de ces braconniers d'embuscade. Sans défense, sans force, sans vivres. Captif d'une bande terrifiante.

Cette milice barbare ne connaît ni les lois de la guerre ni celles de la civilisation. Je me retrouve avec plusieurs centaines de compatriotes capturés. Les *radnieks* se dédommagent sur nous et nous font souffrir mille cruautés. Pour un seul bouton d'habit, l'espoir de trouver une seule pièce d'or dans la doublure, on est fouillé, dépouillé, assommé.

L'épreuve de la marche sans fin recommence, mais dans l'autre sens. On a fait demi-tour. On tourne le dos au pont et donc à la France, sans espoir de jamais la revoir. Nous sommes escortés par des compagnies dites « de punition » qui vont nous conduire on ne sait pas où. Elles sont aux ordres d'officiers crapuleux, lâches et sans honneur.

Mon anxiété est affreuse. C'est une marche au supplice, on entend les fouets qui claquent, les lamentations, les hurlements, les soupirs, la mort qui rôde, les camarades enferrés comme moi qui s'effondrent. La neige sera leur suaire. À chaque flocon tombe une insulte. Nos bourreaux nous crient depuis la tête de la colonne jusqu'à la queue : « *Sabaka franczouz* – chiens de Français ! Napoléon *svigna* – cochon ! »

Ils nous pressent de questions sur notre provenance : « *Ti polak ? Ti franczouz ?* » Le malheur d'être polonais est encore pire que de s'avouer français. Pour nous, c'est toujours la même injure, doublée de sévices : « *Souquin sin franczouz !* » : « Français fils de chienne ! »

Le convoi de prisonniers avance lentement. Le silence du désespoir n'est interrompu que par quelques soupirs arrachés par la souffrance. Nous savons que, presque tous, nous sommes destinés à expirer sous le poids des misères et des mauvais traitements. Les coups de fouet redoublent. On a faim, on a soif. Pour seule boisson, nous apprenons à fondre de la neige et pour seul festin à faire une panade avec notre petite ration de biscuits d'avoine russe, mais sans aucune graisse.

J'ai emprunté à un mourant de la Bérézina sa pelisse de peau de mouton, la laine me descend jusqu'aux genoux. Je suis rembourré comme un bât de mulet. Et mes nouvelles chaussures, trouvées dans le manteau neigeux d'une isba, sont des espèces de paniers en osier qui entourent des chiffons mal ficelés. J'ai les pieds qui gonflent.

Du matin au soir, on entend de grands ébraillements cosaques : « *Pacho ! Pacho !* » ce qui veut dire : « Marche ! Marche ! » Que peuvent faire des hommes désarmés, mi-gelés et souffrants, contre des brutes ivres du matin au soir ?

Souvent, pendant la nuit, les hommes qui se sentent près de mourir se relèvent avec horreur pour lutter debout contre l'agonie ; surpris par le froid dans les contorsions de la mort, ils restent appuyés à des arbres, roides et gelés. Leur dernière sueur se glace sur leurs membres décharnés. Au réveil, on les voit les yeux ouverts pour toujours, le corps fixé dans l'attitude convulsive où la mort les a surpris et congelés. Les cadavres restent là, jusqu'à ce qu'on les arrache de leur arbre pour les incinérer : la cheville se détache du pied plus facilement que la semelle du sol. On les brûle et on repart…

Nous traversons des villages sans savoir où nous sommes. Nous ignorons tout – les jours de la semaine, les mois de l'année et, naturellement, la direction suivie par le convoi. Parfois, en marchant, je me laisse aller à quelques errances acrimonieuses, mon esprit s'évade vers la berline de l'Empereur qui, lui, aura sans doute fouetté les meilleurs chevaux pour sortir du cauchemar avant la troupe. J'enrage à l'idée qu'il est peut-être déjà de retour à Paris. Il nous a abandonnés sur l'autre rive de la Bérézina. Un jeune capitaine, ancien élève de l'École de Brienne, très au fait des complexités de la stratégie militaire, appelle Napoléon « l'Ogre corse ». Il le juge comme un tacticien insatiable et glouton : nous ne sommes plus, pour lui, que de la chair humaine.

C'est vrai que l'indignation monte aux lèvres quand on pense à l'abîme qui sépare de sa troupe à l'abandon, prête à l'ensevelissement dans les glaces, l'Empereur en son carrosse, pressé de regagner son palais. L'insulte impériale, aux Quatre-Chemins, qui date maintenant d'il y a quatre ans – c'était le 8 août 1808 – me revient sans cesse, comme une cicatrice béante, réouverte par le malheur. À chaque pas dans la neige éternelle où je perds pied, je la retourne désormais contre son auteur. Ah, le « jean-foutre » ! parlons-en… Je voudrais bien savoir qui est, en ce moment, *le vrai jean-foutre…* Celui qui marche au fouet sans fin vers une mort prochaine ? ou bien celui qui somnole au chaud dans une voiture à patins, accablée de coussins de velours ? Moi, j'ai appliqué les ordres, j'ai tenu mon fifre à bout de bras dans le froid absolu, j'ai soufflé à perdre haleine, j'ai suivi les disciplines du commandement et pratiqué avec tout mon cœur une obéissance d'assentiment. J'ai vraiment cru à tous les Wagram à venir, que Napoléon était invincible… Le jean-foutre, ce n'est plus moi. Il a changé de peau, changé de tête, changé d'âme. Ou alors on peut dire qu'il y a deux jean-foutre siamois : le jean-foutre d'en bas avec son fifre tremblant, qui va finir transi, et le jean-foutre d'en haut, avec son sceptre vacillant, qui a peut-être déjà rejoint ses appartements.

Ce jean-foutre-là a-t-il conscience de sa désinvolture ? Je n'en suis pas sûr… Ce que pensent ses hommes, il s'en fout. Il se fout de tout. Du monde, de ses propres égarements, des saisons pour les chevaux, de la neige pour les hommes ; il se fout de ce qu'on lui avait prédit sur les Russes et sur la terre brûlée, il se fout de ses soldats. Le vrai jean-foutre n'est pas celui qui a suivi mais bien plutôt celui qui a commandé cette expédition hasardeuse et qui nous vaut la promesse d'un exil éternel.

Pendant des heures et des heures de marche harassante, chacun macère ses amertumes, sous un ciel gris plombé qui ne laisse aucun espoir…

Jusqu'à ce fameux matin où nos prières, qui avaient fini par nous paraître inutiles, sont comme exaucées ; notre étonnement est immense : me voici comblé de pensées consolantes. On nous explique, sans crier gare, que nous sommes arrivés au terme ! Dans quel coin de pays de la Russie ? Nous ne le savons pas encore mais la marche forcée est finie, bien finie. On nous apprend que nous sommes au mois de février 1813, que nous avons parcouru trois cent soixante lieues et que nous avons traversé les gouvernements de Smolensk et de Tambov, dans la Grande Russie.

Coïncidence bienvenue, la température est beaucoup plus clémente. Un vrai redoux. En peu de jours, les routes, couvertes de neige et de glace, se sont transformées en un vrai cloaque. Le convoi s'enfonce dans un gâchis jusqu'aux genoux. Mais c'est désormais avec une sorte d'exaltation que nous pataugeons dans la bouillasse ; sans aller jusqu'à dire qu'elle nous flatte le pied, la fange vaut tellement mieux que cette neige et ce givre qui nous glaçaient les sangs et nous mettaient la mort à l'âme !

Nous rencontrons désormais, parmi les villageois et les moujiks, des natures compatissantes qui vont au-devant de nos besoins les plus pressants. La guerre est derrière nous, derrière eux. Pour tous… Les feux sont éteints, les cendres refroidies. La haine retombe. Les regards changent. On ouvre les yeux sur la campagne, à peine sortie de ses torpeurs givrées. Beaucoup d'entre nous souffrent encore de la fièvre. Nos corps sont abîmés mais vont connaître le répit.

On nous apporte des matelas et du vin blanc de Sarepta, un vignoble excellent que les Russes de la haute société appellent leur « champagne ». On trinque. À la vie. Tout simplement. On lève les verres d'une main encore endolorie, dans une sorte d'allégresse instinctive ; on les vide, et on les jette par-dessus l'épaule, à la cosaque, pour faire comme nos hôtes. Surtout, on rend grâce d'être là et finalement, on remercie la Providence d'être prisonniers mais vivants…

XXXXIV

Les aiguilles de sel pointu du lac Ielton

Notre destination finale, à l'écart de la ville de Saratof, nous a conduit jusqu'à la rive gauche du Volga. À voir tous les bateaux alignés à quai, surchargés de sculptures de gros sel extrait du lac Ielton, je devine très vite à quoi nous serons employés.

Une ancienne caserne, aux murs décharnés, sera notre abri au milieu d'une steppe immense, battue par les vents salés, qui rend vaine toute tentative d'évasion. Mais rien n'a été prédisposé pour l'hébergement de tant de prisonniers. Il y a juste de vieux poêles, presque tous hors d'état, avec une provision de bois à moitié pourri au milieu de la cour. À la nuit tombée, nous allumons les *loutchina*, des éclisses de résine placées sur un trépied garni d'un crochet de fer et qui nous servent de flambeaux. Mais bientôt, la résine s'épuise et s'éteint. Nous nous entassons, entre les gouttières, près du premier feu, impatients de découvrir nos geôliers et surtout de connaître le sort qui nous attend.

Le lendemain de notre arrivée, nous voyons entrer celui qui se présente comme l'aide de camp du gouverneur, accompagné d'un secrétaire et de quelques soldats qui lui servent d'escorte. C'est un vieillard d'au moins cinquante ans, avec des brandebourgs défraîchis, qui nous fixe de ses yeux culottés. Il nous fait piètre impression. Il louche de l'épaule ; et, dès qu'il ouvre la goule, on voit qu'il a la rue du bec dépavée.

Il réunit tous les captifs dans une salle d'armes désaffectée, toute salpêtrée et défoncée du plafond, qui jouxte la caserne. C'est là qu'il procède, avec un air soupçonneux, à une enquête minutieuse sur nos noms, prénoms, âges, grades, qualités, anciens métiers… Il veut aussi que nous lui révélions les corps dans lesquels nous avons combattu, ainsi que nos années de service… À la suite de la réponse de chacun des prisonniers, il nous enjoint de remettre entre les mains du secrétaire les documents que nous portons sur nous aux fins de vérifier l'exactitude de nos déclarations. Ceux qui ont perdu leurs papiers seront envoyés en Sibérie, à ratisser le gros sel de mine. Ils ne reviendront pas.

J'attends mon tour, au milieu de la queue de toutes les impatiences. Je suis au comble de l'angoisse. Car tous mes papiers m'ont été arrachés par les Radnieks lors de mon emprisonnement… Pour m'accorder une dernière chance, le secrétaire en appelle aux autres captifs, au cas où l'un d'eux pourrait confirmer mes allégations sur mon identité. Personne ne répond.

L'aide de camp, qui parle un français à peine écorché, s'agace et me bouscule :

— Alors, aucun des prisonniers ne connaît le soi-disant « fifre d'honneur » ?

— Si ! Si ! s'épouraille une voix qui vient du fond de la salle d'armes, au dernier rang. Moi, je le connais…

Tout le monde se retourne… L'homme remonte la file, traverse la salle. Il s'approche de la petite estrade de l'aide de camp et lui tend un document de cuir délavé et dont l'état piteux atteste qu'il a connu la neige et la pluie. L'aide de camp fait signe au secrétaire d'interroger ce prisonnier qui vient à mon secours :

— Nom ? Prénom ? Âge ?

— Beauvollier, Pierre-Louis, quarante-deux ans.

— Situation militaire ?

— Colonel.

— Colonel ? Vraiment ?

— Vous avez entre vos mains mon livret militaire… Vous pouvez vérifier…

L'aide de camp marque un temps d'arrêt. Il ouvre le livret et comprend qu'il parle effectivement à un officier. Il change de ton. Évidemment que je connais très bien ce colonel qui me ramène par la pensée à mes souvenirs des bocages du pays choletais… Je manque de défaillir. J'avais déjà la tête en Sibérie par défaut d'identité avérée, et me voilà presque sauvé… L'interrogatoire continue, mon ami Beauvollier joint à la fermeté de ses réponses quelques notes plus personnelles qui, selon le pari qu'il a dû faire en lui-même, vont bouleverser le cours de l'interrogatoire.

L'aide de camp parle désormais de gradé à gradé et se montre curieux des antécédents de mon camarade :

— Avant cette guerre contre le peuple russe, vous avez fait d'autres campagnes ?

— Pas vraiment, mon commandant…

— « Pas vraiment » ? Ça veut dire quoi ?

— Je me suis engagé par obligation…

— Vous n'étiez pas « bonapartiste » ? Vous étiez donc un vrai républicain ?

— Euh… Euh… Ni l'un ni l'autre…

— Alors, vous étiez quoi ?

— Un ancien page…

— Un page ? Mais de quel prince ?

— J'étais page auprès de mon *tsar*.

— Sa Majesté, le roi Louis XVI ?

— Oui. C'est cela même…

L'aide de camp ouvre de grands yeux. On sent dans son regard fiévreux sa surprise et un brin de sympathie. Alors il lit, avec application et à voix haute, les appréciations du livret militaire :

> *Brigand dangereux. Réfractaire. Insurgé. Trésorier général des rebelles. A fait preuve de bravoure à la bataille de Dol. A secouru le général blanc Lescure. Passé outre-Loire, a combattu à Savenay, dans les marais. Rescapé. Retraité. Engagé de force dans l'administration militaire de l'Empire. Officier de valeur.*

— Vous avez été capturé par notre armée à Vilna ?

— Non, au passage de la Bérézina…

L'aide de camp en reste là. Il me fait signe… C'est mon tour. Il m'appelle auprès de lui :

— Vous connaissez donc ce colonel ? m'interroge-t-il.

— Oui. Bien sûr, je le connais… Nous avons fait les mêmes campagnes…

— Dans la Grande Armée ?

— Oui, dans la grande armée… enfin… la nôtre…

— La vôtre ? Vous plaisantez ? Il n'y en a qu'une seule, monsieur. Celle du Tsar.

— Mais la nôtre, justement, lui ressemblait… C'était aussi une grande armée… en sabots. Avec des Cosaques et des Radnieks…

— Des Cosaques ? Y a-t-il dans le monde, ailleurs qu'en Russie, d'autres moujiks qui défendent leur terre sacrée avec autant de bravoure ?

— Oui, monsieur le commandant… en Vendée…

— Vous aussi, comme le colonel, vous êtes de ce pays ?

— Oui. J'étais un chef cosaque… J'ai suivi la virée de Galerne, c'est là que j'ai connu le colonel Beauvollier…

L'aide de camp en sait assez. Cet échange de quelques mots lui aura suffi. Son expression a changé. Il a l'air satisfait et met fin à l'interrogatoire. Il se penche discrètement vers nous et nous glisse à l'oreille, d'une voix énigmatique, que nous nous reverrons avant notre départ de captivité.

Alors, il reprend son ordre du jour et adresse à toute l'assemblée des prisonniers une recommandation de sujétion et de discipline :

— Messieurs, conformément aux ordres de l'empereur Alexandre, vous recevrez à partir de la semaine prochaine une indemnité journalière qui vous permettra de pourvoir à votre subsistance et à tous les frais d'installation pour votre logement. Vous êtes désormais, d'après les intentions de Sa Gracieuse Majesté, prisonniers sur parole. Vous n'aurez donc ni gardes ni surveillants. Vous pourrez circuler librement dans un rayon de plusieurs lieues alentour, mais de manière à ne pas découcher. Sa Majesté, qui compte sur votre parole de soldats, est certaine que vous n'abuserez pas de la liberté qui vous est ainsi accordée.

On nous donne une petite plaque de cuivre à mettre autour du cou et surtout des *lapti* de captifs, des espèces de souliers en écorce de bouleau, tressés à peu près de la même manière qu'on façonne les paniers de rotin. Ces *lapti* sont attachés aux pieds par des bandelettes croisées autour des jambes. Un caleçon très large, enfoncé dans les *lapti* et une chemise recouvrant le caleçon et serrée autour des reins par une ceinture assez mince complètent notre habillement. Les *lapti* nous interdisent de fuir, car ce genre de chaussures s'use au bout de huit jours. Enfin, on nous fournit des gants de cuir, après nous avoir expliqué qu'il s'agit là d'une protection indispensable car les aiguilles de sel pointu du lac Ielton peuvent nous blesser les mains.

Chacun sait ce qui l'attend. Une semaine après notre prise de paquetage, alors qu'on s'apprête à nous conduire aux bateaux de sel, je vois revenir vers nous le fameux aide de camp. Il nous prend à part, Beauvollier et moi. Puis il nous demande de rejoindre son traîneau. Nous voilà en route pour Saratof.

Dès notre arrivée, nous grimpons les marches du palais du gouverneur, sans trop comprendre. Tout va si vite…

On nous fait entrer dans un petit salon où sont accrochés des tableaux de Vladimir et du baptême de Chersonèse et de Kiev. Surprise : nous sommes traités comme des invités et non plus comme des prisonniers. On nous offre une boisson apéritive – le *zazuska* –, puis l'aide de camp nous annonce que le gouverneur va nous garder à dîner.

Et quel dîner ! Un sterlet du Volga, grillé au feu de bois, nous est offert en signe d'attention ; nous ne comprenons pas la raison de ce traitement de faveur. Pourquoi ce vieux commandant et ce gouverneur inconnu montrent-ils tant d'égards aux deux prisonniers que nous sommes ? Pourquoi ces marques de considération ? Beauvollier, faisant violence à ses scrupules, ose poser la question.

L'officier russe répond avec gourmandise, en prenant son sterlet à pleine goulaïe :

— Ah ! Ah... Vous, les Français, vous voulez toujours tout savoir... Eh bien, voilà, je vais vous entretenir d'une énigme pour vous mettre sur la voie : *Souvorow*, ce nom vous dit quelque chose ?

— Le maréchal Souvorow ? Bien sûr. Nous avons lu la lettre qu'il a adressée à notre chef Charette en pleine insurrection paysanne pour le soutenir et l'encourager, à son campement de Belleville. Nous connaissons par cœur la fameuse envolée : *Brave Charette, honneur des chevaliers français, l'Univers est plein de ton nom...*

— C'est la seule phrase que vous avez retenue ? Messieurs, vous avez oublié l'essentiel de cette adresse...

Alors l'officier russe éclate de rire ; puis il ferme les yeux et, sans effort de mémoire apparent, poursuit mot à mot :

— *L'Europe entière te contemple et moi, je t'admire et te congratule...* Vous ne vous souvenez pas de la suite ? Pourtant elle vous concerne directement : *Et vous, immortels Vendéens, relevez le temple du Seigneur et le trône de vos rois. Que le méchant périsse, que sa race s'efface, que la tige antique des Lys renaisse...*

Nous reconnaissons le texte authentique que nous avions eu entre les mains en son temps et qui circulait dans la forêt de Grasla. Alors Beauvollier presse le vieux Russe :

— Nous n'avons jamais compris comment ce maréchal russe, qui avait vaincu les Turcs, connaissait l'insurrection vendéenne et ses chefs…

— Eh bien, c'est simple : toute l'armée russe suivait les exploits du chef des rebelles – votre fameux Charette. Chez nous, la Révolution n'avait pas bonne presse… on espérait, on attendait… et on encourageait…

— Mais comment, vous – un officier russe de Saratof –, pouvez-vous connaître chaque phrase, chaque mot, de cette missive solennelle à Charette, qui date de 1795 et qui semble oubliée par les Vendéens eux-mêmes ?

— Eh bien, messieurs, je vais vous le dire. La plume du général Souvorow, c'était votre serviteur. Cette adresse, c'est moi qui l'ai écrite. J'étais son bras droit. C'est vous dire si je connais la Vendée… Et c'est pourquoi vous êtes là, tous les deux, à ma table. En Russie, *la Vendée a une place à part...*

Stupéfaction. Tout bascule. Évidemment, l'atmosphère devient chaleureuse et porte aux confidences. Chaque plat du dîner nous sert des nouvelles surprenantes. Notre hôte nous raconte que la ville de Saratof appartient aux terres et domaines du général Swetchine, grand protecteur de l'émigration française. Or ce général a fait savoir au gouverneur, qui est un de ses amis, que le marquis d'Autichamp, un émigré de haut rang, établi désormais à Saint-Pétersbourg, est à la recherche de son compagnon de combat de la guerre de Vendée, Beauvollier. Un ordre avait été lancé pour le retrouver. L'interrogatoire de l'aide de camp avait pour seul but de confirmer que le chef vendéen était bien dans le lot pressenti des prisonniers.

Nous rions aux éclats. La joie est intense. Beauvollier, débarrassé des dernières méfiances, se laisse aller à un aveu :

— Je dois vous le confier, en tant que trésorier général des rebelles, j'ai écrit en son temps une lettre à Sa Majesté l'impératrice Catherine II... C'était pour lui demander...

D'un geste de la main, le gouverneur l'interrompt :

— Oui, je sais... Nous savons... C'était pour lui demander... des secours pour aider vos cosaques contre les troupes des révolutionnaires...

— Mais comment savez-vous cela, monsieur le gouverneur ?

— Par les archives russes… Mon aide de camp ici présent a fait exhumer votre dossier ; la lettre a été retrouvée hier soir, au Palais d'hiver. On pourrait même dire qu'elle vous tient lieu d'accréditation…

En nous reconduisant à nos traîneaux, l'aide de camp nous annonce avec un large sourire :

— Messieurs, vous serez désormais traités en amis. C'est dès demain matin qu'est prévu votre départ…

— Notre *départ* ?

— Oui, votre départ de Saratof…

— Mais pour aller où ?

— À Saint-Pétersbourg. Vous y êtes attendus par le général Swetchine et votre ami émigré, son hôte, le marquis d'Autichamp. Vous trouverez là-bas, tous les deux, des emplois plus conformes à vos habilités et dignités. Il faudra seulement retraverser la Russie dans l'autre sens. Alors, bonne chance !

Dès le lendemain, à l'aube, nous quittons Saratof. Nos camarades petounent de jalousie et lorgnent sur cette faveur :

— Ah bon ! il suffisait d'être vendéen !

XXXXV

Le violondaulne de la Moskowa

Le voyage sera long et pénible. Mais plein d'entrain et d'alacrité. Le soleil et la neige font désormais bon ménage. Après des semaines de cette contremarche vers le ciel de nos nouvelles pénates, nous connaissons enfin notre destination. On nous conduit jusqu'à un domaine qui nous transporte au bout du monde, une propriété de style chinois, à Oranienbaum, à quelques lieues de la ville de Saint-Pétersbourg. Les paysages sont rythmés d'étangs et de petits ponts de javelle.

Nous entrons par un portail d'honneur orné de panneaux laqués dans une enfilade de salons où sont suspendus aux murs les portraits au pastel des filles d'honneur de l'Impératrice.

Une dame nous attend sur le parvis. Elle se présente à nous : elle s'appelle Sophie Swetchine. Nous pénétrons dans une petite salle d'apparat toute tendue de damas bleu, où les fauteuils et les canapés capitonnés épousent en courbes gracieuses les contours de la pièce. La dame nous reçoit avec infiniment de grâce et d'honnêtetés. Son élégance tient à la douceur de son regard et à l'extrême simplicité de ses gestes, soulignés par de longues manches flottantes aux emmanchures ouvertes. Elle parle notre langue avec une pureté admirable, elle lui ajoute même un petit chic tout à elle, avec une tonalité mélodieuse, constellée de locutions exotiques dont elle émaille à plaisir sa conversation. On sent tout de suite qu'il y a chez cette femme de haute lignée une intelligence innée de la civilisation qui lui vient de la vieille Russie.

Son mari, le général Nicolas Sergueïevitch Swetchine, nous rejoint quelques instants plus tard. Il remplit la pièce de ses larges épaulettes dorées. C'est un homme d'une taille élevée et d'un aspect imposant, d'un esprit calme et plein d'aménité.

Ses premiers mots d'accueil, d'une politesse raffinée, nous signifient qu'il sait déjà qui nous sommes. Il s'adresse d'abord à Beauvollier en affectant de le désigner, avec une délicate bonhommie, par son ancien titre, celui qu'il portait dans l'Armée catholique et royale :

— Alors, *Monsieur l'Intendant général*, vous avez fait un bon voyage ? Soyez le bienvenu dans cette maison. Ici, il n'y a que des *Vendéens*…

Puis il se tourne vers moi et, affichant un sourire entendu, il m'attribue, sans doute par un trait d'humour volontaire, un métier qui n'est pas le mien :

— C'est une joie d'accueillir, dans notre famille, un professeur de solfège…

— Pardon, mon général, mais je ne suis pas professeur de solfège…

— Ah bon ? Vous ne l'étiez pas ? Eh bien, à compter de cet instant, vous l'êtes…

Je ne comprends pas très bien ce que le général a voulu dire. Il nous affranchira après le souper : nous ne sommes plus des prisonniers de la Grande Armée, mais les captifs de la Couronne et, par cela-même, des hôtes mis à la disposition de la maison du gouverneur et sous sa protection. C'est à lui qu'il revient de nous employer.

Il souhaite que je devienne le précepteur de sa fille, Nadine, âgée de quatorze ans. C'est le genre d'emploi qui est confié, la plupart du temps, aux émigrés français qui se trouvent à Saint-Pétersbourg. Car les Pétersbourgeois raffolent de la langue française et trouvent en nous des locuteurs et pédagogues à peu de frais.

— Mon général, vous souhaitez donc que j'enseigne le français à votre fille ?

— Non, pas le français mais la musique... Surtout la musique traditionnelle... Car son rêve est d'entrer à l'école de ballet russe de l'Académie impériale des beaux-arts.

J'attendrai le lendemain pour faire la connaissance de la petite Nadine. Dès le premier abord, son visage me touche. Elle a les yeux clairs, un sourire solaire et elle danse la mazurka avec une grâce admirable. Je découvre un peu plus tard qu'elle est atteinte d'une grave maladie, la phtisie ; elle respire avec difficulté. Sa mère, Sophie Soymonof, espère que la jeunesse prendra le dessus sur la maladie. L'air d'Oranienbaum lui est conseillé par les médecins de la Neva. Je viens de parler de sa « mère », mais j'aurais dû préciser : sa « mère adoptive », car Nadine est la fille naturelle du général.

Me voici son précepteur. On m'a affecté une pièce qui n'est autre que le salon de musique du château. Je suis très vite étonné par la perfection avec laquelle Nadine exécute les chefs d'œuvre de Mozart, de Cimarosa, de Méhul et Boieldieu.

On ne trouverait pas, dans notre pays de France, un goût si parfait. Cela tient, me confie madame Swetchine, au fond de caractère des Russes, qui sont naturellement musiciens ; leur langue, avec ses inflexions si variées, est douce et chantante, elle prête à l'harmonie ; et puis les jeunes personnes qui appartiennent aux classes élevées de la société passent la plus grande partie de leur temps à s'instruire et à cultiver les arts d'agrément. Je découvre l'âme slave.

Madame Swetchine m'emmène à Saint-Pétersbourg pour acquérir, au quartier des Boutiques russes, chez un luthier renommé, les domras et balaleïkas nécessaires à mon enseignement. Mon séjour à Moscou m'a donné à distinguer les justes sonorités de ces instruments que j'ai apprivoisés là-bas. J'apprendrai aussi à ma jeune élève le violondaulne, que j'ai reconstitué ici en bois de bouleau.

La maison des Swetchine ne désemplit pas. La maîtresse de maison dépense sa générosité comme présidente de la Société des dames quêteuses et distributrices, qui vient en aide aux victimes des incendies de Moscou. Elle me confie d'ailleurs que c'est bien le gouverneur Rostopchine qui a mis le feu à la ville. La fameuse « terre brûlée »…

À la belle saison, nous quittons la campagne pour rejoindre, à Saint-Pétersbourg, une maison aux façades de marbre gris et rose, avec de grandes galeries vitrées, où sont accueillis, chaque soir, les plus grands noms de l'émigration et tout un monde gourmé et confit. C'est là que, Beauvollier et moi, nous retrouvons notre ami de la virée de Galerne, le marquis d'Autichamp, entouré du vicomte de Saint-Priest, qui s'est engagé dans l'armée russe, du duc Achille de Broglie, qui a fui la Révolution, du diplomate Choiseul-Gouffier, qui parle de la Grèce du matin au soir, et des ambassadeurs de France et d'Angleterre. Obligation est faite à ces gens de n'entretenir aucune relation avec la France post-révolutionnaire. Ils ont tous prêté un serment de fidélité à la couronne de France. Beaucoup, comme nous, ont accepté des places de secrétaire ou de précepteur. Beauvollier a désormais trouvé un emploi de professeur auprès de l'abbé Nicolle ; ce dernier a ouvert un institut d'éducation pour une trentaine d'enfants de familles nobles, qui font ainsi appel à la coopération des émigrés ou prisonniers français.

Un des hôtes les plus intimes et les plus assidus du salon de madame Swetchine n'est autre que le sous-directeur des bibliothèques impériales, le vicomte d'Augard, un vieux chevalier de Saint-Louis. Je finis par comprendre que, dans beaucoup de hautes maisons de Saint-Pétersbourg où on tient salon, on s'arrache les étrangers. C'est à qui parlera la langue du Roi-Soleil. Le corps diplomatique et l'émigration française y donnent le ton.

Chez les Swetchine, on lit les souvenirs d'Adrienne Necker ou le *Bélisaire* de Marmontel. On pérore, on scrute le passé, on se plaint du présent, on taquine les horizons incertains d'un monde instable. Le comte de Maistre y est écouté chaque soir avec respect. Je me souviens d'une soirée où son regard prophétique accompagnait une parole ardente sur les temps à venir :

— La nouvelle génération sera le témoin du plus grand spectacle qui ait jamais occupé l'œil humain : c'est le combat à outrance du christianisme et du philosophisme. La lice est ouverte, les deux ennemis sont aux prises, et l'univers regarde…

Certains soirs, on me fait venir pour une virgule musicale, afin de mettre la couleur du fifre dans ces nuits de prosopopée un peu austères. Peu à peu, je trouve ma place, je me fais un nom dans ce nouvel univers, je goûte avec délices cette petite éternité des temps anciens qui se sont arrêtés.

Nadine est astreinte par les médecins à une marche quotidienne pour respirer le long des eaux grises de la Neva. Souvent je l'accompagne ; la promenade est un enchantement. Elle m'explique que cette merveille de ville est sortie de l'eau. Il est vrai que les écharpes de brume lui donnent la consistance d'une hallucination. Les atmosphères sont envoûtantes : l'incarnat, le rose exquis, le bleu turquoise, le vert amande, les murs couverts de miroirs et d'or, les colonnades, la profusion de décors… Tout rappelle l'ombre géante du tsar Pierre qui nous poursuit sans cesse dans toute la ville : elle se dépose sur tous les monuments et se promène sur les quais et les places.

La « perspective Nevski » nous conduit à la cathédrale. Nadine me raconte comment ce joyau a été transformé en un mémorial de la « guerre contre les Français ». Je passe devant la tombe du général Koutousov, devant la statue du maréchal Souvorow – le fameux épistolier de la lettre à Charette – qui est fêté comme un héros de toutes les Russies, depuis sa mort, ici, à Saint-Pétersbourg, en 1800.

Je m'agenouille devant l'icône miraculeuse de Notre-Dame de Kazan, célébrée comme la sainte protectrice de la Russie et de la maison des Romanov. Je m'incline devant la somptueuse iconostase argentée en forme de soleil, qui a été constituée par le cadeau mystérieux du général Koutousov à la cathédrale et dont Nadine me donne la clé :

— Cher Jean, sur ces cent kilos d'argent que vous voyez en face de vous, seize ont été récupérés chez vos amis français… Enfin, vos « amis »… Ceux qui ont pillé les églises de Moscou…

Hélas, je m'en souviens… Elle a raison… Les chevaux attachés à l'iconostase… J'en avais été tellement choqué…

Nous reviendrons quelques semaines plus tard à Notre-Dame de Kazan pour la sépulture de l'oncle le plus proche de la jeune fille, du côté maternel, un Staal. Nadine est émue par ma présence. C'est la première fois que j'assiste à un service orthodoxe, je suis bouleversé par la beauté des chants qui montent avec l'encens et la fumée des cierges sous l'iconostase. Le cercueil reste ouvert devant le défilé des fidèles qui élèvent peu à peu une muraille de fleurs auprès du défunt. La cérémonie est interminable. On est entre ciel et terre. Aucune sentimentalité. Chez les Russes, la mort est regardée en face. Aucun éloge du défunt. La stricte liturgie, la sublime liturgie de la Messe des morts, culminant dans la grande prière du Trisagion – Saint Dieu, Saint Fort, Saint Immortel… –, entonnée par les évêques…

Participant ainsi aux heurs et malheurs de la famille Swetchine, peu à peu, je prends racine en cette ville où tout est musique, verbe et danse. Et puis vient le moment où ma nouvelle vie va encore changer : le théâtre recherche un clavicorde. Je suis accueilli avec tous les égards. J'apprends à gratter la corde slave, dans l'éventail de toutes ses fantaisies. Les musiciens russes ne font pas la distinction entre la grande musique des salons et les mélodies ou les danses de tradition. L'une et les autres s'interpénètrent.

Avec le ballet de la ville, on joue successivement, dans la même soirée, la *Symphonie des jouets* puis le *chorovod* et la *pliasovaïa*, qui sont des danses russes des Cosaques du Don. On me sollicite, on me célèbre, ici encore, pour mon « oreille absolue » qui étonne… La musique buissonnière russe n'a plus de secrets pour moi. Je vais d'un plectre à l'autre, de salon en salon. On m'appelle « le violondaulne de la Moskowa ».

Le temps passe… L'ambassadeur de France m'annonce que Napoléon est parti, que le Roi est revenu… Puis que Napoléon est revenu et que le Roi est reparti… Enfin, que « la pièce corse est finie », et le rideau tiré : le « conscrit » est à Sainte-Hélène, en exil. La voie est libre pour tous ceux qui ne portaient pas Bonaparte dans leur cœur.

Je n'ai pas de nouvelles de ma famille... J'imagine qu'elle s'inquiète de moi, tout en me reprochant mon engagement de gagiste, après avoir blâmé ma neutralité.

Pour l'heure, je ne suis pas pressé de rentrer... Ma vie, ici, est plaisante, tellement plus brillante que les errances vendéennes entre les foires, la meunerie et les soupçons sur les archives brûlées. Le seul lien que j'ai gardé dans mon cœur, c'est avec la Pibole. Mais le marquis d'Autichamp m'a fait part d'une rumeur qui me désole : elle aurait fait une fin avec un régisseur très argenté de la commune de La Gaubretière. Il aura sans doute mis du beurre dans la farine pour sauver le moulin de famille. Ah ! les paroles des serments s'envolent si vite ! Elles sont comme les ailes sur la colline des nostalgies, elles tournent au gré des vents de terre et de mer !

Le nouveau gouverneur de Saint-Pétersbourg m'entoure de ses attentions. Il ne veut pas perdre son clavicorde. Je joue maintenant dans tous les salons à la mode.

Un beau matin, un commissaire français m'annonce qu'une demi-solde est prévue, dès leur arrivée en France, pour les prisonniers de guerre à condition de rentrer avant la fin de l'année 1817. Le roi Louis XVIII « aspire à faire revenir à lui tous les fils de France ». Il a pris une mesure d'amnistie générale pour les faits de nature pénale précédant le retour de la Couronne. Me voici blanchi de tout... La mission diplomatique de Saint-Pétersbourg m'encourage désormais au rapatriement. Mais mes amis russes ne veulent pas que je parte. Les événements vont décider pour moi...

Madame Swetchine me fait quérir. Elle demande à me parler en secret. Je me rends auprès d'elle à la maison Bariatinsky. Elle m'annonce que, sous l'influence des jésuites français chassés par la Révolution, elle a décidé d'abjurer sa foi orthodoxe et de se convertir au catholicisme. Cette conversion m'étonne. Si j'étais orthodoxe, je ne serais guère tenté par une autre liturgie. Et puis cette décision est à haut risque pour elle et sa famille, elle est très mal reçue par la cour impériale car elle est interprétée comme une infidélité à la patrie russe et une trahison envers le souverain, le « maître absolu des consciences ». Ce qui était à craindre se produit : le jeune tsar Alexandre bannit les jésuites de Saint-Pétersbourg le 3 janvier 1816.

L'enchaînement qui va suivre est inconcevable : madame Swetchine ne peut ni ne veut se résigner à tenir sa foi dans la confidence et le mystère. La proscription des jésuites révolte son amour de la justice. Elle s'avoue alors publiquement catholique et décide d'aider matériellement et moralement la congrégation. Ce faisant, elle enfreint la loi. Le général, son mari, la soutient. Le Tsar le sanctionne pour désobéissance. Durant l'hiver 1816-1817, la famille Swetchine, le cœur déchiré, prend la décision surprenante de quitter la Russie et de s'installer à Paris. Je me retrouve bien seul. Pétersbourg est vide. J'hésite, je ne sais plus trop où sont mes attachements vitaux.

Mes affections pétersbourgeoises étant parties, je n'ai plus vraiment de raison de rester en Russie. La petite Nadine, qui a suivi ses parents, va devenir française.

Elle ne voulait pas que je parte, elle ne veut plus que je reste…

Après mûre réflexion et une lettre reçue de Choupomme qui me redit les tendresses de La Tanchaire, j'incline au départ, je fais savoir à l'ambassadeur que je suis prêt à « rejoindre la prochaine colonne du retour ». Un commissaire me fournit des papiers et me dote d'un habillement complet – une capote, un pantalon –, avec six paires d'espadrilles faites avec des écorces de bouleaux et des rations pour vingt jours de marche.

Au début de l'année 1817, je rejoins le convoi du retour des prisonniers. Notre partance pour la France est fixée au lendemain. C'est ma retirade à moi, la retirade finale.

XXXXVI

Au rythme de l'oberek polonais

Les grognards, jetés sur les routes de la liberté, marchent tous d'un pas pressé. L'impatience se lit dans les regards qui appellent le soleil couchant. On respire déjà les vents d'ouest. Je sais qu'ils vont bientôt porter jusqu'à nous l'air des moulins de tempérance et nous flatter l'oreille avec la petite turlute des alouettes à l'envol. Chaque matin est l'avant-dernier peut-être du long chemin de fatigue. On avance, on dort. On avance de plus en plus vite et on dort de moins en moins bien.

J'ai perdu la notion du temps. Je pense – mais je n'en suis pas sûr – qu'on est au début de l'été 1817 : l'air grouille tellement d'insectes piqueurs qu'il n'est plus possible, le soir, de garder les yeux ouverts. Les nuages de cousins suceurs de sang sont déjà si épais qu'ils assombrissent l'atmosphère ; tout le monde s'affaire à éloigner de son visage ces bestioles importunes, qui voltigent en bande et s'abattent en nuées. Repousser les raids de cette moustiquaille cosaque, voilà notre dernière bataille. Elle est dérisoire, mais, celle-là, nous allons la gagner, grâce à un camarade florentin qui nous distribue un épouvantail à moustiques, doué de vertus salvatrices. Composé de feuilles de sauge, de « cerise du diable » ou encore de la précieuse belladone, cueillie au passage sur les terres de Lituanie, celui-ci apaise nos boufioles de peau.

Désormais, les réquisitions sont interdites, on se nourrit de *fasola* – du haricot sauvage – et de *rapusta* – du chou nain – qu'on échange dans les fermes, contre de la gnôle volée à l'étape de la veille. Nous traversons des forêts profondes, où le soleil levant ne s'invite jamais. On nous annonce que nous sommes entrés en Pologne. Les rares contrées qui ne sont pas boisées sont couvertes, à perte de vue, par des champs de seigle qui promettent la plus belle récolte. Les villages aux toits moussus sont misérables. Les visages aux traits tirés sont craintifs. C'est un pays d'épreuves, on le sent au premier regard.

Avant de longer la Vistule, nous dépassons la Podlachie pour faire étape en Mazovie. C'est un coin de campagne écartelé, depuis les pressions extérieures, entre les appétits de souveraineté et les concupiscences alentour. À l'aller, en traversant cette petite province, on nous a dit qu'elle faisait partie du grand-duché de Varsovie. Au retour, on nous annonce que c'est désormais un territoire russe ; le tsar Alexandre serait même venu dans la capitale, Varsovie, pour coiffer la couronne de roi de la « Pologne du Congrès ». Ce pays est sous la botte ; rien d'autre ne change que le pied qui le chausse et qui vient lui danser une gaillarde sur le ventre.

Nous allons trouver à nous loger dans un petit hameau maupiteux, à Szafarnia, au cœur d'une clairière enveloppée par une nature solennelle. Les mélèzes centenaires et les saules cendrés y abritent, dans un rapport de célébration tutélaire, les *arbres à violon* – des épicéas et des érables sycomores à perte de vue. Le paradis terrestre des luthiers ! Je tends l'oreille entre les fûts qui s'élancent comme des tuyaux d'orgue : c'est une vaste chambre d'échos, une cathédrale de verdure. La vie sonore de cette forêt ancestrale, riche en dissonances, me fait pressentir la place centrale de la musique dans ce pays aux entrailles mélancoliques. Chaque prélèvement d'écorce est appelé à devenir un hymne champêtre ou une croix de cantique, en tout cas un onguent sur la plaie ouverte d'un peuple en souffrance…

Le manoir et la ferme vivent de la même misère et parlent avec une égale ferveur notre langue. Nous sommes accueillis par un gentilhomme à moitié édenté, enflé du vent de la huche. Il nous adresse un salut tiré des anciens protocoles, tête nue, avec son *kolpak* de zibeline défraîchi sur son gros ventre. Quand il a appris que nous étions français, il a essuyé une larme. Il n'a plus que l'uniforme – suranné – pour tenir son rang, un vieux *kontusz* miteux de couleur grise, serré par une large ceinture en métal à motifs gaufrés.

Cette étape est bienvenue pour nos jambes fatiguées. On nous héberge dans des cabanes faites de troncs de sapins et de terre glaise. Je vois, autour de nous, les paysans qui choisissent des arbres d'environ trente pieds de long et qui entaillent, à la hache, un cran aux deux extrémités, avant de les mettre les uns sur les autres. Ils élèvent jusqu'à la hauteur de six pieds l'enceinte destinée à loger leurs familles. Le jour qui se glisse entre les poutres est garni de mousse. Quelques branchages servent de couverture. L'entrée est au midi et, dans la pièce qui est de ce côté, ils construisent un petit four sans cheminée, la fumée n'a d'issue que par la porte qui est fort basse.

Lorsque j'entre dans l'une des cabanes, qui m'est destinée, je dois me baisser justement pour ne pas être suffoqué par la fumée. Il n'y a pas d'autre mobilier qu'une grande table et quelques bancs de sapin grossièrement travaillés ; aucun carreau de verre aux ouvertures sur les parties latérales, juste des planches qui glissent sur une petite coulisse. Pour faire entrer un peu de clarté dans l'intérieur de cette triste masure, je vais étendre du papier huilé pour boucher les trous qui servent de fenêtres. La pièce du fond tient lieu d'écurie et renferme un petit cheval malingre et une pauvre vache.

Les paysans qui nous reçoivent cérémonieusement ont gardé leurs chapeaux ronds traditionnels à bords blancs et portent une veste en penaille sans manches qui leur arrive à mi-cuisse. On nous sert un mauvais poisson salé. Chacun est invité, avec sa cuillère de bois, à puiser dans la marmite un petit morceau de pain d'avoine aussi noir que de l'encre. On le mange après l'avoir trempé dans l'épaisse bouillie de gruau ranci préparée pour nous. On sent bien que, pour nos hôtes, c'est là un menu de fête.

Les quinze grognards – tous d'anciens prisonniers du côté de Vilna – dormiront sur une balle d'avoine ou au creux du pailler d'une des granges du domaine. Hélas, la plupart d'entre eux ont perdu leurs mœurs à la

Grande Armée. J'ai honte en croisant le regard de nos hôtes quand je vois mes camarades qui foutinabullent, jouent de la griffe et cherchent querelle à toute la basse-cour. Ils chiquent, ils crachent, ils rotent, ils chapardent…

Il n'aura pas fallu longtemps pour que notre séjour prenne un tour inattendu. Dès le deuxième soir, alors que nous sommes encore attablés, soudain nous entendons au loin, dans la nuit moite, un chœur de fausses voix aiguës, des vieilles paysannes nasillant et des jeunes filles piaillant sans merci un demi-ton trop haut, accompagnées d'un seul violon qui n'a que trois cordes mais qui répète chaque strophe d'une voix d'alto, après qu'elle a été chantée.

Quand je sors, j'aperçois une colonne de paysans conduite solennellement par des jeunes gens ornés de magnifiques guirlandes. Ils s'approchent lentement en portant les gerbes traditionnelles de la récolte et s'arrêtent devant le manoir. Là, ils entonnent un chant dont chaque couplet s'adresse, tel un petit coup de patte, à l'un des convives. Une strophe, incompréhensible pour des étrangers comme nous, s'adresse à un jeune garçon :

Devant le manoir, il se tient
Not'Varsovien maigre comme un chien
Dans la grange il y a une bride
Not'Varsovien est très rapide !

Bientôt, on nous affranchit : cette débauche de couleurs, d'aubades et de farandoles tient à la célébration annuelle de la fête de la Moisson. Elle va durer trois jours.

Les gars en kaftans et les filles en tabliers rouges couverts de broderies et de paillettes font tourner au-dessus de leurs têtes d'immenses épis de blé engerbé. De jeunes moissonneurs, en bottes noires brillantes, claquent leurs fléaux comme des fouets sur des aires imaginaires qui figurent le battage, dans les rythmes d'une musique marquée par une abondance de syncopes et d'accents instables.

Nous voilà entraînés dans la nuit des blés mûrs. C'est tout un petit peuple qui chante et qui danse. On est loin du ballet russe, où il faut pirouetter, et plus encore de l'avant-deux du bocage où il faut serpenter sans trop courir. Je découvre la charpente rythmique, très originale, des figures de ce pays ; elle recèle une facilité gracieuse et énergique, une fluidité tendre, enveloppée d'une brume de tristesse, soulevée par le souffle large de la plaine polonaise, qu'on sent à tout instant…

Mon Dieu ! Quels envoûtements, pour un ménestrier comme moi, que tous ces airs populaires qui sont d'une richesse harmonique inouïe ! Je me laisse envahir par cette vie musicale intense, multiple, singulière, une prodigieuse opulence sonore, large et capricieuse. J'écoute, je goûte l'ondulation des blés mouvants, la douce et ravissante caresse de la langue polonaise. Mon oreille vibre à ces tourbillons, ces bruissements chromatiques, ces cadences mourantes, ces passages fluides et scintillants…

Sur cette terre où les patries charnelles ont des odeurs fortes, on est vite dominé par la sensation physique qu'il y a décidément une mélodie natale comme il y a un climat natal. Les forêts, les eaux et les prairies ont leur voix originelle, tout intérieure, qui n'est accessible qu'à l'âme. Ces *mazoures*, si fraîchement pimpantes, n'ont pu sortir que de ces contrées où la sève et le sang se sont mêlés pendant des siècles. Elles n'ont pu sourdre que du sol natal. Comme chez nous, les compositeurs sont les paysans des noces et des veillées ; ils viennent au monde en musique, ils ont en eux l'atavique désolation et le goût de la sérénade. Le vieux gentilhomme à l'écorce rude m'explique que les paysans d'ici ont l'âme remplie du *zal* – un mot polonais intraduisible : il correspond à un état d'âme qui mêle le plaisir et la souffrance et trouve dans l'adversité une sorte de volupté.

Au deuxième jour, nous ne fêtons plus les blés mais l'or blanc, la farine. Au troisième, ce sera le four et l'hostie, le « pain d'ange ». Nos hôtes nous apprennent à jouer de leurs instruments puis, à notre tour, entre deux pains d'épices, avec un de mes amis musiciens, nous les initions à la pibole et au violondaulne. Je découvre la *kora*, un instrument aux sonorités fascinantes : elle est constituée d'une grosse demi-calebasse et recouverte d'une peau de vache parcheminée, tendue, mouillée, qui sert de table d'harmonie et dont dépend l'ampleur du son. Elle déploie une fantaisie sans limite, grâce à vingt et une cordes en fil de pêche, dont la plus grosse, la mère-corde, s'appelle *le bajourou*. Il faut poser le manche bien en face, à hauteur des yeux, pour en jouer des deux mains.

Lors du troisième jour de la fête, les deux orchestres – français et polonais – se font face et alternent les chaconnes les plus audacieuses, dans une surenchère de rythmes et de figures chaloupées, entre les petites couronnes de pain qui s'envolent.

Après le *kujawiak* – une danse tournée et sautée –, où ce sont les musiciens mazoviens qui donnent le ton, c'est au tour des Français de proposer une gigouillette puis une courante. Des camarades auvergnats et poitevins se sont joints à moi. On a fabriqué en urgence des veuzes et des bots à musique. Un peu plus tard, c'est l'*oberek* polonais qui prend le relais, rehaussé par les cris des danseurs et les frappements de pieds où excellent les demi-bottes à ferrures. Impressionnant !

La rivalité entre les deux nations culmine avec le « pas d'été », ma fameuse figure du bocage devenue, à Borodino, au bivouac, le « pas d'épée ». J'ai disposé et étendu un minuscule mouchoir de lin blanc dérobé à une jolie petite paysanne sur un tabouret de sapin. Alors commence l'exercice de virtuosité, avec des enchaînements de pas simples, mais qui doivent être exécutés à une cadence vive. L'épreuve consiste à danser autour du mouchoir sans jamais s'en écarter d'un pas. Il faut tenir le pied. Les Polonais qui s'y essaient tombent du tabouret, ils rient beaucoup ; les Français, formés à l'équilibre du trépied, triomphent à ce jeu d'adresse, sous les vivats de l'assemblée ravie.

XXXXVII

Elle a tout écrit sur son cahier de solfège

Le clou de la soirée, c'est la *krakuska*, la danse du chapeau, avec un orchestre de trois enfants qui donne le branle. Une petite fille, recouverte de pompons en laine rouge et ornée d'une couronne de fleurs, tire des sons inouïs d'un ocarina en terre cuite à triple embouchure, ressemblant à une tête d'oie qui aurait trois longs cous. Je donnerais à cette petite merveille de grâce une dizaine d'années. Une autre petite fille joue verticalement, sur les genoux, de la *suka*, une sorte de vièle polonaise, avec une tête sculptée, aussi trapue qu'un violon. Les ongles glissent le long des cordes plus vite que l'éclair. Et puis il y a, entre les deux musiciennes, un petit garçon chétif, timide, qui porte un kaftan bleu foncé. Il fait sonner un instrument qui vient d'Ukraine, un *tsymbaly,* une sorte de cithare sur table, avec une centaine de cordes. Il reste debout, à l'aide d'une lanière qui soutient l'instrument. Il frappe ses cordes avec des petits marteaux en bois.

Cet enfant est un phénomène, il a des doigts d'une agilité et d'une légèreté qui sont plutôt d'un sylphe que d'un petit homme. Sa main couvre un tiers du clavier comme une gueule de serpent s'ouvrant tout à coup pour engloutir un lapin d'une seule bouchée.

Les vénérables vieillards polonais restent bouche bée. Revêtus de leurs anciennes tenues, avec leurs ceinturons à la Sobieski, leurs épées et leurs bottes rouges, ils ont suspendu leur danse pour ne rien perdre de ce spectacle captivant. Ils troussent leur moustache en signe d'étonnement devant les trois petits prodiges, qui font voler les notes comme des torches de feu, en jouant à la goule, de routine, sans aucune partition.

Le moment le plus émouvant vient avec la polonaise dite « de Kosciusko », du nom du héros de la résistance populaire qui, il y a vingt ans, souleva le pays lorsqu'il fut épialé entre les Russes et les Prussiens. Cette musique rappelle des souvenirs si douloureux que beaucoup de femmes sont tout près de sangloter. C'est une danse marchée et glissée... Le petit garçon frappe ses cordes avec des maillochons qui rendent des sons de guerre – des notes basses, pleines et profondes – auxquels répondent les hennissements fougueux de l'ocarina. On dirait des chevaux qui piaffent au milieu des canons cachés sous les fleurs. Pendant que les danseurs se reposent entre deux polonaises, les enfants improvisent des polkas piquées, des mazurkas... C'est tout le village qui chavire.

Le lendemain matin, les trois prodiges viennent vers moi, poussés par la curiosité... Mon violondaulne les intrigue... La petite fille, prénommée Ludwika, s'en saisit. Elle en joue à l'instinct, admirablement. Puis c'est à mon tour d'improviser un petit concert, avec des musiques et chansons de mon pays. Ils comprennent parfaitement le français et s'amusent beaucoup en m'écoutant chanter le branle *Dérouillons, camarades* : *la*, *la*, *la*, *la*, *la*, *la*, *si*, *si*, *do*, *si*…

Dérouillons, camarades.
Dérouillons nos fusils,
C'est pour la fusillade…
… de nos ennemis.

Puis je joue des ballades et des rondes : *L'Oie échappée*, *Tounin prit sa serpe*. Le refrain enchante les enfants :

Tounin prit sa serpe
Et au bois s'en alla…
O faisait si grand froid
Que le nez lui gela…

Je m'arrête. Les petits Polonais réclament la suite. Alors je continue :

Tounin prit sa serpe
Et pis se le coupa…

Tout autour de moi, les enfants rient à gorge déployée. Ludwika se lève soudain et s'en va en courant. Je suspends le couplet en attendant son retour. Elle brandit alors un cahier et un gros crayon de sapin qu'elle est allée chercher dans une maison voisine… Elle s'assoit par terre et transcrit les notes et les paroles. C'est son cahier de solfège. Alors les trois petits musiciens reprennent en chœur :

Aussitôt près d'un chêne
Son nez il planta…
Un moine se promenant
Vint à passer par là…

— Et alors ? et alors ? s'écrient les enfants, excités par l'espièglerie des paroles à venir.

Je poursuis :

Dans notre monastère
Ce nez nous servira…
Il éteindra les souches
Et les allumera…

Mes auditeurs s'esclaffent. Et maintenant, c'est à moi d'exercer ma curiosité : qui sont ces enfants ? Le dialogue s'engage entre nous :

— Vous êtes de la ferme de Szafarnia ?

— Non, nous ne sommes pas d'ici… Nous sommes des Mazoviens de la saison d'été. Nous séjournons ici juste pour les vacances…

— Vous habitez ici ?

— Non. À une vingtaine de verstes, dans la ville de Varsovie…

— Et pourquoi passez-vous vos vacances dans la campagne mazovienne ?

La petite fille, Ludwika, me répond avec des intonations douloureuses :

— C'est à cause de la santé altérée de mon petit frère. Il est poitrinaire. Le changement d'air lui fait du bien. Ici, il retrouve des forces et la paix de l'âme. Il tousse moins en Mazovie qu'à Varsovie où une vilaine poussière de fièvre citadine vient faire son nid dans ses poumons fragiles. Et puis la Mazovie est la seule vallée où on peut trouver de la cendre d'écrevisse et des plantes pulmonaires pour soulager les humeurs de ses bronches.

Je remarque que le petit fiévreux porte un lourd cache-col. Il est vêtu d'une culotte courte et d'un large col rabattu sur une veste de velours, c'est un costume de ville. Il a une grâce enfantine et une joie candide qui contrastent avec le teint blafard et les omoplates en forme d'ailerons qui caractérisent le lyrisme poitrinaire, chez nous, en Vendée. C'est de cela que mon père est mort. Je connais les symptômes, la voix rauque, la toux profonde et mal détachée…

Bientôt le jeune musicien improvise une danse tournée – une *volta* – mélancolique en *ut* dièse mineur. Je réponds avec une valse dont j'invente le mouvement au fur et à mesure, dans une tonalité en mode majeur. Je vois que la jeune Ludwika s'applique à transcrire sur son cahier toutes les notes, avec une science qui lui permet d'attraper la mélodie au vol. Rien ne lui échappe de la succession des nuances et de l'harmonie : *mi* bémol, *ré* bécarre, *ré* bémol, *mi* bémol… Je dédicace cette valse aux enfants que je vais devoir quitter le soir même pour reprendre la route.

Je lis sur le cahier de solfège de Ludwika un titre écrit en grosses lettres : *Valse de l'adieu.* La petite fille sourit de ma surprise. Elle a tout écrit, ses feuilles à carreaux sont noircies de la première à la dernière page. Toutes mes mélodies, qu'elles viennent de la tradition orale ou de mon cru, vont rester en Pologne. Comme en d'autres temps et d'autres lieux, les *scottishs* à bousine des pèlerinages de Compostelle qui, après leur traversée des Bretagnes – la grande et la petite –, sont restées en Vendée...

Hélas, un incident va ternir les derniers moments de notre halte polonaise. Deux de mes compagnons de séjour ont trop chargé la canonnière, ils ont forcé sur la vodka. Et comme ils ont perdu sur les routes de Russie les manières de leur enfance, ils ont muté vers l'état primitif. C'est une vraie soldatesque sans façons ni savoir-vivre : ils se conduisent comme des sauvages. Hier soir, ils ont piétiné la *kora* de la petite Isabelle et ils emportent avec eux les ocarinas qu'ils viennent d'arracher des mains de Ludwika. J'étends les bras pour entraver leur course. Ils me bousculent puis menacent de leur couteau le petit garçon quand il tente de récupérer son instrument.

Je fais rempart de mon corps aux enfants. Les soldats n'insistent pas, ils repartent en jurant mais renoncent à leurs prédations et au meurtre des pauvres petits Polonais qui pleurent d'effroi. Je les console en leur confiant ma honte :

— Les Français ne sont pas tous comme ça...

En témoignage de remerciement symbolique pour les avoir secourus et même sauvés d'un péril fatal, Ludwika défait son petit collier rustique, avec un ruban de lin teint en rouge. En signe d'adieu, elle me l'offre et m'adjure de le porter toujours à mon cou en souvenir de sa chère Pologne. Un coulisseau en forme de cœur vient pincer les deux parties du ruban et tenir un médaillon ouvrant qui figure la Madone de Jasna Gora. En l'observant de près, je vois que la petite Vierge ainsi représentée porte une égratignure sur la joue droite. Ludwika me livre l'explication, avec une tendre piété qui me touche :

— Le sanctuaire où était l'icône depuis le XIVe siècle a été saccagé par des bandits, un siècle plus tard. Un peu comme vos amis avec leurs couteaux. Cette Madone noire balafrée est devenue le symbole de l'unité et de la souffrance exaucée du peuple polonais en ses prières : tous les ans, les familles font le pèlerinage de Jasna Gora pour sauver la Pologne… Un pays qui n'en finit pas de se sauver.

Je mets la petite chaînette de Jasna Gora autour de mon cou, sous ma chemise, après avoir embrassé la petite Madone en buis. Puis je prends les enfants dans mes bras en leur souhaitant bonne chance… Je me retourne pour leur dire adieu :

— Je vais retrouver ma Vendée, la petite sœur de tourments de la Pologne… À chaque fois que vous jouerez un air de musique ou de danse, les vents d'est l'amèneront jusqu'à mon pays… Je vous écouterai… en mettant la main sur la petite médaille… La musique ne meurt jamais quand elle est fredonnée par de jeunes âmes. Adieu, chers enfants…

XXXXVIII

Saint-Germain rebaptisé Pétersbourg-sur-Seine

J'ai traversé le Nord de la France, en passant par l'Alsace. Et je suis arrivé hier soir aux portes de Paris pour un séjour tout à fait imprévu, après un vrai détour de plusieurs lieues sur la route qui me ramène vers la Vendée natale.

Il a suffi d'un message laconique et pressant, reçu au relais de poste de Strasbourg, pour changer ma route. Mon cœur a cédé à l'urgence du sentiment, tout à la joie de retrouver le général et Sophie Swetchine qui, dans leur ancienne patrie, ont tellement adouci ma captivité et qui ont, pour tout dire, transfiguré mon exil de « prisonnier du Tsar » en une sorte de villégiature exquise. Ils m'ont poli le caractère, dépatoisé la langue et affiné les manières. À La Tanchaire, on ne reconnaîtrait plus ma faconde presque citadine, juste gâtée par l'argot de bivouac.

Mes amis russes m'attendent ici, en leurs appartements, dans la ville des sans-culottes qui est revenue à ses anciennes tranquillités et où circule à nouveau le carrosse royal. Mais ce n'est pas seulement la gratitude qui me porte vers leur nouvelle résidence. Oserai-je l'avouer ? L'idée de revoir ma soprano d'élève, la jeune Nadine, devenue une personne accomplie et attrayante, qui a dû fêter hier ses dix-huit ans, ajoute à la symphonie des retrouvailles affectueuses un petit charme slave que mon âme cultive en secret sans trop se l'avouer.

Je m'attendais à entrer dans une ville vociférante, bouillonnante, convulsive, où la canaille serait aux fenêtres, à crier jour et nuit des slogans contre le régime en place. Or j'y trouve un calme presque provincial. La nuit sereine est éclairée par la flamme jaune des réverbères à corde, il n'y a ni injures aux balcons ni pendus aux lanternes. Le faubourg Saint-Germain est assoupi, seuls courent les marmitons qui portent d'énormes paniers. Ils se glissent entre les lourdes calèches dont les panneaux armoriés, un peu défraîchis, indiquent qu'on les a juste ressorties des remises de l'arrière-cour où la Révolution les avait assignées à résidence. Les demeures sont superbes, les façades rivalisent d'audace et de hauteur.

Je n'ai toujours pas saisi les ressorts secrets de la résolution des Swetchine de devenir parisiens : pourquoi avoir quitté la ville de Pierre le Grand ? Ils ont installé leurs pénates dans la rue de Varenne. Je ne comprends pas comment ils ont pu élire comme asile, après leurs tracas russes, l'œil du cyclone, la ville de tous les ferments, où les intelligences tourmentées s'exercent, en se frottant dans un jeu d'étincelles prodigieusement inflammables, à défaire le monde par l'anathème, la vindicte, le couperet. Ce n'est pas le coin le plus paisible qu'on puisse choisir pour s'exiler…

L'hôtel Swetchine est rassurant de majesté, l'escalier de granit qui monte à l'étage nous plonge dans la vieille histoire. L'appartement est encombré de tableaux déménagés, de porcelaines, de marbres, que je reconnais facilement. Les candélabres éblouissants, les livres enfermés sous des cristaux richement encadrés et les meubles eux-mêmes, de facture russe, transportés ici, tout cela m'est un univers familier, qui vient de la Néva, que j'ai fréquenté si souvent dans mes fonctions de précepteur de musique et d'ami de la famille.

Chez les Swetchine je retrouve, qui se pressent, un verre à la main, autour des guéridons de l'immense salon, les amitiés de Pétersbourg : le marquis d'Autichamp, tout juste nommé gouverneur du Louvre, la marquise de Montcalm, qu'on appelle « la Québécoise », revenue d'émigration, le duc de Blacas, fraîchement nommé ambassadeur à Naples, ainsi que l'écrivain Joseph de Maistre, tout juste de retour et qui vient de publier *Les Soirées de Saint-Pétersbourg*.

La rue de Varenne grouille des célébrités cendrées de l'ancien monde… Tous les émigrés des hôtels voisins, rentrés en France depuis deux ans, se retrouvent ainsi au faubourg Saint-Germain, rebaptisé « Pétersbourg-sur-Seine ».

J'ai l'intuition, à chaque fois qu'il m'est donné de croiser sur le pavé ce concours de hauts patronymes, que madame Swetchine rayonne déjà à Paris comme naguère dans son pays. Elle renoue des relations ébauchées en Russie, elle s'en est créée en France de nouvelles, qui ont vite rejoint en cordialité les anciennes.

Dans le Paris de la Restauration, elle a, en quelques mois seulement, pris sa place. Elle aimante l'émigration. Tous ceux qui ont fui la Révolution aspirent à se blottir contre elle, dans une vraie franchise d'affection. On vient chez madame Swetchine s'exiler en France, on y cherche à goûter les accents d'une haute société de regrets éternels. Elle attire les mélancolies. On vient se réchauffer à ce charme infini, répandu dans toute sa personne, car on trouve autant de finesse dans son esprit que dans ses traits.

Cette chevalerie déchue, inconsolable, de deuils et de grâces piquantes sous la mantille, cette société déclassée, enguirlandée de vieux lys, de tulle lamé, de velours épinglé, brode ses tristesses, dans les salons, sur les malheurs du temps. Les grandes charges rétablies pour les anciennes hiérarchies n'apaisent pas les irritations. On se lamente en voyant chanceler le maintien traditionnel ; on voit se perdre les lenteurs de la révérence, l'art de tenir les pieds en dehors. On s'offusque : « Ce pays n'a plus de mœurs. » On sent affleurer, sous les coiffures hautes et roides, mille pointes d'aigreur. Cette société de la déploration traque et dénonce partout, derrière les éventails taillés à jour dans la nacre et sous les jabots rebondis de fausse dentelle, ce que les gens d'ancienne extraction appellent entre eux des « parvenus ».

Dans le premier moment je devine, sur toutes les lèvres, une moue réticente à l'égard de ma personne : « Il n'est pas né. » Et puis, dans les salons du noble faubourg, la Grande Armée n'a pas bonne presse, tout ce qui a approché ou servi « Buonaparte », comme on le nomme ici avec dédain, suscite la plus grande réserve, sauf à démontrer qu'on a été engagé contraint et forcé.

Madame Swetchine va me secourir pour faire tomber les préventions : elle rassemble ses invités et, en taisant l'épisode de mon affectation de gagiste dans la campagne de Russie, elle lance à la cantonade :

— À vous tous qui avez à la fois l'oreille musicale et l'âme buissonnière, je veux présenter un homme – un ami – qui, sous son archet, fait vibrer les deux. C'est notre « violondaulne ». Et il vient de la Vendée !

Me voilà restitué à mes déterminations originelles. On efface la partie russe de ma vie. Le violondaulne fait rêver les cœurs et le Vendéen embrase les nostalgies.

Dès le lendemain, ma réputation court déjà ; me voilà en représentation chez une prestigieuse voisine de la rue de Varenne. Elle s'appelle Claire de Duras, c'est la grande amie des Swetchine. Son salon, en l'hôtel de La Rochefoucauld, est un des plus fréquentés de la capitale. Je vais y rencontrer le vicomte de Chateaubriand, l'ancien préfet Barante et madame de Staël. Les recommandations de madame Swetchine sont du meilleur effet. La duchesse – c'est son titre – m'accueille à bras ouverts :

— Alors, on nous dit que vous êtes un vrai Vendéen ?

— Oui, madame… Un vrai de vrai…

— Vous avez porté le scapulaire ?

— Bien sûr, madame… J'ai fait la Grand'Guerre… La virée de Galerne…

— Eh bien, vous êtes ici chez vous… Sachez que toute ma famille a été décimée par la Révolution…

Elle me raconte l'histoire de sa lignée martyre : sa mère, qui était dame d'honneur des reines Marie Leczinska et Marie-Antoinette, a été emprisonnée sous la Terreur, avec ses propres parents ; son père, le comte de Kersaint, est mort sur l'échafaud alors même qu'il avait tâté des idées girondines.

Cette grande dame, un peu bavarde, est devenue l'un des coryphées de la société antibonapartiste du faubourg Saint-Honoré. Elle y a acquis une position mondaine enviée. On doit s'y montrer. Mais il faut y être agréé, marrainé. La duchesse se pique de littérature. Elle écrit et s'apprête à publier… Elle aurait fait relire – dit-on – un manuscrit par monsieur de Chateaubriand qui, d'ailleurs, serait pour elle plus qu'un simple correcteur. On dit qu'il aurait tenu la plume et aussi la main. Dans un geste amical de bienvenue, elle me donne à lire son roman au titre curieux, *Ourika*.

Un mauvais plaisant de son cercle d'amis – sans doute un écrivain jaloux –, qui me voit avec le livre entre les mains, me glisse à l'oreille une méchanceté d'une aigreur désolante :

— La duchesse de Duras a trois filles : Ourika – c'est le titre de son livre –, mais aussi Bourika et Bourgeonika, c'est le nom des autres.

— Pourquoi ces sobriquets ?

— Regardez-les, là-bas, qui pérorent, devant le trumeau Empire : vous voyez bien, à leur tête, que l'une, la petite, a peu d'esprit – c'est Bourika – et que l'autre – l'aînée qui s'appelle Félicie –, a déjà le teint couperosé – c'est Bourgeonika.

À entendre ce genre de persiflage, je comprends que ces salons de douces amertumes et de hautes pensées, où viennent s'entretenir et se confondre toutes les nuances et tous les rangs des intelligences restauratrices, abritent une société confinée où on troque facilement le crayon pour le trait et l'encre pour le curare.

La duchesse de Duras reçoit dans une bibliothèque en bois de citronnier qui est une merveille d'élégance. Elle anime de sa verve intarissable, de ses délicieuses malveillances, de ses sarcasmes un cercle perpétuellement renouvelé des personnes les plus marquantes du parti conservateur et libéral. On y reconnaît tous les hommes de quelque valeur ou de quelque renom dans l'Église ou dans l'État, qui font opposition au libéralisme ou qui s'en réclament : monsieur de Bonald, l'académicien, y est passé pour y déposer ses considérations sur la décadence ainsi que le dominicain Lacordaire, qui rêve de fonder un journal.

La duchesse accueille tous les artistes en vogue. Je fais la connaissance de la soprano italienne madame Giuseppe Pasta, et de la contralto Benedetta Rosamunda Pisaroni ; j'écoute avec ravissement le ténor Giovanni Battista Rubini, le violoniste et compositeur belge Charles de Bériot, le harpiste Jean Antoine Nadermann. Jamais je n'aurais imaginé – moi, le petit ménestrier des granges – pouvoir rencontrer, dans l'exiguïté d'un tel lieu, un concours aussi extraordinaire de talents de premier ordre, un tel éclat de virtuosité, de jeunesse, de force et de fraîcheur.

Et voici que madame de Duras me projette dans ce grand monde, elle me désigne pour offrir un « petit récital ». Je m'en doutais car elle m'a demandé, dès ce matin, d'emmener avec moi mon instrument. Je m'élance avec des airs russes. Je lis la surprise dans les yeux ébahis des convives. Mais il n'y a pas d'ironie dans les regards. Les adeptes du *bel canto* lèvent juste un sourcil en finissant leur bol de lait d'amande. Je sens que je ne les ai pas encore conquis. Mais toutes les femmes frottées de lyrisme et de belles-lettres se laissent emporter avec une ferveur soudaine par les harmonies étranges de mon violondaulne. Je joue des polkas, puis je leur chante une romance buissonnière. Mon patois d'épines et d'ortie blanche les enchante. Tous les convives goûtent le suc. Quelques couples se mettent à danser. Hélas, je vois Nadine – mon élève pétersbourgeoise – qui se lève et appelle son cavalier, un beau grand jeune homme qu'elle me présente à la volée. Il s'appelle Raymond de Ségur d'Aguesseau. Décidément j'arrive trop tard. La trahison de la Pibole revient me serrer le cœur.

Dès que la musique s'arrête, alors, brusquement, la gravité s'installe. Le silence est lourd. Les regards des convives en disent long sur l'anxiété du moment. Chacun cherche à saisir le fil de l'histoire qui se dévide. Le trouble de l'esprit public n'épargne pas les hautes consciences qui viennent et reviennent, pour des repas assez longs mais dépourvus de grands apprêts, déposer ainsi le soir, sur la nappe toute blanche, torpeurs et indignations.

XXXXIX

L'irruption du Balafré

Après trois ou quatre réceptions à la rue de Varenne, je m'aperçois que j'avais tort de croire qu'en venant ici juste pour tenir salon je pourrais rester à la lisière des drames, à l'écart des tribulations, spéculant sur une France apaisée par le retour du Roi. Il n'en est rien. L'ancien maire de Sainte-Florence que je suis va vite prendre conscience que le pays est en pleine effervescence. Le « salon » que les invités fréquentent déborde de conversations profondes et studieuses, entre deux morceaux de musique. On n'y trouve ni agrément ni fioriture. Et encore moins au domicile des Swetchine. Les échanges y sont chargés de tension, le langage est rude, les accusations sont sévères, parfois outrées. Elles plongent au cœur des fièvres philosophiques, politiques et religieuses de la nouvelle époque que je découvre après sept ans d'absence.

La France n'est plus la même. L'État, l'Église, les anciennes politesses, tout a changé. Tout est caduc. Tout vacille. Les deux femmes russes fraîchement converties, Sophie la mère et Nadine la fille, craignent même pour l'avenir de l'Église visible ; le catholicisme pourrait s'éteindre sur la place publique.

Je garde intact le souvenir marquant d'un échange entre Sophie Swetchine et un jeune prêtre de saint Thomas d'Aquin, qui exerce son ministère à la paroisse de la rue de Varenne. La grande dame russe évoque le chambardement des Lumières et des idées de 1789 :

— Monsieur l'abbé, votre Révolution a tout bouleversé…

— Ma Révolution ? Madame, non, ce n'est pas ma Révolution. Je n'y suis pour rien, croyez-moi…

— Pardon, je parlais pour les Français en général. Je voulais simplement dire que la Révolution française a changé le monde et changé dans le monde la position de l'Église… Vous ne craignez pas sa perte d'influence ?

— Pas vraiment, madame ; cela va l'obliger à se ressourcer, répond le jeune vicaire. Dans l'histoire, l'Église catholique a toujours su lire les signes des temps pour s'adapter…

— Ce serait une erreur de croire que c'est à l'autel et au trône de s'adapter…

— Ce n'est pas ce que j'ai voulu dire. C'est même le contraire.

— Monsieur l'abbé, ma conversion récente me donne peut-être plus de lucidité. Vous voyez bien ce qui en train de se passer sous nos yeux : le temporel part d'un côté, le spirituel de l'autre. L'Église est aujourd'hui dépouillée de ses biens, privée du bras humain pour soutenir ses dogmes et ses lois… Et elle se voit encore refuser les libertés de l'âme et de l'intelligence... Elle risque de devenir une simple affaire privée.

— Eh bien, madame, c'est justement au moment crucial où le monde l'opprime et proclame pour son propre compte le règne absolu de la liberté la plus parfaite que l'Église doit se ressourcer. La liberté sans frein du Code civil – le droit d'user et d'abuser de sa propriété – doit être dénoncée au nom d'un principe supérieur, cher à saint Thomas : la propriété ne se justifie que si elle a une fonction sociale. La parole de l'Église peut sauver la société. Elle est signe de contradiction pour les libéraux et les forces de l'argent. Le libéralisme est une maladie de l'âme. Le catholicisme sera social ou ne sera plus...

Tout le monde s'est tu. La conclusion claque comme les plis d'une bannière au vent mauvais des modes perverses. La moitié de l'assemblée approuve. L'autre moitié hausse les épaules...

Alors, un jeune député – un cousin Saintignon, à ce qu'il me semble – se lève et enchaîne avec force :

— Il est une autre maladie de l'âme, monsieur l'abbé, tout aussi mortelle pour la France, que l'esprit libéral dont vous venez de parler ; c'est l'immoralité féconde en apostasie des puissants !

— Vous voulez dire : l'esprit de trahison ?

— Oui, c'est cela même. Le trône est à l'encan...

— Mais l'autorité légitime a été rétablie, rétorque le jeune vicaire.

— Oui, formellement. Mais la trahison est partout dans l'État. Je la vois tous les jours, cette génération des prostitués politiques, elle est toujours là, dans les sommités du pouvoir : les traîtres n'ont pas été punis. Tous ces gens qui ont contracté marché de places et d'honneurs ont tout acheté, tout vendu, soutenu puis poignardé…

— Monsieur le député, n'êtes-vous pas un peu excessif ?

— Judas n'avait fait qu'une fois cette proposition aux princes des prêtres : « Que voulez-vous me donner ? et je vous le livrerai. » Dans une seule vie d'homme, eh bien, eux, ils ont déjà renouvelé cinq fois leur bilan de parjure ; ils ont voituré leurs services et leurs principes à travers les régimes les plus opposés… Ils ont trahi Louis XVI pour la République, puis le Directoire pour le Premier consul, puis la République pour l'Empereur, puis Napoléon pour Louis XVIII, puis Louis XVIII pour Napoléon… Après avoir inauguré leur fortune en sans-culottes, ils espéraient l'achever en habits de cour. Vous verrez, monsieur l'abbé, que bientôt, le sourire aux lèvres et le front impassible, ils diront à la Révolution en lui montrant le roi légitime qu'ils ont trompé par un seul baiser de nouveaux Judas : « Que voulez-vous me donner ? et je vous le livrerai. »

Un autre parlementaire, monsieur de Montbel, se lève à son tour, mais cette fois-ci pour dénoncer la pusillanimité des défenseurs du trône qui ont la hantise des désignations infâmantes :

— Beaucoup d'entre nous ne savent plus comment se définir. Ils longent les murs, à la Chambre. Je pense – malheureusement bien seul – qu'il faut assumer le titre de « contre-révolutionnaire ».

Madame de Duras interrompt son ami député :

— Ce mot me fait peur. Il est piégé. Il ne faut jamais accepter les titres que vous donnent vos adversaires…

— Mais, madame, réplique le député, ce titre-là est écrit sur les actes des proscriptions de nos pères, vous en savez quelque chose, n'est-ce pas ? Ce titre, on le leur donna quand ils montèrent à l'échafaud. Ce titre, nous devons l'accepter, et même le revendiquer et le léguer à nos enfants…

— Si vous êtes contre-révolutionnaire, reprend la duchesse, c'est que vous voulez le retour de l'Ancien Régime. Ce n'est pas raisonnable…

— Non, madame, proteste le parlementaire. Non, nous ne voulons aucun retour en arrière… Nous ne voulons pas ce que le temps a détruit et détruit sans rémission. Nous voulons seulement… mais de toutes nos forces, qu'on respecte le droit à la *filiation historique* pour que notre pays ne meure pas…

La duchesse insiste :

— Et que répondez-vous à l'accusation d'« ultracisme » qui désigne désormais les royalistes depuis la Restauration ?

C'est monsieur de Chateaubriand qui va lui répondre. Il accuse ce qu'il appelle « la faction » de subvertir le langage commun :

— Elle mène et gagne la bataille des mots. Elle cherche à nous rendre infréquentables. Elle dit aujourd'hui les *ultras* comme elle disait, au commencement de la Révolution, les *aristocrates*. Nous serions donc des *ultras*, nous, les orphelins de ces nobles dont les cendres reposent au cimetière de Picpus. Par le moyen de la police, la faction domine les papiers publics et se moque en sûreté de ceux à qui la défense n'est pas permise. La grande phrase reçue, c'est qu'*il ne faut pas être plus royaliste que le Roi*. Cette phrase n'est pas du moment ; elle fut inventée sous Louis XVI : elle enchaîne les mains des fidèles, pour ne laisser de libre que le bras du bourreau…

Le salon se divise sur cette opinion. Mais la fille de la duchesse de Duras, qui vient d'entrer dans la bibliothèque, soutient le propos et lance un trait d'ironie qui fait frémir l'assistance :

— Encore faudrait-il que les Bourbons sachent reconnaître leurs ennemis et leurs amis… pour confondre les premiers et célébrer enfin les seconds.

— Chère Félicie, rétorque sa mère, la situation est délicate… Le roi Louis XVIII se doit d'être habile… Il a sans doute raison d'être prudent…

— Mais comment peut-il laisser le nom de Turreau gravé sur l'Arc de Triomphe ? Le bourreau de la Vendée vient d'être décoré, ce me semble, de la croix de Saint-Louis… Je reviens d'un séjour en Vendée… Je peux vous certifier – et mon fiancé qui est en route vous le dira dès son arrivée – que, là-bas, cette épigraphie est reçue comme une souillure de la mémoire.

— Chère Félicie, reprend sa mère, le Roi a bien d'autres soucis. Et puis il a accordé des pensions aux veuves des combattants de la Cause…

— Des pensions ? reprend Chateaubriand, courroucé. Vous parlez de *pensions*, madame ? Il y a un parallèle déshonorant qui s'impose, si mes informations sont exactes : la veuve du chef vendéen Lescure n'a reçu aucun secours alors que la veuve de Robespierre vient d'être gratifiée d'une pension de six mille francs. Accordée par qui ? Par le Roi…

J'observe Félicie depuis quelques instants. Son caractère tempétueux me fait impression. C'est une âme de feu. Je m'approche d'elle et me fais connaître. Elle porte un mouchoir rouge autour du cou – le mouchoir de Cholet. Nous parlons de la Vendée. Elle y compte des attaches par son mari défunt, Léopold de La Trémoille, prince de Talmont, le fils du général de la cavalerie vendéenne. Elle m'apprend que les héritiers du nom de Cathelineau végètent dans une indigence scandaleuse. Et elle blâme les autorités qui prodiguent les honneurs à ceux qui ont tour à tour porté le bonnet rouge des terroristes et la livrée de Bonaparte. Elle flétrit la décision ministérielle de refuser le pain aux villageois qui ont maintenu la hampe du drapeau blanc devant leurs chaumières brûlées.

L'irritation de son visage me rappelle le mauvais mot du plaisantin sur les trois filles – Ourika, Bourika et Bourgeonika. Car le rouge qui lui monte aux veines accentue sa mine couperosée. Je reconnais Bourgeonika. Mais son côté éruptif lui confère un charme dans le regard qui rattrape quelques mauvaises boutures de peau.

Soudain, elle bondit vers la porte. Après avoir annoncé l'arrivée de son fiancé. Le voilà qui fait irruption. Immense surprise ! Pour moi en tout cas. Je chancelle. Je le reconnais immédiatement à sa balafre. Une telle coïncidence ne survient habituellement que dans les contes des veillées. Mais là, la réalité, en ces temps troublés, dépasse la fiction : oui, c'est bien lui. Le fiancé n'est autre que le héros de la Moskowa, mon ami Auguste de La Rochejaquelein.

Toute l'assistance nous regarde, nous nous serrons longuement dans les bras l'un de l'autre, émus aux larmes. Auguste s'enquiert de la suite de mon périple russe. Je lui raconte la Bérézina, Saratof, Pétersbourg, les Swetchine. Et lui me parle de sa captivité et de son retour en Vendée, deux années avant moi, le 20 mars 1815. Il a pris la tête de l'insurrection royaliste organisée dans le marais vendéen contre le retour de Napoléon. Il est devenu major général de l'armée des insurgés, succédant à son frère Louis, tué lors du combat des Mathes en juin 1815. Depuis la Seconde Restauration, il a été élevé au grade de lieutenant dans le corps des grenadiers à cheval de la Maison du Roi, puis il a été nommé maréchal de camp au début de l'année.

Avec une attention complice et délicate, Félicie se penche vers moi :

— Vous comptez rester longtemps à Paris, cher Jean ?

— Non, je vais retourner chez moi…

— Chez vous… Vous voulez dire… en Vendée ?

— Oui…

— Eh bien, nous y serons aussi… dans la propriété de notre famille… Et je vous annonce une décision… mûrement réfléchie depuis… ces trois dernières minutes : c'est vous, très cher Jean, qui animerez la noce…

— Quelle noce ?

— La nôtre… Nos épousailles auront lieu à La Gaubretière…

— Eh bien, j'y serai, chère Félicie, cher Auguste…

— Avec votre violondaulne, n'est-ce pas ?

L

Le cœur qui viroune

Chère famille, je serai là dimanche soir. Mais ne m'attendez pas. Il sera très tard. J'arriverai au feu mourant. On se retrouvera à l'heure de la traite. Laissez la porte barrée. Je dormirai sur le pailler, dans la grange.

J'ai confié ce billet griffonné à la hâte au maître de poste des Quatre-Chemins depuis ma halte au relais du Mans. Je n'ai pas la moindre idée de ce que sera l'accueil à La Tanchaire. En réalité, je redoute le moment où je vais franchir le porche des affections, là où dorment les charrettes et les jougs de labour. Les circonstances de mon piteux départ de Sainte-Florence, qui fut, en 1812, comme une déchirure dans les tissus de notre parentèle, m'incitent à marcher sur des œufs de fourmi pour ces retrouvailles incertaines avec la fratrie. La restauration récente de la Légitimité aura sans doute entraîné mes sœurs à penser que ma campagne russe de « turlutin gagiste » était décidément un nouveau contretemps aventureux, procédant d'une incurable légèreté… Je juge plus prudent d'arriver de nuit. Je ferai comme Fin'Goule, notre vieux chat, qui glissait par la chatounère quand il s'en retournait d'une nuit de sarabande.

Bientôt, marchant à couvert sur les routes de Vendée, je choisis les chemins de meunerie. Je ne veux pas courir le risque d'être reconnu sur mon passage et gourmandé par les burgadins en deuil, car il y a beaucoup de familles démembrées par les campagnes de l'Empereur. J'imagine que leur tristesse aiguise leur courroux. Je progresse lentement, comme un cerf aux bois craintifs.

Je me glisse entre les buissons d'érondes, d'acacias, de têtards, me laissant gagner par les odeurs d'enfance qui reviennent à pleines bouffées de souvenirs…

Il est minuit quand je dételle ma carriole sous le porche aux licols, à l'entrée du fer à cheval de la métairie. Je reconnais le pressoir et l'écurie, sur la droite, et puis le poulailler, l'atelier des herses et le pigeonnier sur la gauche. Mais je ne vois pas la croix de chaux vive au-dessus du linteau de la porte d'entrée, ni les volets peints au sang de bœuf sur la façade. Ils sont masqués par une forêt de statues de sel. Mes yeux font effort pour comprendre…

Bientôt, sous la lune qui ondule à peine, je crois reconnaître quelques figures familières qui se détachent au premier rang… La marche est lente, imperceptible, recueillie. C'est une armée de fantômes. Les mines sont graves. On y sent le poids de lourdes questions après une absence de six années au moins, mais aussi, dans les yeux brillants et humides, la liesse et l'émoi. Qui va oser parler ? Et pour dire quoi ? Il va falloir se réapprivoiser, comme les bêtes à l'égail en première sortie de printemps et qui se craignent. Chacun met dans son pas de la retenue : ni geste brusque, ni raclement de gorge. Pas un chuchotement, pas même un torticou des plus petits. Je retrouve des visages de jeunesse, des traits vieillis, des cheveux qui ont viré au gris, je devine que ce sont tous les feux du village qui ont voulu être là et qui m'attendent.

Je vois, en face de moi, les bras qui tremblent et s'ouvrent affectueusement. J'en suis tout ébaubi, j'ai les jambes qui bourdonnent, la voix qui louche, le cœur qui viroune. J'accueille les regards muets et les mots qui ne viennent pas. Ils disent tout. Choupomme pleure comme un veau. Je vais vers elle et la soulève de toutes mes forces. Mie l'Aiguille tend ses mains jointes vers le ciel, elle est toute en ses piétés, elle rend grâce…

Je suis étouffé par les gestes de tendresse de tous les voisins de borderie. Je reconnais Zidore, le fidèle journalier. Mon Dieu, qu'il a vieilli ! Il est tout rabousiné, je l'ai connu convexe, il est devenu concave, il a le regard bas sur le rigolis d'herbes folles.

Le garde champêtre – ce cher Racassou –, lui, n'a pas pris une ride mais il n'a plus de chapelure au jambonneau. Le sacristain, Nésime, non plus. Le temps a juste fait son œuvre. Celui-là a les tempes neigeuses et la figure creuse. Bagassou, le tenancier du café des Grolles, a apporté un panier de bouteilles de Petite Folle de Sigournais. À le voir turcoler d'un pas sur l'autre, je présume qu'il a dû se verser un petit à-valoir sur l'arrosage à venir, bien avant que les poules aillent rejoindre leurs échelles.

Je serre Louise longtemps, longtemps, dans mes bras, en lui murmurant à l'oreille :

— On ne se quittera plus jamais jusqu'à la mort !

Les mots s'étranglent dans ma gorge. Je me tourne vers mon autre sœur, la Jhanète ; elle me présente une petite moujhasse qui éclate de rire et débadigouline :

— Olé tonton Flûtiau ! Tonton Flûtiau ! Le tonton de la Flûte…

C'est ma nièce, la petite Urbise, sa fille, qui avait un an quand je suis parti, et qui en a six désormais, déjà branchue comme un poirier de grand vent…

Après les effusions qui vont durer des heures sur l'aire de la cour, l'assemblée rejoint la grange, où des barricots ont été remontés de la cave. Tout a été apprêté. On allume la résine. Les délicatesses abondent. Louise a préparé un jarret de porc aux feuilles de chou vert – la noblesse du chou métayer. Elle sait que c'est le plat de faveur de nos enfances à La Tanchaire. Et elle a descendu de la hotte de la cheminée les fameux jambons molletonnés des grandes heures, qu'on ne décroche qu'aux fêtes de clôture des missions ou aux dimanches des communions solennelles. C'est un signe de bienvenue qui me fouaille les entrailles. Ces jambons, je les connais, ils ont séché longtemps après avoir été bassinés à l'eau-de-vie trempée, dans les herbages de serpolet et de laurier. Ce sont mes sœurs qui manient le grand couteau. C'est un régal de toutes nos souvenances que ces chairs qui ont été embourrées de foin odorant par Choupomme. Je les dévore à pleines dents…

Pendant le repas, autour des tables de batterie, les esprits s'animent, la parole ruisselle, les nouvelles pleuvent, les pinettes grincent, le vin coule. Presque toute la paroisse est venue me faire la fête. Je m'inquiète de ceux qui sont absents.

— Le voisin Ugène, du P'tit Patis, l'a pas voulu v'nir ? Il est encore vivant ?

— Oui, mais pas vraiment gaillard ! me répond Mie l'Aiguille. L'a attrapé un chauferdi ! L'a la poche de veuze à moitié dégonflée.

— Et le Grand Michâo, l'aubergiste du Grand Turc ?

— Lui aussi, l'est mal, l'a des araignées dans le soliveau. L'est pas loin de feurmer son parapie.

La parlure de la tablée vante la cuisine de goraille, si flatteuse pour le palais. Puis on passe à une autre cuisine – la cuisine politique –, puante comme de la fressure attardée à la souillarde. Les humeurs ont bien changé. Mais c'est toujours la même salade : on est passé d'un régime à l'autre, du vinaigre à l'huile puis de l'huile au vinaigre. Les langues se délient. On brasse les amertumes.

LI

Le tricorne aux orties

Le lait a tourné aux pis plus vite que les caillebottes dans les jarres. L'idole corse est par terre. Les Quatre-Chemins aussi. Les arcs de triomphe qui célébraient le Pacificateur ont été jetés au feu. On raille sa procession de 1808 en Vendée où, avec sa berline et sa Joséphine, le P'tit Tondu jouait, devant tout l'arrondissement, les souverains de parodie. Certains convives des retrouvailles osent même quelques hardiesses rétrospectives :

— Jean, t'as bien fait de lui parler dru. Ol'était un roi de fève de galette de Mardi gras.

Ils ont tous ou presque jeté le tricorne aux orties.

Je n'en reviens pas. J'écoute, autour de moi, sentences et griefs. La Vendée a déturviré. On a l'impression de ne plus être dans le même pays : on m'apprend que le chef-lieu a été débaptisé, il ne s'appelle plus Napoléon mais Bourbon-Vendée.

À l'auberge du Grand Turc, où je me rends avec Racassou le lendemain de mon retour, de table en table, on chante et on ripoune :

Roule ta bosse, Napoléon,
Tu n'auras plus la couronne de France,
Roule ta bosse, Napoléon,
Tu n'auras plus la couronne des Bourbons.

L'esprit public a giré plus vite que le souffle de galerne sur la montagne des Alouettes.

Chez les gens arrivés mais toujours en route, on ne sait plus trop quoi penser ni comment prendre le bon routin, pour ne pas déchoir… Les girouettes s'affolent. Le vent tourne trop vite.

Dans les sacristies, on ne s'avise plus de brûler de l'encens pour le Régénérateur. On s'incline devant le « Roi de toujours ». Le curé de Sainte-Florence a viré chasuble et tourné barrette. Il déplore en chaire « les flots de sang qui ont inutilement inondé toute l'Europe ». Il lit les nouveaux mandements de monseigneur Paillou, notre évêque, qui a lui-même retourné sa mitre et se maintient en équilibre sur sa crosse… Il agite son étole au vent du moment et porte, avec une dévotion de fruit confit, le même surplis brûlé par les coups d'encensoir d'avant en arrière et d'arrière en avant. Hier, il était le protagoniste zélé du *catéchisme impérial* ; aujourd'hui, il ironise sur le grand banni de Sainte-Hélène, « l'Usurpateur ».

À la paroisse de L'Oie, comme partout ailleurs, on a – paraît-il – chanté le *Te Deum* pour la restauration de Louis XVIII sur le trône de ses ancêtres. Avec les mêmes paroles et les mêmes allégresses publiques que pour le sacre du conscrit corse, quelques années plus tôt. À l'époque, il fallait aller à quinfesse pour s'accuser de n'avoir pas allumé des cierges pour l'Empire. Aujourd'hui, de telles piétés exposeraient au purgatoire ou à l'enfer. On prie pour les âmes en peine des Cent-Jours. Le clapet du confessionnal n'ouvre plus du même côté. La contrition a changé de bord. On a eu juste le temps d'ajuster la coulpe.

Louise relit à haute voix la lettre apostolique du nouvel évêque, tout juste mitré. Ce pasteur est revenu à ses enseignements du séminaire de la France d'avant, il regarde à nouveau « vers les bœufs de derrière », il invite chaque paysan au retour à la terre : *Le fer des lances et des piques sera converti en socs et en faux, selon la prédiction du prophète.* Il recommande une soumission active aux nouvelles autorités et multiplie les prônes sur « la nécessité de payer les impôts à un Bourbon, héritier légitime du trône ».

Le clergé de la *Petite Église* brûle de l'encens et multiplie les processions d'actions de grâce. Il croit tenir sa revanche. Les familles qui avaient soutenu l'Empire se sont ralliées au *nouvel ancien régime* plus vite qu'un vol d'étourneaux. Les généraux Bonamy et Belliard – les héros de la Moscowa –, revenus dans leurs fiefs, ont renversé leurs hommages avec un empressement remarquable, même si leur néoroyalisme sent encore la peinture fraîche.

Les « arbres de la Liberté » sont tous tombés. Les statues des « héros jacobins » ont été maculées de sang de bœuf. Dans les environs de notre commune, aux Essarts et à La Ferrière, les papiers municipaux, les cachets des mairies, les insignes même les plus anodins de l'Empire désormais abhorré ont été mis en pièces.

Mais dans toutes nos campagnes, pourtant réconciliées avec les anciennes fidélités, il y a, malgré tout, comme un malaise. Je le ressens chez mes sœurs. Mie l'Aiguille me parle d'un arrêté préfectoral qui ordonne aux percepteurs d'envoyer un nouvel avertissement aux contribuables en retard et de les prévenir que, s'ils ne s'acquittent pas de leur dette fiscale dans un délai de trois jours, ils y seront contraints par la voie des « garnisaires militaires ».

Encore des *garnisaires* ? La persécution est pourtant terminée. N'a-t-elle donc fait que changer de nom ? Chez Nésime, notre cher voisin, un garnisaire a pris pension, il y a trois jours… Le pauvre homme n'a pas de quoi payer l'impôt sur les charrues. L'année 1816, trop pluvieuse, a pourri ses récoltes. Les frais de logement des hommes d'armes sont de deux francs par jour. Nésime se fait réquisitionner ses oignons. C'est le garnisaire qui les épluche et c'est Nésime qui pleure. Mais il ne cède pas. Mes sœurs le soutiennent.

Et puis il y a cette ordonnance qui les a ulcérées, elle enjoint aux gendarmes d'aller récupérer les fusils des anciens rebelles sur les manteaux des cheminées. Louise considère comme une véritable humiliation l'ordre formel de rendre ses « reliques sacrées ». Ces sabres, cette poudre désuète, ces vieux fusils à silex sont des armes glorieuses qui ont été chargées hier au service et pour la seule défense de l'autorité royale, celle-là même qui commande aujourd'hui de les restituer, comme si les Vendéens étaient des bandits corses qu'on venait désarmer par une anticipation divinatoire de leurs forfaits à venir. Ma sœur Louise, la fameuse « Hussarde », n'a pas rendu son sabre… Il est caché sous une meule, dans le foin. Il rouille de honte…

Tous ces dérangements de la vie publique qui suscitent, dans tous les feux, froissements et désillusions ont au moins la vertu pour moi d'éloigner toute forme d'enquête pénale sur le passé ancien aujourd'hui recouvert, submergé par la cascade des retournements. Les pouvoirs publics sont passés à autre chose. L'affaire du géomètre est enterrée, le dossier est caduc. L'affaire des registres paroissiaux semble elle-même désormais « forclose », selon l'expression rassurante d'un commis de préfecture. Je peux respirer. Revivre. Ma famille s'en trouve libérée de tout scrupule à mon égard. Quant à l'affaire du « jean-foutre », Louise me confie sans ambages que le soupçon de parjure, répandu à l'époque dans le bocage, a perdu tout mordant.

— Avec le recul, ose même ajouter la Hussarde en souriant, on n'est pas loin de penser que se faire traiter de jean-foutre par le P'tit Tondu, c'est plutôt honorable. Après tout, tu as eu le courage de t'engager dans la Grande Armée, tu as servi ton pays ; tu as vaincu la neige et la faim… L'autre… il est à Sainte-Hélène… C'est lui qui a éventraillé toutes les familles et nous a mis l'Europe entière sur le dos. Quand nous t'avons accusé de trahison, nous ne pouvions imaginer qu'aujourd'hui, la trahison, elle galoperait sous le sabot de n'importe quelle carne, et qu'elle habiterait la première redingote ; elle pousse plus vite que les chardons sur la butte de La Frelonnière. Entre les convertis et les déconvertis, c'est à s'y perdre. Il y a même parfois des convertis-déconvertis-reconvertis. Les anciens proscrits sont devenus sous-préfets et les anciens sous-préfets couinent comme des mères gorettes qui ont la queue coincée dans la porte du têt à gorets. C'est à qui s'approchera le plus près de la chaudronaïe des princes.

Tout cela donne le tournis et m'incite à connaître encore mieux l'âme humaine. Dans ma nouvelle vie, je recherche – ô paradoxe des mélancolies – les piments des heures glorieuses et des souvenirs russes. La Vendée nouvelle a tellement changé ! Je m'y sens un peu étranger… La compagnie des grognards qui, depuis la plaine jusqu'à la côte, n'aspirent qu'à se retrouver m'invite à cultiver les nouveaux terreaux de cette amitié aux saveurs nostalgiques.

LII

La couronne d'ingratitude

Un beau jour du printemps 1819, je suis invité à me rendre à La Bralière, à Boulogne. Notre hôte est le fils de Bénigne de Montsorbier, la célèbre amazone de Charette qui, en 1793, avait transformé tout le rez-de-chaussée de son logis en un hôpital de campagne pour les blessés et invalides blancs. La Bralière est un haut-lieu de la résistance vendéenne. Le fils de la maison est un capitaine d'État-Major à l'armée royale, c'est un demi-solde. Au mois de juin 1813, il est devenu garde d'honneur au 3e régiment de la Garde impériale.

Ce matin, il a convié en son logis tous les « anciens Cosaques » qui ont été réquisitionnés par l'Empereur, après la retraite de Russie, dans le but de composer les régiments des gardes d'honneur.

Nous sommes reçus dans la grande salle à manger où les chefs vendéens de la Grand'Guerre se réunissaient en secret. Les gardes d'honneur ont ressorti pour l'occasion leurs anciens uniformes de Leipzig ou de Reims. Ils portent leurs culottes hongroises écarlates, dolmans et pelisses verts rehaussés de galons tressés et de brandebourgs à fil d'or, avec un immense plumet vert. C'est un rassemblement poignant de fiertés désuètes.

Louis de Montsorbier exhume d'un petit placard discret, conservé précieusement, un coffret de verre qui renferme la fameuse lettre adressée à son amazone de mère par le grand Charette ; les mots sont forts, le général y confie d'une encre solennelle, un mois avant sa mort, en mars 1796, son ultime serment : *Nous verserons pour la Cause la dernière goutte de notre sang !* Alors, d'un geste fier et solennel, Louis, à deux mains, lève au-dessus de lui le sabre avec lequel ce jeune officier de tradition s'est battu à la bataille de la plaine d'Erfurt où il a été blessé d'un coup de lance à la hanche gauche. Ses mots d'accueil sont chaleureux mais dépités :

— Chers amis vendéens, nous sommes quelques-uns à avoir souhaité cette réunion du souvenir des gardes d'honneur. Ce sabre et cette lettre nous rappellent que le devoir est finalement toujours le même : c'est l'amour et le service de notre patrie. Nous nous sommes battus pour la France contre l'envahisseur au moment des Cent-Jours. Il ne faut pas le regretter, même si nos états de service ne suscitent plus qu'une indifférence souriante autour de nous. C'était notre devoir. Mais je n'ai pas choisi par hasard cette grande pièce pour vous recevoir. Elle porte un symbole. C'est la salle à manger dans laquelle le général Charette, dos à la cheminée, a jeté au feu, en le froissant d'une main dédaigneuse, comme un chiffon de papier, le misérable projet de trêve avec Hoche, devant son ami, le général de Suzannet. C'est ici même qu'il a prononcé la phrase qui est restée gravée sur le manteau de cette cheminée : « *Tant que la charrette aura une roue, la charrette roulera !* Cette devise doit rester vivante en chacun de nous… Par les temps qui courent… il faut demeurer… l'arme au pied et pousser la charrette pour qu'elle continue à rouler…

— À rouler… mais dans quelle direction ? On ne va quand même pas reprendre les armes… alors que nous avons à nouveau un roi ? proteste le marquis de La Roche-Thémer.

Cet ancien militaire détonne ; il a fait une croix sur le passé. Loin des champs de bataille, il se dépense désormais plutôt sur les champs de foire. Il porte des bottes crottées sans éperons et n'a plus qu'une idée en tête, qui nous paraît intempestive : la vente de ses bestiaux au meilleur prix, à la foire de Bourbon-Vendée. Les idéaux anciens lui semblent périmés. Il maquignonne. Cela déplaît à l'assemblée des convives. En appelant chacun à rester ancré dans les anciennes fidélités, Louis réplique avec élégance :

— Chers amis, vous appartenez presque tous à des familles de vieille extraction qui n'ont jamais rechigné à payer l'impôt du sang. Aujourd'hui, le pays nous regarde comme des gens inutiles : les bonapartistes déchus nous entraînent dans leur honte. Et le roi Louis XVIII peine à nous montrer sa gratitude. C'est une vieille tentation des pouvoirs faibles que d'honorer le renard hypocrite qu'on courtise plutôt que les poulets d'Inde chétifs et loyaux qui viennent se blottir dans le vieux chêne de saint Louis. Ce genre de pouvoir finit toujours par succomber à l'hypnose. Tout cela finira mal…

Tour à tour, les Chabot, Suyrot, Pasquier prennent la parole pour enchérir et monter d'un ton. Mon voisin d'enfance, Eugène du Landreau, venu de son domaine des Noyers, ne cache pas sa rancœur. Les bandes de sa pelisse en ventre de renard perdent leurs poils. Il n'a plus beaucoup d'allure, mais a gardé toute sa gouaille. Et, d'une voix brisée, il nous confesse sa manière à lui de toiser l'adversité :

— J'ai servi Napoléon. Puis je l'ai combattu. J'ai souhaité le retour des Bourbons. Et ils sont revenus… Aujourd'hui, ils nous ignorent… Ils nous méprisent… Nous représentons, semble-t-il, pour Leurs Majestés des ombres mémoriales gênantes. Nous nous sommes battus sans eux. Et ils ne sont pas venus lorsque nous les attendions… Alors qu'ils sont revenus quand nous ne les attendions plus… Chers camarades, je vais vous faire un aveu : il est des moments où la peine et le dégoût me portent à préférer à la compagnie des princes celle de ma jument, Trimballe. Elle a traversé tous les feux. Elle a montré sa bravoure, galopé partout, au choc de Chemillé, puis à la Moscowa, à la Bérézina. Cette bête-là m'est toujours restée fidèle…

Personne, ici, n'ignore la fameuse Trimballe, un cheval hors pair. Je l'ai vue à Vilnius, de mes propres yeux, elle a sauvé le Chevalier – comme on l'appelle – en franchissant d'un bond prodigieux un fossé d'une profondeur inouïe. Trimballe a gagné ce jour-là son pain de rente. Dans le pays, on en parle comme d'une personne. Le cavalier et la monture ne font qu'un. Quand j'ai vu arriver, ce matin, le Chevalier à La Bralière, c'était, dans le lointain, comme une masse composée d'une bête et d'un homme qui traversait les taillis, rouge d'écorchures, blanche de sueur, qui coupait au droit à travers champs.

On dit même aux Herbiers, d'où il vient, que, pour aider la jument à sauter les clôtures, le Chevalier lui tend sa gourde et lui fait boire de son eau-de-vie. Au Café du Chêne-Vert, les voisins l'ont vu lui enfoncer dans la gueule le goulot de la bouteille. Ce combattant a les fantaisies d'une âme buissonnière, ses élégances désinvoltes le rendent attachant. Il est d'un autre temps. Celui des anciens maîtres sounurs des cors désespérés. On pardonne tout à cet enfant du pays parce qu'il a été qualifié de « héros » par le général de Ségur, et que sa vaillance lui est aussi naturelle que le galop ou la charge sabre au clair. Mais le rapprochement un peu rapide qu'il vient d'oser devant notre assemblée entre les fidélités respectives des chevaux et des princes fait courir un petit friselis d'embarras.

Alors le chevalier du Landreau, qui l'a senti, élève la voix et en appelle au sentiment de la justice bafouée :

— Vous savez très bien, chers camarades, que les secours attribués aux Vendéens qui ont montré leur bravoure pendant la Grand'Guerre sont dérisoires. Alors qu'on accorde, dans le même temps, aux terroristes Francastel, Grignon et à tant d'autres brutes qui ont du sang sur les mains des pensions flatteuses. J'ai reçu une lettre de Pierre Rangeard, le capitaine de paroisse de La Gaubretière ; il termine sa missive par cette parole, qui m'a bouleversé : *Je n'ai rien demandé ni rien reçu.*

Vive le Roi quand-même. Grandeur d'âme d'un côté, iniquité de l'autre…

— Le mot est un peu fort… De quelle iniquité parlez-vous, cher Landreau ? l'interrompt Chabot.

— Eh bien, chers amis, je vais vous en donner une illustration : à Bourbon-Vendée se trouvent hébergés gratuitement quelques-uns des quatre cents mameluks ramenés d'Égypte par Napoléon.

— Mais on leur doit l'hospitalité ! proteste Suyrot. On a été bien contents de les trouver pour se battre à nos côtés. Après tout, ils ont choisi la France !

— Mais nous aussi, reprend Landreau, nous avons choisi la France. Et nous n'avons rien reçu en retour : ni indemnités, ni marques de reconnaissance.

— Le rapprochement avec les mameluks me semble hors de propos, insiste Suyrot. Nous, c'était notre honneur… On ne peut parler d'injustice…

— Eh bien, si. Permettez-moi d'en parler ! s'emporte Landreau. Il suffit de citer deux chiffres : le secours aux blessés de la Vendée militaire est de cinquante francs ; celui des mameluks s'élève à cinq cents francs. Je vous dis simplement ceci : quand un pouvoir favorise les étrangers en négligeant ses propres amis, les fidélités s'usent vite. Et c'est mon cas…

Le ton général de la réception tourne à la récrimination. Tous ces pauvres gentilhommes qui ont perdu leur fortune en faisant leur devoir et qui se trouvent aujourd'hui réduits au plus petit état se sentent froissés à la fois par le régime ancien et par le régime nouveau.

Malgré tout, il faut garder espoir. Alors nous autres, les invités de La Bralière, nous trinquons à la France, à la Couronne, à la paix retrouvée, à la Vendée éternelle. Nous levons nos verres remplis du petit vin aigrelet de Mortemer en poussant le même cri : « Vive le Roi quand même ! »

LIII

Le Trio cosaque

Peu à peu, la vie des campagnes vendéennes tourne mes pensées vers une aube nouvelle. Le 14 septembre 1819, je me rends à Saint-Aubin-de-Baubigné pour les fameuses épousailles, tant attendues, d'Auguste de La Rochejaquelein avec Félicie de Duras. Hymen prestigieux : mon compagnon de Russie est le frère cadet de deux héros, et d'abord du célèbre généralissime de l'insurrection vendéenne de 93, que les Vendéens appelaient « Monsieur Henri » ; je l'ai bien connu, je le revois, volant dans les combats, un bras en écharpe et tenant à la bouche les rênes de son cheval de guerre – c'était un ange de feu ; et puis le deuxième frère, le général Louis, dont j'ai cotoyé l'épouse durant la virée de Galerne, la marquise de La Rochejaquelein, la célèbre veuve de Lescure. Je suis donc en pays de connaissance. Quelle belle noce de l'élégance et du panache !

Félicie a vingt et un ans. La voilà réunie pour la deuxième fois, dans la fleur de la jeunesse, aux gloires de la Vendée militaire. La jeune veuve du prince de Talmont retrouve, dans sa seconde belle-famille, la légende héroïque de la première. Elle devient, par son union prestigieuse, la belle-sœur de la célèbre marquise dont le livre est entré dans tous les châteaux et même parfois dans les métairies, en tout cas dans tous les cœurs. Elle épouse un nom – La Rochejaquelein –, mais aussi une légende, une épopée : la jeune Félicie sortait à peine de l'enfance lorsqu'elle eut, entre les mains, les *Mémoires de madame de La Rochejaquelein.* Ce récit de la guerre de Vendée s'est emparé de sa jeune imagination. Depuis ce temps, elle a constamment rêvé la guerre civile comme le complément du bonheur. J'ai appris qu'elle allait à la chasse au fusil en tenue d'amazone, avec la duchesse de Berry, dans les forêts de Rosny. Les deux dames, qui ont plutôt l'humeur fantasque, prennent plaisir à tirer des lapins et, pour reconnaître ceux qu'elles ont tués, elles leur coupent un morceau d'oreille avec un petit poignard qu'elles portent à la ceinture, puis elles mettent ce petit trophée dans la jhabotière de leur veste. Félicie a même demandé à son mari, Auguste, de lui apprendre l'art du tir au pistolet.

À l'exercice du « brandon », au soir de la noce, malgré la pénombre, elle crève, dès le premier coup, la bousine de goret au sommet du mât. Elle a appris à dresser les chevaux, à les monter sans selle, c'est une âme de sous-lieutenant de Dragons dans le velours d'une amazone.

Elle m'a demandé, comme cadeau personnel pour la noce, de reprendre du service et d'emporter avec moi mon violondaulne et une balaleïka pour animer la nuit de danse. C'est de cette soirée-là, où je m'apprête à jouer des airs russes et polonais, avec deux autres ménestriers de La Gastine, qu'est venu le surnom qui va nous rester : « le Trio cosaque ».

Auguste, mon ami « le Balafré », est plus posé que son épouse. Peut-être parce qu'il a quatorze ans de plus qu'elle. À peine revenu de Russie, il a pris la tête de l'insurrection royaliste organisée dans le marais vendéen contre le retour de Napoléon, il y a quatre ans. La cicatrice de la Moskowa s'est agrandie, car il a eu la joue dépouillée au combat des Mathes lors de la fameuse bataille du 4 juin où il a recueilli son frère Louis dans ses bras, mortellement blessé. Il porte, pour la noce, sa tenue de maréchal de camp, appartenant au corps des grenadiers à cheval de la Maison du Roi.

Toute la Vendée réfractaire s'est donné rendez-vous pour la bénédiction nuptiale en l'église de La Gaubretière, devant l'autel de saint Mesgrine, et sous le vitrail de saint Épourail, le thaumaturge qui guérit la peur et fait naître l'amour. Cette cérémonie est comme la mise en ménage de la tradition militaire immémoriale et de la noblesse terrienne à l'ancienne. Tout y est solennel et, malgré tout, empreint de simplicité.

J'y retrouve des combattants de 93, des paysans en tenue d'embuscade qui, pour se rendre à la noce, ont repris les venelles des anciens chocs et affectent de porter sacrés-cœurs de flanelle et chapelets à gros grains de noisetier. Les anciens chefs de bande s'alignent au passage du cortège, avec des habits bleus rapetassés, des pantalons de nankin aux couleurs passées, des chapeaux aux plumets défraîchis et de grosses épaulettes à graines d'épinard en or faux. Beaucoup de visages sont couturés.

On devine, aux rides exagérées, les anciennes souffrances. Félicie, en les voyant qui la saluent, sur son passage, leur adresse en retour un petit signe de tête ; elle pleure de joie. Tout ce qui est vendéen fait battre son cœur.

À la sortie de l'église, la haie d'honneur des anciens héros de la Grand'Guerre salue le Balafré et son épouse d'une salve de vieux fusils. Les cartouches ont été garnies de *grou bran*, du gros son. À chaque coup de fusil, c'est une pluie de petites fleurs de pissenlits qui tombe du ciel.

Juste après le souper à la vendéenne, les mariés se prêtent à la cérémonie du reliquaire d'amour. Félicie dépose, dans le salon, sur un socle doré, abrité par un globe de verre, sa couronne de fleurs d'oranger.

Le bal commence. C'est, pour moi, un enchantement que de jouer sous le vieux bois de charpente de cette grange ancestrale où chaque note vient se prendre au filet des toiles d'araignée millénaires tissées comme des peaux de tambour entre les poutres maîtresses. Il y a une sonorité, une brillance rare. Le Trio cosaque s'envole. Les mazurkas et les polkas que j'ai ramenées de Mazovie ainsi que les pas de danse du vieux fonds russe des neiges éternelles suscitent un engouement inouï de tous les danseurs, ils sont comme envoûtés…

Dès le lendemain de la noce, je quitte La Gaubretière. Mais il aura suffi de cette nuit-là pour que le bouche-à-oreille porte aux quatre coins de la Vendée militaire l'écho de cette nuit de légende où tout ce qui compte dans la province était présent.

À partir de ce moment-là, la vie change pour moi : mon nom ricoche sur les murs des fermes et sur les porches des sorties de messe. Les demandes affluent. On a oublié le *jean-foutre*, on réclame le *Cosaque*. Depuis les feux de la Saint-Jean jusqu'aux fêtes de la Chandeleur, depuis les accordailles jusqu'aux épousailles, on se donne le mot et on me passe commande. On vient de loin pour écouter le « violondaulne de Tartarie » ! Partout, on colporte qu'il fait tout chavirer, que ses accents font tourner les têtes, que sa musique « est saoule comme une Polonaise ». Dans toutes les caves, qui donnent le ton, la rumeur court sous la pinette. Mon coup d'archet pirouette de colline en colline…

Je me laisse entraîner par les ivresses de cette course à l'intempérance du troubadour buissonnier qui, finalement, ne fait que renouer avec ses jeunes années vielleuses de Montaigu.

Mais les campagnes ont bien changé ; nous sommes désormais dans une Vendée exsangue, famélique, qui n'a plus le sou. Toutes ces soirées, ces bals sont payés au tarif du rémouleur de petite coutellerie. Cela revient à un pourboire, ce n'est pas un établissement. Et puis je me dois d'entretenir les autres musiciens, qui se cramponnent à ma bourse. En réalité, cette vie de vezou, sans heures ni repos, où il faut sortir les tripes tous les soirs – car chaque bal est une conquête – devient vite ce genre de fourbure qu'on accepte dans la vingtaine plus facilement que dans la quarantaine. Surtout quand on a dans les jambes une retraite de Russie. Mon corps est usé et mal rabistoqué, il ne répond plus comme avant. J'ai les reins broyés. Ce n'est pas une vie, ce n'est plus un métier. Il faut trouver autre chose…

Je ne vais pas rouvrir un atelier de lutherie, revenir à la vie d'avant. Si j'arrête les bals, j'arrête la musique. Mais, si j'arrête la musique, de quoi pourrai-je vivre ?

Je cherche un ouvrage entre la nature où pourrait s'exprimer ma liberté et la musique où s'épanouiraient mes rêves. L'idée de faire le bouvier ne me déplairait pas. Peut-être le dariolage des bœufs qui était une passion d'enfance conviendrait-il à mes vieux jours et à mon semblant de tour de reins. Les bœufs, c'est la nature, et le dariolage, c'est la mélopée des champs…

Mais c'est à la maîtresse de la métairie, la Hussarde, de décider de mon destin. J'irai la voir dès demain matin. Je lui parlerai à cœur ouvert. C'est elle le chef de la tribu. Je ferai ce qu'elle dira.

LIV

Mieux payé qu'un air de saule pleureur

La Vendée a beaucoup changé, en quelques années seulement. Mon humeur aussi a changé. Je repense par moments au temps des grands sentiments, à la Pibole. Où est-elle ? Que sera-t-elle devenue ? Louise m'écoute, l'air impénétrable. Je lui confie que je touche une retraite de tambour percé avec mon statut militaire de « dixième de solde ». Même pas de quoi acheter un barricot de Pissotte. Avec l'anxiété d'une sœur qui ne peut rien pour moi, elle me parle les yeux dans les yeux : il n'y a pas de place de bouvier à la ferme, la métairie a déjà trop de bras.

— Quand tu passeras par là… Y aura toujours une soupe à la maison… Mais y a trop de goules à nourrir… On mange le chou des bêtes… Pas d'ouvrage pour un gars comme toi… Vaudrait mieux que tu partes à la ville… D'ailleurs même Choupomme va quitter la métairie…

— Pour aller où ?

— À La Mourière, à Chantonnay…

— Et pour quoi faire ?

— Travailler à la mine, chez monsieur Juchault. D'après ce qu'on dit, ils auraient trouvé du charbon. Ils ont creusé un puits de neuf mètres dans un pré d'argile noirci.

— C'est pas vraiment un travail pour une fille, ça, non ?

— Y a que là-bas qu'il y a de l'embauche…

Ainsi va la vie, impitoyable. La terre ne rend plus rien…

Par chance tous les retraités de Russie, revenus en Vendée, ont maintenu entre eux la loi impérieuse du feu d'entraide des bivouacs. Au nom de ce serment grognard, l'ancien officier d'ordonnance de l'Empereur, le baron Louis Armand de Lespinay, me fait quérir en son château de famille, aux Essarts. C'est un héros de la Bérézina. Il s'est retiré sur son domaine, en plein bocage vendéen. Il est d'ailleurs devenu maire de la commune et conseiller général du canton. Il mène une expérience agricole originale, très décriée par ses voisins, mais dont il tire une grande fierté. Il prend plaisir à me raconter les secrets de sa trouvaille :

— Les sols, chez nous, sont de limon médiocre mais la commune des Essarts est sise sur une terre calcaire. À partir de ce que j'ai vu en Hollande, au retour de Russie, j'ai décidé de construire deux fours expérimentaux à chaleur continue.

— Pour faire bouillir de la fressure de goret ?

— Non. Pour cuire de la pierre calcaire ramassée dans les champs…

— Et une fois qu'elle est cuite, vous en faites quoi, de cette pierre calcaire ?

— Eh bien, je la réduis en poudre pour la transformer en une chaux fertile et généreuse qui amendera les terres. Le chaulage et les engrais sont le seul avenir des paysans chez nous, en Vendée. Il faut remembrer les champs et répandre à la surface une bruine de fortifiants qui donneront de l'humeur à l'humus.

Je comprends très vite qu'il m'a fait venir chez lui pour me proposer de travailler à ses côtés, afin de surveiller les fours. Il entend aussi mettre à profit ma surface d'ancien maire pour étendre l'expérience sur ma commune de Sainte-Florence, qui est voisine de la sienne. Les « retraités » de Russie sont réputés avoir vu du pays. On les regarde, dans nos campagnes, comme plus savants, sans qu'ils aient besoin de farauder. Leurs avis comptent. On sait qu'ils ont vu des plantes plus grasses, des citrouilles plus grosses que chez nous, des semences de prospérité qui lèvent des épis géants. Et donc, dans les fermes, on les écoute. Pour ma part, je ne crois pas trop à ces poudres orgueilleuses. J'ai peur qu'elles nous mettent le diable en terre. En forçant la glaise, on risque de lui donner des aigreurs qui pourraient gâter les moissons. Notre père nous le disait souvent : « Il ne faut pas furgailler la nature. Sinon, elle se venge. » Je n'aurai pas besoin de réfléchir plus longtemps : l'offre poudreuse du grognard alchimiste des Essarts ne me convient pas. Je la décline…

Quelques semaines plus tard, c'est mon prestigieux compagnon de Borodino, le général Belliard, qui me convoque à son tour. Il vit une retraite très active, plus au sud, dans les plaines de Fontenay et de Longèves. Il me raconte sa pratique de l'élevage ; son expérience est le fruit de ses observations pendant la guerre d'Espagne. Napoléon lui avait procuré sept mérinos ramenés de Castille. Et le général a acheté au maréchal Lannes vingt-cinq brebis et un bélier andalou. Aujourd'hui, son troupeau s'élève à mille trois cents moutons espagnols ; ils développent – selon lui – des qualités de résistance et une densité de laine infiniment supérieures à toutes les vertus du mouton vendéen des prés salés de Maillezais ou des communaux de l'Isle-Dieu. Par-delà ses espoirs de fortune naissante, le général Belliard ne me cache pas ses contrariétés :

— L'introduction du mérinos se heurte au pullulement de la malebête. Les loups ont profité des friches sur les terres décultivées pour prospérer. Ils font des dégâts considérables dans toutes les campagnes. Il faudrait aller les forcer dans leurs refuges au cœur des forêts, ce que personne n'ose faire. Hier, ils m'ont dévoré sept chèvres. Avant-hier, trois béliers de la Mancha. Le préfet de la Vienne vient de révéler que ces drôles de cosaques, ne trouvant plus de quoi satisfaire leur faim, faute de moutons, s'attaquent désormais à l'espèce humaine : dimanche dernier, un enfant a été déchiqueté alors qu'il se rendait, pour sa première communion, à l'église de Landeronde. Beaucoup de griffons de chasse à courre attrapent la rage et deviennent des *chéns gâtés*, comme on les appelle, très dangereux à leur tour par leurs morsures.

J'écoute le général au milieu des bêlements plaintifs, je ne vois guère en quoi mon aide pourrait lui être d'un bénéfice quelconque :

— Je doute, mon général, qu'on puisse arrêter la malebête *au pipeau*. Je n'entends rien à la chasse au loup. J'ai plutôt, dans ma vie passée, traqué… le Bleu et puis, avec vous, plus récemment, nous avons plutôt chassé le moujik que le loup blanc dans les pâturages de Sibérie…

— Eh bien, cher ami, détrompez-vous, j'ai parlé avec le préfet. Il a reçu des instructions pour mener une guerre sans merci à ces ravageurs de troupeaux. Il recherche des gens comme vous, c'est-à-dire d'anciens militaires de la Grande Armée, qui disposent de la compétence nécessaire pour commander des battues. Vous auriez l'autorité d'un ancien tambour pour calmer les frayeurs des populations. C'est une urgence. Les histoires de garoufles et de garlopes remplissent toutes les veillées de rumeurs malignes qui répandent l'effroi. On parle partout de ces loups. Leurs gueulées aux crocs acérés et leurs poils noirs, luisants de sueur, font chanceler l'imagination. Retenant les gens chez eux, ils mettent la vie au ralenti. Si vous acceptez mon offre, cher Jean, je vous garantis un équipage complet. Vous pourriez commencer du côté de chez vous, à Grasla. L'arrêté préfectoral est prêt. Il vous suffit de signer en bas. C'est mieux payé – croyez-moi – que la veuze des ribotes et les airs de saule pleureur.

Ai-je le loisir de faire la moue trop longtemps ? C'est une nouvelle vie qui commence. J'entre dans la fonction de louvier-chasseleur, avec le statut de *lieutenant de louveterie*. On me dote de fusils à capsule de fulminate. On me fournit un uniforme bleu avec un baudrier et un sabre briquet ; il ressemble à un habit de flanqueur-chasseur.

Le conseil général m'accorde un traitement convenable, pour m'indemniser des dépenses d'entretien des chevaux et des lévriers. Je construis un petit appentis au lieu-dit du Chãgne-au-Louc, pour préparer la première battue. Le piqueur m'enseigne que c'est la patte avant droite qui doit être sectionnée, vu que c'est elle qui sert de preuve. On touche soixante-quinze francs pour la tête d'une louve pleine, quarante-cinq francs pour la destruction d'un mâle, trente francs pour les griffes d'un louveteau de la taille d'un renard. Et la prime est de cent cinquante francs en cas de personne attaquée.

J'aurai de quoi vivre encore mieux qu'à la ferme, où je reviendrai de temps en temps pour raconter mes nouvelles campagnes. Mes sœurs s'inquiètent : je suis bien payé mais c'est un métier réputé dangereux ; j'ai moi-même quelques souvenirs tenaces de nos frayeurs rétrospectives dans les taillis de Grasla, du temps où, avec Rabat l'Égail, les métiers du bois partaient en forêt à la morte saison, à leurs risques et périls.

Autour de moi, dès les premières heures, les incidents se multiplient. Le loup est un coureur infatigable, il déchire, décharne jusqu'à l'horreur. Au deuxième jour, à midi, je vois qu'il n'hésite pas à se redresser pour combattre au corps à corps avec le garde champêtre des Brouzils et l'attaquer au visage : bien plus que le chien, c'est une bête qui mord à sang. Il dilacère les tissus, atteint et brise parfois les os. Il occasionne des mutilations irréparables. Hier soir, le cantonnier de Chauché qui était parti faire des liens d'osier en lisière d'une genêtière est revenu tout égrafigné, avec des morsures profondes en treize endroits couverts d'une bave jaunâtre.

Le préfet de la Vendée nous a recommandé l'usage de la « noix vomique ». C'est un échec. On ne prend pas un loup comme une musaraigne, il a plus encore de méfiance que d'appétit. J'en viens à suggérer à tous les maires – mes anciens collègues – d'enjoindre aux voisins des pacages de barrer les étables la nuit, de ne plus sortir après soleil couché, mais surtout de tenir leurs chiens à l'attache et de faire abattre par précaution ceux qui seraient malades.

Je m'habitue à gornafler d'angoisse, sans trop fermer l'œil. J'apprends à bondir en pleine nuit depuis ma litière. Chaque matin, je longe les bois, je traverse les genêts d'or, à la recherche des liteaux où les louves élèvent leurs petits. Si je vois les poils de mes chiens se hérisser, je m'avise de découpler. En flairant aux hautes herbes le sentiment du loup, les chiens s'excitent peu à peu et, avec des grognements, ils lèvent la patte aux endroits où les loups l'avaient fait avant eux. Ils me renseignent…

Alors je vois s'arracher aux broussailles une louve et un louvard de belle venue. Le piqueux choisit le louvard comme bête de chasse. Avec des récris rageurs, les chiens empaument la voie de la bête qui, dans un galop éperdu, se forlonge du côté des bois verts. Après un galop devant mes chiens, je m'approche du louvard et lui fouaille les reins de mon grand fouet garni de boules de plomb. La bête s'essouffle. Sa patte avant gauche est aggravée, son échine s'arrondit, elle est sur ses fins.

Chaque matin, la guerre recommence. On a à peine le temps de refaire ses forces qu'il faut déjà repartir à l'assaut. Je m'adonne à ma tâche sans compter. Je ne songe même pas à suspendre mes courses en forêt, pour aller assister au passage des visiteurs célèbres qui traversent la Vendée.

On m'apprend que le duc d'Angoulême, le dernier dauphin de France, fils aîné du comte d'Artois, est passé aux Quatre-Chemins pour se rendre à Bourbon, alors que j'étais à trois lieues, en forêt… Louise m'a dit que je n'avais rien perdu, qu'il avait ressassé devant les Vendéens la même rengaine : « Oubliez le passé ! »

Un peu plus tard – le 17 septembre 1823 –, à cause d'une battue préfectorale, j'ai manqué la visite de Marie-Thérèse de France, la fille de Louis XVI, qui est passée aux Quatre-Chemins pour aller se recueillir au mont des Alouettes. Louise me raconte qu'elle a exprimé de toute son âme le souhait qu'une chapelle y soit construite. Elle est apparue plaintive, inconsolable. Mais sa visite ne laisse aucune trace. D'ailleurs, au nom du principe selon lequel *il ne faut plus touiller la plaie*, le conseil général suspend temporairement les travaux de la chapelle, jugés somptuaires par sa majorité modérée, où voisinent les représentants scrupuleux et vindicatifs des biens mal acquis. Au fil du temps, mon activité de lieutenant de louveterie décline : les friches reculent, les loups se font plus rares…

LV

Le fusil d'honneur

Au printemps 1824, Auguste de La Rochejaquelein me convie en sa nouvelle résidence de Landebaudière, à La Gaubretière, où il s'est installé avec son épouse, Félicie. Sans savoir ce qu'il veut me dire, je m'y rends d'un coup d'éperon…

Je découvre une demeure magnifique, toute neuve. Elle a été imaginée par l'ancien propriétaire, Prosper de Boisy, en 1780. On ne retrouve plus du tout le dessin habituel de l'humble logis vendéen traditionnel, en fer à cheval, d'un seul tenant, où les toits de tuiles sont à hauteur de ferme, sans autre étage que le grenier à blés. Cette belle construction n'est pas un logis, c'est un château, avec une haute toiture. Les façades immenses, qui boivent la lumière, offrent une symétrie rigoureuse qui n'existe pas chez nous. En gravissant les marches dans un bel arrondi de ce manoir un peu hautain, je suis impressionné par les lignes élégantes des corniches et celles des fenêtres et des lucarnes qui viennent se confronter à la courbe de l'escalier d'honneur.

Les pièces de réception sont habillées par des lambris de hauteur, sculptés de motifs décoratifs, avec des trumeaux aux attributs amoureux et cynégénétiques, des guirlandes de laurier et une cheminée en marbre noir qui a déjà une histoire glorieuse. C'est en cette propriété que le général d'Elbée s'est marié en 1788. Le perron de granit a été foulé par des célébrités – Charette et Bonchamps –, qui sont venues y séjourner.

La fille de madame de Duras a gardé l'esprit de salon de sa mère. Elle invite à tour de bras. On y accourt de partout. Félicie trame, entre les passementeries du salon, des soirées de broderies musicales. Elle accueille des artistes parisiens et nantais. Je fais partie de la maisonnée. Elle m'appelle « le ménestrier des clairières ». Le violondaulne y acquiert vite une place à part. Il est jugé plus vigoureux que le violoncelle, aux monotonies trop précieuses. Un soir, la maîtresse de maison m'annonce une grande nouvelle pour la Vendée : la visite de la duchesse de Berry. Elle me prie, pour l'occasion, de reprendre mon fifre et mon tambour afin d'assurer son accueil triomphal à La Gaubretière. L'arrivée de la duchesse est prévue pour le 5 juillet 1828.

Partout où cette grande dame va traverser les bourgs, c'est un concours énorme de population qui l'attend. Sans doute, à ce qu'on nous a dit, parce que c'est elle qui assure l'avenir de la monarchie restaurée. Par son grand-père, le roi de Naples, Ferdinand IV, fils du roi d'Espagne, elle descend directement du Roi-Soleil. Elle a donné le jour à « l'Enfant du Miracle » – comme on l'appelle –, le duc de Bordeaux, le petit Henri, né le 29 septembre 1820, quelques mois après l'assassinat de son cher mari, le duc de Berry, le second fils de Charles X. Elle est donc la mère de l'héritier légitime du trône. Il n'a que huit ans. La veuve la plus célèbre de France vient chez nous dans le propos touchant de se recueillir sur tous les hauts lieux des mémorables combats des Vendéens. Elle veut s'acquitter d'une dette morale de sa famille à l'égard de ce petit peuple qui a brûlé son sang pour lui rester fidèle.

En tant qu'ancien maire, ayant accédé à l'honorariat par une faveur préfectorale due à mon statut de louvetier, les autorités m'ont convié à rejoindre la délégation qui l'accueille aux Quatre-Chemins. Elle y pose la première pierre d'un oratoire destiné à rappeler les épreuves multiples qui se sont déroulées en cette illustre croisée de batailles et de souvenirs. Il s'agit d'un monument expiatoire de style gothique, surmonté d'une inscription : *In hoc signo vinces*, « Par ce signe, tu vaincras ». Personne ne manque à l'appel : les vieux égrofinés et même les démanchés sont venus sur une jambe, ils ont ressorti leurs vieux raballets ; les officiers ralliés aux Cent-Jours exhibent leur haut schako et leurs culottes hongroises écarlates, les jeunes filles brandissent des bouquets de genêts d'or. Elles vont offrir une corbeille remplie de lys, avec cette adresse délicate, incrustée sur le pourtour : *Ils étaient conservés dans la Vendée et vous attendaient.*

La princesse arrive à cheval. Vêtue d'une amazone verte, qui rappelle l'uniforme des chasseurs de Stofflet, elle est coiffée d'un feutre gris que nimbe un voile de gaze. Au bruit des décharges de mousqueterie, son cheval danse, sans qu'elle en paraisse le moins du monde incommodée.

Elle s'entretient familièrement avec les autorités et le petit peuple, elle écoute les doléances et les récits des misères. Elle distribue des récompenses toutes symboliques aux anciens « brigands ». Ainsi remet-elle à ma sœur Louise, très émue, un *fusil d'honneur*, en signe de gratitude des Bourbons pour les sacrifices consentis par le petit peuple des loyautés françaises.

Au village de Chambretaud, réputé pour ses affleurements de granit diamanté, la population lui offre cérémonieusement un collier en cristal de roche, rehaussé de grenats rouges et de petites pierres de jaspe noire. C'est le diamant du pauvre… Touchée au cœur par l'intention et comprenant les sentiments d'amour qu'il recèle en ses scintillements sommaires, d'un geste volontairement exagéré, elle l'attache à son cou et le porte ostensiblement, après l'avoir embrassé avec une tendresse appliquée qui émeut les habitants.

Mais le clou du séjour, la grande halte, la réception tant courue dans le pays jusqu'à Bourbon-Vendée, le chef-lieu, ce sera pour ce soir, à La Gaubretière. Et c'est au domaine de Landebaudière que la duchesse de Berry a prévu de prononcer quelques paroles qui, à ce qu'on nous a promis, « pourraient bien… faire l'histoire ».

Auguste de La Rochejaquelein m'a prié de l'accompagner au-devant d'elle, à la tête d'un détachement des gars de la paroisse, à cheval et en armes. La Gaubretière est la commune qui, en 1793, a sans doute été la plus éprouvée de toute la Vendée ; elle a été saignée à blanc comme aucune autre par les Colonnes de feu. On l'appelle d'ailleurs « le panthéon de la Vendée ». Tout cela, la duchesse le sait.

De part et d'autre du parcours que doit suivre le cortège, les rues sont pavoisées de drapeaux blancs, enguirlandés de primevères et de jonquilles. La duchesse de Berry passe sous des arcs de triomphe où flottent au vent, par centaines, des mouchoirs rouges de Cholet en éventail, tendus au-dessus d'elle.

La foule qui l'attend est endimanchée, les filles sont toutes vêtues de blanc ; les survivants de 93 et les soldats de 1815, armés en guerre, s'alignent en ordre serré, depuis le bourg jusqu'au château de Landebaudière.

Les pauvres débris des armées catholiques et royales déploient avec fierté les vieux restes de leurs oripeaux usés par les batailles. La Duchesse a tardé en route et l'impatience commençait à gagner la foule, quand la vigie du clocher a signalé l'arrivée de l'escorte. Les cloches ne s'arrêteront plus, elles carillonnent à toute volée, les vieux tambours ont repris du service et, au bruit des salves de mousqueterie, notre illustre visiteuse descend de sa calèche, suit le chemin des Noyers et traverse le bourg de part en part, au milieu d'une double haie de Gaubretiérois qui la saluent de leurs cris mille fois répétés : « Vive le Roi ! Vive Madame ! »

Tout a été préparé pour les délicatesses du séjour : les ébénistes ont eu la galanterie de fabriquer et de faire placer sur la table de nuit de sa chambre une lampe décorée avec cette devise de tendre chevalerie : *Reposez-vous, la Vendée veille.*

Elle a rendez-vous avec Félicie, son amie, au domaine de Landebaudière, où nous nous apprêtons à l'accueillir. Les avenues sont bordées d'hommages, sur toute leur longueur, avec des rangées de petites filles parées de boutons d'or et puis d'anciens capitaines de paroisse qui ont revêtu leurs honorables gilets de flanelle mités, à peine recousus, et qui tiennent leurs faux mémorables, emmanchées droit, mangées de rouille glorieuse. Retrouvant l'unité des ferveurs anciennes, les gentilhommes et les métayers se remémorent, une larme à l'œil, les épreuves passées. Ils furent de la même embuscade, ils sont de la même allégresse.

Notre « Petite Reine », comme on l'appelle dans les bourgs, a visiblement déposé, à l'entrée de ce petit pays d'héroïsme et de simplicité, le faste et l'étiquette des cours. Au soleil couchant, dans les moiteurs de cette soirée de douceur et de souvenirs forts, je reprends mon violondaulne. Félicie a exhorté le Trio cosaque à mettre le feu à la prairie. Il suffira d'une étincelle, d'un coup d'archet. Tout le monde danse et chante, même celle qu'on appelle affectueusement, dans les apartés des buis taillés à l'arrondi, « Marie-Caroline », la Veuve, la Duchesse…

Beaucoup de petites gens, juste pour quémander un sourire furtif, s'approchent d'elle et la dévisagent. Ils n'osent pas trop interrompre les deux femmes, la duchesse et la comtesse qui, là-bas, parlent à voix basse et rient ensemble. De quoi rient-elles ? On voudrait bien le savoir.

Félicie est dans tous ses états. Elle court de grappe en grappe. Elle a la taille élégante et bien prise mais je remarque pour la première fois que la fatigue lui a donné une figure de plus en plus bourgeonnée et couperosée. Depuis son mariage, elle a bcaucoup perdu. C'est sans doute l'effet de la vie trop virile qu'elle mène : toujours à cheval, donnant du corps, buvant comme une fille de pressoir, elle semble n'avoir d'autre pensée que de mériter un jour ou l'autre le titre de chef des Chouans. On l'appelle d'ailleurs de plus en plus souvent « la Générale ». Elle se prépare. À quoi ? On ne sait pas encore. Mais elle, elle semble le savoir déjà.

La Duchesse, qui s'est éclipsée un instant, a changé de tenue pour la soirée. La voici qui porte une robe de satin blanc, tout juste rehaussée d'une rose attachée à son corsage. Mais c'est sa toque qui retient l'attention, par une note volontairement pittoresque et qui évoque l'Écosse. Elle est mince, blanche, le visage un peu long, la bouche souriante, et puis les yeux en désaccord qui lui donnent un charme indéfinissable et le don de plaire.

Tous ces paysans qui frémissent, palpitent et forment une file d'attente pour un seul regard se sont battus pour les Bourbons. Ils éprouvent le bonheur de le lui dire. Souvent, ils ont perdu un père, une mère, une famille entière. Je les entends, quand ils repartent, qui répètent entre eux, dans une sorte de liesse des âmes :

— Il ne faut rien regretter. Nous avons bien employé notre sang…

La Duchesse fait chavirer tous les cœurs. Elle se montre telle que sa réputation nous en avait annoncé la promesse : primesautière, élégante, belle de naturel et d'abandon, elle cache sous ses désinvoltures napolitaines les entraînements de sa volonté qui semble de fer. Tard, dans la nuit qui tombe, elle se livre à la fameuse prise de parole attendue. Elle conclut :

— Je me sens vendéenne par adoption…

En voyant s'agiter au-dessus de sa tête les bannières des grandes guerres, elle ajoute une promesse qui déclenche le tonnerre :

— Chers amis vendéens, si de nouveaux orages venaient troubler notre belle patrie, c'est *au milieu de vous* que je viendrais chercher un abri. Et c'est avec vous que je voudrais reconquérir le trône de mon fils !

Ce sont des vivats à n'en plus finir, au milieu des décharges de fusils de chasse. Chacun se dit prêt à reprendre les aiguillons et la serpe à sarments, on se prépare à rallumer la forge et à rougir le fer… On attend les ordres. En attendant, il faut bien s'occuper, alors la ronde se forme et tourne à la farandole, dans les ivresses d'une nuit sans fin.

On danse jusqu'à l'aube. La Duchesse n'a pas fermé l'œil, elle a gardé le pied léger sur les pelouses et les allées de petits cailloux blancs, elle n'a cessé de se mêler à la foule et de chalouper avec grâce, de ballet en ballet. Elle a même participé, avec les vielleux, à quelques guimbardes…

Au petit matin, elle donne elle-même le signal du départ pour une nouvelle étape vendéenne du souvenir. Avec l'entrain d'une grande dame qui, à cheval, s'éloigne au trot royal, elle entend les anciens de la Grand'Guerre, qui l'accompagnent en cadence, d'une main émue :

Ah ! Si jamais une secte abhorrée
Renverse encore le sceptre de nos rois,
Ah ! Pensez à nous, revenez en Vendée,
Amenez Henri, nous défendrons ses droits.

Puis la silhouette disparaît dans la poussière d'été et les brumes du bocage. La Duchesse a pris la route royale de troisième classe, tout juste empierrée, reliant Saumur aux Sables-d'Olonne.

LVI

La petite girafe attendait son girafou

Avec ma jument – la fille de Brindigolle – je trotte derrière l'escorte, comme Félicie m'en a fait la demande pressante, pour accompagner en musique le dépôt d'une gerbe de lys aux moulins des Alouettes, ce haut lieu de la mémoire des fameux meuniers de 93... et du souvenir personnel de mes alanguissements...

Le cortège fait halte dans le petit village de La Girafe. La duchesse de Berry s'y arrête quelques instants pour saluer Jacques Généteau, le célèbre propriétaire de l'auberge, une figure du pays. C'est cet homme, d'une famille très estimée à La Verrie, qui a conçu et imaginé cet établissement superbe « en hommage au roi de France ». Au bas de l'enseigne où est dessiné le cou d'une girafe, il est écrit en lettres bleu roi : *Au Jambon de la Girafe*. Menu inattendu au pays du chou vert et de la goraille. Dès leur entrée dans l'auberge, les hôtes en font la remarque au propriétaire, pendant qu'on nous sert un lard grillé à la mogette.

La duchesse interroge le tenancier sur le choix du motif :

— Pourquoi avoir croqué une girafe sur votre enseigne, cher monsieur ?

— Ah, madame… c'est une longue histoire… liée à celle de votre famille…

Marie-Caroline, négligeant un instant sa collation, tout à ses curiosités, fait signe qu'elle veut savoir… Alors il raconte :

— Oui… C'est une longue histoire… une histoire royale, l'histoire d'une relation amicale entre le pacha Mohammed Ali et le roi de France. Pour faire plaisir au roi Charles qui, comme vous le savez, madame, affectionne les bêtes exotiques d'Orient, le vice-roi d'Égypte a fait capturer un girafon et lui a attaché une bénédiction coranique autour du cou pour affronter le périlleux voyage maritime depuis Alexandrie. C'était l'an dernier, je crois…

La Duchesse approuve d'un sourire qui signifie que cette histoire lui dit quelque chose…

— La girafe n'a pas eu le mal de mer ? interroge Auguste de La Rochejaquelein dans un éclat de rire qui soulève toute l'auberge.

— Non, monsieur Auguste ! Un brigandin sarde s'est chargé de la traversée jusqu'à Marseille.

L'aubergiste, qui reprend son souffle, n'a pas le temps de poursuivre. Il est interrompu par celle qui, en réalité, connaît parfaitement cet épisode pour l'avoir entendu raconter cent fois à la cour du roi Charles X. Et voici que Marie-Caroline entreprend, sur un ton primesautier, de prendre le relai du conteur :

— Cher monsieur Généteau, vous oubliez de nous dire que, justement, la traversée ne fut pas de tout repos. Non pas à cause de la mer, qui était calme ce jour-là, mais parce que la hauteur de l'entrepont n'était pas suffisante ; il a fallu percer un trou dans le pont du navire pour que la girafe, installée à fond de cale, puisse passer la tête à l'extérieur…

— Et au débarquement, à Marseille, la girafe a été mise au pré ? demande Auguste.

— Non, poursuit la duchesse de Berry qui a détrôné, avec gourmandise, le conteur-restaurateur. La girafe, en ses fiertés mondaines, a pris ses appartements dans la cour de la préfecture. Elle y a passé l'hiver, pour le plus grand plaisir de l'épouse du préfet qui donna ainsi de belles « réceptions à La Girafe ». La noblesse provençale se pressait aux grilles pour admirer la belle enfant des tropiques. Et c'est au mois de mai 1827 – je crois m'en souvenir – que le cortège s'est ébranlé depuis Marseille et a remonté les routes de France. Lorsqu'elle est arrivée à Paris, le Roi lui a fait manger dans sa main des pétales de roses.

Alors la duchesse de Berry questionne le propriétaire de l'auberge :

— Mais pourquoi donc avoir choisi cette image des savanes, en plein cœur du bocage vendéen ? elle n'est pas passée par cette route…

— Non, madame… mais… elle aurait pu… Toute la France des cafés, partout où la girafe est passée, s'est mise à la mode girafique. Les bocains ont longtemps cherché un mâle parmi les clients, pour la marier – un *girafou* – on ne l'a jamais trouvé. Elle est morte sans descendance.

— Mais vous êtes restaurateur… et non pas montreur d'ours ou de girafes…

— Eh bien, madame, puis-je justement me permettre de vous dire que je suis un restaurateur fidèle à votre famille ? Par inclinaison et par métier, je suis pour toutes les… *restaurations*…

La réplique fait mouche, la Duchesse est enchantée. Bientôt, elle nous quitte pour poursuivre son pèlerinage… Toute la compagnie remplit son godet et trinque « à la girafe du roi de France, qui ouvre le royaume sur tous les continents ! »

L'auberge est pleine à ras-bord de gros clients rembourrés comme des bats de mulets et qui vezouillent du bec en levant le coude. Au fond d'une immense cheminée de granit, les marmites de mogettes cuisent à feu doux. Le fumet aiguise ma faim, je m'attarde. Les serveuses courent de client en client pour charger et recharger la canonnière. Je suis assis à goûter le plat de la maison, la tête dans mon assiette. Les mogettes sont juste à point. Un délice…

Et soudain, c'est le choc… La maîtresse des nappes qui ordonne les apprêts et commande les servantes au doigt et à l'œil, en tournant sur elle-même avec une grâce fiévreuse, vient vers moi, entre deux appels de goulafres qui écument comme des verrats pour une deuxième ou une troisième beurnée.

Elle est tellement légère… on dirait qu'elle glisse et s'envole de table en table comme une libellule aux ailes de soie. Elle porte une petite coiffe – une cabanière de la Crûme –, épinglée avec une esquisse de girafon tacheté de jaune sur les brides qui lui prend un peu les joues. Mais, au premier coup d'œil, je la reconnais… Elle me sourit… La taïte me vire. Mon Dieu ! La Pibole ! Elle est là ! en face de moi ! Comment est-ce possible ?

Je manque de m'étrangler. Je deviens pâle comme un suaire. Les jambes me faillent. Elle semble elle-même se troubler. Un bref échange s'engage, à moitié couvert par les multiples appels à gargouillis d'impatience de la clientèle qui s'échauffe dans le harnais et au milieu des fumées épaisses de l'auberge en effervescence.

— Rousille ! Ma Rousille !

— Oui, Jean… mon Jean !

— Tu travailles ici ?

— Oui, je suis la maîtresse de salle.

— Tu n'es plus meunière ?

— Non, on a fait faillite…

— Ton père ?

— Il est mort…

— Ta mère ?

— La pauvre… Elle est dans sa chaise à sel… toute abouchounnaïe… Tu ne la reconnaîtrais pas…

— Et toi ?

— Moi, je pleure mon mari…

— Tu es éveuvée ?

— Oui. Il est parti au buisson l'an dernier.

Mon Dieu, elle est libre ! Le régisseur de Mortagne est mort. Un ricanement à peine esquissé s'échappe de mes lèvres pincées… Je n'ai pas pu le retenir… Je ne devrais pas me réjouir, mais c'est humain, qu'on me le pardonne… J'ai le cœur qui bat de plus en plus fort. La Pibole est donc bien vivante. Et elle est là, devant ma table. J'entretenais en moi la crainte que Dieu ne soit tenté de rappeler cette fille angélique au séjour des anges. En cet instant de grâce, tous les souvenirs, les premiers mots, me reviennent. La p'tite musique de Mardi gras qui chante dans ma tête… Je vois la Pibole qui fend la foule, qui saute sur l'estrade… Le feu dans les veines… les éclairs… la foudre…

Je la regarde quand elle fait demi-tour, happée par le tourbillon, et puis quand elle revient, chargée de torchettes dentelées et de débarbouillettes. Il suffit d'un échange de deux mots pour que tout bascule. Je lui dis simplement :

— Ma petite girafe…

Elle me répond avec un à-propos lesté d'un sourire qui dit tout :

— La petite girafe ? Elle attendait son *girafou*…

Jacques Géneteau l'appelle. Elle m'échappe. C'est le moment de l'aubade. Juchée sur un pile-mil, elle offre un petit récital aux derniers clients qui tendent l'oreille saoule, avec sa pibole et quelques vieilles chansons des moulins d'antan. Elle en a composé une, charmante, qui s'appelle justement : *La Girafe*.

Elle n'a pas beaucoup changé. Je retrouve la commissure des lèvres, un peu accentuée, quelques rides au front et les mèches blanchies sur le haut de la chevelure châtain clair. Elle n'est plus toute jeune, elle a passé la trentaine, elle est encore plus belle. Les épreuves, le temps, le travail, le deuil semblent même lui avoir affiné les traits, rien n'aura eu de prise sur sa silhouette et surtout son regard incandescent n'a rien perdu de son mystère… Elle avait du feu dans les yeux, il ne s'est pas éteint. Elle a gardé son esprit d'enfance, qui est le fruit délicat de ses pudeurs secrètes ; née pour régner sur tous les cœurs, elle les a toujours soumis d'un seul regard. Il est difficile d'en soutenir l'éclat, je me sens remué au fond de l'âme. Elle est toujours aussi vive, naïve, spirituelle, piquante, inattendue, rieuse et surtout naturelle.

Dès qu'elle ouvre la bouche, elle se surveille – c'est une fille bien apprise –, elle a gardé le même souci d'économie dans les paroles qu'elle passe au tamis de ses délicatesses d'âme. Habituée à se taire – sauf quand elle chante –, elle a toujours su renfermer au fond de son cœur les impressions qu'elle recevait. Mais je la retrouve telle qu'en elle-même, sa physionomie et son calme habituel rendent plus sensibles les émotions qui se reflètent sur son visage. Merveilleuse musicienne qu'elle est restée, elle offre dans sa personne une espèce d'accord parfait. Elle possède tout ce qui plaît, et mieux encore, tout ce qui attire…

Dès le lendemain de ces retrouvailles, à midi sounant, je reviens manger à La Girafe. Nous nous retrouvons tous les deux à pot et à feu. Nous parlons longtemps ensemble. De nos familles, de tout ce qui s'est passé depuis dix-sept ans : ses noces, son deuil, mes nuits givrées, les marches forcées, mon cadeau que j'ai dû laisser en route, l'impossible espoir… Elle me fixe longuement. Je m'en inquiète :

— Tu me trouves changé ?

— Oui… enfin… non… Pas la figure… ni les yeux… Mais les mots, qui ne sont plus de chez nous… La manière de poser ta voix… les intonations…

— Quelles intonations ?

— On dirait un burgadin quand tu causes… Tu parles le langage des *môssieus*…

— C'est à force de les fréquenter…

— Et où les as-tu fréquentés ? À Bourbon-Vendée ? À la Grande Armée ?

— Non, à Saint-Pétersbourg. Les grandes familles s'y exercent à converser dans la langue du Roi-Soleil. Le français de l'émigration est épuré, purifié de nos basses locutions. Là-bas, j'ai changé de monde. Je suis entré dans la société du langage choisi, l'argot des salons. J'ai peu à peu perdu la gouaille de ma parlure d'enfance… Je ne cause plus tout à fait dans le patois de La Girafe mais je te jure que, même dans les neiges éternelles, mon cœur parlait encore et toujours, dans ma barbe glacée, *la langue de la Pibole…*

LVII

Le quartier général d'une chevalerie fantôme

Ma charge de louveterie m'a engourdi l'échine : cette vie de traque où la peur du jour entretient l'insomnie de la nuit me désenjoue l'âme. Au fond de mon cœur, je suis hanté par le désir de revenir sur les hauteurs du bocage où m'appellent les moulins de mes nostalgies et de mes émois…

Je quitte la forêt de Grasla avec l'humeur plutôt soulagée, mais bientôt tourmenté par le pressentiment que, peut-être, je vais devoir changer de meute et changer de loups, et qu'en fait de nouvelle meute, le risque est grand de n'avoir plus les loups devant moi, mais derrière moi, à mes tricouses.

Je deviens, par ses obligeances, le pensionnaire grandiloquent – avec le titre de « régisseur du salon de musique » – de Félicie de La Rochejaquelein. Je loge au château de Landebaudière, au fond du vestibule desservant les espaces de mondanité, près du cabinet de curiosités où dorment d'un sommeil profond quelques trésors des ancêtres et la harpe de famille, désaccordée. Mon violondaulne y a trouvé son gîte et son bonheur.

D'un coup d'éperon, à chaque midi sounant, je cours à La Girafe pour quelques assauts de sentiment auprès de la Pibole. Elle m'accorde, en relevant son devantère, une perle de sourire entre deux cruchons. Elle prépare – me confie-t-elle – son trousseau pour la noce prochaine, en l'église de Saint-Martin-Lars-en-Tiffauges. On attendra, pour fixer la date des épousailles, que les événements s'emmanchent mieux, que le calme soit revenu au pays des genêts. La bonne nouvelle, c'est que le curé Béneteau a été démis de ses fonctions. La Petite Église a perdu son desservant… Il n'y a plus ni réserve canonique ni bans mauvais à nous opposer. La voie est libre.

À Landebaudière, la châtelaine reçoit la terre entière. On peut dire qu'entre les charmilles, elle tient salon. Mais c'est un genre de salon bien particulier, qui a peu à voir avec celui de sa mère. Bien sûr, on s'y adonne à la musique, au dessin, à la poésie, on y accourt pour déposer des sonnets ; et le soir, on y pratique des exercices de coquetterie, mais je me rends compte très vite que le chassé-croisé continu et charmant des toilettes de gentilhommerie sert de couverture au rendez-vous de toutes sortes d'esprits échauffés qui viennent là, de nuit, chez la comtesse, pour aiguiser le silex. Ladite poésie est de combat. Et on y dessine des lames. On s'évade en chevalerie, on parle de l'agonie de saint Louis comme s'il était mort avant-hier, on vit dans un autre temps et dans la seule résolution de vomir le « roi-citoyen ». Une femme aux atours fantasques, qui a quitté la capitale, peint sous nos yeux les bannières de soie des futurs porte-emblèmes du soulèvement, à l'image d'un saint Michel aux couleurs vives terrassant un dragon monstrueux, qui est d'ailleurs légèrement teinté de tricolore. Le ton est donné…

On s'assoit autour d'une table ronde, ornée des anciens écus de la légende arthurienne. Ce qui réunit toute cette jeunesse d'une verdeur inouïe, c'est la haine de « Juillet » qui est, par définition, selon les uns et les autres, « le régime des idéaux de 1789, de l'Imposture et de la Trahison ». Les Français sont tombés en déchéance par le choix d'un maître avide, faux et vulgaire. À force de compromissions avec les hommes de la Révolution, beaucoup de naïfs, prêts à renier leurs attaches de pur-sang, ont rejoint les cyniques et les impudents qui attendent une préfecture ou un négoce en récompense de leur servilité. Tous ces gens médiocres, qui ont du jus de navet dans les veines, se sont laissé tromper par les apparences d'une royauté formelle.

Le château de Landebaudière abrite ainsi une société maugréeuse de fiertés blessées où tout ce qui flotte dans les cœurs pressés d'en découdre porte au paroxysme : on y attaque le sceptre au nom du trône et la mitre au nom de l'autel. Cette chevalerie fantôme compose un armorial de jeunes gens de moins de trente ans ; les patronymes résonnent à mes oreilles comme les noms de la Vendée des archétypes : ce ne sont plus les Charette, les Cathelineau, les La Rochejaquelein de 1793 qui tiennent conseil à Landebaudière mais leurs neveux, leurs fils, leurs frères cadets. Quarante ans après la grande insurrection, tous, ils pensent que « la Légitimité va, enfin, brûler de la poudre » sous l'authentique drapeau blanc de « Monsieur Henri », pieusement conservé, sauvé du feu et déployé au-dessus de la grande cheminée du salon.

Les prénoms de tous ces héritiers d'antique extraction en disent long sur leurs fantaisies romanesques : les deux neveux de Félicie, les plus actifs autour de la table à serment, s'appellent Tancrède et Jules. Ce sont de valeureux combattants, appartenant à la lignée glorieuse des Guerry de Beauregard. La comtesse elle-même appelle son mari « Godefroi » : on ne vit plus que dans la métaphore et l'allégorie des sonorités brillantes et harmoniques anciennes de ces temps révolus où claquaient au vent les étendards et les panaches. On a rebroussé chemin, on a émigré vers les terres de promission de l'Outre-mer, on est reparti à la Croisade, où chacun revient à la source du Jourdain et retrouve l'illustre compagnie de Godefroi de Bouillon, « l'avoué » du Saint-Sépulcre. On refait l'histoire à l'envers. On se signe, on se croise, on se prépare à tirer l'épée.

C'est un milieu raffiné, blasonné, mais dont les honnêtetés sont trop délicates pour moi, le petit musicien de ferme monté en graine, natif d'une borderie. Mes armoiries ne sont pas un duo de léopards surmontés d'une couronne comtale, mais plutôt une paire de bœufs surmontée d'un joug… Vais-je rester ici plus longtemps ? Je ne suis pas bien sûr d'être à ma place. Même si la musique m'a valu une sorte d'adoubement par une grâce particulière de cette assemblée de paladins, alors même que, dans le cas général, il faut *être né* pour y être agréé, ce monde n'est pas le mien. Je me vois entraîné, à mon corps défendant, dans une nouvelle aventure dont je pressens qu'elle finira en une traque lamentable de loups blessés, une battue de Culottes rouges. Encore une culbute, une retraite, un chapelet de revers. Peut-être une débâcle. Mais, au château, on ne me fait jamais rien sentir qui s'apparenterait à de la hautainerie ; mon violondaulne a obtenu les honneurs d'une cimaise du vestibule, il fait partie des meubles. Et puis mon fond de nature me porte, malgré les ans – j'ai passé la cinquantaine –, à préférer toujours à la grisaille de l'ordinaire des jours les hautes voussures et les tympans brûlants des tressaillements de l'âme. J'ai besoin de vivre exalté. Dans le quotidien, je m'abîme.

J'entends parler, derrière toutes les embrasures, de la « Cause » ; je vois bien, au fil des jours, que le salon de Landebaudière est en train de se transformer en un véritable quartier général. Ce sont deux femmes qui commandent, les deux Félicie : d'abord, il y a « l'aide de camp », le peintre fantasque, Félicie de Fauveau et qui a – paraît-il – gagné tous les trophées du Paris des élégances. Son exil vendéen me paraît extravagant. Et puis il y a celle que la petite armée des conspirateurs appelle « la Générale » – l'autre Félicie –, la maîtresse des lieux, toujours en veste de chasse verte, un mouchoir rouge autour du cou – le mouchoir de « Monsieur Henri » –, et qui, depuis la semaine dernière, porte des pistolets à la ceinture.

Que faire ? Partir ou rester ? Je ne veux écouter que ma sœur Louise. La Hussarde qui, d'habitude, s'inquiète de mon tempérament exacerbé, tellement aventureux, vient à point me débarrasser de mes scrupules. Elle a pris la route un soir, en charaban, pour vider à mes pieds sa colère et – ô surprise ! – m'aiguillonner dans mes nouvelles entreprises. Les poings serrés, le regard douloureux, en marchant parmi les vieux hêtres du parc de Landebaudière, qui ont tous pris l'orage – signe des temps –, elle me raconte ce qui vient de se passer à Sainte-Florence :

— Ils sont venus hier à La Tanchaire, à huit heures du soir !

— « Ils », c'est qui ?

— Les Culottes rouges. Ils étaient quinze gendarmes, avec un capitaine qui m'a serré le cache-col en me criant : « Tu vas le rendre, ce fusil ? »

Je ne sais plus très bien de quel fusil elle parle :

— Le « fusil d'honneur » que la duchesse de Berry m'a offert en personne, il y a trois ans, quand elle s'est arrêtée chez nous… Tu te souviens forcément… C'était aux Quatre-Chemins… Nous étions ensemble… si fiers… nous pleurions…

— Bien sûr que je me souviens…

— Eh bien, hier soir, ils ont fouillé la maison, comme en 93, quand ils ont tué notre frère ; ils cherchaient le fusil que j'avais eu juste le temps de cacher. Ils brandissaient une lettre qui recensait *les ordres de désarmement dispensés à la troupe par le roi Louis-Philippe.* Je leur ai expliqué que ce n'était pas un fusil pour tuer, mais juste une « arme commémorative » – comme une décoration –, une récompense symbolique… un fusil d'apparat…

— Et tu leur as donné l'arme ?

— Oui, si on veut… mais en plusieurs morceaux. Je l'ai sortie de la huche à pain et, sous leurs yeux, je l'ai brisée cérémonieusement, aux pieds du capitaine. Et en m'écriant : « Si je n'étais pas si vieille, je vous l'aurais présentée par le petit bout. » Il m'a giflée et il est reparti avec le canon dans la main, comme « pièce à conviction ». J'ai gardé un morceau de la crosse… Voilà ce qu'il me reste de la duchesse de Berry et de mes combats pour la royauté et la chrétienté : un éclat de bois avec mon nom gravé dessus… De cette crosse, il faut que tu refasses un fusil. Jean, je crois que le moment est venu de se lever à nouveau… Je supplie le Ciel pour toi, tous les soirs, devant la petite médaille de la Vierge noire que tu as ramenée de Pologne et que tu as oubliée à la maison.

— Tu sais ce qui se trame ici ?

— Oui, je sais très bien ce qui se passe à La Gaubretière… ce qui se prépare… J'ai tout compris… Je vois, je devine ce qui fermente dans le pays.

— Est-ce ma place d'être ici ? Est-ce bien raisonnable ?

— Non… sans doute pas… Mais pour des gens comme nous, qui avons déjà perdu presque toutes nos affections et qui n'aurons jamais le souci de grimper au vieux lierre des châteaux ou à la vigne vierge des notaires, il n'y a pas d'autre destin que de dépenser nos jours à panser les bêtes et à panser nos plaies d'âme pour les offrir purifiées quand l'heure viendra, comme pour nos pères. Fais ton devoir d'état, mon grand frère ! Tous mes vœux t'accompagnent. Je te porte dans mes prières, avec François, notre petit frère, qui continue à nous aider de là où il est…

Je n'ai plus vraiment le choix, je décide de rester à Landebaudière, auprès de la Générale. Le temps passe… La tension monte chaque jour. Félicie ne s'est pas remise de la chute de la branche aînée des Bourbons, l'an dernier. Son affection pour la duchesse de Berry est immense. Depuis plusieurs semaines, elle la supplie de traverser la Manche et l'engage à rejoindre la Vendée fidèle. Elle lui a même écrit une lettre pressante où, avec des mots choisis, elle la brusque : *Hâtez-vous d'accourir. Sinon, nous ferons le soulèvement sans vous !*

La France, depuis la Révolution, n'a point encore promu une femme au timon de l'État. Selon le curé-doyen des Essarts, Dieu veut peut-être que les rênes de ce peuple indomptable soient renouées par une jeune princesse. En tous cas, nous l'attendons… Car, en la voyant, il y a trois ans, galoper sous nos yeux, au mois de juillet 1828, j'ai compris, comme beaucoup de Vendéens, et comme le dit monsieur de Chateaubriand, qu'« il y a, dans la tête de cette princesse, de quoi faire vingt rois ». Un seul nous suffira…

LVIII

Le pouvoir nettoie les restes de vieille France

Félicie a donc décidé, depuis sa demeure, d'organiser la résistance, au cœur même du bocage, face au nouveau pouvoir : elle y déploie l'énergie fiévreuse de son cœur d'amazone, elle paraît aussi intrépide au feu qu'à la poursuite d'un chevreuil. Elle porte désormais les cheveux courts, elle les a d'un châtain superbe qu'enrichit une nuance sombre d'argent. Cette « épopée », comme elle l'appelle, est vraiment la sienne, car son mari, mon compagnon d'épreuves de la Bérézina, Auguste – le Balafré –, est absent. Il a accompagné le Roi et sa famille à Cherbourg, puis à Édimbourg. Depuis l'échec de 1815, il ne croit plus trop à une insurrection vraiment populaire. Il s'en est excusé auprès de sa femme : « Allez-y sans moi… »

Très vite, je comprends que « Godefroi » n'est qu'un nom de code. Félicie envoie à son époux et à ses proches des lettres écrites à l'encre sympathique et en partie chiffrées. Rien ne la décourage. Rien ne la démonte. Elle ne reculera pas. Elle va partout, annonçant l'aurore des temps nouveaux, pendant que mademoiselle de Fauveau dessine des modèles d'uniformes pour les troupes à venir.

À l'orée du printemps 1831, la pauvre comtesse vient de perdre sa première belle-mère, madame la princesse de Talmont. Sous les giboulées de mars, elle fait célébrer un service anniversaire dans l'église de La Gaubretière. Tout l'état-major de la Vendée légitimiste y est invité et participe ensuite à une imposante réception – semble-t-il imprévue – à Landebaudière. À l'annonce de cette cérémonie, le gouvernement, craignant sans doute qu'elle ne soit le prétexte d'une levée de boucliers, a envoyé plusieurs détachements cantonner dans la commune ; plus de douze cents gendarmes et soldats s'y trouvent au campement. On nous épie, on nous craint…

Les patauds veulent savoir ce qu'il se passe au château, ce qu'il se dit à la bougie, ce qu'il se noue dans les mansardes. Les autorités voudraient comprendre pourquoi, dans le parc et dans les clairières alentour, galopent des jeunes gens qui ne sont pas d'ici et qui accoutument leurs chevaux au tir au pistolet. Le maire s'affole, le préfet – monsieur de Sainte-Hermine, qu'on appelle « monsieur de Sainte-Fouine » – et le procureur du Roi fouillent tous les bois du voisinage. Car depuis le parvis de l'église où la troupe veille, on entend, de loin, à travers les futaies, chanter en chœur, chaque nuit, depuis les grandes baies du château nimbé de lucioles, l'hymne de la foi jurée, entonné par la Pibole qui vient tous les soirs rejoindre les convives :

Comme autrefois, magnanime Vendée,
Devant tes fils, le méchant pâlira
Pour soutenir ta renommée

Nous serons là ! Nous serons là !
Nos pères sont morts au combat
Pour briser d'indignes entraves,
Nous sommes les enfants des braves.
Pour les venger, hâtons nos pas !
Notre Roi malheureux nous appelle,
Marchons, marchons,
Dieu nous protégera
S'il faut périr pour cet autel :
Nous serons là ! Nous serons là !

Partout, la suspicion grandit. Dans les fermes, la pression pèse sur les populations. Le pouvoir se fait provocant, cédant à l'esprit de soupçon. Les traques domiciliaires se multiplient, depuis les souillardes, les âtres des métairies et les logis des familles fleurdelysantes. Dans beaucoup de villages, les croix sont nuitamment brisées par les gendarmes, les prêtres injuriés et menacés. Il paraît que, dans certaines communes, on a même desséché les étangs pour s'assurer que, sous leurs eaux, les paysans ne cachaient pas des engins de guerre.

Le régime est honni. Pour la Vendée fidèle, Louis-Philippe n'est qu'un usurpateur – encore un –, au nom entaché de sang : son père a siégé au club des Jacobins, c'est tout dire. Et il n'a pas hésité, en 1793, à lever la main pour voter la mort de Louis XVI. On a l'impression qu'il veut plaire à ses ennemis et régler ses comptes avec ceux qu'il regarde de l'œil fixe de Caïn.

La situation est sur le point de dégénérer. Les gestes d'infamie mettent l'écume aux lèvres dans les campagnes. Plusieurs emblèmes monarchiques, chers au souvenir des nôtres, sont lacérés par les Culottes rouges du « roi-citoyen ». Quel symbole ! J'apprends que la statue de Cathelineau, au Pin-en-Mauges, est abattue, celle de La Rochejaquelein aussi. Un émissaire nous fait le récit de ce qui s'est passé à Legé : le buste en granit de Charette a d'abord été criblé de balles de plomb ; la statue a perdu sa tête, puis ses membres ont été arrachés, son panache piétiné. Quand il ne resta plus du chevalier qu'un tronc informe, les soldats du détachement ont passé une corde autour, l'ont mis à terre, en ont fait leur jouet, toute une soirée. On nous assure qu'à Maulévrier, une soldatesque déchaînée a outragé la colonne de Stofflet. Tout cela, joint au désarmement opéré dans les chaumières, envenime des ressentiments devenus inexorables.

Le pouvoir nettoie au balai de fagots, sans nuance ni humanité, les restes de vieille France. On apprend un beau matin que, d'un trait de plume, par un simple décret, deux cents maires vendéens viennent d'être remplacés. Quelques jours après, le nouveau conseil général retire son consentement au vote de crédits publics pour l'érection en cours de la chapelle expiatoire des Alouettes, dont les travaux sont suspendus depuis trois ans… Les élus, aux ordres de l'administration, expriment même le vœu qu'elle soit détruite. Ainsi le juge de paix de Mortagne, monsieur Bouteiller des Hommelles, a-t-il été chargé par le préfet de la Vendée de s'enquérir du prix de la démolition. Coup de chance, ce magistrat cantonal est un ami de Landebaudière, qui ne manque pas de malice. Il a feint d'étudier la situation et puis il a annoncé, à dessein, une estimation exorbitante pour la destruction, avec un prix artificiellement gonflé ; rebuté par la somme, le préfet a reculé. La chapelle, sans vitraux, restera debout, traversée par les vents de galerne, comme l'ébauche d'une belle intention…

Pour la Saint-Philippe de l'année 1831 – jour de la fête du roi des Français –, le maire de La Gaubretière fait verser à la garnison, au nez et à la barbe des populations, choquées par une telle arrogance, une double ration citoyenne d'un vin réputé franc, naturel, bien clarifié, sans mixtion, qui vient des coteaux de La Galifraire.

Les bandes de réfractaires se multiplient. L'esprit mutin revient au galop – c'est le mot… Les garnisaires viennent se loger chez l'habitant pour obtenir des aveux. Beaucoup de Vendéens avaient accepté le Premier Empire sans abandonner leurs inclinaisons monarchistes. De purs légitimistes s'étaient ralliés, dans la Vendée blanche, à Napoléon ; et d'ailleurs, ils l'ont servi jusqu'à la défaite de 1814, sans trop espérer que le Roi pût un jour revenir. Aujourd'hui, la donne a changé : se déclarer « louis-philippard », c'est afficher une hostilité à l'Ancien Régime, c'est appeler de ses vœux un gouvernement bourgeois, c'est rompre avec la Tradition.

Je constate – c'est un signe qui ne trompe pas – que, dans tous les chefs-lieux de cantons, les burgadins qui, jadis, avaient adhéré à la Révolution, et que je connais personnellement, lèvent désormais leur verre au nouveau régime. Les sympathies n'ont pas changé, elles se sont simplement déplacées vers de nouvelles têtes.

Les commerçants des bourgs acclament Louis-Philippe. Les gens d'affaire préfèrent les intérêts de leurs comptoirs à ceux de l'État. Comme le dit le notaire de Tiffauges : « On aimera ce gouvernement du juste milieu s'il ne nous accable pas de nouveaux impôts. »

La société des acquéreurs et spoliateurs, qui forme un entre-soi aux regards soupçonneux, qui a prospéré sous Napoléon et s'est sentie brimée sous les Bourbons, redresse aujourd'hui la tête et déverse, à flots, ses rancœurs sur l'ancien temps. Le nouveau monarque ne manque pas de flatter le négoce et l'industrie, que les Bourbons regardèrent d'un œil de froide distance. Dans toute la France de nos provinces, on sait que la plupart des ministres sont des ambitieux qui, pour se hisser au pinacle, se sont fait un marchepied du parjure.

En même temps que les mandats d'amener, les mesures vexatoires viennent troubler l'esprit public : le corps préfectoral interdit les oriflammes blanches aux processions religieuses. Même un simple mouchoir au bout d'une gaule est considéré comme une enseigne politique qui vaut brimade ou sanction…

Le clergé éprouve une grande réticence à chanter le *Domine, salvum fac Ludivocum-Philippum*. Pour n'être pas reconnus, plusieurs curés de paroisse, déguisés en blouse, laissent pousser leurs cheveux et favoris et complotent à voix basse, dans les ténèbres des caves presbytérales où repose et fermente le vin de messe. Félicie pense que l'heure est propice, et qu'il est urgent d'en profiter :

— Il faut capter les colères et les reverser en trombe sur le régime, nous répète-t-elle chaque soir, entre deux chansons de marche.

À Landebaudière, pendant des nuits entières, on prépare des corps d'armée, on nomme des chefs, on dispose les Vendéens à combattre pour la Religion et le Roi légitime. Il y a parfois chez les invités de Félicie, qui se glissent par mégarde, quelques esprits qui détonnent par leurs recommandations de prudence. Ils pensent que le moment est inopportun, ils augurent que les populations ne bougeront pas, ils sont convaincus que la tiédeur a gagné les cœurs...

Nos deux Félicie accusent ces renégats louis-philippards de « couardiser ». On les appelle, entre nous, des *pancaliers*, par allusion à une espèce de choux vendéens à forte tige, mais *sans cœur*. Ce sont des gens braves mais d'ancienne bravoure, devenus des braves gens mais qui ont perdu la bravoure.

La Générale me charge de prendre l'attache d'une fabrique de Cholet pour passer commande de mouchoirs à bordure verte sur fond blanc – le vert est la couleur de la livrée du comte d'Artois. Et on fait venir de Nantes des médailles frappées à la gloire du futur Roi.

L'ancienne société se divise désormais en deux catégories : ceux qui veulent repartir au combat au nom d'Henri V, et ceux qui, derrière le crépi tout frais de blondeur sablée de leurs propriétés à peine restaurées, préfèrent attendre les mûrissements d'une opinion pour l'heure indifférente.

Je constate, au fil des jours, que la ligne de partage, sur les terres de Vendée, entre les uns et les autres ne passe plus par les idées, elle passe par les tempéraments : il y a les poltrons et les intrépides. Ce sont les *pancaliers* contre les *chouans* ; car il n'y a plus de « Vendéens », le pouvoir ne les appelle plus ainsi. Le changement de vocabulaire n'est pas indifférent. On ne dit plus que « les paysans résistent », désormais, on dit qu'ils *chouannent*. Les feuilles publiques, salariées par le despotisme libéral, désignent ainsi les nouveaux combattants ; les officines pensent que le mot *chouan* – une appellation bretonne et plus politique – rendra moins sensible au petit peuple une nouvelle sommation vitale pour quitter le sillon et prendre l'aiguillon.

Chaque jour, à la faveur de cette rouerie de la sémantique, les autorités s'exercent à montrer du doigt les « chouans » et les accusent de tenir école de crimes, de vols et de rapines. La guerre des mots est déclarée. L'insurrection est proche… La période est exaltante. C'est vers nos bocages – encore et encore – que la France regarde. C'est encore et toujours la Vendée qui fait l'histoire…

LIX

La conspiration des gouttières

C'est dans le salon de Landebaudière que tous les « chevaliers du jurement », cocarde blanche à l'épaule, se réunissent, volets fermés, dans le plus grand secret. Il y a là, qui ont accouru depuis La Gastine et les Mauges, quelques grands noms de vieilles familles qui demeurent dans la promesse des pères, mais aussi de nombreux exilés de l'intérieur, de jeunes cervelles désœuvrées, qui ont le corps malingre et l'âme épique. Leur enfance a baigné dans la poussière de gloire laissée par l'Empire. Ils ont l'esprit troubadour, leurs rêves franchissent à tire d'aile les anciennes barbacanes, leur imaginaire enflammé leur brûle le sang bleu. Ils veulent que, pour l'ordène de nos soirées chevaleresques, je compose une *chanson de geste*…

Parmi tous ces paladins, grisés à l'idée de jeter le gant pour une dame de haut port et seigneurie – une Félicie ou une autre –, je rencontre des jeunes gens improbables, comme ce chef de file, Louis Charles de Bonnechose, ancien page du Roi, sorti tout droit d'un livres d'heures, avec une figure d'archange téméraire.

Il arrive de Normandie. Il est comme irradié par la nouvelle sémantique et vient « pour chouanner » ; il est clair qu'il a de la Vendée une vision incantatoire sans l'avoir jamais ni approchée, ni traversée. Il tient sa trompe de chasse comme si c'était le cor de Roland.

L'étendard de l'insurrection porte le nom de la division de La Gaubretière ; c'est une réminiscence de la Grand'Guerre, où il y avait ainsi des divisions aux ordres des *capitaines de paroisses*. Sur ce drapeau de marche figure l'image peinte de l'Archange guerrier terrassant l'engeance louis-philipparde. Chacun le regarde comme un envoi en mission. Cet emblème de soie surmonte les boiseries, entre les fenêtres accablées de grands rideaux festonnés d'étoffe rose. Le drapeau de « Monsieur Henri » s'impose à tous les regards en tapisserie centrale. Henri de La Rochejaquelein l'avait fait confectionner lui-même pour les gars de Saint-Aubin, en 1793. Puis, après sa mort, ce drapeau est passé à l'armée de Charette par l'entremise de Louis, le frère d'Henri. Plus tard, il a été offert à Louis XVIII qui l'a remis à la famille d'Auguste pour qu'il demeure, à l'attention des générations futures, le symbole de l'indéfectible fidélité de cette grande lignée chevaleresque. Il porte les armes de France, avec une proclamation tramée en lettres d'or : *Vive Louis XVII*. Juste au-dessous a été cousue, fil à fil, l'inaltérable devise de l'insurrection vendéenne, adaptée du Livre des Maccabées : *Pro aris, rege et focis* – « Pour nos autels, pour le Roi et pour nos foyers ».

Sur le flanc droit de la haute cheminée de granit trône une relique touchante qui appelle l'hommage de toute cette jeunesse fulminante : c'est le fameux fauteuil dans lequel fut assis, pour y être exécuté, le généralissime des armées vendéennes, Maurice Gigost d'Elbée. Il s'était marié à Landebaudière. Il fut blessé à la bataille de Cholet, il ne pouvait plus se tenir debout, on le traîna jusqu'à cette bergère écarlate, on attendit qu'il fût bien assis, la tête droite, puis on le fusilla. C'était le 7 janvier 1794, sur la place d'armes de Noirmoutier. Après quoi, le fauteuil fut rendu à la famille. Les impacts des balles sont encore visibles sur le dossier de velours, ainsi criblé de béances glorieuses, troué sept fois. Dans ce salon de conjurés, la figure du général d'Elbée fixant le peloton d'exécution vient encourager, comme le témoin symbolique des affrontements à venir, les propos incandescents de toutes ces impatiences juvéniles. Les stigmates du velours déchiré enfièvrent les bravoures.

Quittant les anciennes civilités, le salon est devenu peu à peu une sorte de salle des gardes. Sur les tables sont disposés des petits chefs-d'œuvre cuirassés, imaginés par « l'aide de camp » – l'autre Félicie –, que la comtesse appelle « la Fauvette », à cause de son patronyme : Félicie de Fauveau. Cette dernière a sculpté des hausse-cols en bronze doré, l'un pour la commanditaire – son amie de Landebaudière – et l'autre pour la duchesse de Berry : il lui sera remis quand elle reviendra ici, comme promis, dans quelques mois. La face des deux hausse-cols montre, de part et d'autre de la Croix et du Sacré-Cœur, la Vierge et saint Michel. L'armure de Félicie la Générale arbore discrètement les armoiries des ducs de La Rochejaquelein et la couronne comtale des Duras.

La vie clandestine s'organise bon an mal an car la demeure, pourtant spacieuse, est désormais trop petite, on y manque de place pour les préparatifs. Dans l'enfilade des salons, c'est un fourmillement continu. On aménage, on déménage, on se bouscule…

Bientôt, la Fauvette et moi, nous allons quitter la partie centrale et faire atelier commun dans l'Orangerie qui jouxte le château. Sous la grande serre où sont entreposés, les uns sur les autres, quelques topiaires et parasols nains, seule l'artiste s'y retrouve ; elle chaloupe avec élégance parmi ses œuvres, ou plutôt au milieu de son désordre enchanté de reliefs, d'ébauches et de barbouillis de plâtre, de palettes renversées, d'esquisses de vitraux suspendus. On marche entre les marbres blancs de bénitiers, les portraits, les bustes, une statue de sainte Elisabeth de Hongrie, une autre de sainte Geneviève qui gît sur un tas de pierres de taille à peine dégrossies.

Je la vois de dos devant ses chevalets et ses tables à dessin, avec sa gouge ou son pinceau. Elle fredonne des musiques de Rossini. J'aime son côté impétueux, elle est bouillante et chimérique. Elle porte sur ses cheveux une petite calotte de drap noir et, sur cette calotte, une toque « raphaélesque en peluche », comme elle aime à le dire elle-même. Les petites mèches courtes qui s'échappent sur le front lui siéent à merveille. Elle a le nez avancé, les mains sont longues et fortes, mais blanches et belles. Une femme habitée, d'une gravité souriante, une âme ardente qui affleure. Sa tenue n'est pas ordinaire : elle porte une jupe de velours brun côtelé ; une courroie de cuir nouée par une boucle en fer qui la maintient à la taille, retient la robe dont les plis trop lourds la gênent parfois dans ses mouvements quand elle travaille. Elle a pour compagne une délicieuse levrette du Moyen Âge qui fait un très bel effet sous cette verrière, avec ses longues pattes et son museau effilé. Il y a loin de cet animal raffiné du monde des licornes à notre griffon vendéen des fermes alentour, au poil grossier et qui jappe à tout propos… Je trouve la Fauvette un peu excentrique. Cela la fait sourire. Elle sait mettre des mots sur ses outrances : « Je suis plus près de l'extravagance que qui que ce soit. Je mets toute ma joie à cultiver le souvenir d'un monde qui n'est plus. »

Si je parle d'un atelier commun, c'est parce que nous allons désormais devoir travailler ensemble : l'artiste va vite changer d'ouvrage. Bientôt, ce ne sont plus des bénitiers qu'elle va sculpter mais des gardes d'épées ornées du chiffre d'Henri V, des dagues de ralliement, des bracelets de serment pour les combats, sur lesquels elle fait graver le fameux cri de guerre de « Monsieur Henri » : *Si j'avance, suivez-moi*, etc. Ces bracelets seront rivés à nos poignets et ne devront être délacés qu'au matin du retour du Roi légitime sur le trône.

Les vêtements aussi vont changer du tout au tout. Finies, les robes et la mousseline. On passe à l'uniforme. Les deux Félicie quittent leurs tenues de société. Elles vont devenir, dans la plus fidèle tradition de 93, des *amazones*. Mademoiselle de Fauveau choisit une stricte tenue toute noire qu'elle ne quittera plus et qui lui vaudra, dans le bocage vendéen, le surnom de « Mademoiselle l'Abbé », sans doute à cause de la couleur des soutanes.

Le château aux façades tranquilles n'a rien qui laisse deviner ses humeurs guerrières. Sous son aspect rangé et ordinaire, on ne pourrait soupçonner qu'il abrite une salle d'armes et une réunion de va-t-en-guerre. La belle demeure, toute de symétrie pacifique et régulière, paraît paisible au-dehors. Et pourtant, on s'y affaire en dedans, l'esprit martial et belliqueux. La discrétion, qui est de principe, est contrariée par le grouillement des écuyers qui nous rejoignent. Et puis on y accueille, au crépuscule, les « chefs des paroisses » qui viennent rendre compte de leurs listes d'hommes et de leurs besoins en armes ; il y a aussi les envoyés de celle qu'on appelle désormais « notre Régente », la fameuse Duchesse ; ils viennent nous porter ses ordres secrets d'outre-Manche pendant la nuit, avant le grand et prochain débarquement attendu sur nos côtes.

Félicie commande la maison et gouverne les alentours. Elle multiplie les courses à cheval. Elle se met sur le pied d'aller et venir sans demander l'agrément à quiconque. Elle visite ses métayers, mesure le calibre de leurs vieux fusils qui datent de la Grand'Guerre.

Désormais, nos occupations artistiques – musique pour moi, sculpture ou dessin pour la Fauvette – ont cédé le pas aux œuvres d'intention guerrière. Félicie l'artiste recopie les ordres rédigés par Félicie la comtesse, entre les lignes de ce qui ressemble à de banales lettres de voisinage. Ce sont en réalité des commandements cryptés. Dès le lendemain matin, des paysannes *de la Cause* les chargeront dans leurs bourgnes à légumes et iront les acheminer, de métairie en métairie, jusqu'à destination.

La conspiration s'organise. Mais le manque de munitions est cruel. Il faut faire preuve d'esprit inventif : les petits fours à céramique de Félicie vont changer d'affectation. Elle y coulait des figures décoratives, des images de saints. Elle va y fabriquer désormais des moules à fondre des balles. C'est un travail artisanal. Hélas, pas une boule de plomb n'aura la même dimension ; les cartouches se préparent selon une grande diversité de mesures. Les munitions se distribuent par les moyens les moins soupçonnés. Très vite, on en vient à constater le manque de matière. Toutes les imaginations sont à l'œuvre.

Ainsi me confie-t-on bientôt la mission délicate de récupérer le plomb des gouttières du château, puis des fermes dans le pays. La Pibole me conduit partout où on peut trouver du plomb à fondre, dans les métairies les plus aisées, où le *prélèvement* se fera nuitamment. J'inaugure un nouveau métier, je passe mes nuits sur les toits, je suis devenu en quelques heures chasseur de gouttières.

Quant à la poudre, elle arrive de Paris dans des modèles creux en plâtre sculpté et dont la mère de la Fauvette fait assurer le transport. Là encore, l'aide de la Pibole est précieuse. C'est à elle que revient la tâche de casser avec précaution le modèle pour y extraire et recueillir la poudre.

Puis nous allons ensemble gratter à la pelle à gâteau les murailles des vieilles caves de tout le voisinage pour recueillir le salpêtre, qui sera ensuite séché en cachette dans les jardins, derrière La Girafe, sur des toiles de lin. Nous sommes prêts pour le soulèvement.

L'étau se resserre. Louis de Bonnechose, l'ancien page de Versailles, reçoit la mission de réunir les partisans de Son Altesse Royale pour préparer la folle équipée. Malheureusement, sur la rive droite de la Grande Maine, à la ferme de Goyère, il est cerné par les Culottes rouges. J'accours. Il est trop tard. On le retrouve, face contre terre, embrassant son bracelet forgé par la Fauvette. Je l'entends qui répète plusieurs fois : « Je meurs pour mon Dieu, pour mon Roi ! » La nouvelle de sa mort jette la consternation quand elle envahit le vestibule de Landebaudière le 21 janvier. Coïncidence, date symbolique ! Louis a configuré son destin au roi martyr ! Mais ce drame va en même temps tremper les résolutions. On va le venger.

LX

À la goule d'au four

Un soir de l'automne, la Pibole m'a rejoint à l'Orangerie pour nous prévenir que son voisin du village de La Chouinière vient d'être arrêté. Elle me raconte ce qui est arrivé : un petit bordier sans trop de cervelle, Mathurin Rondard, a été réquisitionné par un officier supérieur de l'armée d'occupation pour le guider dans sa recherche de renseignement.

Le récit de la Pibole est excitant, exaltant, glaçant : le pauvre Mathurin n'a pas eu le choix, il était pris de panique. Les deux compères ont buté soudain sur un échalier qui leur barrait la route. L'officier à cheval l'a sauté fort lestement. Et, avec un brin de vanité, il s'est retourné vers le gars Mathurin qui le suivait en courant :

— Alors, qu'en dis-tu, mon calotin ?

— Dame oui ! répond le bordier qui, en son for intime, établit des bases de comparaison défavorables au cavalier… Vous aviez bê passé la barrère… Mais vous l'aviez passé *moins haut que d'autres…*

— *D'autres*, tu veux dire… qui ?

— D'autres… qui… sont du pays…

— Le comte ?

— Non... *La comtesse*... Al saute bê plus haut !

L'officier est contrarié par la mise en balance désobligeante mais plus encore intrigué par la révélation involontaire... Il fait parler le pauvre gars qui lui avoue que, souvent, la nuit, il guide madame de La Rochejaquelein à travers champs, pour aller de ferme en ferme, sans qu'il sache d'ailleurs pourquoi. L'officier insiste ; Mathurin perd pied :

— Elle rentre dans les métairies et... elle reste y causer... avoue-t-il.

— Elle y reste longtemps ?

— Ah bê oui...

— Et toi, tu fais quoi, pendant qu'elle cause ?

— Moi, y reste dehors. Y monte la garde...

— La garde ? Ah ah...

Le mot est lâché : la *garde*... L'affaire est remontée jusqu'au procureur du Roi qui a fait quérir le bordier pour qu'il en dise davantage.

À partir de cet épisode malheureux, les patrouilles se multiplient, le château est cerné, surveillé jour et nuit. Le nouveau commandement que j'ai reçu m'expose au péril. Félicie m'a confié le soin d'accompagner Félix Clabat du Chillou – un chevalier de Saint-Louis, maréchal de camp – pour transporter des pierres à fusil qu'on chargera sur des charrettes de foin toutes creuses, et qu'on transportera depuis la ville de Nantes jusqu'au château de Landebaudière.

Et voici qu'un matin, les représentants de toutes les autorités – le substitut du procureur, le maire de

La Gaubretière et le capitaine de gendarmerie –, accompagnés de forces militaires imposantes, font irruption. Ils viennent perquisitionner la cave, le grenier, les communs, puis le corps de la maison jusqu'aux combles. Ils ne trouvent rien. Pas une épée, pas un fusil, pas une balle. À l'Orangerie, ils ne trouvent que des oranges. Les philippistes cassent le piano pour touiller ses entrailles. Rien. Ils veulent emporter mon violondaulne. Je me couche par terre en hurlant. Ils marchent sur la table d'harmonie. Elle grince. Les cordes éclatent. Je les traite de barbares. Ils repartent bredouilles, courroucés, mais ils n'ont même pas de quoi dresser un procès-verbal. En réalité les pierres à fusil, ramenées dans des caissons depuis Nantes, n'ont pas été cachées au château mais dissimulées dans la nature, pour plus de sûreté...

Chacun des hôtes du domaine a dû présenter ses papiers : monsieur de La Tour du Pin, monsieur Cathelineau – le fils – refusent de décliner leur identité. La loi le leur permet car il n'y a aucune preuve ni indice d'un méfait. Et nous sommes dans un domicile privé.

Le maire – un médecin tout juste nommé par le préfet – résume les leçons de la perquisition, en y mettant, dans son compte rendu vindicatif aux autorités, le zèle du converti :

— Cette réunion chez « le Balafré » – un ancien chef vendéen – de ces jeunes gens venus des quatre coins de la France, reconnaissables à leurs attaches fines et connus pour leurs opinions politiques prononcées, tous démissionnaires en 1830, après leur refus de serment tapageur au nouveau gouvernement, ne laisse plus aucun doute sur l'existence d'un « complot ».

Le mot est lâché. Mais les représentants de la puissance publique ne peuvent rien prouver. Les papiers sont en règle, les Culottes rouges ont beau se péter la goule, ils ne peuvent confondre personne, ni fournir au ministère public, de plus en plus nerveux, le faisceau d'indices permettant de conclure à des manœuvres séditieuses. La préfecture s'affole, les lignards patrouillent, les cocardes blanches se rengorgent, les deux Félicie s'amusent. Les affaires à venir paraissent giboyeuses.

Hélas, le jour de la Toussaint 1831, une mauvaise nouvelle arrive jusqu'au château : nous avons été dénoncés pour le transport des pierres à fusil depuis Nantes. Une commission rogatoire vient d'être délivrée au lieutenant Pierre Bussière, de la gendarmerie des Herbiers, qui va déclencher une véritable battue pour retrouver les fameuses caisses de munitions censées pérégriner dans le bocage. Un matin, avant même le lever du soleil, le curé Bolleteau a quitté le presbytère et accouru pour nous prévenir : les gendarmes quittent le bourg et s'approchent des allées de Landebaudière. Les deux Félicie ont eu tout juste le temps de s'enfuir dans la campagne, par l'escalier arrière du château.

Le 9 novembre 1831, vers six heures du soir, un extraordinaire déploiement de forces militaires arrive à La Gaubretière et installe son campement, avec le 32e régiment d'infanterie de ligne au complet. La troupe bivouaque sur la place de l'église et fait donner le tambour. Le renseignement qui leur a été livré par on ne sait quel traître les conduit à la ferme de Rubion. Les soldats de la ligne, en pantalon garance, entrent sous le linteau de la métairie. De là où je suis, j'observe tout…

Dans la grande salle, il n'y a que deux femmes, qui perdent contenance ; elles ne comprennent pas ce qu'il se passe. Interpellées, elles répondent que le fermier n'est pas là, qu'il est à La Peignolerie, à la noce de son frère, et que ce sont elles – les deux femmes – qui, en son absence, gardent la métairie.

Bussière envoie aussitôt un gendarme chercher le fermier à la noce. Puis, sans plus attendre, les gardes nationaux se précipitent dans la chambre, ils se mettent à hurler et fouillent tous les recoins, cherchent sous les lits, transpercent les armoires, arrachent les tiroirs et donnent de leur sabre dans les balles d'avoine ; ils renversent tout, mais en pure perte. Ils ne trouvent rien…

Aux ordres des officiers de plus en plus fébriles, qui dirigent la perquisition, quelques Culottes rouges s'engagent alors dans un couloir étroit qui ouvre sur une porte au fond de la chambre et qui descend, sur plusieurs marches pourries, vers une petite pièce obscure affectée à la boulangerie de la ferme. Un gendarme, le sieur Melchior Maugel, de la brigade de Tiffauges, saisit une fourche et l'enfonce brusquement dans le four. Stupéfaction : à l'intérieur de la cheminée, une main a vivement détourné le fer. Lâchant la fourche et dégainant rapidement son sabre, Maugel s'écrie :

— Donnez-moi vite un fusil… Apportez une chandelle… J'ai comme l'impression qu'il y a un homme à cuire, tout au fond !

Mais avant qu'il ait pu charger son arme, de l'intérieur du four, une voix a répliqué :

— Non… pas un homme… Une demoiselle !

Et devant les assistants ébaubis, sort de la goule du four une jeune fille, toute couverte de cendres. Refusant la main que lui tend galamment un gendarme, elle se laisse glisser hors de la cheminée. Le maire, qui se dit instruit dans les arts, la reconnaît aussitôt à son petit chignon pris dans un filet à résille, il en est abasourdi : c'est mademoiselle de Fauveau, la femme-sculpteur du château, la médaille d'or des plus prestigieux jurys d'art de la capitale. Elle semble un peu excitée, mais pas émue le moins du monde. Très naturellement, elle s'avance vers la porte qui donne sur le verger, suivie des officiers, dubitatifs, quand le gendarme Maugel, à qui on vient d'apporter une chandelle, veut lui-même finir le travail en jetant un dernier coup d'œil dans le four, par acquit de conscience.

— Il y a encore quelqu'un ! s'écrie-t-il soudain.

Il charge, ajuste et vise…

Mademoiselle de Fauveau se précipite :

— Arrêtez, ne tirez pas ! C'est madame de La Rochejaquelein !

— Je me rends… reprend en écho une petite voix aux ferments délicieux, à moitié étouffée dans le four à pain.

Et voici que la deuxième jeune femme apparaît, *à la goule dau four*, comme on l'entend hurler dans la maréchaussée. Toute couverte de suie, elle se laisse glisser hors de la cheminée. Les gendarmes triomphent : c'est bien elle, Félicie de La Rochejaquelein.

Que s'est-il donc passé ? C'est tout simple. Lorsque les deux amazones ont été dûment averties par le curé qu'une troupe venait les arrêter, elles ont choisi d'aller se cacher à la ferme de Rubion. Quand elles ont entendu les gendarmes, elles se sont précipitées dans l'obscurité de la boulangerie où elles ont disparu sous les yeux ébahis des deux métayères, « la Brain » et « la Seguin », comme on les appelle dans le pays. Affolées, elles se sont glissées sous le petit dôme de briques réfractaires où on cuit le pain. Mais, ce faisant, elles n'imaginaient pas une seule seconde, en se jetant *dans la goule du four*, qu'elles se jetaient aussi dans la gueule du loup. Leur aspect est lamentable, elles secouent leurs vêtements, noircis au charbon des parois. Elles se frottent les yeux tout encharbounnés. On dirait deux ramoneuses égarées dans une prairie de chardons.

Simultanément, d'autres gendarmes, criant de joie au terme de leurs fouilles, viennent de découvrir au milieu d'un champ de blé un carré de glaise toute fraîche : ils creusent et déterrent des caisses remplies de barils de poudre, une presse à lithographier et vingt mille pierres à fusils. J'étais pourtant sûr de mon affaire, on nous a trahis – je l'apprendrai plus tard – pour trois écus et six livres.

Les deux amazones, sous la garde des baïonnettes, sont ramenées à Landebaudière, où elles sont attendues dans l'angoisse par les domestiques qui n'en croient pas leurs yeux. Félicie la Générale a l'air de trouver tout cela naturel. Elle sourit… Sans s'occuper des soldats qui la bousculent, mais sans trop savoir que dire – et surtout que faire –, elle monte à sa chambre. Elle demande à déjeuner car il est déjà onze heures ; cela veut dire, si l'appétit est revenu, qu'elle a retrouvé ses esprits et qu'elle a sans doute conçu un plan…

Je sais ce qu'il convient de faire, je connais maintenant la maison par cœur et je crois avoir deviné ce qu'elle a en tête. Elle n'est pas femme à obtempérer ainsi sans rien tenter pour échapper à son sort de captive de premier choix.

L'ordre est donné aux douze soldats du 29e de ligne de disposer, à l'étage, plusieurs sentinelles devant la porte de la chambre, avec la recommandation expresse « de ne laisser sortir à aucun prix de son château la comtesse de La Rochejaquelein ».

Demain matin, la maréchaussée viendra chercher « la Générale ». Il n'est pas difficile d'imaginer la suite : elle sera conduite et emprisonnée à Bourbon-Vendée puis jugée, peut-être exilée ou, pire, condamnée à mort.

Notre aventure a sans aucun doute trouvé là son terme. Avant d'avoir même commencé. Que puis-je faire ? Y a-t-il seulement quelque chose à faire ? Je me sens seul, accablé, au comble de l'anxiété… Soudain, une idée me vient, qui pourrait tout changer…

LXI

Comme des chats sauvages dans des boqueteaux de ronces

Je vais parler à Marie Poirier, la lingère – on l'appelle « Manette » – : elle a la tête sur les épaules et un fond de matoiserie à vendre des bêtes d'avaries plus cher qu'un étalon. Nous allons préparer ensemble l'évasion. Félicie quittera sa chambre par une porte dérobée, elle s'habillera en fille de cuisine. Grâce aux allées et venues des femmes de charge, nous engageons le pari qu'elle réussira à se glisser inaperçue entre les Culottes rouges.

Manette répercute un ordre bien particulier que j'entends faire passer, avec mon titre de « régisseur », à tous les gens de maison : enivrer les soldats. On sait tous que, si les gardiens se prennent une bonne *tchulotaïe*, les choses seront plus faciles. Très vite, j'ai lieu de m'émerveiller, dans l'exécution de la consigne, du zèle des cuisinières et chambrières.

En effet, les gendarmes vont bientôt goûter aux délices de ce qu'ils appellent « la vie de château ». Bientôt, ils en conçoivent une certaine euphorie. Il faut dire qu'ils se voient offrir du civet de lièvre à la ciboulette. Mais surtout vingt ou trente bouteilles ont été remontées de la cave par monsieur Poirier, qui s'applique avec un à-propos admirable à son ouvrage d'enbeurnousement de la maréchaussée. Par une considération toute spéciale pour les gendarmes, le mari de Manette leur fait savoir, en y mettant le ton outré qui prend la couleur et les esprits du vin écarlate, qu'il a choisi les meilleurs crus pour eux, au motif qu'ils sont « des connaisseurs réputés » :

— Regardez, les gâs, cette petite Genetouze qui date de la guerre d'Amérique… Vous m'en donnerez des nouvelles…

Il y aura une deuxième tournée. Puis une troisième, pour ne pas partir « rien que sur une patte ».

En réalité, il est allé tirer d'un vieux tonneau désœuvré un vin criard, acrimonieux, un peu tourné, un vin de sauce qui sert de condiment aux salades de pissenlits. Puis on passe à l'eau-de-vie, la gnôle de Thuture de La Burnelière qui « monte à la taïte plus vite qu'une genette griffeuse ». On boit, on fraternise, on se réchauffe, on fait tomber les dernières barrières réglementaires. On boit rouge, on boit blanc. On voit double. Fricassou – l'arpète de l'office – vient, à minuit, me donner le bulletin de santé en riant aux éclats :

— La tête leur vezoune comme un essaim d'abeilles !

Au petit matin, le chef du poste s'effondre et gît sur la tomette, couvert de son vomi. Mission accomplie. De la belle ouvrage. Félicie et Manette ont pu ainsi s'échapper par le passage secret, qu'elles ont refermé soigneusement derrière elles. Puis elles ont gagné le rez-de-chaussée, avant de redescendre à la cuisine. Les soldats, qui boitent des deux yeux, regardent passer les deux *servantes* sans se poser de questions – sinon les questions habituelles que des soudards ont l'habitude de se poser quand ils voient passer deux femmes un peu déhanchées…

La châtelaine-servante saisit deux buies, à l'office, qui servent à remonter l'eau des puits ; elle les suspend à son jouguet et, d'un pas ferme, se dirige vers la porte du perron où veille une sentinelle.

— Où vas-tu ? lui crie le gendarme de faction, l'œil mi-clos, avec la voix qui cuve.

— Trécher d'iève au puits qu'est là-bas. Laissé me passer… bounhomme… répond *la fille…*

Le gendarme examine les seaux et laisse passer la porteuse d'eau. Cette dernière traverse le parc à vive allure mais d'un pied légèrement retenu. Dans le mur, un petit portillon à moitié démanché s'ouvre sur une clairière encombrée d'épines. Elle jette seaux, cruches et jouguet au premier buisson, puis s'élance à travers champs, en tournant le dos au bourg de La Gaubretière. Elle est libre…

Désormais, elle vivra dans les bois, où nous irons la rejoindre à tour de rôle. Elle rencontre le meunier du Drillais, René Buissonnière ; il la reconnaît, la fait monter en croupe derrière lui et la conduit jusqu'à La Tissonnière, chez des amis de la Cause.

Quand le procureur du Roi arrive à Landebaudière, il ordonne de forcer la serrure de la chambre : elle est vide. L'exaspération et le désappointement le disputent au ridicule. Le château est bientôt cerné d'un cordon de troupes et les gradés eux-mêmes procèdent à une nouvelle inquisition minutieuse et sans trop de ménagement :

les tapisseries sont lacérées à la baïonnette, les murs sondés à coups de crosse, les meubles d'art défoncés, les baldaquins renversés, les placards éventrés ; dans toutes les cheminées, le procureur a fait allumer de grands feux de foin humide comme font les chasseurs qui enfument le terrier pour faire sortir le gibier. La perquisition ne donne rien. On a beau fouiller et saccager les boiseries et les lambris, la fugitive est introuvable, elle s'est évanouie dans la nature. À Bourbon-Vendée, le préfet – monsieur de Sainte-Fouine – aura fouiné en vain, il sait déjà que le prix à payer, c'est son poste, il prépare ses malles… Dans le petit monde des lustrines et des parapheurs, comme dans la maréchaussée, c'est l'affolement…

Tous les domestiques du château sont menottés et livrés au substitut qui les presse de passer aux aveux. Prières, menaces, rien ne peut leur délier la langue. Ils ne trahiront pas leur maîtresse qu'ils aiment d'affection et qui est dans leur famille depuis des siècles. Les époux Poirier, gardiens du château, subissent un long interrogatoire ; on leur promet la fortune, puis, devant leurs dénégations, le bagne. L'officier qui mène l'enquête décide de les incarcérer à Bourbon-Vendée.

Félicie de Fauveau, questionnée à l'Orangerie, ne se débarrasse de ses accusateurs qu'en leur imputant d'avoir tué la comtesse :

— Vous me demandez où est madame de La Rochejaquelein, répond-elle à l'officier qui la presse de questions sous la menace, mais c'est à moi de vous le demander… Vous l'avez assassinée sans mandat, vous en répondrez devant la cour d'assises !…

L'accusation ainsi retournée avec une audace très convaincante produit son effet. L'interrogatoire s'arrête net. Toutes les recherches ayant été vaines, l'officier rassemble sa troupe et le détachement quitte La Gaubretière au milieu des huées de la population.

Pour ma part, j'ai suivi Félicie jusqu'à la pierre de Chasseloup, sur la commune des Landes-Genusson. Elle ne se rendra pas. Elle a choisi de vivre comme une taupe. C'est la Pibole qui lui a conseillé ce lieu sûr pour réparer ses fatigues. La cache est invisible, imprenable. Selon les anciens du pays, même les loups des parages n'ont jamais osé s'approcher de ce chiron de granit ouvert par la foudre puis creusé par les hallebardes et l'usure du temps. Le bruit de la Crûme et d'un vieux moulin à eau font peur aux bêtes sauvages. On dit même que la pierre roule sur les démons chaque nuit de Noël : elle descend du coteau sous les étoiles bibliques, et remonte au petit matin, aspirée par les anges de la crèche.

Bientôt, la prudence nous invite à changer d'asile. La trahison est partout. Le renseignement est payé cher. Je propose les charbonnières de Grasla dont le chaume est libre d'usage pour la saison ; personne ne le connaît, sauf les derniers feuillardiers qui ont quitté leurs séjours en forêt en fermant leurs ateliers de coupe.

Nous allons vivre ainsi comme des chats sauvages, dans les boqueteaux de ronce, entre les étangs et les bruyères, il faudra tenir plusieurs mois…

Jusqu'au jour où, bravant le mandat d'amener qui nous vise nommément, Félicie, en proie au mal du pays, décide de revenir à La Gaubretière. Nous errons de métairie en métairie. La peur d'être dénoncés nous en éloigne très vite et nous précipite dans une grotte, au « champ des royards » – le nom vient du verbe *crier*, hurler de douleur. Trente-cinq enfants y ont été décapités en février 1794. C'est là qu'on nous apporte une lettre de « la Régente ». Enfin une bonne nouvelle… Elle nous rassure sur ses intentions : *Je ne tromperai pas les espérances d'un pays qui m'a donné tant de preuves de dévouement…* En relisant cette déclamation, chacun comprend qu'elle s'est faite à l'idée, comme nous, que la Vendée guerrière se lèvera en masse à son signal. Dans une nouvelle lettre, reçue dans une autre grotte, elle prend un ton encore plus empanaché : *La Vendée, dans les temps de gloire, n'a jamais eu un membre de ma famille pour partager ses périls et soutenir son courage… Je viens… Je ne calcule aucun danger et vous ne pouvez rien pour moi… Oui, je viens en Vendée.* Cette annonce nous remue au plus profond de nous-mêmes.

Malgré les alertes continuelles, nous intensifions les préparatifs de la prise d'armes. Félicie, la Générale, est devenue, dans la clandestinité, le chef politique de la rébellion. Elle organise un corps d'armée avec tous les chefs divisionnaires qui, dans le même temps, recrutent leurs compagnies. Je croise auprès de La Macairière Cornulier et Monsorbier, les officiers de La Bralière. Leur exaltation est belle à voir. Ils ressortent les vieux sabres des grandes heures de la garde d'honneur impériale…

Il me semble que personne ne se risquerait à manquer ce qui va suivre. On veut en être. L'humeur est à l'échauffement : on va enfin en découdre ! Charette

– le neveu – nous promet deux cent mille Vendéens sous les armes. On attend l'ordre d'insurrection de la Duchesse : la marée irrésistible balaiera les campagnes, les cantonnements des « philippotards », comme on les appelle désormais, seront désarmés au plus vite. Le plan tient en un énoncé très simple : il faut d'abord prendre Nantes, Angers, La Rochelle et Rennes avec les Bretons. Alors seulement, la Vendée marchera sur Paris…

LXII

Elle a dit : « madame »

Le 4 mai, nous parvient le message crypté que nous attendions : *La Duchesse est en France.* Le destin bascule.

Et pourtant, à ma grande surprise, chez les réfractaires eux-mêmes, l'opinion des gens qui comptent est partagée. Il y a de la tiédeur au vestibule de beaucoup de chefs de file. Trop de chevaux restent à l'écurie…

Félicie admoneste les fameux *pancaliers* – les choux *sans cœur* – qui traînent le sabot. L'arrivée de la Duchesse produit chez eux un sentiment d'indicible stupeur. Tous ces nobles vivent au milieu des Vendéens, familièrement, ils connaissent le pays jusque dans ses entrailles ; ils savent l'indignation qui étreint le paysan, mais ils prétendent savoir aussi quelles transformations son âme a subies. Ils considèrent, comme le dit le marquis de Goulaine, qu'entreprendre un soulèvement avec de si médiocres moyens, « c'est braver la Destinée et offenser la Raison ». Ce dernier brime nos allégresses en ajoutant, désabusé :

— La guerre civile est aujourd'hui une horreur à tous les partis, la haine n'existe plus, comme au temps des premières guerres… Chacun pense à ses *intérêts*.

Félicie n'écoute rien de ces mises en garde et néglige les irrésolutions de la « Vendée raisonnable ». Elle recrute une compagnie d'amazones. Chacune de ces dames porte un casque, une petite cuirasse, et se charge d'armes défensives et offensives. Chacune a choisi un chevalier, lequel exhibe au poignet le fameux bracelet à serment de la Fauvette et jure chaque jour de ne le quitter qu'au retour d'Henri V. Tous les chouans que nous sommes arborent un drapeau blanc. Nous portons une veste verte de chasseurs vendéens et sommes coiffés de petits chapeaux cirés. Bientôt, on nous assure que la Duchesse aurait débarqué à Marseille. Félicie la presse chaque jour de venir chez nous ; elle lui écrit des messages de feu : *Voilà, Madame, ce qui est digne de vous, dussiez-vous succomber !* Les nerfs sont mis à rude épreuve…

Tout à coup, c'est l'heureuse nouvelle, tant espérée : nous apprenons que la Duchesse vient d'arriver quelque part en Vendée, le 17 mai. Nous l'attendons. Landebaudière devient le cœur battant du soulèvement. Ultime exercice préparatoire : avec une élégance et un port admirables, au milieu d'une clairière nimbée de rayons timides et prometteurs, dans les bois de la famille, la comtesse errante passe ses troupes en revue.

Un soir, à la ferme de La Bécasserie, où nous sommes réunis pour ajuster les dernières dispositions du combat qui s'annonce imminent, on frappe à la porte. Alors fait irruption, sous la croix de chaux vive, un jeune paysan un peu exalté, qui nous interpelle comme si nous étions les métayers de son amenage. Il porte une blouse brune, un pantalon de droguet, une méchante veste verte garnie de boutons d'un métal terne, il est recouvert d'une peau de bique qui sent le suint. Il a enfoncé sur sa petite tête un bonnet de laine bleue, d'où s'échappent quelques cheveux blonds. Il marche avec difficulté, les pieds alourdis par de gros souliers ferrés, trop grands pour lui. Il a le visage candide, sa timidité le fait rougir. À ses côtés se trouve un autre paysan qui le suit partout, tout aussi emprunté. Ce sont des connaissances de la comtesse – sans doute des bordiers du voisinage – car je vois Félicie qui se précipite sur eux :

— Ah ! Petit-Pierre ! Petit-Paul ! Quelle joie de vous voir… Enfin, vous voilà parmi nous !

La Générale s'éloigne de notre compagnie et entraîne à sa suite, dehors, dans un souci de discrétion – dit-elle –, le jeune réfractaire Petit-Pierre vers les lauriers-sauce qui entourent le vendangeoir. Petit-Paul reste avec nous… Je l'observe… C'est curieux, il a les sourcils noircis au charbon, ce n'est pas naturel. Il se grime, c'est un gars qui doit venir de la ville. À travers les fenêtres, de ce qu'on perçoit des bribes et des éclats de voix, on comprend que la conversation est animée. Nous supposons qu'il est question d'un messager qui apporte de mauvaises nouvelles de la Régente.

Les propos tenus sont, pour moi, de plus en plus étranges… La Générale se fait suppliante devant ce petit bounhomme aux joues de satin, qui ne paie pas de mine.

— On s'en voudrait de ne pas tout tenter, lui dit-elle… Vous, Petit-Pierre, on vous suivra… Vous êtes l'étincelle… L'embrasement viendra après, mais il viendra, croyez-moi…

— Il n'y a plus, pour moi, de raison de rester ici, répond, désabusé, Petit-Pierre. Les pancaliers ont gagné, leur veulerie a envahi tous vos champs comme de la mauvaise herbe. Je ne sens ni sursaut ni soutien dans les campagnes…

— Écoutez, répond Félicie sur un ton cinglant, si vous partez, vous nous envoyez à la mort. Nous avons tout risqué pour vous…

— Je sais… je sais… Mais, à traverser la Vendée, vous voyez bien, comme moi, que plus personne ne veut se battre… Les paysans d'aujourd'hui ne sont pas mûrs pour une nouvelle insurrection. Tout cela devient… difficile… pour ne pas dire… impossible…

— Impossible ? Eh bien partez… partez… Faites comme le comte d'Artois à l'île d'Yeu en 1795, faites comme le duc de Bourbon à Beaupréau en 1815, faites comme Charles le Dauphin à Rambouillet en 1830, il y a deux ans…

La Générale ne peut poursuivre… Un instant, elle s'arrête pour recharger sa colère. Petit-Pierre baisse la tête et regarde Petit-Paul, qui pleure comme un faon perdu. Félicie, d'un mot terrible, porte l'estocade :

— Oui, partez… c'est cela… partez… Abandonnez à leur malheureux sort plus de trois cents jeunes gens sortis de Nantes pour la prise d'armes que vous avez commandée, et dont l'existence est aujourd'hui compromise. Mais rappelez-vous alors que la cause d'Henri V est à jamais perdue.

Et soudain, elle ajoute :

— Oui, partez… *Madame* !

« Madame » ? Elle a dit « madame » ? Mais alors, cela veut dire que Petit-Pierre est le nom de guerre de Marie-Caroline, la duchesse de Berry, qu'il abrite de son déguisement fermier et que Petit-Paul est le nom de son aide de camp, Eulalie de Kersabiec ? C'est la stupéfaction dans la pièce. Je reste là, bouche bée, devant l'âtre. On entend juste le petit bois humide qui craque… Un présage…

LXIII

Mes doigts ne tiennent plus la corde

Le tempérament de la Duchesse va l'emporter. Elle va se reprendre. Elle annonce sa décision :

— Je reste…

Elle fixe une nouvelle date pour le soulèvement : dans la nuit du 6 au 7 juin.

La joie renaît dans les cœurs. Nous retournons aux champs, nous courons d'une ferme à l'autre. Les deux Félicie sont à nouveau enveloppées dans leur manteau militaire. Déguisées en hommes, elles tiennent à accompagner jusqu'au bout Madame – pardon, Petit-Pierre. Avec lui, nous enjambons les ruisseaux. Petit-Pierre glisse sur une grosse pierre et tombe à l'eau. Trempé jusqu'aux os, à peine relevé, secouant ses vêtements, et cherchant à rattraper sa perruque emportée par le courant, Petit-Pierre nous dit en riant, avec son merveilleux accent napolitain :

— Allons, ça commence plutôt bien… Aujourd'hui *à l'eau*… Demain *au feu*…

Le 6 juin, au jour fixé pour la prise d'armes, mon ami Félix du Chillou, commandant le deuxième corps en l'absence du Balafré, rassemble les insurgés dans le bois des Angenaudières, près du bourg de La Gaubretière.

Félicie, accompagnée de la Fauvette, toujours à cheval et le pistolet à la ceinture, passe en revue la petite troupe. À la nouvelle du soulèvement, le capitaine des pompiers, Cesbron-Lavau, réunit à la hâte les gardes nationaux de la ville de Cholet, et, ayant obtenu le renfort de quelques compagnies de ligne, marche sur nos traces. Ils sont cinq cents tirailleurs et nous, à peine deux cents chouans. Le face-à-face se déroule sur le plateau de La Roullière ; le capitaine Cesbron-Lavau soutient le feu des légitimistes. Des deux côtés, on décharge les espingoles. On dirait une batterie de canons chargés à mitraille.

À peine Félix du Chillou, le maréchal de camp, est-il de retour à La Gaubretière qu'il est avisé du contre-ordre arraché par les lâches pancaliers à la duchesse de Berry. Il licencie aussitôt sa petite troupe. Les philippotards prennent leur revanche. Des mandats d'amener sont lancés contre tous les Gaubretiérois soupçonnés d'avoir pris les armes. Les uns après les autres, ils sont arrêtés.

Félicie est condamnée à mort par contumace. Elle choisit l'exil en Savoie, à Annecy. Le 9 juin, Petit-Pierre-Madame et Petit-Paul-Eulalie, déguisées en maraîchères, ont quitté la Vendée, la mort dans l'âme, et vont entrer, le lendemain, dans la ville de Nantes. Elles y seront arrêtées prochainement.

Le château de Landebaudière est mis sous scellés. La commune de La Gaubretière est occupée par toute une garnison du 32e de ligne, établie dans une maison du bas-bourg, sur la route de Tiffauges où elle prend ses aises.

La répression sera terrible. Les provisions sont brûlées, les bestiaux volés. Un jour, on me rapporte qu'une patrouille se présente à la ferme de La Petite-Brosse. Le jeune Benjamin Martineau, âgé de dix-sept ans, que j'ai connu tout petit, délie ses bœufs qui reviennent du labour. Les gardes nationaux le cernent et le pressent à coups de crosse :

— Tu sais bien que ton père fait l'objet d'un acte d'accusation. Où est-il ?

— Je ne sais pas, répond le jeune homme.

— Tu ne veux vraiment pas nous dire où est ton brigand de père ? Tu vas payer pour lui !

Ils le forcent à s'agenouiller, lui font réciter son acte de contrition et l'assassinent froidement.

Il est interdit aux habitants de sortir le soir. Sans aucune sommation, les sentinelles font feu.

La troupe va rester à La Gaubretière jusqu'en 1838. Alors le pays revient au calme. L'oubli périme jusqu'aux anciennes souffrances et aux plus beaux élans. L'aventure qu'on appellera désormais « la folle équipée » est terminée. La Vendée ne sera plus jamais regardée par le reste du pays comme une province à l'esprit réfractaire. La page est tournée, le livre refermé... La Cause n'est plus qu'un souvenir pittoresque, fantasque...

Une nouvelle errance commence. Je n'ai plus que la Pibole et mon violondaulne pour égayer mes vieux jours. Je suis un vieillard ou presque, j'ai cinquante-cinq ans. Peu à peu, en moi, les lumières s'éteignent, ma vue baisse et je deviens sourd... Je ne vis plus que des remontées de bonheurs d'enfance. Ma pauvre Pibole récite son rosaire, elle a le dos qui se démuraille et les œils tout dévirés. Elle me prend la main qui crochte… L'ouvrage du temps a fait pire que l'ouvrage du froid en Russie : mes doigts ne tiennent plus la corde, ils sont roidis. Nous chevrotons tous les deux. J'attends la fin… Mais elle n'arrive pas encore…

LXIV

Le concert a déjà commencé

Toute la tristesse du monde passe dans ses yeux qui, pourtant, n'ont rien perdu de leur éclat. La Pibole a le teint melé, le front légèrement éroncé par tant de tribulations… Elle est peut-être plus belle encore, maintenant qu'elle a le visage de la souffrance et qu'elle articule, à genoux, à la lueur d'une bougie expirante, le « *Fiat* » des fatalités de la vie fauchée : « Que la volonté du Ciel soit faite ! » Elle vient de perdre sa mère. La voilà orpheline, devenue héritière de La Mignarderie, à Saint-Martin-Lars-en-Tiffauges. C'est là que nos épousailles se sont déroulées dans l'intimité, à cause de mon grand âge.

Celle qui, pour le restant de mes jours, est devenue ma femme m'a tiré vers elle, dans son petit royaume de chaume. Nous y avons élu notre nid de tendresse, sous ce toit d'herbes folles pour nos tourterelleries d'automne. Un nid de terre battue qui tient en une seule pièce…

La Pibole porte le plus souvent une chemise froncée, aux couleurs passées. Elle vircouette entre les pipeaux pleureurs, les flûtes de coudrier. Elle enjambe quelques poules sans-gêne, entrées par la porte grande ouverte et qui, entre les cordes détendues de mes anciennes balaleïkas, viennent picorer quelques graines de blé hasardeux. Ce désordre consenti, comme une fioriture de l'ordinaire de nos jours, est le dernier moyen de retenir notre jeunesse. On mange, comme les pic-verts, les choux-pommes que nous offre le petit jardin attenant, ainsi que des feuilles tendres de chicorée sauvage, avec un peu de lard trempé dans le charnier.

Heureuse surprise : quelques familles argentées de gens instruits qui ont eu l'occasion d'entendre, dans les assemblées du pays, le Trio cosaque et qui, longtemps après, en ont encore l'oreille flattée, se sont mis en chasse de ma nouvelle adresse forestière ; ils voudraient me confier leurs enfants pour que je leur apprenne les rudiments de la musique savante, seule voie d'accès au rang supérieur de la société. Bientôt, ils se disposent à mettre la main au gousset et m'encouragent à initier leur progéniture à la pratique des instruments buissonniers dont les sonorités sont en train de devenir un art très prisé dans les maisons neuves des pignons à redans.

Je décide donc, avec la Pibole, de dispenser à Mortagne, dans une ancienne messagerie, des leçons de musique pour les instruments des bois. Nous appellerons notre établissement « l'École buissonnière ». Nous demandons juste la pièce aux familles pour la peine que nous prenons. Le succès est immédiat chez les gilets de coton des petites cités bocaines qui se poussent du col en amidon et rêvent de se frotter aux cordes sauvageonnes.

Les notaires et les avoués, les huissiers, tous de fraîche nomination, les négociants et les vétérinaires, les maîtres de poste et les grands électeurs qui ont tous leur rond de serviette à la sous-préfecture, sont d'opinion que le clavecin est désormais un instrument trop marqué, suranné – il rappelle l'Ancien Régime de l'entresol ; ils le délaissent et soudain s'encanaillent au flûtiau, plus populaire ; ils se piquent de mazurkas ou de scottishs, plus exotiques dans leurs étrangetés, ils les croient venues du grand large, alors même que c'est depuis les granges voisines que remonte cette mode jusque dans la salle de séjour de ces nouveaux *môssieus*. La Pibole, qui tient les comptes, les appelle à verser, à la fin de chaque leçon, un petit cens en pièces trébuchantes qu'ils déboursent en fermant les yeux, pour atténuer la contrariété. Nous appelons cela « le suffrage censitaire ».

Bientôt l'affluence des petits nez coulants sera telle qu'il faudra repousser les murs de l'École. C'est une nouvelle vie qui commence, loin des guerres et de la politique, un retour à mes lutheries de jeunesse.

Un soir du printemps 1837, nous recevons une visite inattendue qui nous bouleverse : ce sont les fantômes de nos tendresses qui reviennent ; Auguste et Félicie de La Rochejaquelein frappent à notre porte. Ils sont revenus à Landebaudière depuis quelques jours, après un exil de cinq ans au moins. Le Balafré a été acquitté par la cour d'assises de Versailles au mois de novembre 1835. Et Félicie, qui s'était constituée prisonnière le 4 mars 1836, a été finalement élargie par la cour d'assises d'Orléans quelques semaines plus tard. Ils nous racontent leur équipée aventureuse, leurs courses à l'asile le plus sûr. Après l'arrestation de la duchesse de Berry, à Nantes, en novembre 1832, ils se sont rejoints et ont trouvé une cache quelque temps dans les fermes de l'amenage. Bientôt, jugés par contumace – la peine de mort pour Auguste, la peine de déportation pour Félicie –, au début de l'année 1833, ils sont parvenus à gagner l'étranger. Ils ont séjourné à Lausanne et à Genève, en Suisse, puis à Annecy, en Savoie, au cœur du Piémont. Enfin, ils sont revenus au gîte, quand l'orage s'est tu.

Leur vie d'aujourd'hui a bien changé : Auguste est un autre homme. Il s'abandonne à sa nouvelle passion, la chasse à courre ou au colvert, il ne parle plus que de ses trophées, de ses canarderies et du lac des Landes-Genusson. Parfois, il se rend d'un coup d'éperon au Parc-Soubise pour rejoindre la meute et passe sa vie à accrocher les bois et les hures dans les corridors à gibecières de Landebaudière. Il suffit d'un lièvre pour le mettre en joie, d'un sanglier manqué pour le mettre en peine. En revanche, il ne supporte plus qu'on évoque devant lui tout ce qui touche à la vie publique.

— Je pense que la politique, c'est fini ! me confie-t-il dans un geste de lassitude et d'une main qui signifie que la page est tournée.

— Tu veux dire que c'est fini… pour toi ?

— Pas que pour moi… mais aussi pour tout le pays…

À cela, il donne une raison simple :

— Le Prince-Égalité réconcilie dans sa personne en même temps la Révolution et l'Ancien Régime, le passé et le présent. Le côté inquiétant du révolutionnaire est devenu rassurant dans le gouvernant. C'est là sa fortune. Toute l'histoire de France n'a finalement tendu qu'à l'avènement de cette royauté bourgeoise. Je crois vraiment que nous touchons au port… Devant nous moutonne une mer de blés calme, une sorte de France accomplie, apolitique. L'économie des prospérités va prendre le relais… L'histoire se tait pour longtemps.

Félicie ne partage pas du tout cette opinion, elle s'en agace. Elle reste dans le combat. Elle n'a pas changé, toujours véhémente et emportée. Elle encourage ses métayers à entretenir en eux les piétés immémoriales et la foi dans le retour de la Légitimité, indissociables à ses yeux. Elle s'élève contre les ralliements opportunistes : elle nous parle, en des termes violents, de son neveu Henri, le propre fils de l'auteur des *Mémoires* qui ont jadis enflammé son imagination ; ce dernier a prêté serment à Louis-Philippe et il a osé se faire élire député.

— Il ne songe plus, ajoute-t-elle, qu'à quémander des deux mains les bulletins de vote. Il est là, à mendier son picotin, le bec en l'air, la lèvre grande ouverte comme la fente d'une urne… C'est indigne de notre famille. Quelle déchéance !

Elle passe ses journées en aumônes et en prières, demeurant le plus souvent en son oratoire, agenouillée sous le drapeau de Louis XVII. Elle vient y chercher des ressources pour la prochaine conjuration. Elle traque les lâches et les nouveaux riches, les « accommodés » et les « accommodants », comme elle les appelle. Elle exhorte les uns et les autres à remonter le courant :

— Il faut faire force de rames. J'écris chaque semaine à tous les royalistes tièdes pour leur mettre le feu sous le ventre.

Elle demeure une amazone. Une amazone qui galope après la Cause. Je la retrouve telle qu'elle était : impétueuse, jaillissante, éruptive. Elle refuse les compromissions, elle multiplie les éclats et garde près d'elle, dans un esprit de veille où se mêlent la poésie et l'illusion, son solide couteau de chasse et son élégante épée de vieil ivoire.

Elle pleure son double, celle qui s'enflammait avec elle, Félicie de Fauveau, sa chère amie, partie à Florence, qui a renoué là-bas avec sa passion de la sculpture ; on la célèbre, paraît-il, dans toute l'Italie. Quand elle apprendra notre mariage, la Fauvette nous enverra un cadeau touchant : une réplique d'un petit violondaulne taillé dans un marbre de Carrare, que nous déposerons sur le manteau de notre cheminée, auprès de mon ancien bracelet de serment, sculpté avec son talent délicat.

La Pibole et moi, nous prenons les jours comme ils viennent. Chaque matin qui se lève est une leçon de musique, celle des oiseaux qui nous réveillent, celle de nos buissons d'instruments qui nous chantent dans la tête.

Un soir d'octobre 1839, une calèche élégante s'arrête devant la porte. Un homme en uniforme, casquette ornée d'or à la main, en descend. Il se présente, avec une solennité impérieuse, il a l'air contraint et le teint blême d'un haut fonctionnaire ponctuel ; il lève son gant beurre-frais vers moi :

— Monsieur Rogronille, je présume ?

— Lui-même… Bonjour, monsieur… monsieur… le préfet, je présume ?

— Oui, c'est bien cela… Jacques Christian Paulze d'Ivoy, préfet de la Vendée. Je suis chargé par l'aide de camp de Sa Majesté d'une attention particulière. Je dois vous transmettre en main propre l'invitation personnelle du roi Louis-Philippe, au château de Saint-Cloud, pour la soirée du 3 octobre prochain.

— Pardon, monsieur le préfet… mais vous devez faire une erreur…

— Je suis aussi étonné que vous, mais j'ai fait vérifier plusieurs fois par mes services. C'est bien de vous qu'il s'agit. J'ai reçu – tardivement, je le reconnais – instruction de vous conduire au château royal… J'ai pensé que vous en connaîtriez vous-même la raison…

Je ne comprends pas du tout de quoi il retourne.

— Vous dites que je suis convoqué à Paris ?

— Oui… Enfin, très exactement à Saint-Cloud…

— Par… le Roi ?

— Oui, par Sa Majesté elle-même.

— À Saint-Cloud, pour une « soirée » ?

— Oui… Pour une soirée… Je n'en sais pas plus… J'ai cru comprendre que l'affaire était d'importance. Peut-être que l'écho de votre musique est arrivé jusqu'au Roi… Vous savez, Sa Majesté est très raffinée… très éclectique…

Nous voilà bientôt côte à côte dans la calèche du représentant de l'État, derrière les deux postillons de l'équipage. Le voyage sera sans agrément. Je sens le préfet gêné par ce déclassement : faire monter à bord de sa voiture à feuilles de chêne et accompagner jusqu'à Paris un vulgaire ménestrier, traîneur de granges, ancien brigand, qui a eu des ennuis avec la justice, qui vit avec une demi-gitane, à peine désenfarinée, chanteuse d'auberge et flûtiaude de préveil, quelle misère ! Pour un préfet de la nouvelle royauté, tomber en bourgeoisie est pénible, mais tomber en canaille d'épines, chez les calurets du torchis, c'est l'abîme !

Je suis gagné par l'angoisse… Je me pose mille questions pendant le voyage : aurais-je pu ou dû décliner cette invitation-réquisition mystérieuse ? Pourquoi m'a-t-on mis entre les mains du préfet pour un si long voyage ? On a peur que je m'échappe dans les blés de la Beauce ? Le roi sait-il que j'ai combattu auprès de la Duchesse ? que j'ai côtoyé des condamnés par contumace ? Un roi sait tout. Connaît-il mon passé, l'affaire du « jean-foutre » ? les registres de Sainte-Florence ? Un dossier peut toujours remonter… Par les temps qui courent, les amnistieurs n'ont pas de parole…

La voiture passe enfin devant le canal de Seine, la Grande Cascade. Puis nous longeons les jardins hauts. Le préfet, qui s'est mué en guide d'agrément princier après avoir dédaigneusement somnolé, bouche ouverte, pendant tout le voyage, me montre du doigt le parterre d'Apollon. Nous voici dans la cour d'honneur. C'est une juxtaposition hétéroclite de pavillons et corps de bâtiments sans aucune symétrie. Il y a des galeries à arcades, une terrasse décorée de parterres de broderies. Et un haut pavillon qui domine la Seine. Une splendeur.

Nous foulons le gravillon ambre et blanc de la cour, il est neuf heures du soir. Il pleut des cordes de plomb. On aperçoit du dehors les salons, splendidement éclairés.

De nombreux équipages amènent, au bas d'un immense escalier couvert de tapis et parfumé de fleurs, les femmes les plus élégantes, accablées de coiffures en hauteur et de nattes enroulées en corbeille, les jeunes gens les plus à la mode, en habit dégagé, les artistes les plus célèbres, avec des hauts-de-forme, que le préfet désigne avec emphase, et puis les financiers les plus rebondis, les grands seigneurs les plus illustres, toute une élite de société, à basque longue, toute une aristocratie, de strict maintien et de tournure avantageuse.

Dès l'entrée sous les colonnades, nous sommes accueillis par un homme éminent, chamarré, que le préfet me présente comme l'aide de camp du roi, monsieur de Perthuis. L'homme paraît sévère et courroucé. Il admoneste mon accompagnateur :

— Monsieur le préfet, votre mission n'a pas été réglée à l'heure du Roi... Vous êtes en retard. Le concert a déjà commencé. Monsieur Moscheles joue depuis une bonne heure...

Le préfet devient blanc comme un corporal. Sa carrière, soudain, balance au-dessus du vide. C'est peu de dire que nous accélérons le pas dans l'enfilade des salons. Les boiseries défilent. Nous courons presque et traversons sans rien voir le Salon des officiers puis le Grand Salon de l'Impératrice.

Tout à mes essoufflements, j'ai à peine le temps de réfléchir à ce qu'a dit l'aide de camp : il s'agit donc d'un concert. Il a cité le nom d'un pianiste célèbre – que je connais de réputation –, Ignace Moscheles ; il s'est produit une fois au salon Swetchine. Et j'ai compris qu'il joue, ce soir, devant la Cour.

Qu'est-ce donc qui me vaut l'honneur de compter parmi les invités de cette assistance choisie ? L'énigme est de plus en plus pressante à chaque pas qui nous rapproche du récital. Je cours après le concert derrière le préfet qui court après son maintien en fonction… Je veux savoir… Je vais savoir…

LXV

Une pluie de perles qui tombe sur un plateau de cristal

Le Salon carré que je découvre est une pièce magnifique. Elle donne sur le Bassin du fer à cheval et sur le parc, illuminés au feu de résine. Je prends le temps d'observer les panneaux de boiseries aux motifs raffinés qui alternent avec les miroirs ; les arcades des portes sont décorées de festons et guirlandées de fleurs, tenues par des amours et ornant des médaillons redorés de peu à la feuille.

Au fond, un râtelier porte-montres est accroché à un lampas bleu de ciel à losanges gris. Sur la cheminée de marbre turquin, veiné de blanc, siègent deux pendules qui doivent dater de Louis XVI, le roi horloger. Au-dessus de la cheminée, je remarque une glace mouvante entre les fenêtres et qui reflète, en les amplifiant, les gestes du pianiste.

Le plafond est peint de nuages sur fond de ciel pommelé. Les murs de côté sont tendus d'un taffetas vert sur lequel sont pendus des tableaux de scènes mythologiques et des portraits, avec des dessus-de-porte en grisaille du Sauvage.

Près d'une petite table se tient la reine Marie-Amélie, avec une élégante corbeille à ouvrage devant elle. Elle ferme les yeux, elle semble subjuguée ; auprès d'elle, madame Adélaïde, la duchesse d'Orléans, des dames d'honneur et beaucoup d'autres personnages célèbres ou méconnus.

D'un doigt discret, le préfet me désigne, au premier rang, les invités d'honneur du comité royal : le baron de Stockhausen, la princesse de Beauveau, les Rothschild et monsieur Delacroix.

Au fond du salon, devant la cheminée, sous la glace centrale, un grand piano à queue est déployé sur l'estrade. Le pianiste est comme mangé par les transports de l'assistance : on se presse autour de lui, on dresse l'oreille, on se recueille, on se dit qu'il ne faut rien perdre – ni un accord, ni une note, ni une intention, ni le plus fugace vague à l'âme de l'artiste. Peut-être, en même temps, s'agit-il de montrer qu'on est là : toute cette aristocratie, en transe, des femmes les plus distinguées de Paris, des toilettes les plus élégantes, donne à apprécier, entre les barcarolles, l'autre mélodie, celle des robes du soir décolletées en bateau, avec leurs manches à gigot, leurs canezous de mousseline.

Je demeure près de la porte, assis de travers sur une chaise inconfortable, disposée à la hâte. Le préfet reste debout. C'est le lot des serviteurs en retard. Moscheles exécute des sonates. Puis, c'est la surprise. Il appelle à lui un frac bleu à cravate bouffante, qui était enfoui juste à côté, dans une bergère. Un autre pianiste. Un compère qui s'assoit à son tour devant le clavier. On voit, au premier coup d'œil, qu'ils s'entendent comme deux dandys. Leurs doigts se répondent, leurs notes ricochent d'une main à l'autre, ils exécutent à quatre mains une sonate enjôleuse par le rythme et la grâce. On entend murmurer à voix basse dans ce public de connaisseurs : « Quel délice ! », « Un chef d'œuvre absolu ! »

À la fin de l'*andante*, la reine se penche vers une dame d'honneur et la sollicite à mi-voix :

— Serait-il indiscret de leur demander de recommencer ?

J'observe l'acolyte : sa fougue entraînante contraste avec sa mine défaite. Il paraît faible, pâle ; de temps en temps, on le surprend, entre deux improvisations, à prendre sur un guéridon préparé à cet effet quelques gouttes – d'opium ? – avec du sucre, ou peut-être de l'eau de gomme. Il se frictionne le front avec un grand mouchoir qu'on lui tend.

Le moment vient où Moscheles s'efface discrètement et rejoint à son tour la bergère dont on n'aperçoit que le dossier en damas rouge. Les lumières du salon ont été baissées. Calé devant l'instrument, le pianiste prélude par de légers arpèges jusqu'à ce qu'il trouve la tonalité qui lui convienne.

La main glisse sur le piano de gauche à droite comme pour effacer le rêve qu'il vient de créer. Cette main n'est pas celle du commun : elle couvre le tiers du clavier comme une gueule de serpent s'ouvrant tout à coup pour engloutir un lapin d'une seule bouchée.

Je reconnais dans le public le fameux « monsieur Pleyel », qui n'en revient pas de cette désinvolture mélodique. J'observe l'artiste, on ne le voit que de côté : il paraît de taille moyenne, svelte, sa tournure est élégante. Il a les cheveux blonds cendrés, rejetés en arrière, les yeux vifs, un sourire charmeur, les traits purs, un long nez légèrement busqué. Son allure est hésitante quand il se lève pour recueillir les applaudissements. À le voir ainsi incliner la tête avec une lenteur calculée, il semble raffiné dans ses goûts et ses manières. Il est frêle de corps, délicat de style. Il a l'air d'un prince auprès des princes qui le reçoivent.

De temps en temps, il se tourne à la dérobée vers la grande glace, pour arranger ses cheveux et sa cravate. Il enchaîne les marches funèbres et les chants d'allégresse. Sa manière d'effleurer le piano ne ressemble à celle de personne : ses yeux se cerclent de noir, ses regards s'animent d'un éclat fébrile, ses lèvres s'empourprent, son souffle devient plus court. Il sent – nous sentons avec lui – que quelque chose de sa vie s'écoule entre les sons, la fièvre qui le consume nous envahit tous.

Je n'ai jamais rien entendu d'approchant à Saint-Pétersbourg ou dans les salons de Sophie Swetchine et de Claire de Duras à Paris. L'homme tressaille. Il parle avec ses doigts un langage d'envoûtement. Sur le clavier s'épanche toute son âme brûlante. Il y a de l'exaltation, de l'inspiration, de la fluidité vaporeuse, de l'imprévu ! Le piano s'anime de la vie la plus intense et fait courir le grand frisson. On a même l'impression que l'instrument qui vibre avec lui n'a jamais existé que sous ses doigts. Le premier pianiste était un virtuose. Celui-là est un sylphe. Son piano est tellement délicat que, pour obtenir les contrastes qu'il recherche, il n'a point besoin de se servir d'un *forte* puissant.

Ses arabesques sont des dentelles légères qui s'envolent à volonté. Il me rappelle le mot du chanoine Goilandeau qui parlait toujours, à la collégiale, de cette nuance si rare qu'il appelait le *tempo rubato*. Le chanoine, devant le porche de Saint-Maurice, nous donnait à regarder les grands arbres aux feuillages vibrants qui alliaient, dans leur friselis, la nature et la grâce.

— Observez ces saules que l'air du matin frais incline comme un hommage de l'aube. Entre leurs branches fines et subtiles, si sensibles aux touches du vent, passent les rayons du soleil. La lumière tremblotante qui en résulte, c'est cela, le *rubato*. C'est comme un esquif sur le sein d'une vague puissante...

Et le chanoine ajoutait en regardant le clavecin :

— Que votre main gauche soit votre maître de chapelle et garde toujours la mesure.

Là, sous mes yeux ébahis, je retrouve la perfection du modèle. D'ordinaire, le piano m'ennuie un peu, à cause de son égalité de timbre. Mais là, c'est une pluie de perles qui tombent sur un plateau de cristal.

Soudain, le pianiste s'arrête. Il se lève, il salue, la main sur le cœur. C'est la fin du concert. L'assistance le rappelle. Il prend la parole pour quelques remerciements. Son léger accent n'est pas de chez nous :

— Je voudrais m'adresser à Sa Majesté le roi Louis-Philippe Ier. C'est à lui et à lui seul que doivent aller vos applaudissements puisque c'est lui et lui seul qui a désiré et organisé, en son palais, cette soirée pour mon ami Ignace et votre serviteur… C'était un rêve, pour moi, de jouer… à quatre mains… avec Ignace… Merci, Sire, de m'avoir permis de réaliser ce rêve…

Toute l'assistance se tourne vers la famille royale. Le roi met de l'élégance à cacher sa gêne au moment de partager les lauriers des deux artistes. Monsieur Camille Pleyel est remercié à son tour – c'est lui qui a fourni et accordé l'instrument qui porte son nom.

Le pianiste ajuste son frac, rejette les pans sur les côtés :

— Je voudrais vous exprimer à tous ma gratitude la plus chaleureuse pour votre bienveillance, vos encouragements et votre sollicitude… Je veux vous confier, la main sur le cœur : la France n'est pas un exil, c'est une patrie… pour les artistes… une deuxième patrie…

À nouveau les applaudissements crépitent… Puis le pianiste fait signe qu'il a encore quelque chose à ajouter. L'émotion est forte. On se tait, on l'écoute :

— Je voudrais dédicacer à l'un d'entre vous la pièce finale que je vais jouer dans un instant pour la première fois… Les délicatesses de cœur de Sa Majesté ont permis d'ajouter son nom à la liste des invités prestigieux de ce récital. Je ne sais où il se trouve dans ce salon… mais je veux le remercier… S'il est là, il reconnaîtra la mélodie qui va suivre. Je souhaite honorer ce soir… ma *dette d'honneur…*

La salle frémit… Alors l'artiste se tourne vers son instrument et, avec une fougue presque sauvage, s'élance pour une valse qu'il semble improviser.

C'est un délice. Le premier thème est délicatement *cantabile*, une sorte d'élégie. Les coquetteries fugaces du *gruppetto*, de quelques mesures, assorties d'une étonnante variante chromatique, relèvent de la miniature de salon. Les thèmes suivants troquent le rythme de la valse contre celui d'une mazurka, de plus en plus vive.

J'écoute attentivement et je goûte les notes qui reviennent : *mi* bémol, *ré* bécarre, *ré* bémol, *mi* bémol... Je me surprends à les fredonner avec facilité... Et puis je me dis, par-devers moi : cette mélodie ne m'est pas inconnue. Elle trotte dans ma tête depuis longtemps. Je l'ai déjà entendue... D'où vient-elle ? Soudain, je crois en retrouver la facture secrète... Elle me revient comme un feu ardent. Mon Dieu... Cette mélodie n'est pas de lui... Elle est de moi ! Comment donc a-t-elle pu, depuis les campagnes de Vendée, venir jusqu'ici ? Et comment est-elle parvenue jusqu'à ce pianiste, ami d'Ignace Moscheles, et qui a choisi de l'interpréter, comme il l'a dit, à l'adresse de « quelqu'un qui est parmi les invités de ce salon royal ce soir » ?

À la fin de la valse, le pianiste expédie un salut d'adieu à l'assistance. Tout le monde s'est mis debout. C'est un débordement d'effusion et de ferveur. On veut toucher sa main d'ange. L'artiste se fraie un chemin dans le public, qui tente de le retenir au passage. Je le vois soudain arriver vers moi. Il sourit, se précipite et me prend dans ses bras. Il répète simplement en sanglotant :

— Oh merci... merci... merci...

— Vous voulez dire : pour la musique ?

— Oui, bien sûr... pour la musique...

— Mais comment cette mélodie a-t-elle pu arriver jusqu'à vous ? Et pourquoi suis-je votre invité ce soir ?

— C'était dans un geste de gratitude... Vous vous souvenez que vous nous avez sauvé la vie ? À nous deux, ma sœur et moi...

— Je ne vois pas de quoi vous parlez... Je n'ai fait que sauver la mienne...

— Vous étiez prisonnier en Mazovie... Vous avez fait rempart de votre corps pour nous protéger contre les grognards qui voulaient nous tuer et voler les ocarinas...

— Vous devez confondre, je ne vois pas de quoi vous parlez...

— Vous nous avez sauvés d'un péril fatal... Et ma sœur, pour vous témoigner notre reconnaissance, vous a offert son collier. Un petit collier avec un médaillon que vous aviez promis de garder toujours sur vous.

— Ah, je crois me souvenir. Une petite fille adorable...

Le pianiste porte la main à mon cou. Il veut vérifier lui-même si j'ai tenu parole. Je sors de ma chemise le petit coulisseau avec la Madone de Jasna Gora. Il s'exclame, ravi :

— Vous voyez, c'est bien vous !

— Mais alors, les deux petits musiciens de la ferme de Szafarnia, c'étaient votre sœur et vous ?

— Eh oui... nous deux... Elle notait tout sur son cahier de solfège. Toutes les notes, toutes vos mélodies. Et surtout votre *fameuse valse*...

— Celle que vous venez de jouer ?

— Oui. Je l'ai appelée la *Valse de l'adieu*. On ne la jouera qu'après ma mort. On me l'attribuera. Elle n'est pas de moi. Elle est *de vous*.

— Je vous la donne. Elle n'est plus à moi, elle est *à vous*. Vous êtes venu en France pour ce récital à Saint-Cloud ?

— Non. J'y habite. J'ai quitté la Pologne au moment de la révolution, en 1830.

— Et vous êtes devenu pianiste ?

— Oui. Faute de savoir faire autre chose… Le concert est mon métier.

— Et votre sœur ?

— Elle m'a rejoint à Paris. Elle était si chétive…

— Quel âge a-t-elle aujourd'hui ?

— Trente-deux ans.

— Mon Dieu… Comme le temps passe vite… Et vous, vous aviez… sept ans, je crois… Je me souviens, on vous réputait fragile, vous toussiez, vous étiez… poitrinaire.

— Hélas, je souffre toujours de la même maladie de langueur…

— Vous êtes pourtant très jeune ?

— J'ai vingt-neuf ans… Mais une organisation physique maladive, qui est celle d'un vieillard.

— Vous étiez deux petits prodiges… Votre sœur, avec sa suka et vous, avec votre tymbaly… Un enchantement…

— Et vous, vous avez inventé un instrument qui étonnait tous les paysans de Mazovie… C'était quoi, au juste ?

— Un violondaulne.

— Vous l'avez toujours ?

— Oui. Bien sûr…

— J'aimerais le revoir. On jouerait ensemble…

— Quel honneur !

La conversation est suspendue un instant. Je ne me souviens plus des deux prénoms… J'ose lui poser la question.

— Votre sœur… s'appelle… comment déjà ?

— Ludwika.

— Bien sûr… la petite Ludwika… Et vous ?

— Moi… Friedrich…

— Ah oui… le petit Friedrich…

— Ici, à Paris, on ne m'appelle plus Friedrich… En français, on dit « Frédéric ».

— Alors, c'est Louise, la sœur aînée ? Et Frédéric, le petit frère ?

— C'est cela. Louise et Frédéric…

— Frédéric comment ?

— Frédéric Chopin…

Je marque un temps d'arrêt. J'incline la tête en forme d'affectueux respect et de feinte surprise. Je répète, pour me donner le temps – en vain – de mûrir une réplique qui soit à la hauteur des circonstances :

— Frédéric Chopin ? Quelle histoire… Frédéric Chopin. Là… devant moi…

En fait j'avais deviné, depuis la première note, que c'était lui. Ces immenses mains, ce *tempo rubato*, ce teint de suaire, ces quintes retenues, ce ne pouvait être que lui.

Mais je n'avais pas du tout établi le lien avec l'épisode polonais de Mazovie, avec les deux enfants qui m'avaient charmé là-bas, avec les mazurkas et les polkas des fêtes de moisson, avec la médaille que je porte à mon cou, par une dévotion toute personnelle à cette petite Vierge noire que Louise m'a fait choyer – Louise, ma sœur, après l'autre Louise, la polonaise.

Le lendemain du concert, Frédéric demande à me revoir. Je lui rends visite à la Chaussée-d'Antin. Il veut savoir ce qu'est devenu mon violondaulne. Je le lui apporte. Il y gratte quelques cordes et cela lui réjouit l'humeur. La dame qui l'accompagne a l'air d'une virago. Mais elle veille sur lui avec une attention de tous les instants. C'est probablement son égérie, une dame du Berry, me dit-on, qui a la plume alerte…

Je reviendrai quelques années plus tard, cette fois-ci place Vendôme. Frédéric n'est plus que l'ombre de lui-même. Il décline. Ludwika serre la pauvre main décharnée de son malheureux frère. C'est la lente agonie d'un phtisique sans fièvre, en pleine connaissance.

Je vois arriver sa grande amie, la comtesse Potocka. À sa vue, un éclair de joie illumine le visage du mourant. D'une voix éteinte, il chuchote quelques paroles de bienvenue, puis il prie la visiteuse de chanter et il me fait signe de l'accompagner au violondaulne. Le piano est roulé en hâte dans la chambre et la comtesse, en proie à une indicible émotion, les yeux pleins de larmes, chante un air de Pergolèse puis un psaume de Marcello. Délicat et poignant.

Je sais que c'est une question de semaines. Je ne peux pas rester à Paris. Je pressens qu'on ne se reverra plus.

J'apprendrai la disparition de Chopin depuis la Vendée, le 17 octobre 1849.

Quelques années plus tard, on m'annoncera que la partition de la *Valse de l'adieu* a été publiée à titre posthume.

LXVI

J'emporte avec moi un monde aboli

Une grande page se tourne. Le livre se referme. J'ai soixante-treize ans et je me sens désaccordé à l'air du temps, je vais vers ma fin : mon corps me lâche. Je commence à battre mon dail.

Le pain blanc… le pain noir… les joies… les peines… La fête qui revient avec les mêmes rondes d'insouciance… Et puis… la mort… Et l'appel de la vie qui, toujours, finit par reprendre le dessus… Le va-et-vient du serment et de l'oubli. Voilà ce que je croyais, ce que je voyais, ce que je vivais ; les grincements délicieux des agrès d'une balance enfantine entre printemps et hivers. Le cœur qui s'enneige et l'âme qui s'enivre de soleil pour les éternités d'une saison toujours nouvelle, toujours recommencée.

Aujourd'hui, tout cela n'est plus que braises expirantes. La belle roue du temps perpétuel est brisée. Je suis seul sous mon toit qui s'égoutte, assis sur le saloir, à surveiller le feu mourant. J'apprends, au fil des jours, à sortir de la vie. Les peines, maintenant, s'entuilent sans les joies qui venaient y mettre un peu de jour et de lumière ; elles pèsent du poids de l'inexorable.

En quelques années, les épreuves se sont enchaînées. Les malheurs se sont abattus et, de jour en jour, ma solitude a grandi. Autour de moi, tout le monde est parti : la première à moucher sa chandelle, ce fut la Pibole. C'était l'année dernière, le jour de la Saint-Louis, le 25 août 1850. Elle est morte de fatigue, dans mes bras.

Quelques jours plus tard, en plein deuil, un vague cousin de la fesse gaoûche a investi notre humble maison de La Mignarderie, avec maître Ricolleau, l'huissier de Mortagne ; ce dernier a apposé les scellés sur le chaume et puis m'a expulsé dans l'heure en brandissant frénétiquement un Code civil de Napoléon… « Il faut respecter le droit de propriété… *usus, fructus et abusus*… le droit d'user, de presser le fruit et d'abuser », marmonnait-il avec gourmandise. On me met dehors. Commence alors pour moi une vie d'errance.

Et puis ce fut le tour de ma sœur Louise de rendre l'âme. Ah, l'appel de la vie ! Elle a tout essayé – toutes les herbes de la Saint-Jean –, elle ne voulait pas céder, comme souvent les gens très pieux qui vous parlent du Ciel mais, finalement, ne sont pas si pressés de le rejoindre. Louise se serait bien attardée encore un peu sur cette *terre de passage*. Dans les derniers jours, comme elle le confiait elle-même en se parant d'un ultime sourire, son corps malade était devenu une boutique d'apothicaire. Rien n'y a fait. Elle aura lutté jusqu'au bout ; en vain. À la Toussaint de 1853, elle a descendu la garde.

Je pensais revenir à La Tanchaire mais la ferme a été vendue aux enchères à un *grand électeur*, le sieur Sionneau, un fils de famille enrichi par la vente des pierres d'angle de l'abbaye des Fontenelles, à Bourbon-Vendée. Il m'a repoussé dehors comme un voleur de poules, dès qu'il m'a entendu racasser près du laurier-sauce. De toute façon, je ne serais pas resté. Je n'aurais supporté ni ses aigreurs ni ses acharnements à faire tout oublier. Il a brûlé les meubles, aux bois trop rustiques pour lui. La fameuse clisse de famille est partie en fumée. Et maintenant, il s'attaque aux vieilles murailles, qu'il a transformées en pierres de remploi. Il poursuit sa lubie d'un colombier géant, pour jouer au noble.

Il beurtique les parcelles pour n'avoir plus à cultiver qu'une seule tenure. Il rêve d'un sillon infini et ne pense qu'à désoucher. Ainsi s'en prend-il aux vieux chênes, aux haies, aux souvenirs, à l'ancien temps. Il a fait couper les genêts, raser les bruyères qui lui bouchent la vue et remis en « exploitation », selon ses mots, tous les champs abandonnés aux friches. Il a copié l'invention de Duchaffaut, notre voisin de La Sénardière, qui a fabriqué une charrue à deux socs sans avant-train ; cette charrue, qui va chercher plus profond dans les entrailles, arrache tout sur son passage.

Cet usurpateur, rembourré du pourpoint, a l'humeur dédaigneuse. Il se fait appeler par les valets et les chambrères « M'sieur nout'maître » comme, dans le temps, le général de Royrand, le propriétaire de la métairie, autrement valeureux. Il veut « que la terre rende », comme il dit. Il change de régisseur tous les ans et de semences tous les deux ans. Il a planté du chou arborescent, à mille têtes, soi-disant plus résistant au gel, et il a fait fortune avec la betterave. Et puis il saigne la terre avec du sulfate d'ammoniaque pour donner aux blés des joues et de la poitrine. Ah, si mon père voyait cela ! Tous ces fruits gonflés qui viennent dans l'assiette des burgadins dépayser le goût et offenser les plus vieilles natures, au nom du progrès ! Jusqu'où ira-t-on ?

Désormais, ma vie me porte sur les chemins, je fredonne en marchant la *Valse de l'adieu*, mon violondaulne à l'épaule, mes almanachs sur le dos ; hélas, ils laissent les enfants indifférents. Je vais de ferme en ferme, de logis en logis, de croix de chaux vive en croix de chaux vive. Mais les portes ne s'ouvrent plus que chez les très anciens, qui ont encore un reste de pitié ou qui m'ont connu jeune et m'accordent une hospitalité de routine.

Les portes cochères des châteaux se ferment sous mon nez. La noblesse s'est emburgadinisée. Elle n'est plus dans l'âge des élégances chevaleresques et dans les charités des humbles. Elle pratique l'entre-soi. L'équipée de la duchesse de Berry fut son dernier éclat.

Depuis que les aristocrates sont rentrés chez eux, ils ne vivent plus avec la société, ils s'entourent de murs à loups et de clôtures de barbelés. Ils clouent sur les chênes de leurs allées de gravier ocre des pancartes « Propriété privée », pour barrer la route aux errants et aux chasseurs de furets. L'assiette du pauvre a disparu. Il n'y a plus de soupe pour les sans-demeure et les peneuilloux.

Les fils de famille ne sont plus dans les dépouillements glorieux, ils veulent tous s'enrichir, devenir des « nantis ». Ils mènent une vie de « terriens », comme ils disent, c'est-à-dire qu'ils ne touchent plus à la terre, ils sont devenus des « bailleurs », surveillant le partage des stères de bûches avec les preneurs ; ils veillent à faire « rentrer les fermages » en promenant leurs cannes à pommeau dans la campagne. La terre, c'est quand on la travaille. La campagne, c'est quand on regarde travailler les autres. C'est leur cas. Ils portent le même gilet boutonné de nacre que les notaires et invitent à leur table les percepteurs, eux-mêmes honorés d'aller boire le thé au château, appelés en retour à favoriser de petits arrangements discrets sur les bornages. À l'impôt du sang, ces héritiers préfèrent l'impôt foncier. Il s'agit d'accéder au rang honorable et envié du censitaire et du notable.

La plupart d'entre eux ont érigé des perrons de quinze marches devant leurs nouveaux châteaux, pour pouvoir y mettre la main en visière. Les « fins de race », comme les appellent les parvenus, pensent ainsi s'élever à la hauteur de leurs ancêtres qui étaient des gens de vie intérieure et de grands horizons. Dans les vestibules carrelés de marbre où il m'est parfois donné de jeter un œil, pour peu que la porte s'entr'ouvre, il y a des fourreaux en fer forgé pour ranger les parapluies et les ombrelles – vu que les nouveaux châtelains craignent la pluie et les coups de soleil –, sous le portrait du comte de Chambord et à côté de l'arbre généalogique de la famille, encadré de trompes, de miroirs à frime et de fouets de chenil.

Même les appariements entre gars et filles répondent désormais à des considérations patrimoniales. On entend parfois le cri étouffé, parmi les convives des noces : « Un beau mariage ! Elle n'est pas née mais elle a de la galette… » Le Code civil est entré dans les cœurs. Il faut faire attention à ses parterres, aux géraniums et aux sentiments... On trace des perspectives... On est dans la prévoyance, on vit avec son notaire. On passe du temps à raturer d'une plume irascible des dispositions testamentaires. L'amour lui-même obéit à l'échange entre le nom et les actifs. « Ce n'est pas qu'elle soit bien belle mais elle a *un champ qui m'arrange* », ai-je entendu dire à voix basse plusieurs fois dans les grandes cuisines, devant le sanglier rôti. Le champ qui arrange, c'est le champ qui rapporte. Il faut que la terre – les prés de fauche, les pâturages et le bétail –, tout cela soit *rentable*. Le domaine n'est plus la somme des dons mais la somme des intérêts. Le sacrifice, la dévotion à une *cause*, suscitent l'ironie des nouveaux salons. On y pratique l'enrichissement *sans cause*.

Les mariages entre fortunes montantes et fortunes déclinantes, rehaussées de particules, ouvrent la voie à la reconstruction des châteaux en ruines. Ils sont redessinés en des styles inspirés d'un Moyen Âge de recomposition. On les entoure de plans d'eau pour imiter les anciennes douves, on les surmonte de faux machicoulis et de tourelles coiffées d'ardoises aux accents parodiques des anciennes cours d'amour. On rejoue l'Ancien Régime pour mieux s'en éloigner. Tout autour, on dessine des bosquets, des boules de buis sculpté et des alignements de barrières au ciment blanchi. On plante un cèdre au port majestueux, aux aiguilles persistantes, préfigurant les nouvelles lignées, au milieu du parc à l'anglaise. Ainsi appartient-on à la *gentry*. Les demeures relevées de la sorte s'appellent désormais des *cottages*.

On vit à cheval, comme on a toujours fait, sauf qu'on court après les cerfs et non plus les Sarrasins, les Godons ou les Bleus. Les nouvelles épopées ne passent plus du tout par la romance d'antan : on ne parle plus de la paix de Jérusalem mais de la conquête de la mairie. On donne de l'éperon pour aller chercher les électeurs. La nouvelle cause, c'est l'action locale. Le château rêve de l'hôtel de ville. La nouvelle Table ronde est celle des adjoints aux buses et aux curages de fossés. On y porte l'écharpe comme le grand-père les panaches. Le château, adoubé par le suffrage, est reçu à dîner à la préfecture. Le maire, en retour, fête la sous-préfète avec des bocaux de poires confites. Ce n'est pas par plaisir, mais pour tenir son rang.

Louis-Philippe, le « Roi des barricades », est passé à la trappe, à son tour. La République, habillée en crinoline, ne veut voir qu'une seule fente d'urne, elle se prétend universelle. En conséquence, la langue des Parigots et des gens de plume furgaille jusque dans les pressoirs pour chasser le vulgaire et la piquette. Dans les chefs-lieux de cantons, on ne parle presque plus la langue de la terre. Le patois se réfugie à l'office, chez la servantaille, et dans le creux des derniers sillons de l'Angélus, entre les affleurements de vieux silex et les anciennes humilités du temps qui s'écoute.

Les paroisses, orphelines du roi, ne célébrant plus le royalisme, tournent leurs affections vers le papisme. On brûle des cierges pour le Saint-Père. Sa parole est commentée dans la chapelle privée du château, comme jadis la parole du roi l'était au salon. Dans le souci du nouvel apostolat militant, les nouvelles églises, reconstruites, sont coiffées, sur le modèle de l'église de Chambretaud, d'un clocher en forme de tiare de la papauté.

Mon monde – le grand et le petit – se rétracte de jour en jour, tout ce qui me faisait vibrer s'en est allé... Et puis les misères s'accumulent. Avec l'âge, ma hanche droite se rappelle à moi. Elle s'engourdit – une vieille blessure qui se réveille, qui date de Krasnoï ou Smolensk – je ne sais plus –, un coup de baïonnette dont j'avais oublié jusqu'à la cicatrice. La main gauche a suivi la main droite, elle est raide... Il faut poser le violondaulne. Les bals, les noces, les fêtes, c'est fini. Je deviens un traîne-cailloux qui clopine et guette, à la nuit tombée, la lueur des chandelles de baume et le panache des cheminées – signes d'une présence vivante. Je frappe au carreau. En vain.

Serai-je, pour finir, le dernier cousin germain des vendeurs de complaintes ? Et pourquoi pas sabourin ambulant, marchand de messe ou vendeur d'arçons ? J'essaie tout cela mais l'esprit du temps délaisse le sabot, les offices, les cantilènes. Sur le conseil d'un cantonnier de vieilles orties, je finis par choisir un p'tit métier en vogue, car les châtelains qui ont creusé des mares d'agrément ont inauguré la pratique de la pêche à la carpe domestique. La nasse pleine vaut l'hommage, comme jadis l'épée dans le poitrail. Et rater un canard, c'est déchoir.

Je deviens *bouteur d'achets*. Les achets, ce sont les vers de terre pour la pêche en étang et aussi la volaille palmée qui s'en nourrit. Armé d'une fourche à trois doigts, j'ai appris tout jeune à piquer mon instrument en terre et à lui imprimer un rapide mouvement d'arrière en avant. Le sol, alors, est ébranlé, et le lombric, dérangé dans sa retraite, boute pour le plus grand bien du bouteur. Les unes après les autres, les bêtes sont empilées par mes soins dans une boîte en fer-blanc et servent à la pâture des canards de haute lignée, avides de cette friandise, mais aussi à l'armement des hameçons à particule.

À la faveur de cette occupation peu glorieuse, je fais mon retour au château où je suis agréé comme fournisseur d'appâts. L'ancien maître-souneur frappe le marteau sur le clocheton du gardien et délivre avec cérémonie des vers sur le perron – un destin piquant pour un troubadour buissonnier.

Pauvre de moi ! je suis désormais un guenailloux anonyme qui marche sans adresse, avec mon violondaulne qui reste au crochet et mes carnets de mémoire qui n'intéressent plus grand'monde. Je pressens que je vais finir comme j'ai commencé : dans une grange. Où j'irai m'éteindre, seul. Au creux d'une barge de foin humide. Parmi les outils à moitié démanchés, qui rouillent d'être remisés, méprisés, répudiés…

Quand je vois venir le temps de mon dernier souffle, pour la pose ultime, je dépose mon violondaulne entre mes bras inertes. Je ne voudrais pas que, après moi, on en vînt à l'oublier, à en faire du bois de feu. Tant de souvenirs, de petits festins de l'oreille. Je n'ai plus, dans ma vie finissante, que ce confident de mes forêts de jeunesse et des voûtes sacrées.

Je m'assoupis auprès de la rivière de Mortemer, à Boulogne, avec ma petite Vierge balafrée de Jasna Gora sur mon cœur. Je repense aux sculptures de la collégiale, aux archets des anges, au porche de la Transfiguration des musiques de l'âme… à l'Apocalypse… aux harmonies éternelles… Je m'en vais… doucement… Les notes s'étouffent, l'archet glisse sur la paille…

Peut-être qu'un jour un enfant dénicheur, courant dans les bruyères et cueillant, sans le savoir, des fleurs de civilisation, tombera, entre mésanges et chardonnerets, sur mon cordier d'aulne, par hasard, près d'un râteau pourri. Il le regardera fixement, le prendra à pleines mains, puis il ouvrira mon petit cahier à souvenirs. Il grattera une corde, puis deux. Il aura les larmes aux yeux, s'apercevra qu'il a *l'oreille absolue*, celle qui entend le cristal d'âme. Et toutes les mélodies que j'ai inventées lui reviendront, qui célébraient des ferveurs désuètes. À son tour, il fredonnera la *Valse de l'adieu*, à son tour il en sortira des accords de feu.

Je rêve qu'il gravisse à pas lents, à travers les fougères du bocage, le violondaulne en bandoulière, une petite colline de bois mort et de moignons insignifiants qui sont toute la grandeur d'un petit peuple oublié. Là-haut, j'imagine qu'il tirera de ma table d'harmonie les chants éternels au fil des confidences ultimes sur les ardeurs déchues, et que les tendresses d'antan flotteront, le soir, à la luciole, dans le souffle léger du vent de galerne, pliant les herbes folles et caressant la frimousse des derniers rescapés de nos ultimes fidélités.

Je m'endors. Je laisse mon violondaulne et mon carnet de plein vent à qui les trouvera. Et j'emporte avec moi un monde aboli. Adieu.

Jean Rogronille
Grange de Mortemer, Boulogne,
le 1er décembre 1853.

Bibliographie

Archives

Campagnes de Vendée. François Genet (1759-1813), commandant de la place et de l'arrondissement militaire de Port-fidèle (Saint-Gilles), an III-an VI, Archives départementales de la Vendée.

« Charles Auguste Jean Baptiste Louis Joseph Bonnamy de Bellefontaine », dans *Dictionnaire biographique des Vendéens*, Archives départementales de la Vendée.

« La Vendée, les loups, La Roche-sur-Yon ! Rapport de Cavoleau, secrétaire général de la préfecture, à Merlet, préfet de la Vendée, 7 nivôse an XI ou 28 décembre 1802 », Archives départementales de la Vendée, 1 Num 110/14, dans *Les Archives personnelles du préfet Merlet* (1 Num 110).

« Liste des grognards vendéens », Archives départementales de la Vendée.

« Remerciements du général Bonnamy au préfet pour la mairie de La Flocellière », Archives départementales de la Vendée, 1807.

AUDE, Léon, « Études historiques et administratives sur la Vendée. La Flocellière », dans *Annuaire départemental de la Société d'émulation de la Vendée*, 1857, 1re série, vol. 4, p. 263-306, p. 312-316, Archives départementales de la Vendée.

GOUTECAGNON, « Le synode du Poiré-sur-Vie, 4 août 1795 », Archives départementales de la Vendée, 4 NUM 81/11, 1890 (2e livraison), p. 100-208.

GUERRY DE BEAUREGARD, Amblard de, « L'arrestation et l'évasion de madame de La Rochejaquelein au château de Landebaudière (Vendée) en 1831, documents inédits », *Revue du Bas-Poitou*, 1939, p. 16-32, p. 169-189, Archives départementales de la Vendée, 4 Num 81/200, 1939 (1re livraison).

HECKMANN, Thierry, « 1804, la foi d'un Vendéen », dans *Catholiques en Vendée*, n° 25, 19 avril 2011, p. 22-23, Archives départementales de la Vendée.

VALLETTE, René, « Le centenaire de 1812. Un héros vendéen de la Moskowa, le général Bonnamy de Bellefontaine », *Revue du Bas-Poitou*, 1912, p. 348-354, Archives départementales de la Vendée.

VILLIERS, Caroline de, *Notre ancêtre russe, Nadine Swetchine*, 2008.

VILLIERS, Marie de, *Madame de Montsorbier, « grande dame du Bas-Poitou »*, Deug II Histoire, 2002, Institut catholique d'études supérieures, Éditions du Grand Libaü.

LA VENDÉE AU TEMPS DE NAPOLÉON

La Vendée. Après la Terreur, la reconstruction, actes du colloque tenu à La Roche-sur-Yon du 25 au 27 avril 1996, Éditions Perrin, Paris, 1997.

Recherches vendéennes, n° 24, « Destins de Vendée sous la Révolution et l'Empire », 2019 [Société d'émulation de la

Vendée, Centre vendéen de recherches historiques, La Roche-sur-Yon].

BILLAUD, Auguste, *La Vendée sous le Directoire*, Éditions Lussaud, Fontenay-le-Comte, 1949.

Napoléon Bonaparte et la Vendée, catalogue d'exposition, Somogy Éditions d'art/Conseil général de la Vendée, Paris/La Roche-sur-Yon, 2004.

BRUNETIÈRE, Henry, *La Ville de Napoléon : La Roche-sur-Yon, 1804-1870*, Éditions d'Orbestier, Saint-Sébastien-sur-Loire, 2006, p. 103-106.

DUROISEL, Napoléon-Georges, *Résumé de l'historique du 93e régiment d'infanterie, Ancien Enghien et 18e Léger*, Vve E. Ivonnet, La Roche-sur-Yon, 1891.

GABORY, Émile, *Napoléon et la Vendée*, Éditions Perrin, Paris, 1914.

LA TOUSCHE, Jean de, *Messieurs de La Rochejaquelein*, Éditions Perrin, Paris, 1998.

LÉVÊQUE, Roger, *Napoléon, ville de Vendée. La naissance de La Roche-sur-Yon*, Centre vendéen de recherches historiques, La Roche-sur-Yon, 1998.

LOUIS, Eugène, « Visites souveraines et princières : quelques pages de l'histoire de La Roche-sur-Yon », *Revue du Bas-Poitou*, 1897, p. 119-145.

MERCIER DU ROCHER, André Charles François, *Napoléon et les Vendéens. Journal inédit de Mercier du Rocher, 1799-1816*, éd. Alain GÉRARD, Centre vendéen de recherches historiques, La Roche-sur-Yon, 2004.

WISMES, Armel de, *Histoire de la Vendée*, France-Empire, Paris, 1994.

Vie quotidienne en Vendée au xixe siècle

Il était une Oie, 1895-1995, Mairie de L'Oie, L'Oie, 1995.

Les Sous-bois et leurs mystères, Éditions Atlas, Paris, 1990.

Lettres d'un paysan de la Vendée à ses frères du bocage, de la plaine et du marais, [?], Luçon, 1871.

Aujard, Robert, *Fontenay-le-Comte : capitale du Bas-Poitou, ville millénaire,* préface de Philippe de Villiers, [R. Aujard], Fontenay-le-Comte, 1987.

Barbarit, Louis, *Jadis en Vendée. Vie quotidienne et coutumes au début du xxe siècle*, L'Étrave/La Fin de la Rabinaïe, Verrières/[Les Herbiers], 2009.

Bedon, Maurice, *La Vendée disparue*, 2 vol., Alan Sutton, coll. « Mémoires en image », Saint-Cyr-sur-Loire, 2007.

—, *Le Canton de Chantonnay : son histoire, ses monuments*, [Ville de Chantonnay], [Chantonnay], 1981.

Billaud, Auguste, « Le général Bonnamy », dans *Histoire religieuse de La Flocellière*, Impr. J. Cadix, Luçon, [s.d.], note IV, p. 347-353.

—, *Histoire religieuse du Boupère*, Impr. Rezeau, Luçon, 1967.

Boudaud, Michel, *Cinq siècles d'histoires dans une famille vendéenne*, Éditions Hérault, [Maulévrier], 2001.

Boutin, Émile, *Fontenay-le-Comte, inventaire des constructions anciennes et des curiosités de la commune*, Impr. Lussaud Frères, Fontenay-le-Comte, 1995.

Brekilien, Yves, *Les Paysans bretons au xixe siècle* [Éditions La Vie quotidienne, 1966], Hachette, Paris, 2010.

Chabot, Françoise de, *Un canton du bocage vendéen. Souvenirs de la Grande Guerre* [1891], Éditions Hérault, Maulévrier, 1979.

CHABOT, comte Paul de, *Paysans vendéens*, Les Éditions du Choletais, Cholet, 1892.

CHAUVET, Jacques, *Creux d'histoires. Brèves chroniques vendéennes*, Le Lys et le Lin Éditions, [Les Épesses], 2020.

COURSAUD, Jean-Claude, GUILLON, Jean, et MAR, Daniel, *Gens du bord de Sèvre. Un certain regard sur le marais poitevin*, [D. Mar], Niort, 1979.

DABRETEAU, Armand, *Les Brouzils, 1774-1799. Au pays de Montaigu, Vendée...*, Éditions Hérault, [Maulévrier], 1991.

DU GUERNY, Yves, avec la collaboration de Gilles de Maupeou, *Dictionnaire topographique, historique et géographique de la Vendée*, préface de Louis Chaigne, Impr. H. Rezeau, Luçon, 1959.

GAUTIER, Michel, *La Vendée mystérieuse*, Geste Éditions, La Crèche, 2015.

—, *Amours d'autrefois. Rites des fréquentations amoureuses en Vendée, avant le mariage*, Geste Éditions, La Crèche, 1998.

— et GAUVRIT, Dominique, *Une autre Vendée. Témoignages d'une culture opprimée recueillis en Bas-Poitou*, Éditions Le Cercle d'Or, Les Sables-d'Olonne, 1981.

GÉRARD, Alain, *Vendée*, Éditions de L'Étrave/Fromentine, Igé, 1993.

GERMAIN, Pierre, *La Flocellière. Témoignage*, s.n., s.l., 2010.

GOUE, Alain de, *Monographie de Saint-Sulpice-le-Verdon*, M. Bidault, Luçon, 1913, Gallica, bnf.fr.

GUERRY, Amblard de, *Chavagnes, communauté vendéenne*, Privat, Toulouse, 1988.

GUICHETEAU, René, *Les Lettres de mes moulins*, s.n., La Roche-sur-Yon, 1990.

HÉRAULT, Laurence, *Être femme, devenir homme. Rites du cours de la vie dans le Haut-Bocage vendéen*, Mission du patrimoine ethnologique, Ministère de la Culture, Paris, octobre 1987.

—, « La cheville et le brandon. Rituels de fiançailles et de mariage dans le Haut-Bocage vendéen », *Terrains*, n° 8, 1987, p. 42-51.

HUMBERT, Raymond, *Le Sabotier*, Berger-Levrault, coll. «Métiers d'hier et d'aujourd'hui », Paris, 1979.

JOHANET, Auguste, *La Vendée à trois époques, de 1793 jusqu'à l'Empire (1815-1832)*, 2 vol., Dentu, Paris, 1840.

LA CHESNAYE, Jehan de, *Le Vieux Bocage qui s'en va. Notes de folklore et de traditionnisme*, Impr. Lafolye frères, Vannes, 1911.

LE CLÈRE, Bernard, *Louis Chicoillet de Corbigny, 1771-1811, préfet de Loir-et-Cher : recherches sur l'administration préfectorale et la vie d'un département sous le Consulat et l'Empire*, thèse d'État en Droit sous la dir. de Romuald Szramkiewicz, Université Paris I Panthéon-Sorbonne, 1984.

LEGRAND, Paul, *Notes historiques sur la paroisse de La Gaubretière (1793-1815-1832)*, augmentées de dessins par Majo Marchand, Éditions Hérault, Maulévrier, 1983.

LEMESLE, André, *La Vendée des Moulins*, Éditions Le Cercle d'Or, Les Sables-d'Olonne, 1989.

LEVESQUE, Richard (dir.), *La Musique des pierres. Un instrumentarium roman dans l'abbaye de Nieul-sur-l'Autise*, Conseil général de la Vendée, La Roche-sur-Yon, [2004].

LIBAUDIÈRE, Félix, *Histoire de Nantes sous le règne de Louis-Philippe, avec un aperçu de la situation de Nantes à la fin du règne de Charles X* [Biroché et Dautais, Nantes, 1900], Hachette/BnF, Paris, 2012, p. 64-85.

MARION, Marcel, *La Vente des biens nationaux pendant la Révolution, avec étude spéciale des ventes dans les départements de la Gironde et du Cher, 1857-1950*, Champion, Paris, 1908.

MAUPILIER, Maurice, *Des Étoiles au Lion d'or. Saint-Fulgent, sur la « route royale »*, Éditions Hérault, Maulévrier, 1989.

—, *Louis-Marie Baudouin, prêtre (1765-1835) et ses disciples. Une famille religieuse dans l'Église*, [P. Remaud], [Paris], 1973.

MENARD, Cécile, *Contes et légendes de Vendée*, Éditions Ouest-France, Rennes, 2001.

MERCIER, Claude, *Feuilles au vent de mon humeur. Mes éditos de* La Fin de la Rabinaïe, L'Étrave, Verrières, 2008.

MICHAUD, Pierre (abbé), *Vie du vénérable Louis-Marie Baudouin*, S. Pacteau, Luçon, 1903.

NELSON, Nathalie, SAINT-VIC, Valentin, TALLONNEAU, Paul, ROUILLÉ, Joseph, *et al.*, *Hauts lieux de Vendée*, photographies Yvan Tenailleau, Société des écrivains de Vendée, Le Poiré-sur-Vie, 1987.

PEREIRA, Carlos, *Des origines du baudet du Poitou. Le commerce d'ânes et de mulets entre le Poitou et la péninsule Ibérique, et plus particulièrement le Portugal, du Moyen Âge à la fin du XIXe siècle*, Geste Éditions, [La Crèche], 2009.

PERTON, Hervé, *Les Herbiers autrefois. 20 siècles d'histoire locale*, H. Perton, [Les Herbiers], 2019.

RÉAU, Marie-Thérèse, *Fontenay-le-Comte, capitale du Bas-Poitou. Urbanisme et architecture, XVe-XIXe siècle*, Éditions 303, Nantes, 2008.

RICOT, Philippe, *Les Herbiers, un gros bourg vendéen au XVIIIe siècle sous la Révolution. Blancs et Bleus durant l'insurrection*, Ouest Éditions, Nantes, 1994.

ROUILLÉ, Jacques, *La Vendée d'autrefois, de 1800 à 1930. Images retrouvées de la vie quotidienne*, Horvath, Lyon, 1995.

—, *Légendes et récits de Vendée*, illustrations de Jean Bouron, Nature et Bretagne, Spezet, 4e éd., mai 1993.

ROUSSEAUX, Éric, *Le Baudet du Poitou, le trait poitevin mulassier et la mule poitevine. Les acteurs d'une industrie mulassière autrefois réputée dans le monde entier*, Geste Éditions, La Crèche, octobre 2011.

SARRAZIN, Jean-Luc (dir.), *La Vendée : des origines à nos jours*, Éditions Bordessoules, coll. « L'Histoire par les documents », Saint-Jean-d'Angély, 1982.

SUYROT DU CHAFFAUT, comte de, *Brièvetés sur la Vendée*, Imprimerie Verrier, Les Herbiers, 1986.

VAILLANT, Constant, *Cerisay, ville historique et martyre*, 2 vol., Éditions Hérault, Maulévrier, 1980-1981.

VINCENT, Jean, *Chapelles. Les Herbiers*, L'Héritage (association de conservation et promotion du patrimoine herbretais), Les Herbiers, 2007.

—, *Moulins des Herbiers, vestiges des moulins à vent*, recherche historique, juillet 2002.

VITAL, Christophe, et LOISEAU, Marie-Élisabeth (dir.), *L'Agriculture en terre vendéenne, de l'Empire à la seconde guerre mondiale, 1800-1945*, catalogue d'exposition, Somogy Éditions d'art/Conseil général de la Vendée, Paris/La Roche-sur-Yon, 2011.

VITAL, Christophe, et BERTRAND, Jean-Pierre, *Le Mobilier maraîchin*, Centre de découverte du marais breton vendéen, La Barre-des-Monts, 1983.

VRIGNAUD, Marguerite (sœur), *La Vendée aux lèvres closes. Pierre Monnereau, le saint oublié (1787-1856)*, préface d'Alain Gérard, Centre vendéen de recherches historiques, La Roche-sur-Yon, 1998.

La Vendée militaire

Bonchamps, Marie Marguerite Renée de, *Mémoires de madame la marquise de Bonchamps sur la Vendée, [rédigés par Mme la comtesse de Genlis], [présentés et annotés par Alain Gaillard]*, Éditions La Chouette de Vendée, Saint-Martin-des-Noyers, 2018.

Bouchaud, Jean-Yves, *Mémoires de guerre d'un paysan vendéen*, Les Éditions du pêcheur, Champtoceaux, 2016.

Charpentier, Ferdinand, *D'Elbée, généralissime des armées vendéennes* [1905], *1752-1794*, Éditions Pays & Terroirs, Cholet, 2006.

Crétineau-Joly, Jacques, *Histoire de la Vendée militaire* [1896], Éditions Montpensier, Paris, t. IV et t. V, 1973.

La Petite Église

Union pour la culture populaire en Poitou, Charente, Vendée, *La Petite Église : deux siècles de dissidence,* UPCP-Geste Paysanne, Prahecq, 1987.

Billaud, Auguste, *La Petite Église dans la Vendée et les Deux-Sèvres (1800-1830),* Nouvelles éditions latines, Paris, 1962.

Coutant de Saisseval, Guy, *La Petite Église du bocage vendéen, une survivance de la guerre de Vendée*, Éditions Hérault, Maulévrier, 1987.

DROCHON, Jean-Emmanuel B. (R. P.), *La Petite Église. Essai historique sur le schisme anticoncordataire*, Maison de la Bonne Presse, Paris, 1894.

JANSSEN, Guy, *La Petite Église en 30 questions*, Geste Éditions, La Crèche, 1999.

NAPOLÉON

BRUNON, J. et BÉNIGNI, P., *Bonaparte et son armée après Marengo. XXII miniatures originales peintes sous le Consulat*, Bibliothèque Raoul et Jean Brunon, Château de l'Empéri, Salon-de-Provence, [1970 ?].

CASTELOT, André, *Bonaparte*, Éditions Rombaldi, coll. « Révolutions et Empires », Paris, 1974.

FLEISCHMAN, Théo, *Napoléon et la musique*, préface d'Emmanuel Bondeville, Brepols, coll. « Au cœur de l'histoire », Bruxelles/Paris, 1965.

GALLO, Max, *Napoléon. L'immortel de Sainte-Hélène*, Robert Laffont, Paris, 1997.

GUENIFFEY, Patrice, *Napoléon et de Gaulle. Deux héros français*, Éditions Perrin, coll. « Tempus », Paris, 2020.

LENTZ, Thierry, *Napoléon. Dictionnaire historique*, Éditions Perrin, Paris, 2020.

TULARD, Jean, (dir.), *L'Europe au temps de Napoléon*, Éditions du Cerf, Paris, 2020.

—, *De Napoléon et de quelques autres sujets. Chroniques*, Tallandier, Paris, 2019.

—, *Napoléon, chef de guerre*, Tallandier, coll. « Texto », Paris, 2015.

—, *Dictionnaire amoureux de Napoléon*, dessins d'Alain Bouldouyre, Plon, Paris, 2012.

— (dir.), *La Berline de Napoléon. Le mystère du butin de Waterloo*, Albin Michel, Paris, 2012.

— *Napoléon, ou le Mythe du sauveur*, Fayard, Paris, nouv. éd. revue et complétée, 1987.

La Grande Armée

Fanfares et musiques des troupes à cheval (1640-1940), collection du commandant E.-L. Bucquoy, rééd. par le lt-colonel L.-Y. Bucquoy et Guy Devautour, Jacques Grancher Éditeur, coll. « Les uniformes du Premier Empire », Paris, 1985.

Beulay, Honoré, *Mémoires d'un grenadier de la Grande Armée (18 avril 1808-10 octobre 1816), de la Beauce à l'Oural par la Bérézina, et d'Oufa à Ouzouer-le-Doyen, par Honoré Beulay, du 36e de ligne ; préface du commandant Driant (capitaine Danrit) ; dessins de Joseph Beulay*, Éditions H. Champion, Paris, 1907.

Bourgogne, Adrien, *Mémoires du sergent Bourgogne (1812-1813)*, publié d'après le manuscrit original par Paul Cottin, Hachette et Cie, Paris, 2e éd., 1898.

Caulaincourt, Armand Louis Augustin de, *Mémoires du général de Caulaincourt, duc de Vicence, grand écuyer de l'Empereur*, introduction et notes de Jean Hanoteau, 3 vol., Plon et Nourrit, Paris, 1933, Gallica, bnf.fr.

Charles, François, *Le Journal d'un officier français, ou les Cahiers du capitaine François (1792-1815), publié par Maurice Thiéry* [1905], Maison Alfred Mame et fils, Tours, 1913, Gallica, bnf.fr.

CHOURY, Maurice, *Les Grognards et Napoléon*, Éditions Perrin, Paris, 1968, Gallica, bnf.fr.

COIGNET, Jean-Roch (capitaine), *Cahiers*, préface de Jean Mistler, avant-propos de Christophe Bourachot, Arléa, coll. « Arléa. Poche », Paris, 2021.

DAMAMME, Jean-Claude, *Les Soldats de la Grande Armée*, Éditions Perrin, coll. « Tempus », Paris, 2008.

DUCQUE, Gaspard (sous-lieutenant), *Journal de marche du sous-lieutenant Ducque*, suivi de VON ROOS, Heinrich, *Souvenirs d'un médecin de la Grande Armée*, éd. Laurent Nagy, La Vouivre, Paris, 2004.

GIRAULT, Philippe-René, *Les Campagnes d'un musicien d'État-Major pendant la République et l'Empire (1791-1810)*, introduction par Frédéric Masson, Librairie Paul Ollendorff, Paris, 2e éd., 1901.

GRIOIS, Lubin (général), *Mémoires du général Griois (1792-1822), publ. par son petit-neveu [Léon Griois], avec introd. et notes par Arthur Chuquet...*, Plon-Nourrit, Paris, 1909.

KRETTLY, Élie (capitaine), *Souvenirs historiques du capitaine Krettly, ancien trompette major des guides d'Italie..., devant fournir quelques documens importans aux écrivains qui feront l'histoire du Midi pendant les Cent-Jours, par F. Grandin...*, Biard, Paris, 1838, Gallica, bnf.fr.

MEYER, Jakob, *Jakob Meyer, soldat de Napoléon. Mes aventures de guerre, 1808-1813*, éd. et trad. Ernest Kallmann et Françoise Lyon-Caen, Éditions Autrement, coll. « Mémoires : histoire au singulier », Paris, 2009.

MIR, Jean-Pierre, *Les Soldats de l'Empire au quotidien*, Archives & Culture, coll. « Vie d'autrefois », Paris, 2007.

PETITEAU, Natalie, *Lendemains d'Empire. Les soldats de Napoléon dans la France du XIXe siècle* [2003], Les Indes savantes, Paris, 2022.

PEYRUSSE, Guillaume, *Lettres inédites du Bon Guillaume Peyrusse, écrites à son frère André, pendant les campagnes de l'Empire, de 1809 à 1814, publiées d'après les manuscrits originaux, avec une notice sur Peyrusse, par Léon-G. Pélissier*, Éditions Perrin, Paris, 1894, Gallica, bnf.fr.

PIGEARD, Alain, *La Garde impériale (1804-1815)*, Tallandier, coll. « Bibliothèque napoléonienne », Paris, 2005.

RICOME, Jean Baptiste, *Journal d'un grognard de l'Empire*, présenté par Jacques Garnier, préface de Jean Tulard, Presses du CNRS, Paris, 1988.

SAINT-HILAIRE, Émile Marco de, *Histoire anecdotique, politique et militaire de la Garde impériale*, E. Penaud, Paris, 1847, Gallica, bnf.fr.

LA CAMPAGNE DE RUSSIE

BEAUVOLLIER, comte Pierre-Louis de, *Mémoires sur l'expédition de Russie : relation particulière et anecdotique*, dans *Mémoires secrets et inédits pour servir à l'histoire contemporaine..., recueillis et mis en ordre par M. Alph. de Beauchamp*, Vernarel et Tenon, Paris, t. I, 1825, Gallica, bnf.fr.

BOUDON, Jean-Olivier, *Napoléon et la campagne de Russie* [2012], t. I, *1812*, t. II, *Les Cent-Jours, 1815*, Éditions Dunod, coll. « Ekho », Malakoff, 2021.

BREGEON, Jean-Joël, *1812. La paix et la guerre*, Éditions Perrin, Paris, 2012.

CASTELOT, André, *La Campagne de Russie : 1812*, Éditions Perrin, Paris, 1991.

CATE, Curtis, *La Campagne de Russie : 22 juin-14 décembre 1812. Le tombeau de la Grande Armée*, trad. Claude Yelnik et et Jean d'Hendecourt, Tallandier, coll. « Texto », Paris, 2012.

CAULAINCOURT, Armand Louis Augustin de (général), *En traîneau avec l'Empereur*, éd. Christophe Bourachot, Arléa, coll. « Arléa. Poche », Paris, 2002.

CHÉRON, Alexandre de, *Mémoires inédits sur la campagne de Russie*, éd. Robert de Vaucorbeil, Éditions Teissèdre, coll. « Collection du Bicentenaire de l'épopée impériale », Paris, 2001.

COIGNET, Jean-Roch (capitaine), *Souvenirs d'un vieux grognard*, J. Tallandier, Paris, 1912.

DUJIN, Nicolas, *La Campagne de Russie*, Ellipses, coll. « Biographies et mythes historiques », Paris, 2017.

GAZO, Jean, *Mémoires sur l'expédition de Russie*, dans *Mémoires secrets et inédits pour servir à l'histoire contemporaine..., recueillis et mis en ordre par M. Alph. de Beauchamp*, Vernarel et Tenon, Paris, t. II, 1825, Gallica, bnf.fr.

LABAUME, Eugène, *Relation circonstanciée de la campagne de Russie, suivie de l'État sommaire des forces de l'Armée française pendant cette campagne*, CLF Panckoucke, Paris, 3e éd., 1814, Gallica, bnf.fr.

LARREY, Dominique-Jean, *Mémoires de chirurgie militaire et campagnes, 1812-1817*, 4 vol., J. Smith, Paris, 1812-1817, Gallica, bnf.fr.

LIEVEN, Dominic, *La Russie contre Napoléon*, trad. Antonina Roubichou-Stretz, Éditions des Syrtes, Paris, 2012.

MADELIN, Louis, *Histoire du Consulat et de l'Empire*, Hachette, Paris, t. XII, *La Catastrophe de Russie*, 1949.

MAJOU, Louis Jacques Luc (colonel), *Journal du colonel Majou (mars-novembre 1812), publié par gaston Duval*, A. Fontemoing, Paris, [1899], Gallica, bnf.fr.

MONTESQUIOU-FEZENSAC, Raymond de, *Journal de la campagne de Russie en 1812*, Maison Alfred Mame et fils, Tours, 1849, Gallica, bnf.fr.

REY, Marie-Pierre, *L'Effroyable tragédie. Une nouvelle histoire de la campagne de Russie*, Flammarion, coll. « Au fil de l'histoire », [Paris], 2012.

ROSTOPTCHINE, Fedor, *La Vérité sur l'incendie de Moscou* [1823], *suivi de ses réfutations françaises*, dossier historique Natalia Griffon de Pleineville, Éditions L'Esprit du temps, Bègles, 2021.

ROY, Just Jean Étienne, *Les Français en Russie. Souvenirs de la campagne de 1812 et de deux ans de captivité en Russie*, Maison Alfred Mame et fils, Tours, 1856, Gallica, bnf.fr.

SÉGUR, comte Philippe de (général), *Histoire de Napoléon et de la Grande Armée pendant l'année 1812*, Éditions A. Lacrosse, Bruxelles, 1825, Gallica, bnf.fr.

—, *La Campagne de Russie*, Éditions R. Simon, Paris, 1936.

SIGNOLI, Michel, VETTE, Thierry, DUTOUR, Olivier, *et al.* (dir.), *Les Oubliés de la retraite de Russie. Vilna 1812-Vilnius 2002*, Éditions Teissèdre, Paris, 2008.

SOMMIER, Benoît, et CHEVALLIER, Bernard, *La Campagne de Russie : la Moskowa*, illustrations Philippe Munch, Christophe Simon et Philippe Werner, Le Rubicon Éditeur, coll. « L'épopée impériale », Issy-les-Moulineaux, 2013.

SURUGUE, Adrien (abbé), *Lettres sur l'incendie de Moscou, écrites de cette ville au R. P. Bouvet...*, Éditions Plancher, Paris, 2e éd., 1823, Gallica, bnf.fr.

TARLE, Eugène, *La Campagne de Russie : 1812*, trad. Marc Slonim, Éditions Gallimard, [Paris], 1950.

TESSON, Sylvain, *Berezina*, Éditions Gallimard, coll. « Folio », Paris, 2015.

WALTER, Jakob, *Les Mémoires de Jakob Walter. 1812 : la marche en Russie des fantassins wurtembergeois au service de l'Empire*, éd. et trad. Jean Dif, Éditions Teissèdre, Paris, 2003.

PRISONNIERS EN RUSSIE

Mémoires et lettres de soldats français. Combats et captivité en Russie : extraits du Carnet de la Sabretache*, années 1906, 1908 et 1914-1919*, Éditions Teissèdre, coll. « Collection du Bicentenaire de l'épopée impériale », Paris, 1999.

BENARD, Charles (sergent), *Souvenirs de 1812. Un prisonnier français en Russie* [revue *La Giberne*, 1904-1909], Fondation Napoléon, Paris [en ligne : https://fondationnapoleon.org/en/oeuvre/sergent-benard-souvenirs-de-1812-un-prisonnier-francais-en-russie/].

BENOIT, Philippe, *Retour dans sa patrie d'un Français, prisonnier de guerre en Russie, après les Cent-Jours...*, G. Rossary, Lyon, 1830, Gallica, bnf.fr.

BERNARD, Léonce, *Les Prisonniers de guerre du Premier Empire*, Éditions Christian, Paris, 2000.

FUZELLIER, Désiré, *Journal de captivité en Russie, 1813-1814*, Éditions du Griot, Boulogne, 1991.

SÉRANG, marquis de, *Les Prisonniers français en Russie. Mémoires et souvenirs de M. le marquis de Sérang, maréchal-de-camp, recueillis et publiés par M. de Puibusque...*, Arthus Bertrand, Paris, 1837, Gallica, bnf.fr.

VIEILLOT, Rodolphe, *Souvenirs d'un prisonnier en Russie pendant les années 1812, 1813, 1814*, présentés par Sandrine Crochard, préface de Jean Tulard, avant-propos de Claude Denis-Massé, Éditions Bertout, Luneray, 1996.

La duchesse de Berry

Agoult, Marie de Flavigny, comtesse d', *Mémoires, souvenirs et journaux de la comtesse d'Agoult*, éd. Daniel Stern, présentation et notes de Charles F. Dupêchez, Mercure de France, coll. « Le Temps retrouvé », Paris, 1990.

Becquet, Hélène, et Malandain, Gilles, *Une princesse au cœur des révolutions : la duchesse de Berry (1798-1870)*, 2013 [en ligne : https://halshs.archives-ouvertes.fr/halshs-01304321/document].

Blanc de Saint-Bonnet, Antoine, *La Légitimité*, Vve H. Casterman, Tournai, 1873, Gallica, bnf.fr.

Boigne, Éléonore-Adèle d'Osmond, comtesse de, *Mémoires de la comtesse de Boigne, née d'Osmont : récits d'une tante*, éd. présentée et annotée par Jean-Claude Berchet, t. I, *Du règne de Louis XVI à 1820*, t. II, *De 1820 à 1848*, Mercure de France, [Paris], 1979.

Bordonove, Georges, *Le Chevalier Du Landreau*, Robert Laffon, Paris, 1970.

Bregeon, Jean-Joël, *La Duchesse de Berry*, Tallandier, Paris, 2009.

Caso, Jacques de, Bellenger, Sylvain, Becquet, Hélène, *et al.*, *Félicie de Fauveau, l'amazone de la sculpture*, catalogue d'exposition [présentée aux Lucs-sur-Boulogne, Historial de la Vendée, 16 février-19 mai 2013 et à Paris, Musée d'Orsay, 10 juin-15 septembre 2013], Éditions Gallimard, Paris, 2013.

Castelot, André, *La Duchesse de Berry*, illustrations de Jacques Pecnard, Éditions GP, Paris, 1968, Gallica, bnf.fr.

Courson, Adrien de, *Le Dernier Effort de la Vendée (1832)*, d'après des documents inédits, Émile-Paul Éditeur, Paris, 1909, Gallica, bnf.fr.

CURZON, Hilaire de, *De la légitimité*, Société française d'imprimerie, Poitiers, 1910, Gallica, bnf.fr.

DERMONCOURT, Paul Ferdinand Stanislas (général), *La Vendée et Madame, 2e édition véritable, revue, corrigée et augmentée du double, sur des notes authentiques communiquées à l'auteur depuis la première*, L.-F. Hivert, Paris, 1834, Gallica, bnf.fr.

DUPLAND, Edmond, *Marie-Caroline, duchesse de Berry*, Éditions France-Empire, Paris, 1996, Gallica, bnf.fr.

GABORY, Émile, *Les Bourbons et la Vendée, d'après des documents inédits*, Éditions Perrin, Paris, 1947.

HECKMANN, Thierry, « *Dieu et le Roi !* La Vendée légitimiste au milieu du XIXe siècle », dans *Christianisme et Vendée. La création au XIXe d'un foyer du catholicisme*, actes du colloque tenu à La Roche-sur-Yon du 22 au 24 avril 1999, Centre vendéen de recherches historiques, La Roche-sur-Yon, 2000, p. 453-480.

HILLERIN, Laure, *La Duchesse de Berry. L'oiseau rebelle des Bourbons*, Flammarion, [Paris], 2010.

LA ROCHEFOUCAULD-DOUDEAUVILLE, Louis François Sosthène de, *Mémoires de M. de La Rochefoucauld, duc de Doudeauville*, Michel-Lévy frères, Paris, t. XI, 1863.

LA ROCHEJAQUELEIN, Marie Louise Victoire de Donnissan, marquise de, *Mémoires de la marquise de La Rochejaquelein, écrits par elle-même, et rédigés par M. de Barante*, Beaudoin frères, Paris, 1823, Gallica, bnf.fr.

Mémoires de la marquise de la Rochejaquelein, éd. présentée par Alain Gérard, Centre vendéen de recherches historiques, coll. « Mémoire de Vendée », La Roche-sur-Yon, 2010.

MORIVAL, Laurent, « Le légitimisme en Vendée (1830-1840). Actions, organisations, répressions », thèse de doctorat en Histoire sous la dir. de Jean-Clément Martin, soutenue en 2000, à Nantes, voir *Revue d'histoire du XIXe siècle*, n° 22, 2001/1.

ROHAN-CHABOT, Alix de, *Madame de La Tour du Pin. Le talent du bonheur*, Éditions Perrin, [Paris], 1997.

ROUCHETTE, Thérèse, *La Folle Équipée de la duchesse de Berry : Vendée, 1832*, préface d'Alain Gérard, Centre vendéen de recherches historiques, La Roche-sur-Yon, 2004.

VITAL, Christophe, LEGAL, Pierre, ROUCHETTE, Thérèse, *et al.*, *Félicie de Fauveau et la Vendée*, catalogue d'exposition [présentée aux Lucs-sur-Boulogne, Historial de la Vendée, 16 février-19 mai 2013 et à Paris, Musée d'Orsay, 10 juin-15 septembre 2013], Somogy/Conseil général de la Vendée, Paris/La Roche-sur-Yon, 2013.

WARESQUIEL, Emmanuel de, *Une femme en exil. Félicie de Fauveau, artiste, amoureuse et rebelle*, Robert Laffont, Paris, 2010.

MUSIQUE POPULAIRE

En Bretagne et Poitou. Chants populaires du comté nantais et du Bas-Poitou, recueillis entre 1856 et 1861 par Armand Guéraud, éd. critique Joseph Le Floch', 2 vol., FAMDT Éditions, Saint-Jouin-de-Milly, 1995.

BARDON, Gérard, et RIBOUILLAULT, Claude, *Almanach de la chanson populaire, de la musique et de la danse*, Éditions CPE, coll. « Almanachs terroirs de France », Paris, 2012.

DUNETON, Claude, *Histoire de la chanson française*, Éditions du Seuil, Paris, t. I, *Des origines à 1780*, t. II, *De 1780 à 1860*, 1998.

MABRU, Lothaire, MAZELLIER, Patrick, PAZZONI, Bernardu, CHARLES-DOMINIQUE, Luc, *et al.*, *Violon populaire. Le caméléon merveilleux*, Éditions Modal, Saint-Jouin-de-Milly, 2003.

MAUGIN, J.-C., et MAIGNE, W., *Nouveau manuel complet du luthier, ou Traité pratique et raisonné de la construction des instruments à cordes et à archet...* [1869], suivi du *Mémoire sur la construction des instruments à cordes et à archet, par F. Savart*, Roret, Paris, nouv. éd., 1894 [fac-similé Éditions Decoopman, Saint-Laurent-le-Minier, 2017].

RIBOUILLAULT, Claude, *Musique d'à bord. Au gré des flots, au fil de l'eau*, Éditions du Rouergue, [Arles], 2015.

—, *La Musique au fusil : avec les Poilus de la Grande Guerre*, Éditions du Rouergue, Rodez, 1996.

SIBIRE, Sébastien André (abbé), *La Chélonomie, ou le Parfait luthier* [1806], Minkoff, Genève, 1984.

TIXIER, Laurent, *Déculture et déconfiture. Itinéraire d'un artiste provincial de la fin du XXe siècle au début du XXIe siècle*, Éditions Charles Corlet, Condé-sur-Noireau, 2017.

—, *La Vielle en Vendée. Enquête sur un instrument de musique traditionnelle*, CAD, Savigny-sur-Orge, 1988.

TOLBECQUE, Auguste, *L'Art du luthier* [1903], Éditions Jeanne Laffitte, Toulouse, 2014.

FRÉDÉRIC CHOPIN

Frédéric Chopin. Exposition du centenaire, éd. Elisabeth Lebeau, avant-propos de Julien Cain, catalogue d'exposition, Bibliothèque nationale, Paris, 1949, Gallica, bnf.fr.

AUDLEY, Agathe, *Frédéric Chopin, sa vie et ses œuvres*, E. Plon et Cie, Paris, 1880.

BOURNIQUEL, Camille, *Chopin* [1957], Éditions du Seuil, coll. « Solfèges », Paris, nouv. éd. rev. et aug., 1994.

CLÉMENT, Jean-Yves, *Les Deux Âmes de Frédéric Chopin*, Le Passeur Éditeur, coll. « Sursum corda », [Magnanville], nouv. éd. rev. et aug., 2017.

EIGELDINGER, Jean-Jacques, *Frédéric Chopin*, Fayard/[Mirare], [Paris]/[Nantes], 2003.

—, *L'Univers musical de Chopin*, Fayard, Paris, 2000.

GIDE, André, *Notes sur Chopin* [1931], avant-propos de Michaël Levinas, Gallimard, [Paris], 2010.

LIZST, Franz, *Chopin*, préface de Pierre Brunel, Archipoche, Paris, 2010.

NIEMCEWICZ, Julian Ursyn, *La Vieille Pologne. Album historique et poétique, composé de chants et légendes...*, Treuttel et Wurtz/Bossange père [etc.], Paris, 1833, Gallica, bnf.fr.

PAZDRO, Michel, *Frédéric Chopin. « Chapeau bas, messieurs, un génie »*, Éditions Gallimard, coll. « Découvertes Gallimard », Paris, 1989.

POIRÉE, Élie, *Chopin. Bibliographie critique illustrée de douze reproductions hors texte*, Éditions Henri Laurens, coll. « Les musiciens célèbres », Paris, [s.d.].

POURTALÈS, Guy de, *Chopin, ou le Poète*, Éditions Gallimard, Paris, 1946.

ZIELIŃSKI, Tadeusz A., *Chopin : Sein Leben, sein Werk, seine Zeit*, Lübbe, Bergisch Gladbach, 1999.

ROMANS

BALZAC, Honoré de, *Adieu*, dans *La Comédie humaine*, éd. dir. Pierre-Georges Castex, Éditions Gallimard, coll. « Bibliothèque de la Pléiade », Paris, t. X, 1979.

—, *Le Colonel Chabert*, éd. critique avec une introduction, des variantes et des notes par Pierre Citron, Société des textes français modernes, Paris, 1961.

Diwo, Jean, *Les Violons du roi*, Éditions Gallimard, coll. « Folio », Paris, 1990.

Dumas, Alexandre, *Les Louves de Machecoul*, Éditions Alteredit, [Paris], 2007.

La Varende, Jean de, *Man' d'Arc*, Éditions B. Grasset, Paris, 1939.

Ragon, Michel, *Un rossignol chantait*, Albin Michel, Paris, 2001.

—, *Les Mouchoirs rouges de Cholet*, LGF, coll. « Le Livre de poche », Paris, 1986.

Tolstoï, Léon, *La Guerre et la Paix*, trad. Bernard Kreise, Points, coll. « Points. Signatures », Paris, 2010.

Revues et articles

La Fin de la Rabinaïe, 250 numéros (mars 1985-décembre 2007).

La Revue du Bas-Poitou (Fontenay-le-Comte), 72e année, no 3, mai-juin 1961.

—, 72e année, no 1, janvier-février 1961.

—, 71e année, no 3, mai-juin 1960.

—, 71e année, no 5, septembre-octobre 1960.

—, 70e année, no 2, mars-avril 1959.

—, 70e année, no 3, mai-juin 1959.

—, 70e année, no 1, janvier-février 1959.

Le Figaro – Histoire, no 20, juin-juillet 2015, « Waterloo, la chute de l'Aigle ».

—, n° 13, avril-mai 2014, « 1814 : Napoléon, la bataille de France ».

—, n° 1, avril-mai 2012,.« Les derniers secrets de la campagne de Russie ».

Le Figaro – Hors-Série, 2013, « Bonaparte en Égypte. Feu et lumières ».

—, 2012, « Napoléon, le songe de l'Empereur ».

—, 2004, « Bonaparte, la symphonie héroïque ».

Napoléon Ier. Le magazine du Consulat et de l'Empire, n° 19, mars-avril 2003, « Napoléon et les grognards ».

CHATRY, Michel, « Le fabuleux destin d'Élisabeth de Montsorbier », *Revue du Souvenir vendéen*, n° 218, mars 2002.

FERON, Frédérique, « Les folles histoires de l'histoire de France. La duchesse de Berry, aristocrate star et putchiste ratée », *Paris Match*, 19 août 2014 [en ligne : https://www.parismatch.com/Royal-Blog/La-duchesse-de-Berry-aristocrate-star-et-putchiste-ratee-582020].

HOUDECEK, François, « Le gouvernement de Louis XVIII et le retour des prisonniers de guerre français en Russie (1814-1816) », *Napoleonica. La revue*, n° 21, mars 2014, p. 45-73.

DIVERS

ALMÉRAS, Henri d', *La Vie parisienne sous la Restauration*, Albin Michel, Paris, 1910, Gallica, bnf.fr.

FRAPPAZ, Z. (abbé), *Vie de l'abbé Nicolle, vicaire général et chanoine honoraire de Paris*, Jacques Lecoffre et Cie, Paris, 1857, Gallica, bnf.fr.

GEORGEL, Jean-François, *Voyage à Saint-Pétersbourg en 1799-1800, ... par feu M. l'abbé Georgel, ... publié par M. Georgel, neveu de l'auteur*, A. Aymery, Paris, 1818.

REDIER, Antoine, *La Guerre des femmes. Histoire de Louise de Bettignies et de ses compagnes*, Éditions de la Vraie France, Paris, 1929.

Remerciements

Pour écrire cette histoire, et en retrouver le suc, j'ai pris mon temps… Je suis allé partout, sur les lieux… J'ai retrouvé, humé, respiré les chemins, les demeures, les vestiges des bourgs et villages où les événements passés affleurent encore malgré l'usure du temps.

J'ai consulté les archives – y compris et d'abord celles de ma propre famille –, j'ai interrogé les descendants et collatéraux des témoins.

Puis j'ai éprouvé le besoin de m'initier aux arts ménestriers et buissonniers, non pas seulement d'une manière livresque mais par une initiation pratique, comme un jeune compagnon des anciennes corporations, qui découvre un métier en suivant un apprentissage accéléré. Je suis allé voir plusieurs maîtres luthiers de renom et quelques maîtres ès-patrimoine. Je les ai écoutés. Je les ai regardés travailler. Ils ont eu la gentillesse et la patience de m'aider à découvrir leur tour de main mais aussi de me faire partager les secrets de leurs créations instrumentales et les trésors de la mémoire paysanne de cette époque.

Parmi mes professeurs et *maîtres sonneurs*, je dois souligner l'aide précieuse de :

Christian Rault, qui m'a reçu et édifié dans son atelier. C'est un luthier fameux, ancien élève de Giobatta Morassi à l'école de Crémone, spécialiste de la restauration d'instruments des XVIIe et XVIIIe siècles. Concepteur de vièles, chercheur en organologie, il est l'auteur de nombreuses publications sur la lutherie classique. Il m'a appris les mille et un gestes délicats pour entrer dans le monde des cordes.

Laurent Tixier, chercheur et collecteur de musiques traditionnelles, génial musicien concertiste, conseiller artistique auprès de Nick Glennie-Smith pour la musique de la Cinéscénie du Puy du Fou, créateur de bois et de sons buissonniers, spécialiste de la ménestrie ancienne. Il m'a appris comment on gratte les cordes du sabot pour lui faire rendre le meilleur de ses harmoniques.

Jean-Pierre Bertrand, le créateur du célèbre groupe Tap dou Paï̈ qui fait revivre les danses maraîchines. C'est un érudit et praticien incomparable de la musique traditionnelle. Fondateur de l'AREXCPO, l'Association de recherche et d'expression pour la culture populaire, il a créé le Conservatoire des musiques anciennes de Vendée ; il a publié de nombreux livres et a retrouvé des mélodies rares. Il mène, depuis des décennies, un travail de collecte, de recherche et de publication sur tout ce qui touche aux traditions – musiques et danses. Ce grand sauveteur de trésors perdus m'a appris les figures des danses ainsi que les rondes et cantilènes des airs populaires, sur les routes de Compostelle.

Pascal Cagnet, inventeur d'instruments buissonniers comme les vièles à roues, les veuzes, est aussi un concepteur d'instruments archaïques comme les épinettes et les subiets… C'est lui qui, avec Laurent Tixier, m'a initié aux riches sonorités du violon-sabot à cordes de genettes.

*

Et puis j'ai voulu, pour remettre à l'honneur le patois de mon enfance, que les personnages de cette fresque parlent leur langue à eux, aujourd'hui disparue. Cette langue morte – qui était celle d'une civilisation –, je la connais bien, je l'ai parlée jusqu'à l'âge de treize ans : ce fut ma langue maternelle ; c'est elle qui m'a ouvert l'accès à la langue française. Ce livre est une sorte d'hommage indirect à tous mes amis disparus de feu *La Fin de la Rabinaïe*. Ils ont, autour de Claude Mercier, Constant Gauducheau, Bernadette Roy, Louis Barbarit et Gabychat, maintenu vivante l'ancienne parlure et sauvé la verve de tant de savants analphabètes de haute culture qui ont déposé dans nos cœurs le sel de la vie, avec les ferveurs et les romances des veillées et des moissons éternelles.

J'ai passé du temps avec mes amis puyfolais, et en particulier Henri et Marie-Thérèse Bernard, qui se sont appliqués à me remettre en goule mon patois entré dans les paresses de l'oubli et qui ont validé nombre d'expressions et de locutions ressorties de derrière les vieux fagots du temps jadis.

*

J'ai amassé, avant de prendre la plume, une documentation abondante, composée d'ouvrages mais aussi de pièces inédites.

J'ai trouvé le meilleur accueil auprès de toutes les vieilles lignées de l'Ouest. Elles m'ont ouvert leurs archives personnelles et leurs papiers de famille. J'y ai puisé des raretés qu'elles m'ont autorisé à exhumer, pour nourrir le récit et lui garantir les couleurs de l'authentique.

Je remercie en particulier monsieur Thierry Heckmann, le directeur des archives départementales de la Vendée, qui a mis à ma disposition tout le fonds de documents précieux recueillis par les soins de ses équipes depuis des décennies.

Je remercie aussi le professeur Alain Gérard, le cofondateur, avec Dominique Souchet, du Centre vendéen de recherches historiques, auteur de nombreux travaux novateurs sur la Vendée du XIXe siècle et dont la finesse d'antenne m'a permis d'en comprendre l'esprit et la richesse inépuisable.

Table

Pour en savoir plus
sur les Éditions Plon
(catalogue, auteurs, vidéos, actualités…),
vous pouvez consulter
www.plon.fr
www.lisez.com

lisez!

et nous suivre sur les réseaux sociaux

Editions Plon

@EditionsPlon

@editionsplon

MIXTE
Papier issu de sources responsables
FSC® C003309
FSC www.fsc.org

L'éditeur de cet ouvrage s'engage dans une démarche
de certification FSC® qui contribue à la préservation
des forêts pour les générations futures.

Pour en savoir plus :
www.editis.com/engagement-rse/

Impression réalisée par CPI
en septembre 2022

N° d'impression : 3050030

Imprimé en France

P31117/01